L'education Sentimentale by Gustave Flaubert

情感教育

著 — 古斯塔夫・福婁拜
譯 — 梁永安

名家推薦

《情感教育》多年來如同極少的幾個朋友陪伴著我。無論何時，無論何處，翻開這本書，都會令我感到激動不已，完全被它所吸引。我一直覺得自己是本書作者的精神之子，儘管是愚笨又可憐的那一個。馬上寫信告訴我，妳是否會法文。如果會，我再為妳寄去最新的法文版本。告訴我，妳會法文，即便這或許不是真的。因為法文版的文字非常之瑰麗。

——法蘭茲・卡夫卡 1912 年 11 月 15 日〈致菲莉斯情書〉

我們不能要求一位藝術家描繪我們的未來，但我們可以感激他以堅定的手法批判過去。……幽默的、嘲諷的、莊嚴的和深刻的作家，你的書證明了什麼呢？——你不必說明，我也明白，看得一清二楚。它證明了：這個社會已經到了支解破碎的地步，必須徹底改變它。你的書證明了一切！倘若你說出與此相反的話，或許人們便不會再信任你了！

——喬治・桑 1869 年 12 月 22 日發表於《自由報》

名家推薦

我最喜愛的法國文學家是福婁拜和普魯斯特。……沒有福婁拜就沒有法國的馬塞爾·普魯斯特，也不會有愛爾蘭的詹姆士·喬伊斯，俄國的契訶夫也就無法成為那樣的契訶夫。

——納博可夫（《洛麗塔》作者、二十世紀當代小說之王）

我無法於《情感教育》和《包法利夫人》兩者之間作抉擇。倘若非抉擇不可，那我無疑會選擇《情感教育》。

——弗朗索瓦·努里西埃（當代法國作家、龔固爾學院院士）

「他們的青春似錦，生活如畫」，《情感教育》的一開場，從兩個外省出生，一同求學，夢想著即將有著遠大前程的青年寫起。福樓拜筆下總不給任何救贖，只給幻滅與失敗，所呈現的從來都不是個人的悲劇，而是商品洪流，無止盡對於身分地位的追求，吞沒了包法利夫人，也捲進了這一對曾經純真的青年。

——房慧真（《小塵埃》作者）

我想要書寫我們這一代人的道德歷史，或者更準確地說，
是書寫他們情感的歷史。這是一本關於愛情、關於激情的書，
但僅能容於當世的激情，亦即消極的激情。
——古斯塔夫·福婁拜　自述《情感教育》創作動機

I want to write the moral history of the men of my generation -- or,
more accurately, the history of their feelings. It's a book about love, about passion;
but passion such as can exist nowadays -- that is to say, inactive.
—— *Gustave Flaubert*

目次

CHAPTER I

A PROMISING PUPIL

第一章

前程遠大的學子

一八四〇年九月十五日清晨六點左右，靠泊在聖貝爾納碼頭的《蒙特羅城號》升火待發，噴出大團大團黑煙。

乘客氣喘吁吁地趕上船。地上到處都是大桶、纜索和裝衣服的籃子，讓通道為之阻塞。水手沒理睬任何問問題的人，人們你推我擠，在兩個明輪之間堆了一堆高高的包裹。喧鬧人聲被水蒸氣的嘶嘶聲所淹沒，這些從金屬板爐柵冒出的水蒸氣也讓整個甲板瀰漫在一片茫茫白霧之中，船頭的大鐘不斷地敲盪。

船一開航，塞納河兩岸連同岸上林立的倉庫、船塢和工廠，便像兩條巨大緞帶般向後滾滾而去。

一個十八歲的年輕人待在船舵旁邊，一動也不動。他留著長髮，腋下夾著本畫冊，透過霧靄凝視著一棟棟他叫不出名字的鐘塔與高樓。然後，在巴黎即將要從視線消失之際，他望了聖路易島、巴黎舊城和聖母院最後一眼，長嘆了一口氣。

這年輕人名叫腓德烈克·莫羅，不久前才拿到中學畢業證書，正準備返回家鄉諾冉。他會先在家裡度過懶散的兩個月，再返回巴黎念法學院。先前，他拿著母親所給的足夠路費，到勒阿弗爾探望了他的叔叔。莫羅太太指望兒子日後會從叔叔那裡繼承一筆遺產。腓德烈克昨天才剛從叔叔家回來，因為遺憾不能在首都多停留一陣子，所以刻意選擇一條最遠的路線回家。

船上喧鬧的人聲消退，乘客們各自找到了座位。有些人站在蒸汽機周圍取暖，煙囪繼續噴吐著羽毛狀的黑煙，緩慢而有節奏地發出卡嗒的聲響。小滴小滴的露珠在銅板上滾動著。兩個明輪快速轉動，在河裡攪動得水花四濺。途中不時會看到有人坐在無帆的小船上垂釣，或是一排排承載木材的木筏，在輪船掀起的漣漪裡搖來晃去。隨後霧靄散去，太陽當空，河右岸的丘陵漸次低矮下去，河左岸的丘陵則變得更近更高。

丘陵上滿布綠樹，點綴著帶有義大利風格屋頂的低矮房屋。每戶人家都有一個斜坡花園，由新砌的牆、鐵欄杆、草坪、溫室或天竺葵花盆分割為一塊塊方正的花圃，供住戶在陽臺上倚欄觀賞。看見如此寧靜又別致的住宅，誰不想成為它們的主人？只要加上一張撞球桌、一艘帆船、一個女人，或其他夢寐以求之物，便足以讓人樂於在此終老，水上旅行的新鮮感讓人油然地產生這種願望。那些愛搞笑的乘客已經開始開起玩笑，許多人唱起歌。歡樂的氣氛瀰漫開來，白蘭地斟滿了一個又一個酒杯。

腓德烈克想像，自己住進這裡其中一棟房子，然後開始構思一齣劇本的大綱，為一幅畫構想題材，最後又幻想將來會遇到怎麼樣的愛情。因為感覺匹配自己卓越靈魂的那份幸福遲遲不來，他高聲朗誦著一些憂鬱的詩句。沿著甲板快步往前走去，一路走到大鐘的旁邊。接著看到，在一群乘客與水手中間，有位紳士在向一名農家女訴說著甜言蜜語，邊說話邊撫摸對方胸前掛著的金十字架。這位紳士看樣子是個無憂無慮的花花公子，年約四十，有著一頭捲髮，壯碩的身材包裹在黑呢絨西裝裡，細亞麻布襯衫上閃耀著兩塊祖母綠，寬大的白色褲管下是一雙怪模怪樣的鞋子：一雙鏤著藍色花紋的紅色俄國靴。

腓德烈克的出現並沒有讓他失去從容。他幾次轉過身，望向年輕人，像是詢問他來這裡做什麼。然後，他給四周的人各遞上一根雪茄。不過，他顯然已經不想應酬他們，便獨自更往前走，找了一張位子坐下。腓德烈克跟了過去。

兩人起初談論各種菸草，但話題隨即自然地轉到了女人。穿紅靴的紳士給了腓德烈克一些追求女人的忠告，就這方面提出一些理論，又用趣聞軼事和自己的例子輔助說明。他說這些話時帶著一種父執輩的口氣，又毫無機心地流露出樂在漁色的態度。

他在政治態度上是共和主義者。他遊歷廣泛，知道不少戲劇界、餐館界和報界的內幕，認識所有戲劇界的名人，會與他們彼此以名字相稱。腓德烈克推心置腹地說出自己未來的計畫，對方連連點頭，表示嘉許。

然後，那名紳士忽然不說話，開始觀察煙囪的動靜，口中念念有詞，說是想要知道「活塞平均每分鐘起落多少次，每次需要多少時間」之類的問題，並且默默在心裡計算許久。算出答案後，他開始談四周的風景，表示自己愛極了這片景色，又說能夠擺脫各種俗務出來走走真是愉快。

腓德烈克對他產生了若干敬意，便禮貌地表示渴望知道對方的大名。陌生人毫不猶豫地回答：

「雅克・阿爾努，蒙馬特街上『工藝美術社』的老闆。」

這時，一個頭戴金邊鴨舌帽的男僕走了過來。

「老爺方便過去一下嗎？小姐哭了。」

「工藝美術社」經營兩種業務，一是賣畫，一是發行藝術雜誌。還住在諾冉的時候，腓德烈克便從書店櫥窗內的大幅廣告海報看過這商號名字不少次。雅克・阿爾努的名字總是神氣十足地一同出現在海報上。

這時太陽光線筆直灑下，把船桅的鐵箍、欄杆的鐵皮和河面照得閃閃發亮。船頭把河水切分為直達兩岸草場的兩大片水波，在每個河灣都會出現一片無比整齊的淡灰色白楊樹林。四周的鄉野空蕩蕩，在天空有少許一動不動的白雲，這種慵懶感隱約傳染到一切事物，連船的行駛速度也看似緩慢下來，旅客的臉色顯得愈發無精打采。

除了坐頭等艙的人以外，船上乘客都是攜帶著家眷的工人和店員。當時的人出遠門習慣穿舊衣服，所以幾乎所有乘客都是頭戴破舊的希臘瓜皮帽，或是一頂褪色的帽子。不是穿著袖子在寫字桌磨薄了的黑色窄禮服，便是穿著掉了鈕扣的雙排扣常禮服。不時可以看見有些人身穿翻領背心，露出沾了咖啡漬的印花布襯衫。還有人用銅別針別著破領帶，用皮條綁著粗布便鞋。兩三個流氓手拿纏繞著皮條的竹杖，一直斜睨別人。有些當父親的，則瞪著一雙大眼睛，問東問西。人們或是站著，或是坐在行李上聊天，有些跑到船的不同角落睡覺。也有不少人忙於吃東西，將胡桃殼、菸屁股、梨子皮和豬肉渣，弄得甲板到處都是。三個穿工作服的木匠站在裝瓶箱的前面，一個衣衫襤褸的豎琴手倚著樂器養神。不時可以聽到爐裡煤炭的嗶剝聲、一聲吆喝或一聲大笑。船長在兩個明輪之間的船橋，不停地走來又走去。

腓德烈克想回到自己的艙位，便推開那扇通向頭等艙的柵門，讓兩名帶著獵狗的獵人嚇了一跳。接著，他彷彿看見了天仙下凡。

她，獨自坐在一張長凳中央——或者應該說，因為這個女子的雙眸讓他為之目眩，以致於看不到其他人。當走過她面前的那一刻，她抬起了頭，他的肩膀不由自主地斜了斜。他在長凳遠處與她面朝同一個方向坐下，然後開始斜睨著她。

她頭戴寬邊草帽，帽上的幾條紅緞帶在腦袋後面隨風飄拂。她額上的黑髮綹分別繞過兩邊眉梢，垂得低低，把鵝蛋臉映襯得分外嫵媚。她身穿一襲有著綠色圓點的薄紗禮服，禮服上有無數縐褶，看來正在繡些什麼。她筆直的鼻梁、下巴和整個輪廓，於麗日藍天的映襯下顯得清晰分明。

由於她的姿勢始終不變，他便好幾次向左轉轉、向右晃晃，以掩飾自己偷偷打量她的事實。後來，他乾脆坐到那張放著她陽傘的長凳去，假裝眺望河上一艘單桅帆船。

他平生沒見過那樣富有光澤的深色皮膚，那樣誘人的身材，或那樣能夠被陽光穿透的纖纖玉指。他滿懷驚訝地望著她的針線盒，彷彿那是一件寶貝。她叫什麼名字？住在哪裡？有著什麼樣的身世和過去？他渴望看一看她家裡的擺設、看一看她穿過的所有衣裙和知道她都是與什麼人來往，她肉體的吸引力在他的心裡勾起了一種讓人痛苦的無邊好奇心。

這時來了一個女黑人，頭上包著絲巾，手裡牽著一個長得比同年齡小孩高的小女孩。小女孩剛睡醒，淚眼汪汪，老大不高興。女黑人把小女孩一把抱到大腿上。「小姐不乖。小姐快七歲了，再不乖，媽媽就不再愛小姐了。家裡的人太縱容小姐的任性了。」獲得這個資訊令腓德烈克大為高興，就像是發現了什麼祕密、獲得了什麼寶物一樣。

他猜想，她一定具有安達盧西亞血統[①]，或許還是個歐非混血兒。她的黑人女僕會是從西印度群島買來的嗎？

此時，腓德烈克的注意力集中在懸掛在她背後銅欄杆上的長圍巾。他心想，一定有許多次在海上旅行時，她都會把這條紫色鑲邊的長圍巾圍在腰際，蓋在腳上，然後進入夢鄉！

腓德烈克突然注意到，長圍巾的流蘇被風吹起，整條圍巾開始滑動，眼見就要掉入河中。他一個箭步衝上前，把圍巾抓住。她向他說：「謝謝您，先生。」

兩人目光相接。

這時傳來了阿爾努先生的呼喊聲：「妳準備好了嗎，親愛的？」他站在扶梯口的遮雨罩下。瑪爾特小姐向他跑過去，抱住他的脖子，拉他的鬍鬚。接著，她聽到有人在彈豎琴，便嚷著要聽音樂。沒有多久，女黑人把豎琴手帶進了頭等艙。阿爾努認出他從前是個供人作畫的模特兒，便以「你②」來稱呼他，讓在座的人嚇了一跳。等到所有人都安靜下來，豎琴手把長髮往後一撥，展開雙臂，彈奏了起來。

他彈的是一首東方民謠，內容涉及到匕首、鮮花和星星。這個衣衫襤褸的人一面彈琴一面拉開嗓門高歌，船上機器突突的聲響有時會打亂琴音的旋律，他益發使勁彈琴。琴弦不斷振動，鏗鏘如金屬的琴音如泣如訴，像是一個驕傲又失戀的人在傾吐愁腸。河的兩岸放眼所及盡是樹木，一直延伸到天邊。阿爾努太太的目光茫然地凝視著遠方。曲終後，她眨了好幾下眼睛，彷彿如夢初醒。

豎琴手畢恭畢敬地走近他們。當阿爾努還在摸索口袋之際，腓德烈克已經把捏著錢的手伸向豎琴手的帽子，然後滿臉不好意思地投入一枚金路易③。他此舉不是為了在阿爾努太太面前充闊，而是源自於一種近乎宗教性的心理衝動，想要為豎琴手帶來祝福（他相信阿爾努太太大概也有同樣的想法）。

阿爾努熱情地邀他到下面船艙的餐廳吃飯，但腓德烈克婉拒了，表示剛剛吃過午飯。事實上，他不但沒有吃過午飯，還餓得半死。他會拒絕，是因為荷包裡半毛錢也不剩。

不過，他隨後想到，自己其實有充分資格像別人一樣，待在餐廳裡。

餐廳裡一張張圓桌子，許多紳士淑女正在用餐，一個端咖啡的侍者來回忙個不停。阿爾努夫婦坐在右手邊最偏遠的角落，腓德烈克找了張罩著呢絨的長凳坐下，撿起一份報紙來看。

從阿爾努夫婦的談話，腓德烈克得知他們將會在蒙特羅轉搭驛馬車前往夏龍，然後在瑞士旅行大概一個月。阿爾努太太怪丈夫太寵溺女兒，他在她耳畔低聲說了些什麼，毫無疑問是些貼心話，不然她不會嫣然一笑。然後他站起來，將她背後的窗簾拉下。

餐廳的天花板低矮，又漆成白色，反射下來一片強烈光線。腓德烈克的位置正對著阿爾努太太，所以連她睫毛的影子也看得見。她剛用水杯沾濕過嘴唇，又用兩根手指捏碎了一點麵包屑。她手上戴著一條串著天青石圓形飾物的金鍊子，每逢這鍊子碰到餐盤，就會發出清脆的響聲。奇怪的是，其他乘客似乎對這聲音渾然不覺。

有時，從小小的舷窗可以看見外面有小船划近，接送上下船的乘客。每經過一個地點，圍著桌子吃飯的人就會湊到舷窗前面，喊出地名。

阿爾努埋怨船上飯菜不好，看到帳單時更是抱怨連連，硬是要求打折。隨後，他帶新認識的年輕朋友到船頭去喝摻水烈酒。但腓德烈克不久便回到天篷下面，因為阿爾努太太已經回來。她正在讀一本灰色封面的薄書，嘴角不時會翹一翹，額頭閃耀出快樂的光芒。腓德烈克嫉妒那本書的作者，嫉妒他竟能想出那麼多讓她覺得有趣的事情。他觀察她愈久，便愈發感覺兩人之間隔著一條巨大的鴻溝。他知道，他很快便會無可挽回地失去她的芳蹤。他將來不及跟她交談隻字片語，甚至未能送她一件紀念品！

這時，河的右岸是一片廣袤平原。左手邊則是一片漸漸隆起的牧地，連接著一座小山丘。小山丘上有一些葡萄園、一些胡桃木樹叢和一座佇立在翠綠山坡上的磨坊。再遠處是一些羊腸小徑，它們彎彎曲曲地盤旋在巨大的白色岩石之間，直通雲霄。要是能夠摟著她的腰，聽她說話，肩併肩一起沿著這些小徑往上走，那將會多麼幸福啊！如果蒸汽船在此時停下來，那他們唯一需要做的，就只是踏出船外——這事說起來簡單，但做起來卻難如撼動太陽。

再往前一點，一棟有著尖屋頂、正方形角樓的別墅出現在前方，它的前方有一塊花園，他想像與她一起漫步在花園裡的情景。這時，一個少婦和一個年輕男子出現在別墅的前臺階，兩旁是一些培養橙樹樹苗的箱子。接著，這一幕全消失了。

小女孩老是在他四周跑跑跳跳。腓德烈克想要親她，她就躲到保母背後。阿爾努太太責備女兒不可以無禮，又說多虧這位先生自己的長圍巾才沒掉到海裡。這是一個間接示好的表示嗎？

「她是要準備跟我說話了嗎？」他問自己。

時間飛快流過。他要怎麼樣才能讓阿爾努邀他到家裡作客呢？想來想去，除了引起阿爾努注意秋色之外，實在別無他法。然後又加上一句：「冬天近了，又是舞會和晚會的季節了。」

但阿爾努的心思全放在行李的事情上。胥維爾碼頭已經出現在前方，兩條橋愈來愈接近。船開過了一家纜繩廠，然後是一些低矮的房屋。一些小孩在沙灘上一邊奔跑，一邊翻筋斗。腓德烈克認出岸上一個穿著無袖背心的男人，對他大聲喊道：「快點！」

船靠岸了。腓德烈克焦慮地東張西望，在成群的乘客中尋找阿爾努的身影。不過，阿爾努卻自己向他走來，伸出一隻手說：「很高興認識您，親愛的先生。」

上了碼頭之後，腓德烈克轉過身，看見阿爾努太太站在船舵邊。他凝望著她，將整個靈魂都傾注在這道凝視裡。但她一動不動，顯然他的念力對她毫無影響。隨後，他對僕人的問候毫不理會，反而責怪說：「幹麼不把輕便馬車開來這裡？」

男僕連忙陪不是。

「真是個蠢東西！給我些錢。」

接著，他去了一間旅館用餐。

一小時之後，他有一種衝動，想要假裝湊巧走進驛馬車站。這樣的話，說不定可以再見到她一面。但轉念又想：「那又能怎樣呢？」

他上了輕便馬車。拉車的兩匹馬並不全是他母親所有，其中一匹是向稅吏尚布里翁先生借來的。男僕伊齊多老頭前一天便出發，中途在布雷休息到傍晚，之後在蒙特羅住宿了一晚，所以兩匹馬兒現在精神飽滿、健步如飛。

收割過的田野看似一望無際。慢慢地，他鮮明地回想起先前旅途上經過的每個地方（維爾納夫啦、聖喬治啦、阿布隆啦、夏萊榮啦、科爾貝啦等等），從而也記起一些關於她的各種枝微末節。例如他記起，從她的薄紗禮服荷葉邊下襬，露出她的一隻腳，那隻腳穿著別緻的栗色高幫緞鞋；她頭頂上方那個斜紋布天篷像是寬大的華蓋，沿邊的紅色小流蘇迎著微風不停抖動。

她像是從他閱讀過的那些浪漫小說裡走出來。這女人的魅力加一分便太多，減一分則太少。他覺得，天地在剎那間變大了。她是萬事萬物匯聚的那顆光點。在馬車的搖曳中，他半閉上眼睛，臉抬向浮雲，任憑自己在夢幻和無限的歡樂裡徜徉。

抵達布雷之後，他不等兩匹馬兒吃完燕麥，便獨自向前走。他記起阿爾努喚她：「瑪麗」，便把這名字大聲呼喊了幾遍。他的聲音刺穿空氣，久久不散，至遠方才消失。

西邊天空是一大片火焰般的紫色晚霞。收割過的田地裡擱著大捆大捆的麥稈，投射出一道道巨大的陰影，遠處一戶農家的狗開始吠叫。他顫抖起來，一股沒由來的不安感湧上心頭。

伊齊多老頭追上來之後，腓德烈克跳上前座，親自驅車。他的軟弱時刻過去了。他已經下定決心，非要被邀請到阿爾努家作客、非要成為他們夫妻的密友不可。他們的房子一定很有趣，另外，他也喜歡阿爾努。想到這裡，一股熱血湧上他臉龐，讓他兩個太陽穴搏動起來。他狠抽馬鞭，猛抖韁繩，把馬趕得飛快，害得坐他旁邊的老車伕大為緊張，連連喊道：

「慢點，放慢點！馬兒會喘不過氣的！」

腓德烈克逐漸冷靜下來。男僕告訴他，大家都殷切等待少爺回家，露薏絲小姐更是哭著要乘車一起來接少爺。

「誰是露薏絲小姐？」

「羅克先生[4]家的小女孩，想起來了嗎？」

「哦，我真的忘了！」腓德烈克漫不經心地應道。

這時候，兩匹馬的步伐緩慢下來，都變得一拐一拐的。最終，在聖洛朗教堂的大鐘敲響九點時，輕便馬車抵達腓德烈克的家。

房子的面積很大，有一座可以眺望開闊田野的花園。莫羅太太本來就是當地最德高望重的女人，這棟房子讓她的社會名望更上一層樓。

她出生於一個舊貴族世家，族中的男丁已經絕嗣。因為父母逼迫，才下嫁給一介平民，丈夫卻在她懷孕期間被人一劍刺死，留給她一份千瘡百孔的資產。她每星期招待客人三次，也不時舉辦最時髦的宴會，但事先都會算過蠟燭的數量，也會帶著不耐煩的心情等待佃農交租。她像掩飾醜事那樣隱瞞手頭拮据的事實，而這一點讓她的性格變得有點凝重。儘管如此，為了顯示自己具有獨特美德，她出手從不吝惜：她最微小的施捨都會相當於別人最慷慨的布施。鄰居在挑選僕人、教育女兒和製作果醬等事情上都會向她請教，主教每回進行教區巡視，都會下榻在莫羅太太的房子。

莫羅太太對於兒子的前程抱持著莫大的期許。因為指望兒子日後蒙受王恩加官封爵，故而不喜歡聽到別人批評政府。她知道兒子需要先找一個有力人士作為靠山，藉著這位有力人士的提拔。腓德烈克也許可以成為議員、大使或內閣大臣，他在桑斯中學的出色成績，足以證明她的這種期許不是奢望。

腓德烈克一走進客廳，在座所有人便亂哄哄地全站了起來。大家一一擁抱他，然後大張小張的椅子被挪到壁爐前面，圍成一個半圓形。岡布蘭先生馬上詢問，他對拉法葉夫人⑤的案子有什麼看法（這樁喧騰一時的大案，無論在哪裡都能引起激烈討論），但莫羅太太叫他們別談。岡布蘭先生深感不悅，認為談論這種話題對於一個未來要當律師的人來說，最是適合不過，便拂袖離開。

既然是羅克老爹的朋友，岡布蘭先生此舉一點都不讓人意外！一提到羅克老爹，大家自自然然會談到丹布羅斯先生，因為後者最近在福爾泰勒⑥添置了一份產業。不過稅吏已經把腓德烈克拉到一邊，問他對基佐先生⑦最新一部作品有何看法。大家都急於知道一些他切身的事，而伯努瓦太太最是聰明，知道應該從他的叔叔打聽起：好久沒聽到這位老人家的消息了，他最近好嗎？他不是有個遠房親戚住在美國嗎？

廚娘這時來說，少爺的晚飯已經做好了，賓客知趣地紛紛告退。然後，一等飯廳裡只剩下母子二人，莫羅太太便低聲問兒子：

「事情怎麼樣了？」

腓德烈克表示，叔叔很親切地招待他，可是沒有透露自己的打算。

莫羅太太嘆了口氣。

腓德烈克心裡想的卻是：「她現在人在哪裡？」

驛馬車應該還在路上，而她一定是裹著長圍巾，倚在車廂的靠墊上睡覺，漂亮的頭一搖一晃的。

母子兩人正要各自回房間去時，「十字天鵝咖啡廳」的侍者送來一封短箋。

「什麼事？」

「德洛里耶找我出去一下。」腓德烈克回答。

「哼，又是你的好同窗！」莫羅太太不屑地說。「他真會挑時間！」

腓德烈克猶豫了一下，但友情的力量要更為強大，他拿起帽子。

「別去太久啦！」母親吩咐說。

①．安達盧西亞位於西班牙南部，曾被北非的摩爾人統治過，當地婦女以美貌著名。
②．法語中的「你」只用於稱呼親人或很親的熟人，「您」則用來稱呼普通朋友、不熟的人，甚至於下人。
③．當時法國貨幣，一個金路易相等於二十法郎。
④．羅克先生又稱羅克老爹，就住在腓德烈克家隔壁。
⑤．一八四〇年，諾冉發生一起毒殺事件，在當時引發社會譁然。拉法葉夫人被認為涉嫌毒害自己丈夫，最後被判終身勞役。
⑥．福爾泰勒位於諾冉一帶。
⑦．基佐（一七八七—一八七四）：原是著名歷史學家，之後從政，自一八四〇年起成為國王路易－菲力普最倚重的大臣，並在一八四七年出任法國首相。

Chapter II

DAMON AND PYTHIAS

第二章

達蒙與皮爾厄斯[1]

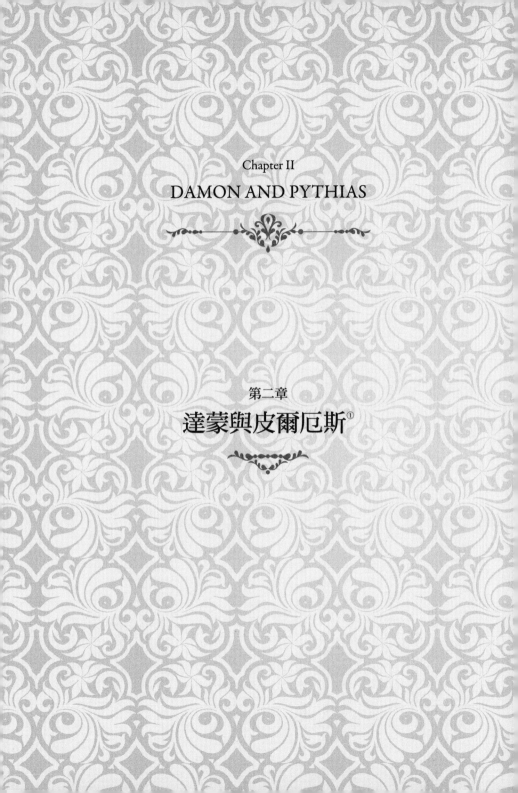

夏爾・德洛里耶的父親原本是名軍隊上尉，一八一八年解甲還鄉。回諾冉後結了婚，利用妻子的嫁妝在法院買了一份文書吏的職務，勉強可以餬口度日。由於覺得自己長期遭受不合理的對待，又為皇帝[②]的際遇感到不平，他胸口積著一股怨氣，常常會大發雷霆，宣洩在家人身上。他的兒子首當其衝，成了出氣筒，很少有小孩比他兒子挨過更多的揍。但任憑他拳打腳踢，這小孩從不屈服。他媽媽每次想當和事佬，一樣會挨揍。後來，上尉又把兒子帶到辦公室，讓他終日伏案抄寫公文，最後導致兒子的右肩明顯高於左肩。

一八三三年，在法院院長的遊說下，上尉賣掉了官職，他太太這時也死於癌症。他搬到了第戎，隨後又搬到特魯瓦做起與奴隸買賣有關的生意，並幫夏爾弄了一小筆獎學金，得以進入桑斯中學就讀，腓德烈克和他就是在中學裡認識的。不過，這兩個人因為年齡差距（前者十二歲，後者十五歲），加上個性和門第等諸多差異，剛開始並無來往。

腓德烈克的五斗櫃裡各種用具一應俱全，而且都頗為講究，例如全套的梳妝用品。他早上喜歡賴床，起床後會看看燕子，讀讀劇本。因為留戀家裡的舒適，寄宿生活讓他頗以為苦。但對挨慣父親揍的德洛里耶來說，學校生活反而愜意。他非常勤奮用功，順利升上了三年級。然而，由於家境貧寒，加上性好爭吵，他在學校裡成了很多人的眼中釘。有一天，在中年級上體育課的操場，一個校工當眾喊他「小乞丐」，他立刻跳上前掐住對方脖子，要不是有三位學監即時插手，那工友真有可能被活活掐死。看到德洛里耶這麼勇敢，腓德烈克欽佩不已，把他緊緊抱在懷裡。自此以後，兩人成了哥倆好。得到一位世家子弟主動伸出友誼之手，出身寒微的學長當然受寵若驚，虛榮心獲得大大滿足，所以也對學弟照顧有加，竭盡忠誠。腓德烈克認為能結交到這樣一位老大哥是運氣好，也欣然接受對方無微不至的照顧。

每逢放假，老德洛里耶總是不讓兒子回家。有一次，夏爾無意間翻開柏拉圖[3]一本著作的法譯本，一讀之下深深為之著迷。從此以後，他熱烈愛上了形上學：因為運用了全部的青春精力和解放心靈的聰明才智去學習這科目，他進步得很快。他遍讀了朱弗瓦、庫桑、拉羅米基耶、馬勒伯朗士[4]和蘇格蘭形上學派的書——反正學校圖書館裡找得到的形上學著作他都讀過。為了弄到這些書，他甚至不惜偷了圖書館的鑰匙。

腓德烈克的課餘知性活動則沒那麼嚴肅兮兮。他喜歡畫畫，例如到三博士街照著雕刻在柱子上的耶穌系譜畫素描，或是繪畫大教堂的正面。後來，上過一門中世紀戲劇課之後，他又開始讀弗羅薩、科曼、列托爾和布朗托姆[5]這等史學家的回憶錄。這些著作的內容深深烙印在他的腦海，讓他下定決心要把往昔的歷史畫成圖像。他野心勃勃，想要有朝一日成為法國的史考特[6]。德洛里耶的夢想則是構思出一個擁有最大實用性的宏偉哲學體系。

他們不斷談論著這些話題，一到課餘休息時間，便在操場裡刻有校訓的大鐘前聊天。即便是在教堂做禮拜，被聖路易的雕像凝視著，他們也照樣交頭接耳。回到那個可以眺望墳場的宿舍房間，他們依然幻想聯翩。在集體校外散步的日子，他們會落在隊伍的最後面，一路談個不停。

他們商量好了畢業後的計畫。首先，會利用腓德烈克到達法定年齡後可以領取的一筆遺產，來一趟長途旅行。旅行後他們會回到巴黎，一起生活，一起工作，永不分離；工作之餘，他們會在公主們的豪華閨廳[7]裡談情說愛，或是與交際花一同縱情狂歡。不過，每次狂熱地交換過這些誇張的希望之後，兩人都會開始懷疑自己不切實際，進而陷入深深的沉默。

夏日傍晚，他們會循著葡萄園旁的石子路，或是開闊的鄉間道路漫步許久。每當看到麥浪在陽光下起伏滾動，聞到白芷在空氣中飄香，他們都會感到一陣暈眩，這時候，他們會仰天躺下，陶醉在如癡如醉的感覺中。其他穿著襯衫的學生，不是在打球，就是在放風箏。接著，在學監的呼喚下，大家集合起來，沿路走過以溪水灌溉的花園，通過老舊城牆所蔽蔭的大道，踏向歸途。行人稀稀落落的街道只聽見他們一群人的腳步聲。柵欄門開了，兩人走上階梯，感受到一種彷彿狂歡過後的鬱鬱不樂。

學監認為這對朋友互相帶壞對方。然而，腓德烈克能夠順利升上高年級，完全仰賴好朋友的鼓勵。一八三七年的暑假，他把德洛里耶帶回家裡住。

莫羅太太不喜歡這個年輕人，因為他食量驚人，又喜歡發表共和主義的言論。最重要的是，她懷疑德洛里耶帶她兒子去了一些不正當的場所。於是，她監看著兩人的一舉一動，但這只是讓他們的友誼更加鞏固。所以，當第二年德洛里耶從中學畢業，要到巴黎念法學院時，兩人難捨難離，難過不已。

腓德烈克一直盼望重逢的那天，他們已經兩年不見；見面後，他們緊緊擁抱了一會，接著走到橋上，以便可以更加暢所欲言。

德洛里耶的爸爸如今在維蘭諾斯經營一家撞球間，當兒子向他要求一份代管遺產的帳目時，他氣炸了，不但不予理會，反而把寄給兒子的生活費砍到最低。德洛里耶原本期望畢業後可以留在法學院任教，卻因身無分文，只好接下了特魯瓦一間法律事務所的首席書記工作。藉著省吃儉用，他存下了四千法郎，所以用不著動用母親的遺產，他照樣可以從容地學習三年，直到找到下一份更好的工作為止。然而這意味著，他和腓德烈克從前一塊住在首都的計畫，應該要暫時擱置了。

聽到這個，腓德烈克低頭不語。這是他人生頭一次嘗到夢想破滅的滋味。

「別難過了！」上尉的兒子說，「來日方長。我們還年輕，總有一天能在一起的。目前不要想太多了！」

他熱烈地握住腓德烈克的手。為了不讓好友想起這件事而難過，便問他回家路上有沒有碰到什麼有趣的事。

腓德烈克沒有什麼好報告的。但是，一想起阿爾努夫人，他的悲傷立刻煙消雲散。因為害臊，腓德烈克沒有提到她，而是轉個彎仔細談論阿爾努，回憶了他的談吐、宜人的舉止和經歷，德洛里耶極力鼓勵他與這位新朋友來往。

腓德烈克最近擱了筆，什麼都沒創作。他的文學觀點改變了，現在他認為，熱情比一切都要重要。不管是維特、勒內、法蘭克、拉若或雷莉亞⑧，還是出自其他二流作家筆下的理想化角色，他都一樣喜愛。有時他會覺得，只有音樂能夠充分表達自己紊亂的心緒，每逢這個時候，他都會夢想創作一首交響曲。另一些時候，當事物的外表吸引了他，他又會想將它畫下來。想歸想，這些計畫都沒有實現過。不過，他還是寫了幾首詩。德洛里耶讀過之後覺得很美，但沒鼓勵他多寫。

至於德洛里耶他自己，則已然放棄了形上學，全心鑽研於社會經濟學和法國大革命。如今，他已經二十二歲，是個高而瘦、嘴巴寬大、神情果決的青年。這天晚上，他穿著一件寒酸的斜紋布寬外套，鞋尖上蒙著一層白灰——為了見腓德烈克，他專程大老遠從維蘭諾斯徒步而來。

這時，伊齊多走來，表示太太要求少爺回家去。為了怕兒子著涼，莫羅太太讓男僕送來一件斗篷。

「再等一下！」德洛里耶說。兩人繼續在兩條橋之間踱來踱去，橋下方是一片夾在引水道與塞納河之間的狹長小島。

當他們往諾冉這一邊走時，正前方是一排有點傾斜的房子。右邊是幾座關起水門的磨坊，磨坊後面隱隱看得見教堂。他們左邊是幾座用灌木籬笆圍著，面目難辨的花園。朝巴黎方向而去的大路像是向下延伸的直線，兩旁的草地隱沒在夜霧裡。大路一片寂靜，其白色的軌跡從兩旁的灰暗裡，清楚地映襯出來。樹葉潮濕的氣味撲鼻而來。百步之外，引水道水閘的嘩嘩瀑流聲，與塞納河晚間的漲潮浪聲互相應和著。

德洛里耶停下來，說道：「這些大人先生們睡得那麼香甜，真是可笑！等著瞧吧！一場新的一七八九[9]正在醞釀。什麼憲法啊、憲章啊，全是一派謊言，人民早已聽膩！哼，假如我有能力創辦一份報紙，或是擁有一個發言的講臺，看我如何把這些東西搞垮！但是，做什麼都需要錢。身為撞球間老闆的兒子，我只能將青春浪費在餬口上，多麼可悲啊！」

他垂下頭，咬住嘴唇，在磨損得薄薄的外套下面瑟瑟發抖。

腓德烈克把半邊斗篷披在朋友肩上。兩人一起裹著斗篷，摟住彼此的腰，並肩往前走。

「沒有了你，我一個人要如何在巴黎生活呢？」腓德烈克說。德洛里耶的怨尤語氣勾起了他擁有的酸苦，「如果有個女人愛我，我或許還能完成些什麼事。你笑什麼？這有什麼好笑的？『愛情是精神的食糧，是塑造天才的氛圍。』只有非凡的激情方能創造出卓越的作品。但我已經放棄了，不指望可以找到夢寐以求的女人！退一步說，即使真的讓我找到，她也一定會拒絕我。我屬於被剝奪資格的那種人，注定有朝一日會被一件珍寶毀滅——至於這珍寶是人造寶石還是鑽石，我目前還不曉得。」

這時，一個影子橫過地面，同時有個聲音說：「兩位先生您好！」說話者是個矮個子，身穿寬大的棕色雙排扣常禮服，頭戴鴨舌帽，帽簷下露出個尖鼻子。

「是羅克先生嗎？」腓德烈克問。

「正是在下！」對方回答說。

這位諾冉居民解釋說，他剛去河邊的花園檢查捕狼陷阱，正在回家途中。

「所以您真是回到家鄉來了。太好了！我是從小女那裡得知消息的。你的貴體還好吧？您不會再走了吧？」

大概是因為腓德烈克反應冷淡，那人不想自討沒趣，便走開了。

事實上，莫羅太太已經不跟羅克家來往。羅克先生雖然身為選舉事務助理，又是丹布羅斯先生的管理人，但由於跟家裡的女僕姘居，本地人相當瞧不起他。

「丹布羅斯先生？」德洛里耶問，「就是住安茹街的那位銀行家吧？好朋友，我猜你應該知道你該怎麼做了吧？」

這時，伊齊多再次出現，打斷了他們的談話。他奉莫羅太太之命，一定要把少爺帶回家去。少爺在外面流連得那麼晚，讓太太相當不放心。

「知道了！知道了！他會回去的。」德洛里耶說，「他不會在外面待一整晚的。」

僕人一走開，他接著說：「你應該請剛才那位老頭把你引薦給丹布羅斯夫婦。再沒有比跟有錢人家來往更受用的事了。既然你已經有黑禮服和白手套，就應該好好利用。你必須打入他們之中，日後再為我引薦。想想看，這個人可是有著百萬家財耶！想辦法討他的歡心，還有他老婆的歡心。最好再當她的情夫！」

腓德烈克驚呼一聲，表示抗議。

「有何不可呢？記得《人間喜劇》裡的拉斯蒂涅[10]嗎？向他學習吧。我敢擔保，你一定會成功的。」

因為非常信任德洛里耶，腓德烈克感到自己的意志開始動搖：正想要忘記阿爾努太太，卻又把她包含到好朋友的預言裡面。想到這個，他不禁會心一笑。

書記補充說：「最後一個忠告：務必要通過考試，有個頭銜總是好事。給我老老實實地，把你那些天主教詩人、撒旦詩人統統拋棄吧，他們的思想老舊得不下於十二世紀！灰心喪志是愚蠢的行為，成大事者剛開始一定會碰到比平常人更大的困蹇，米拉波[11]就是一個例子。況且，我們不會分離太久的，我會設法讓我那騙子父親把錢吐出來。我該走了，再見！呃，對了，你有一百個蘇[12]讓我支付晚餐錢嗎？」

腓德烈克給了他十法郎，那是早上從伊齊多老頭那裡要來用剩的。

此時，距離橋邊約四十公尺以外，一道亮光從一棟矮房子的天窗裡照射出來。

德洛里耶注意到這道光，便一邊摘下帽子，一邊隆重其事地說：「維納斯，眾神的女王啊，我要向您敬禮！貧窮固然為智慧之母，但我們已經受夠了眾人的奚落，所以，就求您開恩吧。」

這段影射他們一段共同經歷的話，使兩人都開朗起來，一面走路一面縱聲大笑。

到小旅館結完帳後，德洛里耶陪腓德烈克一路走到市立醫院附近的十字路口，兩人擁抱了好一會，才依依不捨地作別。

①．羅馬民間傳說裡，誓言生死與共的一對朋友。
②．指拿破崙。拿破崙在一八一五年兵敗下臺，由波旁王朝的路易十八復辟。
③．柏拉圖（西元前四二七－西元前三四七）：古希臘哲學家，代表作品為《理想國》。
④．朱弗瓦（一七九六－一八四二）、庫桑（一七九二－一八六七）、拉羅米基耶（一七五六－一八三七）、馬勒伯朗士（一六三八－一七一五）等人，是法國十六到十八世紀之間的哲學家。
⑤．弗羅薩（一三三七－一四一○）、科曼（一四四七－一五一一）、列托爾（一五四六－一六一一）等為法國編年史家；布朗托姆（一五三五－一六一四）則為法國回憶錄作家。
⑥．指蘇格蘭小說家華特．史考特（一七七一－一八三二）。
⑦．閨廳（boudoirs）：法文原義指鬧脾氣、開玩笑而不理睬對方。之後指涉法國十八世紀女性嗔怒、噘嘴時去的私人雅緻房間，是貴婦人日常作息和接待朋友的廳間。相較之下，沙龍（Salon）則偏向貴婦人召集文人雅士進行知性討論的公開場合。
⑧．以上這些名字都是文學作品裡的角色，如維特便是指歌德小說《少年維特的煩惱》裡的主角。
⑨．一七八九年是法國大革命爆發之年。
⑩．《人間喜劇》：法國大文豪巴爾札克（一七九九－一八五○）小說總集的名稱，拉斯蒂涅是其中一名重要角色，個性投機取巧。
⑪．米拉波（一七四九－一七九一）：法國大革命時期的政治家，年輕時期生活坎坷。
⑫．蘇：法國舊貨幣單位，一個蘇相當於二十分之一法郎。

Chapter III

SENTIMENT AND PASSION

第三章

感傷與激情

兩個月後的一個早晨，腓德烈克回到巴黎，在科克埃倫街下了驛馬車，便決定馬上要去拜訪那位貴人。

好運幫了他的忙。先前，羅克老爹託他把一卷文件帶給丹布羅斯先生，還附上一封未封緘的信，引薦自己的年輕同鄉。

莫羅夫人對此大為訝異。腓德烈克滿心高興，但不動聲色。

丹布羅斯先生原稱德．丹布羅斯伯爵[1]。但自一八二五年起，他逐漸不使用貴族頭銜，也疏遠王黨，致力於經商，任何事務所都瞞不過他的耳目。他插手每項事業，留意每個機會，像希臘人一樣精明，也像奧弗涅[2]人一樣勤勞，因此累積了一筆據說相當龐大的財富。另外，他還是榮譽騎士團的幹部、奧布省[3]議員和國會參議員，當上貴族院議員的時間看來指日可待。不過，丹布羅斯先生為人雖然溫和殷勤，卻因為老是要求東要求西（如十字勳章和菸草專賣權），讓內閣大臣不勝其擾，避之唯恐不及。他也由於求而不得，便跟當局嘔氣，轉投中左派[4]的陣營。

漂亮的丹布羅斯夫人是時裝雜誌的寵兒，也是一些慈善團體的主持人。她努力籠絡一票公爵夫人，以平息貴族階層對於丹布羅斯先生的怨氣，叫人相信她丈夫遲早會悔悟，再次為政府效力。

在前往丹布羅斯府拜謁的路上，腓德烈克心慌意亂。

「我應該把燕尾服帶來才對，他們一定會邀請我參加下星期的舞會。他們會對我說些什麼呢？」

不過，一想到丹布羅斯先生只是個中產階級，他又重新恢復自信。馬車在安茹街停定後，他輕快地跳到人行道上。

他推開大鐵柵門的其中一扇，走過前院，登上前臺階，走進鋪著彩色大理石地磚的門廳。迎面是兩道複式直樓梯，各靠在刷上閃亮灰泥的高牆旁邊，階梯鋪著以小銅棒嵌緊的紅地毯。樓梯末端放著一棵芭蕉樹，寬大的葉子低垂在扶手欄杆的絨包布上。天花板上吊掛著兩座銅製枝狀大燭臺，大燭臺本身又垂掛著好些瓷球。暖氣爐孔散發著悶濁的熱氣。屋裡靜寂無聲，唯獨門廳另一頭有座大鐘滴滴答答響著，那上方掛著一副鎧甲。

腓德烈克拉了拉鈴之後，出現一個男僕，帶領他進入一個小廳間。廳間裡有兩口保險箱和一些放滿紙板的文件架。丹布羅斯先生坐在中央一張捲蓋式書桌伏案書寫。

他瀏覽了羅克老爹的引薦信，接著撕開包裹文件的帆布，然後細細閱讀。

因為身材消瘦，丹布羅斯先生遠看好像還很年輕。但他稀疏的白髮、無力的四肢，還有極端蒼白的臉容（特別是這臉容），都透露出此人的身體十分羸弱。他那一雙海青色的眼睛比玻璃鏡片還要陰冷，卻蘊藏著倔強的精力。他雙顴突出，指關節像一顆顆結節。

最後，丹布羅斯先生站起來，問了諾冉一些舊交的近況，也關心腓德烈克的學業，然後便頷首示意客人告退。腓德烈克沿著另一條走廊往外走，發現自己來到前院末端靠近馬車庫的地方。

前臺階停著一輛由黑馬挽拉的藍色轎式四輪馬車。車門打開，一位貴婦輕快地跳上去，馬車隨即於鋪著石礫的路面滾動，發出轆轆聲。腓德烈克繼續往前走，幾乎與馬車同一時間抵達院子大門。因為空間不夠，他只得往旁邊站，讓馬車先行通過。這時，車內少婦從車窗探出頭，與門房低聲打了個招呼。腓德烈克只看到她穿著紫色披風的背影，卻瞥見車廂裡鋪墊著藍色的稜紋平布，四周裝飾了花邊和流蘇。婦人蓬鬆的裙子塞滿了車廂的空間，裡頭飄送出些微鳶尾花香，像是風韻女子身上某種難以捉摸的香氣。車伕鬆開轡繩，馬車一下子就疾馳過屋前的界石，消失不見。

腓德烈克循著林蔭大道徒步往回走。

他遺憾未能一睹丹布羅斯夫人的風采。到了蒙馬特街的最高處，一陣常有的馬車碰撞聲使得他轉頭一看，卻不經意地看到對街有塊大理石匾，上面寫著：

雅克・阿爾努

他怎麼沒有早點想到她呢？這都要怪德洛里耶。於是他走過馬路，到了店鋪門前。但他沒有進去，想在門口等她出來。

高大透明的玻璃櫥窗裡放了些小塑像、繪畫、雕刻、型錄和各期的《工藝美術雜誌》，布置的方式頗具匠心。店門上再次標示出訂戶的數量，中央還裝飾著發行人的姓名縮寫。再往店內看，只見各面牆上掛著些光采耀眼的巨幅油畫。後頭有兩個櫃子，擺滿了瓷器、銅器和一些賞心悅目的珍品。兩個櫃子中間隔了一道小樓梯，梯頂用一張威爾頓絨氈作為門簾。此外還看得見一盞舊式的薩克斯吊燈、一條鋪在地板的綠色地毯和一張鑲嵌精緻的桌子，讓人覺得這空間與其說是一家店鋪，倒不如說是一間客廳。

腓德烈克假裝看畫。猶豫了好一陣子之後，他終於鼓起勇氣走進店內。一個店員掀起門簾，回答說阿爾努先生五點前不會進來店裡。不過，假如有留言，他可以代為轉達。

「不用！我改天再來。」腓德烈克輕聲回答。

接下來幾日他忙著尋找住處，最後決定租下伊亞散特街一間三樓附家具的套房。

等待一切安頓妥當，他便腋下夾著一本全新的吸墨紙本去上課。三百個沒戴帽的年輕人擠在一間梯形教室裡，一位身穿紅袍的老先生用單調枯燥的聲調授課。鵝毛筆在紙上刮得沙沙作響，腓德烈克嗅聞到與中學課堂相同的灰塵味。無論是講壇的形狀，還是講課內容的單調無聊，都跟中學時期沒什麼兩樣！他持續上了半個月的課，此後便不再出席。當時《民法》才講到第三條，而《法學概要》也只講到「總論：人之分類」的部分。

他期盼的快樂大學生活並沒有實現。他把一家流動圖書館的書全部讀完，把羅浮宮的展品從頭到尾瀏覽過一遍，還一連幾個晚上到劇院看戲。之後，他便墜入極端無聊的境界。

不斷增生的煩惱加重了他的憂鬱。他發現他得清點換洗過的衣服，還要忍受門房的氣。這門房就像醫院的男護士，每天早上都會來整理床鋪，但總是一身酒氣，而且囉哩叭嗦。腓德烈克也不喜歡他現在住宿的套房，套房裡擺了個雪花石膏時鐘，讓他看了心煩；隔間的牆壁很薄，每當住隔壁的學生猜拳打鬧、唱歌大笑，他都聽得到。

他對這種寂寞生活感到厭煩，便去找一位昔日同窗訴苦。對方名叫巴蒂斯特．馬蒂農，目前寄宿在聖雅克街一戶中產階級人家⑤。腓德烈克找到他時，他正在煤爐前啃《訴訟法》。一位穿印花裙的女人坐在他對面，為他縫補襪子。

馬蒂農是人們眼中的美男子：身材高大魁梧，兩頰豐潤，面貌端正，一雙藍眼睛炯炯有神。他父親是位富裕的地主，指望兒子謀得一官半職。馬蒂農想讓自己看起來成熟穩重，故意蓄起了絡腮鬍。

腓德烈克說不清楚自己為何煩悶，也說不出來遭遇過什麼不幸，因此馬蒂農對他的訴苦感到莫名其妙。馬蒂農自己完全沒有類似的問題：他每天早上準時到校，放學後會在盧森堡公園散步，傍晚喝半杯咖啡。他每年有一千五百法郎的收入，又獲得眼前這位女傭的愛情，內心感到心滿意足。

「多麼幸福啊！」腓德烈克心裡不禁感慨。

他在法學院結識到另一位朋友——德・西齊。對方是貴族子弟，舉止文雅得像個年輕小姐。西齊先生致力於繪畫，喜愛哥德式建築⑥。兩人經常結伴參觀聖禮拜堂和巴黎聖母院。但這位少爺地位雖高，智商卻不怎麼樣，對每件事都會嘖嘖稱奇。一個小笑話就會逗得他大笑半天，他心思簡單到無以復加。腓德烈克起初認為他具有喜劇演員的特質，後來直接將他看成傻瓜。

就這樣，腓德烈克發現自己找不到任何人能夠傾吐心事，便只好殷殷期盼收到丹布羅斯府的請柬。元旦那一天，他送過去幾張名片，但沒有收到半點回音。

他又去了工藝美術社。

第三次去的時候，他終於見到了阿爾努。當時阿爾努正在跟五、六個人爭論些什麼事情，幾乎沒有理睬腓德烈克的敬禮，使他感覺有點受傷。不過，他總得想辦法接近她。

他想到的第一個方法是，買些廉價畫，當作時常光顧工藝美術社的藉口。隨後又想，不如向《工藝美術雜誌》投稿幾篇「很有看頭」的文章，也許能贏得友誼。或許單刀直入向她示愛比較好？於是他寫了一封長達十二頁的情書，滿紙盡是抒情感嘆的語句。不過他又把信撕了，什麼也不做、什麼也不嘗試——因為得失心太重，他反而失去了動力。

工藝美術社的二樓有三個窗戶，每晚都燈火通明，可以看見人影在窗後來回走動。其中一個人影讓腓德烈克特別有感覺，想必就是她的身影。他時常大老遠跑來，只為了遠遠凝望窗戶後的這個身影。

有一天，腓德烈克在杜樂麗宮⑦外，碰到一位手裡牽著一個小女孩的黑人保母，這讓他聯想起阿爾努夫人的女僕。也許像其他人一樣，她也會到這裡來。這麼一想，他的心跳就加速，期盼能遇見她。在晴朗的日子，他會一直漫步到香榭麗舍大道⑧的盡頭。

婦女們悠閒地坐在敞篷馬車上，面紗隨風飄揚，從他身邊絡繹而過；她們的馬兒步伐堅實，馬具油光閃亮，隨著馬步左右震動發出聲響。馬車愈聚愈多，經過道路匯集的圓形廣場後，速度更慢，把整條路擠得水泄不通。馬鬃和車燈一個挨著一個。鋼馬鐙、銀馬勒和銅扣環一一搖晃著，在短馬褲、白手套和車門徽章上撒落稀稀疏疏的光點，腓德烈克感覺自己彷彿迷失在某個遙遠的國度。他的目光在女人的臉龐間穿梭，只要遇到某些微微相似的面容，就會讓他想起阿爾努夫人。他想像她就在這人群中間，坐在某輛丹布羅斯太太擁有的那種馬車裡。

然而，夕陽開始西下，寒風捲起陣陣塵雲。車伕紛紛把下巴縮進圍巾裡，車輪開始轉快，摩擦路面發出嘎嘎的響聲。接著，在大道的下坡路段，全部馬車開始疾馳，互相磨蹭，你追我逐，彼此閃躲，最後在協和廣場分道揚鑣。杜樂麗宮後方天空染成青石板的顏色，花園裡的樹木形成了兩個高大的樹叢，尖端呈現淡紫色。煤氣街燈點亮了，塞納河一片青綠，河水沖激著橋墩，漩捲出銀光閃閃的波紋。

腓德烈克在豎琴街一家館子吃了頓要價四十三個蘇的晚飯。四周的一切（老舊的桃花心木櫃臺、帶污漬的餐巾、油垢的銀餐具和掛在牆上的帽子），全都叫他瞧不起。

其他客人清一色是像他一樣的大學生，話題離不開他們的教授與情婦。腓德烈克才懶得談論他的教授，而他又哪來的情婦可談？為了避免聽到別人的開心事，他盡量晚到。桌上散滿了殘羹剩飯，兩個累壞的侍者各在一個角落打盹，冷清的餐館裡瀰漫著廚房油煙、油燈和菸草的混合氣味。飯後，他再次拖著腳步在街頭閒逛。煤氣街燈抖動著，在泥地上投下昏黃搖曳的長光影，一個個撐傘的身影在人行道上無聲地移動著。路上濕滑，霧氣漸濃，他感覺一股潮濕的憂鬱正將他籠罩，滲透進他的內心深處。

他對自己的懶散稍微感到懊悔，便重新上學去。但因為缺課太多次，現在連最簡單的講課內容也令他摸不著頭緒。他開始寫一篇小說，取名〈漁夫之子西爾維奧〉。故事發生在威尼斯，男主角以他本人為模型，女主角以阿爾努太太為模型（她在故事裡的名字是安托妮亞）。為了得到女主角的愛情，男主角刺殺了幾個貴族，又放火焚毀了部分城市，之後還到她的陽臺下獻唱一首小夜曲；陽臺上，有工藝美術社二樓窗戶看到的那種紅綢緞帷幔隨風飄拂。

寫這篇小說勾起了他許多回憶，讓他不堪回首；他寫不下去，只好擱筆，內心變得加倍空虛。

之後，腓德烈克懇求德洛里耶搬來與他同住。他兩千法郎的生活費應該足夠兩人開銷，即便經濟會拮据點，情況總勝過目前這種令人無法忍受的生活。但德洛里耶一時還離不開特魯瓦，他勸好朋友找些事情來做以分散心思，例如可以去拜訪塞內卡。

據書記的介紹，塞內卡是位小學數學老師，為人不感情用事，堅定信仰共和主義，也許會成為下一位聖朱斯特⑨。腓德烈克三次爬上五層樓梯往訪塞內卡，但對方一次都沒有回訪，腓德烈克覺得面子掛不住，便不再去。

為了找些事情自娛，他參加了在歌劇院舉行的舞會。不過，才一進門，裡頭亂哄哄的景象便讓他的興致涼了半截。此外，他也擔心自己會因為手頭不裕而出糗：想請位穿著化裝舞衣的女子共進晚餐，恐怕會所費不貲，實在是一大風險。

然而，他偏偏相信會有女人愛上他。有時，他一覺醒來後感到希望無窮，於是像要去幽會那樣精心打扮一番，接著便在整個巴黎街頭漫無目的的閒晃。每當有位女士走在他前面，或者迎面而來，他心裡會想：「就是她了！」但每次都是一場空。只要想到阿爾努夫人，他的欲望便愈是強烈。也許，他會在路上遇到她。他還幻想了許多異常驚險的英雄救美情節，只為了能一親芳澤。

日子在同樣無聊的生活和固定的積習下流走。每天，他不是在奧德翁劇院[10]的拱廊下翻閱小冊子，就是在咖啡廳讀《兩世界雜誌》，或是到法蘭西學院聽一堂中文或政治經濟學的課。每星期他都會給德洛里耶寫一封長信，不時跟馬蒂農吃頓晚飯，偶爾去找找德．西齊先生。他租了一架鋼琴，譜寫了幾首德意志華爾滋舞曲。

一天晚上，在王宮劇院[11]看戲時，他遠遠看見阿爾努與一個女人同坐在一間包廂。她是誰？包廂一側綠色布簾微微地拉上，正好遮住她的臉孔。最後，舞臺帷幕升起，包廂簾幕也拉開來。那是一位年約三十，身材頗高的女人，面容有些憔悴。當她開懷大笑，厚厚的嘴唇便會張開，露出一排潔亮的牙齒。她和阿爾努親暱地交談，不時用扇子拍打他的手指頭。接著，一位金髮女郎過來坐在他們中間，她的眼瞼有點紅，好像剛哭過。阿爾努把頭靠在她肩膀旁邊，滔滔不絕地說話，但她沒有應答。腓德烈克絞盡腦汁，苦思這兩個衣著樸素、身穿深色翻領連衣裙的女人會是什麼人。

戲一閉幕，他急忙走向走道，散場的群眾擠滿走道。阿爾努就走在他前方，左右手各挽著一個女人，正一階一階步下樓梯。

突然間，一盞煤油燈照亮了阿爾努，只見他帽子上別著黑紗。怎麼回事？莫非是她死了？這個念頭令腓德烈克備受煎熬，第二天，他急急忙忙跑到工藝美術社。買下櫥窗展示的其中一幅版畫後，便毫不遲疑地詢問店員，阿爾努先生近況如何？

店員回答：「怎麼了？他很好！」

腓德烈克臉色發白，加問一句：「那夫人呢？」

「夫人也是啊。」

腓德烈克一時失神，忘了帶走他買的版畫。

冬天終於結束了。到了春天，他的憂鬱心情有所改善，也開始準備考試。馬馬虎虎通過考試後，他立刻動身返回諾冉。

因為不想被母親責怪，他忍著沒去特魯瓦探望好朋友。寒假結束回到巴黎後，他退掉了原來的住處，在拿破崙碼頭附近租了間一廳一房的公寓，自己添購家具布置。他已不抱指望會受到丹布羅斯家的邀請，而他對阿爾努太太的熱烈暗戀也開始降溫。

①．法文姓名中的「德」（De）字是貴族頭銜的表示，「德．丹布羅斯」這個姓表示丹布羅斯先生的祖上封地位於丹布羅斯。
②．奧弗涅：法國的一個區，人口稀少，由於是火山地區，土壤肥沃，居民多以農耕維生。
③．奧布省：香檳地區的一省份，腓德烈克的家鄉小城諾冉位於該省。
④．中左派：為議會中一個派系，基本上支持國王，但又反對國王太過專權。
⑤．當時有些人家會把房子的房間出租出去，除提供住宿外並包伙食。
⑥．哥德式風格：一種幻想、詭異、神祕的風格，哥德式建築則是十二世紀始於法國的尖塔形建築。
⑦．杜樂麗宮：建於一五六四年，曾是法國的皇宮，位處巴黎塞納河右岸，後於一八七一年被焚毀，原址之後被改建為公園。
⑧．香榭麗舍大道：在一八四八年法國革命以前，乃皇家的一個行宮所在地。該處景色優美，為譽為巴黎最美麗的一條街道。
⑨．聖朱斯特（一七六七—一七九四）：法國大革命時期的政治家。
⑩．奧德翁劇院：巴黎第二國家劇院，多表演古典名劇。
⑪．王宮劇院：一七八三年建立在皇宮旁，專演小歌劇。

Chapter IV

THE INEXPRESSIBLE SHE!

第四章

難以形容的她！

十二月的一天早晨，前往法學院上課的途中，腓德烈克發現聖雅克街比往常熱鬧許多。大學生們急躁地從咖啡店裡衝出來，或是從打開的窗戶互相呼喊。人行道中段的店家惶恐不安地看著他們的動靜，家家戶戶的百葉窗板都緊密著。抵達蘇夫洛街以後，只見先賢祠[1]周圍聚集了一大群人。年輕人三五成群（有的多至十幾人一群），臂挽著臂向前走，向更大的群眾靠攏。眾多人群這裡一堆，那裡一群。在廣場的盡頭，緊挨著欄杆的地方，有些穿著工人裝的男人正在發表演講。同時，頭戴三角帽的警察雙手抄在背後，沿著牆邊徘徊，腳上厚重的靴子將石板路踩得咯咯作響。人人的臉上都掛著神祕又好奇的表情，很顯然在期盼會有什麼事情發生。每個人都是問題問到了嘴邊，卻又忍了下來。

在那裡佇足觀看時，腓德烈克身旁站著一名金髮年輕人，他的相貌討喜，蓄著兩撇八字鬍，下巴一束短鬚，就像是路易十三[2]時期的風雅人士。腓德烈克詢問這個陌生人，騷動是因什麼事情引發的。

「我什麼也不曉得。」對方說，「他們自己也一無所知，時下流行騷動嘛！好笑吧！」說罷放聲大笑。

過去六個月以來，巴黎動輒發生暴動，有因為「改革請願書[3]」簽名活動引起的，有因為反對余曼[4]財產普查政策引起的，層出不窮；由於頻率太高，現在連報紙都不報導了。

腓德烈克身邊那個人繼續說：「看看他們抗議的格調，真沒氣魄。我相信，先生！我們這個世代正在墮落。在路易十一的美好年代，甚至在康斯坦[5]執政的時期，學潮都要有看頭得多。但現在的學生卻乖得像綿羊，笨拙得像生手，只配當雜貨店店員。唉！這些就是我們所謂的菁英學子。」

然後他模仿起《羅伯·馬蓋爾》一劇裡的勒梅特爾[6]，敞開雙臂說道：「菁英學子們，吾祝福於汝等！」

之後，他看見一個拾荒老人在酒店旁邊撿一堆生蠔殼，便高聲對他說：「你跟那些菁英學子是一夥的嗎？」

老人抬起一張醜臉，只見他的灰色鬍子裡藏著一個紅鼻子，一雙眼睛也因為酗酒而充滿血絲，目光呆滯。

「不，應該不是。我覺得你更像是那些混在不同人群裡，長相兇惡又大撒金子的傢伙之一。啊，撒吧！我的老族長，撒吧！⑦你是英國人嗎？如果是，就拿大不列顛的金銀財寶收買我吧！我不會拒絕薛西斯⑧的禮物的！讓我們來洽談關稅聯盟吧！⑨」

有人拍了拍腓德烈克肩膀。是馬蒂農，他的臉色一片慘白。

「唉！又是一場暴動！」他嘆一大口氣說。

他擔心會遭受連累，因而不斷抱怨。他尤其擔心那些穿工人裝的男人，懷疑他們隸屬於什麼祕密會社。

「您以為真的有祕密會社？」蓄八字鬍的年輕人說，「那不過是政府的老花招，用來嚇唬中產階級，讓他們不敢起鬨！」

馬蒂農請他小聲點，免得引起警察注意。

「您以為警察真敢怎麼樣？先生其實您又如何知道，我本人就不是便衣警察呢？」

馬蒂農被他盯得心慌，起初聽不出來他是在開玩笑。人群推著他們向前走，三個人全被擠上了一道通往新講堂的小樓梯。

不久，人群自動散開，讓幾位特別的人通過。其中一位是著名的隆德洛教授，他穿著寬大的雙排扣常禮服，一隻手將銀框眼鏡舉得高高的，因為氣喘而感到呼吸急促，正慢慢走往課堂。人人都脫下帽子朝他致敬。這人是十九世紀法國法學界的巨星，與德意志法學家扎卡里埃和魯道夫⑩分庭抗禮。雖然剛當選為貴族院議員，但他待人處世的舉止並未改變。大家知道他並不富裕，都非常敬重他。

這時，在廣場的盡頭處，有些人在高喊：

「打倒基佐！」

「打倒普里查爾⑪！」

「打倒賣國賊！」

「打倒路易－菲力普⑫！」

群眾前推後擁，推擠著院子裡深鎖的大門，教授因而無法繼續往前走。他在樓梯前停下來。不一會兒，他走上第三級階梯，開始勸大家回去上課，但群眾的喧囂嘈雜淹沒了他的聲音。雖然之前大家還愛戴他，現在卻憎恨他，認為他是當權者的代表。每次他試圖提高聲音，叫喊聲便重新響起。他努力比手勢示意學生跟著他走，得到的回應卻只是來自四面八方的謾罵聲。最後，他不屑地聳聳肩，一頭鑽進了走道。馬蒂農因為就站在他的旁邊，也順道溜走了。

「膽小鬼！」腓德烈克罵道。

「這叫謹慎。」蓄八子鬍的年輕人說。

群眾爆出一陣歡呼。在他們看來，教授的撤退代表著一種勝利，每扇窗戶都探出了好奇的臉孔。有人哼起《馬賽曲》，其他人則提議去詩人貝朗傑的家。

「去拉斐特的家！」

「去夏朵布里昂⑬的家！」

「去伏爾泰⑭的家！」蓄八字鬍的年輕人喊說。

警察試圖用最溫和的語氣驅散群眾：「走吧，先生們！走吧，回家去吧！」

某人大喊：「打倒劊子手！」

自九月的暴動⑮以來，這話便成了人們謾罵政府的口頭禪。大家齊聲呼應，又開始喝警察的倒彩，這些公共秩序的守護者被噓得愈來愈臉色鐵青。其中一個警察見一個小伙子直衝著自己當面嗤笑，忍無可忍之下猛推了對方一把。小伙子滾到五步之外，四腳朝天地躺在一家酒店門口。大家一哄而散，但幾乎就在同時，推人的警察也滾到了地上，原來有位大力士般的人物給了他一拳。這位大力士戴著一頂油膩膩的鴨舌帽，頭髮像是一束束粗麻。他先前在聖雅克街角駐足了幾分鐘，一看到警察推人，便丟下手上的大箱子，撲向那名警察，將他壓倒在地，狠狠地朝他的臉上揮拳。其他的警察衝過來搶救同僚，但那位可怕的店員一身蠻力，需要至少四名警察才制伏得了。兩個警察扯住他衣領使勁地搖，另外兩個警察各抓住他的一隻手臂，第五個警察則用膝蓋猛頂他的肋骨。他們喊他「土匪」、「刺客」、「暴徒」。他的衣服被扯得支離破碎，袒胸露背。他大聲申辯自己是無罪的：他不能冷血旁觀，眼睜睜看著一個孩子挨揍。

「我叫迪薩爾迪耶，在克雷里街的瓦蘭卡兄弟公司，蕾絲和精品倉庫工作。我的箱子呢？我要我的箱子！」

他反覆喊道：「迪薩爾迪耶，克雷里街，我的箱子！」

不過，他最終還是安靜了下來，帶著慷慨就義的神氣，任憑警察把他帶往笛卡兒街的哨所。潮水般的人群簇擁在他的後頭，腓德烈克和那位蓄八字鬍的年輕人也緊跟在後，對這位店員欽佩無比，也對當局的暴力憤恨難平。

愈往前走，尾隨的人愈來愈少。

警察不時會轉過頭，對人群露出恫嚇的表情。鬧事的人見無事可做，旁觀的人見無事可看，便逐漸散去。路人經過時看到這串隊伍，直盯著迪薩爾迪耶瞧，用粗俗的話大聲辱罵他。一個老太太在自家門口嚷著說這個人曾偷過她一塊麵包，這個莫須有的指控令兩個朋友更加怒火中燒。最後，一行人來到哨所，這時跟來的人約莫只剩二十人，一看到士兵出來，便各自離開。

腓德烈克和他的同伴大膽要求哨所放人。哨兵恐嚇說，如果他們繼續糾纏下去，就要把他們一併關起來。他們求見哨所長官，又報上姓名，表示自己是法學院學生，還宣稱被抓那人是他們的同學。

他們被帶進一間煙濛濛的房間，裡面空蕩蕩，只有四張靠在灰泥牆的長板凳。最裡頭一面牆上開著一扇小窗，接著，小窗裡露出了迪薩爾迪耶那張頑強的臉，只見他一頭亂髮。不知為什麼，他那雙誠懇老實的眼睛和寬大的鼻子，會讓人聯想起一條忠狗。

「你認不出我們了嗎？」余索內問。

余索內就是那位蓄八字鬍的年輕人。

「您們是……」迪薩爾迪耶結結巴巴地說。

「別裝了。」腓德烈克插口說，「你不是跟我們一樣，都是法學院的學生嘛！」

任憑兩人如何擠眉弄眼，迪薩爾迪耶就是看不懂，他看來還沒有回過神。過了一會，他突然迸出一句：「找到我的箱子了嗎？」

腓德烈克抬起雙眼，頗為失望。

然而，余索內緊接著說：「你的箱子？是用來放上課筆記的那個嗎？找到了，找到了，你大可以放心！」

他們更賣力地演出默劇，迪薩爾迪耶終於了解這兩人是來營救他的。他默不作聲，唯恐連累他們。再說，看到自己被抬舉為大學生，和細皮嫩肉的年輕學生相提並論，他心中感到一股莫名的羞赧。

「需要向誰捎個訊息嗎？」腓德烈克問他。

「不用，謝謝，誰都不用。」

「家人也不用？」

他低下頭，不發一語。這可憐的傢伙是個私生子。兩位朋友見他沉默不說話，感到很詫異。

「你有帶菸嗎？」腓德烈克又問。

迪薩爾迪耶摸了摸身上，從口袋深處掏出斷成幾截的菸斗。那原是一根很漂亮的白雲母菸斗，由烏木菸管、銀色蓋子和琥珀菸嘴構成。

這件傑作，他花了三年功夫才打造出來。他對待這菸斗的態度極盡小心：把菸斗頭包覆在一個羚羊皮套裡，吸的時候慢慢地吸，從不把菸斗放在冰冷的石頭上，每晚又將它懸掛在床頭。如今，菸斗變成了碎塊，握在他五個指甲流血又顫抖著的手裡。他下巴靠在胸前，定睛凝視這曾帶給他無比愉悅的寶貝，顯露無可言喻的傷感。

「我們是不是該給他一些雪茄呢？」余索內低聲說，又做出掏東西的動作。

但腓德烈克已經把一個裝滿雪茄的扁菸盒放到小窗邊上。

「請收下！再見，振作點！」

迪薩爾迪耶突然抓住了對方的一雙手，發狂似地緊緊握著，哽咽著說：「什麼？給我的！……給我的！」

不好意思接受這種情緒泉湧的感激，兩個人便趕緊離開，去了盧森堡公園前面的塔布雷咖啡廳吃午餐。

一邊切牛排，余索內一邊談到自己為幾家時裝雜誌工作，還幫工藝美術社繪製廣告。

「是雅克・阿爾努的店嗎？」腓德烈克說。

「您認識他嗎？」

「對！不，不認識！我是說……我們有過一面之緣。」

他假裝漫不經心地問余索內，會不會有時看見阿爾努的妻子。

「常常看到。」波希米亞人⑯回答道。

腓德烈克不敢追問下去，但眼前這個人突然在他的生命中占據了非同小可的位置。他主動付了餐費，余索內也沒搶著付錢的意思。

他們對彼此產生了好感，便互相留下住址。余索內要到弗勒律街去，熱情邀請腓德烈克陪他走這段路。

行經盧森堡公園中央時，余索內停下來，屏住呼吸，臉部肌肉扭曲成鬼臉，然後大聲學著公雞叫。四周的公雞齊聲回應，也「咕咕咯」地叫了一陣。

「這是暗號。」余索內解釋說。

他們在巴比諾劇院附近轉進一條小巷弄，到了一棟房子前面。閣樓的天窗長滿了金蓮花與香豌豆，只見一個光頭，身穿緊身內衣的少婦雙手撐在屋簷槽邊上。

「嗨，我的天使！嗨，我的小親親！」余索內邊說邊給她送去幾個飛吻。然後一腳踢開柵欄門，頭也不回地消失了。

腓德烈克等余索內來訪等了一個星期。他不敢去他家，免得一副急著要人家回請那頓午餐的樣子。他找遍整個拉丁區，有天晚上終於碰上余索內，便把他帶回拿破崙碼頭的住處去。

兩人促膝長談許久。余索內一直嚮往舞臺的榮耀與利益，他和別人合寫了一些小型歌舞劇，但都沒被採用。他有著「成堆的計畫」，也會作詞。他唱了幾段給腓德烈克聽，隨後，瞥見書架上一本雨果和一本拉馬丁⑰的書，便對浪漫派冷嘲熱諷了一番。他說浪漫派詩人缺乏常識，謬誤百出，更要命的是一點都不像法國人！他自誇對語言頗有研究，接著便吹毛求疵地把一些最優美的詩句，批評得體無完膚。那些秉持學究品味而生性戲謔的人，在談論嚴肅藝術時，往往就是這種格調。

腓德烈克聽得很不是滋味，只想趕緊結束這個話題。為何不立刻冒險說出那個攸關他幸福的請求呢？於是，他鼓起勇氣，詢問眼前這位文藝青年，可否將他引薦給阿爾努。

對方表示這件事並不困難，和腓德烈克約定翌日便去。

但余索內爽約了，後來又連續爽約了三次。一個星期六，四點左右，他終於出現了。不過，利用有便車可搭之便，他先是到法蘭西劇院買了一張包廂票，接著又去了一家裁縫店和一家女成衣鋪，還在幾家人的門房留了便條。最後總算到了蒙馬特街。腓德烈克穿過店堂，上了樓梯。阿爾努背向著他，正在書桌寫字。從書桌前的玻璃屏風認出腓德烈克之後，阿爾努一邊繼續寫字，一邊向後伸長另一隻手放在腓德烈克的肩膀上。

四周站著五、六個人，把狹窄的空間擠得水泄不通。小廳堂的光線全來自一扇開向中庭的窗戶，它的末端放著一張羊毛面的棕色長沙發，左右兩邊各有一扇掛著門簾的門⑱。壁爐頂堆滿了舊紙張，放著一尊維納斯的銅像，兩側各有一座插著玫瑰色蠟燭的枝狀燭臺。在壁爐右邊靠近文件櫃的地方，有個戴帽子的男人坐在單人沙發上看報。牆上掛滿了一排排木板畫和油畫，以及出自當代名家手筆的珍貴版畫或素描，全都附有向雅克．阿爾努表達最誠摯情誼的題辭。

「這些日子都還好嗎？」他轉過身問腓德烈克，沒等回答便低聲問余索內：「你朋友叫什麼名字？」隨後又提高音量說：「文件架上的盒子裡有雪茄，請自便吧。」

工藝美術社位於巴黎市中心，是個相約見面的方便地點，也是個可供競爭對手彼此揶揄的中立地帶。在這裡，你很有可能會碰到擅長畫君王肖像的布雷夫、以素描頌揚阿爾及利亞戰爭的布里歐、漫畫家宋巴斯、雕刻家弗爾達和其他有名藝術家，但他們的實際樣貌無一與腓德烈克心目中的形象相符。這些人舉止隨便，談吐不忌腥色。這一天，神祕主義畫家洛瓦里亞說了一則猥褻的故事，而東方風景畫的開創者狄特梅，在他的西裝背心裡穿了件女用針織襯衫，而且還搭乘公共馬車回家。

他們首先提到一位叫阿波洛妮的女孩。她本來只是個模特兒，但布里歐卻聲稱曾經在林蔭大道看到她坐在一輛四輪馬車裡。余索內列舉了一堆和他相好過的女人，來說明麻雀變鳳凰牽涉到什麼樣的祕訣。

「你這小子認識的巴黎女孩還真多！」阿爾努說。

「老爺，小的只是向您看齊罷了，享用的也是您剩下的。」波希米亞人回答道，一邊模仿精銳部隊向拿破崙獻水壺的模樣，給阿爾努行了個軍禮。

接著，大家討論了幾幅以阿波洛妮作為模特兒的畫作，把幾個畫它們的不在場同行批評了一頓，又說他們索價之高讓人咋舌。說到這裡，大家都抱怨自己賺的錢太少。就在此刻，走進來一個中等身材的男人，打斷他們的談話。這個人的禮服只扣了一顆扣子，目光閃動，顯得有點瘋瘋癲癲。

「你們這票生意人！」他說，「上帝啊！錢有什麼重要的？試問哪個大師是把錢放在眼裡的？想想看柯雷吉歐，想想看牟里羅[19]……」

「還有佩爾蘭。」宋巴斯說。

但佩爾蘭毫不理會這個諷刺，滔滔不絕地慷慨陳詞，逼得阿爾努不得不連說了兩遍：「我太太希望星期四看到您，別忘了！」

這句話勾起了腓德烈克對於阿爾努夫人的想念。毫無疑問，她很可能就住在長沙發旁邊那個小房間裡。阿爾努一度打開小房間的門要拿一條手帕，腓德烈克瞥見房裡角落放著一個臉盆架。

這時，壁爐邊傳來一陣喃喃自語，發出聲音的是那位坐在單人沙發裡讀報的男士。他身高一百七十幾公分，有著濃密的眼睫毛，滿頭灰髮，相貌堂堂。此人名叫列冉巴。

「又發生什麼事啦，公民？」阿爾努問。

「政府又幹了一樁混帳事！」

他指的是一位小學教師被革職的事。

這時，佩爾蘭又拿米開朗基羅和莎士比亞加以比較。狄特梅站起來，準備要走，但阿爾努將他拉住，塞了兩張鈔票到他的手裡。余索內見機不可失，便說：「我能預支一點薪水嗎，我的好老闆？」

但阿爾努已坐回位子去，正狠狠奚落一位戴藍眼鏡，面貌醜惡的老人。

「嘿！您看您幹了什麼好事，伊薩克老爹！您那三幅東西讓我名聲掃地，全完蛋了！每個人都在笑我！大家都識破了那是什麼貨色！您要我拿它們怎麼辦？我看我得把它們送去加利福尼亞了——真見鬼！給我閉嘴！」

伊薩克這個老可憐蟲的專長是畫假畫，在油畫一角簽上古代大師的名字。阿爾努拒絕付款，粗暴地打發他走，接著立刻換了一副嘴臉，畢恭畢敬地問候一位老紳士。這位紳士留著兩撇八字鬍，脖子上繫著白色蝴蝶結，胸前掛著榮譽軍團的佩章，擺出一副一本正經的模樣。

阿爾努把手肘擱在窗扣上，巧言令色地和他談了許久。最後，高聲的說：「唉！掮客這行飯不好吃，伯爵大人。」

那位尊貴的紳士讓步了，阿爾努付給他二十五個金路易。他前腳才剛踏出門，阿爾努就說：「這些大爺真是瘟神！」

「一堆混蛋！」列冉巴喃喃地說。

愈晚阿爾努便愈加忙碌：編貨單、拆信、整理帳目，事情一大堆。聽到倉庫傳來錘打聲，他又跑去監督包裝，然後回來繼續工作。他一邊用鋼筆在紙上振筆疾書，一邊談笑風生。他提到，自己今晚受邀到他的律師家裡吃飯，第二天還要動身前往比利時。

其他人在閒聊當前的熱門話題，如契魯比尼[20]的肖像、藝術學院的半圓形禮堂和下次的畫展等等。佩爾蘭則大肆攻訐藝術學院，誹謗聲與討論聲此起彼落。小廳堂的天花板很矮，又擠了一堆人，幾乎連轉個身都有困難。在一片瀰漫的雪茄煙霧中，玫瑰色蠟燭的燭光顯得迷迷茫茫，就像霧裡的陽光。

長沙發旁的那扇門突然打開，一個高瘦的女人匆忙地走進來。由於她動作太急，手鐲上的鏈子在塔夫綢黑禮服底下卡嗒作響。

她就是腓德烈克去年夏天於王宮劇院見過的那個女人，在座有幾個人呼喚她的名字，和她握了握手。余索內最後總算要到了五十法郎，掛鐘敲響七點。

所有人起身告辭。

阿爾努請佩爾蘭留下來，接著帶華娜絲小姐到梳妝室。

腓德烈克聽不見他們說什麼。兩人在梳妝室裡輕聲細語，像在說悄悄話。然而，女人的聲音突然提高：「打從六個月前把事情辦妥，我就一直等到現在。」

經過許久的沉默之後，華娜絲小姐重又回到小廳堂，阿爾努顯然答應了她什麼。

「好，好！就過幾天！」

「再見，幸福的人。」她邊往外走邊說。

阿爾努很快地回到梳妝室，在八字鬍上抹了一些油膏，拉一拉褲子的吊帶，然後一面洗手一面說：

「我要兩幅門屏，布歇風格[21]的，每幅兩百五十法郎。清楚了嗎？」

「好吧。」畫家漲紅著臉應道。

「很好！別忘了我太太的事！」

腓德烈克陪佩爾蘭一路走到普瓦索尼埃鎮區㉒的最高處，又懇請他允許自己有時到他的畫室拜訪，佩爾蘭慷慨大方地答應了。

為了發掘美的真諦，佩爾蘭讀遍了所有美學著作。他相信，一旦找尋到了美的真諦，就能畫出偉大傑作。他周圍堆滿了想像所能及的一切輔助物：繪畫、石膏像、模型、版畫。他不斷追尋，搜索枯腸。每逢畫不出東西，他就會怪天氣、怪自己沒用、怪畫室太小，然後跑到街上尋找靈感，一旦抓住吉光片羽就激動得全身顫抖，但沒有多久又把苦思多日的作品擱置一旁，夢想創作另一幅更棒的作品。他備受追求名聲的欲望煎熬，把光陰虛擲在冗長的討論，又相信千百種蠢事，諸如體系、評論、規範的重要性，或是藝術革新等。結果是，他雖然年已半百，仍然一事無成，有的只是一些草圖和未完工的半成品。頑強的自信心讓他不知灰心喪志為何物，但他總是急躁易怒，又時常像個喜劇演員那樣，處於一種既刻意又自然的興奮狀態。

任何人一踏進他的畫室，注意力一定都會落在兩幅大油畫上頭。兩幅都只著了第一層色，褐色、紅色和藍色顏料東一塊、西一塊。用粉彩勾勒的線條在畫布上縱橫交織，像是針線來回穿引了二十回，卻又讓人完全看不出來它們的用意何在。佩爾蘭用大拇指指著畫中空白的部分，告訴腓德烈克，第一幅畫的主題是「尼布甲尼撒㉓的瘋狂」，第二幅的主題是「暴君尼祿㉔縱火燒羅馬城」，腓德烈克聽了大為傾倒。

佩爾蘭非常欣賞畫裡那些披頭散髮的女人和被狂風扭曲的樹木，又特別欣賞各種畸形的動植物，說會使他聯想起卡洛、林布蘭或哥雅㉕的作品（可是又說不出是他們的哪幅作品）。不過，佩爾蘭對自己這兩幅年輕時的創作已不屑一顧。如今他推崇「宏偉的風格」，於是便滔滔不絕地談起費迪亞斯和溫克爾曼㉖。他身邊的事物加強了言語的力道，包括一顆放在祈禱椅上的人頭骨、幾把土耳其彎刀和一件袈裟。腓德烈克把袈裟試穿在身上。

有時他來早了，會驚訝地看見這位畫家竟是睡在一張破舊摺疊床上（這床平常是用一塊掛毯遮起來）。原來佩爾蘭勤於看戲，所以經常晚睡。服侍他的是個衣衫襤褸的老婦人，他在廉價小餐館吃晚餐，沒有情婦。他的知識來自非正統管道，駁雜不堪，因而自相矛盾得讓人發笑。他痛恨俗人和「布爾喬亞㉗」，常加以冷嘲熱諷。他對於遣詞用字的講究媲美抒情詩，也對各個藝術大師懷抱著宗教般的虔敬，幾乎也把自己升格到了相同的高度。

但他為何從未提起過阿爾努太太？至於她的丈夫，佩爾蘭有時會說他是個好傢伙，有時又罵他是個江湖騙子，腓德烈克等著他說明個中道理。

有一天，翻閱畫室裡的一本畫冊，腓德烈克發現一張波希米亞女子的畫像與華娜絲小姐有幾分神似。他對這個女人很感興趣，便向佩爾蘭打聽她的背景來歷。

依照畫家的說法，她原是位外省的小學教師，目前在巴黎教書，也為一些小報撰稿。

腓德烈克表示，以她與阿爾努親暱的互動方式，很難不讓人以為她是他的情婦。

「嗤！他有的是情婦，不差這一個！」

腓德烈克因自己思想低下而臉紅起來，便把臉撇過去。接著又以自鳴得意的口氣問道：「他太太一定會還以顏色，有樣學樣吧？」

「沒這回事，她是個善良的女人！」

腓德烈克再一次感到愧疚，自此更常出沒工藝美術社。

在他的眼裡，大理石匾上斗大的「阿爾努」幾個字相當獨特且意義深長，彷彿是出自《聖經》。店鋪外的人行道很寬，而且是處於下坡路段，走起來十分輕鬆；店門幾乎會自動打開；門把觸感光滑，握著它就像握著一隻友好而靈巧的手。於是，不知不覺間，腓德烈克變得和列冉巴一樣，每天都會準時到工藝美術社報到。

列冉巴總是窩在壁爐角落的單人沙發，占著《國民報》不放，看個老半天。一會兒發出驚嘆聲，一會兒聳聳肩。他不時掏出手帕擦擦額頭，然後揉成一團，塞進綠色雙排扣常禮服的兩顆鈕扣中間。他穿打摺的褲子、一雙半筒靴，脖子上打著長領帶，頭上那頂捲邊的帽子讓人老遠就可以在人群中認出他來。

每天早上八點，列冉巴固定會從蒙馬特高地往下走，到勝利聖母街喝幾杯白葡萄酒。他早餐吃得很晚，接著會打幾局撞球，一直消磨到下午三點才轉移陣地，到全景拱廊街喝杯苦艾酒。在阿爾努的店待過之後，他會到博德萊菸館喝幾杯比特酒。到了晚餐時間，他不會回家吃老婆做的飯，寧可獨自到加榮街一家小咖啡館，要求店家來點「天然風味的家常菜」。填飽肚子之後，他會到另一家撞球間混到午夜。精確的說是混到凌晨一點，也就是煤氣街燈已經熄滅、排門板㉘已經上好，累歪的店老闆懇求他離開為止。

公民列冉巴㉙酷愛這些場所，不是因為貪杯，而是已經養成了在這些地方談論政治的習慣。由於上了年紀，活力不再，現在的他變得沉默寡言、抑鬱寡歡。光看他那副凝重嚴肅的神情，人們會以為他正在籌謀什麼驚天動地的大計畫，實際上什麼都沒有。雖然對外宣稱自己忙到不行，但沒有人（包括他的朋友）知道他有什麼可忙的。

阿爾努看起來對他敬重有加，有一天曾對腓德烈克這樣說道：「不騙您，這個人見多識廣，很有才幹。」

有一次，列冉巴把一疊關於布列塔尼瓷土礦的文件攤在他的桌上。阿爾努信賴他的經驗，便照他的建議去做。

於是，腓德烈克對列冉巴更加畢恭畢敬了，甚至經常請對方喝苦艾酒。儘管後來發現此君是個笨蛋，但腓德烈克仍經常陪他個把小時。而理由只有一個：他是雅克．阿爾努的朋友。

說到阿爾努，多位當代名家在剛出道時都曾受過他的提拔。不過，到了後來，他一方面維持著附庸風雅的門面，一方面千方百計地牟取利潤。他致力於將藝術大眾化，薄利多銷。巴黎所有奢侈品工業無不受到他的影響，而這種影響雖然能成就小利，卻壞了大事。因為急於迎合大眾的喜好，他把有才華的藝術家引入歧途，腐蝕強者，搞垮弱者，標榜庸才，他透過人脈和雜誌成就他們的名氣。初出茅廬的畫家都順著他的方向走，盼望作品可以陳列在工藝美術社的櫥窗，家具裝潢業者紛紛到他店裡索取樣本。腓德烈克將他視為百萬富翁、藝術愛好者和實業家，然而阿爾努的不少行為仍看得他瞠目結舌，因為這位畫商做生意的方法十分狡猾。

例如，他會在德意志或義大利內地以一千五百法郎收購一幅買自巴黎的畫，然後標價四千法郎，再以美其名為實惠價的三千五百法郎賣出。他對畫家經常耍的把戲，是藉口要將畫作製成版畫，要求削價作為補貼，但從這種價差撈到一筆之後，版畫的事卻沒有下文。遇到被他占便宜的畫家向他抱怨，他都是拍拍肚子當作回答。另一方面，他又不吝嗇提供朋友免費雪茄，會用「你」而不是「您」稱呼第一次見面的人。只要他喜歡上一個畫家或一幅畫，他就會堅持己見，不計後果地花大錢刊登廣告、出差、寫信，為之宣傳。他自認為為人正派，可是話匣子一打開，他就會毫無機心地把自己種種寡廉鮮恥的行徑全抖出來。有一回，有一家新創辦的藝術雜誌社舉辦開幕盛宴，阿爾努為了拆對方的臺，在宴會開始前一個鐘頭請腓德烈克當著他的面，寫一些假信給應邀的賓客，說是宴會已經取消。

「這不傷任何人的顏面，您懂嗎？」

腓德烈克不敢拒絕。

第二天，當他和余索內走進阿爾努的辦公室時，聽到背後有什麼聲音，轉頭瞥見有條裙子的下襬沒入通往樓梯那道門的後面。

「真是萬分抱歉吶。」余索內說，「早知這裡有女人，我們就⋯⋯」

「有什麼好抱歉的？不過就是我內人。」阿爾努回答說，「她剛好路過，順便進來看看我。」

「不會吧？」腓德烈克說。

「是真的，她要回家去了。」

聽到這個，這屋子在腓德烈克心中的魅力頓時煙消雲散。之前他隱隱感覺到的美妙氛圍忽然間不見了──不，不是不見了，是從來不曾存在過。他無比驚愕，感到像是被人出賣似的痛心。

阿爾努翻著抽屜，一邊微笑著。是在譏笑他嗎？余索內把一捆潮濕的紙張放在桌上。

「啊！廣告！」畫商大聲嘆道，「我今晚看來不用吃飯了。」

這時列冉巴拿起帽子。

「怎麼，要走了？」

「七點了。」列冉巴說。

腓德烈克跟著他離開。

走到蒙馬特街街角時，他轉過身，望向工藝美術社二樓的窗戶。回憶起自己以往凝視這些窗戶時有多麼情深意濃，他不禁又自憐，又自嘲。那麼，她究竟住在哪裡呢？他何時才會見到她？本來圍繞著他的渴望幻滅了，孤寂變得前所未有的巨大。

「想來一點嗎？」列冉巴問。

「來一點什麼？」

「苦艾酒。」

抵不過列冉巴的堅持邀約，腓德烈克跟著去了博德萊菸館。當他的同伴兩肘擱在桌上端詳酒瓶時，他卻心不在焉地左顧右盼。突然，他看見佩爾蘭就在外頭的人行道上。這位畫家敲敲玻璃窗，然後走了進來。不等他坐好，列冉巴便問他何以許久沒在工藝美術社露面。

「我死也不要再去。那傢伙是個畜生、混蛋、不折不扣的無賴、眼中只有錢的生意人！」

佩爾蘭這一串痛罵迎合到腓德烈克此刻的憤怒情緒。然而，他也感到有些受傷，因為這番辱罵多少罵到了阿爾努太太。

「怎麼說，他對你做了什麼？」列冉巴問。

佩爾蘭跺了跺腳，用力吐出一口大氣，但沒有回答。

為了生活，佩爾蘭有時會模仿大師的筆法畫些雙色粉彩畫或模擬畫，來欺騙那些不太內行的業餘藝術愛好者。這種營生手段實在丟人，所以他一向不願提起。但這一次阿爾努實在太過分，讓他忍無可忍。

話說，他按照阿爾努開出的訂單，腓德烈克當時在場，畫了兩幅門屏。交貨時，阿爾努把畫作批評得體無完膚，從構圖、用色到線條（特別是線條）都挑剔了一番，表示不肯收下。但佩爾蘭被一張即將到期的支票逼到走投無路，只好主動降價。沒想到，過了半個月，阿爾努卻以兩千法郎的售價把它們賣給了一個西班牙人。

「我沒誇大一毛錢！真的是強盜！而且千真萬確的是，他還做過很多一樣惡劣的勾當，總有一天他會出現在法院的被告席上！」

「您誇大了吧！」腓德烈克怯生生地說。

「好吧，是我誇大！」畫家高聲說，往桌上狠狠地搥了一拳。

但這個激烈的舉動反而引起腓德烈克不滿，便指出阿爾努是可以做得更客氣一些，但如果他真的覺得那兩幅畫……。

「覺得怎樣？畫得很爛對不對？說出來啊！您有看過嗎？這是您的專業嗎？請您搞清楚，年輕人，這種事我是不容外行人置喙的。」

「好吧，好吧，這不是我的專業。」腓德烈克說。

「那您到底為何要袒護他？」佩爾蘭冷冷地說。

年輕人結結巴巴地說：「因為……因為我是他的朋友……」

「去吧！代我擁抱他吧，晚安！」

畫家怒氣沖沖地走了，當然也沒付酒錢。

在為阿爾努辯護的同時，腓德烈克也相信了自己的辯護。他只覺得，以阿爾努這麼一個聰慧善良的人，卻受到朋友的誹謗與唾棄，不禁心生同情。一想到阿爾努正在孤伶伶地工作，腓德烈克便抗拒不了立即再去看他的衝動。於是，十分鐘後，他推開了工藝美術社的門。

阿爾努和他的夥計正在準備幾張用來宣傳畫展的大型廣告看板。

「咦，您怎麼又回來？」

這個問題如此簡單，卻讓腓德烈克尷尬起來，不知該如何回答。最後，他假裝自己掉了一本筆記本，想回來尋找：有人見過一本藍色皮革封面的小筆記本嗎？

「您用來夾情書的那本嗎？」阿爾努問。

腓德烈克的臉羞紅得像個少女，極力否認。

「那麼，是您用來寫詩的那本囉？」畫商又問。

他一邊搬動要陳列的圖樣，一邊推敲要採用什麼樣的形式、顏色和邊框。腓德烈克對他心不在焉的樣子愈來愈不耐煩，尤其是他的手（這雙手又大又軟，指甲扁平）愈看愈討厭。最後，阿爾努起身，說了句「搞定了」，然後過分親暱地捏了年輕人的下巴一把。腓德烈克對這種輕佻的舉止很不悅，向後退了一兩步，隨即一個箭步跑出店門外。他相信，這是他這輩子最後一次走出這扇門，阿爾努太太的形象已經伴隨她丈夫的粗俗一落千丈了。

就在這星期，他收到了德洛里耶的來信，得知這位好友會在下週四抵達巴黎。於是，他趕緊把心思轉向這份更穩固也更崇高的感情上。有德洛里耶這樣的一個朋友，抵得了世上所有的女人，他也不再需要列冉巴、佩爾蘭、余索內或其他任何人！為了讓好朋友住得舒服，腓德烈克買了一副鐵床架，添購了一張單人沙發，又把自己的被褥分成兩份。星期四早晨，當他穿戴妥當，準備出門去迎接德洛里耶之際，門鈴突然響了。

走進來的人是阿爾努。

「我只有一句話要說：昨天有個朋友從日內瓦送來一條肥美的鱒魚，我們期待您的光臨——今晚七點整。地址是舒瓦澤街二十四號。別忘了！」

阿爾努走後，腓德烈克由於膝蓋發抖，不得不坐下來。他自言自語說：「總算等到了！總算等到了！」他隨即寫字條給他的裁縫、帽商和靴匠，請了三名信差把三封短柬遞送出去。

門鎖傳來了轉動聲，門房接著出現在門口，肩上扛了一只大箱子。

腓德烈克一看到德洛里耶就開始顫抖，渾似一個淫婦被丈夫撞見了好事。

「什麼事讓你耽擱了？」德洛里耶說，「你沒收到我的信嗎？」

腓德烈克沒有餘力撒謊。他敞開雙臂，投入朋友的懷抱裡。

接著，書記談起自己的事。他父親不想交出代管遺產的帳目，異想天開地以為只要十年不交出，兒子的繼承權就會自動失去時效。可是德洛里耶精通法律，終於把母親留給他的全部遺產奪回來：一共是七千法郎。這筆錢現在全部在他身上，放在一只舊皮夾子裡。

「這是一筆儲備金，用來以防萬一。我得想個最好的投資辦法。一等明天早上，我就會去找個安頓處。但今天一整天都是空的，任憑你的差遣，老朋友。」

「啊！別勉強自己。」腓德烈克說，「要是你今晚有什麼要緊的事……」

「得了！那我豈不成了自私鬼……」

這句脫口而出的話正中腓德烈克要害，讓他彷彿挨了一頓罵。

門房這時已在壁爐旁的桌子擺上豬排、凍肉、一尾大龍蝦，一些甜點和兩瓶波爾多葡萄酒。看到好朋友為他準備的這席洗塵宴，德洛里耶大為感動。

「你把我當國王一樣招待了！」

他們暢談了往事，又聊到了未來的計畫，不時會伸出手在桌上相互緊握，激動地彼此凝視片刻。

但不久，一位信差送來了一頂新帽子，德洛里耶高聲稱讚帽子華麗。接下來，裁縫親自送來燙好的禮服。

「不知情的人會以為你要結婚了。」德洛里耶說。

一小時後，第三個人也來了，從一個黑色袋子裡拿出一雙閃閃發亮的皮靴。腓德烈克正在試穿時，鞋匠狡黠地瞄了那個從鄉村過來的年輕人腳上一眼。

「這位先生有需要什麼嗎？」

「沒有，謝謝！」書記回答，一邊把穿著舊鞋的腳藏進椅子底下。

這個具有羞辱性的插曲令腓德烈克有些不快。最後，彷彿突然想起某事般，他叫了一聲：「啊！見鬼！我竟然忘了。」

「什麼事？」

「有人約了我今晚赴宴。」

「是丹布羅斯府上嗎？你怎麼從沒在信裡提起他們？」

「不，不是丹布羅斯家，是阿爾努家。」

「你應該早告訴我的。」德洛里耶說，「那我可以晚一天來。」

「不可能的。」腓德烈克粗聲地說，「我是早上才收到邀請，就在剛才。」

為了彌補過失和分散好朋友對這件事的關注，腓德烈克開始解開行李上的繩索，把東西收納到五斗櫃，又表示把床鋪讓給對方，自己改睡梳妝室。才四點鐘，他便開始在浴室裡梳妝打扮。

「還早著呢。」書記說。

腓德烈克打扮好之後便離開了。

「這就是有錢人的作風。」德洛里耶心想。

之後，他去了聖雅克街一間小餐館用餐，那裡的老闆是他的熟人。

腓德烈克爬樓梯時停下來好幾次，心跳得太快了。他的一隻手套因為太緊而破了個洞，當他正在袖口下綁緊那個破洞時，阿爾努也正從他背後爬上階梯，隨即挽住他的手臂，帶他進門。

前廳採用中國風裝潢，天花板垂吊著一個彩繪燈籠，角落放著幾盆竹子。穿過客廳時，腓德烈克被一張虎皮絆了一下。這裡的燈還沒點亮，唯一光線來自遠處閨廳的兩盞油燈。

瑪爾特小姐出來宣布，她媽媽正在打扮。阿爾努把她抱高到嘴邊，親了一親，隨後因為要到地窖挑選幾瓶好酒，便將女兒留在腓德烈克身邊。

自上次蒸汽輪船上相遇以來，小女孩長大了許多。她的深色長髮捲成一綹一綹，在外露的手臂上彈動。她的裙子比女芭蕾舞舞者的裙子還鼓，露出粉色的小腿；孩童的稚氣散發著花束般的清香。她欣然接受這位年輕紳士的讚美，大而迷濛的眼睛盯著他看。隨後，她便踩著地毯，悄悄地從家具之間像貓一樣的溜走。

腓德烈克不再感到侷促不安。油燈的球形燈罩裝飾著紙花邊，發散出乳白色的光輝，使掛了紫紅色綢緞的牆壁顏色變得柔和。透過扇形的圍欄架，可以看到壁爐裡的炭火。壁爐頂上放著座鐘，附近有一只帶銀扣鉤的小匣子。到處都散落一些家常日用品：沙發中央躺著個洋娃娃，椅背上搭著條圍巾，工作桌上擱著羊毛針織背心（上面還插著兩根象牙針）。閨廳裡的一切看起來是如此安詳，在在反映這是一戶正派單純的家庭。

阿爾努回來了，他的太太也從另一扇門走出來了。由於被陰影所籠罩，年輕人起初只先看到她的頭。她身穿黑絨晚禮服，頭髮用一個扎在篦上的紅色絲網罩住，髮尾垂落於左肩。

阿爾努介紹腓德烈克給太太認識。

「啊，我清楚記得這位先生。」她說。

然後所有客人幾乎在同一時間到達：除了狄特梅、洛瓦里亞、布里歐以外，還有作曲家羅森瓦爾、詩人洛里斯、兩位藝術評論家（都是余索內的同事）和一位造紙商。最後一位是大名鼎鼎的曼休斯——他是宏偉畫派碩果僅存的代表，已經高齡八十，仍然身體硬朗，有著一個便便大腹。

阿爾努太太攙扶老人走進飯廳。一個空位子是留給佩爾蘭的，儘管阿爾努占他便宜，但心底還是喜歡他的。況且，佩爾蘭的毒舌也讓阿爾努畏懼三分，為了重新籠絡他，阿爾努在《工藝美術雜誌》

刊登了他的肖像，還附了幾句肉麻的頌辭。因為佩爾蘭為人重名多於重利，這一招果然奏效：經過再三猶豫，他終於在八點左右氣喘吁吁地趕到。腓德烈克還以為他們兩個早就修復前嫌。

在座的人物也好，菜餚也好，樣樣都教腓德烈克非常歡喜。飯廳一面牆上掛著一張壓平的皮革，很有中世紀客廳的格調。在一張用來放置土耳其長菸管的架子前面，豎立著一個荷蘭式古董櫥。餐桌擺放各種顏色的波希米亞玻璃杯，它們與各式鮮花水果相映，產生出花園彩燈的效果。

光是芥末醬就有十種之多，讓他不知該從何挑選。他品嘗了西班牙番茄湯、咖哩、嫩薑、科西嘉烏鶇，還有一種叫千層麵的羅馬通心麵。喝到的酒也是非同一般，既有義大利的「里普佛拉里奧」，也有匈牙利的「托卡」甜酒。事實上，有本領為賓客奉上佳餚美饌，正是阿爾努一向引以為傲的事情。為了採購上好食材和美酒，他殷勤討好驛馬車的車伕，又刻意結交達官貴人家裡的廚師，以便弄到調製珍稀醬汁的祕方。

不過，讓腓德烈克最感興趣的是席間的談話。狄特梅談論的東方見聞激起了他對旅行的興致；羅森瓦爾侃侃而談歌劇，滿足了他對戲劇界內幕消息的好奇；余索內提到有一年冬天因為沒錢吃飯，每天只靠啃荷蘭乳酪過日子，既道出了波希米亞人生活的清苦，又妙趣橫生。洛瓦里亞和布里歐就佛羅倫斯畫派[30]交換的意見，讓腓德烈克對大師的名作有了嶄新的體會，開闊了視野。佩爾蘭以下的一番高論也讓他無法不拍案叫絕：

「拜託別再拿你們醜陋的真實來煩我了[31]！真實？它是什麼東西？有人說它是黑的，有人說它是藍的——老百姓則說真實是殘酷的。再也沒有比米開朗基羅的作品更自然有力的了！過於看重外在真實正是現代人藝術品味低下的表徵。長此以往，藝術將會變成一種爛笑話，比宗教還要不如，比政治還要卑賤，永遠不可能達成它的真正目的。藝術的真正目的是什麼？不是極盡雕琢，而是引起一種忘我的悸動。就拿巴索利耶的畫來說好了，它們都漂亮、媚人、乾淨，一點都不沉重。你大可以把它們放進口袋裡，帶著它們去旅行。公證人可以花兩萬法郎買它們，哪怕它們的中心思想只值三個銅板。但沒有理念思想就不會有壯偉，沒有壯偉就不會有美。奧林匹斯山㉜才稱得上是一座山，世上最雄偉的建築物永遠是金字塔。熱情洋溢勝過優雅，沙漠勝過人行道，一個野蠻人勝過一位美髮師！」

腓德烈克一面聽著這些議論，一面不時瞄瞄阿爾努太太。這些話浸入了他的靈魂，就像是金屬融入了鎔爐，再加上他自己的激情，便熔鑄成了愛情。

他和她坐在桌子同一邊，中間隔著三個位子。她不時會側過身，跟女兒講講話。每當她微笑，臉頰便會浮現酒窩，讓她的臉更顯得嬌美。

阿爾努太太在男士們喝飯後酒時離席，談話的內容開始變得不正經。阿爾努是個中能手，因而大出鋒頭，這群人的寡廉鮮恥令腓德烈克感到震驚。然而，由於他們就像他本人一樣，念茲在茲的都是女人，這也讓腓德烈克覺得自己的地位提高不少，儼然可與他們平起平坐。

大家回到客廳之後，腓德烈克為了表現出泰然自若的樣子，便拿起桌上一本紀念冊來翻看。有些名家在紀念冊裡畫了插畫，有些題了詩文，有些只有留下簽名。在這些響噹噹的名字之間，夾雜著許多陌生的姓名。有些題辭不落俗套，而有些卻只是蠢話一堆，它們多多少少都在表達對於阿爾努太太的頌揚之意。腓德烈克沒有膽子在紀念冊上題字。

她從內客室找來腓德烈克剛才在壁爐上看過的那只帶銀扣鉤的小匣子。那是丈夫所送的禮物，是文藝復興時期的工藝品。看到這禮物，眾人都讚揚阿爾努體貼細心，他太太也感謝他。被這氣氛感動，阿爾努在賓客面前親吻了太太一下。

隨後，大家三五成群，分頭聊天。年邁的曼休斯坐在壁爐旁一張搖椅，與阿爾努太太聊天。她傾身貼近他的耳朵，兩人頭耳相接。看到這個，腓德烈克恨不得自己是個重聽的殘疾，又或者是個德高望眾的白髮老人——因為那樣的話，他將有望與她發生親密接觸，那該有多好！他感覺內心被什麼囓咬著，氣惱自己怎麼這麼年輕！

稍後，她走到他坐的角落，問他各種禮貌性的問題：是否認識在座任何一位賓客，是否喜愛繪畫，在巴黎讀書多久等等。聽在腓德烈克耳裡，每一個從她口中說出的字都像是全新的，只有她一個人說得出來。她頭飾上的流蘇撫拂在裸露的肩膀上，腓德烈克目不轉睛地看著，整個靈魂都融入了她雪白的肌膚裡。但他不敢抬起頭，正視她的目光。

兩人的談話被羅森瓦爾打斷：他有請阿爾努太太高歌一曲。待他彈過前奏後，她雙唇微啟，一陣清澈悠長如銀鈴般的歌聲隨之升起。

歌詞是義大利文，腓德烈克一句都聽不懂。這首歌剛開始是低音，有點像教堂音樂，其次是較活潑的旋律，接著一個樂句斷成好幾個急音，然後突然沉澱下來，又回到寬廣悠揚的旋律。

她站在琴鍵旁邊，手臂下垂，雙眼迷濛地望向遠方。有時，為了看清楚樂譜，她的頭會向前傾斜，眼睫毛急速眨動。伴著低沉的琴音，她會以女低音的歌喉發出悽愴的音色，在場聽者無不淒然。待唱到高亢處，她漂亮的臉蛋會側向肩膀，胸口起伏，雙臂張開。每逢要發出顫音，她的脖子會向後仰，彷彿要接受一個來自空中的親吻。她在連飆三個高音後降下來，接著又是一個高音；歷經瞬間的寂靜後，全曲以持續的低音作結。

羅森瓦爾沒離開鋼琴，繼續彈琴自娛。陸續有賓客告辭。到十一點，當最後一批客人起身離開之際，阿爾努藉口要送佩爾蘭回家，陪著他走出去。有些人就是如此：吃過晚餐之後總要出去「遛一遛」，不然就會渾身不舒服。阿爾努太太在前廳送客，狄特梅和余索內向她欠身致意，她伸出手與他們握別。然後，她也伸手與腓德烈克握手，就在這一剎那——他感受到有什麼滲進了他皮膚裡的每一吋細胞。

他想要獨自靜一靜，便跟其他客人揮別而行。他內心滿溢著氾濫的情緒，為什麼她要把手伸給他？是無心的動作，還是有意的暗示呢？「別想了！再想下去我就要發瘋了！」另外，既然從此他可以隨心所欲去拜訪她，呼吸到她呼吸過的空氣，那又何必管她剛才是什麼意思呢？

街道上空無一人。偶爾會有一兩輛沉重的貨運馬車轆轆駛過，引起石板路面的震動。他走過一棟又一棟的房子，每棟都是門口灰濛，窗戶緊閉。他看不起住在這些屋子裡的人，因為他們從沒有見過她，甚至不曉得世間竟然存在這麼一個奇女子。他對周遭的環境、空間和任何事物都失去了知覺，只管用鞋跟大步踩踏街面，手杖不斷在打烊的街道上叩出咚咚響聲。他繼續漫無目的地向前走，情緒激動到不能自已。然後，他突然感覺自己被一股潮濕的空氣包圍，這才發現已走到了碼頭邊。

河堤上兩排筆直、望不見盡頭的煤氣街燈，長長的紅火焰在水底搖曳著。石板色的水波，天空的顏色比較明朗，像是由河岸兩邊巨大的黑影所支撐起來。由於建築物的輪廓此時再也無法憑肉眼分辨，這黑影顯得更加昏暗。更遠處的屋頂上飄著微亮的霧靄，晚間各種吵雜聲現已融合為了單一的嗡嗡聲。

他走到新橋的中央停下來，脫下帽子，敞開胸膛，暢飲空氣。他感覺有種無窮無盡的柔情從他的靈魂深處湧起，有如他眼前的水波那樣蕩漾著，席捲他全身，讓他四肢無力。一間教堂的大鐘緩緩敲響了一聲，就像是對他發出呼喚。

這時，他感到靈魂一陣悸動，像是被帶到一個更高層次的世界。他覺得自己突然被賦予了一些不凡才情，卻又不知道這些才情應該用向何方。他認真地問自己，想成為一位大畫家或是大詩人？他決定成為畫家，因為如此一來，他便可以順理成章接近阿爾努太太。他終於找到自己的職志了！他的存在目的變得一清二楚，未來將不會有任何閃失。

回到家關上門之後，他在黑暗中聽見房間衣櫃旁傳來打鼾聲。他的朋友正在睡覺，他已經完全忘了這回事。

他端詳鏡子裡自己的臉龐，覺得非常英俊，便站在那裡自我欣賞了整整一分鐘。

①．巴黎法學院就位在先賢祠內。

②．路易十三（一六〇一－一六四三）：其執政後開始專制統治，統治期間經歷法國三十年戰爭，最後取得勝利。

③．改革請願書：指的是選舉改革草案，力主擴大選民資格、增加選舉權、降低人頭稅。當時法國改革運動多半會利用宴會或請願表達訴求，參加者一般會被歸為「改革派」。

④．余曼為當時的財政大臣。
⑤．班傑明・康斯坦（一七六七—一八三〇）：法國政治家、作家。
⑥．腓德烈克・勒梅特爾（一八〇〇—一八七六）：法國著名喜劇演員，演過莎士比亞、雨果等人劇作，以及政治諷刺劇。
⑦．這個人是在模仿某些戲劇的臺詞說話。
⑧．古代波斯帝國皇帝，這裡是諷刺英國像薛西斯一樣野心勃勃。
⑨．這裡可能是諷刺法國政府和英國在一八四一年簽訂的關稅聯盟。
⑩．扎卡里埃（一八〇六—一八七五）：德國法學家，曾起草德意志帝國的方案，寫過一部論述法國民法的專著，因而在法國頗具知名度；魯道夫（一八〇三—一八七三）：德國法學家，在一八六一年創立了《法學史雜誌》。
⑪．普里查爾（一七九六—一八八三）：英國駐派法國的傳教士，於一八四四年煽惑大洋洲等地土著反抗法國僑民，引起法國人民公憤。
⑫．路易－菲力普（一七七三—一八五〇）：為當時的法國國王，基佐為其心腹重臣。
⑬．這裡提到的幾個人名都是有民主、共和傾向的名人。
⑭．伏爾泰（一六九四—一七七八）：十八世紀法國啟蒙運動泰斗，文學家、思想家。此為象徵性的話，因為伏爾泰早於六十年前逝世。
⑮．此指余曼「財產普查政策」之後引起的暴動。
⑯．這裡的「波希米亞人」指放蕩不羈的文化藝術工作者，作者在下文也是以此作為余索內的外號。
⑰．雨果（一八〇二—一八八五）：法國著名浪漫主義作家，經典作品為《巴黎聖母院》、《悲慘世界》；拉馬丁（一七九〇—一八六九）：法國浪漫派詩人，他在一八四八年「二月革命」後將成為臨時政府的實際掌權者。
⑱．這兩扇門有一扇是通往樓下。
⑲．柯雷吉歐（一四八九—一五三四）：義大利文藝復興時期畫家，曾在巴黎莫各教堂留下不少著名壁畫；牟里羅（一六一七—一六八二）：西班牙巴洛克風格畫家。
⑳．契魯比尼（一七六〇—一八四二）：義大利作曲家，其一生大多在法國工作生活，主要成就在歌劇與聖樂。
㉑．布歇（一七〇三—一七七〇）：法國洛可可風格畫家，以田園畫和神話畫聞名。
㉒．鎮區是指位於城外的聚居區。
㉓．尼布甲尼撒（西元前六〇五—西元前五六二）：巴比倫帝王。據《聖經》記載，他摧毀古猶太王國與耶路撒冷城，征服阿拉伯諸國。
㉔．尼祿（三七—六八）：古羅馬暴君。
㉕．卡洛（一五九二—一六三五）：法國銅版畫大師；林布蘭（一六〇六—一六六九）：荷蘭著名畫家、銅版畫家；哥雅（一七四六—一八二八）：西班牙浪漫主義畫家。
㉖．費迪亞斯為古希臘雕刻家；溫克爾曼（一七一七—一七六八）：為十八世紀藝術史家。
㉗．即「資產階級」，指商人、企業家與從事新興工商業、貿易活動的經濟階級。
㉘．店鋪門口關門後的大門。
㉙．「公民」是列冉巴在本書的外號，指他是個熱中公民事務（政治）的人。
㉚．佛羅倫斯畫派：文藝復興時期於義大利佛羅倫斯形成的重要畫派，將古希臘、羅馬的雕刻手法應用在繪畫上，呈現出三度空間的畫法，代表人物有達文西、米開朗基羅、拉斐爾等人。
㉛．佩爾蘭這裡是在攻擊藝術創作中的寫實主義，反對以摹描「真實」作為藝術的最高目標。
㉜．古希臘神話中諸神所居住的山。

Chapter V

LOVE KNOWETH NO LAWS

第五章

愛情不曉得法律為何

第二天，他不到中午便買了一盒顏料、幾支畫筆和一個畫架。佩爾蘭答應過教他畫畫，所以腓德烈克把他帶回自己家，看畫具還有沒有缺少什麼。

德洛里耶已經先回來，另一張單人沙發則坐著一個年輕人。書記指著這個人說道：「看，塞內卡來了！」

腓德烈克不喜歡這個人。塞內卡的額頭本來就高，偏要理成平頭，讓前額顯得更加突出。兩隻灰色眼珠流露出頑固、冷漠的神情，他那件黑色長禮服和全身的裝扮，都散發出一種學究、教士的味道。

大家起初談論一些流行話題，包括義大利作曲家羅西尼[①]的《聖母悼歌》。問到塞內卡對這首曲子有何看法時，他鄭重表示自己從不上歌劇院。

佩爾蘭打開腓德烈克買的顏料盒。

「這些全是你要用的嗎？」德洛里耶問道。

「那還用說！」

「唉！真搞不懂你在想些什麼。」

那位小學數學老師正在翻閱一部路易·布朗[②]的書（書是他自己帶來的），一面低聲朗讀一些片段，佩爾蘭和腓德烈克兩人則在檢視調色板、畫刀和洗畫筆的水壺。隨後，兩人談起阿爾努家的晚宴。

「您們說的是那個畫商嗎？」塞內卡問，「他可真是好樣的！」

「怎麼說？您對他有意見嗎？」佩爾蘭問。

「這傢伙專靠給政府臉上貼金賺錢！」塞內卡回答說。

然後他談到一幅著名的石版畫，畫的是王室一家，畫中人物都在從事極有意義的事：路易——菲力普手裡捧著法典，王后拿著一本天主教的禱告書，公主們在刺繡，二王子內穆爾公爵在佩劍，三王子給幾個弟弟看一幅地圖，畫面深處隱約可以看到一張分隔成兩半的床。這幅畫題為《美好之家》，深受一般中產階級喜愛，卻惹得愛國志士心中不快。

聽聞塞內卡的批評，佩爾蘭彷彿這畫是他創作似的，生氣地說對於一幅作品，各種意見都有一定的價值。塞內卡表示反對，指出藝術的唯一宗旨是提高民眾的道德水平！所以，唯一該畫的是可以促使大眾向善的題材，除此以外其他主題都有害無益。

「一幅畫好不好還得要看技巧。」佩爾蘭嚷道，「如果光是題材對就足夠，我早就畫出一堆傑作。」

「那實在太可惜，但您無權……」

「無權怎樣？」

「無權要我喜歡那些我所不齒的東西。那些精雕細琢的無聊玩意，包括各種維納斯像和各式風景畫，到底有什麼用處呢？我看不出來它們對人民有什麼教育意義。還不如把人民的疾苦表現給我們看，激起我們為他們做出一點什麼犧牲！唉！說實在的，值得畫的題材多的是……例如農莊、作坊……」

佩爾蘭氣得張口結舌。過了一會兒，他認為自己找到了一個有力論點：「您認為莫里哀[3]行嗎？」

「當然行！」塞內卡回答說，「他是法國大革命的先驅，理應受到尊敬。」

「大革命？大革命算什麼東西！歷來沒有比它更淒慘的時代了！」

「沒有比它更偉大的時代了，先生！」

佩爾蘭環抱起雙臂，直視對方的臉：

「您說話的口氣很像某位著名的國民自衛軍[4]。」

慣於辯論的塞內卡回敬他：「正好相反，我對國民自衛軍的憎惡不下於閣下。要不是有一幫阿爾努那樣的人為政府當打手，它就不會那麼強大。」

畫家被塞內卡激怒，決心為阿爾努辯護。他甚至主張阿爾努這個人心地善良、忠於朋友又深愛著妻子。

「得了吧！要是有誰出得起一大筆錢，他一定不會拒絕讓太太去當模特兒。」

腓德烈克臉色一下子變得慘白。

「他虧待過閣下不成？」

「虧待我？沒有的事！我跟他只有過一面之緣，就這麼多。」

塞內卡說的是實話，只是天天看到工藝美術社的廣告讓他感到厭煩。在他看來，阿爾努是那種會對民主制度帶來災難的階層代表。身為肅穆的共和主義者，他懷疑任何形式的優雅都是腐蝕人心的泉源。因為毫無名利之心，加上極度剛正不阿，故而對這方面的立場更是固執。

眼見話不投機，畫家以還有約會為由告辭，而塞內卡亦表示自己約了學生。兩人都走了以後，經過一陣長時間的沉默，德洛里耶才開口詢問一些有關阿爾努的問題。

「你會把我引見給他的，對不對？」

「當然會。」腓德烈克回答道。然後兩人談到了未來，德洛里耶告訴他，自己不花多少工夫便在一家律師事務所找到一個副書記的職位。他已在法學院註冊，買了必要的課本。簡言之，兩人過去一直夢想的那種生活開始了。

因為還年輕，一切事物在他們眼中看來都有美好的一面。德洛里耶沒有提到分擔生活開支的問題，腓德烈克也沒開口。他負擔起所有開銷，又會注意食物是否充足，以及各種日用品是否齊全。不過，遇到有需要教訓門房一頓的時候，德洛里耶便會引為己任，就像中學時期一樣扮演著保護者與老大哥的角色。

他們白天分開，晚上重聚。起先兩人會在壁爐邊各自工作，但總是維持不久。接下來他們會沒完沒了地聊天，無緣無故地大笑。偶爾，兩人也會因為油燈煙霧太濃或一本書找不到而爭吵幾句，但都不會持續太久，總是過幾分鐘便又笑逐顏開，言歸於好。

德洛里耶睡覺時總是讓房門打開，以便兩個死黨可以繼續隔著一段距離閒聊。

每天清晨，他們會穿著長袖襯衫走到陽臺，看著太陽升起，薄霧飄過河面。附近花市傳來鬧哄哄的聲音，他們菸斗的煙霧在空氣中盤旋。清新的空氣讓他們惺忪的睡眼為之一醒，並激起他們對前程的無比樂觀。

星期天只要不下雨，他們都會一起外出，手挽著手沿街漫步。兩人時常會同時想到同一件事情，或是旁若無人地起勁聊天。德洛里耶嚮往財富，想用金錢作為支配他人的工具。他渴望可以對大群人們發揮影響力，有三個祕書供他使喚，每個月舉辦一次政治晚宴。

腓德烈克則嚮往住在一棟摩爾人風格[5]的宮殿裡，由一群黑人僮僕伺候，整天躺在長沙發裡，聽著噴泉的潺潺水聲。不過，每次談到最後，他總會確信這種夢想不可能實現，以致變得異常消沉，彷彿他已然得到卻又失去。

「既然絕不可能實現。」腓德烈克說，「談這些事情又有何用呢？」

「誰能確定呢？」德洛里耶反駁說。

雖然一向以民主派自居，他還是催促腓德烈克將他引薦給丹布羅斯。腓德烈克指出，自己已經遞送過幾次名片，依然沒有下文。

「再遞一次吧，他們一定會邀請你的！」

快三月底的時候，他們收到一疊帳單，其中一筆來自每天為他們送晚飯的餐館。腓德烈克因為手頭錢不夠，便向德洛里耶借了一百埃居⑥。兩星期後，腓德烈克又開口借錢，結果挨了德洛里耶一頓訓，說他不應該沾染阿爾努圈子的奢侈習性。

確實，腓德烈克花錢真的是漫無節制。房間三面牆上各掛著一幅風景畫，畫的分別是威尼斯、拿坡里和君士坦丁堡，而且到處放著德勒製作的騎馬人像。壁爐架上放著一堆帕拉迪埃的雕刻，鋼琴上堆著許多期的《工藝美術雜誌》，角落裡丟滿了畫稿。這一切都把屋裡塞得滿滿，以至於要找個地方放本書或轉個身都有困難。但腓德烈克堅稱，他既然立志作畫，就非得有這些東西激發靈感不可。

他追隨佩爾蘭學畫，可這位畫家有一個習慣，那就是不管報上登出什麼殯葬或公共活動的消息，他都喜歡去湊熱鬧，所以經常不在畫室。每逢這種時候，腓德烈克都會一個人待在畫室，有時甚至一連幾個小時。寬敞的畫室靜悄悄的，只聽得見老鼠的奔跑聲或火爐的滋滋聲。起初，這種安靜會讓腓德烈克進入一種全神貫注的構思狀態。然而，不久之後，他的眼睛就會不期然離開畫布，飄向牆上的貝殼裝飾、古董架上的小擺設，或是一些蒙著厚厚灰塵的半身像。就像個在森林中迷途的旅人一樣，每條路都將他帶往同一個地點。不斷地，在他升起的每個念頭深處，都包含著阿爾努太太的影子。

他挑了幾天去拜訪她。但每次上到三樓，他都會在門口猶豫不定，不知道是否應該拉門鈴。等腳步聲走近，告訴他「太太不在家」時，他都會如釋重負，就像放下了心頭大石。不過，他還是見過她兩次：第一次有三位女士在場，第二次是某天下午，瑪爾塔小姐的書法老師在一旁教小女孩寫字。由於參加過阿爾努晚宴的男賓都沒有拜訪她的習慣，為了慎重起見，腓德烈克決定還是不要再去找她比較好。

然而，為了被邀請參加星期四的晚宴，腓德烈克每週三一定會到工藝美術社報到，每次都會待到最後一刻才走，換言之是比列冉巴待到更晚。他假裝欣賞石版畫或看報，只為求得阿爾努問他一句：「你明天晚上有空嗎？」又會在對方言猶未畢便趕緊點頭。阿爾努似乎很照顧他，會教他怎樣鑑賞葡萄酒，怎樣溫潘趣酒，怎樣烹調山雞。腓德烈克對他的任何建議都言聽計從，因為只要是與阿爾努太太有關的一切（包括她的家具、僕人、房子，和居住的街道），他都深具情感。

每次宴席他都絕少開口，一雙眼睛只管反覆盯著女主人看。她右邊太陽穴附近有一顆小痣。她的包頭帶比頭髮要更黑，而她不時會用兩根手指去撫摸包頭帶。他知道她每一片手指甲的形狀。他喜歡聽她的絲裙擦過門邊時的窸窣聲。他暗暗嗅聞從她手帕散發出的香水味。她的梳子、手帕和戒指無一不讓他饒感興趣，就像藝術作品一樣重要，彷彿具有生命力。所有的一切都攫住了他的心，為他的激情火上加油。

他克制不了想對德洛里耶透露這份心情。每次從阿爾努太太那裡返家，他都偽裝無意間吵醒好朋友，以便可以談談她的事。

每逢這個時候，睡在水缸旁邊的德洛里耶都會打個大哈欠。腓德烈克在他的床邊坐下，起初談談晚餐的種種，然後才把話題導入阿爾努太太，提及她的千百種細小動作，認為有些是出於蔑視，有些則表示友好。例如，有一次，她讓狄特梅挽她的手，卻拒絕了他，為此腓德烈克大感不滿。

「唉，真蠢！」德洛里耶說。

又有一次，她喊腓德烈克「我親愛的朋友」，這顯然是友好的表示。

「那你快快樂樂去追她不就得了！」

「但我不敢。」腓德烈克回答。

「不敢的話就別再想她！晚安！」

說罷德洛里耶轉過身去，面對牆壁又再睡著。他完全無法理解腓德烈克的感情，認定那只是青春期最後的弱點。顯然地，只有他的陪伴並不能讓腓德烈克獲得滿足，於是，德洛里耶想出一個主意，每個星期都找兩人共同的朋友來聚會一次。

聚會都在星期六晚上九點左右舉行。三幅阿爾及利亞窗簾謹慎地拉上，由一盞油燈和四根蠟燭提供照明，桌子中央擺著放滿菸斗的菸灰缸。四周是一瓶瓶啤酒、一只茶壺、一瓶蘭姆酒，以及一些精緻糕餅。

大家討論了靈魂不朽的問題，又拿不同教授加以比較。

一個星期六的夜晚，余索內帶了一名高大的年輕人同來。這人穿一件腰圍太窄的雙排扣常禮服，表情侷促不安。他就是一年前被抓到哨所去的那個傢伙。

他後來沒找回那箱在混亂中搞丟的蕾絲邊，老闆懷疑是他私吞，威脅說要告上法庭，如今他在一家貨運公司當夥計。余索內當天早上在一個街角碰到他，迪薩爾迪耶很感激余索內，又表示想見見「另一位恩人」，余索內便把他一道帶來聚會。

迪薩爾迪耶把那盒雪茄遞還給腓德烈克，裡面還裝得滿滿的。他一直都以宗教般的敬畏心情保存著這盒雪茄，等待某天物歸原主。在場一票年輕人邀他下次再來，他也毫不猶豫地答應。

這群人有許多共通點。首先，他們都痛恨當今政府把一些教條提高到無可質疑的程度。他們之中只有馬蒂農一個企圖為路易－菲力普辯護。但大家引用報上刊登的各種醜聞加以反駁：巴黎的「巴士底化⑦」、「九月法令⑧」、普里查爾和基佐勳爵⑨。馬蒂農唯恐得罪人，便不再作聲。他為人一向謹小慎微，念中學的七年期間從未被老師罰抄過，在法學院也很懂得如何取悅教授。他平日總是穿一件油灰色的雙排扣常禮服，腳上一雙橡膠套鞋。但一個星期六夜晚，他卻穿戴得像個新郎：除了翻領背心和白領帶外，還戴了條金項鍊。

得知他剛從丹布羅斯先生家過來，大家更是驚訝得合不攏嘴。原來，銀行家丹布羅斯向馬蒂農的父親買了一大片林地，聽到老馬蒂農引薦兒子，便把父子兩人邀到家裡用餐。

「有很多松露可吃嗎？」德洛里耶問道，「你有在兩扇門之間摟他老婆的腰嗎？」

於是，話題便轉到了女人。佩爾蘭不承認世界上有美的女人（他喜歡老虎多過於女人），另外，他也認為人類女性在美學等級中是低等生物。

「她們會讓男人為之著迷的，正是那些會讓她們從『理念』降格下來的特點，包括像乳房啦、頭髮啦……」

「可是。」腓德烈克反駁說，「長長的黑髮與烏溜溜的雙眼有什麼不好的？」

「唉，我們太了解女人啦！」余索內嚷道，「草地上已經有夠多的安達盧西亞美女⑩。但這些東西已然過時，敬謝不敏。因為很明顯的，一個良家婦女要比米羅的維納斯像⑪好玩多了。如果可以，讓我們回到攝政時代⑫，當個貨真價實的高盧人⑬吧！『美酒，盡情地流吧；美女，笑一笑吧。』我們必須甩掉黑髮美女，改追金髮美女。迪薩爾迪耶神父，是不是這個意思？」

迪薩爾迪耶沒有回答，大家都逼他說出喜歡何種女人。

「這個嘛。」他紅著臉說，「我寧可從頭到尾只愛同一個女人！」

這個回答引起一片鴉雀無聲。有些人驚訝於他的坦白，另一些人則覺得這番話反倒道出他們內心不可告人的渴望。

塞內卡把玻璃酒杯放在壁爐架上，然後又一口咬定嫖妓是一種墮落，而結婚是一種不道德，所以倒不如厲行節欲。德洛里耶主張，女人除了供男人尋開心以外，別無他用。至於西齊，則是對女人怕得要死。

自小受一個信仰虔誠的祖母嚴格監管，西齊覺得這群年輕人的聚會就像花街柳巷一樣誘人，又像索邦大學⑭那樣有益。大家不遺餘力地「教育」他，而他也樂於受教，甚至想學抽菸——儘管每次試抽都會感到頭暈噁心，難以繼續。腓德烈克非常注意他，他欣賞西齊領帶的顏色和大氅上的皮毛，又特別讚賞他一雙靴子（這靴子薄得像手套，又平整又精美，顯示出一種高傲的優越感）。每次赴會時，西齊的馬車總會在外頭的街上等候。

一個下雪的星期六夜晚，等西齊離開之後，塞內卡開始為西齊的馬車伕抱不平。接著表示討厭小羊皮手套和騎士俱樂部，指出一個工人要比一個優雅的紳士更值得尊敬。

「我寧可自食其力！我寧可是個窮人！」

腓德烈克終於失去了耐性，回道：「這很明顯。」

小學教師對這句話記恨在心。

當初腓德烈克會約他參加聚會，是為了對阿爾努的朋友列冉巴表示禮貌。因為列冉巴說過，他跟塞內卡很熟，而這兩位愛國志士也很喜歡聚在一起。

不過，兩人也有觀點分歧的時候。

塞內卡唯一看重的是體制，但列冉巴卻只關心事實。最讓他煩惱的是萊茵河的邊界⑮，他自稱精通炮戰，而且每次做衣服都會特地找巴黎理工學院的一個裁縫剪裁。

頭一次來，當大家請他嚐些糕餅時，他不屑地聳聳肩，表示這等東西只適合女人家吃。在後來的幾次聚會，他也沒有比較好相處。每次討論問題，當大家觀念交流到一個天馬行空的高度時，他就會嘀咕說：「唉！別烏托邦了，別作夢了！」談到藝術（列冉巴經常出入畫室，偶爾還會在畫室教人擊劍），他又比喻失當，認為馬拉斯特先生⑯的文筆可以跟伏爾泰並駕齊驅，華娜絲小姐則與德斯達爾夫人⑰旗鼓相當（唯一論據只因為她寫過一首波蘭頌詩裡「表現出尚武精神」）。不用說，大家都被他煩透了，德洛里耶又因為他是阿爾努家的朋友，而特別不喜歡他。其實，德洛里耶本人迫切希望認識阿爾努一家，認為這會對前途大有幫助。

「你到底何時才會帶我去？」他常常問腓德烈克，但得到的答覆不是說阿爾努工作繁忙，就是說他旅行去了。後來，因為星期四的晚宴即將告一段落，引見之事更是無從談起。

其實，如果真有必要為死黨赴湯蹈火，腓德烈克自然在所不辭。可是，他平素講究儀表，盡量顯得高人一等。每次到工藝美術社更是特別講究，總不忘穿戴著手套，讓自己無可挑剔。因此，看到德洛里耶那一身寒酸的打扮，還有那一臉律師相貌和自命不凡的談吐，他擔心德洛里耶會惹阿爾努太太厭惡，連帶拖累他，降低自己在她心中的地位。與其他可能的壞後果相比，這個壞後果要壞上一千倍。

死黨的不守承諾讓書記感到不悅，而腓德烈克的沉默不語更讓他覺得加倍受辱。他一直希望可以對腓德烈克發揮絕對的影響力，讓他按照他們年少時的理念成長起來。而如今，腓德烈克的庸庸碌碌讓書記生氣，就像是一種違背責任和不忠的表現。腓德烈克滿腦子想著阿爾努太太，又常常談到她先生，以至於德洛里耶被煩得忍無可忍，便開始如鸚鵡學舌般，有事沒事提到阿爾努的名字。

例如，每當有人敲門，他就會應說：「進來吧，阿爾努。」在餐館，他會點一客「阿爾努式」的布里乳酪。晚上，他又會假裝從惡夢驚醒，大聲向著死黨驚叫：「阿爾努！阿爾努！」到最後，腓德烈克終於受不了，用可憐兮兮的聲音求他說：「唉，別再阿爾努、阿爾努的了！」

「辦不到！」書記回答說。

「時時是他，處處是他，不論冷與熱，阿爾努的形影總……」

「住嘴！」腓德烈克怒喊道，舉起一個拳頭。不過，他繼而就收斂怒氣，補充說：「你明知道，我有多煩惱這個問題。」

「啊！對不起，死黨。」德洛里耶說，給腓德烈克深深一鞠躬，「我以後說話一定會先考慮『小姐』的心情。原諒我吧！一萬個對不起。」

這件不快事件隨之落幕。

不過，三個禮拜後的一個夜晚，德洛里耶告訴腓德烈克：「喂！我剛才看到了阿爾努太太。」

「真的？在哪兒？」

「在王宮外頭，當時我跟我的老闆巴朗達爾走在一起。她是個黑髮女人，中等身材，對不對？」

腓德烈克連連點頭。他等著德洛里耶繼續說下去，等著聽到一些讚美阿爾努太太的話。就算德洛里耶只說出那麼一丁點的好話，他都會情緒滿溢，然後上前緊緊擁抱對方。但德洛里耶偏偏什麼都沒說。最後，一直假裝無所謂的腓德烈克終於按捺不住，詢問好友對於阿爾努太太有什麼感想。

「長得還不賴，但沒有什麼太特別的。」

「啊，你真的這樣認為！」

時間很快來到八月，換言之，法學院第二次考試的時間到了。按照大多數人的看法，考試範圍需要兩個星期才複習得完。但腓德烈克對於自己的能力深信不疑，考前幾天才開始準備，囫圇吞棗地複習完《法典》的頭四卷、《刑法》的前三卷、《刑事訴訟法》數章、《民法》的一部分和蓬斯萊先生所作的註釋。考試前一晚，他應好朋友要求，把讀過的內容提綱挈領地概述一遍，這一弄就是一整晚。德洛里耶連考前最後十五分鐘也不浪費，在前往考場的路上一面走，一面出問題考腓德烈克。

有好幾種考試在同一個時間舉行，所以法學院的校園裡聚集了許多人，其中包括余索內和西齊。這兩個年輕人從不錯過目睹同伴接受攸關命運考驗的機會。

腓德烈克披上傳統的黑袍，跟隨另外三個學生走進一個寬敞的廳間。光線從沒有拉上窗簾的窗戶直射進來，沿著牆壁擺著好幾條長凳。廳間正中央放著一張鋪有綠色桌布的桌子和幾把皮革椅子。考生和考官分坐在桌子兩側，考官身穿紅色長袍和貂皮肩帶，頭戴鑲有金線的無簷帽。

腓德烈克的應考順序排倒數第二——這是個很差的位置。第一道問題詢問公約與契約的差別，他的回答剛好把兩者的定義顛倒。提問的教授是個好人，對他說：「別慌，先生！放輕鬆！」然後又問了兩個比較簡單的問題，但腓德烈克的回答都是含糊不清。站在旁聽人群裡的德洛里耶向他使了個眼神，表示目前的情況還不是全無希望。第二輪考刑法，腓德烈克的表現差強人意。不過，第三輪考到關於祕密遺囑的問題時，考官面無表情，讓腓德烈克益發忐忑不安。他看見余索內像是要鼓掌，而德洛里耶則不斷聳肩。最後是考訴訟法。教授聽到答案和自己所教授的相反，顯得非常不高興，粗聲粗氣問他：

「這是您個人的主張嗎，先生？但您的解釋要怎樣跟《民法》的第一三五一條調和起來呢？」

因為開了一整晚夜車，腓德烈克頭痛欲裂。一道日光穿過威尼斯式百葉窗的斜縫，映照在他的臉上。他站到椅子後方，身體搖搖晃晃，使勁地拉扯鬍子。

「我在等您的回答。」戴金線帽的教授說。

腓德烈克的搖晃姿勢無疑惹惱了他。

「答案不會在您的鬍子裡找到。」

這句挖苦引起哄堂大笑。教授覺得得意，語氣也緩和了下來。他又問了兩道問題，一道關於寬限法，一道關於速決法，兩題的回答都讓他滿意地點頭。考試結束了，腓德烈克回到前廳去。

工友幫他脫下袍子，讓緊接著要應考的考生穿上。幾個朋友圍在四周七嘴八舌，他們對於考試結果各有不同預測，吵得腓德烈克暈頭轉向。接著，大廳入口有人用洪亮的聲音宣布結果：「……第三位考生……不及格。重考！」

「沒戲唱了！」余索內說，「我們走吧！」

在法學院門房室的前面，他們遇見了馬蒂農。他臉色紅潤，情緒興奮，臉上堆著微笑，眉宇間閃耀著凱旋的光暈：他剛通過最後的考試，只剩下論文要寫，再兩個星期便可領到開業證書。由於他家裡與一位內閣大臣熟識，所以等在他前面的乃是一片「美麗前程」。

「人家把你比下去啦！」德洛里耶說。

世間最讓人感到屈辱的，莫過於看到笨蛋在你失敗的地方獲得成功。腓德烈克滿腔怒火，回答說自己有更遠大的理想，才不在乎考試不及格。當余索內表示要離開時，腓德烈克把他拉到一旁說話。

「別向他們提一個字，切記！」

要守住這祕密並不難，因為阿爾努第二天便要動身前往德意志。

那天晚上，當書記回到家，發現他的朋友又是手舞足蹈又是吹口哨，對這種一百八十度的心境轉變十分不解。腓德烈克告訴他，暑假不打算回家，要利用假期啃書。

其實，讓他樂不可支的是阿爾努即將出遠門的消息。接下來，他將可以經常到阿爾努家走動，而不必擔心有人攪局，絕對的安全感將使他變得自信。終於，他不再是孤伶伶一個人了，而他也決定要與她永不分離！某種比鐵鍊更有力的東西把他牢牢拴在巴黎，一個發自內心深處的聲音命令他非留下不可。

不過前方還是存在若干阻礙。他給母親寫了一封信，信中先是招認沒有通過考試，但又指出這是課程大綱變動所導致，既偶然又冤枉。更何況，有許多知名律師也不是一試就過（他一一列舉出名字）。他打算十一月重考，為了不浪費時間，決定暑假不回家去，另外又要求母親除了一學期的生活費外，另外寄給他兩百五十法郎，讓他可以請個私人家教。整封信寫得文情並茂，滿紙盡是懊悔、安慰與孝順的詞句。

莫羅太太原以為兒子第二天便會回到家裡，收到信之後倍感傷心。她沒有向任何人透露這不幸的消息，又回信告訴兒子「無論如何都照樣回來」。腓德烈克不肯讓步，母子倆因而鬧翻。不過，當那星期即將結束之際，他還是收到了要求的補習費。用這筆錢，他買了一條珠灰色褲子、一頂白呢帽和一根金頭細手杖。

等這一切都備妥後，他又心想：「我只怕是癡心妄想吧？」頓時變得非常猶豫。為了決定要不要去找阿爾努太太，他連扔了三次硬幣，每次的結果都如他所願，命運之神想必眷顧著他。於是，他招了一輛出租馬車，往舒瓦澤街而去。

抵達之後，他急忙爬上樓梯，拉了門鈴。奇怪的是，門鈴並無聲音發出。腓德烈克心情慌張，只覺得快要昏厥過去。

然後，他發出狠勁，猛拉那條沉重的鈴索。這一次，門鈴終於大響。不過，等鈴聲逐漸靜下來，依然沒有一點動靜。腓德烈克變得相當害怕。

他把耳朵貼到門上，卻聽不到屋內有一絲聲響！他透過鎖孔窺伺，只隱約看到前廳壁紙上花朵圖案的兩根蘆葦末梢。最後，他轉過身打算離開，卻又改變主意，再次輕輕拉了門鈴。門突然打開，阿爾努就站在門口。他頭髮蓬亂，滿臉通紅，一副不悅的神情。

「是您！什麼鬼風把您吹來的？進來吧！」

他沒有把腓德烈克帶到閨廳或臥室，而是帶到飯廳去。餐桌上放著一瓶香檳和兩只玻璃酒杯。

「您找我什麼事，好朋友？」

「啊，沒什麼事！沒什麼事！」腓德烈克結結巴巴地說，一面拚命思考要怎樣搪塞過去。最後，他佯稱，來這裡是為了求證，阿爾努是否真如余索內所言，去了德意志。

「沒有的事！」阿爾努回答說，「那傢伙是個冒失鬼，專門道聽塗說！」

為了掩飾自己的慌張心情，腓德烈克在飯廳左右兩邊踱來踱去，沒想到不小心碰到一把椅子，把擱在椅子上的小陽傘撞到地上。象牙傘把應聲斷裂。

「老天！」他喊道，「我真該死，竟把阿爾努太太的傘給摔斷了！」

聽到這話，畫商抬起頭，露出一個非常古怪的微笑。腓德烈克趁機問起她的情形，又加上一句：「我可以向她當面道個歉嗎？」

「沒辦法，她回娘家探望生病的媽媽去了。」阿爾努回答。

他不敢問她要多久才會回來，所以只問她娘家住在哪裡。

「沙爾特，你會驚訝嗎？」

「驚訝？不會，怎麼會！我一點都不驚訝！」

之後，兩個人便完全想不到有什麼話好聊。阿爾努給自己點了根菸，繞著餐桌走來走去，不時噴出一口煙霧。腓德烈克站在壁爐邊望向牆壁、古董架、地板，諸多愉快的回憶一一浮現心頭—不，不是浮現心頭，而是彷彿就在眼前，最後他告辭了。

來到前廳時，阿爾努撿起地上一團報紙，踮起腳尖，把紙團塞回門鈴裡，表示這樣做是為了讓午睡不再被打擾。然後他抓住腓德烈克一隻手說：「勞煩交代門房，有人找我的話說我不在。」

腓德烈克離開後，門在他背後砰一聲甩上。

腓德烈克一級一級步下樓梯。這個失敗的嘗試讓他氣餒，不敢再試。接下來，他度過了無聊透頂的三個月。由於無事可做，他的憂鬱情緒更加劇了。

有時，他會站在陽臺，眺望夾在幾個碼頭之間的塞納河，一看就是幾個小時。河水不時會被下水道流出的污水染得漆黑一片，岸邊有一座供人洗衣服的浮橋，有些小孩就站在岸邊泥地上替狗洗澡玩耍。每次他的視線從聖母院石橋和三座吊橋移開，總是會轉向榆樹碼頭，望著那一片形狀與蒙特羅港菩提樹林相似的參天古樹。陽臺的正前方，在一片縱橫交錯的屋頂中間，佇立著聖雅克教堂的鐘樓、市政廳、聖熱爾韋教堂、聖路易教堂和聖保羅教堂。七月柱⑱頂上的金翅自由神像猶如一顆金色巨星，在東方閃爍著燦爛光芒。杜樂麗宮的圓頂在另一頭與它遙遙相望——在天空的映襯下，這個藍色的圓頂更顯渾圓厚實。阿爾努太太的住宅一定是在這個方向的更後面！

每次從陽臺回到屋內，他都會頹然坐在沙發上，任憑雜亂無章的思緒在腦子亂竄，漫不經心地思考著各種創作計畫、行動方案，以及設法預測未來。最後，為了擺脫苦悶，他會出門去呼吸新鮮空氣。

他信步而行，不知不覺逛到了拉丁區。這裡平常吵吵鬧鬧，但此時因為所有學生都已放假回家，變得冷冷清清。由於一片靜悄悄的緣故，各家學校的高牆看似變得更高，顯得愈發陰沉。四處平靜的聲音（籠中小鳥拍動翅膀的聲音、車床的轉動聲、補鞋匠的打鎚聲）變得清晰可聞。買賣二手衣的商販站在馬街中間，打量家家戶戶的窗戶，想找些生意做，但乏人問津。咖啡廳裡冷冷清清，只見女酒保無精打采地打哈欠，身旁全是裝滿飲料的長頸瓶。閱覽室裡的報紙擱在桌上，原封不動，沒有人碰過。在乾洗店裡，陣陣熱風把掛起的衣服吹得晃來晃去。每經過一家二手書店，腓德烈克都會停住腳步，打量櫥窗。待發現前面便是盧森堡公園之後，他便不再往前走。

偶爾，他會朝著香榭麗舍大道的方向走，指望可以發現一些有趣的事。他穿過濕氣撲鼻的陰暗小巷，來到空曠巨大的露天空間。但再往前走，便又是貨車，又是店鋪，人潮擁擠得讓他心煩。特別是星期天，從巴士底廣場到瑪德蘭教堂的一整段路塵土飛揚，路人儼如巨大的瀑流，喧鬧不息。那些粗俗的容貌、愚蠢的談話、汗淋淋的額頭和呆頭呆腦的滿足神情都讓他覺得噁心。不過，一想到自己比這些人高一等，他的厭惡感便會沖淡。

他每天必定會到工藝美術社走走。為了知道阿爾努太太什麼時候回巴黎，他會拐彎抹角，從打聽她媽媽的病情入手。阿爾努的回答千篇一律（「病情持續好轉中」），又說太太和女兒下星期就會回來，但沒有一次實現。阿爾努太太愈是遲遲不歸，腓德烈克的神情就愈是沮喪，阿爾努看了頗受感動，一星期會帶他上餐館吃五六次晚飯。

在這些有機會長談的場合，腓德烈克漸漸看出阿爾努這個人的腦袋並不聰明。畫商似乎也察覺到他的態度轉淡，但無論如何，都輪到腓德烈克回請客的時候了。

為了把事情辦得有聲有色，腓德烈克把所有新衣服全賣給一個二手衣商人，換到八十法郎。連同手上尚餘的一百法郎，他去了阿爾努的家，邀他一起吃晚餐。列冉巴湊巧也在場，三個人便一起去了普羅旺斯三兄弟飯館。

公民一進包廂便脫掉外套，逕自點菜，深信他們一定會服膺他的美食家品味。接著又親自到廚房交代大廚事情，到地窖挑酒，把熟悉的每個角落都跑了一遍——但全都白費心機。不管是菜餚、葡萄酒，還是服務態度都讓他不滿意。於是他把店家叫上來，訓了一頓。每上一道菜或每開一瓶酒，他都是淺嘗輒止，隨即把餐叉一丟或把酒杯推開。他整隻前臂往桌上一擱，大聲宣布，此後再也不要上巴黎的館子。最後，因為無可下箸，便點了一碟再簡單不過的油拌四季豆。這道菜做得不算出色，仍然稍稍平伏他的不滿。接著，他與侍者聊起這家店以前的夥計：「安東尼去了哪裡？還有那個叫歐仁的呢？不是有個叫泰奧多爾的小個子專門在樓下服務的嗎？那時候的菜燒得精緻多了，勃根地紅酒好得沒話說，後來沒有再見到過。」

接著，他和阿爾努談到了郊區地產價格的問題。阿爾努一直做這方面的投機買賣，認定這是個穩賺不賠的生意。不過，在把地賣掉之前，他得要負擔貸款利息。由於不願輕易把地出售，列冉巴答應幫他找個人承租下來。於是，享用完甜點之後，兩位紳士便拿起鉛筆在那裡算來算去。

飯後，他們去了索蒙拱廊街一間菸館喝咖啡。腓德烈克站在那裡，看著另外兩個人打了好幾局撞球，灌下無數杯啤酒。由於缺乏幹勁，出於知覺麻木，他莫名其妙地在那裡待到半夜，模模糊糊指望著某件會成全他愛情的事情會發生。

到底什麼時候才能再見到她？腓德烈克陷入了一種不抱希望的狀態。不過，快十一月底的某一天黃昏，阿爾努卻突然說：「您知道嗎？我太太昨天回來了。」

腓德烈克隔天五點便登門造訪。他先是祝賀瑪麗的母親大病康復。

「大病？沒有的事！誰告訴您的？」

「阿爾努！」

她嘆了一口氣：「唉！」但繼而又說，她媽媽的狀況最初真的讓人很擔心，但如今已無大礙。她坐在靠近壁爐邊的一張搖椅裡，腓德烈克則坐在沙發，帽子擱在大腿。談話難以為繼，幾乎每分鐘都有接不下去的時候，讓他沒有機會可以傾吐衷情。不過，當他開始抱怨念法律多有愚蠢時，她卻忽然表示：「唉！我了解打官司是怎麼一回事。」然後低下頭，陷入沉思。

他渴望知道她正在想些什麼，以致於沒有其他的念頭。暮色在他們四周愈聚愈濃。

最後，她站起來，說是要外出買東西。待她裝扮好，頭上已多了頂女式絨帽，身披一件灰鼠皮滾邊的斗篷。他大膽表示樂於陪她上街。

外頭的天色已經相當暗，幾乎伸手不見五指。空氣冰冷，籠罩的濃霧裡夾雜著一股臭味，但腓德烈克吸入這空氣時，只覺得心曠神怡。她戴著羚羊皮手套的纖手搭在他的袖子上（他恨不得吻遍這隻手）。人行道滑溜溜，讓人走起路來有點失去平衡。兩人就像是站在一片雲的中間，被風吹得搖搖晃晃。

大道兩旁閃爍的街燈把他帶回到現實人生。這是個表白的好機會，然而時間緊迫，他打算一走到黎賽留街便向她表白心聲。幾乎就在同一剎那，她突然於一家瓷器店外面站住，對他說：「到了，謝謝！星期四見……您會來的，對不對？」

每週一次的晚宴又開始了。每見到阿爾努太太一次，他的單相思便愈加嚴重。就像聞到香氣過濃的香水那樣，每次端詳這個女人，他都會委靡不振。這種感覺滲透進他的本性深處，幾乎成為了他的存在方式。

他每看到一個女人，不管是站在煤氣燈下的妓女、引吭高歌的歌女、站在馬背上的馬戲女演員、散步的良家婦女，還是倚在窗口的女工，都會讓他聯想起阿爾努太太，要麼是因為她們與她有幾分相似，要麼是因為雙方判若天壤。打一家家店鋪走過時，他會一面凝視櫥窗裡的毛織品、花邊或鑲寶石的耳環，一面想像這些東西穿戴在她身上會是何種光景。走過一些賣花女身邊時，他覺得籃子裡的每一束花都是為她盛放，等待她來挑選，鞋店櫥窗裡那雙滾邊的小巧緞面拖鞋，彷彿在等著她的腳套上。每條街都通向她的住處，每輛停在路邊的出租馬車都是等著送她回家。整個巴黎和它的所有噪音都是環繞著她而喧囂，就像一支陣容超龐大的管弦樂團。

他來到植物園，一棵棕櫚樹把他的心思帶往遙遠的異國。他想像偕她一起旅行的情景：肩併肩騎著單峰駱駝，坐在大象背上的鞍篷，或是乘一艘帆船遨遊於藍色的島嶼之間，還是騎兩匹掛鈴鐺的驢子，漫步於散布古代殘破石柱的草地上。有時，他又會在羅浮宮看畫時不斷幻想，將她和自己代入到畫中人物：他看見她戴著中世紀的頭冠，跪在彩繪玻璃前禱告；看見她化身為卡斯蒂亞或佛蘭德斯的命婦[19]端坐著，戴著一圈漿燙過的環狀領和穿著鯨骨撐起的百褶裙。然後，他又看到她身穿錦緞禮服，從寬大的雲石階梯緩緩步下，走到一群元老院元老之間，坐進一個鴕鳥羽的華蓋裡。另一些時候，他又會想像她穿著黃綢褲，挨在穆斯林後宮的一個靠墊上。總而言之，凡是美麗的事物，不管是閃爍的星星、優美的旋律、一句巧妙的話語或是一張臉的輪廓，都會自然而然叫他聯想到她的倩影。

不過他又深信，想要她成為自己情婦的任何嘗試，都是徒勞無功。

有一個星期四晚上，狄特梅進門後吻了阿爾努太太的額頭。洛瓦里亞有樣學樣，還說：「這是作為朋友的一項權利，對不對？」

腓德烈克結結巴巴接著說：「這裡又有誰不是朋友？」

「但不全是老朋友。」她回答說，等於間接先發制人地拒絕了腓德烈克吻她。

他該怎麼辦呢？直接向她道出愛意嗎？她毫無疑問會拒絕，甚至會大發雷霆，將他掃地出門。腓德烈克寧可忍受最痛苦的煎熬，也不願承擔再也無法見到她的風險。他羨慕鋼琴家的才華和士兵臉上的傷疤，他渴望染上重症，因為這樣，她也許就會比較關心他。

有一點是連腓德烈克自己都感到驚訝的：他並不嫉妒阿爾努。另外，他也無法想像她一絲不掛的樣子：她的端莊是如此的自然，乃至於讓她的性吸引力被遠遠推到一個神祕的幕後。

儘管如此，他仍然夢想與她一起生活，以親暱的代名詞「妳」相稱。他常常想像自己跪在地上，雙手抱住她的腰肢，透過她的雙眸啜飲她的靈魂。要達成這件事，相當於要有征服「命運」的能力。然而，因為缺乏行動的勇氣，他只能整天詛咒上帝，責罵自己懦弱，像一個被關在牢裡的囚犯那樣在原地踱來踱去。不是連續幾個小時一動也不動，不然就是淚流滿面。有一天，當他再也抑制不住情緒，開始崩潰痛哭時，德洛里耶問他：

「哎喲，我的老天爺！你到底是怎麼啦？」

腓德烈克說自己得了失心瘋。德洛里耶完全不信，但老友痛苦的模樣激起了他的舊友情誼，於是千方百計想讓腓德烈克開心起來。堂堂男子漢竟然為了一個女人垂頭喪氣，這是多麼的愚蠢！現下還年輕，還有時間可以浪費，但長此以往可不是辦法。

「你這是在糟蹋我的腓德烈克！把從前那個腓德烈克還來，還我一個一模一樣的！我喜歡他。來，抽口菸斗吧，老朋友！打起精神來！再下去我準會被你搞瘋！」

「沒錯。」腓德烈克說，「我是個傻瓜。」

書記回答說：「唉，我知道你是為了什麼苦惱！還不是那不值幾毛錢的愛情！得不到貞潔的女人有什麼大不了，我們可以用別種女人補償。想認識幾個嗎？容易，去一趟阿罕布拉宮不就得了。」（阿罕布拉宮是最近在香榭麗舍大道盡頭開幕的公共舞廳，不過，不久之後便會因為奢華排場而經營不善，關門大吉。）

「看樣子那是一個玩樂的好地方。」書記繼續說，「喜歡的話可以把你的朋友全都找來。因為您，我甚至不反對把列冉巴也叫來。」

腓德烈克不認為那是個適合「公民」去的地方，德洛里耶也不敢邀塞內卡。最後，一輛出租馬車把他倆連同余索內、西齊和迪薩爾迪耶一行五人，載到了阿罕布拉宮門前。

一進到裡頭，左右兩邊各是一條摩爾式長廊[20]，正面深處橫著一幅外牆。第四邊（餐廳的那邊）裝飾成有著彩繪玻璃窗的哥德式修道院。演奏臺有著中國式的屋頂，整個場地的地面都鋪著瀝青；柱子間隔著固定距離懸掛威尼斯式燈籠，讓所有跳舞的人頭上像是一團團繽紛火焰在燃燒。到處都有一些承托著石水盆的基臺，噴射小水柱。葉叢間露出一些石膏像（不是赫柏[21]便是丘比特的像），全身塗滿油彩，給人一種黏答答的感覺。花園裡有許多鋪著深黃色沙子的步道，縱橫交錯，讓整個花園比實際看起來寬大。

有些大學生牽著情婦走來走去；布料行的雇員手裡拿著枴杖，一副昂首闊步的模樣。剛畢業的中學生吸著上等的古巴雪茄；有些老頭兒在用梳子梳理染黑的鬍子。這裡看得見英國人、俄國人和南美洲人，甚至有三個戴土耳其帽的遠東人。在場的女人有摩登女郎、年輕女工，也有妓女，她們來到這裡，無非是想找個保護人、情人，賺一些金幣，或者純粹享受跳舞的樂趣。幾乎所有男人都穿著條紋布料衣服，只有幾個不理會夜晚冷涼天氣，照樣穿著白褲。四處都點著煤氣燈。

余索內向來跟時裝雜誌、小劇院界相熟，所以認識在場不少女人。他用指尖向她們送去飛吻，又不時離開幾個朋友，去跟某個女人聊天。

德洛里耶感到吃味，便厚著臉皮找一位金髮高個的女孩搭訕。對方上下打量他之後，用厭惡的神色說道：「先生，別自作多情了！」說罷便掉頭離去。

他鎖定的下一個目標是個黑髮女人。她顯然是個瘋婆子，因為德洛里耶才說了第一句話，她便整個人彈起來，威脅說若是他再靠近，便要叫警察。德洛里耶用笑容來掩飾他的尷尬，接著走向一位獨坐在煤氣燈下的嬌小女人，邀她跳方陣舞。

臺上樂師拚命地拉，拚命地吹，樣子活像猴子。樂隊指揮身體挺直，機械性地打著拍子。跳舞的人為數眾多，大家都是一副無比享受的模樣。抖鬆了的女款帽帶和領帶互相摩擦，男人的靴尖鑽入了女人的裙子底下，一切的抖動蹦跳都與音樂節奏同步。德洛里耶把那個嬌小的女人摟在胸前，陶醉在康康舞的狂放中，不斷地旋轉，彷彿是操控牽線人偶。西齊和迪薩爾迪耶到處散步，這位年輕貴族不斷瞄著場子裡的女孩，儘管迪薩爾迪耶一再慫恿，卻始終不敢有所行動。因為他腦子裡始終記得一個說法：「這些女人的住處總有個男人躲在衣櫃裡，隨時會跳出來，拿槍逼你在支票上簽字。」

他們回到腓德烈克身邊，德洛里耶此時也跳完舞。正當大家商量要怎樣消磨這個晚上時，余索內忽然大喊：「你們看！那不是梅達基侯爵夫人嗎？」

他說的那個女人臉色蒼白，有個向上翹的鼻子，戴著及肘的露指手套，兩枚黑耳環又大又長，直垂到臉頰兩旁，像是兩隻狗耳朵。余索內走上前問她：「今晚在妳家開個小派對如何？妳找幾位朋友來招呼這幾位法蘭西騎士。嗯，妳有什麼為難嗎？難不成妳是在等妳的西班牙武士？」

交際花低頭不語：她深知余索內出手一向不大方，就怕買酒食的錢要她買單。過了許久，才聽見她嘴巴吐出一個「錢」字。西齊聽到，便把身上僅剩的五枚拿破崙金幣奉上，事情就這樣搞定。

但卻不見腓德烈克的蹤影。原來，他先前疑似聽到了阿爾努的聲音，又在傳來的方向瞥見一頂女人的帽子，便趕緊朝不遠處的一個涼蔭棚架走去。

然後他看到了阿爾努和華娜絲小姐單獨在一起。

「抱歉，我有妨礙到你們嗎？」

「一點都沒有！」畫商回答說。

從方才聽到的最後兩句對話，腓德烈克得知阿爾努來此，是有要緊事情跟華娜絲小姐商量。明顯的是，阿爾努對事情還不是十分放心，所以又問了華娜絲小姐一句：「您有把握嗎？」

「十足把握！人家愛您。您這個人真的很煩嗳！」

說完這話，她噘起嘴巴，兩片大嘴唇紅得像沾了血。但她有著一雙漂亮的雙眸：紅棕色的眼珠，瞳孔裡點點金星，活潑而性感。這雙眼睛像燈籠般照亮了她微黃的瘦臉。阿爾努似乎很喜歡她假裝生氣的模樣，他俯身向前，對她說：「您人真好。來，親我一下！」

她拉住他兩隻耳朵，把嘴唇朝他額頭上一印。

這時，舞蹈結束了。一個樣貌俊俏的年輕人站在樂隊指揮原來的位置。這人白白胖胖，有一頭梳成耶穌基督款式的黑長髮，身穿一件繡著金色棕櫚的藍色絨背心，樣子驕傲得像隻孔雀，愚蠢得不下火雞。向觀眾一鞠躬之後，他開始唱一首小調，歌詞是一個鄉下人敘述遊歷首都的經歷。歌手用下諾曼第的方言，裝成醉漢的調調，反覆唱著副歌：

哈，我取笑你，我取笑你——在這叫花子似的巴黎！

聽眾熱烈跺腳回應。這位名叫戴勒馬的歌手（報紙稱他為「表情豐富的歌者」）知道打鐵要趁熱，不能讓聽眾的熱情冷卻下來，便趕緊接過一把吉他，開始唱一首情歌——《阿爾巴尼亞女孩的哥哥》。

聽到歌詞，腓德烈克不禁回想起輪船上那個衣衫襤褸男人的歌聲，眼前也油然浮現出一條衣裙的下襬。

歌手每唱完一小節都會停頓很久，風吹過樹木的聲音就像陣陣浪濤。

華娜絲小姐推開一根擋住她視線的女貞樹枝椏，目不轉睛地盯著臺上歌者。她鼻孔張開、眉毛擠在一起，似乎陶醉在極大的快樂裡。

「好極了！」阿爾努說，「我終於明白您今晚為何要約我到這裡！原來是專程為戴勒馬來的！」

她矢口否認。

「哈，還害臊呢！」阿爾努說，隨即指著腓德烈克說：「不然是為他而來的嗎？如果是，您恐怕要失望了，再沒有比他更潔身自愛的年輕人了！」

這時腓德烈克幾個朋友找到他。余索內逐一介紹雙方認識，阿爾努請大家抽菸，還請大家品嘗冰凍果子露。

看見迪薩爾迪耶時，華娜絲小姐的臉紅了片刻，但隨即站起來，向他遞出一隻手。

「還記得我嗎？奧古斯特先生。」

「您麼認識她的？」腓德烈克問迪薩爾迪耶。

「我們曾住在同一棟房子。」他回答說。

西齊拉著他的袖子，把他帶到其他地方。迪薩爾迪耶才剛走開，華娜絲小姐便大誇他為人有多好，甚至說他有著「天使心腸」。

隨後，大家談到了戴勒馬，認為這個人善於模仿，若是當演員的話應該可以走紅。接著又談到了各種話題：莎士比亞、書報審查制度、風格、人民、大仲馬、雨果和杜梅爾桑[22]——總之是想到什麼聊什麼。

阿爾努認識許多知名女演員，幾個年輕人都傾身，急於聽他講述這些女士的八卦，然而音樂聲掩蓋過他的說話聲。情況在方陣舞或波卡舞跳完之後，並沒有好多少，因為當所有人回到座位，呼喊侍者的聲音和大笑聲又會此起彼落。香檳開瓶的氣泡聲不絕於耳，女人像母雞那樣咯咯笑。不時會有兩個紳士作勢要打架，抓住了一個小偷。

輪到快步圓舞曲時，很多跳舞的男女因為步伐太急，侵占到了花園的步道。他們喘著氣，臉色緋紅，笑逐顏開，在旋轉中衣袂翩翩。長號愈吹愈響，節奏也愈來愈快。就在此時，那座中世紀修道院的後面，忽然傳來劈劈啪啪的鞭炮齊鳴聲，半空中旋轉起太陽似的光團。祖母綠色的孟加拉煙火照澈整個花園，長達一分鐘。當最後一批煙火發射升空後，極盡的璀璨更讓在場所有人發出一聲驚嘆。

煙火慢慢才熄滅，空氣中飄浮著一片火藥殘留的煙霧。腓德烈克和德洛里耶一步一步穿過人群，卻忽然被眼前看到的一幕攫住：馬蒂農正在雨傘存放處付錢，旁邊陪著一名女人。這女人年約五十，相貌平平，穿著華麗而社會地位可疑。

「這小子沒有我們想像的單純。」德洛里耶說，「西齊又是到哪裡去了？」

迪薩爾迪耶指著一家菸館。那位貴族少爺就在裡面，面前放著一杯潘趣酒，旁邊有個戴粉紅色帽子的女人相伴。幾分鐘前走開的余索內這時也重新出現。

一個小姑娘依偎在他臂膀，大聲喊他作「我的小貓咪」。

「喂，別這樣叫。」他對她說，「公開場合不行。倒不如喊我『子爵』，那會讓我覺得自己是路易十三時代蹬著軟皮靴的騎士。對了，各位朋友，容我介紹一下，她是我的老相識——」說著托起她的下巴，「長得不賴吧？來，小妞，來向幾位紳士致敬！他們全是貴族院議員的公子。我經常巴結他們，指望可以被任命為大使。」

「您真是夠瘋的！」華娜絲小姐說，嘆了口氣。她請迪薩爾迪耶送她回家。

阿爾努目送他們走遠，然後轉身問腓德烈克：「您喜歡這位華娜絲嗎？算了，問也是白問，您在感情的事上從來不太老實，肯定有什麼韻事隱瞞著我。」

腓德烈克臉色發白，發誓自己沒有任何隱瞞。

「您總不可能沒有情婦吧？大家都沒看過您的情婦！」阿爾努說。

腓德烈克很想胡謅一個女人的名字，但又怕會傳到阿爾努太太耳裡，便回答說自己確實沒有情婦。

畫商為此責備他的不是。

「今晚就是一個大好機會！為什麼您不學學其他人的樣子，帶個女人離開呢？」

「那您自己呢？」腓德烈克受不了他的糾纏，這樣頂了一句。

「我嘛！老弟，我的情況完全不同。我要回家抱老婆去！」說完便招了一輛出租馬車，打道回府。

腓德烈克和德洛里耶徒步走回家，一陣東風吹拂著，兩人都不言語。德洛里耶為剛才沒能在一位報社經理面前好好表現感到懊惱，腓德烈克則是再一次陷入憂鬱沉思。最後，他打破沉默，表示這趟舞廳之行愚不可及。

「這該怪誰？要不是你走開去找阿爾努……」

「算了！我做什麼都不會有用的！」

但書記有自己的一套理論：他相信，只要動機夠強烈，一個人想要什麼都可以得到。

「說得好聽，你剛才不也是……」

德洛里耶愛面子，不讓他把話說完：「你以為我真會看上那種貨色！難道我會傻傻地去給女人們絆住？」

接下來他痛罵了女人的矯揉造作、愚蠢無知。總歸一句，他討厭女人。

「別假了！」腓德烈克說。

德洛里耶不作聲一陣子，然後又突然表示：「你敢不敢打賭一百法郎？如果我泡得到前面碰上的第一個女人，便算我贏。」

「賭就賭！」

他們碰到的第一個女人是個醜得要命的女乞丐。就在兩人放棄所有希望時，卻在里沃利街中央，遠遠看見有個手上拿著盒子的高䠷女孩。

德洛里耶走到騎樓下面等她。但她卻突然轉往杜樂麗宮走去，旋即又轉入賽馬廣場，邊走邊東張西望，然後又想追上一輛出租馬車。德洛里耶追了上去，走在她旁邊，用豐富的姿勢表情同她聊天。最終女方挽起他的手臂，兩人沿著一個個碼頭往前走。然後，走到夏特萊監獄前方的高地後，兩人又像保持瞭望的水手那樣，來回踱了至少二十分鐘。接著突然重新起步，穿過交易所大橋、花市，沿著拿破崙碼頭而行。腓德烈克一直尾隨在後。最後，德洛里耶走過來叫他別再跟了，以免礙事，又說他只要有樣學樣就行了。

「你身上還剩多少錢？」

「兩百個蘇。」

「夠了，給我。好吧，晚安！」

腓德烈克目瞪口呆，就像看到一齣鬧劇竟然大受歡迎。

「他在取笑我。」他心想，「我是不是應該回去呢？」

德洛里耶大概以為他會羨慕這種下賤愛情吧！腓德烈克感到一股憤怒情緒驅使他向前：「他以為我沒有那種稀有百倍、高貴百倍、銷魂百倍的愛情。」他一直走一直走，最後不知不覺走到阿爾努太太家的樓下。

她家沒有面向街道的窗子。但腓德烈克的眼睛仍然牢牢盯著樓房的外牆，彷彿光靠念力就足以看見牆內的情形。她毫無疑問已經就寢，像朵睡蓮一樣安詳，漂亮的黑髮散落於枕頭蕾絲邊，雙唇微啟，一根手臂墊在頭顱下方。然後他又看到阿爾努的頭忽然抬起，出現眼前。腓德烈克急忙跑開。

他回憶起德洛里耶的建議，但只覺得恐怖。然後他像個遊民般在街上漫無目的地遊盪。每遇到一個路人，他都想辦法看清楚對方的臉。不時會有一束光穿過他的兩腿之間，於人行道路面投下一個楔形陰影；然後，他會看到一個人從身後走上來，背著筐子，提著燈籠。在某些地方，風強得可以搖撼煙囪的鐵皮煙管。遠處傳來的聲音和他腦子裡的嗡嗡聲摻雜在一起，讓他彷彿聽到方陣舞音樂的迴響。他像個夢遊者那般繼續走著，最後發現自己來到了協和橋上。

他回憶起上個冬天的那個晚上。當時，他第一次走出她的房屋，因為充滿希望而狂喜，心臟撲通亂跳，逼得他不得不停下來。如今，希望已全凋謝了！

片片烏雲飄過月亮的臉。他凝視明月，想到天地多麼廣袤，自己的人生有多可悲，一切是如此地了無意義。天剛破曉時，他冷得牙齒咯咯打顫，半睡半醒，全身被晨霧沾濕，熱淚盈眶。他問自己：何不乾脆了此殘生？唯一需要做的只是一個動作。沉重的頭腦拉著他的身體往前傾斜：他看得見自己的屍體浮在水面上。他撲倒在橋欄上，橋欄滿高的，他純粹是因為太疲倦才懶得躍過去。

然後他感到一陣驚恐，於是又走回到林蔭大道，倒在一張長凳上睡著。後來幾個警察把他搖醒，以為這個人是「狂歡了一整夜」，因而體力不支。

他再次漫無目的地閒逛。肚子餓得要命，所有餐館卻都已經打烊，只好到魚市場一間小酒館吃些宵夜。吃過了飯，看見天色尚早，就在市政廳附近散步，直到八點一刻。

這時德洛里耶已丟下煙花女，回到家裡，坐在桌子前面寫東西。大約四點的時候，西齊突然來訪。

昨晚，拜迪薩爾迪耶的鼓勵，他終於找到了一個女士陪伴，也很開心，他甚至用自己的馬車將她和她丈夫兩人送回家。分別時，女士約了他再碰面的時間。不過，西齊自始至終不知道對方的名字。

「您要我幫點什麼忙呢？」腓德烈克問道。

貴族少爺先是東拉西扯，談到華娜絲小姐、交際花女士和其他女人，最後才頗為迂迴地說出來意：由於信任腓德烈克的為人，他希望腓德烈克幫他踏出重要的一步，讓他可以明確將自己視為一個男人。腓德烈克欣然答應，他把事情告訴了德洛里耶，但沒講自己在其中扮演什麼角色。

德洛里耶以為腓德烈克已經走出來了，並因為好朋友聽從自己意見而心情大好。這種好心情讓他頭腦更為靈光，以致頭一次與克萊芒絲．達維烏小姐認識，便迷惑住對方。她是一名為軍服繡金線的女工，身材苗條得像蘆葦，有一雙大大的藍眼睛，時時流露出驚訝的神情。德洛里耶欺負她天真老實，甚至騙她相信自己得過勳章。私下幽會時，他會給自己的雙排扣常禮服別上一條紅絲帶，但一到大庭廣眾便拿下來，說此舉是為了避免上司難堪。然而，他始終對她保持距離，促使她像對待一個帕夏㉓那般奉承他，又戲謔地喊她作「人民的女兒」。每次見面，達維烏小姐都會送他一小束紫羅蘭。腓德烈克才不希罕這樣的愛情。

話雖是這樣說，但每次看到德洛里耶和她手挽著手出門，腓德烈克總感到一種深深的鬱悶。但他又何曾想過，一年以來，每逢週四他洗刷指甲要前往阿爾努家赴宴時，德洛里耶心裡有多麼難過！

某天傍晚，當他在陽臺上目送好朋友與達維烏小姐離去，忽然看到余索內站在阿爾科勒橋上朝他招手，便爬下五層樓梯去。

「通知您一件事：接著的星期六，也就是二十四號，是阿爾努太太生日。」

「她的名字不是叫瑪麗㉔嗎？」

「她叫聖母還是天使都沒分別！阿爾努夫妻會在聖克盧的鄉村別墅招待客人。我是受託來通知您的。當天下午三點，馬車會在工藝美術社門前等您。就這樣說定囉！勞煩您親自跑下來真不好意思，但我還有很多地方要通知！」

腓德烈克幾乎還沒轉身，門房便交給他一封信。信上寫著：

丹布羅斯先生與夫人懇請莫羅先生賞光，
於二十四號（星期六）到府共進晚餐。　　敬祈賜覆。

「現在才來邀請，太遲了！」腓德烈克心想。

不過，當他向德洛里耶展示這封信時，後者卻高興得大喊起來：「哈！總算盼到了！但你怎麼看起來沒有一點高興的樣子？」

猶豫了一下之後，腓德烈克說出自己當天另有邀約。

「把舒瓦澤街那邊的約會推掉吧，別糊塗了！如果你不好意思說，我替你跑一趟。」

接著，書記幫腓德烈克寫了一封接受邀請的回函。

德洛里耶從未見識過上流社會，故而格外嚮往。在他的想像裡，上流社會是一種可以按照數學公式建構出來的人工製品。在餐館裡共進一頓晚餐、在辦公室裡遇見一位貴人，或是博得某位貴婦的微笑，凡此種種，一個接一個地演繹下去，將可帶來巨大的收益。巴黎某些府邸的客廳就像是機器：只要把原料餵進去，它就會吐出價值高達百倍的產品。他相信真有幫外交官運籌帷幄的名妓，真有始於私通的豪門婚姻，也相信罪犯可以依靠才智扭轉命運。總之，據他估計，與丹布羅斯家交往，百利而無一害。他講得頭頭是道，讓腓德烈克進退兩難，不知如何是好。

既然是阿爾努太太生日，至少應該送她一件禮物。他自然想起該送她一把陽傘，以彌補那次笨手笨腳所造成的破壞。他相中一把亮色的絲傘，配有象牙雕刻的小傘把，是道地的中國貨。但這傘要價一百七十五法郎，而他卻身無分文（事實上，他目前的用度全靠賒帳）。不過他渴望把傘買到手，也決心要買到手，所以雖然百般不願，他還是跟德洛里耶開口借錢。

德洛里耶回答他沒錢。

「我急需用錢。」腓德烈克說，「需要得不得了！」

可另一位依然說他沒有錢。腓德烈克急了：「說不定你會發現這對你有好處……」

「你這話什麼意思？」

「唉！算了。沒什麼！」

書記明白了，便從存款裡取出對方要求的數目，一個法郎一個法郎地點給他。

「既然我是靠你過生活的，就不必立借據了。」

腓德烈克一把抱住德洛里耶，對他千恩萬謝，但德洛里耶反應冷淡。第二天，他看到擱在鋼琴上的陽傘，便說：「哼，原來如此！」

「也許我會把它退回去。」腓德烈克膽怯地答道。

好運當頭。因為當天晚上，丹布羅斯夫人捎來一封鑲黑邊短柬，表示她一個叔叔過世了，不得不把接待腓德烈克的日期延後，尚望他見諒。第二天兩點，腓德烈克去了工藝美術社。但阿爾努並沒有照約定時間等他就出發：因為迫不及待呼吸鄉間的新鮮空氣，他前天晚上便出城去了。

每年，每當大地回春，阿爾努總是一早便會出城，在鄉間住上幾天。這幾天裡，他會在田野間長途散步、喝農家新榨的牛奶、跟村姑閒聊嬉鬧、詢問收成的情況，然後用手帕包些生菜回家。最後，他實現了多年來的夢想，買了一棟鄉間別墅。

當腓德烈克正在跟店鋪裡的店員談話時，華娜絲突然走進來，得知阿爾努不在後大感失望。店員告訴她，老闆可能還會在外頭待幾天，建議她不妨直接前往聖克盧找他，但她說自己跑不開；當店員建議她寫信時，她又擔心信會搞丟。腓德烈克自告奮勇幫她捎信。於是，華娜絲小姐草草寫了幾個字，交給腓德烈克，又千叮萬囑地不要讓任何其他人看到信。

四十分鐘後，腓德烈克抵達聖克盧。別墅離橋大約一百步遠，坐落在半山腰。花園圍牆外面種著兩排椴樹，一大塊草坪一直延伸至塞納河畔。門前的入口柵欄敞開著，腓德烈克逕自走了進去。

阿爾努躺在草坪上，正在跟一群小貓玩耍，全神貫注在這種消遣中。不過，華娜絲小姐的信卻把他從慵懶的狀態裡拉出來。

「見鬼！早不來晚不來！但她說得對，我非去不可。」

他把信往口袋一塞，然後向腓德烈克介紹他的產業，神情很是得意。他把一切指給腓德烈克看：馬廄啦、車棚啦、廚房啦。客廳位於屋子的右邊，也就是朝巴黎那一頭，外面是一個攀緣著鐵線蓮的涼蔭棚架。忽然，陣陣悅耳歌聲在他們頭頂盤旋：原來阿爾努太太以為附近沒有別人，正在唱歌自娛。她練了顫音、囀音和琶音。有些悠長的音符在空氣中懸浮，久久不散；其他的則像大珠小珠落玉盤。

歌聲穿過威尼斯式百葉窗，刺穿深深的寧靜，聳上雲霄。然後，鄰居烏德里夫婦一出現，歌聲便戛然而止。

她親自到前臺階迎接。當她拾級而下時，腓德烈克瞥見了她的腳。這腳上穿著小巧的紅棕色敞口皮鞋，鞋面有三條橫帶子，像是關住襪子的金色格子柵欄。

客人陸續到達。除了律師勒福舍以外，其餘全是星期四晚宴的常客。人人都帶著一件禮物：狄特梅送的是敘利亞圍巾，羅森瓦爾送的是一部抒情歌謠集，布里歐送的是一幅水彩畫，宋巴斯送一幅自己創作的漫畫，佩爾蘭送的是一幅木炭畫（畫的是骷髏舞，筆法粗劣）。只有余索內兩手空空，什麼禮物也沒帶。

腓德烈克等別人都送完了，才奉上禮物。

見她非常感謝的樣子，他便說：「那裡，這只是還債。我一直非常懊惱……」

「懊惱什麼？」她問，「我不明白。」

「來吧，酒席在等著呢！」阿爾努說，一把拉住腓德烈克的手臂，然後在他耳邊低聲說：「您啊，真不機靈！」

飯廳粉刷成水綠色，非常賞心悅目。一個屋角擺著一尊石雕的仙女，她的腳趾浸在貝殼形的水槽裡。透過打開的窗戶，整個花園和長方形草坪盡收眼底。在塞納河的對岸，布隆森林、訥伊森林、塞夫勒森林和默東森林次第展開，形成一個寬大的半圓形。入口柵欄前面繫著一艘帆船，隨風蕩漾。

大家首先談到四周的景色，接著談到一般的風景。當大家談論得正熱烈時，阿爾努交代僕人在九點半把馬車套好，說是帳房來信要他回去一趟。

「你要我跟你一起回去嗎？」阿爾努太太問道。

「還用說嗎！」他說，同時優雅地給太太鞠了個躬，「妳是清楚的，太太，沒有了妳，我可活不下去！」

大家都恭賀她有這樣的一個好老公。

「哼，他不是指我一個。」她平靜地回答，指指身邊的女兒。

然後，話題再一次轉向繪畫。有人提到一名叫臺爾[25]的畫家，阿爾努表示此人的畫很值錢。這時，佩爾蘭問他，聽說上個月有個叫麥修斯的知名倫敦人士來到巴黎，用兩萬三千法郎向他買了一幅臺爾的畫，不知是否真有此事？

「一點也不假！」阿爾努回答說，然後把臉轉向腓德烈克。「就是為了這位先生，我幾天前才會去了一趟阿罕布拉宮。本來很不想去的，你們知道，跟英國人聊天很沒意思。」

腓德烈克本就懷疑華娜絲的信涉及什麼風流韻事，也高興於阿爾努找到一個很好的脫身藉口。但現在聽到他撒這個毫無必要的謊，不禁目瞪口呆。

畫商又帶著天真無邪的表情問了他一句：「對了，你那位好朋友叫什麼名字？」

「德洛里耶。」腓德烈克馬上回答。

為了彌補遲遲沒有給好朋友引見的過失，他便開始讚誇德洛里耶多麼有才華。

「啊，是嗎？但他看起來不像另一位那麼老實——我是說在貨運行當夥計那一位。」

腓德烈克聽了在心裡直罵迪薩爾迪耶，因為阿爾努太太一定會以為他習慣跟下賤階層廝混。

然後大家又談到了首都的新開發區。烏德里老頭細數了一連串大開發商的名字，其中包括了丹布羅斯先生。

腓德烈克趕緊藉這個機會扭轉形象，表示自己與這位紳士相熟。但佩爾蘭卻開始大罵生意人，認為不管是賣蠟燭的，還是放款的都是一丘之貉。羅森瓦爾接著和布里歐聊起瓷器；阿爾努跟烏德里太太談論園藝，而愛搞笑的宋巴斯則拿她老公尋開心，說是從烏德里先生隆起的前額，可以看出他一定是畫狗名家烏德里㉖的後人。宋巴斯甚至想要摸摸他的額頭，但烏德里先生藉口自己戴了頂假髮婉拒。甜點在一片笑鬧聲中用完。

大家到椴樹下喝咖啡、抽菸，又在花園裡散步了一會，接著便沿著河邊漫步。

一夥人在賣魚店前面停下腳步，有個漁夫正在清洗水族箱裡的鰻魚。瑪爾特小姐想要看鰻魚，漁夫便把魚倒在草地上。小姑娘跪下來想抓魚，起初開心的咯咯笑，繼而又嚇得尖叫。結果鰻魚全溜走了，阿爾努照價賠償。

然後他又靈機一動，想讓大家乘船遊玩。

天際的一邊開始黯淡下來，另一邊則布滿寬闊的橘色晚霞，然後，隨著山峰變黑，晚霞也轉變成紫色。阿爾努太太坐在一塊大石頭上，背後映照著璀璨晚霞。其餘人到處閒逛，剩余索內一個人在河堤下面打水漂。

阿爾努很快便回來，後面跟著一艘破破舊舊的長艇。他不顧人家極為明智的勸告，硬把客人往長艇裡塞。結果船慢慢往下沉，大夥趕緊回到岸上來。

客廳裡已經點起蠟燭。四壁張掛著波斯壁毯，靠牆處安裝著一些枝狀水晶燭臺。烏德里太太舒舒服服地坐在搖椅裡打盹，其他人則聽著勒福舍先生講述他律師生涯的光榮事蹟。阿爾努太太獨自一人坐在窗戶旁邊，腓德烈克走近她。

兩人聊了些尋常話題。她說自己欽佩演說家的雄辯，腓德烈克則說他更嚮往作家的名聲。不過，她斗膽主張，對於一個男人來說，親身站在一大群人的前面說服群眾，應該會比透過筆桿感染他們更加覺得榮耀。但腓德烈克不是個有雄心壯志的人，所以對這一類榮耀沒有多動心。

「啊，為什麼呢？一個男人應該要有一點雄心壯志！」

兩人倚在窗口聊天。夜色宛如一張補綴著銀光的茫茫黑網，無邊無際地在他們面前展開。這是他們第一回不談那些無聊的話題，他甚至知道她喜愛些什麼，又厭惡些什麼。例如，聞到某種香水會令她覺得噁心；她喜歡讀歷史書，也相信夢想。

兩人進而談到情感話題。她對那些激情所製造出來的災難表示同情，又對恬不知恥的無恥行徑感到憤慨。這種正直的品德與她端莊的容顏是如此相稱，彷彿她的美麗就是她高潔本質的體現。

她不時會嫣然一笑，眼睛持續看著他一分鐘。這時，腓德烈克只感覺她的目光刺穿了他的靈魂，就像是照射進水深處的強烈陽光。他毫無保留地愛著她，不求回報。在這種無言的交流中，出於感恩報答的心理，他直想用雨點般的親吻吻遍她的額頭。然而，某種內心衝動又讓他抽離於自我之外：他渴盼能為她犧牲自我，渴盼著馬上就向她獻上忠誠，而這種渴望又因為得不到滿足而益發強烈。

聚會結束，腓德烈克和余索內並沒有隨其他客人一同離開，而是打算坐阿爾努的便車返回巴黎。馬車停在前臺階，但阿爾努卻匆匆跑到花園，摘了一些花。由於花的枝葉參差不齊，他便往塞滿紙張的口袋裡隨便抽出一張，把花包起來，再以別針別住，然後溫柔地將花束獻給了妻子。

「親愛的，這個送妳！請原諒我方才冷落了妳！」

但阿爾努太太忽然輕輕叫了一聲。原來阿爾努笨手笨腳，沒把別針扣好，刺著了她。她匆匆回到房間，讓大家等了快一刻鐘才又出現。最後，她抱著瑪爾特，鑽進了馬車。

「那束花呢？」阿爾努問。

「我忘了拿。算了，別麻煩了！」她說。

腓德烈克跑上樓去幫她拿花，她大聲喊道：「不必了，我不想要！」

但腓德烈克趕忙將花拿給她，又說他發現花散落在地板上，便用一個信封重新套上。她把花塞在座位旁邊的皮革擋板裡，馬車隨即出發。

腓德烈克坐在她身邊，發現她渾身顫抖得厲害。過橋後，阿爾努把車驅向左邊。

「不對！錯了，錯了！應該向右轉！」她大喊說。

她似乎很惱火，看什麼都不順眼。等瑪爾特睡著後，阿爾努太太拔起那束花，往窗外一扔，然後抓住腓德烈克手臂，用另一隻手示意他不要聲張。

另兩個人坐在駕駛座，繼續談論有關印刷和訂戶的事宜。阿爾努駕車漫不經心，在布隆森林中央迷了路。然後又誤入一些窄徑，讓馬不得不以步行的速度前行。樹木的枝椏不斷刮擦著馬車篷蓋。在一片幽暗中，腓德烈克只看得見阿爾努太太的兩隻眼睛。瑪爾特躺在媽媽大腿上，頭得要靠腓德烈克扶著。

「她讓您受累了。」她媽媽說。

「不會，不會！沒有的事！」

車輪下的塵土慢慢飛揚起來。馬車穿過奧特伊爾時，家家戶戶門戶緊閉，不時會出現一盞街燈，照亮一面牆的一塊角落。之後，馬車又被一片漆黑籠罩，他同時發現她在哭泣。

是悔恨，還是激情？到底是怎麼一回事？對這悲傷的性質他一無所知，卻像是與他具有切身關係似的，引起他極大的關注。這讓他們之間有了一個共同的小祕密，使兩人變成像是串通好什麼陰謀的共犯。他用最溫柔的聲音問道：「您不舒服嗎？」

「對，有一點點。」她說。

車輪繼續轆轆轉動。路邊圍牆探出的冬忍花和山梅花在夜晚的空氣中，散發出陣陣讓人慵懶的幽香。她的雙腳被重重的縐褶覆蓋。他彷彿覺得，透過躺在他們之間的小女孩軀體，他與她的整個人發生了無言的交流。他向小女孩俯身，撥開她漂亮的棕色髮絡，在額頭輕輕一吻。

「您人真好。」

「為什麼這樣說？」

「因為您喜歡小孩。」

腓德烈克沒說什麼，但把一隻手往她那邊伸去，幻想她說不定會起而效尤，使兩人的手掌貼在一起。不過，他隨即又覺得不好意思，把手縮回來。沒多久，馬車便到鋪平的道路，速度也快了不少。街燈的數目大量增加，表示巴黎到了。余索內在家具倉庫前面下車，腓德烈克等到馬車進入院子才下來。然後，他躲在舒瓦澤街的轉角，不久便看見阿爾努從樓房走出來，走回林蔭大道的方向。

第二天起，他埋首準備考試，用功得前所未有。

他想像在一個寒冬夜晚，自己站在刑事法庭上，正在進行結辯發言。只見陪審團個個面無血色，聽眾把旁聽席的隔板擠得嘎嘎作響，猛喘大氣。他已經講了四個鐘頭之久，扼要地敘述了所有的論據與各式新發現的證據。他的每句話、每個單字、每個手勢，都讓放在一旁的斷頭臺鍘刀，彷彿不斷緩緩升高。他又想像自己是個關係全民族命運的演說家，站在參議院的發言臺，用辛辣、動人、激昂、高雅的語言，以雷霆萬鈞之勢把對手一一駁倒。而她就坐在旁聽席的某處，面紗後面的臉龐熱淚盈盈。之後，他們再次碰面，而她會說：「啊，講得真棒！」光是這句話就會讓他變得刀槍不入，如何地潑冷水、誹謗或咒罵都不能傷他分毫。

這些想像就像燈塔光芒，在他的人生地平線上閃爍著。他的腦筋受到激勵，變得更加積極、更有活力。他一直苦讀到八月中，終於順利通過最後的考試。

德洛里耶在十二月的第二次考試和二月的第三次考試為了逼他用功，費盡了九牛二虎之力。這一次看到他那副無比勤奮的樣子，不禁大為驚訝，而他昔日對好朋友所懷抱的期望又重燃了起來。腓德烈克說不定會在十年內成為議員，十五年內成為內閣大臣。有什麼不可能呢？憑著他不久之後將會繼承的祖產，他可以創辦一份報紙，作為政治事業的踏腳石。至於德洛里耶本人，仍然雄心勃勃，一心想在法學院謀個教職。事實上，他的博士論文寫得有聲有色，大受教授們的讚賞。

三天後，腓德烈克取得了學位。為了讓星期六例行的聚會圓滿落幕，他要在返回諾冉前舉辦一次聚餐。

當天，他顯得無比的興高采烈。沒有錯，阿爾努夫人目前是回到了沙爾特的娘家，但腓德烈克深信兩人不久之後便會重聚，而她也一定會成為他的情婦。

德洛里耶平日喝酒很有節制，但這天也醉了（他當天稍早加入了奧賽青年律師辯論會，在會上發表了一篇演說，獲得熱烈的掌聲）。他對迪薩爾迪耶說：「你是個忠厚老實的傢伙！待我發達了，我要找你當我的總管。」

大家都情緒高昂。西齊還不打算完成法學院的學業；馬蒂農計畫待在巴黎，直到被派駐外省法院任職為止（他大概會被任命為副推事）；佩爾蘭準備畫一幅象徵「革命精神」的巨幅油畫；余索內下星期要給臺拉斯芒劇院的經理念一齣劇本大綱，他對自己信心十足：

「戲劇架構嘛，他們一定會任憑我發揮！說到激情戲碼，我見得夠多了，了解得徹徹底底。說到雋永話語，我完全是個中好手！」

說完便往前一躍，雙手撐地倒立，頭下腳上地繞桌子走一圈。但這類街童把戲並不能讓塞內卡開心，當小學老師的他因為用鞭子體罰一位貴族子弟，最近被寄宿學校開除，生活更是貧困。他把這一切歸咎於社會的不公，詛咒著有錢人。他把滿腔的憤懣傾吐到列冉巴同情的耳朵，「公民」本人則是愈來愈幻滅、憂鬱和厭世。如今，他最關切的是政府預算的問題，指責當局不應把幾百萬法郎浪費在阿爾及利亞㉗。

因為每晚若是不到亞歷山大菸館消磨一下便會睡不著，所以十一點一到，列冉巴就起身走了。其他人又多待了一些時間。余索內在道別時告訴腓德烈克，阿爾努太太前一晚已經回來了。

腓德烈克理所當然會到驛站取消第二天的訂位。豈料，當他翌日傍晚六點左右來到舒瓦澤街，門房卻告訴他，阿爾努太太的歸期延遲一星期。腓德烈克獨自用晚餐，飯後在林蔭大道之間漫步。

玫瑰色晚霞像塊披巾般散開來，一直延伸到家家戶戶屋頂的更遠處。店鋪紛紛捲起天篷，灑水車正在為塵土飛揚的人行道灑水。空氣涼爽得出人意表，摻雜著從咖啡廳散發出來的氣息。這些咖啡廳敞著門，可以瞥見金銀餐具之間擺著一束束鮮花，而鮮花又反映在一面面大鏡子裡。街上行人步履悠閒，成群男人站在人行道中間聊天。來往的女人眼神流露出慵散的神情，嬌嫩的皮膚被悶人的酷暑曬成茶花色。某種廣大無邊的東西正在傾瀉擴散，把所有房子籠罩住，巴黎從沒有這麼美過。腓德烈克彷彿看到，自己的未來是一年又一年充滿愛情的時光，漫無休止。

在聖馬丁門劇院的前面，他停下來瀏覽廣告海報。由於想找些事情做，他買了張戲票。

正在上演的是一齣由童話改編的老式戲劇，觀眾寥寥無幾。天花板的天窗像是把天穹切成一塊塊藍色的小方塊，舞臺的腳燈形成了連成一線的黃色光芒。舞臺布景是北京的一個奴隸市場，道具包括了銀鈴、銅鑼、長袍和尖頂帽，對白盡是些小丑式笑話。幕間休息時，腓德烈克獨自在門廳裡徘徊，欣賞一輛停在劇院前臺階旁的大型雙篷四輪馬車。這馬車是綠色的，套著兩匹白馬，執韁繩的是個穿短褲的馬伕。

他才一回到座位，就看見一對紳士淑女走進了樓廳的第一個包廂。男的臉色蒼白，蓄著一圈淺淺的灰色鬍鬚，胸前別著玫瑰勳章，帶著一副外交官常見的冰冷臉孔。

他太太比他至少年輕二十歲，既不高又不矮，既不醜又不美，頭上的金髮盤成英國式的螺旋髻，身穿一件平領的連衣裙，手持黑花邊的大扇子。有這種派頭的人竟會在這種時候來看戲，要麼是出於什麼特殊狀況，要麼是厭倦了在彼此的陪伴下消磨晚上時光。那位仕女一再輕咬她的扇子，那位紳士一再打哈欠。腓德烈克想不起來在哪裡見過這張臉。

在下一段幕間休息時間，腓德烈克正穿過走廊，不料遇到了這對夫婦。他含糊地點點頭，丹布羅斯先生馬上認出他來，便走上前，為自己不可原諒的疏忽道歉。這話是指腓德烈克雖然多次遞上名片，卻都沒有獲得邀約。銀行家解釋說，會有這種情形，是因為他搞錯了，誤以為腓德烈克只是個法學院二年級的學生。隨後，聽說年輕人將要回鄉，他又表示羨慕不已。他自己也巴望能夠休息，無奈被巴黎的生意困住，不得抽身。

丹布羅斯太太依偎著丈夫手臂，微微點了點頭。她臉上那種和藹的笑容和不久前的憂鬱神色形成強烈對比。

「這裡也是可以找到很好的消遣，不過……」她接著丈夫的話說，「剛才那齣戲還真夠蠢的，您說是不是，先生？」於是三個人站在那裡，就各家劇院和新上演的戲交談了好一陣子。

腓德烈克平日見慣的都是矯揉造作的外省貴婦，從未見過一個女子的舉止如此自若，儀表如此素雅。不過，這種素雅是經過精心考究的產物，會讓沒有機心的人以為是一種善解人意的表現。

夫妻兩人請腓德烈克一從諾冉回來就到府上坐坐，丹布羅斯先生又託他向羅克先生致意。

回到公寓之後，腓德烈克自然不忘告訴德洛里耶自己所受到的熱情邀約。

「帥呆了！」書記歡呼道，「那就別讓你媽媽留住你！快去快回！」

回到家的第一天，用過早餐之後，莫羅太太帶兒子到花園去散步。

她說她會樂見他有一份事業，因為家裡環境並不如人們想像的寬裕。田地收成不好，佃戶能繳的租金也不多。因為需要用錢，她甚至被迫賣掉馬車。最後，她把家裡的情況一五一十攤開在兒子面前。

在寡居初年的困難歲月裡，奸詐的羅克先生借了她一筆錢，她一直無力償還，甚至後來又陸續借了幾筆，但羅克先生都沒有來催。然後有一天，他忽然上門討債，要求立即償還。不得已之下，她只好接受他開出的條件，以少得可憐的價錢把普雷斯勒的田產轉讓給他。十年之後，她辛苦存下來的錢又因為銀行倒閉而化為烏有。此時，羅克先生又再登門，建議她再次借債。為了維持可能攸關兒子未來的門面，她只好答應。不過，如今債已還清。簡單來說，家裡目前一年有一萬法郎收入，其中兩千三百法郎可以任由腓德烈克運用——這就是他的全部祖產了。

「不可能！」腓德烈克喊道。

莫羅太太點點頭，表示事情確實如此。

但他叔叔不是會給他留點什麼嗎？

也許會，但沒有十足把握！

母子二人繞著花園走了一圈，默然無語。最後，她擁抱住兒子，用哽咽的口吻說：「唉，可憐的孩子！我必須拋棄寄託在你身上的夢想了！」

他在金合歡樹蔭下的板凳坐著。

母親建議他到普魯阿朗先生那裡當書記，說不定這位律師退休後會把事務所讓給他。要是他把事務所辦得有聲有色，那日後便可以以高價賣出，再去謀一份更好的差事。

腓德烈克再也聽不見媽媽說些什麼。他的目光無神地越過樹籬，望向鄰家的花園。

一個十二歲左右的紅髮小女孩獨自站在那裡，她的耳朵戴著一副用花楸樹果串成的耳環，身上的灰布緊身衣裸露出兩條曬得有點金黃的臂膀，白色短裙上沾著斑斑糖漬。她整個人像頭小野獸，流露出一種粗獷之美，卻又瘦弱而神經質。看到對面花園裡那個陌生人顯然讓她吃了一驚，因為她本來正在澆花，此刻卻突然停了下來，以一雙碧藍的清澈大眼睛盯著腓德烈克。

「那是羅克先生的千金。」莫羅太太說，「他最近正式娶了女傭為妻，所以這個女孩變成了法定子女。」

①．羅西尼（一七九二—一八六八）：義大利歌劇作曲家，作有三十九部大小歌劇。
②．路易．布朗（一八一一—一八八二）：社會運動家，他的思想與著作對法國工人運動頗有影響。
③．莫里哀（一六二二—一六七三）：法國著名喜劇作家、演員，法國芭蕾舞喜劇創始人。
④．國民自衛軍：是一種國民兵，凡是有一定資財的巴黎市民有義務每年服役幾天和在緊急事故時接受徵召。
⑤．摩爾人屬於北非的阿拉伯人，曾經跨海統治西班牙八百年，創造出融合基督教與伊斯蘭教風格的藝術風格。
⑥．法國舊時一種銀幣，相當於三法郎。
⑦．指政府以防禦外敵為由，在巴黎四周築起碉堡，但事實是在防範人民，形同把巴黎弄成一座「巴士底監獄」。
⑧．一八三五年七月，路易-菲力普檢閱國民軍時，差點遭到暗殺，政府因而在九月制定一系列法令，內容為嚴格審查報刊、加強法庭權力等方面。
⑨．勳爵：英國的爵位，這裡是諷刺基佐對英國採取獻媚政策。
⑩．指黑髮的煙花女子。
⑪．米羅的維納斯：米羅為希臘東南方的一座小島，一八二〇年在上頭發現一座莊嚴美麗的維納斯雕像。
⑫．此指路易十五時期，奧爾良公爵政府的攝政時期。
⑬．高盧人：歐洲北部一支性格剽悍的民族。
⑭．索邦是聖路易的教士，其索邦大學是權威神學研究中心。
⑮．法國在一八一五年把萊茵河以東的領土割讓給德意志，很多法國人都希望可以再發起一場戰爭，收復失土。
⑯．馬拉斯特（一八〇一—一八五二）：當時一位著名記者，《國民日報》的主編。
⑰．德斯達爾夫人（一七六六—一八一七）：法國知名女作家，寫過多部小說。
⑱．七月柱：建於巴士底廣場，紀念一八三〇年七月革命的紀念建築，柱高五十公尺，上有自由神像。
⑲．卡斯蒂亞：西班牙中部大草原，古代的一個獨立王國；佛蘭德斯：比利時領土一部分；命婦：泛稱受有封號的婦人。
⑳．阿罕布拉宮原是摩爾人在西班牙蓋的一座宮殿，被認為是伊斯蘭教建築藝術登峰造極之作。
㉑．赫柏：古希臘神話中的青春女神。
㉒．莎士比亞（一五六四—一六一六）：英國文學史上最出名的劇作家，代表作為《馬克白》、《哈姆雷特》等；大仲馬（一八〇二—一八七〇）：法國著名小說家，代表作《基度山恩仇記》、《三劍客》；杜梅爾桑（一七八〇—一八四九）：法國小型歌劇作家。
㉓．帕夏：奧斯曼帝國裡的高級官員，多為總督、將軍高官職。
㉔．瑪麗也是聖母（瑪麗亞）的名字，所以腓德烈克誤以為阿爾努太太的生日與聖母的聖日八月十五是同一天。
㉕．臺爾（一六二九—一六八二）：十七世紀荷蘭風景畫家。
㉖．烏德里（一六八六—一七五五）：十七至十八世紀法國畫家。
㉗．法國在一八四三年征服阿爾及利亞全境，其後又必須付出龐大支出，以鎮壓各地的起義。

Chapter VI

BLIGHTED HOPES

第六章

前途無「亮」

毀了，一切都沒了，一切都完了！

腓德烈克繼續呆坐在板凳上，像是受到巨大的驚嚇。他詛咒命運，想找個人來揍一揍才能解恨；另外，一種惱怒，一種面子丟盡的感覺也壓得他透不過氣，加深了他的絕望悲痛。他原以為從父親的遺產，最終將可以獲得一萬五千法郎的年收入，又間接向阿爾努夫婦這樣透露過。現在他們將會怎樣看他呢？準是把他看成吹牛大王、一文不值的無賴，接近他們是為了撈到什麼好處！如今，他如何還有顏面再去見阿爾努太太？

更何況，一年三千法郎的收入要如何過活？那是完全不可能的！難道要他永遠住在一間五樓小公寓，永遠借門房當僕人使喚，終年戴著指尖褪色的黑手套，穿著同一件雙排扣常禮服去作客？不，不，絕對不能！同時，一旦沒有了她，活著又有什麼意義？

不過，許多人不是沒有財產一樣過得好好的嗎？德洛里耶就是一個例子。想到這裡，腓德烈克覺得自己把物質生活看得如此重要，真是個懦夫。說不定，貧困可以讓他的能力增加百倍。他想像自己如同許多偉大人物一樣，棲身於小閣樓裡，孜孜不倦地奮鬥，愈想愈激動。阿爾努太太具有優美的靈魂，看到他這樣一定會為之動容，由憐生愛。如此看來，這場災禍其實是一件幸運，可以讓他發掘出自己許多本來不知道的才能，就像地震會把一些掩埋著的財寶揭露出來一樣。不過，這世界只有一個地方能將這樣的美事落實，那就是巴黎。在腓德烈克看來，藝術、科學和愛情（佩爾蘭會稱之為上帝的三張臉）只能依附首都而生存。當晚，他告訴母親，他準備回去巴黎。莫羅太太既是驚訝又是生氣，認為這個決定愚蠢又荒唐。她叫兒子聽她苦勸，留在她身邊，到法律事務所上班。腓德烈克聳了聳肩，覺得這建議簡直是對他的侮辱。

好心的媽媽見這招不行，便換了另一招。她用溫柔的聲音泣訴自己有多麼孤苦伶仃：她老了，為兒子做了許多犧牲，到頭來卻落得這種下場。然後，她又暗示自己來日無多：「看在老天爺的份上，再忍耐一下子吧！你不用多久就會無牽無掛！」

腓德烈克待在家中的三個月，每天要聽上這種啼哭話二十遍。家中的舒適生活也使他委靡不振，他喜歡睡家裡的軟床，用漂漂亮亮的餐巾，於是態度漸漸軟化，任憑母親把他帶到普魯阿朗的法律事務所去。

他在事務所表現出他既無學識，亦無才華。先前，大家都認定他是個大有可為的青年，有朝一日將會為本省帶來榮耀。如今看來，實在有負眾人期望。

起初，腓德烈克認為自己至少應該給阿爾努太太寫封信，所以一整個星期都在構思一些熱情奔放而文辭高雅的長信和短柬。可是，由於害怕洩漏自己的窘境，始終沒動筆。後來又想到，不如改為寫信給她丈夫。阿爾努的人生閱歷豐富，應該可以明白他的情況。不過，經過半個月的猶豫後，他最終決定什麼都不做：「算了！我哪有臉再見他們！就讓他們忘了我吧！這樣我至少可以在她心目中保持原有的分量，不致名譽掃地！她可能會以為我已經死了，反而會為我難過。」

由於愈極端的決定需要付出的代價愈小，他便發誓永遠不再回到巴黎，甚至永遠不再打探阿爾努太太的消息。

但談何容易，他對巴黎依依不捨，甚至開始緬懷起首都煤氣街燈的氣味和公共馬車的吵鬧。他玩味她說過的一些話、她聲音的音色、她眼睛的光輝。另一方面，他把自己當成行屍走肉，再不思有所作為。

他每天很晚起床，起床之後會靠著窗口觀看路過的篷車隊。這種生活的頭六個月特別讓他難熬。偶爾，他甚至會被一股針對阿爾努太太的怒氣攫住，這時他會跑到牧草地去透透氣。時值隆冬，牧草地被氾濫的塞納河淹沒了一半，一排排的白楊樹把不同人家的牧草地區分開，不時會出現一條拱起的小橋。他踩著枯葉，吸著霧氣，跳過水溝，一直盲目踱步到黃昏。隨著他的脈搏跳動得愈快，他會滿腦子充斥荒誕不經的念頭，包括去美洲當獵人，到東方當帕夏的侍從，或隨便找一艘船當水手。他給德洛里耶寫去一封又一封的長信，宣洩自己的滿腹憂鬱。

後者猶在為前程艱苦奮鬥著。腓德烈克的懶散和無休止的哀訴只讓他覺得愚蠢。不久，兩人的通信便流為形式。德洛里耶繼續住在同一戶小公寓，腓德烈克把所有家具送給了他。莫羅太太不時會問起家具的事，有一天，腓德烈克抵不過母親糾纏，便說出實情。正當母親對他大加申斥時，一封信送到他手上。

「怎麼回事？」她問，「你怎麼直發抖？」

「我沒事。」腓德烈克回答說。

原來，德洛里耶在信上說，他收容了塞內卡，兩人住在一起已半個月。換言之，塞內卡四周現在全是從阿爾努店裡買來的藝術品。他說不定會嘲笑這些東西，甚至會拿去賣掉。腓德烈克感到傷透了心，他上樓回臥室去生悶氣，恨不得一死了之。

後來他媽媽上來找他商量花園裡該種些什麼。

這花園是一塊英式花園，中央由一排木樁一分為二，其中一半屬於羅克老爹所有（他在河畔另有一片菜園）。這兩家鄰居因為鬧過嫌隙，所以總避免在同一時間到花園散步。不過，自腓德烈克回家後，老頭子在花園裡走動的次數變得很頻繁，而且不吝對莫羅太太的公子百般奉迎。有一次，他表示以腓德烈克這麼一個大有作為的青年竟留在小城裡生活，真是可惜。另外一次，他又說丹布羅斯夫人很想知道腓德烈克的消息。還有一次，他侃侃而談，香檳地區①的貴族爵位從前都是由母系世襲的。

「換作那個時代，您肯定是個貴族，因為令堂是姓德·福旺。有個尊姓，究竟不同於一般人！」說到這裡，他狡猾地瞧了腓德烈克一眼，然後又加上一句：「不過，這還要取決於掌璽大臣②。」

這種對貴族頭銜的覬覦，與羅克先生的外表極不相稱。由於身材矮小，又老是穿一件寬大的栗色雙排扣常禮服，讓他的上半身看起來長得不成比例。鴨舌帽一脫下，他那張很女人氣的臉和極尖的鼻子便顯露無遺。他的一頭黃髮，看起來就像是假髮。每次向人敬禮，他都是貼在牆邊，把腰哈得低低的。

一直到五十歲為止，在他身邊伺候的都是一個叫卡特琳的女人。她是洛林人士，與羅克先生同齡，臉上滿是天花留下的疤痕。不過，在一八三四年，羅克先生卻從巴黎帶回來一個漂亮的金髮女傭。沒多久，大家就看見她戴著大耳環，大搖大擺地在街上走來走去。她為什麼可以這麼囂張，在她誕下一個女嬰之後真相大白：該女嬰被取名為伊麗莎白－奧蘭普－露薏絲·羅克。

起初卡特琳因為醋勁大發，斷定自己一定會恨死這個小女孩。然而，到了後來，她不但不恨這孩子，反而百般呵護、無微不至。原來，她是想要取代她親生母親的地位，讓別人厭惡那個女人。要取而代之並不困難，因為艾萊奧諾爾女士喜歡到商店聊八卦，對女兒完全不聞不問。婚後第二天，她便跑去拜訪縣府重要人士，對其他僕人不再以「你」相稱，認為對小孩應該採取嚴厲態度。她親自監督女兒上課，家教老師是市長辦公室的退休雇員，不知道要如何教書。小女孩很不聽話，每次挨母親耳光就會跑去抱住卡特琳大腿哭訴。卡特琳總是站在露薏絲這邊，於是兩個女人便會起爭執，得要羅克先生命令她們閉嘴才能平息下來。他是因為疼愛女兒才會娶她媽媽，卻不希望被家中兩個女人煩死。

小女孩平素都是穿著緞面的白色連衣裙，或是鑲花邊的燈籠褲，但每逢重大節日，家裡就會把她打扮得像個小公主，目的是向各家貴婦人示威：這些人因為露薏絲是私生女，因而禁止家裡的小孩跟她玩。

她的時間幾乎都是獨自在花園裡度過：盪鞦韆、追蝴蝶，或是突然停下來觀賞一隻飛落在玫瑰花叢裡的金龜子。無疑正是因為這種生活習慣，讓她的臉上增添了一種大膽無畏而又夢幻的表情。另外也是因為她長得和瑪爾特一樣高矮，所以腓德烈克在第二次看到她的時候便問她：「小姐，您肯讓我吻一下嗎？」

小姑娘抬起頭，回答說：「我願意！」

然而他們之間橫隔著木樁籬笆。

「但我們得爬過籬笆才行。」腓德烈克說。

「用不著，抱起我就行了！」

他把身子探過籬笆，托著露薏絲雙腋，將她舉起，在兩頰各吻了一下。以後每次在花園裡碰面，兩人都會把這儀式重複一遍。

露薏絲並沒有比一個四歲小孩含蓄多少。每次聽到腓德烈克的腳步聲，她就會飛奔上前見他，不然就是躲在樹後裝狗叫嚇他。

有一天，莫羅太太出門在外，腓德烈克把露薏絲帶到自己臥室。她打開所有的香水瓶，拚命往頭上擦，然後又大模大樣躺到床上，四肢攤開，眼睛張得大大的。

「我想像我是你的太太。」她說。

第二天，他發現她淚眼汪汪。她招認自己是「因為犯了罪而哭」。腓德烈克問她犯了哪些罪，露薏絲低下頭：「別問了！」

原來她第一次領聖餐[③]的時候快到了，當天早上家人帶她到教堂懺悔，讓她知道了何謂犯罪。不過，聖體並沒有讓她變得乖巧些。她偶爾會大哭大鬧，家裡的人只好請求腓德烈克幫忙，過去安撫她的情緒。

他常常帶著她一起散步。他會一邊散步一邊胡思亂想，她則會去採摘麥田旁邊的罌粟花。每當看到腓德烈克比平常鬱悶，露薏絲就會說些童言童語設法安慰他。他的心既然得不到愛情的滋潤，便轉而向小女孩的友誼尋求慰藉。他給露薏絲畫一些圖，為她講故事，又念書給她聽。

他從一本《浪漫主義年鑑》念起，那是一部在當時很有名的詩文集。後來，他忘了她只是個孩子，先後為她念了《阿達拉》、《三月五日》和《秋葉集》[④]。但有一晚，在腓德烈克給她念過《馬克白》的節譯本之後，她半夜突然醒來，驚叫說：「有血！有血！[⑤]」

她牙齒打顫，渾身顫抖，恐懼的眼睛凝視著自己右手，不斷地擦拭它，反覆喊著：「還是有血！」被請來的醫生診斷過後，吩咐要避免讓露薏絲接觸到會引起激烈情緒波動的事情。

這件事在當地人之間傳開，大家都把它視為小女孩日後將會做出什麼傷風敗俗行為的前兆。又有傳言說「小莫羅」想要把女孩調教為女演員。

沒過多久，又有另一件事情成為人們茶餘飯後的話題：腓德烈克的叔叔巴太勒米來到諾冉。莫羅太太把自己的臥室讓出來，百般殷勤地招待他，甚至連齋戒日也為他上葷菜。

老頭並不太討人喜歡。他總是把諾冉拿來跟勒阿弗爾比較，挑剔前者空氣重濁、麵包粗糙、道路不平、食物平常、居民懶散。「你們這裡的買賣可真蕭條！」他又責怪過世的兄長愛揮霍，不像他本人那樣，可以把年收入累積到二萬七千法郎。他住了一星期後離開，臨走時站在馬車踏板上，說了句讓人心涼了半截的話：「看到你們環境很不錯，我總算放心了。」

莫羅太太回到屋子後對兒子說：「看來你什麼都不會得到了。」老頭是經她一再懇求才來的。在這七天當中，她千方百計想從他口中套點口風——但大概是太過刻意了。她後悔莫及，此時低著頭頹然坐在她專屬的單人沙發，雙唇緊抿。腓德烈克坐在她對面，注視著她，相對無言，情況與他五年前乘坐《蒙特羅城號》回家後的情景相仿。這個相似連她自己也意識到，不過，腓德烈克此時所想著的卻是阿爾努太太。

就在這時，窗外傳來一下抽馬鞭的聲音，同時有人在喊腓德烈克的名字。是羅克老爹，他單獨坐在搬運雜物的馬車上。原來，他是要到丹布羅斯先生位於福爾泰勒的別館作客，想邀腓德烈克一同前往。

「有我在，您不需要請柬。別怕！」

腓德烈克很想接受這個美意。但到時他要如何解釋自己為何會在諾冉滯留呢？他也沒有正式的夏天禮服。再說，他媽媽會怎麼說呢？想到這個，他婉拒了邀請。

從此以後，羅克老爹不再像往昔一樣客氣。露薏絲日漸長高，她媽媽重病不起，所以兩人便逐漸疏遠。莫羅太太為此感到高興：她一直擔心，兒子跟那樣的人家來往會有害前程。

她考慮要給兒子買下當地法院的檔案官職務，腓德烈克也不太反對這種想法。現在，他會陪母親一起望彌撒，晚上陪她打牌。他慢慢習慣了外省的生活方式，也任由自己深陷其中。現在，就連他對阿爾努太太的單戀，也有一種讓人昏昏欲睡的氣氛。他把悲苦往書信裡傾訴，把它跟自己在小說裡讀過的情節相混，也透過一趟趟漫長的野外散步加以宣洩。最後，他把悲苦幾乎耗盡，而阿爾努太太在他心目中也儼然是個已死的女人，葬在一個他不曉得的所在。於是，他的感情變得平靜而認命。

一八四五年十二月十二日這天，大約早上九點的時候，廚娘把一封信送至他房間。地址是用大寫字體書寫，筆跡他未曾見過。腓德烈克這時還睡眼惺忪，不急著拆開封蠟。最後，當他展信閱讀時，讀到了以下內容：

勒阿弗爾第三區太平紳士團知會莫羅先生：

令叔已身故，死前未立遺囑……

也就是說，他將要繼承叔叔所有遺產了！就像牆壁突然起火那樣，腓德烈克馬上一躍下床，光著雙腳，只穿著襯衫。他用手揉臉，不相信自己的眼睛，懷疑自己還在做夢。為了確認這件事的真實性，他把窗子推得大開。

昨夜剛下過雪，家家戶戶的屋頂一片雪白。他甚至認出院子裡那只昨晚曾絆他一跤的洗衣桶。

他一口氣把信重讀了三遍。難道還能有比這更千真萬確的事嗎？他叔叔是一座金山！每年兩萬七千法郎的收入！一想到將可以再見到阿爾努太太，他便陷入一陣狂喜。

他眼前出現鮮明幻覺：看到自己就在她家，就坐在她的旁邊，正把一件用銀紙包裝的禮物遞給她，而她家的門外則停著一輛雙座馬車。不對，應該是一輛四輪轎式馬車，黑色的，由一個穿棕色號衣[6]的僕人駕駛。他聽得見馬蹄踢蹬的聲音、馬勒的叮噹聲和他們接吻的呢喃聲。這樣的幽會將每天如此，永無休止。他將會在自己的房子裡接待阿爾努夫妻：飯廳用紅皮革蒙牆，閨廳以黃緞裝飾，到處都是長沙發！還有各式各樣的古董櫃、中國花瓶和地毯！這一幅幅畫面湧入他的腦海，讓他昏頭轉向。這時他想起母親，便立即下樓去，信拿在手上。

莫羅太太竭力克制內心的激動，但還是暈了過去。腓德烈克把她抱在懷裡，親吻她的額頭。

「親愛的媽媽，妳可以把妳的馬車買回來了。不，別哭！妳應該笑的，該高興才對！」

十分鐘之後，這消息便傳遍整座小城，甚至傳到了城外的鎮區。伯努瓦太太、岡布蘭先生、尚布里翁先生和其他朋友紛紛到府道賀。腓德烈克抽空給德洛里耶寫了一封信。然後又來了更多客人，整個下午都是在一片道喜聲中度過。雖然傳出「羅克太太」病危的消息，但沒有人記得這回事。

當天晚上，當莫羅太太母子終於可以獨處時，她建議兒子在特魯瓦開業當律師。他在家鄉比在外地出名，更容易找到客戶。

「唉！那太辛苦了。」腓德烈克嚷著說。他急著把剛到手的幸福跟阿爾努太太分享。他向母親表示堅決要到巴黎去。

「你打算到那裡做什麼？」

「什麼也不做！」

莫羅太太對這個回答感到驚訝，便問兒子想成為什麼樣的人。

「內閣大臣。」腓德烈克答道，又指出自己不是隨便說說。他打算投身外交界，說自己無論在所學和性情兩方面都適合走這條路。靠著丹布羅斯先生的提拔，他說不定可以進入最高行政法院任職。

「你認識他囉？」

「對，是羅克先生引薦的。」

「這就怪了。」莫羅太太說。她昔日寄託在兒子身上的雄心壯志又重新萌生起來，所以便沒有多說什麼。

迫不及待的心情讓腓德烈克恨不得馬上動身啟程。但第二天早上出發的驛馬車票已經售完，逼得他只能坐傍晚七點的班車。他一整天都煩躁不安。

母子倆剛坐下吃晚飯，便聽見三下拖長的教堂鐘聲。女僕跑進來說，艾萊奧諾爾女士剛剛嚥氣。她的死是個不幸，但不是對所有人都是不幸，甚至對她的親生女兒來說也不是。沒有了她，小女孩說不定反而好過些。

由於兩家人就住隔壁，所以可以聽見很多走動腳步聲和說話聲。想到有一具屍體就躺在離他們不遠的地方，不由得讓母子二人的離愁更形沉重。莫羅太太拭了兩三次眼淚，腓德烈克的心頭也是沉甸甸的。

飯後，卡特琳在通道裡把腓德烈克攔住，說是小姐非要見他一面不可，正在花園裡等著。他走出花園，跨過籬笆，走向羅克先生的房子，沿途有時被一些枝椏打到。三樓的一個窗戶亮著燈。然後，一個人影在黑暗中現身，以幽幽的聲音說：「是我！」

因為穿著黑色喪服的緣故，她看起來比平常更高。腓德烈克不知道該說些什麼，便只好握著她的雙手，嘆口氣說：「可憐的露薏絲！」

她沒有作聲，只深情又憂愁地凝視了腓德烈克良久。他擔心錯過了驛馬車，彷彿聽見遠處傳來車輪滾動的轆轆聲。為了趕緊結束這次會面，便說：「卡特琳說妳有話……」

「對，是那樣沒錯……我想要告訴您……」

聽到她尊稱自己為「您」讓腓德烈克感到驚訝。露薏絲欲言又止。

「想告訴我什麼？說啊！」

「我不知道。我忘了！我聽說您要走了，是真的嗎？」

「對，馬上就要出發了。」

「什麼，馬上？……永遠不回來？……您是說我們以後不會再見到面了？」

一陣嗚咽讓她哽噎。

「再見，再見了！那就抱一抱我吧！」說完撲到腓德烈克懷裡。

①．諾冉位於香檳地區。
②．掌璽大臣：負責掌管國璽與各項政府文件，為政要大臣。
③．領聖餐：在望彌撒時領取代表基督身體的聖餅（稱為聖體）和代表基督寶血的葡萄酒。
④．《阿達拉》：法國作家夏朵布里昂的小說，敘述美洲印地安部落的愛情悲劇；《三月五日》：法國作家維尼的小說；《秋葉集》：雨果的詩集。
⑤．莎劇《馬克白》中的馬克白夫人在慫恿丈夫謀害國王後，老是幻想自己手上沾染血跡。
⑥．號衣：貴胄人家僕役所穿的制服。

Chapter VII

CHANGE OF FORTUNE

第七章

命運的逆轉

腓德烈克上了驛馬車，才在後排坐下，五匹轅馬便輕快地奔跑起來，而他也任由自己陶醉在對未來的遐想中。就像設計王宮的建築師那樣，他在腦海裡把自己的未來擘畫得金碧輝煌，無比高聳，包含著各種精緻典雅和叫人銷魂的事物。由於完全沉浸於沉思之中，他對四周的景物視而不見。

到了蘇爾頓山麓，他才開始注意旅程進展到哪個階段。驛馬車頂多才走了五公里！這種龜速讓他惱怒。他搖下車窗，望向道路，又三番四次問車伕幾點會到達目的地。不過，他最終還是安靜下來，張大眼睛待在車廂的角落裡。

燈籠掛在車伕座位上方，照亮了轅馬的屁股。再往前望去，只看得見其他馬匹的鬃毛像白浪一樣起伏著，轅馬呼出的氣息在車轅兩邊形成薄薄的白霧。馬具鍊條叮噹作響，車窗玻璃砰砰抖動，沉重的驛馬車以等速在石頭路面滾動。不時會出現一面穀倉牆壁或是一間孤伶伶的小客棧。有時，當驛馬車進入一個村莊，烤麵包爐子的火光會映入眼簾，而馬匹投下的巨大側影會在另一邊房屋的牆上疾馳而過。每次換馬，當挽具卸下時，都會有一分鐘的深深寂靜。一個女人站在驛站的門口，一隻手拿著蠟燭，另一隻手為燭焰遮風。然後，車伕會跳上腳踏板，馬車又重新出發了。

到達莫爾芒的時候，鐘聲敲響一點一刻。

「所以已經是第二天囉？」他心想，「時間還真久！」

但漸漸地，他的希望與回憶，例如諾冉、舒瓦澤街、阿爾努太太和他媽媽，漸漸全都混雜在一起。車輪滾過板木的沉重聲響，讓他從朦朦朧朧之中醒來：馬車正經過夏朗東橋，換言之，巴黎到了。

這時，他的兩個同車旅人開始交談。他們一個脫下鴨舌帽，一個解下頭巾，不約而同戴上禮帽。第一位是個滿臉紅光的大塊頭，穿著呢絨雙排扣常禮服，職業是商人，另一位要到首都來看病。

聽到這個，腓德烈克唯恐自己昨晚製造了太多聲響，驚擾到這位紳士，於是為此道歉（他因為洋溢著幸福感，心也開始變得體貼）。車站的站臺大概是被水淹沒了，所以驛馬車繼續向前開，讓綠色的田野再次出現，遠處高聳的工廠煙囪吐著煙霧。接著車子轉入了伊夫里，爬上一條鞋街。忽然，先賢祠的圓頂隱約可見了。

翻過土的田野亂七八糟，模模糊糊像是一片廢墟，巴黎舊城殘留下來的城牆突起在地平線上。路旁用泥土築成的人行道上，種著一些沒有枝椏的小樹，用釘滿鐵釘的條板保護著。化工廠和木材廠交替出現，從它們虛掩著的高大鐵門，可以瞥見污穢不堪的院子，滿地糞便，中間一灘一灘的污水。不時還會看到一些長條形的酒館，它們的外牆漆成牛血色，二樓窗戶之間裝飾著交叉插在花環裡的撞球桿。這兒或那兒散落了一些只蓋到一半的灰泥小屋，無人聞問。而後是接連不斷的排屋，每棟的正面都光禿禿的，但每隔一段距離就會出現一根白鐵皮大雪茄，告訴你這是一家菸草店。助產婆的招牌上畫著一個戴軟帽的產婆，徐徐搖晃一個裹在花邊被褥裡的嬰兒。房屋的牆角上貼滿形形色色的廣告，有四分之三都被人撕破，宛如一條條破布在風中飄動。身穿罩衫的工人、酒販的雙輪馬車、洗衣婦和屠夫的推車一一經過。天空飄著毛毛雨，寒氣襲人。天色一片灰白，但在這片霧靄後頭，腓德烈克卻看見了兩隻比太陽還溫暖的灼灼眼睛。

驛馬車在檢查站的柵欄前等了很長一段時間。整個地方被賣家禽的、運貨的和一群羊擠得水泄不通。翻起軍大衣衣領的哨兵在哨崗前走來走去，好讓身體暖和些。徵稅員爬上驛馬車的車頂檢查，然後吹了一聲小喇叭。接著，馬車在大道上疾馳而下：車軛在震動，長長的馬鞭在潮濕的空氣裡甩得劈啪作響。車伕以嘹亮的嗓音不斷喊著：「看好！看好！車來了！」路上的清道夫紛紛閃開，路人趕忙讓路。車輪捲起的泥漿不斷打在車窗，途中馬車經過一些糞車、輕便馬車和公共馬車。最終，植物園的鐵柵就在眼前。

塞納河的河水顏色黃濁，幾乎漲到了橋面，散發著一股冷涼的氣息。腓德烈克使勁吸氣，要暢飲巴黎的美好空氣，就好像空氣裡蘊含著愛情的熱流和智慧的芳香。看到第一輛出租馬車在眼前經過時，心情便再也無法平靜。連那些用麥稈裝飾的賣酒店門框、帶著工具箱的擦鞋童，以及雜貨店裡搖著咖啡豆烘焙機的夥計，都讓他看得滿心歡喜。婦女們撐著傘，疾步行走。腓德烈克探身到車窗外，想要看清楚她們的臉：說不定阿爾努太太就在其中。

一片片商店櫥窗快速掠過。街道上的人愈來愈多，噪音愈來愈響亮。聖貝爾納碼頭、圖爾內勒碼頭、蒙特貝洛碼頭，一個個碼頭在窗邊出現，最終來到了拿破崙碼頭。他急於看看自己房子的窗戶，但距離太遠了。然後馬車再一次從新橋開過塞納河，往羅浮宮的方向往下走，期間穿過奧諾雷街、小廣場十字街和布盧瓦街，最後抵達科克埃倫街。腓德烈克直到驛馬車開進驛館的院子才走下車。

為了多享受此刻的好心情，腓德烈克緩慢地換上衣服，然後漫步到蒙馬特街。一想到即將可以再次看到那片他心愛的大理石匾，不禁微笑起來。但待他抬頭一看，卻發現那石匾不見了，商店櫥窗裡也是空無一物。

他一口氣跑去舒瓦澤街。但阿爾努夫妻已經搬走，門房也不在，由一個住隔壁的女人暫時頂替。腓德烈克等了好一會才等到門房回來，卻發現門房已經換人，新的門房不知道阿爾努夫婦搬到哪裡去。

腓德烈克走進一家咖啡廳，一面吃早餐一面翻閱《商業年鑑》。年鑑裡有三百個姓阿爾努的人，但沒有一個名叫雅克。阿爾努夫妻到底是搬到哪裡去了？佩爾蘭應該會知道。

他一路走到普瓦索尼埃鎮區。因為畫室的門沒有拉鈴或是敲環，他只能用指關節大力敲門，又大聲喊佩爾蘭的名字，甚至大吼。但唯一的回應只有空屋的回聲。

他接著想起了余索內，但這個神龍見首不見尾的人要往哪去找？這時他記起，他陪余索內去過弗勒律街的情婦家。不過，待一去到弗勒律街，腓德烈克才想起自己並不知道那位女士的姓名。

他向警察局求助。從一道樓梯走到另一道樓梯，從一間辦公室走到另一間辦公室。但資訊科已經關門，值班的人叫他明天再來。

隨後，他每經過一家畫店都會進去問一下，打聽阿爾努的下落，但唯一得到的答案是阿爾努已經轉行。

他既感到心灰意冷又疲憊不堪，一回到驛館便上床睡覺。正當他要鑽進被窩時，突然靈光一閃，高興得跳起來。

「列冉巴！我真蠢，居然沒有早早想到他！」

他翌晨七點便到了勝利聖母街一家酒館的門前：列冉巴習慣每天來這裡喝一杯白葡萄酒。店還沒有開門，於是他便到附近走走，半個鐘頭後再轉回來。但店裡的人卻告訴他，列冉巴剛走。

腓德烈克馬上跑回街上。他彷彿遠遠看見列冉巴的帽子，他正要追過去，卻被一輛靈柩車和一支送殯隊伍阻擋了去路。當出殯行列通過後，列冉巴的身影已消失無蹤。

幸好他回憶起，公民每天十一點整必定會到加榮廣場一家小飯館吃早餐。所以，他唯一需要做的，是耐心等到那個時候。為了打發時間，他從交易所一直散步到瑪德蘭教堂，再從瑪德蘭教堂散步到體育宮劇院，但時間流逝得很慢，看似永無盡頭。就在鐘聲敲響十一點之際，腓德烈克步入了那家小飯館，滿懷信心一定會看見列冉巴。

「我不認識他。」店老闆用無禮的聲音回答。

腓德烈克追問不休，那人最後才說：「我不再認識他了，先生。」一面說一面挑起一雙濃眉，又連連搖頭，顯得神祕兮兮。

這時腓德烈克又記起，兩人上一次見面時，列冉巴提過一家叫亞歷山大的菸館。於是，他吞下一塊蛋糕後，便跳上一輛馬車，又問車伕，在聖日納維夫高地有沒有一家亞歷山大菸館。車伕把他載到了聖米歇爾街一家同名的咖啡廳。

「請問有看到列冉巴先生嗎？」

一聽到這問題，老闆滿臉笑容地回答：「目前還沒有見到，先生。」一面說一面朝坐在櫃臺的老婆瞧了一眼，好像分享什麼祕密。繼而又看了看時鐘。「但我相信他十分鐘之內一定會到，頂多不超過一刻鐘。塞萊斯丹，快把報紙拿來！先生想點些什麼嗎？」

雖然什麼都不想吃，腓德烈克還是點了一杯蘭姆酒，喝掉之後又點了一杯櫻桃白蘭地，然後是一杯庫拉索酒，然後是各種摻水烈酒，有冷有熱。他把整份《世紀報》①讀了一遍，然後重讀一遍。他細細看了《嘲諷報》②的漫畫，連報紙的紙質也研究了一番，到最後他連報上的廣告都背得出來。人行道不時傳來長統靴的踏步聲，他每次都想：肯定是列冉巴來了！然後某個人的側影會映現在玻璃窗上——但總是過門不入。

為了擺脫等候的疲倦感，腓德烈克不斷更換座位。他先是坐在店鋪最裡面，接著換到右邊，然後換到左邊。他呆坐在長凳中央，兩隻手臂擱在桌上。一隻貓忽然跳到桌上舔濺在托盤裡的汁液，嚇了他一大跳。店家的孩子是個討人厭的四歲小鬼，拿著一個咯咯響的玩具在櫃臺附近玩耍，不斷製造噪音。他的媽媽矮小蒼白，滿嘴爛牙，傻裡傻氣地微笑著。列冉巴到底是幹什麼去了？腓德烈克等著等著，心裡無限苦惱。

雨開始像冰雹一樣打在馬車的車篷上。從細紗窗簾的縫隙望出去，街上那匹可憐的馬站在雨中，一動不動猶如木馬。雨愈下愈大，積水變成了溪流，從兩個車輪的車輻之間流過去。車伕身上蒙著馬布打盹，不時會推開咖啡廳的門看看，以防客人溜掉。這時，可以看見從他身上滑下的水就像山泉瀑布。如果目光可以磨損物體，那店裡的時鐘早已解體，因為腓德烈克反覆盯著它看了無數次。不過，這個時鐘繼續滴滴答答地走著。老闆亞歷山大在店裡踱來踱去，反覆說道：「他會來的，放心！他會來的！」為了幫客人解悶，他跟腓德烈克聊了好一會政治，甚至體貼得建議兩人來打一局多米諾骨牌。

最後，等到四點半，從十二點便守候在此的腓德烈克猛然站起來，表示不再等下去了。

「我也搞不懂。」老闆滿臉無辜地說，「列杜先生從未試過中午不來光顧，這是破天荒。」

「您說什麼！列杜先生！」

「對，是列杜先生。」

「我要找的是列冉巴！」腓德烈克拉高聲音說，心裡氣急敗壞。

「啊，千萬個抱歉！但是你說錯在先。太太，這位先生不是說要找列杜先生嗎？」

接著又問夥計：「你也聽到的，不是嗎？」

這夥計大概是跟老闆有什麼過節，沒有作聲，只是微微一笑。

腓德烈克重新上路，對於白白浪費掉老半天，感到滿腔怒火，氣極了列冉巴。不過，他又無比希望可以見到這個人，於是下定決心，就算列冉巴是窩在最遙遠的地窖裡，也非要把他挖出來不可。他乘坐那輛馬車也讓他不舒服，一氣之下改用步行。他的思緒一片混亂。然後，列冉巴提過的每家咖啡廳的名字紛紛從他的頭腦裡冒出來，就像上演煙火秀：「加斯卡」、「格蘭貝」、「哈布」、「博德萊」、「哈瓦那」、「哈佛雷」、「摩登牛」、「德意志」、「摩雷爾大娘」。他把這些咖啡廳一一跑遍。其中一家告訴他，列冉巴剛走；另一家告訴他，列冉巴也許會在一個小時後出現；有一家表示已六個月沒見過他；還有一家則說列冉巴昨天跟他們訂了星期六要用的羊腿。最後，腓德烈克抵達伏蒂埃咖啡廳，一推開門便跟侍者撞個正著。

「您認識列冉巴先生嗎？」

「先生，您真是愛說笑！我一直在伺候他，還能不認識嗎？他就在樓上，剛用完晚餐！」

這時，店老闆腋下夾著條餐巾，走過來說：「您要找列冉巴先生嗎？他剛剛還在這裡。」

腓德烈克脫口罵了一聲，但店老闆表示，他很肯定列冉巴現在人在布特維蘭菸館。

「他今天因為有買賣要談，走得比平常早一點。不過再說一遍，我包管您可以在布特維蘭菸館找到他。那家店位於聖馬丁街九二〇號，從左邊的第二道樓梯上去，到二樓推開右邊一扇門便是。」

最終，透過迷茫煙霧，腓德烈克終於看見了列冉巴。他坐在撞球桌後面的酒吧深處，面前擺著一杯啤酒，一副低頭沉思的樣子。

「唉！我找得您好苦。」

列冉巴沒有站起來，只向他伸過去兩根指頭，就像是昨天才見過腓德烈克一樣。隨後又對議會開幕的事說了幾句不著邊際的話。

腓德烈克打斷他的話題，盡可能裝作若無其事地問道：「阿爾努最近好嗎？」

列冉巴啜飲了一口酒，老半天才回答：「不壞。」

「他現在住哪裡？」

「不就住在漁婦天堂街嗎？」公民回答說，對於腓德烈克的問題顯得驚訝。

「幾號？」

「不就是三十七號嗎？您真滑稽！」

腓德烈克站了起來。

「怎麼，您要走啦？」

「對，我剛想起來，有件正事忘了辦，得趕快去一趟。再見。」

腓德烈克從菸館直奔阿爾努的住處，沿途像是被一陣和風吹著走，心情無比輕快，有如身在夢中。

他很快來到漁婦天堂街三十七號二樓一扇門前，一個僕人應門鈴聲前來開門。第二扇門推開後，腓德烈克看見阿爾努太太坐在壁爐邊。阿爾努跳了起來，跑上前把腓德烈克摟住。女主人大腿上坐著一個看似未滿三歲的小男孩，她女兒已長得跟媽媽一樣高，坐在壁爐的另一邊。

「容我把這位小紳士介紹給您認識。」阿爾努說，說著托住兒子雙腋，高高舉起。然後又把兒子拋上拋下，這樣子玩了一兩分鐘。

「你會把他摔死的！啊，老天，還不快住手！」阿爾努太太喊道。

但阿爾努直說不打緊，繼續拋接小孩，又像保母那樣用馬賽方言說些溺愛的話：「我的小乖乖，我美麗的小黃鶯。」

然後，他轉頭問腓德烈克何以這麼久都沒來信，又問他在鄉間做了些什麼，這次為什麼回巴黎。

「至於我嗎，好朋友，我現在改行做瓷器生意。不過還是談談您的情況吧。」

腓德烈克推說自己遲遲不歸，一來是被一件頗費周折的官司纏身，二來是母親身體欠佳。他特別強調母親的健康情況，想要引起阿爾努太太的關注。最後，他表示自己打算在巴黎長住下來。他沒提繼承遺產的事，唯恐會對照出自己過去的寒酸。

房子裡的窗簾和家具外罩一樣，全是用栗色的羊毛錦緞編織而成。壁爐的炭火上有個水壺正在沸騰，五斗櫃的邊緣立著一盞油燈，燈光對照出屋子內的幽暗。阿爾努太太身穿藍色粗絨的輕便裙，眼睛望著壁爐，一隻手搭在小男孩肩上，另一隻手解孩子內衣的帶子。小男孩開始哭，一面哭一面抓頭，樣子就像小仲馬③先生。

腓德烈克本來期待一見面便會欣喜若狂，不曉得環境的改變足以讓激情褪色。在目前的新環境中，阿爾努太太身上彷彿失落了什麼，也在腓德烈克眼中喪失了一些魅力。總之，她變得不一樣了。腓德烈克心情平靜得讓自己意外。他問了阿爾努包括佩爾蘭在內一些老朋友的近況。

「我不常看到他。」阿爾努說，他太太補充說：「我們家不再宴請客人了。」

她說這話，是要讓腓德烈克知道他不會再受到邀請了嗎？但阿爾努熱情依舊，責怪他幹麼不主動來他家吃飯。然後又解釋自己何以會改行。

「處於我們這樣一個沒落的時代，賣畫能有什麼作為呢？偉大的繪畫已經落伍過時！何況藝術處處都可以派得上用場。您知道的，我這個人喜歡美。找一天我一定要帶您到我的工廠參觀參觀。」

他迫不及待，馬上帶腓德烈克到一樓和二樓之間的夾層倉庫參觀一些產品。地上堆滿盤子、湯鍋和洗手盆。靠牆壁疊起一堆堆浴室和梳妝室用的大型方塊瓷磚，磚上畫著文藝復興風格的神話題材。倉庫中央是兩個快要碰到天花板的古董櫃，櫃上盡是冰壺、花瓶、枝狀大燭臺、小花盆和各種彩色的中型人像。阿爾努逐一做了詳盡的說明，腓德烈克又冷又餓，愈聽愈煩。告辭後，匆匆去了英吉利咖啡廳，叫了一頓豐盛的晚餐，邊吃邊想：「枉我為她受了那麼多的罪！她幾乎沒理會我！真是十足的生意人太太！」

想到這裡，他的胸中開闊了，做了一些自私的決定，他感覺自己的心突然硬得像是面前的桌子。如今，他可以無所畏懼地去闖蕩人生了。他隨即想起丹布羅斯夫婦，決心要好好利用他們。隨後又想起德洛里耶。「唉！理他做什麼？」他想是這樣想，但還是差人給他送去一封短柬，約他第二天在王宮廣場吃午飯。

命運之神並沒有像眷顧腓德烈克那樣眷顧他的好朋友。

他報名參加大學教師資格會考，提交了一篇論遺囑法的論文，主張對立遺囑人的權力盡可能施以限制。然而，他的答辯對手用激將法引他說了一大堆蠢話，以致不管他多麼雄辯滔滔，幾個口試委員都不為所動，認定他是錯的。然後，他抽到的口試題目是「遺產繼承之時效規定」。他把這規定罵了一遍，說為什麼一個人非得等到三十一歲才有權繼承遺產呢？這不等於剝奪了老實人的權利，肥了那些盜賊似的遺產代管人嗎？所有不公不義的事情都是這項法條的延伸，因為它根本就是一種暴政，一種對權力的濫用！他甚至疾呼：「廢除這法條吧！那樣的話，法蘭克人便再也無法欺壓高盧人，英國人再也無法欺壓愛爾蘭人，洋基佬再也無法欺壓紅番，土耳其人再也無法欺壓阿拉伯人，白人再也無法欺壓黑人，波蘭人再也無法……」

主考打斷他的話：「行了，行了，先生！我們對您的政治主張並不感興趣，您留待以後寫出來就是了！」

被這樣一激，德洛里耶決定要寫一部巨著，名稱是《作為民法和自然法基礎的遺產繼承時效問題》。他遍讀了杜諾、羅歇尤斯、巴爾比斯、麥爾蘭、瓦澤伊、沙維尼、特羅普隆④等法學家的著作和其他大量論著。為了可以更專心地鑽研，他辭去了首席書記的工作，靠替人補習和寫論文維生。在新進律師的辯論練習會上，他的尖酸刻薄嚇壞了許多持保守觀點的人（全都是奉基佐先生為師的教條主義者）。所以，德洛里耶在一些圈子裡稍有名氣，但不太被別人所信任。

與腓德烈克見面的這一天，他穿了一件紅法蘭絨夾裡的寬外套，跟塞內卡從前穿的那件頗為相似。他和腓德烈克見到面後，並沒有擁抱太久，以免引起路人側目。他們手挽著手，一路走到韋富爾餐廳，途中說說笑笑，眼眶裡卻有淚珠滾動。沒有多久，等旁邊沒人之後，德洛里耶喊道：「媽的！我們終於可以快快活活過日子了！」

腓德烈克不喜歡德洛里耶為他新繼承的遺產表現得太高興。這位好朋友為自己高興的成分太多，為他高興的成分太少。

之後，德洛里耶細述了這段日子遭遇到的困阨，逐漸談到自己的工作和生活。他把自己講得堅毅卓絕，又把別人講得一無是處，對任何事情都表現出不滿。在他看來，所有擔任公職的人不是白癡就是無賴。接著，他因為一個沒洗乾淨的酒杯對侍者大發脾氣。腓德烈克怪他小題大做，他不服氣地反駁說：「你以為我是沒事找這些笨蛋的碴！你不知道這些傢伙每年賺六千到八千法郎，都有選舉權，而且哪一天大概還可以當上候選人。唉，天啊，天啊！」

然後他又改用戲謔的口氣說道：「啊！我忘了，我現在是跟一位資本家說話，在跟一個蒙多爾⑤說話！」

接著話題轉到遺產繼承。德洛里耶雖然為腓德烈克能夠繼承叔叔的遺產感到高興，但認定旁系繼承是一種不公平的制度，指出這種制度遲早會被即將逼近的人民革命廢除。

「你認為真的還會發生革命？」腓德烈克問。

「絕對會！」他說，「目前的局面一定會難以為繼。有太多人活在水深火熱之中，像塞內卡就是一個……」

腓德烈克心想：「又是塞內卡！」

「你還有什麼新消息要告訴我的？你還愛著阿爾努太太嗎，還是說已經死心了？」

腓德烈克不知道要怎樣回答，便閉上眼睛，低頭不語。

提到阿爾努，德洛里耶告訴他，阿爾努的雜誌已經賣給了余索內，余索內把它更名為《藝術》，而且改變了經營方式。雜誌社現在是一家合股公司，股本四萬法郎，每股一百法郎，每個股東都有權在雜誌發表作品。雜誌社的宗旨是「發表初出茅廬作家的作品，保護有才華的人和天才免於重重困難的作踐」等等。

「你看這是不是大笑話！」不過，這雜誌還是有點用途，那就是利用它來作為踏腳石。買下它之後保留原班底，承諾持續不斷開闢新專欄，另外給訂戶附送一份政治刊物。這樣，辦報的成本便不會太高。

腓德烈克不反對這個建議，但表示他要先把自己的事情處理好，才能顧及這個。他接著表示：「那之後，你有任何需要，我都會……」

「謝謝，我的好兄弟。」德洛里耶說。

然後，兩人倚在鋪著天鵝絨的窗臺上，一面抽雪茄，一面眺望外頭。陽光普照，空氣和煦，大群大群的鳥兒在花園裡飛來飛去。一尊尊銅像和大理石像被雨水沖洗一新，閃爍耀眼。幾個繫著圍裙的保母坐在椅子聊天；小孩子笑聲陣陣，間雜著噴泉的滋滋噴水聲。

腓德烈克本來被德洛里耶的憤懣心緒弄得有點心煩。不過，因為有酒精在血管裡運行，加上臉上沐浴著陽光，他變得有點出神恍惚，除了一種深深的舒適感以外，不再有任何感覺，就像一棵吸飽了熱力和水分的植物。德洛里耶眼皮半閉，茫然望著遠方。他心緒澎湃，突然脫口而出說道：「想當年，德穆南⑥站在這花園一張桌子上，鼓舞人民向巴士底監獄前進時，那情景有多美啊！那是個美好的時代，一個人人真正活著的時代。他們有機會自我發揮，可以證明自己的力量！普通的律師可以成為將軍，乞丐可以痛毆國王，可現在……」

他沉默了半晌，忽然又說：「但未來的偉大是不可估量的！」

然後，他一面用指關節在窗上敲響戰鬥進行曲，一面朗誦巴泰勒米⑦的詩句：

可怕的議會勢將再起，
踏著巨人的步伐和無畏的勇氣挺進，
在事隔四十載以後的今日，
再次叫你不得安寧。

「其餘的我不記得了。時間不早，要走了嗎？」

去到街上之後，德洛里耶繼續闡釋自己的理論。

腓德烈克並沒有仔細聽，只顧著注意店鋪櫥窗裡有哪些適合布置新居的材料跟家具。大概是因為想到了阿爾努太太的關係，他在一家二手商店前停下腳步，凝視櫥窗裡的三只瓷碟。瓷碟上彩繪著黃色花果紋，反射出金屬般的光澤，每只標價一百金路易。腓德烈克把它們買下來。

「換作是我，寧可買銀器。」德洛里耶說。透露出一個出身寒微的人會更愛實質的東西。

德洛里耶一走開，腓德烈克便到有名的波瑪德爾裁縫店訂做了兩條褲子、兩件西裝、一件皮裘、五件西裝背心。隨後又到靴店、襯衫店和帽店，各下了幾筆訂單，要求愈早送貨愈好。三天後，他從勒阿弗爾回來，看到他訂的所有行頭已全部送到家裡。因為迫不及待想穿上新裝，他決定馬上去拜訪丹布羅斯。但當時還嫌太早：才剛過早上八點。

「那我應該去拜訪另一家嗎？」

阿爾努正一個人對著鏡子刮鬍子，又表示可以帶腓德烈克到好玩的地方消遣消遣。聽到丹布羅斯的名字時，他說：「啊，那剛好！我帶您去的地方會碰到他的一些朋友。來吧，會很好玩的！」

腓德烈克再三推辭。阿爾努太太認出他的聲音，隔著牆壁跟他打了聲招呼，說是女兒生病了，她自己也不太舒服。腓德烈克可以聽到隔壁傳來湯匙攪動玻璃杯的聲音，以及輕輕挪動東西的聲音，這些都是病人房間常有的聲音。然後，阿爾努走出梳妝室，去跟太太說再見。他搬出成堆的理由解釋自己何以要外出。

「事情很要緊，我非去不可。這是非常狀況，人家正在等我。」

「那就去吧，親愛的。玩得開心點！」

阿爾努招了輛出租馬車，對車伕說：「王宮廣場七號，蒙邦西埃拱廊。」

「唉！好朋友，您知道嗎，我累死了！我真的快死了！」然後又神神祕祕地對著腓德烈克耳邊說：「我正在設法複製中國的紫砂陶。」接著把什麼叫「釉」，什麼是「文火」解釋了一番。

來到舍韋食品行之後，阿爾努把夥計預備好的一大籃子東西搬到車上，然後又為「可憐的妻子」挑了些鳳梨和其他珍貴的食品，吩咐店家第二天一早把這些東西送到他家。

之後兩人去了一家服裝店，為他們準備參加的一個舞會治裝。阿爾努挑了一件藍絲絨馬褲和同質料的背心，以及一朵紅色假髮。腓德烈克挑了一件帶面具的化裝舞衣。馬車把他們送到拉瓦街，只見一棟樓房的三樓被彩色燈籠照得燈火通明。

在樓梯底，他們聽見陣陣小提琴的琴音。

「這是什麼鬼地方？」

「一位好女孩的家裡！別害怕！」

一個男僕為他們開門。走入前廳，只見椅子上堆滿寬外套、斗篷和披肩。一位穿著路易十四時代，龍騎兵服裝的年輕女子這時正好經過前廳。她就是羅莎妮・布隆小姐，這裡的女主人。

「怎麼樣？」阿爾努問。

「都辦妥了。」她回答。

「啊，太感謝啦，我的天使！」

他想要親她臉蛋。

「別來，傻瓜！你會弄壞我的妝！」

阿爾努向女主人介紹了腓德烈克。

「請進吧！先生。歡迎您光臨！」

說罷，她掀開了一扇門簾，然後鄭重其事地宣布：「各位小姐，阿爾努老爺駕到，與他一起來的還有他的王子朋友！」

腓德烈克起初被耀目的光線弄得眼花撩亂，只看得見一些絲質和呢絨的衣裙、一些裸露的肩膀，以及隨著音樂起伏蕩漾的五顏六色。樂隊隱藏在一片綠葉之後，四周牆壁張掛著黃綢。到處都掛著粉彩肖像畫和路易十六時期風格的水晶枝狀大燭臺。高腳燈（它們的球形毛玻璃燈罩像是雪球）照射著每個屋角方几子上的花籃。在對面另一個較小廳間的盡頭，是第三間廳間，隱約可以看到裡面有張帶床柱的大床，床頭上方掛著一面威尼斯式的鏡子。

舞停了。只見阿爾努頭上頂著大籃子走過來，各種小吃在籃子裡堆疊得高高的。大家一見，立即掌聲四起，一片歡騰。

「當心吊燈！」有人喊道。

腓德烈克抬起頭，看見了那盞本來掛在工藝美術社的古董吊燈。往昔的回憶不禁在他腦海湧現。突然間，有個化裝成步兵的男人走到他面前，伸開雙臂表現自己看到腓德烈克時的驚訝。雖然此人臉上戴著一副難看又很尖的假八字鬍，但腓德烈克還是一眼認出他就是老朋友余索內。波希米亞人操著阿爾薩斯方言⑧，夾雜點黑人土話。恭喜腓德烈克有幸來此見識，又喊他作上校。在眾人目光的注視下，腓德烈克感覺很窘迫，不知該如何回答。然後，響起了一根琴弓敲打樂譜架的聲音，跳舞的男男女女再度各就各位。

在場大約有六十人，女性大多化裝成村姑或侯爵夫人，男性幾乎都是成熟男人，則裝扮成車伕、碼頭工或水手模樣。

腓德烈克走到牆邊站住，看著眼前所進行的方陣舞。

羅莎妮小姐的舞伴是個老男人，穿了一襲紫絲長袍，扮成威尼斯總督的模樣。羅莎妮穿一件綠色外套、鑲花邊的馬褲，腳蹬一雙帶金馬刺的軟靴。在他們前面的一對，男的扮成阿爾巴尼亞人，佩戴土耳其彎刀，女的扮成瑞士姑娘，有一雙藍色眼睛和白如牛奶的皮膚，肥嫩得像隻鵪鶉。一個高䠷的女人為了突出她那頭垂到髖部的金髮，將自己打扮成女野人。她身穿棕色緊身衣、皮革馬褲，手腕套了一只玻璃鐲子，頭戴一頂插了一大束孔雀羽毛的金箔王冠。她的舞伴打扮成英國傳教士普里查爾，身穿寬得可笑的黑外套，手肘在鼻煙壺上打著拍子。有一位男士把自己打扮成牧童，拿著牧杖去碰擊「酒神女祭司」手上的酒神杖。這位女祭司戴著葡萄冠，左胸披著貂皮，腳上穿著一雙金帶子的半統靴。另一邊一個女人身穿粉紅色的絲絨短上衣，腳上是白色絲襪和紅色短靴，假扮成「波蘭女人」。她的舞伴是個年約四十的男子，挺著個大肚子，化裝成唱詩班男孩的模樣。一隻手撩著身上白袍的下襬，另一隻手抓住一頂無邊圓帽。不過，這舞會的鋒頭人物，卻毫無疑問是露露小姐，她是公共舞廳的知名舞者。因為已經發了財，她這個晚上穿的是有寬大皺領的黑色天鵝絨上衣，一條朱紅色寬褲子把臀部裹得緊緊的，腰間纏了一條喀什米爾羊毛圍巾，褲子點綴著數朵白色小茶花。她臉龐有點浮腫，臉色蒼白，鼻子有點翹，亂蓬蓬的假髮上斜戴著一頂男人的灰氈帽，讓她顯得更加目中無人。她每跳動一下，那雙配著寶石搭扣的輕便鞋都幾乎要碰到身旁舞伴的鼻子。這舞伴打扮成中世紀的男爵，全身都包在盔甲裡。還有一位小姐打扮成女天使，手執金劍，背上插著一雙翅膀。她常常跳錯位置，把化裝成路易十四的舞伴搞丟，打亂了方陣舞的陣形。

看著這些人跳舞，腓德烈克有一種孤苦伶仃的感受，覺得很不自在。他依然想著阿爾努太太，彷彿自己參與了某個對她不利的陰謀詭計。

方陣舞一結束，羅莎妮小姐就找他搭訕。她有點喘，頷下如明鏡般的護領上下起伏。

「先生，你不跳舞嗎？」她問。

腓德烈克推說不會跳舞。

「真的嗎？和我跳也不行？」羅莎妮小姐說，一面微屈一個膝蓋，手按著配劍劍柄的珍珠母，半戲謔半請求地邀腓德烈克共舞。最後見他毫無動靜，便說了聲「晚安」，然後以腳尖著地轉過身，消失不見。

腓德烈克對自己的笨拙很不滿意，但又不知道該如何自處，便在房子裡到處閒逛。

他走進了四面張掛著淡藍色綢緞的閨廳。這裡插著一束束採自田野的鮮花，天花板上有一個鍍金的圓木框圈，刻畫著一群丘比特在藍天白雲間嬉戲的情景。室內各種豪華裝飾對羅莎妮來說也許只是小兒科，卻叫腓德烈克看得目眩。眼前的一切無不讓他驚艷：點綴鏡子四周的假牽牛花、壁爐的簾子、土耳其式長沙發、牆壁凹間裡一頂帳篷似的東西（這帳篷以玫瑰色真絲製成，有一個輕紗羅的帳頂）。臥室裡擺滿鏤銅的烏木家具，中間放著一張以鴕鳥羽毛飾邊和帶有華蓋的大床，其下方是一個鋪著天鵝皮的淺平臺。一盞用三條細鍊條吊掛的波希米亞吊燈發出微弱的光線，昏暗中可以看見插在針墊裡的寶石別針、凌亂地丟在托盤裡的戒指、帶金環的小盒子，以及一些銀匣子。從一扇微微打開的門望出去，是一間利用露天平臺整個空間蓋成的溫室，那盡頭放著一個大鳥籠。

這地方就像是刻意設計來魅惑他的。想到這裡，他的青春血液突然賁張，讓他發誓要盡情享受人生，膽子也跟著大了起來。他轉過身，回到客廳的門口。客廳裡的人更多了，一切都在某種閃閃發光的塵埃中晃動。他站在門口凝視方陣舞，瞇起眼睛以便看得更清楚，而後深深吸入女人散發出的軟調香水氣息——這氣息在空氣中浮動著，就像一個大大的親吻。

但就在此時，他發現佩爾蘭就站在門的另一邊，離他很近。佩爾蘭穿著盛裝，左手放在胸膛上，右手拿著一頂禮帽和一隻扯破了的白手套。

「啊！是您。好久不見，您去了什麼鬼地方？難不成是去了義大利旅行？那地方有什麼好去的！它有人們所說的那麼了不起嗎？不說這個了，您什麼時候把您畫的素描拿給我看看？」

不等腓德烈克回答，這位畫家便開始談起自己的事。佩爾蘭自稱畫藝大有進展，因為他終於明白，重視線條是件多麼愚蠢的事。繪畫應該追求的，與其說是美與統一性，倒不如說是個性和多樣性。

「因為一切都是存在於自然當中，所以一切都是正當的，都具有可塑性。關鍵在於掌握調性。我已經抓到訣竅了！」他用手肘碰了碰腓德烈克，又把最後一句話重說了好幾遍。「我已經抓到訣竅了！不妨看看那個戴著人面獅身頭冠的女人。對，就是在跟『俄羅斯車伕』跳舞的那個。她是什麼調性？是輪廓分明、乾癟、僵直、既平板又生硬。她眼睛的下面是靛青色，臉頰上有一斑硃砂色，兩鬢是茶褐色……」他一面說一面用拇指比畫，就像是正在畫素描。繼而又指著一個打扮成賣魚婦的女人說：「至於那邊那個胖女人，則是全身上下都看不到一條直線。她的鼻翼扁平得就像帽簷，嘴角往兩邊翹起，下巴下垂，多肉、豐滿、靜謐、閃亮，真是一幅不折不扣的魯本斯人像畫⑨！但這兩個女人都一樣完美，所以，又何來什麼理型？怎麼樣才算美女？什麼是美？您告訴我哪裡有美……」

腓德烈克打斷他的話，向他打聽一個長著張山羊臉的人是誰。這位男賓化裝成小丑模樣，正在為隨著田園歌曲翩翩起舞的人群賜福。

「他！沒什麼好提的。他是個鰥夫，有三個小孩。他讓孩子光著屁股待在家裡，自己整天到俱樂部鬼混，晚上跟女傭睡覺！」

「那個呢？我是說打扮成財產查封官，站在窗前和一位『龐畢度侯爵夫人』談話的那個。」

「女的是汪爾達太太，從前是體育宮劇院的女演員，現在是『威尼斯總督』帕拉佐伯爵⑩的情婦。他們已經同居了二十年——沒人知道為什麼能維持這麼久。或許是因為這個女人從前有著一對美麗雙眸？至於站在她旁邊那個，大家都喊他埃爾比尼上尉，是那種對誰都畢恭畢敬的人。這老頭的全部家產只有一枚榮譽十字勳章和一份退休金。他打發時間的方法是遇到節慶時充當年輕女工的乾爹，為人安排決鬥和上館子吃飯。」

「他是個無賴嗎？」

「不，一個老實人！」

「啊！」

佩爾蘭繼續給腓德烈克說明誰是誰。正好這時來了個紳士，他就像莫里哀戲劇裡的醫生那樣，穿著黑色，又故意不扣扣子，好展示身上佩戴的許多小裝飾品。

「你看那個，他是羅吉醫生，他因為成不了名，一怒之下寫了本醫學方面的淫書。現在心甘情願在大庭廣眾給人擦皮鞋，但為人又相當謹慎。女士們都喜歡他，可他和他老婆到哪裡都形影不離。雖然並不寬裕，他們還是不時會在家裡舉行藝術家茶會，朗誦些詩歌什麼的。啊，當心！」

原來羅吉醫生正朝向他們走來，三個人隨即在客廳門口聊開。接著余索內加入談話，繼而「女野人」的情人也過來湊熱鬧，他是個年輕詩人，穿著弗朗索瓦一世[11]式樣的短大衣，瘦得像皮包骨。最後又來了個打扮成土耳其士兵的淘氣小伙子，他身上那件鑲黃邊的軍衣說多舊有多舊，寬大的紅褲子褪色得厲害，包頭巾捲成韃靼樣式，一副寒酸相。總之，他把自己精心打扮得那麼難看，以致在場的女士毫不掩飾她們的厭惡。羅吉醫生為了安慰他，將他那位打扮成碼頭裝卸女工的女伴，大大讚美了一番。這「土耳其士兵」原來有個銀行家老爸。

在兩輪方陣舞的間歇當中，羅莎妮走向壁爐。壁爐邊一張單人沙發裡，坐著個穿金鈕扣栗色禮服的臃腫老頭。他的臉頰雖然已經乾癟，但頭髮仍然金黃，而且捲曲得就像鬈毛狗，給他平添了幾分滑稽神態。

羅莎妮俯身靠近他的臉，聽他講話，接著端給了他一小杯果子露。世間再沒有什麼能比她露出花邊袖子的纖手更嬌小可愛。老頭子喝完果汁，把杯子交還給羅莎妮時，便親吻著她的纖纖玉手。

「那不是阿爾努的鄰居烏德里[12]先生嗎？」

「阿爾努失去她了！」佩爾蘭說，臉上露出滿意的微笑。

一個「隆吉摩車伕[13]」扭住了羅莎妮的腰，華爾滋開始了。坐在客廳四周長凳的女士同時一躍而起，她們的裙子、披肩、頭飾隨即旋轉了起來。

她們在離腓德烈克不遠處旋轉，距離如此接近，他可以清清楚楚看見她們額上的汗珠。旋轉的動作愈來愈快，整齊畫一，令他看得頭暈目眩，如痴如醉。每個女人各有各的姿色，以各自的方式刺激著腓德烈克的感官。

例如，那個「波蘭女人」一副慵懶的模樣就讓腓德烈克恨不得把她一把抱住，帶她乘坐雪橇馳過雪原。那個「瑞士姑娘」的舞姿，上身保持直挺，眼皮低垂，則讓他想像兩人在湖邊的瑞士小木屋作樂的情景。然後，看到那個「酒神女祭司」把一頭黑髮向後一甩，他又開始想入非非，幻想在狂風暴雨裡，兩人在一片夾竹桃林中激烈愛撫的情景。那個「賣魚婦」跳得氣喘吁吁，因為跟不上音樂的節奏而放聲大笑。若是可能，腓德烈克很願意帶她到波希隆區喝酒，用雙手弄皺她的三角形披肩。反觀「碼頭裝卸女工」則是輕盈如飛，腳趾幾乎不著地，柔軟的四肢和嚴肅的面孔，彷彿蘊含著現代愛情的精華（因為現代愛情講究科學般的精確和鳥兒般的靈活）。羅莎妮雙手叉腰，不斷旋轉，戴歪了的假髮在護領四周上下振動，向周圍飄送出鳶尾粉的香氣。她每轉一圈，靴子上的金馬刺幾乎都快劃到腓德烈克。

華娜絲小姐在華爾滋進行到最後一節時出現。她頭披一方阿爾及利亞手帕，額頭上垂著許多披索[14]，眼眶塗了一圈銻粉，上身是件黑羊毛寬外套，裙子鑲著銀條紋，手裡拿著一面小手鼓。

她背後跟著一位穿但丁服裝的高個子，此人不是別人，正是那晚在阿罕布拉宮演唱的歌手戴勒馬。華娜絲小姐會帶他來，顯然是無意再隱瞞兩人的關係。戴勒馬原名奧古斯特．德拉馬爾，後來因為知名度提高，便不斷改換和美化自己的名字：先是改為安泰諾．德拉馬爾，然後是戴勒馬斯、貝勒馬，最後才改為戴勒馬。他已經放棄了在小酒館駐唱的工作，改投戲劇界，在昂比古劇院初次登場，演出《漁夫加斯帕多》[15]，便大出鋒頭。

余索內一看見戴勒馬便大皺眉頭。事實上，自從他寫的劇本屢遭拒絕之後，他便痛恨每一個演員。他指出這班人愛慕虛榮的心理是沒有底線的，又尤其是眼前這傢伙。「瞧瞧他，多麼裝模作樣！」

戴勒馬向羅莎妮微微點頭之後便靠在壁爐架上，他一手按著胸前，左腳前伸，眼睛朝天，待在壁爐旁一動也不動，同時又努力裝出詩意的表情，好迷惑在場的女士。她們也果真從遠遠地在他四周圍成一圈。

跟羅莎妮擁抱過好一陣子之後，華娜絲向余索內走去，請他為自己寫的一本教育著作潤色。書名是《年輕仕女的花環》，是一部文學和道德哲學論集，以文學家自居的余索內一口答應。她繼而拜託他，能不能在那份相熟的報紙為她朋友戴勒馬美言幾句，甚至幫戴勒馬在哪齣戲找個角色。余索內聽著，竟忘了去拿一杯潘趣酒喝。

這酒是阿爾努調製的。由伯爵的男僕端著托盤跟隨在後，他得意洋洋地給每位女士送上一杯。走到烏德里先生面前時，羅莎妮把他留住。

「您不是應該為那樁事道謝嗎？」

阿爾努微微臉紅起來，最後對老頭兒說：「我聽這位漂亮的朋友說，您會……」

「有什麼問題呢，老鄰居！我非常樂意效勞！」

隨後兩人提到了丹布羅斯先生的名字。因為他們低聲交談，腓德烈克聽不清楚說了些什麼。他走到壁爐另一邊，看見羅莎妮和戴勒馬正在聊天。

這位演員長相庸俗、粗手大腳而下巴肥厚，就像舞臺布景那樣只宜遠看不宜近觀。他在羅莎妮面前大肆批評最著名的演員，談到一些詩人時又滿是不屑的口吻，開口閉口都是「我的嗓子如何如何」、「我的長相如何如何」、「我的才華如何如何」，而且動輒使用一些他自己都不太懂的深奧字眼。

但羅莎妮專心聽他講話，連連點頭表示同意。看得出來，她濃妝底下的臉頰浮現出興奮的笑靨，明亮的眼睛（這眼睛的顏色難以界定）微微潮濕，像是蒙上一層薄紗。她怎麼會被戴勒馬這樣一個男人迷倒！想到這個，腓德烈克對他更是鄙夷——不過他大概是藉由這鄙夷來掩飾自己的嫉妒心理。

華娜絲小姐正在跟阿爾努聊天，不時會大笑幾聲，又偶爾瞄向羅莎妮。烏德里先生的目光也是從來沒離開過羅莎妮。

隨後，阿爾努和華娜絲不知去向，老頭用壓低的聲音對羅莎妮說話。

「行，行，行，都聽您的！現在先不要煩我！」羅莎妮說，然後請腓德烈克去看看阿爾努是不是人在廚房裡。

廚房的地板放著一排排斟得半滿的酒杯，平底鍋、砂鍋、菱形魚鍋、煎鍋全都在使用中。阿爾努用「你」來稱呼僕人，在現場坐鎮指揮，又親自調製芥末、試醬汁味道，還跟女傭打情罵俏。

「好了。」他告訴腓德烈克，「就說一切都準備妥當！我這就吩咐上菜。」

舞停了，女賓紛紛回到座位坐下，男賓走來走去。在客廳中央，一片窗簾被風吹得鼓漲。不顧眾目睽睽，「人面獅身女人」舉高雙臂，露出汗淋淋的腋窩，吹風納涼。

羅莎妮到哪裡去了？腓德烈克到處找她，甚至去過她的閨廳和臥室。有些人為了靜一靜或想單獨相處，躲到了各個角落。許多陰影裡都傳出了竊竊私語聲，有時會聽見幾聲用手帕摀住的小笑聲。隱約看見女人胸衣邊緣有扇子在徐徐搧著，就像受傷小鳥在拍動翅膀。

走進溫室後，腓德烈克看見，在噴泉附近一棵杯芋樹的下面，戴勒馬躺在一張鋪有亞麻布的沙發上。羅莎妮坐他旁邊，用手指撥攏他的頭髮，兩人四目相視。就在腓德烈克走進溫室的同時，阿爾努也從靠近大鳥籠的另一邊闖了進來。戴勒馬霍地站起，頭也不回地大步往外走去，走近門邊時摘了一朵木槿花插在鈕扣孔裡。羅莎妮低垂著頭，腓德烈克從她的側臉看見她在哭泣。

「老天，妳是怎麼回事？」阿爾努大聲問道。

她聳聳肩，沒有回答。

「是因他而起的嗎？」阿爾努繼續追問。

她雙手摟住他的脖子，在額頭上親了一下，徐徐地說：「你知道我總是愛著你的，我的大個子！別再想這件事了，進去吃宵夜吧。」

一盞插著四十支蠟燭的銅吊燈把飯廳照得燈火通明，四壁掛滿了精美的古老瓷器，幾乎把牆壁本身完全掩蓋。餐桌四周擺著許多冷盤和水果，桌巾正中央是一尾巨大比目魚——在強烈燭光的直照下顯得更加白晃晃，每人的面前各是一盤螯蝦湯。女士們先後入座，她們的裙子、袖子和圍巾互相摩擦，窸窣作響。男賓則是站在椅子之間。佩爾蘭和烏德里先生分站羅莎妮兩旁，阿爾努站她正對面。帕拉佐和女伴已經先走。

「向他們說再見吧！」羅莎妮說，「我們開動吧！」

一座德意志自鳴鐘的公雞報出現在是兩點半，引來一陣對這雞啼聲的取笑。各種談吐紛紛出爐：有雙關語、有奇聞軼事、有吹牛瞎扯、有打賭、有煞有其事的謊言、有匪夷所思的斷定、有胡言亂語，沒多久大家便三三兩兩地分頭聊開。葡萄酒斟過一巡又一巡，菜一道又一道上個不停。羅吉醫生埋首切食物。不時會有一顆橙或一個軟木塞被拋過半空。有些人離開自己座位，走到桌子另一頭。羅莎妮轉過頭去看戴勒馬——他一直一動不動地站在她後面。佩爾蘭喋喋不休、廢話連篇，烏德里先生滿臉笑容。華娜絲小姐幾乎一個人就吃掉了一大盤螯蝦，蝦殼在她兩排長牙齒之間不斷劈啪響。「女天使」坐在鋼琴凳（只有這裡夠空間容納她的一雙翅膀）不停地靜靜咀嚼。

「真有食欲！真有食欲！」不勝驚訝的「詩歌班男孩」說道。

「人面獅身女人」喝著白蘭地，拉開喉嚨大聲尖叫，瘋瘋癲癲得像個魔鬼。突然，一股血液直衝她的腦門，她無法把喝進嘴巴裡的酒吞下肚，腮幫子鼓起，差點噎到。她趕緊用餐巾摀住嘴，隨即彎腰到桌子底下。

腓德烈克全看在眼裡，但她對他說：「我沒事！」

聽見腓德烈克主動表示要送她回家休息，她慢慢回答說：「啐，休息有什麼好處？被噎到也很有趣，人生有趣的事並不多！」

聽到這話，腓德烈克打了個冷顫，覺得自己被一股冰冷的淒涼攫住，就像在這一剎那瞥見了在悲慘和絕望中掙扎的芸芸眾生。

這時，余索內蹲在「女野人」的腳前，學著演員葛拉索的沙啞聲音喊道：「別小氣，賽呂妲[16]！這小小的宴會是多麼迷人啊！用快樂灌醉我吧，我的愛！讓我們一起尋歡作樂吧！讓我們一起尋歡作樂吧！」

他開始一一親吻每個女人的肩膀，她們被他的鬍鬚扎得微微顫抖。接著他又想出一個花樣，看看能否用頭把餐盤撞碎，一試之下發現輕而易舉。其他人有樣學樣，瓷器碎片隨即滿天飛。「碼頭卸貨女工」大喊道：「盡情砸吧！這些盤子不費分文，都是製造它們的人送的！」

所有人一起望向阿爾努。他應道：「哈，想得美！照發貨單的價錢收費不誤！」他會這樣說，無疑是不再想當羅莎妮的情夫，又或是以為自己已失去這身分。

這時，有兩個男人對罵起來：

「白癡！」

「流氓！」

「想打架嗎？」

「奉陪到底！」

原來是「中世紀男爵」和「俄羅斯車伕」起了爭執：「俄羅斯車伕」堅稱勇敢的人用不著穿盔甲，而「中世紀男爵」認為這是一種侮辱。他想要揍人，大家上前勸阻。在一片吵鬧聲中，埃爾比尼上尉提高嗓門，好讓自己說的話能被聽見：「兩位先生，聽我說！我對安排決鬥有些經驗！」

羅莎妮用配劍在酒杯上敲了一下，成功讓所有人安靜下來。然後她分別對戴著鋼盔的「中世紀男爵」和戴著狼毛帽的「俄羅斯車伕」說話：「脫下您的燉鍋！還有您，脫下您的狼頭！媽的，你們敢不服號令嗎？瞧瞧我的肩章吧，我是你們的指揮官！」

兩人都從命，眾人一起鼓掌，又齊聲喝采：「女元帥萬歲！女元帥萬歲！」隨後，她從爐子拿起一瓶香檳，給每個遞過來的杯子倒酒。因為餐桌非常大張，不耐久候的客人，特別是女客，都擠到羅莎妮附近，腳尖踩在椅子橫檔上，向前遞出酒杯。就這樣，女人的頭飾、光溜溜的肩膀、伸直的手臂、傾斜的身體全擠在一起，擠成金字塔的形狀，足足有一分鐘之久。「小丑」和阿爾努站在飯廳的兩個角落，各自啵一聲打開一瓶香檳，又把噴出的泡沫灑向四周的人。

不知是誰打開了大鳥籠，小鳥紛紛飛進屋內，看來受到了驚嚇。有些小鳥繞著枝狀大燭臺飛舞，有些撞上玻璃窗，有些撞到家具，有些則棲止在賓客頭上，讓他們儼如頭上簪了朵大花。

樂師們已經離開，鋼琴被搬到前廳。華娜絲小姐在琴前坐下，開始發狂似地彈奏一支方陣舞舞曲，手指如馬蹄落地般在琴鍵上起起落落，腰部跟著節奏搖來擺去，「詩歌班男孩」在旁邊以小手鼓幫忙伴奏。這時，女元帥把腓德烈克硬拖去跳舞；余索內翻著筋斗；「碼頭卸貨女工」像馬戲團丑角那樣屈肢彎腰；「小丑」學著紅毛猩猩的動作；「女野人」伸開雙臂，模仿小船在水中蕩漾的樣子。最後，所有人都累了，全停了下來。有人把一扇窗戶推開。

曙光照進屋內，帶來冷涼的空氣。眾人先是一陣驚嘆，繼而陷入鴉雀無聲。黃色的燭焰搖搖曳曳，燭臺不時發出幾聲爆裂聲響。地板上到處撒著緞帶、鮮花和珍珠，靠牆的矮几沾滿潘趣酒和水果汁液。

帷幔都弄髒了，女士們的裙子髒污又皺巴巴。妝粉隨著汗水流走，讓她們蒼白的臉孔和紅腫的眼皮無所遁形。

但女元帥卻像剛沐浴過一樣鮮豔，兩頰緋紅，眼睛炯炯發光。她把假髮拔起，扔到遠處，一頭長髮隨即像羊毛般披散開，把整個穿軍服的上半身給遮住，給人以一種既滑稽又漂亮的感覺。

「人面獅身女人」像發燒似的牙齒直打顫，表示自己需要一條圍巾。

羅莎妮跑到臥室尋找，「人面獅身女人」緊隨在後，但吃了閉門羹。

「土耳其士兵」高聲說，怎麼沒看到烏德里先生出來？大家因為都累壞了，沒聽出話中不懷好意。

大家一邊等馬車，一邊胡亂套上寬邊帽子和斗篷。座鐘敲響了七點。「女天使」還待在飯廳裡，面前放著一盤沙丁魚和牛油燉水果。「女魚販」坐她附近，一面抽菸一面給她一些人生忠告。

最後，客人的馬車終於到了，紛紛告退。余索內的一份工作是為外省一家報社當特派員，必須在吃早餐前看完五十三份報紙；「女野人」得去劇院彩排；佩爾蘭得去見一個模特兒；「詩歌班男孩」也有三個約會；但「女天使」因為消化不良，站不起來，需要勞煩「中世紀男爵」把她攙扶到馬車。

「碼頭裝卸女工」從窗口大聲呼喊：「照顧好她兩隻翅膀！」

在樓梯間，華娜絲小姐對羅莎妮說：「親愛的，再見了。妳的派對好棒。」然後又附耳說：「照顧好他啊！」

「會的，在環境好轉之前。」女元帥以懶洋洋的聲音回答，轉過身去。

阿爾努和腓德烈克既然一起來，也一起走。瓷器商人的神情很鬱悶，讓他的年輕朋友懷疑他是不是生病了。

「生病？沒有的事！」

他咬了咬鬍子，皺起眉頭。腓德烈克接著問他，他是不是因為生意上的事情心煩。

「不是！」

他突然問腓德烈克：「您見過烏德里老爹，對不對？」然後又恨恨地說了一句：「這個臭老頭很有錢！」

繼而又談到工廠裡正在燒製一批重要的瓷器，今天之內必須要完成。他想要去看一下。火車會在一小時內出發。

「不過我得先回家抱抱老婆。」

「哼！虧他還記得有老婆！」腓德烈克心想。回到家之後，他頭疼得要命，又覺得口渴，喝了一整瓶的水。

但另一種渴降臨到他身上，那就是對女人的渴、對歡樂的渴、對巴黎五光十色生活的渴。就像剛下船那樣，他覺得頭有點暈；待他躺下之後，在半睡半醒的朦朦朧朧中，他看見那個「賣魚婦」的肩膀、那個「碼頭裝卸女工」的髖部、那個「波蘭女人」的小腿，還有那個「女野人」的頭飾，它們在他眼前不斷地消失出現。然後，出現了一雙不曾在舞會上看過的烏黑大眼睛，輕盈得像隻蝴蝶，熾烈得像是火把，時來時去，忽而飛上簷口，忽而降落在他嘴巴。

腓德烈克拚命想辨認這雙眼睛，卻白費心機。不過，他早已進入夢鄉。他彷彿看到自己和阿爾努雙雙被套在出租馬車的車轅上，而女元帥騎在他身上，用腳踝的金馬刺戳得他腸穿肚破。

①．《世紀報》：於一八三六年創辦，是君主立憲左派人士的報紙。

②．《嘲諷報》：於一八三二年創刊，是攻擊路易－菲力普政府的報紙。

③．小仲馬（一八二四—一八九五）：法國劇作家、小說家，代表作為《茶花女》。

④．杜諾（一六七九—一七五二）：法國法學家、歷史學家；羅歇尤斯：不詳；巴爾比斯：古羅馬法學家；麥爾蘭（一七五四—一八三八）：法國法學家；瓦澤伊：不詳；沙維尼（一七七八—一八六一）：德國法學家；特羅普隆（一七九五—一八六九）：法國法學家、政治家。

⑤．蒙多爾：十七世紀巴黎一名大富翁。

⑥．德穆南（一七六〇—一七九四）：法國律師、記者，法國大革命中堅份子，在當時聚集群眾攻向巴士底監獄。

⑦．巴泰勒米（一七九六—一八六七）：法國著名諷刺詩人。

⑧．阿爾薩斯位在法國東北，接壤德國，因此自成一種方言。

⑨．魯本斯（一五七七—一六四〇）：十六、七世紀比利時畫家。

⑩．指這位伯爵化裝成威尼斯總督模樣。

⑪．弗朗索瓦一世（一四九四—一五四七）：繼路易十二之後，一五一五年成為法國國王。

⑫．烏德里先生住在阿爾努位於聖克盧的鄉間別墅附近。

⑬．隆吉摩車伕是當時一齣滑稽劇中的人物。

⑭．披索是西班牙、墨西哥等國所使用的銀幣。

⑮．《漁夫加斯帕多》：一八三七年布查迪所寫的歌劇。

⑯．賽呂妲：法國作家夏朵布里昂（一七六八—一八四八）散文詩《娜契茲》中的女英雄。

Chapter VIII

FREDERICK ENTERTAINS

第八章

腓德烈克的款待

腓德烈克看中了倫佛街街角的一棟小府邸，把它買了下來，還買了一輛四輪轎式馬車、家具和兩個從阿爾努那裡買來的花盤架，放在客廳進門的兩邊角落。客廳後面是一間臥室和一間書房。他想過叫德洛里耶搬來同住，但轉念又覺得不妥。那樣的話，他要怎樣接待她，即他未來的情婦呢？家裡住了個朋友總是礙事。他打掉了一些隔間牆，把客廳拓寬，又把書房改裝為吸菸房。

他有許多閱讀計畫。他買來詩人的詩集，此外還買了許多旅遊書、地圖集和字典。他催促工人趕緊完工，跑到不同店家大肆採購，一心只想要盡早享受。看到什麼喜歡的事物，便二話不說地買下來，從不去討價還價。

收到各商號開立的帳單後，他發現自己最近就得支付四萬法郎的貨款，而這還不包括三萬七千法郎的遺產稅。由於他叔叔的遺產盡是地產，他便寫信交代勒阿弗爾的公證人賣掉一小部分土地，以便他可以支付帳款，手頭上有一些可供花用的現金。之後，因為急於見識那閃閃發亮、難以具體界定的所謂「上流社會」，他寫了一封短柬給丹布羅斯夫婦，表示希望可以前往拜謁。丹布羅斯夫人回信說歡迎他翌日造訪。

次日正好是丹布羅斯府的會客日，已經有好幾輛馬車停在院子裡。腓德烈克一到，兩個僕人連忙跑到門廊迎接，站在前樓梯頂端的第三個僕人隨即為他引路。

腓德烈克走過一座前廳、一座中廳，再穿過一個客廳。這客廳窗戶高大，雄偉的壁爐頂上放著一個球形座鐘，兩個巨大的瓷花瓶。牆上掛著一些「小西班牙人」風格的油畫。掛毯又厚又重，氣勢莊嚴。所有家具全是「帝政時期」風格①，又氣派又有外交官廳的味道。

這個賞心悅目的畫面讓腓德烈克不禁微笑起來。

最後，他被帶進一間橢圓形的廳室。這閨廳鋪著柏木壁板，擺放著小巧玲瓏的家具，整間廳室只有一扇開向花園的窗子。丹布羅斯夫人坐在壁爐邊，前面圍繞著十多人。她向腓德烈克打了個招呼，示意他坐下，但沒有流露出久別重逢的驚喜。

當他進來的時候，大家正在誇讚修道院長科爾的好口才。接著，有人提到某個貼身男僕偷竊主人家的事，引起大家對傭人的道德敗壞嗟嘆了一番。接著盡是聊些瑣事：索默老夫人得了感冒；杜維索小姐終於嫁出去了；蒙夏隆一家一月底以前不會回來，布列唐古一家也是如此，現在人們都喜歡在鄉間待久一點。這些談話本來就雞毛蒜皮，在四周豪華擺設的對照之下更顯得無聊。不過，聊天的內容起碼不蠢於這些人的說話語調：漫無目的、雜亂無章和無精打采。在座不乏見多識廣的人，包括一位卸任的內閣大臣、一位主持大教區的神父和兩三個高級官員，但不知怎麼搞的，這些人也總是老生常談。有些人看上去像憔悴的貴族遺孀，有些像賽馬騎師，有些老頭子的妻子年輕得夠資格當他們孫女。

丹布羅斯夫人對待每位客人都極為殷勤。一聽到誰家有人病了，她便會皺起眉頭，憂色忡忡；一聽到誰家將要舉行舞會或晚宴，她便會眉開眼笑，滿面春風。她告訴大家，自己過不久便無法出席這些好玩的場合，因為丈夫的一個孤兒姪女會從寄宿學校搬來同住，需要她的照顧。大家對她這種犧牲奉獻精神讚不絕口，認為她是一個家庭母親的典範。

腓德烈克注視著她。她臉上的肌膚緊致但黯淡，就像摘下的水果那樣，雖仍飽滿，卻已失去光澤。她的頭髮按英國風尚綰成螺旋狀髮髻，髮絲比真絲還細。她天青色的眼珠子炯炯有神，每個小動作都優雅迷人。坐在廳間最深處的一張雙人沙發上，她反覆用手去撫弄日本屏風上的紅穗子，而此舉無疑是為了秀出自己的美麗玉手：這手細而長，手指尖翹。她穿著灰色的雲紋綢長禮服，套一件高領的緊身胸衣，十足地女清教徒模樣。

腓德烈克問她今年打不打算到福爾泰勒去住，她回答說還不確定。但腓德烈克知道，諾冉的無聊生活一定會把她悶死。

更多賓客迅速不絕的湧入，裙襬拖過地毯的窸窣聲持續不斷。貴夫人們坐在椅子邊緣，不時會嗤笑一聲，說一兩句話，但通常只坐個五分鐘後便帶著她們年幼的女兒離開。過了一會兒，腓德烈克見自己再也插不上話，便起身告辭。丹布羅斯夫人對他說：「莫羅先生，每個星期三都來坐坐，好嗎？」顯然是想用這句簡單的話來彌補對他的怠慢。

腓德烈克倍感滿意。來到街上之後，他深呼吸了一口氣。因為想換個不那麼人為做作的環境，他想到不妨前去探望女元帥。

前廳的門敞開著，兩隻哈瓦那獅子狗向他疾奔過來。一個聲音喊道：「苔爾斐娜！苔爾斐娜！菲利克斯，是您來了嗎？」

腓德烈克停住腳步，兩隻狗吠個不停。最後，羅莎妮終於出來了，只見她穿著滾花邊的白紗梳妝衣，腳丫趿著一雙土耳其拖鞋。

「啊，對不起，先生！我以為是美髮師來了。請稍等一下，我馬上回來。」

於是他便一個人待在飯廳裡，飯廳裡的威尼斯式百葉窗緊閉著。腓德烈克東張西望，開始回憶起前一晚的喧囂。這時，他留意到餐桌中央放著一頂男人帽子。這帽子是誰的呢？那是一頂老舊的氈帽，油膩膩又髒兮兮，大剌剌袒露出綻線的襯裡，似乎是在說：「要笑儘管笑，我才不在乎！我才是這裡的主人！」

女元帥突然回來了。她拿起帽子，打開貯藏室，往裡頭一擲，把門甩上（其他的門同時被震得開闔了一下）。然後她帶著腓德烈克走過廚房，到了梳妝室。

看得出來這房間是全屋子最常用的地方，換言之是它真正的精神中心。一幅印著大片樹葉的彩色印花布張掛在牆上，有幾張單人沙發和一張裝有彈簧的長沙發。白色大理石桌子上放著兩個藍瓷的大洗手盆，水晶擱板構成的櫃架上放著小玻璃瓶、刷子、梳子、口紅和粉盒，壁爐的火焰反映在一面可上下轉動的穿衣鏡裡。一塊布簾掛在澡盆的外面，散發著杏花膏和安息香的氣味。

「屋子裡亂糟糟的，請別見怪。我今晚要外出用餐。」

她邊說邊轉過身，幾乎差點踩到一隻小狗。腓德烈克表示牠們很可愛，她把兩隻狗一起抱起，讓牠們面朝腓德烈克，說道：「來，笑一個，親一親這位先生！」

這時，一個穿骯髒皮領禮服的男人突然闖了進來。

「菲利克斯，我的老好人，工錢一定會在星期六給您，錯不了。」

這個男人開始為她梳頭。腓德烈克告訴了她一些她朋友的消息，有關於羅希居納夫人的，有關於聖弗朗丹夫人的，有關於隆巴爾夫人的，全都是他從丹布羅斯府上其他貴婦人口中聽來的。然後他談到戲劇，指出昂比古劇院今晚會有一齣新戲上演。

「有興趣去看嗎？」

「老實說，不想。我想留在家裡。」

苔爾斐娜這時回來了。羅莎妮責備她未經允許不該擅自外出。女傭則信誓旦旦表示自己是「剛剛從菜市場回來」。

「那好，把帳本拿來。我想您不會有異議吧？」

羅莎妮低著頭檢視帳本，嘴巴念念有詞，對每筆開支都挑剔了一下。最後她發現總數不對。

「把四個蘇還來！」

女僕交還這筆區區小數之後，羅莎妮要她退下。

「唉！聖母瑪麗亞，跟這種下人打交道真讓人活受罪！」

她對下人這種尖酸刻薄的態度讓腓德烈克感到震驚。這讓他鮮明記起老友的嘴臉，覺得這兩個人有著讓人苦惱的共通之處。

苔爾斐娜過一下又走進來，低聲說了些什麼。

「啊，不，我不要見她！」

但苔爾斐娜不一會兒再次回來。

「夫人，她堅持不走。」

「哼，討厭鬼！把她轟出去！」

但一個穿黑衣服的老婦人已經推開了門。因為背對著門，腓德烈克沒看見她推門，也沒聽見聲響。羅莎妮趕忙跑過去，把老婦人趕到外頭。

回來之後，羅莎妮兩頰漲紅，坐在一張單人沙發裡一語不發，一滴眼淚滑落她的臉上。然後，她轉頭輕聲詢問眼前的青年：「您叫什麼名字？」

「腓德烈克。」

「哈，腓德烈科②！我這樣喊您不會介意吧？」她用撒嬌般的眼神凝視著他，近乎於含情脈脈。突然，她高興地喊了一聲——原來是華娜絲小姐來了。

這位女藝術家沒有時間可以耽擱，因為她家裡六點要舉辦聚餐。她氣喘吁吁，一副筋疲力竭的模樣，從籃子裡先拿出一條用紙包裹著的金鍊，再拿出各種先前採買的東西。

「妳應該知道，儒貝爾街買得到很棒的瑞典手套，一雙才三十六個蘇。妳送去染的衣服要八天才會好。妳要的鏤空蕾絲，我已經吩咐人家燙了。比涅奧收了那筆分期付款。我想就是這些了吧？妳總共欠我一百八十五法郎。」

羅莎妮打開抽屜，想要找十枚拿破崙金幣，但兩個抽屜都沒有半毛錢。腓德烈克主動幫她支付了一些。

華娜絲小姐一面把十五法郎塞進包包裡，一面說：「我會還您的。不過您真壞，我不再喜歡您了！那天晚上您連一支舞都沒請我跳！啊！對了，親愛的羅莎妮，我在伏爾泰碼頭一家商店裡，看到一盒可愛極了的蜂鳥標本。我要是妳呀，就會把它買回來。」

說完又秀出一塊玫瑰紅色的綢緞布料，那是她在神殿街買的，準備用來給戴勒馬做件中世紀款式的緊身上衣。

「他今天來過，對不對？」

「沒有。」

「這就怪了。」

經過一分鐘的沉默，華娜絲小姐又問：「妳今晚要到哪去？」

「去阿爾封辛娜家裡。」羅莎妮回答說。這已經是她今晚打算要怎樣度過的第三種說法。

「住山裡那個老頭子[3]有什麼最新消息沒有？」

聽到這話，羅莎妮連忙使眼神，示意她不要問。然後她陪腓德烈克一路走到前廳，途中問他是否會很快碰見阿爾努。

「見到的話請您叫他來這裡一趟——但別在他妻子面前說！」

在門外，一把雨傘斜倚在牆上，旁邊有一雙橡膠鞋套。

「是華娜絲的鞋套。」羅莎妮說，「這雙腳有夠大的！」

接著她以誇張的腔調唱了一句，故意把最後一個字唱成滾音：「別——相——信——她！」

受她這種推心置腹的態度鼓勵，腓德烈克膽子變大，想要吻她脖子。

「吻吧！我沒損失！」

走到街上之後，腓德烈克只覺得飄飄然，深信女元帥再過不久便會是自己的情婦。這欲望又勾起了他另一個欲望：儘管對阿爾努太太有著諸多不滿，他此時卻渴望看看她。

再說，為了完成羅莎妮託付的任務，他也有必要跑一趟阿爾努家。

「阿爾努現在應該會在家裡吧。」

所以，他把這個拜訪延到隔日。

她的坐姿跟上次一模一樣，正在縫一件小孩襯衫。她兒子坐在她腳邊玩木頭動物。瑪爾特坐在稍遠處，正在寫字。

腓德烈克先是恭維兩個孩子長得漂亮，但她並沒像一般媽媽那樣高興得半死。

房子裡給人一種靜謐的感覺。一道燦爛陽光從玻璃窗流瀉進來，把每件家具的彎角照得閃亮。阿爾努太太坐得很靠近窗邊，一大片液態的金光灑落在她的頸背，讓她的皮膚蒙上琥珀色澤。

腓德烈克接著說：「沒想到才相隔三年，一個小女孩竟已長得那麼高！小姐，您記得嗎，您曾經睡在我的大腿上？當時是在一輛馬車裡。」

瑪爾特不記得了。

「那時是晚上，從聖克盧回來的路上。」

阿爾努太太的表情一下子變得異常憂傷。這是不是在暗示他，別提起任何兩人共同擁有的回憶？在她那稍微有點沉重的眼皮下面，一對烏溜溜的眼珠子慢慢轉動著，眼白閃閃有光。她的瞳孔深處透露出無法形容的善良心腸。腓德烈克頓時產生了一種前所未有的強烈愛意，一種無邊無際的激情。他凝視著她，感到渾身麻木。但他努力擺脫這種麻木，思考怎樣才能讓她對自己刮目相看。想來想去，他想不出來除了金錢，自己還有什麼值得炫耀。

再三的思索，除了金錢，沒有什麼更能使她注意自己。

他開始拿天氣作話題，指出巴黎沒勒阿弗爾那麼冷。

「您到過勒阿弗爾？」

「到過，是為了處理一件家事……一筆遺產。」

「啊，真叫人高興。」她說，流露出一種發自真誠的喜悅，讓腓德烈克深受感動，就像她幫了他什麼大忙。

她問他有什麼計畫，因為一個男人總得有份事業。

他想起自己用來搪塞媽媽的話，便說他希望可以藉著丹布羅斯先生的提拔，在國務院謀個職位。

「您應該認識他吧？」

「只聽過名字。」

然後，她壓低聲音問他：「他前晚把您帶去參加舞會，對不對？」

腓德烈克沒說話。

「我知道答案了，謝謝！」

之後，她問了兩三個禮貌性的問題，包括他家裡的情況，他家鄉在哪裡。她謝謝他離開巴黎那麼久都沒有把他們夫妻忘記。

「我怎麼可能忘得了？您以為有可能嗎？」

阿爾努太太隨之站起身：「我深信您對我們家的友情既真誠又牢固，再見！」說著向他伸出一隻手，態度既真誠又有英氣。

莫非這是一種慫恿、一個承諾？去到街上之後，腓德烈克覺得光是活著就快樂無比，好不容易才忍住想放聲高歌的衝動。他想做些善事來抒發喜悅，想要找個窮人來施捨。他看看四周，卻沒看見半個乞丐，也始終沒碰到。於是，他的行善之心消散了，因為他原就不是那種會放下自己的事不管，到處尋找做好事機會的人。

然後他想起那群朋友們。他第一個想到的是余索內，第二個是佩爾蘭。迪薩爾迪耶地位寒微，他當然應該特別照顧。他也樂意讓貴族少爺西齊一窺他變得多有錢。所以，他分別給四個人寫了信，約他們下星期日十一點整到他家聚餐。他也叫德洛里耶把塞內卡帶來。

這位小學老師因為反對學校發放獎學金，認為這違背公平原則，所以又被第三所寄宿學校解聘。如今他在一家機器廠做事，已經半年沒跟德洛里耶住在一起。塞內卡要搬出去的時候，兩人並沒有感到難分難捨。

這是因為，老是有許多穿粗布衣服的人來找塞內卡，他們全都是愛國人士、工人階級和忠厚老實人。但對德洛里耶這位律師來說，跟這些人混在一起有失體面。他不喜歡塞內卡的某些主張，即使這些主張很有煽動力。儘管如此，德洛里耶出於野心，始終不願得罪塞內卡，希望日後對方會為己所用。因為他也是焦急地期待著革命的來臨，以便在大亂中找到出路，謀得一官半職。

塞內卡的信念比較不帶私心。每晚一下班，他便會回閣樓看書，想從書本裡找到印證自己理念的根據。他註釋了盧梭的《社會契約論》[4]，滿腦子裝滿民主雜誌《獨立評論》[5]的觀念，又遍讀了馬布利、謨雷德、傅立葉、聖西門、孔德、卡貝[6]和路易．布朗這些社會主義者的一大堆著作。這些人的主張各不相同，猶如是大雜燴，但塞內卡卻在其中揉合出一種道德民主主義。他的理想包含兩個方面，一是公平的土地分配，地主只可要求少量的農作物作為地租；另一是建立一個「美洲斯巴達式[7]」社會，在其中，每個人活著僅僅是為了服務社會，別無其他目的。在這種社會裡，「社會」至高無上，比西藏大喇嘛和古巴比倫王還要全能絕對、永不犯錯，並且神聖無比。塞內卡毫不懷疑自己的理念不久之後便會獲得實現。凡是碰到相左的意見，塞內卡都會本著宗教裁判官⑧的熱情和幾何學家的精密推理予以反擊。貴族頭銜、十字勳章、翎戴、號衣這些身分地位的象徵全是他口誅筆伐的對象。隨著他鑽研日深和吃的苦愈多，他對任何爵位或優越地位的敵視也愈形嚴重。所以，聽到德洛里耶轉達腓德烈克的邀請時，他嗤之以鼻：「我又沒欠這位紳士什麼，為何要我去拜見他！他想見我自可來找我。」

但德洛里耶還是把他硬拉了去。

僕人把他們領到臥室。臥室裡應有盡有——活動門簾、雙重窗簾、威尼斯式大鏡子樣樣不缺。腓德烈克身穿呢絨西裝背心，正坐在一把搖椅裡抽著土耳其香菸。

塞內卡臉色陰沉，像是個被帶到歡樂場所的學究。

德洛里耶掃視四周一眼，深深一鞠躬之後說：「老爺，小的恭喜您了！」

迪薩爾迪耶跳上前摟住腓德烈克脖子：「這麼說您發了？真好，真好！」

西齊出現時，帽子上繞著一道黑紗。祖母去世之後，他繼承了一筆可觀的家產，對尋歡作樂不再那麼熱中，更感興趣的是把自己弄得與眾不同。用他自己的話來說，他想要顯得「獨樹一格」。

腓德烈克到了中午還沒有吩咐開飯，大家哈欠連連。

有一個客人還沒到。

知道腓德烈克是在等阿爾努之後，佩爾蘭做了個鬼臉。他對阿爾努從美術轉行看成是一種變節。

「不要等了，你們看怎麼樣？」

大家都表示贊成。

一個綁著護腿套的男僕推開門後，飯廳隨即映入眼簾。只見牆壁上都鑲了高高的牆裙，兩個餐具櫃裡疊滿盤子。葡萄酒放在火爐上加溫，新餐刀的刀刃在生蠔旁邊閃閃發光。桌面被一盤又一盤的野味、水果和珍饈占滿。

但塞內卡對這種精心安排不屑一顧。他要求吃家常麵包，而且是愈硬的愈好。接著又借題發揮，談到最近因為糧食短缺在布塞[9]引發的暴亂。

他說，假如政府能保護好農業，不是一切都放任自由競爭，不是恪守「聽之任之」這句可悲的座右銘，暴亂就不會發生。正是放任態度造就了最壞的一種封建制度——金錢的封建制度。但政府最好當心，因為人民不會永遠隱忍下去，總有一天會要資本家付出代價：要麼是用流血手段剝奪他們的權利，要麼是洗劫他們的府邸。

聽到這個，腓德烈克眼前電光石火似地閃過一幕：打赤膊的暴民湧入丹布羅斯夫人的閨廳，把所有鏡子砸得稀巴爛。

塞內卡繼續說，法國的工人工資微薄，過的生活比斯巴達奴隸、黑奴和印度賤民還不如，有家小的工人又特別如此。

「難道說他們應該像某個英國傳教士所建議的那樣，用悶死孩子的方法擺脫貧窮嗎？我不記得那傳教士的名字了，只記得他是馬爾薩斯[10]的信徒。」

塞內卡說完又轉頭問西齊：「難道我們真的應該遵從惡名昭彰的馬爾薩斯先生教導嗎？」

西齊不知道馬爾薩斯是何許人，便回答說，事情並沒有塞內卡說的那麼糟，畢竟高尚階級也救濟過許多窮人。

「哈，高尚階級！」塞內卡嗤之以鼻地反駁說，「首先，並沒有高尚階級這回事。一個人是不是高尚，端視他是不是有一顆高尚的心。聽著，我們要的不是施捨，而是公平，是勞動成果的合理分配！」

塞內卡所要求的，是工人有機會變成資本家，猶如士兵有機會晉升為上尉。貿易工會至少應該限制學徒的數量，以阻止工人過多；另外也應該用聯歡會和抗議活動來促進工人間的兄弟情誼。

作為詩人，余索內對抗議活動情有獨鍾；佩爾蘭也是一樣，而這種偏好是他從達涅奧咖啡廳一票空想社會主義者那裡耳濡目染而來。他指出，傅立葉是了不起的人物。

「得了吧。」德洛里耶反駁說，「這個老糊塗把政權的被推翻看成是上帝的懲罰。其實，他就像聖西門和他的教會[11]一樣，心底裡是仇視法國大革命的。這兩個小丑都盼著能夠重建天主教在法國的權威。」

西齊也許是出於求知心理，又或許是為了博取好印象，小心翼翼地問道：「這麼說，這兩位學者的見解跟伏爾泰是不同的囉[12]？」

「那傢伙不談也罷！」

「怎麼會？我還以為……」

「才不一樣，伏爾泰並不愛人民！」

然後，話題轉向了一些當代事件：法西聯婚[13]、羅希福貪污案[14]、聖德尼教堂[15]的興建等。為了蓋這座新教堂，導致了各種苛徵雜稅。塞內卡指出，法國百姓的稅賦已經高得無以復加！

「其實，老百姓又有什麼理由該交稅呢？這些錢都是花在哪裡呢？無非是給博物館裡的猿猴蓋宮殿，給愛作秀的參謀部舉行閱兵，或是讓城堡裡的奴才維持某種哥德式禮節！」

「我在《時髦》雜誌有讀到。」西齊說，「聖斐迪南節那天，每個參加杜樂麗宮舞會的人都化裝成守財奴⑯。」

「真是無聊透頂！」社會主義者塞內卡說，聳聳肩以表示他的厭惡。

「還有凡爾賽宮！」佩爾蘭喊著說，「我們來談談這個吧！那些笨蛋把一幅德拉克羅瓦的畫給裁短，又把一幅格羅⑰的畫給加長。在羅浮宮，所有的畫修的修、刮的刮，大概再十年便沒有一幅可以保留原有的面目。編目的差錯就更不用提——有個德意志人就這事寫了一整本書。我敢說，我們讓外國人笑掉了大牙。」

「對，我們是全歐洲的笑柄。」塞內卡說。

「這是因為藝術被當成了王家的私產。」

「只要一天沒有普選……」

「容我說完！」佩爾蘭說。這位畫家因為過去二十年來都被拒於沙龍藝展⑱之外，對當局懷有滿腔怒火。「我本人一無所求，唯一的期望是國會可以通過一些有利藝術發展的立法。必須設置一個美學講席，主講的教授應該同時是個哲學家和實踐家。余索內，您可以在您的報紙上提兩句嗎？」

「您以為報紙是自由的嗎？」德洛里耶用憤怒的聲音說，「您以為我們是自由的嗎？現在哪怕只是在河上泛舟，都得通過二十八道手續，讓我真寧可住在食人族中間！政府吃掉一切：不管是哲學、法律、藝術還是天空中的空氣，一切都歸它所有。法蘭西一無所有，躺在憲兵的軍靴和教士的道袍下奄奄一息！」

這位未來的米拉波滔滔不絕，盡情抒發心中的怒火。最後，他右手抓起酒杯，另一隻手叉在腰上，眼睛炯炯發光：「現在我要乾杯，預祝既存秩序的徹底瓦解，預祝特權、壟斷、限制、層級、權威和國家的徹底瓦解！」他把酒喝下，又用更高昂的聲音說：「但願它們有如此杯！」說罷便把漂亮的酒杯往桌面擲，酒杯應聲破裂，碎成無數片。

大家都喝采，又以迪薩爾迪耶喝采得最起勁。

他是那種看到不公不義事情就會義憤填膺的人，任何人或動物受傷都會引起他的惻隱之心。遇到有馬車翻車，他會奮不顧身搶救被車子壓住的馬匹。他的全部學識僅來自兩本書，一是《國王的罪行》，一是《梵蒂岡祕聞》。德洛里耶的一番宏論讓他開心得合不攏嘴。最後，他忍不住要發表意見：「我也有話要說。我要譴責路易－菲力普，他把波蘭人民給出賣了[19]！」

「等一下！」余索內打岔說，「首先，波蘭這個國家並不存在，純粹是拉法埃特[20]杜撰出來的！現在一般所說的波蘭人是指聖馬爾索鎮區的居民，而真正的波蘭人早已隨波尼亞托夫斯基[21]一起溺死。」總之，「波蘭」這東西純屬子虛烏有，就像《南特敕令》的廢除和聖巴多羅買慘案一樣，從未存在過[22]。

塞內卡沒有為波蘭人民辯護，但對余索內的最後幾句話提出反駁。他指出，歷來的教皇不管有哪些不是，都是保護人民的，又把「神聖聯盟[23]」形容為「民主的曙光」，是「一個追求平等而反對新教個人主義的偉大運動。」

這些觀點沒讓腓德烈克感到太意外。西齊大概聽得有點煩，便把話題轉向體育宮劇院最近布置的「活人畫」，指出它吸引許多人買票入場。

塞內卡不以為然，指出這一類演出明目張膽炫耀奢侈，會把無產階級家庭的女孩帶壞。所以，他贊成那個巴伐利亞大學生侮辱蘿拉・蒙泰斯[24]的舉動，隨即又模仿盧梭的口吻，表示自己敬重一個搬煤工多於一個國王的情婦。

「這是因為您不識貨。」余索內以岸然的聲音反駁。他會為那些貴夫人抱不平，是為了維護羅莎妮。因為他湊巧提到那天的舞會和阿爾努所穿的服裝，佩爾蘭便說：「聽說他快完蛋了，是真的嗎？」據傳這位畫商因為一幅貝爾維爾的地皮，捲入了一宗官司。另外，他聽信了幾個無賴的鬼話，跟他們在下布列塔尼合開了一家瓷土公司。

迪薩爾迪耶知道得更多，因為他老闆向銀行家勒費爾打聽過阿爾努的底細。勒費爾指出阿爾努這個人靠不住，因為他有幾張到期的支票跳票了。

用過甜點之後，大家移師到客廳。就像女元帥家裡一樣，這客廳四壁掛著黃色錦緞，裝潢成路易十六時代的風格。

佩爾蘭責怪腓德烈克沒有採取新希臘風格布置客廳；塞內卡在帷幔上劃著一根火柴；德洛里耶沒表示任何意見。

客廳裡有一個書架，德洛里耶將它喊作「姑娘家的圖書館」，上面放著許多當代作家的作品。大家根本沒機會就這些作品交換意見，因為余索內馬上就滔滔不絕，對這些作家個性、相貌、習慣、衣著評論了一番。其中的五流作家被他捧上了天，一流作家則被他說得一文不值。清楚的是，現代文學的蕭條狀況讓他痛心。他指出，隨便一首鄉村小調所包含的詩意都要超過十九世紀所有抒情詩的總和。在他看來，巴爾札克名過其實，拜倫[25]不值得一讀，雨果對戲劇一竅不通。

「那麼。」塞內卡說，「您何不讀一讀工人階級詩人的作品呢？」

西齊一向注意出版界的動向，所以很奇怪腓德烈克的桌子上竟無半本時下流行的生理學著作——什麼「吸菸者生理學」啦、「釣魚者生理學」啦、「關卡守衛生理學」啦，諸如此類。

這些人的廢話讓腓德烈克愈聽愈惱火，恨不得抓住他們的肩膀把他們全丟到屋外。

「我快被變成傻瓜了！」他心想，然後把迪薩爾迪耶拉到一邊，問他有沒有金錢上的需要。老實人深受感動，回答說自己現在當出納，什麼都不缺。

接著，腓德烈克把德洛里耶帶到臥室，從寫字臺拿出二千法郎。

「老友，把錢收下吧，就算是償還欠你的舊債。」

「但辦雜誌的事怎麼樣？」律師說，「你應該曉得，我已經向余索內提過。」

聽到對方回答「最近手頭有點緊」時，他冷笑了一下。

喝完甜酒之後，大家改喝啤酒，再喝格羅格酒。然後重新抽起菸斗。聚會在五點結束。幾個客人默默無語地走到街上，又默默無語地一起走了一段路。最後是迪薩爾迪耶打破沉默，指出腓德烈克對他們的款待極盡周到。其他人表示同意。

不過，稍後余索內卻抱怨這頓午宴太油膩，塞內卡則嫌屋裡的擺設缺少新意。西齊有同感，認為它絕對不夠「獨樹一格」。

「至於我嗎。」佩爾蘭說，「我還以為他會夠大方的，委託我畫幅畫。」

德洛里耶捏住褲袋裡的鈔票，沒有發表意見。

一個人靜下來之後，腓德烈克回想起這票朋友，只覺得自己與他們之間如今隔著一條巨大鴻溝。

儘管他對他們伸出示好的手，但他們卻對他發自肺腑的真誠毫無回應。

他回想起佩爾蘭和迪薩爾迪耶就阿爾努談到的那番話，心想那應該只是無中生有，是一些流言蜚語。但別人為什麼要這樣傳呢？想到這個，他彷彿看到阿爾努太太破產了，正在一面哭，一面變賣家具。這種想像折磨了他一整晚，第二天便去了阿爾努太太府上。

他想告訴她自己聽到的事，但又不知道如何啟齒。於是，他假裝不經意地問她，阿爾努是否還持有貝爾維爾那片地皮。

「對，他還持有。」

「據我所知，他現在是布列塔尼一家瓷土公司的合夥人。」

「是這樣沒錯。」

「他的陶器買賣做得不錯，對不對？」

「這個嘛……應該是吧……」

然後腓德烈克一副欲言又止的樣子。

「到底發生了什麼事？您的神情讓我害怕！」

於是他說出了阿爾努的支票需要展期的傳聞。她垂下頭，說了句：「我早就料到！」

事實上，阿爾努為了賣得好價錢，一直拒絕把地皮脫手，但又一直沒有找到好買主，所以需要不斷借錢來支付貸款。他正是為此才會改行從事陶瓷買賣，以為可以大賺一票，但成立和經營一家陶瓷工廠的花費遠遠超過他的預估。她知道的只有這些。阿爾努一直迴避她的問題，一再表示工廠經營得很好。

腓德烈克竭力地安慰她，說困難也許只是一時的。不管怎樣，只要他有任何最新消息，一定會通知她。

「啊，真的嗎？那就千萬個拜託了。」她說，雙手合十，流露出嬌媚的祈求表情。

這樣說，他終於有機會為她效犬馬之勞了。他終於可以進入她的生命，在她的心坎裡找到一席之地了。

阿爾努剛好回來了。

「哈！您來了。是要找我出去吃晚飯嗎？」

腓德烈克沉默不回應。

阿爾努談了些泛泛的話題，然後告訴妻子，今晚要很晚才能回家。因為他與烏德里先生有約。

「約在他家裡嗎？」

「當然是他家裡。」

下樓時，阿爾努坦白告訴腓德烈克，他是要去找女元帥；她今晚有空，兩人要到紅磨坊狂歡。由於總是需要有個人聽他傾洩心聲，他便拉著腓德烈克陪他一起走到女元帥住處。

他在樓房入口前的人行道上徘徊，不時抬頭看看三樓的窗戶。突然，窗簾拉開了。

「耶，萬歲！烏德里老爹走了！再見！」

對此，腓德烈克不知該作何感想。

從此以後，阿爾努對腓德烈克更加熱情了，還邀請這個年輕人到他情婦家吃晚餐。沒過多久，腓德烈克便經常出入阿爾努的兩邊住家。

羅莎妮的家帶給他很大的樂趣。每晚去完俱樂部或劇院，他都喜歡到她家坐坐，喝杯茶或玩幾局牌。如果是星期天，他們會玩看動作猜字謎遊戲：羅莎妮總是比在座其他人吵鬧，而且比動作時總是別出心裁，想出一些滑稽的花樣，例如以雙手雙腳走路，或是把整個頭蒙在一頂帽子裡。為了可以直接從窗戶觀看往來經過的路人，她給自己戴一頂上蠟的皮革帽；她抽土耳其長菸管，嘴裡哼著民歌。為了消磨午後的閒暇，她會拿一塊印花棉布，剪出一個個花朵形狀，貼在窗玻璃上。她的其他消遣包括胡亂給兩隻小狗塗脂抹粉，或用紙牌算命。只要看到有什麼喜歡的小飾品，她就會寢食難安，但買回來之後又會興趣盡失，拿去換別的小飾品。同樣地，她對新買來的衣服一旦失去興趣，就會以極低的價錢賣掉，甚至送人；她會搞丟首飾，遺失現金；看戲時為了可以坐包廂，她會不惜賤賣自己的漂亮衣服。她看書時常常會問腓德烈克她看不懂的單字，但又不會注意聽答案，因為她心思早已飛到別處去，如此問題一個接一個，越積越多。她會忽然欣喜若狂，又忽然像小孩一樣大發脾氣，不然就是面對壁爐席地而坐，垂下頭，雙手放在兩個膝蓋，陷入沉思，比一條昏沉沉的水蛇還要呆滯遲緩。她一點也不介意在腓德烈克面前梳妝或穿絲襪，洗臉時把大片大片的水潑在臉上，身體後仰，猶似顫抖的水泉女神。她那露出雪白牙齒的大笑容，她那雙閃亮的眼睛，她那嫵媚的姿色，她那快活兮兮的模樣，全搞得腓德烈克暈頭轉向，彷彿每條神經都受到了欲望之鞭的抽打。

相反的，每次到阿爾努太太家裡，他都會看到她正在教兒子寫字，不然就是站在鋼琴凳後面，教瑪爾特彈鋼琴。如果她正在縫東西，那腓德烈克最大的滿足就是不時把剪刀遞給她。她的一舉一動莫不閒適而莊重。她的纖纖細手看似生來就是為了施捨窮人金錢，或是為了擦拭眼淚。她的聲音天生低沉，語調嫵媚，輕柔的猶似微風。

她對文學沒有太大的熱忱，但用字措詞簡潔有力，自然流露出知性之美。她喜歡旅行，喜歡聽樹林裡的風聲，喜歡不戴帽子在雨中漫步。

聽見她這般訴說時，腓德烈克內心充滿狂喜，幻想她已經有點身不由己地喜歡上自己。

同時與這兩個女人來往，讓他覺得有兩首迥異的樂曲在自己的生命裡彈奏著：一首俏皮、熱情、令人忘憂，另一首莊嚴凝重，近乎是宗教樂章。這兩首樂曲會彼此共鳴，彼此增強，並逐漸融合在一起。每當阿爾努太太的手指不經意地輕觸他一下，羅莎妮的影像就會馬上浮現眼前，成為一個欲望的對象；而每當他以羅莎妮為伴感到怦然心動時，又會馬上感受到他對另一個女人的刻骨愛情。

這種混淆多少也是因為兩戶人家的室內裝潢太過相似。從前他在工藝美術社看過的兩口大箱子，如今一口裝飾著羅莎妮的飯廳，另一口點綴著阿爾努太太的客廳。兩家的菜餚是一樣的，就連兩家的搖椅上都丟著同一頂小絨帽。兩家家裡都是成堆的小禮物，屏風、匣子、摺扇等等。事實上，有些東西是阿爾努先送給太太，然後又拿來贈予情婦，抑或是倒過來。他做這種事時一點都不會覺得不好意思。

女元帥和腓德烈克常常一起取笑阿爾努的這種卑劣行徑。有一個星期天，用過晚餐之後，她帶腓德烈克來到門後，給他看阿爾努大衣口袋裡放著的一袋蛋糕：那是阿爾努剛從晚餐桌上搜刮來的，毫無疑問是要帶回去給妻小享用。在其他事情上，阿爾努也是大玩這種近乎無賴的卑鄙把戲。例如，他把逃稅看成一種義務。他去戲院看戲時從來不付錢，或者，如果他買的是一張二等座位的票，入場後就會想辦法擠到頭等區。到澡堂洗澡時，他經常用一顆褲子鈕扣代替十個蘇的錢幣，投在收款箱裡，而且對自己這等醜事津津樂道。儘管如此，女元帥依然愛他。

不過，有一天談起阿爾努時，她卻說：「哎，他終於把我煩死了！我受夠了！我會找另一個！」腓德烈克相信，她其實已經找到「另一個」了，那就是烏德里先生。

「就算是，又有什麼用？」羅莎妮說。接著又用哽咽的聲音說道：「我很少開口向他要東西，但他還是不肯給我。」

阿爾努答應過要把瓷土礦的四分之一利潤分給她，但後來沒有下文。他半年前答應要送她一條克什米爾披巾，至今也是沒有兌現。

腓德烈克馬上想要送一件禮物給她，但又擔心此舉會引起阿爾努不快。

就像他太太所說的，阿爾努心地善良。但這個人又是多麼的愚蠢！他如今固然不會天天帶人到家裡吃飯，但卻改為招呼熟人上館子。他又老是買一些毫無用處的廢物，包括金鍊子、座鐘、家用物品。阿爾努太太甚至帶腓德烈克去看堆在走廊的一大堆水壺、腳爐和俄式茶壺。有一天，她終於說出心中的積慮：阿爾努曾經要她在一張付給丹布羅斯先生的期票上簽字。

這段期間，腓德烈克仍然掛念著自己的寫作計畫，彷彿那攸關到他的榮譽。他希望寫一部美學史，這念頭是他與佩爾蘭一次談話引起；其次是寫一齣涵蓋法國大革命各階段的戲劇；再來是創作一部喜劇，這念頭間接來自於德洛里耶和余索內的影響。在寫作過程中，他腦海裡不是出現這個女人的面孔，就是那個女人的影像。他每次都竭力克制去看看阿爾努太太的渴望，但很快就會投降；不過每次從她家裡回來，他只會變得更加憂鬱。

有一天早上，正當他悶悶不樂坐在壁爐邊時，德洛里耶忽然走了進來。原來，塞內卡在機器工廠老是發表一些煽動性言論，引起老闆嚴重不安，如今落得走投無路的下場。

「我能怎麼辦？」腓德烈克說。

「我知道你沒有錢。但如果請你透過丹布羅斯或阿爾努為塞內卡謀個工作，應該不難吧？阿爾努的工廠應該會需要技師。」

腓德烈克靈機一動。如果能把塞內卡安插在阿爾努工廠，自己就等於有了一個內應，可以知道阿爾努何時不在家。另外，塞內卡也可以幫他轉遞信件，或在某些場合派上用場。這是一個天賜良機，絕不能錯過。於是他裝出一副漫不經心的態度，向德洛里耶表示這件事或許有可能，他會多加留意。

他立即有所行動。製造陶瓷的工作讓阿爾努吃盡了苦頭，他努力想複製出中國的紫砂陶，但所配的顏料一經烘烤便全部揮發掉。為了防止瓷器龜裂，他在陶土裡摻進石灰，結果燒出來的瓷器大部分都碎裂。他在生坯上所塗的釉彩一燒便起泡，燒出來的大托盤彎翹變形。他把一切過錯歸咎於廠房的工具粗劣，打算請人另開模子，重砌曬臺。腓德烈克回想起這幾件事，便去找阿爾努，說他發現了一個非常了不起的人物，一定可以幫助阿爾努找出燒製那種著名中國陶器的方法。阿爾努先是嚇了一跳，但聽過腓德烈克對塞內卡的介紹之後，又表示不需要別人協助。

於是，腓德烈克大力誇讚塞內卡學識淵博，同時是個工程師、化學師、會計師，又是第一流的數學家。

瓷器經銷商答應見見塞內卡。

不過，兩人在薪酬方面始終談不攏。腓德烈克居中調停，費了一星期的唇舌，終於讓兩人達成了協議。

這時，腓德烈克才知道，阿爾努的工廠設在克雷伊，所以塞內卡根本幫不上他的忙。他大為洩氣，覺得倒楣透頂。他轉念一想，只要阿爾努不在太太身邊的時間愈長，他便有愈多機會親近她。於是，他開始說羅莎妮的好話，指出阿爾努有許多對不起她的地方，包括遲遲不兌現送她一件喀什米爾披巾的諾言。腓德烈克隱隱透露，女元帥幾天前才抱怨過阿爾努「小氣」，考慮要分手。

受到「小氣」這個字眼刺激，加上有點擔心女元帥會說到做到，阿爾努終於買了一件喀什米爾披巾送她，但又責怪她不應在腓德烈克面前發他牢騷。她告訴他，這個承諾她已然提醒過他很多遍。阿爾努辯稱，自己是因為生意太忙才會忘記。

第二天，腓德烈克到達她家，發現已經下午兩點了，女元帥還在睡覺。戴勒馬就坐在她床頭邊一張小圓桌旁，正要吃完最後一片鵝肝醬。腓德烈克沒能走上幾步，便聽見她大喊說：「他來了！他來了！」然後她抓住他兩個耳朵，親他額頭，甚至要他坐在床邊。她一雙眼睛充滿柔情，閃爍著喜悅。她濕潤的嘴唇帶著微笑。他可以透過細麻布衣裳感受到她軀體的曲線。

戴勒馬眼珠子骨碌碌地看著這一幕。

「親愛的，你真是我的寶貝，我的心肝……」

他下次去看她的時候，她也是一樣熱情。腓德烈克一跨進門，她便從靠墊上坐直，以便更容易擁抱他。她喊他「小心肝」，在他鈕扣孔裡插上一朵花，又幫他理順領帶。每次戴勒馬湊巧在場，這種殷勤舉動更是有增無減。腓德烈克相信，這是她示愛的前奏曲。

跟女元帥相好，有欺騙朋友之嫌，但他並沒有放在心上。因為若是阿爾努換成他的處境，才不管這麼多呢！他對阿爾努的妻子始終沒有踰矩，那就沒有理由也要求他對他的情婦謹守禮節。他相信這理由站得住腳，至少是希望阿爾努會這樣認為。總而言之，這是他為自己無比懦弱的一種開脫。但不管如何，他下定決心要對女元帥大膽出擊。

有一天下午，趁她俯下身在五斗櫃找東西時，他從後方把她一把抱住，不停示愛。她哭了起來，說自己身世雖然不幸，但別人沒有理由因此把她看成水性楊花的女人。

但他還是再三調戲她。這一次她採取不同策略，也就是在他毛手毛腳時笑個不停。他以為面對這種諷刺，最好的方法是堅持不懈，說出的情話甚至帶點誇張。但他表現得太過輕狂，讓她難以相信他是真心真意。直到一天，當他又向她剖析心意時，她表示自己不願接受從另一個女人剩下的愛情。

「什麼另一個女人？」

「哼！裝得倒像。去找你的阿爾努太太吧！」

這是因為腓德烈克經常把阿爾努太太掛在嘴邊，而阿爾努也有相同的癖好。羅莎妮終於聽煩了兩人對那個女人的歌功頌德，便用諷刺來抒發怨氣。

腓德烈克恨得牙癢癢的。然而，女元帥開始把他的情欲撩撥到非比尋常的高度。有時，她會擺出一副情場老手的模樣，臉上掛著懷疑的微笑，表示自己不相信這世界真有愛情存在，讓他真想賞她一記耳光。不過，一刻鐘之後，她又會像緊緊摟住某個人似的雙手抱胸，嘴裡呢喃著：「啊，好棒！太好了，太好了！」就像進入了極度的狂喜。要了解她這個人是不可能的，例如，你從來弄不清楚她是否愛著阿爾努，因為她會取笑他，卻又會為了他吃醋。她對華娜絲小姐的態度同樣模稜兩可：有時會喊她「賤貨」，又會說她是自己最好的朋友。總之，她的整個人，連同她高高隆起的髮髻都給人一種難以捉摸的感覺，就像是一個挑戰，讓他渴望去征服她，成為她的主人。

但要怎樣達成這個任務呢？她常常會毫不客氣地趕他走，又或者站在兩扇門之間只說一句：「我今晚有約。」其他時刻她身旁總是圍繞一大群人；即便終於可以單獨相處，也會有層出不窮的突發狀況，讓他無技可施。每次邀請她吃晚飯，全都被拒絕。有一次終於答應了，卻沒有赴約。

最後，腓德烈克想出了一個詭計。

他從迪薩爾迪耶那裡得知，佩爾蘭對他多所抱怨。於是想到，不如委託佩爾蘭為羅莎妮畫一幅真人大小的肖像畫。畫這樣一幅畫需要女元帥到畫室許多次才能完成，屆時腓德烈克將會一次都不缺席。佩爾蘭不守時的習慣將讓他倆有許多私下獨處的機會。於是，他便慫恿女元帥讓人為她畫一幅畫，好獻給她親愛的阿爾努。羅莎妮一口答應，因為她彷彿看到自己的肖像，被擺收在大展覽廳最顯眼的位置，受到一大群人圍觀，而各報章也紛紛發表評論，讓她一夕之間變成大紅人。

佩爾蘭當然立刻接受這項委託。他相信必定可以畫出一幅傑作，因此聲名大噪。他在腦子裡回憶他熟悉的那些繪畫大師的肖像畫，最後決定採取提香㉖的筆法，再加上一點維羅尼斯㉗的裝飾風格。換言之，他將不會使用人工背景，而是要大膽採用自然光線，讓肌膚的色澤以單一色調照亮，讓各種裝飾配件都閃閃發光。

「要是給她穿上玫瑰色絲綢禮服，披上東方式的斗篷，效果會如何呢？」他暗自思忖，「啊！不行，斗篷太俗氣了！倒不如讓她穿藍絲絨套裝和灰色的襯底。還可以給她加上一圈鏤空的蕾絲領圈、一把黑色扇子，背後以猩紅色的帷幔襯托。」他這樣搜索枯腸，每天都把構想擴大，也對自己愈來愈佩服。

羅莎妮在腓德烈克的陪同下到達畫室。這是佩爾蘭第一次看見她，看得心裡一陣撲通亂跳。他讓她站到畫室中央一個小平臺，卻發現光線不夠好，便開始抱怨現在這個畫室，懷念起他從前畫室的種種。他先是要羅莎妮把一根手臂擱在一座基座上，繼而又要她坐到一張單人沙發裡。他時而站在一個距離之外觀察她的姿態，時而走近她，以手指彈彈裙子上的縐褶。他瞇起眼睛打量，不時徵求腓德烈克的意見。

「哎，不好，不好！」他喊道，「還是我原先的構想好。我把您畫成威尼斯女郎好了！」

他打算讓她穿上一件罌粟色的天鵝絨晚禮服，繫一條鑲滿珠寶的腰帶。有貂皮滾邊的大袖口伸出一截光溜溜的手臂，搭在身後一座樓梯的欄杆柱上。他會在她左邊畫一根高至畫布頂端的圓柱，使圓柱與某種結構體會合，形成拱形。在這拱形下方，會出現一些接近黑色、隱約可以辨認的橙樹，把飄著帶狀雲朵的藍天切割成一片片。鋪著織錦的欄杆柱上面擺放一個銀盤子，裡面放著一束鮮花、一串琥珀念珠、一把匕首和一個古老泛黃的象牙小匣。小匣裡裝滿威尼斯金幣，其中十幾枚掉落在地上，形成一片晶瑩的光點，藉此把觀畫者的視線引向畫中人的腳尖。畫中的羅莎妮站在樓梯頂端的第二個梯階上，舉止自然，全身沐浴著陽光。

佩爾蘭找來一個畫箱，放在小平臺上充當樓梯，又在畫箱上放一張凳子，充當欄杆柱。接著在凳子上放上各種道具，包括一件大領夾克、一面小圓盾、一罐沙丁魚罐頭、一束鵝毛筆和一把刀子。最後，他在羅莎妮前面撒上十來枚銅板，要她擺出他要求的姿勢。

「想像您面前的這些東西是金銀財寶，是珍貴的禮物。頭向右偏一點！對，很好！就是這樣！別動！這種莊嚴姿勢和您擁有的那種美十分相稱。」

羅莎妮穿一件格子花呢洋裝，雙手插在一個大大的手筒㉘裡，努力克制才沒有笑出聲來。

「至於頭飾嘛，我們可以給它來頂珠冠。紅髮配珠冠總是可以引起矚目效果。」

女元帥驚叫一聲，指出自己並不是紅髮。

「別傻了！畫家心目中的紅並不是一般所謂的紅。」

他開始著手畫草圖。由於腦子裡老想著文藝復興時期的大師，有一整個小時都在大聲談論他們光輝燦爛的一生，他們是如何才華卓絕、名揚四海，又想像他們入城時受到盛大歡迎的情景，以及周圍簇擁著美若天仙的半裸女人，在華燈高照下接受盛宴款待的情景。

「您應該生活在那樣的時代，像您這樣的尤物就該嫁個貴族！」

佩爾蘭的恭維聽得羅莎妮非常順耳。兩人約好了下一次畫像的日期。腓德烈克主動表示會把各種需要的首飾配件備齊。

因為畫室的火爐熱得羅莎妮有點頭暈，他們便從巴克街散步回家，途中經過了皇家橋。

天氣明媚，陽光耀眼而溫暖。城裡有些房子的窗戶像金板一樣在遠處閃爍，而他們的右後方，巴黎聖母院的尖塔沐浴在地平線灰濛濛的水蒸氣裡，在藍天的對比下顯得幽暗。

接著起風了。羅莎妮說她餓了，兩人便走進「英吉利點心店」。

一些帶著小孩的婦人站在自助吧臺前吃東西。吧臺上擺滿一碟碟糕餅，每碟都蓋著玻璃罩子。羅莎妮一口氣吞了兩塊奶油塔。砂糖沾在她嘴角兩邊，讓她看似多了兩撇鬍鬚，她不時從手筒裡拿出手帕擦嘴巴。在綠色絲兜帽的襯托下，她的臉就像綠葉叢中一朵怒放的玫瑰。

重新上路後，她在和平街一家金飾店前面停住，端詳一只手鐲。腓德烈克想買來送她。

「不要！」她說，「留著你的錢吧！」

他為這句話感到傷心。

「我的小心肝是怎麼回事？怎麼突然又憂愁起來了？」

藉著這個機會，他再度向她表白。

「你明知道這是不可能的！」

「為什麼不可能？」

「唉！是因為……」

兩人肩併肩往前走著，她依偎在他手臂，長裙的荷葉邊下襬反覆碰到他的腿。然後他回憶起，有一個冬日黃昏，他和阿爾努太太也是這樣肩併肩走在這條人行道。他完全沉浸於回憶裡，眼中再也看不見羅莎妮，心思裡也沒有她。

她走路時漫不經心地直視前方，像個慵懶的孩子需要別人拖著走。這是人們散步後要返家的時分，成隊的馬車在硬邦邦的石板路上飛奔而過。

大概是因為想起了佩爾蘭的恭維，她嘆了一口氣：「唉，有些女人多麼幸運。我本來生來是該嫁給一個富翁的。」

腓德烈克粗聲粗氣地回答：「您不是有一個了嗎！」因為據說烏德里先生一個人抵得過三個百萬富翁。

她表示恨不得可以擺脫他。

「有誰攔著您呢？」腓德烈克接著把那個戴假髮的老頭挖苦了一番，指出她和他的關係很丟人，應該一刀兩斷。

「我總會跟他斷，這是一定的！」女元帥回答說，但更像是自言自語。

這個回答令腓德烈克倍感高興。她腳步愈來愈慢，他猜想她是累了。但她執意不坐馬車，而且回到家門口便打發他走，只用指尖給了他一個飛吻。

「唉，多遺憾啊！想想看有些笨蛋還以為我有錢得很呢！」

腓德烈克帶著悶悶不樂的心情回到家。

余索內和德洛里耶正在等著他。波希米亞人坐在桌子前塗鴉，畫了一些土耳其人的頭像；律師先生穿著一雙髒兮兮的靴子，躺在沙發上打瞌睡。

「啊！總算回來了。」德洛里耶喊道，「你的臉色還真難看！有心情聽聽我說話嗎？」

他作為教師的聲望正在下降，因為對學生灌輸的一些理論不利於考試。他替人打過兩三樁官司，但全都敗北，而每次的失敗都用更大的力量把他推回到昔日的夢想：辦一份雜誌。有了雜誌，他就可以大展身手、發表觀點和宣洩心中的怨恨，而財富與名聲必然會隨之而來。正是這個憧憬讓他努力回過頭去籠絡余索內。

目前，余索內的報紙是用粉紅色的紙張印刷。他在雜誌裡捏造是非、羅織謎團、竭力挑起論戰，甚至不顧場地的限制，想要舉辦音樂會！只要訂閱一年份的雜誌，讀者就可獲贈巴黎任一家大劇院的前座戲票一張。此外，雜誌社還會提供所有外國訂戶他們所需要的任何資訊，不管是藝術方面還是其他方面的資訊。然而，因為經營不善，雜誌社已經拖欠房東三季的房租，印刷廠也不斷威脅他們付款，還有其他各式各樣的煩惱。要不是德洛里耶天天給他打氣，余索內早讓《藝術》停刊。德洛里耶把他帶來，是為了增加自己的說服力。

「我們找你是為了辦雜誌的事。」他說。

「什麼，你還沒死心？」腓德烈克沒好氣地回答。

「對，我還沒死心。」

接著他解釋了自己的新計畫。他打算把雜誌轉型為政治性刊物，再讓雜誌在證券交易所上市，預估此舉將可籌得十萬法郎的資金。不過，想要讓雜誌轉型，必須要先有龐大的訂閱群。因此需要解決某些開銷，諸如紙張費用、印刷成本、辦公室支出，好讓雜誌辦得有聲有色。簡而言之，他們需要一萬五千法郎。

「我沒有錢。」腓德烈克說。

「那我們要怎麼辦？」德洛里耶雙臂抱胸地問。

腓德烈克對他的這種態度感到不快，回說：「事情應該怪我嗎？」

「啊，說得好！有個人家裡有壁爐，桌上有松露，還有一張好床、一輛馬車和各種舒適用具，反觀另一個人則在石板屋裡冷得發抖、吃每頓二十個蘇的晚飯、像個囚犯一樣埋頭苦幹，終日在貧窮裡掙扎——難道這該怪有錢人嗎？」

他把「難道這該怪有錢人嗎？」反覆說了幾遍，像是宣讀法庭判決書。

腓德烈克正想反駁，德洛里耶又說：「當然，我明白某個人因為追求貴族那一套生活方式，有太多的開銷；又特別是為了追求某個女人……」

「是又如何？難道我沒有自由……」

「你當然有自由！充分的自由！」

接下來是一分鐘的沉默。

「你的承諾真是兒戲！」

「老天！我並不否認我承諾過！」腓德烈克說。

律師繼續說：「我們念中學時一起發過誓，日後要組織一個巴爾札克筆下的『十三人社㉙』，互相扶持，患難與共。不料日後重聚時，那個有能力幫助對方的朋友卻把擁有的一切藏起來，拒絕分享，只說了句『晚安，老兄！你自己打拚去吧！』」

「我有那樣嗎？」

「有，你連把我引薦給丹布羅斯先生都不願意。」

腓德烈克細細打量他的朋友。德洛里耶穿一件寒酸的雙排扣常禮服、戴一副褪了色的舊眼鏡，臉色蠟黃，怎麼看都像個身無分文的窮學究。這樣的人竟想認識丹布羅斯先生，真是笑死人了！想到這裡，腓德烈克禁不住嘴角上揚，流露出一個輕蔑的微笑。

德洛里耶體會到腓德烈克的心思，漲紅了臉。

他戴上帽子，準備離開。余索內一路下來都忐忑不安，這時試著用懇求的目光安撫腓德烈克的情緒。見腓德烈克向他轉過身，便說：「行行好吧，小兄弟。當我的梅塞納斯㉚吧，當藝術的保護人吧。」

聽到這話，腓德烈克突然像是認命了一般，抓起一張紙，草草地寫了幾句話，遞給他。波希米亞人的臉頓時明亮起來。

他把紙張遞給德洛里耶看，又說：「快道歉吧，我的好夥伴！」

原來那是腓德烈克寫的一封信，信中交代公證人盡快寄一萬五千法郎過來。

「這才是我認識的腓德烈克！」德洛里耶說。

「說句良心話，您真是個大善人。」波希米亞人說，「您的名字應該列入豪傑錄裡頭。」

律師接著說：「你不會有損失的，這是一筆絕佳的投資。」

「沒錯。」余索內喊道，「我可以拿我的人頭作保證！」

他接著又說了一堆蠢話，誇下許多海口，大概他自己也信以為真，弄得腓德烈克搞不清楚可笑的人是他們，還是自己。

同一個晚上，他收到母親的一封來信。她用帶點開玩笑的口吻問兒子，何以他花錢如流水，卻迄今沒有當上部長。然後她談到自己的健康狀況，又說羅克先生現在經常會來家裡走動。「既然他已成了鰥夫，我認爲接待他並沒有什麼不妥的。露薏絲如今變得好漂亮。」又在信尾加上兩句：「你信中從未提到丹布羅斯先生。如果我是你，一定會善加利用的。」

是啊！他為什麼不善加利用丹布羅斯先生呢？他在文藝上的雄心壯志已經消失殆盡，而他的財富，他心中清楚也不算雄厚：當他償還完所有債務，並且交付答應過德洛里耶的那筆款項之後，每年的收入將會至少減少四千法郎！另外，他也覺得有必要拋棄目前無所事事的生活，從事某種積極的追求。第二天，在阿爾努太太家吃晚飯時，他提到了母親催他謀個職位這件事。

「您不是說過，丹布羅斯先生會把您安插在國務院嗎？我覺得那將會非常適合你。」

這麼說，她也是希望他走這條路囉？他把她的願望當成命令看待。

就像第一次見面的情況一樣，銀行家坐在辦公桌的後面，給了腓德烈克一個手勢，示意他稍候。他正在和一個背對門站著的先生商談重要事情。

兩人的話題環繞在一個把幾家煤礦公司合併的計畫。

鏡子的兩旁分別掛著富瓦將軍[31]和路易－菲力普的肖像。靠牆是一排排高達天花板的文件架，還有六張藤椅。一切在在給人一個印象：就像一個高明的廚師，丹布羅斯先生用不著氣派的辦公室來洽談生意，單憑一間幽暗的廚房便能煮出一席豐盛的筵宴。腓德烈克特別留意到，屋角放著兩口大保險箱，便在心裡估計它們大概可裝多少百萬法郎的鈔票。不過，後來銀行家打開其中一口保險箱，裡面卻沒有看見鈔票，只是放滿了藍色的帳簿。

最後，當那人和丹布羅斯先生結束交談，轉過身往回走的時候，腓德烈克看見他就是烏德里老爹。兩個人滿臉通紅，互相問候了一句——這場面讓丹布羅斯先生感到驚訝。不過，他對腓德烈克還是表現得十分和藹可親，一口答應代為向掌璽大臣引薦，把這事說得易如反掌。對於能夠得到像他這樣的人材，他們將十分高興。殷勤接待的最後，丹布羅斯先生又表示，希望腓德烈克能來參加幾天之後的晚會。

要登上馬車赴會時，腓德烈克收到一封羅莎妮寫來的信。他藉著馬車的燈籠讀信：「親愛的，我照你說的話，把臭老頭給攆走了。明晚起我便恢復自由。你說我勇敢不勇敢！」

雖然只有寥寥數語，但這信明顯是邀他去補臭老頭所留下的空缺。腓德烈克興奮得大叫一聲，把信塞進口袋，便出發了。

丹布羅斯府外的街上，有兩個市區保安警察騎馬來回巡邏，一排燈籠掛在雙扇鐵柵欄大門上。前院裡有些僕人吆喝著，把來賓的馬車引領到房子的前臺階。一進前廳，外面的吵雜聲忽然聽不到了。

兩條樓梯前面的空間布置了幾棵大樹。一盞盞球形瓷燈把光傾瀉在牆上，形成白緞光澤的波浪形紋理。

腓德烈克滿心歡喜地跑上樓梯。帶路的僕人通報了他的名字，丹布羅斯先生走上前跟他握手。幾乎同一時間，丹布羅斯夫人也過來了。她身穿一件紫紅色蕾絲邊洋裝，頭上的髮捲比平日還多，但沒戴半件首飾。

她抱怨他怎麼這麼少來拜訪。客人陸續抵達，他們致敬的姿態各不相同：有的彎彎腰，有的大鞠躬，有的微微點點頭。有時來的是一對夫妻，有時是一整家人，來到後便分散到客廳各處，客廳逐漸擠滿了人。天花板正中央有一盞枝狀大吊燈，正下方是一個圓柱形石墩，圍繞石墩坐著一圈女賓。石墩上放著一個大花盆，花像羽毛般垂向四周女賓的頭上。其他女賓坐在相對兩面牆牆邊的搖椅裡，形成兩長排，每排在相同位置夾雜著巨大的天鵝絨窗簾和門框鍍金的高大門洞。

男人們全站在較遠處，人手一頂帽子，看上去黑壓壓一大群。在清一色白領帶的映襯下，這片黑壓壓更顯昏暗。疏疏落落看見的紅色點點是人們穿戴在鈕扣孔裡的紅綬帶。除了幾個初長鬍子的少年以外，所有人看上去都是一副無聊表情。有些花花公子顯得特別無聊，站在那兒用腳跟搖來晃去。有許多人是灰髮或戴假髮。這裡那裡可以看見油光晶亮的禿頭，至於他們的臉容，則不論是紫色還是蒼白，都是一副不勝疲倦的表情：因為這些人唯一感興趣的只是政治利益或商業利益。丹布羅斯還邀請到一批學者、法官，以及兩三位名醫。每逢別人恭維這個晚會有多麼盛大，以及暗誇他財力雄厚的時候，他都會自謙一番。

男僕人數眾多，全都穿著鑲金色蕾絲的號衣，在各個方向忙個不停。一座座枝狀大燭臺像火焰的花束，把光投射到帷幔上，又反映在各面鏡子裡。飯廳被一張有茉莉花圖案的簾子遮住，盡頭處的料理臺就像大教堂的祭壇或是首飾展示櫃，上頭收納著多不勝數的盤子、菜罩、刀叉、銀湯匙和鍍金勺子，間雜著許多泛著虹彩的水晶器皿。

另外三間接待廳裡，各種藝術品琳琅滿目：牆上掛著大師畫的風景畫，靠牆几上放著象牙和瓷器，一些籃子裡放著中國飾物。每扇窗戶前方各有一面漆雕屏風，壁爐架上插著一束束茶花，輕音樂在遠處蕩漾著，像是蜜蜂的嗡嗡聲。

方陣舞的陣容並不龐大，而從跳舞者那種懶洋洋的舞步看來，他們只是在盡義務。

腓德烈克聽到了如下一些交談：

「小姐，您有參加朗貝爾公館最近的一次慈善宴會嗎？」

「沒有呢，先生。」

「這裡很快便會熱得難以忍受。」

「唉！可不是，好悶。」

「這支波爾卡舞曲是誰創作的？」

「夫人，您考倒我了！」

在腓德烈克背後，有三個老不修站在一個窗龕裡談些淫穢話題。一個狩獵家在講自己的打獵故事，而一個正統主義者正和一個奧爾良派[32]爭論。腓德烈克穿過人群，最後走到牌廳。有一群神色凝重的男人圍成一圈，正在討論什麼，站在中間的是如今在首都擔任法官的馬蒂農。

馬蒂農一張蠟黃色的大臉，蓄著一圈絡腮鬍，這鬍子修剪得驚人整齊，就像一個領圈。他既保持著與年齡相稱的優雅，又表現出法官身分應有的尊嚴，把兩者的比例拿捏得恰到好處。按照時髦公子的習慣，他雙臂抱胸，兩根大拇指插在腋窩下，然後又模仿博學者的架式，把兩隻手插在西裝背心口袋。雖然他把高統靴擦得太亮，但卻懂得把鬢角刮得乾乾淨淨，讓自己有一個思想家的額頭。跟腓德烈克冷淡寒暄幾句之後，他便轉過身，繼續跟圍繞著他的人群交談。一個地主正在說：「那是一個渴望天下大亂的階級。」

另一個接著說：「他們要求組織工會，這像話嗎！」

「連德熱努德[33]先生都跟《世紀報》聯手了，您有什麼辦法？」

「甚至有些保守黨人士也標榜自己是進步份子。他們想把我們帶往哪裡？帶到共和政體！但這東西在法國行得通的嗎？」

大家異口同聲表示行不通。

「問題是。」一位紳士指出，「人們對法國大革命太感興趣了，這方面的歷史著作出版了一大堆。」

「他們沒有考慮到。」馬蒂農說，「其實有更重要的課題值得研究。」

一位部會官員指責現今的戲劇不負責任：「就拿《瑪歌皇后》[34]這齣新戲劇來說好了，內容簡直是太超過。有什麼必要向我們探討瓦盧瓦王室呢？這不是要給國王難堪嗎！報界也是這個樣子！九月份制定那些法律有什麼屁用，全都太溫和了。要是我可以作主，一定會用軍法來封住那些記者的嘴巴！誰敢大放厥辭，就把他拖到軍事法庭，讓他吃不完兜著走！」

「當心，先生，當心。」一個教授說，「別攻擊一八三〇年[35]的寶貴勝利果實！珍重我們的自由吧，它得來不易！」接著又主張，更好的做法毋寧是採取一種去中心化政策，把過剩的都市人口分散到鄉村地區。

「但鄉村的風氣會被他們搞壞的！」一位天主教徒高聲說，「應該做的是重新強化宗教的力量！」

馬蒂農趕忙附和：「確實如此，教會是一股拘束的力量。」又說現今一切的罪惡都是由於人們想超越自己的階級，獲得奢侈品。

一位實業家提出異議：「追求奢侈有利於商業發展。所以，我不贊成內穆爾公爵堅持參加他府上晚會的客人都得穿短褲。」

「梯也爾[36]先生就是其中一個穿長褲去的，您聽過他就這話題所說的笑話嗎？」

「聽過，很妙的笑話。但他已經變成了煽動家，而他那篇論不相容性的演講對五月十二日的暴動並非沒有影響。」

「借過，借過。」

一個端托盤的男僕努力要進入牌廳，這群圍成一圈的人不得不讓出一個缺口。

在綠色的燈罩下面，牌桌桌面被兩排紙牌和許多的金幣占滿。腓德烈克走到其中一個桌角站住，把口袋裡的十五個拿破崙金幣全輸掉。他輕轉腳尖離去，發現自己到了閨廳的門口，而丹布羅斯夫人湊巧就在裡面。

閨廳裡擠滿女人，一個貼一個坐在沒有椅背的座椅上。每個人的長裙鼓起，腰身像是突出於波浪上方。幾乎人人手裡都捧著一束紫羅蘭。暗色手套把她們的手臂映襯得更為雪白。有些人的肩膀上垂著流蘇或花草，每逢她們微微移動，都會讓人以為她們的衣裙馬上便要滑落。

不過，她們的妝化得大方得體，把衣服的挑逗效果沖淡不少。有好幾位甚至安靜得像蟄伏的動物。有那麼多酥胸半露的女人聚在一起，讓腓德烈克聯想到穆斯林君主的後宮。事實上，他還聯想到另一個更讓人臉紅的地點。

這裡找得到各色美女。有幾位英國女士的側臉就像是紀念冊封面的頭像；有一位義大利女士一雙烏黑大眼睛，放射出熔岩似的光芒，宛如維蘇威火山；有三個諾曼第姊妹身穿藍色禮服，鮮豔得有如四月的蘋果花；一個高䠷的紅髮女郎穿戴著全套的紫水晶首飾。鑽石在她們的羽冠上發光，寶石在她們胸前閃爍。額頭上的珍珠飾物、手上的金戒指、衣服上的蕾絲、臉上的脂粉、嫣紅的小嘴、珍珠母色澤的牙齒——這一切全都交相輝映。天花板的圓形穹頂使這間閨廳感覺像個花籃，扇子來回擺動，掀起陣陣香風。

腓德烈克站在她們背後，拿出夾鼻眼鏡戴上，細細端詳她們的肩膀，發現不是每雙肩膀都是無瑕可尋，他回想起女元帥，心情這才平伏下來，不再那麼心猿意馬。

他仔細端詳丹布羅斯夫人。雖然嘴巴稍微寬了點，鼻孔也大了點，她仍算得上迷人。但論風韻，她卻是無可匹敵。她的髮捲慵懶而富含激情，瑪瑙色的額頭看似蘊含著廣博知識。

坐她旁邊的是她丈夫的姪女——一個相貌相當平凡的少女。丹布羅斯夫人不時會站起來，迎接某個剛走進來的客人。一眾女賓的細語聲愈來愈大，最後吵得像是唧唧喳喳的林中鳥。

大家正在談論的話題是突尼西亞的幾個大使和他們的服裝。在座其中一位女士說她剛參加完法蘭西學會舉行的酒會。另一位提到莫里哀的《唐璜》[37]——這齣戲劇最近在法蘭西劇院上演。丹布羅斯夫人給姪女使了個眼色，把一根手指豎在嘴邊，但臉上樂孜孜的模樣，卻洩漏了她相當喜歡這齣戲劇。

突然間，馬蒂農出現在她正對面那扇門。丹布羅斯夫人站起來。馬蒂農奉上自己的臂彎。腓德烈克為了看看馬蒂農，穿過牌桌中間，尾隨他們走到大客廳去。但丹布羅斯夫人很快便把他的男伴丟下，以親切的語調跟腓德烈克聊了起來。

她曉得他沒有打牌也沒跳舞。

「年輕人總是比較孤僻！」她說，掃視了四周一眼後又說：「再說，這些東西沒什麼好玩的——至少對某些性格的人來說是如此。」

接著，她走到那排單人沙發前面，對這個人那個人說些客套話。有些戴夾鼻眼鏡的老頭走過來向她示好，她把腓德烈克介紹給其中幾個認識。丹布羅斯先生輕輕碰了碰他的手肘，把他帶到外面的露天平臺去。

他告訴腓德烈克，他已經見過掌璽大臣。事情不好安排，腓德烈克若想進國務院，必須參加考試。聽到這個，腓德烈克出於一種不知從何而來的自信，表示有十足把握可以通過考試。

丹布羅斯說他毫不懷疑這一點，否則羅克先生不會對他如此推崇。

聽到羅克先生的名字，腓德烈克眼前出現了露薏絲的影像，又回憶起一些像這樣的夜晚，兩人站在她房間的窗前傾聽驛馬車的聲音，這種記憶又勾起他當時對阿爾努太太的思念之苦。在一片黑暗中，一扇扇燈火輝煌的窗戶像是一團團火焰。舞會的喧鬧聲慢慢微弱，馬車開始一輛接著一輛離開。

丹布羅斯繼續說：「我不懂您為什麼那麼想進國務院！」

然後，他以一種過來人的語氣指出，做官其實沒有什麼出息，從商要有作為得多。

腓德烈克回答說，自己對經商是大外行，對於做生意需要懂得的許多門道一竅不通。

「那有什麼難的！我花不了多少時間，便可以全部教會您。」接著問腓德烈克是否願意成為自己的生意夥伴。

就像眼前閃過一道電光似的，腓德烈克看到一份巨大的財富落在自己手中。

「我們進去吧。」銀行家說，「留下來一起吃宵夜，好嗎？」

午夜三點了。他們離開了露天平臺。

在飯廳裡，一席宵夜已經備妥，等待賓客入座。

丹布羅斯先生看見了馬蒂農，便走近太太，低聲問道：「是妳邀他來的嗎？」

她冷淡地回答：「當然。」

那姪女不在場。

賓客喝了許多酒，開懷大笑。這時候，即便說一些大膽笑話亦不會有傷大雅。在經歷了冗長的拘謹後，所有人現在都有一種如釋重負之感。

只有馬蒂農一個人還多少保持著持重。他拒喝香檳，認為這樣才能表現得體，又對每個人都善解人意，彬彬有禮。因為聽說丹布羅斯先生感到胸悶，他便三番兩次詢問他的身體狀況，隨後一雙藍眼睛又飄向丹布羅斯夫人。

她正在詢問腓德烈克，在場哪個年輕女孩是他最中意的。腓德烈克回答說，她們沒有誰讓他覺得特別。況且，他喜歡三十多歲的女人。

「這大概表示您有眼力。」她回答說。

大家穿上毛皮披風和外套準備離開時，丹布羅斯先生對他說：「最近找一天早上來一趟，我們好好聊聊。」

馬蒂農下樓梯之後給自己點了一根雪茄。他吐著煙霧，側臉雄渾有力，讓腓德烈克忍不住說：「不騙你，你的頭型真好看！」

「它引起過不少女人神魂顛倒。」年輕法官回答說，語氣又是自鳴得意又是煩惱。

回到家裡躺上床之後，腓德烈克把晚會的情景回味了一番。他先是回味了自己的穿著，他先前在鏡子裡端詳過自己許多次，只覺得從禮服的裁剪到薄底皮鞋的鞋扣都無懈可擊。他和一些重要人物談過話，也在近距離看到一些富有女人。丹布羅斯先生顯得平易近人，而丹布羅斯夫人深具魅力。他玩味她所說的每一句話、她的長相，還有她千百種無法解釋的小動作。有一個像這樣的情婦應該不差。為什麼不可能呢？他有哪一點不如其他男人？也許要贏得她的芳心並不難。在迷迷糊糊快要睡著之際，他又回憶起馬蒂農被丹布羅斯夫人冷落的可憐模樣，不禁微笑起來。

第二天早上，他一覺醒來便想起了女元帥。「明晚起我便恢復自由」這句話毫無疑問是約他在今晚相見。

他耐著性子等到晚上九點，接著便直奔她家而去。

有人在他前面走上了樓梯，然後甩上了門。他拉了門鈴，苔爾斐娜出來說，「夫人」不在家裡。

腓德烈克堅持要進屋，表示自己有非常重要的事情要見女元帥，只有一兩句話要說。最終，三百個蘇更勝千言萬語。女傭把他帶進了前廳。

羅莎妮出來了。她穿一件花睡衣，頭髮散亂。她站在一個距離之外向腓德烈克搖搖頭和甩甩手，表示無法接待他。

腓德烈克徐徐走下樓梯。她這種任性比她有過的任何奇怪作為更加可惡，他完全無法理解。走過門房的門口時，華娜絲小姐把他叫住。

「她接待過您了？」

「沒有。」

「您碰了一鼻子灰？」

「您怎麼知道的？」

「再明顯不過嘛！來，我們到外面去。我快熱炸了！」

她挽住他手臂走在街上，不斷喘氣，鉤住他的那隻手臂微微發抖。突然間，她破口大罵：「真是個混蛋！」

「誰是混蛋？」

「還有誰？就是他——戴勒馬！」

她透露的這個消息讓腓德烈克倍感難堪，便問她：「您確定他在上面？」

「還用說！告訴您吧，我剛才一直跟在他後面。我早該料到會這個樣子，不該把他介紹給羅莎妮認識。唉！我真蠢！我就像媽媽愛兒子那樣愛著他！」

接著，她一聲冷笑，說道：「告訴你，我早就認識她，她那時不過是個女裁縫。要不是有我，她掉進臭糞坑裡何止二十次！不過這一次我要親手把她推進去。我會讓她死在醫院裡，要把她的往事全揭發出來！」

出於盛怒，她在腓德烈克面前把情敵亂七八糟的醜事全抖出來，就像從一個裝滿垃圾的器皿裡倒出嘩啦嘩啦的髒水。

「她跟朱密亞克睡過，跟弗拉古爾睡過，跟小阿拉爾睡過，跟貝蒂諾睡過，跟大麻臉聖瓦萊里也睡過！不，是大麻臉的兄弟才對，但這沒差別。每次她惹上什麼麻煩，都是靠我出面解決。她這個人貪婪成性！再說，您得承認，我去看她是出於善意，因為我們到底不是同一個層次的人！試問我是個隨便的女人嗎？試問我會出賣身體嗎？再說她的腦袋笨得像顆包心菜！不過，他們兩個半斤八兩，正好是絕配。虧他還以戲劇家自居，自詡是個天才。如果他多少有點腦袋，就不會做這等見不得人的醜事。有腦袋的男人絕不會丟著一個優秀的女人不要，去找一個賤貨！所以，他又有什麼值得眷戀的？他正在變得醜陋。我恨他！要是下次給我碰到，我準會朝他臉上吐口水。」說著，她往地上吐了一口口水。

「對，這就是我現在對他的感想。還有那個阿爾努。阿爾努原諒過她不知道多少次！您無法想像他為她做了多大的犧牲。她應該舔他的腳贖罪的！他這個人真大方，真善良！」

聽他罵戴勒馬，腓德烈克感到心裡痛快，他這時也站在阿爾努這一邊。羅莎妮的這種背信忘義的行為，在他看來不可原諒。因為受那位老小姐的情緒感染，他也對她產生了憐憫之心。突然間，他發現自己到了阿爾努的家門前。原來，在不知不覺之間，他已經被華娜絲小姐帶到了普瓦索尼埃鎮區。

「到了！」她說，「我不方便上去，但您卻沒有什麼需要避諱的，對不對？」

「我上去做什麼？」

「還用說，當然是告訴他一切！」

腓德烈克像是從夢中驚醒，明白了華娜絲小姐在唆使他做一件卑劣的事。

「怎麼樣？」她停了一下之後問道。

他抬頭望向三樓，看見阿爾努太太屋裡亮著燈光。事實上，他想要上去自可以上去，沒什麼需要避諱的。

「我在這裡等您，快上去吧！」

這種命令式的口氣倒讓腓德烈克冷靜下來。他說：「我應該會在上面待很久，您不如先回家吧。我明天再向您報告。」

「不行，不行！」華娜絲回答道，一面跺了一下腳。「把他帶下來！我們把他帶過去，來個捉姦在床！」

「但戴勒馬不會待那麼久。」

她聽了低下頭去。

「說的也是。」

她待在馬路中心沉默不語，任由馬車從兩旁經過，又把一雙眼睛睜得大大的，盯著腓德烈克看。

「我可以信任您的，對不對？我們現在是個神聖同盟。就照您說的那樣辦，明天記得來找我。」

走過走廊的時候，腓德烈克聽見閨廳裡傳出口角聲。

只聽見阿爾努太太的聲音說：「別撒謊了！求求你別再撒謊！」

他走進去，口角聲戛然而止。

阿爾努在屋裡踱來踱去，他太太坐在壁爐邊一把小椅子上，臉色極端蒼白，眼睛直視前方。腓德烈克退後一步，轉身想離開，但阿爾努一把抓住他的手，對這個救兵的出現大感高興。

「我唯恐……」腓德烈克說。

「留下來，求求您了！」阿爾努在他耳邊低聲說。

他太太接著說：「請您包涵，莫羅先生。家庭裡難免有時會出現這種場面。」

「這是因為有人想要無風起浪。」阿爾努嘻皮笑臉地說，「您知道的，女人家常常會胡思亂想。就拿這一位來說好了，她明明是個好太太，但剛才一小時卻淨拿一大堆無中生有的事來糾纏我。」

「事實上，那些事全是千真萬確。」阿爾努太太反駁說，顯然已經失去耐性。「例如，那東西不就是你買的。」

「我？」

「對，你買的。在波斯屋買的。」

「喀什米爾羊毛披巾的事走漏風聲了！」腓德烈克暗忖，他滿懷內疚，也相當驚惶。

阿爾努太太迅速補充一句：「是十四號買的，那天是星期六。」

「十四號？」阿爾努抬起頭，就像是努力回想那天做過些什麼事。

「另外，把東西賣給你的店員是個金髮年輕人。」

「我怎麼可能記得一個店員長得什麼模樣？」

「他根據你的口述下抄下地址：拉瓦街十八號。」

「妳怎麼知道的？」阿爾努怔住了。

她聳聳肩。

「哼！這還不簡單：我拿我的喀什米爾羊毛披巾去修改，女裝部門的主管告訴我，他們剛才才給阿爾努太太送去一條一模一樣的。」

「如果拉瓦街也住著一位姓阿爾努的太太，這能怪我嗎？」

「但買披巾的人不可能也叫雅克．阿爾努。」

禁不起這質問，阿爾努開始不知所云，一直堅稱自己清白。他說這是誤會，是巧合，是那種完全無法解釋的事情之一。不應該單憑猜測和一些模糊的證據就給人定罪：他舉了那個倒楣的勒徐爾克㊳作為例子。

「總之，可以肯定的說，妳是搞錯了，妳要我發誓給妳聽嗎？」

「沒這個必要。」

「為什麼？」

她瞪著他看，然後伸手到壁爐架取下一個銀匣子，從裡面取出一張發票，攤開在他面前。

阿爾努一下子臉紅到耳根子，鼓脹和扭曲的臉容洩漏出他內心的惶惑。

「但是……」他用有氣無力的聲音說，「但是這能證明些什麼？」

「哈！」她譏笑說，語氣裡混雜著悲苦和諷刺。「哈！」

阿爾努抓住發票，來回翻看，就像是努力要為一個天大的疑難找出解決方法。

「啊，對了，我記起來了。我是受人之託。腓德烈克，這事您也知道的。」腓德烈克沒有回答。「是烏德里老爹託我代買的。」

「託你買給誰？」

「他的情婦。」

「我看是你的情婦吧！」阿爾努太太高聲說，忽然站了起來，直挺挺地面對著丈夫。

「我可以發誓！」

「別再來這一套了，我已經知道一切。」

「啊，好極了！這麼說妳一直在跟蹤我。」

她冷冷地回答：「這大概傷了你對別人的體貼吧？」

「既然妳現在正在氣頭上，無法講理，我只好……」阿爾努一面說一面打量四周，尋找帽子。繼而又大大嘆了口氣，對腓德烈克說：「我的好朋友，請聽我勸：別結婚！」

他說完就溜了，覺得絕對有必要到外頭透一口氣。

屋裡變得一片安靜，氣氛比原先還要沉重。一圈燈光把天花板照得慘白，對照之下，四個屋角顯得陰影幢幢。在一片寂靜中，只聽得見座鐘的滴答聲和壁爐柴火的劈啪聲。

阿爾努太太走到壁爐另一邊的一張單人沙發坐下。她咬緊嘴唇，不停顫抖。然後她雙手掩臉，嗚咽一聲，接著放聲大哭。

腓德烈克在她身旁一張小躺椅坐下，用對病人說話似的輕聲細語問道：「您不會懷疑我與這件事有關吧？」

她沒作聲，但接著自言自語起來：「我讓他夠自由的了！他還有什麼必要向我撒謊！」

「說的是。」腓德烈克說，「不過那是阿爾努的一種習慣，他說話從不經過大腦，不過又可能是因為他有什麼苦衷……」

「您看得出來他可能會有什麼苦衷嗎？」

「啊，看不出來！」

腓德烈克低下頭，微微一笑，等於承認錯誤。不過他仍然主張，阿爾努這個人具有一些很好的特質：比方說他很愛孩子。

「唉！他都把孩子寵壞了！」

腓德烈克辯稱，阿爾努的種種缺點都是因為個性太過於隨和，撇開這個不談，他歸根究柢是個大好人。

「大好人？這話從何說起！」

腓德烈克竭力找一些不著邊際的話替阿爾努辯護。他儘管表面上同情她，但心裡卻快活得很。因為為了向丈夫報復，或是出於需要情感慰藉，她也許會向他投懷送抱。因為抱有這種遐想，對她的愛在他的胸中變得前所未有的白熱化。

他覺得她從未像現在這般迷人、這般漂亮。她的胸脯不時會因為深呼吸而漲起。她的雙眼盯著前方，瞳孔似乎因為意識深處看到的某種幻覺而擴大；她的雙唇微啟，像是要傾吐來自靈魂的心聲。有時，她會用手帕用力往嘴上抹，而腓德烈克恨不得可以成為這塊沾滿淚水的細花手帕。他情不自禁望向臥室深處的床，想像她躺在他身體下面的樣子。他好不容易才克制住衝動，沒去把她緊緊摟在懷裡。她這時把眼睛閉上，就像是氣消了，也累了。腓德烈克湊近她，俯視她，殷切地端詳她的臉。這時，走廊突然響起皮鞋的咯咯聲——那個人回來了。他們聽見他甩上臥室門的聲音。腓德烈克望了阿爾努太太一眼，徵詢她他是不是應該去看看她丈夫。

她贊成他這樣做，用的也是眼神，沒有說話。這種無言的交流在腓德烈克眼中看來是邁向通姦的第一步。

阿爾努剛脫下大衣，準備就寢。

「她還好吧？」

「好多了。」腓德烈克說，「事情會過去的。」

但阿爾努仍處於一種焦慮狀態。

「您不知道，她最近變得歇斯底里！那個店員是個大笨蛋！這就是人太好的報應。要是我沒買那條該死的披巾給羅莎妮就好了！」

「不要為這種小事後悔了，您不知道她有多感激您。」

「您真的這樣認為？」

腓德烈克表示這是毫無疑問的，她把烏德里老爹趕走就是最好的證明。

「我可憐的小傢伙！」阿爾努說。

他的情感一時洶湧起來，想要馬上去看看羅莎妮。

「最好不要。我剛見過她，她身體不舒服。」

「那我更有理由去一趟。」

阿爾努急忙重新穿上大衣，拿起燭臺。腓德烈克罵自己蠢才，又向阿爾努指出，他應該留下來陪太太。這個時候丟下她一個人不管，事情會愈發不可收拾。

「坦白說，您現在出門的話大錯特錯。那邊沒什麼要緊的，您明天再去不遲吧！看在我的份上，留下來吧！」

阿爾努放下燭盤，把腓德烈克抱住：「您是我的好兄弟！」

①．「小西班牙人」風格：為西班牙藝術家里貝拉的風格，偏好受刑、殉道等殘忍場景；帝政時期風格：又稱「帝國風格」，為拿破崙帝國時期的藝術風格，具有復古傾向。
②．在這邊，羅莎妮刻意將腓德烈克「Frederick」喚作西班牙口吻的腓德烈科「Federico」，表現親暱。
③．指烏德里先生。
④．《社會契約論》：又名《民約論》，是十八世紀法國哲學家盧梭（一七一二—一七七八）的名著，主張主權在民，對西方民主制度影響深遠。
⑤．《獨立評論》：於西元一八四一到一八四八年刊行，主張民主。
⑥．馬布利（一七〇九—一七八五）：法國歷史學家、哲學家；謨雷德（一七二七—一八一九）：法國哲學家；傅立葉（一七七二—一八三七）與聖西門（一七六〇—一八二五）：都是空想社會主義者；孔德（一七九八—一八五七）：實證主義哲學創立者；卡貝（一七八八—一八五六）：法國共產主義者。
⑦．斯巴達：古希臘一座城市，提倡極端統治、尚武；美洲斯巴達：係指十八世紀，歐洲白種人到美洲開發，對當地居民所施加的統治方式。

⑧·宗教裁判官：指中世紀宗教裁判所的法官，專門以異端的罪名入人以罪，施以酷刑和火刑。
⑨·布塞：安德爾省的一個小鎮，在當時冬天飢民發生暴動，殺死許多地主，搶劫商店。
⑩·馬爾薩斯（一七六六—一八三四）：英國經濟學家，著有《人口論》，主張禁止結婚、發動戰爭，以解決糧食短缺與貧窮問題。
⑪·聖西門並未建立一個教會，他的代表作《新基督教》也不是真的要復興基督教，儘管如此，很多人還是把他的主張視為一種教義，把他的追隨者視為一個「教會」。
⑫·伏爾泰對天主教會的攻擊不遺餘力。
⑬·指路易-菲力普兒子與西班牙公主聯婚一事。
⑭·羅希福在當時為一軍港，爆發職員侵吞公款的醜聞，多人遭到判刑。
⑮·聖德尼教堂：位在巴黎北郊，為法國帝王墓園所在。
⑯·當時節慶的一種裝扮，長統靴、貼身長褲、長羽盔。
⑰·德拉克羅瓦（一七九八—一八六三）：法國浪漫主義派大師；格羅（一七七一—一八三五）：法國畫家，浪漫主義派先驅。
⑱·每年一度由官方主辦的藝術大展，對作品入選的藝術家是一大肯定。
⑲·一八三〇年，波蘭革命反對沙皇統治，慘遭無情鎮壓。法國人民傾向援助波蘭，然路易-菲力普卻因政權未穩，而置之不理。
⑳·拉法埃特（一七五七—一八三四）：法國將軍，鼓勵波蘭人民反抗，並要求政府援助波蘭。
㉑·波尼亞托夫斯基（一七六二—一八一三）：波蘭將軍，忠於拿破崙，在掩護法軍撤退時淹死於河中。
㉒·廢除《南特敕令》和聖巴多羅買慘案都是迫害法國新教教徒的事件。余索內這裡不是真要主張「波蘭人民」並不存在，而是要諷刺當時持這種主張的人。
㉓·教皇與一些支持天主教的勢力所結的聯盟，意在打擊新教的勢力。
㉔·巴伐利亞國王的情婦。
㉕·拜倫（一七八八—一八二四）：英國詩人，浪漫主義文學泰斗。
㉖·提香（一四九〇—一五七六）：義大利威尼斯畫派領袖。
㉗·維羅尼斯（一五二八—一五八八）：義大利畫家。
㉘·手筒：毛皮等製成的織品，大多為圓筒形，供人雙手插在其中保暖。
㉙·十三人社：巴爾札克小說中類似兄弟會的祕密組織。
㉚·梅塞納斯（西元前七〇—西元前八），古羅馬高官，獎勵藝術創作不遺餘力，被視為藝術贊助人的典範。
㉛·富瓦（一七七五—一八二五）：法國將軍，深受人民愛戴。
㉜·正統主義者偏向波旁王朝的維護，奧爾良派則是想在法國恢復奧爾良王室統治的人，兩者相對立。
㉝·德熱努德為正統派領袖之一。
㉞·《瑪歌皇后》：大仲馬代表作之一，取材自法國宗教戰爭。
㉟·指一八三〇年的「七月革命」。這革命推翻了波旁王朝最後一位國王查理十世，也把路易-菲力普推上王位。
㊱·梯也爾（一七九七—一八七七）：法國歷史家、政治家，路易-菲力普時期擔任首相，鎮壓巴黎公社。
㊲·《唐璜》：法國喜劇家莫里哀（一六二二—一六七三）的作品，敘述一名情聖到處拈花惹草，最後落入地獄的故事。
㊳·這位勒徐爾克陰差陽錯遭誤認為搶劫殺人犯，冤枉而死。

Chapter IX

THE FRIEND OF THE FAMILY

第九章

全家人的朋友

自此，腓德烈克過著一種可憐兮兮的生活，成了阿爾努家的幫閒。阿爾努家裡有誰不舒服，他都會一天上門三次問候病情；他幫忙去請調琴師，百般地獻殷懃。瑪爾特小姐對他耍脾氣也好，小歐仁拿一雙髒手去摸他的臉也好，他全都忍了下來，還裝出一臉高興的樣子。他常常和這家人一同吃晚飯，阿爾努夫婦用餐面對著彼此，卻不曾交談半句，除非是阿爾努胡說八道引起太太不悅出言批評。晚飯結束之後，阿爾努會跟兒子在房間裡玩耍，躲在家具後面玩捉迷藏，或是趴在地上給兒子當馬騎。他最後一定會外出，然後阿爾努太太就會在腓德烈克面前大發牢騷。這已經成了例行公事。

倒不是阿爾努的品行惡劣使她生氣，而是她的自尊受到了傷害，才會覺得難以忍受。她毫不隱瞞自己對這個男人的反感，指出他欠缺體貼、尊嚴，不把榮譽感當一回事。

「更確切的說，他瘋了！」

腓德烈克利用這種機會拐彎抹角地打聽阿爾努太太的私事，很快就摸清楚她全部的身世。她父母是沙爾特一戶小康人家。有一天，阿爾努在河邊寫生（那時他相信自己會成為畫家），看見她從教堂走出來，感到驚為天人，馬上向她求婚。她家裡看他有錢，毫不猶豫便答應了，他瘋狂地迷戀著她。

「老天！他仍然還愛著我，以他自己的方式。」

兩人婚後在義大利旅行了幾個月。

雖然對義大利的風景和名畫表現出極大熱忱，但除了一味抱怨義大利葡萄酒差勁和找一些英國人聚餐以外，阿爾努終日無所事事。由於高價轉售了幾幅油畫嘗到了甜頭，他便做起藝術品的買賣。然後，他對陶器變得非常著迷，而今他的心思又被其他一些買賣吸引。隨著他變得愈來愈市儈，他也染上了一些粗鄙、揮霍的壞習慣。與其說她不滿著阿爾努的惡習，倒不如說是針對他這個人的種種作為。指望他改變是不可能的，故而她的不幸因此也是無法彌補。

腓德烈克心有戚戚焉，表示自己的人生同樣也是一敗塗地。

但他還年輕，所以，為什麼要絕望呢？她給了他一個忠告：「努力工作，然後結婚！」對此，他報以一個苦笑。因為不敢說出令自己煩惱的真正原因，他便推說他這個人與別人有些不同，因為懷抱著某種崇高的情懷，所以注定會像安東尼①那般遭受到命運的詛咒。不過，說這話並不全然背離他的本意。

對有些人欲望愈是強烈，反而愈難採取行動。缺乏自信的他們，深刻恐懼一旦付諸行動之後，將會引起對方的厭惡。另外，深藏的「暗戀」就像有德的女人：由於害怕被人發現，一輩子都是低著頭走路。

他對阿爾努太太了解的愈多，便愈是膽怯（這兩者大概有因果關係）。每天早上，他都發誓這一回要大膽行動。可是，一種無法克服的害臊心理阻礙著他，讓他原地踏步。況且他也沒有先例可循，因為阿爾努太太與所有女人都不相同。他光憑想像力就把她置放在一個高於一般凡人之上的位置。坐在她旁邊的時候，他只覺得自己微不足道，在這個世界的重要性還不及她剪刀剪剩的布料碎塊。

然後他想到了一些駭人聽聞又荒謬絕倫的計策，包括半夜帶著迷藥，用複製鑰匙摸入她的房間完成好事。總之，任何不會直接招來她藐視的方法，都讓腓德烈克覺得簡單多了。

另外，兩個小孩、兩位女傭和房間的相對位置，都是無法跨越的障礙。所以他下定決心要獨自擁有她，帶著她遠走高飛到一個與世隔絕的地方。他甚至問過自己，哪種湖在她眼裡才夠湛藍，哪種海濱才最讓她欣喜？她會想要到西班牙、瑞士還是東方？於是，他故意在她最為憤怒的那天提出，想要擺脫目前的困境，唯一出路便是離開這個家，接著又舉出種種理由印證這種做法。不過，她卻表示，為了兩個孩子著想，她絕不會採取這種極端的手段。她表現出的這種高尚品德，自然使他加倍敬重。

他把每個下午時間都花在回味前一晚的相處，又巴望著黃昏快點來臨，好讓他可以再次登門造訪。每逢他沒有跟阿爾努夫妻共進晚餐，他都會在九點左右守在街角，一看到阿爾努步出大樓走遠後，便快步爬上兩層樓梯，以看似毫無企圖的神情詢問女傭：「老爺在家嗎？」

聽到阿爾努不在家，他又會裝出一副驚訝表情。

阿爾努常常會出其不意地折返。這時，腓德烈克都得陪他到聖阿內街一家小咖啡廳坐坐，列冉巴現在是那裡的常客。

「公民」一開口，總是先對王室發一頓牢騷。接著，他和阿爾努就會互相損來損去。陶器商一直把列冉巴看成第一流的思想家，看到他錯過許多爭取榮譽的機會頗為生氣，所以會挖苦他的懶散。至於列冉巴這方面，則認為阿爾努雖然富有熱情和想像力，但道德操守太過馬虎，所以對這個人不是太尊重，甚至拒絕到他家用餐。

有時，阿爾努會在臨別時才喊餓，想要吃一客歐姆蛋或烤蘋果。但咖啡廳不賣吃的，他只好派人去買來。列冉巴會陪他們一起等，最後又總以很不情不願的樣子陪著吃一點東西。他愈來愈孤僻，有時會面對半滿的酒杯連續發呆幾個小時。看見世界完全沒有按照他的期望運轉，他得了憂鬱症，甚至不再看報，而且光聽到「英吉利」這名字就會光火。有一次，他嫌一個侍者招呼不周，大聲咆哮說：「難道外國人給我們受的氣還不夠多嗎？」

除了這些大發雷霆的時候，他都保持沉默，思考著「怎樣可以把整家店一次炸得稀巴爛。」「公民」沉思默想的時刻，微醉的阿爾努會用單調的聲音講述自己一些匪夷所思的豔遇，總是把這種豔福歸因於自己有自信。腓德烈克覺得自己多多少少被他吸引（這無疑是因為兩人之間有一些極為相似之處）。他責怪自己軟弱，認為自己應該鼓起勇氣，恨眼前這個人才是。

阿爾努又常常抱怨妻子變了：變得脾氣不好、變得倔強，動輒會對他提出不公道的指控，她從前可不是這樣子。

「換作我是你。」腓德烈克說，「就會給她一筆生活費，讓她一個人生活。」

阿爾努沒回答，但過了一下之後，又開始對妻子讚不絕口，說她善良、聰明、有美德。接著又披露妻子肉體的種種美妙之處，就像個在酒館裡當眾炫耀財富的糊塗蟲。

事實上，他的心理平衡已經被一場災難所擾亂。

他原先在一家瓷土公司擔任監事。由於輕信別人的話，他簽署了許多內容有誤的報表，又未經查證就批准了經理偽造的年度財產清冊。公司後來倒閉，而阿爾努因為負有法律責任，被法庭判定必須共同賠償損失。換言之，阿爾努將要拿出三萬法郎，而這還不包括開庭費。

腓德烈克在報上讀到這則消息後，便匆匆趕往天堂街。

當時正是午餐時間。一張靠近壁爐的圓桌上放了一碗碗牛奶咖啡。地毯上凌亂散落著幾隻拖鞋，一些衣服掛在椅背上。阿爾努穿著長褲和針織內衣，兩眼通紅，頭髮蓬亂。小歐仁染上腮腺炎，一面嚼著牛油麵包，一面哭著喊痛。他姊姊靜靜吃飯，不發一語。阿爾努太太的臉容比平常蒼白些，正伺候著父女三人吃飯。

「這麼說。」阿爾努嘆了口氣說，「您都知道了？」

看到腓德烈克的同情目光，他又說：「您看，我信任別人，結果卻成了受害者！」

接著他陷入沉默，心情沮喪得不想進食，便把面前的盤子推開。阿爾努太太抬起頭，聳了聳肩。

她丈夫雙手蒙住額頭：「總之，我問心無愧。這是飛來橫禍，我會挺過去的。唉，真是夠倒楣的！」

不過，他還是聽從太太的勸，在蛋糕上咬了一口。

那個晚上，他想帶太太到「金屋」餐廳的包廂用餐。阿爾努太太不但不領情，反而覺得受辱，認為丈夫把自己當成一個隨便的女人，不曉得他的用意是想表達情意。在家裡吃過飯後，阿爾努感覺索然無味，便到女元帥家去散心。

在這之前，人們因為覺得阿爾努這個人夠朋友，所以對他許多不拘小節的行為都不予計較。但最近的官司卻讓他名譽掃地。沒有人再上他家去。

腓德烈克卻相反，為了表現得夠義氣，他反而更常往阿爾努家裡跑。他在義大利歌劇院租了一間包廂，每星期都會邀阿爾努夫妻一同看一次戲。然而，他們夫妻之間的關係冷淡了，彼此貌合神離。阿爾努太太竭力壓抑情緒，不爆發出來，而阿爾努則變得鬱鬱寡歡。看到這對不幸夫妻的模樣，腓德烈克心裡也感到難過。

因為信任腓德烈克，阿爾努太太拜託他幫忙調查丈夫的事情。不過腓德烈克沒有切實執行：每想到自己老是到阿爾努家裡吃飯卻圖謀著他的妻子，便覺得問心有愧。但他沒有因此罷手，還是繼續上她家，用來自圓其說的理由是：他有責任保護她，說不定某天她有需要他效勞的時候。

舞會結束的八天後，他曾造訪過丹布羅斯先生。這位財主表示願意讓他在煤礦投資生意裡參二十股，但他沒有馬上答應，事後也沒再去過丹布羅斯府。德洛里耶寫了幾封信給他，他沒有回覆。佩爾蘭數次邀他到畫室看羅莎妮的肖像畫，他也一再拖延。不過，他還是抵不過西齊的糾纏，帶他介紹給羅莎妮認識。

羅莎妮很親切地接待他，並沒有像從前那樣一見面便摟住他的脖子。西齊很高興接受一個輕浮女人的接待，又特別高興有機會跟一名演員聊天，因為戴勒馬正好在現場。戴勒馬現在大紅大紫，先前他在一齣戲裡扮演農夫，把路易十四②教訓了一頓，又預言法國大革命將會來臨，結果大受歡迎，此後繼續被人找去演類似的角色：痛罵查理一世③的英國釀酒商、咒罵菲力普二世④的薩拉曼卡大學生等等。小孩子為了看到他，守候在後臺門口。他的傳記在幕間休息時間販售，講述他如何照顧年邁的母親、閱讀聖經和幫助窮人，把他渲染成一個兼具布魯圖和米拉波美德的聖凡桑・保羅⑤。人們都喊他作「我們的戴勒馬」。如今，他儼然身負使命，要成為另一個基督。

這讓羅莎妮為他著迷。她之所以不顧後果甩掉烏德里老爹，原因也在此。她的天性其實並不貪財。阿爾努了解她的這種性格，曾經加以利用，有一段時間不花多少錢便把她包養起來。待烏德里老頭也來湊一腳之後，三人心照不宣，沒有把事情說破。更後來，阿爾努以為她是為了自己才把老頭趕走，大受感動，便增加給她的津貼。她的開銷非常大：據她自己說，她甚至不得不把喀什米爾披巾賣掉以償還債務。阿爾努不斷幫她買單，而她花起他的錢財也絲毫不手軟。就這樣，送到他家的發票和帳單就像雨點一樣多。腓德烈克感覺阿爾努就快大難臨頭了。

有一天，他去看阿爾努太太時，傭人說她出去了，不過老爺在樓下的店面工作。果然，阿爾努站在一批日本花瓶中間，正向一對外省富有的新婚夫妻大力推銷。他大談什麼「陶輪製模」和「細工製模」，什麼「斑點瓷」和「釉瓷」。兩位客人不想突顯自己一竅不通，連連點頭同意，最後也掏了腰包。

客人離開後，阿爾努告訴腓德烈克，他早上和老婆發生了一點小口角。為了避免太太因為開銷太大而囉唆他，他佯稱自己已跟女元帥一刀兩斷。「我甚至告訴她，羅莎妮如今是您的情婦。」

腓德烈克十分惱怒，但又怕發火會洩漏自己的心思，便含糊不清地說：「唉！您不該這麼說的！非常不應該！」

「這又有什麼關係？」阿爾努說，「當她的情人有什麼丟人的？我自己就一點都不覺得丟臉。難道您不覺得有這樣一個情婦是種光榮？」

難道她已經把他調戲她的事說出去了？還是阿爾努在暗示他已經知道了？腓德烈克趕緊回答：「才不！剛好相反！」

「那裡有問題？」

「好吧，這的確沒有什麼。」

阿爾努接著問：「您何不多到她那裡走走？」

腓德烈克答應一定照辦。

「啊，我忘了講！假如我太太提到羅莎妮，您就想辦法證明她是您的情婦。如何證明我說不上來，要您自己想辦法。就求求您幫這個忙，好嗎？」

腓德烈克以一個模稜兩可的苦笑做為回答。這謊言毀壞了他的形象。當天晚上，他就去找阿爾努太太解釋，並發誓阿爾努的指控全是一派胡言。

「您說的是真話？」她問。然後面露一個漂亮的笑容，說道：「我相信你。」又低下頭補充了一句：「再說，您的事別人無權干涉。」

這麼說，她一點都沒看出他的心意囉！不，她說這話一定是為了羞辱他，是要指出，他既然對她不忠，就表示他對她的愛不夠深！這時，腓德烈克完全忘記自己勾引過羅莎妮，只覺得阿爾努太太允許他擁有這樣一個情婦，形同是對他的一種羞辱。

接著，她建議他不妨常到羅莎妮那裡走走，探一探情況。

阿爾努在五分鐘後回來，表示想要把他帶到羅莎妮的住處。

情況變得讓腓德烈克愈來愈無法忍受。

不過，一封來自公證人的信，暫時分散了他的心思。信中告訴他，翌日將會有一筆一萬五千法郎的款項匯到。為了補償他對德洛里耶的忽略，他趕忙跑到好朋友的住處告訴他這個好消息。

律師先生現在住在三瑪麗街一間六樓公寓。這間斗室鋪的是青石地板，牆上貼著灰色壁紙，寒氣逼人，主要裝飾是面對鏡子一枚嵌在黑木框裡的金章，是他法學博士的學位證明。房間裡有一個桃花心木的玻璃書櫃，裡頭擺放一百多本書籍。屋子中央放著一張鋪有羊毛的寫字桌。四個屋角各放置一張綠絨面的老舊單人沙發。壁爐裡燃燒著木屑，旁邊永遠備著一捆柴枝，只要一有客戶上門就會點燃。腓德烈克去找他的時候，他打著一條白領帶，因為當時正值他提供法律諮詢服務的時間。

德洛里耶原本對那一萬五千法郎已不抱指望，所以一聽到好消息，樂得呵呵笑了起來。

「太好了！夥計，真是太好了！」

他把一些柴枝扔進壁爐，重新坐下，一坐下就侃侃而談他對雜誌的計畫。首要任務是把余索內給打發掉。

「那個白癡把我煩死了！據我的看法，為了達成見解一致，最有效的辦法是不容異議存在。」

這句話讓腓德烈克大感驚訝。

「毫無疑問的是，現在該是以科學態度面對政治的時候了。盧梭和其他十八世紀的文人把博愛、詩和其他謊言引入政治[6]，結果只是讓天主教徒高興極了。兩者其實是天生的盟友，因為這些所謂的現代改革者全都相信天啟這回事。（我可以證明這一點）如果你為波蘭唱大彌撒，如果你用浪漫主義者的上帝來取代多明尼克會[7]的上帝，你對『絕對者』的觀念並沒有比你的祖先更寬廣。這樣的話，君主體制一定會滲透進你的共和體制底下，而你戴的紅帽子永遠只是教士的頭飾。唯一不同只是以坐牢的辦法代替嚴刑拷打，用侮辱宗教來代替褻瀆宗教，用『歐洲協調』來取代『神聖同盟[8]』。這種備受讚美的良好社會，其實是由路易十四時代的殘骸和伏爾泰派的廢墟拼湊出來的，外表刷一層帝制的白灰漿，再點綴些英國憲法的碎片。等著瞧吧！在這樣一個社會裡，市議會會設法和市長作對，省議會會設法和省長作對，兩院會設法和國王作對，報刊會設法和政府作對，而政府會設法和人民作對。但頭腦簡單的人都對《民法》拍手叫好，殊不知道它是以一種卑鄙、暴虐的精神所制定。立法者的責任原是按照既有的風俗施行規範，但《民法》的制定者卻儼然是另一個利庫爾戈斯[9]，自己弄出一套法律，硬要社會遵守。試問，《民法》何以要限制作為一家之主的父親立遺囑的權利呢？它為何要對強制拍賣不動產立下種種障礙？還有，流浪漢犯了什麼法，它憑什麼拿他們治罪？這一類的僭越不勝枚舉！我知道得太清楚了，所以，我準備寫一部短小的小說，名字就叫《正義觀念的歷史》，寫出來一定會很有趣，不過我現在渴得要命。你渴不渴？」

他將頭探出窗戶，呼喊門房到馬路對街的酒館，買兩瓶摻水烈酒回來。

「總而言之，目前的三個黨派……不，應該說目前的三個集團……無一讓我看得順眼。這三個集團——有產者、無產者和竭力想變成有產者的無產者。不論有什麼差別，有一點卻是一致的：他們全都對政權頂禮膜拜！比方說馬布利建議應該禁止哲學家發表論點，幾何學家龍斯基⑩稱書報檢查制度是『思辨自發性的批判性表現』；昂方丹⑪則讚揚哈布斯堡王朝⑫，因為哈布斯堡王朝『把一隻手伸過了阿爾卑斯山，把義大利給鎮壓了下來』；還有路易．布朗，他妄想要建立一種國教。儘管這些人都標榜什麼永恆的原則，但沒有一種立論站得住腳。『原則』意味著『本源』，而要回歸『本源』，總是得訴諸革命、訴諸暴力。所以，我們的原則乃是體現在議會形式的人民主權，議會卻又不能真正體現！但人民的主權憑什麼就比上帝的主權神聖呢？兩者不過都是虛構出來的。歷來的形上學還不夠多嗎？我們已經受夠了鬼話連篇！想要把街道清掃乾淨，根本就用不著形上學理論！有人說我這種見解勢必會讓社會顛倒過來，但那又有什麼關係呢？畢竟，你的那個社會並不是那麼乾乾淨淨的。」

腓德烈克有很多想要反駁的，但因為看到德洛里耶的理論畢竟沒有塞內卡那樣過頭，便容忍了下來，只頂了他一句：如此的見解必將導致普遍的仇恨。

「正好相反，我們會給每個黨派提供一些讓他們憎恨鄰人的根據，這樣它們就會向我們靠攏。到時你也來參一腳吧！給我們寫一些卓越的批評文章。」

有必要對一切既有的機構發起攻擊，包括了法蘭西學院、高等師範學院、音樂學院、法蘭西喜劇院等等。只有這樣，才能給他們準備要辦的雜誌一個一致的立場。等雜誌站穩腳步後，再突然把它轉型為日報。到那個時候，你要找誰的麻煩都可以。

「我可以掛保證，到時候誰都不敢得罪我們！」

德洛里耶感到無比快意，因為他當總編輯的舊夢將要實現了。屆時，他就可以隨意指揮別人，大刀闊斧刪改別人所寫的文章，邀請稿件或者拒絕錄用。他的雙眼在眼鏡後面炯炯發光，陷入了一種興奮狀態，不知不覺把一杯又一杯酒往肚裡灌。

「以後你必須資助我每週宴客一次，這個絕對不能少，即使這樣將會讓你的收入減半。人們都會樂於赴宴，這種聚會將會成為一個中心，你施力的一根槓桿。從政治和文學兩方面操縱輿論，你等著看好了！不用半年，我們就會成為巴黎首屈一指的人物。」

腓德烈克聽著德洛里耶講話，覺得自己變得年輕許多，就像一個人長期被關在斗室裡，之後終於呼吸到了新鮮空氣。朋友的亢奮心情感染了他。

「對！你說得對：我一直是個懶蟲，是個笨蛋。」

「過去了。」德洛里耶說，「我熟悉的腓德烈克已經復活！」

然後，他用手扶起腓德烈克下巴，說道：「唉，你讓我吃了許多苦！但沒什麼關係，我始終愛你。」

兩個人都站了起來，彼此凝視對方的臉，深受感動，幾乎就要擁抱起來。

就在此時，一頂女性帽子出現在前廳門檻。

「妳來這裡做什麼？」德洛里耶問。

來的人是他的情婦，克萊芒絲小姐。

她說自己剛好路過，忍不住要上來看看他。或許他們可以一起吃點東西，她帶來了一些蛋糕，說完便把蛋糕放在桌上。

「當心我的文件！」德洛里耶激烈的說，「我說過不只一次了，不要在我提供諮詢服務的時間來這裡。」

她想要抱抱他。

「滾開！快走！」

他推開她，她放聲哭了起來。

「唉！妳別再來煩我了！」

「這是因為人家愛你。」

「我不要妳愛我，我只要妳聽話！」

聽到這句刻薄話，克萊芒絲停止了掉淚。她走到窗前，額頭貼在玻璃，靜止不動。

她的態度和沉默激怒了德洛里耶。

「等妳哭完了，就招馬車走，行嗎？」

她猛然轉過身。

「你趕我走？」

「一點也沒錯。」

她用一雙藍色的大眼睛凝視著他，無疑是在作最後的懇求。然後，她撩起花圍巾的兩端，打了個結，又磨蹭了一兩分鐘後才走掉。

「你應該把她叫回來的。」腓德烈克說。

「這事你別管！跟我來吧。」

德洛里耶打算外出，他走進了充當更衣室的廚房。只見石頭地板上放著一雙靴子，旁邊是一頓吃剩的簡陋早餐。地板一角還放著一張捲起的床墊和被褥。

「這可以向你證明，我這裡並不常接待侯爵夫人。說真的，我真是受夠了女人！她們唯一會做的就是浪費你的時間。對我來說，時間就是金錢，而我並不富有！女人全是蠢東西，非常的蠢！說說看，你跟女人有話題好聊嗎？」

兩人在新橋的轉角處分手道別。德洛里耶說：「那就說定了，明天你一收到那筆錢就拿過來！」

「一言為定！」

第二天起床時，腓德烈克便接到郵局寄來的一萬五千法郎銀行支票。

這張紙片代表著十五大袋的錢。他心裡想，憑著這筆錢，他就不用在最近把馬車賣掉，而是可以把馬車留著用三年。不然，他也可以用這筆錢買下最近在伏爾泰碼頭看中的那兩副漂亮盔甲，再添置大量的物品，圖畫、書籍和送給阿爾努太太許多的花束！簡而言之，這筆錢無論花在任何地方都比冒險投資在一本雜誌上值得！他覺得德洛里耶狂妄自大，而好朋友對待情婦的態度也讓他覺得寒心。正當他在那裡兀自後悔答應投資雜誌時，阿爾努突然走了進來，令他驚訝。一進來就重重地坐在床沿，就像是被煩惱壓得透不過氣。

「發生了什麼事？」

「我完了！」

他向一個叫瓦內魯亞的人借了一萬八千法郎，今天到期，得到聖阿內街的博內米公證人的事務所還款。

「真是無妄之災。我給了他抵押品，照理說可以通融的。但他威脅說，如果我今天不還款，他就要提告。」

「他提告會怎麼樣？」

「會怎樣？還不簡單！他會訴請拍賣我的抵押品。一旦發生這樣的事，我就全完了！要是能找得到人幫我先墊這筆款項就好了。由他來代替瓦內魯亞當債權人，那麼我就得救了。您手頭剛好有這筆錢嗎？」

那張支票就放在床頭櫃上的一本書附近。腓德烈克把書拿起，蓋住支票，回答說：「老天！好朋友，我怎麼會有？」

拒絕阿爾努時，他心裡很不好受。

「那您有沒有認識什麼人可以……」腓德烈克問。

「沒有！但有人欠我大約五萬法郎，月底就會歸還！」

「那您可不可以請對方提前還款？」

「唉，我試過了！」

「您有股票或期票之類的嗎？」

「沒有！」

「那該怎麼辦才好？」腓德烈克問。

「這正是我傷腦筋的問題。」阿爾努說，「唉，這不只關係到我自己，還關係到我兩個孩子和可憐的太太！」

然後，他又講一句頓一下地說：「唉…大不了…我就把心一橫…收拾所有包袱……帶家人遠走他方……碰碰運氣。可是我不知道要往哪裡去！」

「那可不行！」腓德烈克高聲喊道。

阿爾努泰然自若地回答說：「不然我在巴黎要怎樣活下去？」

經過良久的沉默之後，腓德烈克開口說：「您什麼時候能還這筆錢？」

腓德烈克表示不是自己有這筆錢，但他可以找朋友問看看。接著便拉鈴召喚僕人來伺候他換衣服。阿爾努不斷道謝。

「您要還一萬八千法郎，對不對？」

「對！有一萬六千法郎就可以應付過去。只要瓦內魯亞答應多給我一天時間，我便可以把銀器拿去變賣，換來兩千五百或三千法郎。您可以代我向貴友鄭重保證，八天之內，甚至只要五或六天，我一定會歸還欠款。況且，這筆借款是有抵押品的，所以可說是萬無一失，懂嗎？」

腓德烈克保證自己完全了解情況，會馬上去辦。

但他並沒有馬上去辦，而是繼續留在家裡，一面在心裡咒罵德洛里耶，因為他一方面想要對好朋友守諾，另一方面又想幫忙阿爾努。

「要是我去找丹布羅斯先生幫忙呢？但又要用什麼藉口？本來不是應該是我給他錢，買一些煤礦公司股票的嗎？唉！讓他和他的股票見鬼去吧，我又沒欠他什麼！」

腓德烈克為自己所表現的骨氣喝采，就像剛拒絕了丹布羅斯先生什麼幫助。

之後他又自言自語說：「這將會是個多大的損失啊，因為一萬五千法郎說不定可以幫我賺到十萬法郎！這種事在證券交易行是有可能發生的。只要對他們兩個食言，我不就可以解脫了嗎？不行，不行，這不好，快走吧！」

他看了下錶。

「唔！還不急，銀行要到五點才下班。」

到了四點半，當他把支票兌換為現金之後，又想：「現在去阿爾努家大概找不到他，不如等晚上再去。」他這是給自己留一條可以改變心意的後路。良心因為被摻雜進了種種的詭辯，那感覺就像喝了某些劣酒那樣，久久不散。

他在林蔭大道上逛了一陣子，一個人上餐館用了晚餐。然後為了分散心思，又去沃德維爾劇院看了一齣戲劇。可是身上帶著的那些鈔票令他感覺不自在，彷彿那是他偷來似的。如果把這筆錢弄丟了，他大概不會覺得太過可惜。

回到家裡，他看到一封信，寫著：

好朋友，有好消息嗎？

我與內人在家裡等著，不勝期待。　　祝好。

信的最後是阿爾努的花體字簽名。

「他太太！她需要我！」

同一時間，阿爾努出現了，問他是否籌措到那筆救急的款項。

「錢在這裡。」

二十四小時之後，他告訴德洛里耶：「我沒收到錢。」

律師先生一連來了三天，敦促腓德烈克寫信去催公證人，甚至表示願意為這件事跑一趟勒阿弗爾。

一個星期要結束之際，腓德烈克厚著臉皮向阿爾努索討那一萬五千法郎。對方推三阻四，說是第二天會還，然後又說第三天。腓德烈克在外頭待到深夜才敢回家，生怕德洛里耶會在家裡等他。

有一晚，有個人在瑪德蘭教堂與他撞個正著。對方正是德洛里耶。

「我正要去拿那筆錢。」腓德烈克說。

德洛里耶陪他一路走到普瓦索尼埃鎮區一棟樓房的入口。

「等我一下！」

德洛里耶在外頭等著，過了三刻鐘才終於看見腓德烈克出來，身邊跟著阿爾努。他示意德洛里耶再耐心等待一會兒，陶器商與他手臂挽著手臂，往奧特維爾街走去，然後又轉入了夏布羅爾街。

夜已深，吹拂著陣陣溫風。阿爾努走得很慢，一面走一面談到「商業柱廊街」一條位處聖德尼馬大道至夏特萊街之間，有屋頂的商店街，說那是絕妙的投資地點，自己迫不及待想要參一腳。他不時會停下腳步，透過商店櫥窗看看裡面女工的容貌，然後再抬起頭，把話接著往下說。

德洛里耶的腳步聲像責罵聲一樣緊隨在後，一下下責打著腓德烈克的良心。但出於害臊，他不敢開口要阿爾努還錢。德洛里耶走得更靠近了，腓德烈克這才下定決心開口。

阿爾努若無其事的回答，他還沒收到欠款，暫時無法歸還一萬五千法郎。

「我想您不急著用錢吧？」

同一時間，德洛里耶走上前，把腓德烈克拉到一旁，問他：「說句實話，你拿到錢了嗎？有還是沒有？」

「沒有。」腓德烈克回答說，「我把錢搞丟了。」

「怎麼搞丟的？」

「賭博。」

德洛里耶沒說半句話，只深深一鞠躬，掉頭便走了。阿爾努趁這空檔去買了一根雪茄。回來之後，他問腓德烈克剛才那年輕人是誰。

「沒什麼，只是一個朋友。」

三分鐘之後，他們到了羅莎妮的家門前。

「上樓吧。」阿爾努說，「她會很高興看到您的，不要老是那麼死腦筋。」

對街一盞煤氣燈把光映照在阿爾努臉龐，只見他兩排雪白的牙齒間叼著根雪茄，神情怡然自得，讓腓德烈克愈看愈惱怒。

「啊，我想起來了，我的公證人早上去過了您的住處，想要辦理抵押手續。我太太提醒我記得辦這事的。」

「真是個有頭腦的女人。」腓德烈克不假思索地說。

「當然是。」

阿爾努又開始讚揚起自己的妻子，說沒有女人像她那麼有智慧、溫柔又節儉，然後眼珠骨碌碌地轉動，低聲補充一句：「她還有許許多多令人銷魂的妙處！」

「再見！」腓德烈克說。

阿爾努踏上前一步。

「等一下，您幹麼要走了呢？」他問，對於腓德烈克為何會一臉怒氣大感不解。

腓德烈克用乾巴巴的語氣重複說了一句：「再見！」

因為生阿爾努的氣，他像一塊滾石那樣跑過布列達街，內心發誓再也不要看到這個男人或他的太太，又為此感到無限的心碎與荒涼。他本來期待他們夫妻會一刀兩斷，沒想到阿爾努現在反而更深愛他的妻子，從她的髮梢一直愛到心靈深處。阿爾努庸俗得讓腓德烈克憤怒，可她的一切卻都屬於這個男人！他又痛恨自己無能，不敢與阿爾努當面決裂。除了陣陣因失望而來的痛苦之外，失信於好朋友的愧疚，又像一團霧那樣漂浮在他的良心裡。他恨不得掐死阿爾努，湧出的淚水幾乎哽住了他的喉嚨。

就在同時，德洛里耶正怒氣沖沖地走過烈士街，邊走邊破口大罵。這是因為，他的偉大計畫竟像一座方尖碑那樣傾倒，這個計畫在他眼中變得更加宏偉。他覺得自己遭遇到了搶劫，蒙受了莫大的損失。他和腓德烈克的友誼算是完了，但卻不悲反喜，彷彿這是給他的一種補償。德洛里耶心中充滿了對所有有錢人的恨意，他開始傾向塞內卡的立場，決心要盡一切努力廣為宣傳這套主張。

此時，阿爾努正舒舒服服坐在壁爐邊一把搖椅裡品茶，大腿上坐著女元帥。

腓德烈克自此再也不去阿爾努太太家。為了轉移內心的巨大激情，他決心寄情於著述，寫一部《文藝復興史》。他把人文主義者、哲學家和詩人的著作橫七豎八地堆在桌上。他跑去參觀馬克・安東尼⑬的版畫，又努力要讀懂馬基維利的著作。漸漸地，這種靜謐的學術工作對他起了撫慰的效果。因為設法進入別人的內心世界，他忘了自己的內心世界，這也大概是他唯一能擺脫痛苦的辦法。

有一天，當他靜靜做筆記時，門忽然打開，男僕通報說阿爾努太太大駕光臨。

果然是她！只有她一個人嗎？當然不是，她手裡牽著小歐仁，後面跟著一個穿白圍裙的保母。坐下之後，她清了清喉嚨，說道：「您好久沒來看我們了。」

由於腓德烈克一時之間想不出藉口，她接著說：「您真是高尚！」

他反問她：「我怎麼高尚法？」

「您幫了阿爾努的大忙。」

腓德烈克比了個意味深長的手勢，意思是說：「阿爾努？我哪裡會管他的死活。我是為您而做！」

她讓保母把小孩帶到客廳去玩。兩人寒暄了兩三句，接著便相對無言。

她今天穿一件棕色絲綢禮服，顏色就像西班牙葡萄酒。外面套一件貂皮滾邊的黑絨寬外套，這毛皮令人渴望伸手撫摸。她頭上的包頭巾平整光滑，吸引腓德烈克想要上前親吻。然而，她卻顯得一副心慌意亂的樣子，眼睛望著房門。

「這裡有點悶熱。」她說。

腓德烈克從她的目光，猜想她小心謹慎的用意。

「對不起，門要往裡面拉才能打開。」

「啊，真的！」

她微笑了一下，就像是說：「我一點都不怕。」

接著腓德烈克問了她的來意。

她猶豫了一下才回答：「是我丈夫要我來的，他自己不敢登門。」

「為什麼？」

「您認識丹布羅斯先生，對不對？」

「對，但不算熟。」

「啊，這樣呀！」說完便陷入沉默。

「沒關係，把話說完吧。」

原來，阿爾努有四張開給丹布羅斯先生的期票（每張一千法郎）在兩天前到期，卻無法兌現。如果丹布羅斯先生願意通融一下，他們一定會很快清償，因為她打算賣掉自己在沙爾特的一棟小房子。這樣做當然會損害到兩個小孩未來的財產，但任何事都比喪失名譽要好。

「可憐啊。」腓德烈克喃喃地說，「我會幫您說去，這事就交給我好了。」

「謝謝！」

她起身要走。

「啊，不急嘛。」

她繼續站著，端詳掛在天花板上的蒙古人弓箭，又打量書架、桌子的精裝書與各種文具。她拿起那個他用來放筆的銅盤。她以前來過這裡好幾次，但每次都有丈夫陪伴。這是他倆第一次在他家裡單獨相處。在腓德烈克看來，這是一件非比尋常的事件，幾乎是飛來豔福。

她表示想看看他的小花園，他便向她遞出臂彎，帶領她去看那座花園。花園三十英尺見方，被一些房屋圍著，四個角落長著灌木，中間是一塊花圃。時值四月初，丁香已經吐綠。清風陣陣，小鳥吱喳而鳴，鳥囀聲和遠處馬車製造工廠的打鐵聲此起彼落。

腓德烈克轉身要找一把火鏟；兩人肩併肩走著時，小歐仁在花園小徑上堆泥巴。

阿爾努太太表示自己兒子欠缺想像力，看樣子也不會隨著年紀長大而改善，但他至少性情溫和。反觀他姊姊卻尖酸刻薄，有時說出來的話很讓她這個當媽媽的受傷。

「個性是會改變的。」腓德烈克說，「我們不應該太早絕望。」

她回答說：「對，我們不應該太早絕望。」

聽在腓德烈克的耳裡，這個不假思索的回答饒富深意。他彎腰摘下花園裡唯一一朵玫瑰。

「您還記得馬車廂裡的那束玫瑰嗎？」

她臉色微微一紅，然後以半開玩笑的口氣嘆息說：「唉！我當時多年輕啊。」

「不知這一朵會不會也是一樣的命運？」

她像紡紗那樣用手指轉動玫瑰花莖，回答說：「不會，我會把它好好保存。」

說完向保母招手，保母把小孩抱起。走出大門時，阿爾努太太把頭歪到肩膀，一邊吸嗅花香，一邊對他投去甜蜜如吻的一瞥。

腓德烈克回到書房，凝視她坐過的沙發椅和她觸碰過的每件東西。她身體的某些部分殘留在這座房間裡，瀰漫在他四周，讓他感受到溫柔的愛撫。

「她到底來找我了。」他這樣思忖。

他的靈魂沐浴在無限柔情的波浪中。

翌日十一點，他去了丹布羅斯府邸。他被請到飯廳去，銀行家和妻子坐在長餐桌的兩頭，正在吃早餐。丹布羅斯夫人旁邊坐著丈夫的姪女，女孩的對面坐著家庭女教師——一個滿臉天花斑痕的英國女人。

丹布羅斯先生請腓德烈克一起用早餐，看他婉拒便說：「有什麼是我可以效勞的嗎？但說無妨。」

腓德烈克表示自己此行是受一位叫阿爾努的人所託，又裝出一副結果如何都無所謂的樣子。

「啊啊，是以前賣畫的那個！」銀行家默默一笑，露出兩排牙齦。「先前是烏德里為他作的保，但兩人已經鬧翻。」

接著，他開始瀏覽放在手邊的信件和報紙。

兩個僕人在一旁伺候，走動時居然完全不發出聲響。飯廳非常寬敞，牆壁上掛著三幅極富麗的掛毯，有兩座白色大理石噴泉。這一切，加上拋光閃亮的暖鍋、排列有致的冷盤、摺疊得整整齊齊的餐巾，全都流露出一派奢華氣象，跟阿爾努家的早餐場面形成鮮明的對比。腓德烈克不敢打擾丹布羅斯先生看報。

丹布羅斯夫人為了化解他的窘境，便說：「您有時會遇到我們的朋友馬蒂農嗎？」

「他今晚會來。」年輕的姪女以歡快的聲音說道。

「這麼說，妳認識他囉？」她的嬸嬸反問說，冷冷地瞪著她看。

這時，一個男僕走過來，俯身在她耳邊說了些什麼。接著她對家庭女教師說：「約翰小姐，小姐的女裁縫來了。」

家庭女教師遵從命令，帶著學生離開飯廳。

椅子的挪動聲驚擾了丹布羅斯先生，便問究竟是怎麼回事。

「是列冉巴太太來了。」

「列冉巴？我聽過這名字。我看過他的簽名。」

腓德烈克最終大著膽子道出他的來意，指出阿爾努為人值得信任，而且已經打算好賣掉太太的房子還債。

「聽說她長得很漂亮。」丹布羅斯夫人說。

銀行家點點頭，態度和善地問：「你們是要好的朋友嗎？」

腓德烈克沒有正面回答，只表示如果丹布羅斯先生願意考慮他的建議，將會不勝感激。

「好吧，既然是您開的口，事情就這樣辦吧，我們會再等等。我還有些空閒時間，到我的辦公室坐坐如何？」

用完早餐後，丹布羅斯夫人向腓德烈克微微鞠躬，臉上帶著奇特的笑容：既不失禮貌，又帶點取笑。腓德烈克沒空去思考這個笑容是什麼用意，因為丹布羅斯一見只剩下他們兩個人，便說：「怎麼一直不見您來拿您的股份？」

為了不讓腓德烈克有機會說出推託之詞，他緊接著說：「也對，也對！您有權先對這門生意有多一點的了解。」

他遞給腓德烈克一根雪茄，開始侃侃而談。

法蘭西煤礦總聯合會已成立了一段時間，現在只等著立案。單是這樣合併起來，就可以減少許多管銷和僱用勞工的費用，從而帶來利潤的增加。另外，公司還想出一個創舉，那就是把照顧勞工的利益視為己任，首先是為勞工蓋些合乎衛生的住宅，最後是成為職工的供銷者，以成本價提供他們所需的一切。

「先生，職工將會成為受益者，這才叫做真正的進步！這也可以有力的回答某些共和主義者的叫囂。我們的董事會成員（他邊說邊把招股說明拿給腓德烈克看）包括一位貴族院的議員、一位科學院的學者和一位工兵部隊退休軍官，還有許多知名人士。這樣的陣容足以讓保守的投資者動容，讓睿智的投資者趨之若鶩。」

公司將會得到國家的訂單，然後鐵路公司、海運公司、冶金公司、煤氣公司，與一般人家也會相繼成為客戶。

「所以我們會發熱，會發光，會深入到最卑微人家的壁爐裡。但我知道您一定會問，我們憑什麼知道一定會有銷路？憑立法，一些保護本國煤業的立法，而我們一定能夠促成這樣的立法！我是個徹頭徹尾的貿易保護主義者！國家的利益應該高於一切。」

他已經被任命為公司的總經理，但他不可能有時間管理一切瑣碎事務，其中一項事務是編輯文件。「我和筆桿有點八字不合。我已經把學過的希臘文忘得一乾二淨，所以希望有個人能夠幫我把想法形諸文字。」

然後他突然問腓德烈克：「您願意擔任公司的祕書長，負責這種差事嗎？」

腓德烈克不知該如何回覆才好。

「您有什麼為難之處嗎？」

這個祕書長的職責只是每年給股東寫一份報告。做這工作的人將每天接觸到巴黎最聲名顯赫的人物。從工人方面來說，祕書長代表著公司，必然會受到工人們愛戴。這表示，腓德烈克如果當了祕書長，日後將可望當上省議員，甚至國會議員。

腓德烈克只覺得耳朵嗡嗡作響。他是憑什麼會得到這麼好的關照呢？他頭昏腦脹，不斷地再三道謝。不過，丹布羅斯先生又補充說，想要不必仰仗他人而在公司裡保有地位，最好的方法還是入股。「再說，這是一本萬利的投資，因為入股可以保障你的地位，一如你的地位可以保障你的入股。」

「大概需要多少錢？」腓德烈克問。

「這個嘛，完全悉隨尊便。我看四萬到六萬法郎就差不多。」

這筆數目對丹布羅斯先生微不足道，而他的態度又是那麼權威十足，讓腓德烈克馬上決定要賣掉一片田產湊足這個數目。

他接受了。丹布羅斯先生約他過幾天再來一趟，以便完成任命手續。

「那麼，我是不是可以告訴雅克．阿爾努……」

「可以，當然可以！」

腓德烈克寫信給阿爾努夫妻，好讓他們安心。寄信的男僕帶回回信，上頭只有兩個字：「好棒！」因為他幫的忙不是小忙，所以預期阿爾努夫妻應該會登門道謝，至少是寫一封更正式的道謝信。但他始終等不到他們來訪，也等不到來信。

他們是出於疏忽，還是故意的？既然阿爾努太太已經來過這裡一次，再來一次又有什麼大不了的？難道她上次那種推心置腹的態度只是一種手段，一種權宜之計嗎？

「她是在耍我嗎？她是跟丈夫串通好的嗎？」雖然很想去問個究竟，但恥辱感卻阻止他再上他們家去。

晤面後三星期的一天早晨，丹布羅斯先生派人送信給腓德烈克，說是想在一小時內見見他。車程中，他再次想起阿爾努夫婦，完全找不到理由解釋他們那種失禮的態度。他感到內心飽受煎熬，隱約有種不好的預感，最後終於按捺不住，叫了一輛輕便馬車直奔天堂街。

阿爾努出遠門去了。

「那太太呢？」

「去了鄉間，在廠裡。」

「老爺何時會回來？」

「明天，準沒錯。」

換言之，她現在是單獨一個人，真是個千載難逢的機會。某個專橫的聲音在他的意識深處吶喊：「去，快去找她！」

但丹布羅斯先生那邊怎麼辦？「唉，死不了人！大不了就說我生病了。」

他匆匆忙忙趕赴火車站，不久就坐到了車廂裡。

「我這樣做是不是錯了？啊，管他的！」

綠油油的平原在火車兩側向外延伸。一個個小車站像是舞臺道具。火車頭煙囪噴出的煙霧始終歪向一邊，大團大團羊毛似的煙霧落下時會先在綠草上滾轉一下子，之後才消散。

腓德烈克一個人坐在隔間裡，凝望著窗外的景物，籠罩在一種因為極度不耐煩所引發的倦怠疲乏之中。忽然，前方出現了起重機和貨倉，克雷伊到了。

這座小鎮坐落在兩座低矮的山丘上，一座山丘光禿禿，另一座丘頂有一片樹林。它的教堂鐘塔、大小不一的房屋，和一座石橋，全都給予腓德烈克一種歡快、穩重與得體的感覺。一艘扁平的長駁船沿著河岸順流而下，風吹動河水，水波蕩漾。

成群的家禽在十字架下面啄著麥稈覓食；有名婦人走過，頭上頂著一些洗過的衣服。

腓德烈克過橋後來到一座島上。島的右邊有一間荒廢的修道院。一個磨坊水輪在轉動，整個輪子正好把瓦茲河的第二條支流截住。工廠就位於這條支流的上方，氣勢雄偉令腓德烈克驚訝不已，不禁對阿爾努的魄力產生敬佩。走了三步之後，他彎進一條小巷，直走到巷子盡頭有一道柵欄。

腓德烈克逕自往裡頭走，負責看門的女人從後頭叫住他：「您有獲得許可嗎？」

「什麼許可？」

「參觀工廠的許可。」

腓德烈克沒好氣地回答說，他是來找阿爾努先生的。

「誰是阿爾努先生？」

「這裡的東主、老闆、業主，您滿意了吧？」

「您搞錯了，先生，這工廠是勒伯夫和米利埃兩位先生的！」

這個傻女人肯定是開玩笑！一批工人這時抵達工廠，他走上前向其中兩三個詢問，全獲得一樣的答案。

腓德烈克踉蹌地離開，走路的姿勢像個醉漢。他看起來一臉困惑，引起一個正在布里希橋上抽菸斗的本地居民注意，問他是否在尋找些什麼。這個人知道阿爾努的工廠在哪裡，它位在蒙太爾。

腓德烈克問他哪裡可以叫到馬車，對方回答說只有火車站才有。他折回車站，看到有輛套著頭老馬的破舊輕馬車，孤伶伶地停在行李房的前面。有個頑童自告奮勇幫他去找那個叫「皮隆大叔」的車伕，十分鐘後才回來，說是皮隆大叔正在吃早飯。腓德烈克沒有耐心再等，改用走的，但通道的柵欄已經落下。他等了兩列火車經過才能通過。最後，他一個箭步往開闊的田野衝去。

眼前清一色的綠草地猶如巨大撞球桌的桌面。鐵渣整齊放置在鐵路兩旁，像一堆堆石堆。稍遠處，工廠煙囪一根緊接著一根，噴吐著煙霧。在他正前方的小山丘上，矗立著一座帶角樓的小城堡和一座教堂的方形鐘樓。下方較低處的樹叢中，一堵堵長牆形成若干不規則的線條。再更下面是一座村莊，房舍呈扇形向外展開。

這些房舍全是平房，門前有三級石砌的前臺階。一家雜貨店店門的鈴鐺會不時叮噹作響。泥地上印著許許多多深色腳印。天上下起了毛毛細雨，把蒼白的蒼穹切割成千萬條細線。

腓德烈克順著石板路的中間往前走。隨後，他看見左手邊有一道高大的木拱門，上面寫著幾個金字：**彩釉陶器**。

阿爾努會選在克雷伊這一帶設廠不無用意。這裡早有幾家聲譽卓著的瓷器廠，在這裡設廠，他就可以魚目混珠，從中獲利。

廠房的主建築依傍在一條穿過綠草地的小河旁邊。老闆的主宅四周有一個花園圍繞，它的前臺階放著四盤仙人掌作為裝飾，因此頗為醒目。

一堆堆的白陶土堆在一些棚屋下面等待風乾，還有些白陶土置放在露天空地。塞內卡就站在院子正中央，身上穿的是紅色襯裡的藍色寬外套。這位昔日的小學教師以冷冰冰的態度給腓德烈克伸出一隻手。

「您是來找老闆的嗎?他不在這裡。」

腓德烈克一時心慌意亂，傻呼呼地回答：「我知道。」但隨即改口：「我是為一樁有關阿爾努太太的事情而來的，她能接見我嗎?」

「我三天沒見到她了。」

接著他向腓德烈克大吐苦水。當初他接受這個副經理職務，原以為可以居住在巴黎，沒想到竟會被迫窩在鄉下，害他遠離朋友，讀不到報紙。這也就罷了!最讓他受不了的是阿爾努壓根兒不把他的各種長處放在眼裡。阿爾努膚淺又因循苟且，再也找不到第二個像他那樣愚昧無知的人了。他老是將心思放在工藝改良上，殊不知真正應該做的是採用煤炭和煤氣來生火，不要再使用木柴了。總之，塞內卡不喜歡現在這份工作。他要求腓德烈克幫他說說話，替他爭取加薪。

「放心，我會辦的。」腓德烈克說。

他上樓梯時沒碰到任何人。二樓的客廳空無一人，他高聲呼喊，但沒有人回應。廚娘和女傭無疑都出去了。最後，他登上三樓，一推開門。阿爾努太太一個人在屋子裡頭，她睡袍的衣帶鬆開，垂在髖部。半邊的頭髮像黑色波浪那樣瀉過右肩。她舉起雙臂，一隻手托住髮髻，另一隻手往髮髻裡插入一枚別針。發現有人開門，她驚叫一聲，隨即跑掉了。

再出現時她已穿戴整齊。她的腰部、雙眸、衣衫的窸窣聲和她的整個人都讓腓德烈克心醉神迷，他好不容易才克制住走向前吻遍她全身的衝動。

「請您見諒。」她說，「我方才……」

他大膽打斷她的話：「沒關係。您方才好看極了……現在也是。」

大概是因為這個恭維有點唐突，她臉紅了起來。腓德烈克擔心自己冒犯了她。她接著說：「什麼風把您吹來的？」

他不知道怎樣回答，便傻笑了幾聲，爭取時間思考。

「如果我告訴您理由，您會信嗎？」

「我為什麼會不信？」

腓德烈克告訴她，他前幾晚做了個可怕的惡夢。

「我夢見您生了重病，快要死了。」

「有這種事！但我和丈夫從不生病。」

「我只夢見您一個。」他說。

她平靜地凝視他：「夢不一定會應驗的。」

腓德烈克結結巴巴，努力尋找適當的字眼表達自己的感情，然後開始滔滔不絕地大談什麼兩個靈魂的連結。他說，這世上有一種力量，可以超越空間的限制，讓兩個人產生溝通，不用說話便可以知道彼此的思想情感。

她低著頭聽他說話，臉上掛著嫵媚的微笑。他用眼角餘光瞄她，心中無比暢快，更隨心所欲地用旁敲側擊的方式傾吐愛意。

她想要帶他參觀工廠。擋不住她的堅持，只好同意了。

為了用些有趣的東西轉移腓德烈克的心思，她帶他參觀裝飾在樓梯旁邊的展品。這些掛在牆上或擺在架上的樣品，見證了阿爾努的努力與前仆後繼的一連串狂熱。在設法複製紫砂陶失敗之後，他又企圖仿造馬約卡陶器、法恩扎陶器、伊特魯里亞陶器和東方陶器。所以，陳列品中既有繪著中國官吏人像的大花瓶，又有晶瑩的紫碟、畫著阿拉伯文的罈子和文藝復興風格的酒器。他現在也製作廣告招牌和葡萄酒商標用的字體。不過，因為阿爾努的才智達不到藝術的境界，又庸俗不到唯利是圖的地步，所以塑造出來的東西任誰都無法滿意，弄得自己負債累累。

參觀到一半的時候，瑪爾特小姐走了過來。

「妳不認得這位先生了嗎？」她媽媽問她。

「怎會不認得！」她回答說，向腓德烈克點了點頭，一雙清澈而狐疑的眼睛似乎在說：「您來這裡是有何居心？」接著便跑上樓梯，跑步時頭微微側向一邊肩膀。

阿爾努太太把腓德烈克帶到與廠房相鄰的院子，一本正經地向他講解何謂研土，何謂淨土，何謂篩土。「最要緊的是準備坯泥的過程。」

接著，她把他帶進一間放滿大缸的大房間。每個大缸裡都有一根連著幾根橫臂的豎軸在不停地轉動。腓德烈克有點後悔先前沒有一口回絕參觀工廠的提議。

「這些東西正在流口水。」她說。

他覺得這種形容古怪可笑，由她嘴巴說出來也有點不倫不類。

幾條大皮帶繞著鼓輪，在天花板的這一頭到另一頭之間來回轉動。屋子裡的一切都維持在一種連續不斷、如數學般精確又惹人生厭地自動運轉狀態。

出來之後，他們經過一間廢棄失修，以前用來放置園藝用具的小茅屋。

「它已經沒在使用了。」阿爾努太太說。

腓德烈克以顫抖的聲音回答說：「幸福也許就在裡面找到。」

但消防幫浦的打水聲把他的話語給淹沒。他們進入了製作粗坯的工作間。

一群男人圍繞在一張窄長桌子的四周，每個人都就著一個轉盤製作粗坯。他們用左手刮去粗坯內壁的餘土，再用右手理順它的表面，沒多久，一個個花瓶便像花朵綻放那樣漸次成形。

阿爾努太太要工人拿出一些更複雜的土坯給腓德烈克看。

在另一間工作間裡，工人正在幫土坯製作花邊、加工瓶頸和鏤刻凸紋。樓上一個房間的工人負責泯平縫線，或用石膏填補前面工序留下的洞眼。

不管是窗臺上、角落裡或是走道中央，到處都擺滿了陶瓷器皿。

腓德烈克開始感到不耐煩。

「您看累了吧？」她問。

因為害怕這次登門造訪可能會就此結束，腓德烈克不但表示不累，反而裝出一副具有極大熱忱的神情。他甚至表示後悔沒有投身這項行業。

她聽了很是驚訝。

「真的！那樣的話，我就可以生活在妳附近了。」

他設法與她四目相接。為了迴避他的眼神，她從籃子裡拿起一小團用剩的坯泥，把它壓成泥餅，又把自己的掌印印在上面。

「我可以把這個帶走嗎？」腓德烈克問。

「老天，原來您這麼孩子氣！」

他還來不及回答，塞內卡便出現了。

這位副經理一跨進門便發現有人違反了工作規章，工作間應該每日打掃。今天是星期六，由於工人沒有盡到打掃的責任，塞內卡便宣布他們必須多留一個小時。

「這是你們自作自受！」他說。

工人們低著頭幹活，一聲不響，但從他們胸膛所發出的粗啞氣息，誰都可以猜到他們的滿腔怒火。

這批工人並不容易管理，他們全都在附近一家大工廠裡工作過，由於不守規矩而被開除。塞內卡向他們證明了自己不是個軟腳蝦工頭。作為共和主義者，他只是個純理論家，只尊敬作為群眾的人民，但對個人卻毫無惻隱之心。

因為覺得塞內卡礙事，腓德烈克便低聲詢問阿爾努太太，是否可以帶他去參觀陶窯。兩人下去一樓，正當她要解釋匣缽的用途時，沒想到塞內卡從後面跟了過來，插在兩人中間。

他主動代替阿爾努太太講解，大談各種燃料的性質、入窯的程序，又滿口化學名詞：什麼「氯化物」啦、「硫化物」啦、「硼砂」啦、「碳酸鹽」啦。腓德烈克有聽沒有懂，老是把頭轉向阿爾努太太。

「您沒在聽。」她說，「不過塞內卡先生解釋得很清楚。他在這方面比我在行得多。」

聽到這番讚美，數學家得意洋洋，表示要帶腓德烈克上樓參觀上彩的過程。腓德烈克焦慮地看著阿爾努太太，用眼神向她求救。她仍然面無表情，大概是因為不想跟他單獨相處，但又不想擱下他一個人。

腓德烈克伸出臂彎要讓她挽著。

「不，謝了。樓梯太窄了！」

他們到達最頂樓，塞內卡打開一扇門，只見裡面坐滿了女工。

她們揮動著畫筆、小瓶子、貝殼和玻璃片。沿著簷口，緊貼牆壁排列著許多雕花的木板。屋裡紙屑飄揚，一個調色的熔爐散發出沉悶壓迫的熱氣，空間裡混雜了松節油的氣味。

這群女工幾乎人人都是衣衫骯髒，不過其中一個卻顯得與眾不同。她頭上裹著馬德拉圍巾，戴著長耳環，骨架小但身材豐滿，有著一雙大大的黑眼睛，長了一個女黑人似的豐厚嘴唇，雙峰在襯衫下面傲然挺立。她的一隻手擱在工作桌上，另一隻手垂下，漫不經心地凝視著遠處的鄉野，身旁放著一瓶葡萄酒和幾塊豬排。

工作規章規定工作間內禁止飲食，旨在確保工作環境清潔和工人手指的乾淨。看見此情此景，塞內卡基於職責所在，又或許是想表現威勢，便指著鑲框的工作規章，對著那名女工大聲咆哮：「喂！那邊那個波爾多來的女工，大聲把第九條規章給我念一遍！」

「念了又如何？」

「又如何?您必須繳交三法郎罰款。」

她直視塞內卡的臉龐，一副肆無忌憚的模樣。

「為什麼要多此一舉?反正老闆回來就會取消罰款!您說您這樣做好笑不好笑！」

塞內卡雙手抄在背後，得意洋洋地說：「好啊!妳又違反了第十三條規章：不服從上級者，罰款十法郎！」

波爾多女工重新幹活去。阿爾努太太礙於身分，不方便多說些什麼，但眉頭緊皺。卻聽到腓德烈克嘀咕著說：「身為民主主義者，您未免太嚴厲了一點！」

塞內卡以權威十足的語氣回應：「民主不是一張放任無限度的個人主義許可證。它要求的是平等，一種在法律、在勞動分配和在秩序前面的人人平等。」

「您忘了人道！」腓德烈克說。

阿爾努太太挽起腓德烈克的臂彎。看見她這種對腓德烈克的無言嘉許，塞內卡老大不高興地掉頭走開。

腓德烈克大大鬆一口氣。從早上起，他一直在等待一個可以表白的機會，現在機會終於來了。另外，她主動挽他臂彎的動作在他看來充滿著鼓勵性。於是，他藉口想暖一暖腳，提議上樓到她的房間去。不過，在她附近坐定之後，他再次感到難以啟齒，找不到話題切入點。幸而，他想起了方才發生的事。

「沒有比這一類罰則更蠢的了。」他說。

阿爾努太太回答說：「但制定一些嚴格罰則是必要的！」

「怎麼連您這麼善良的人都會說這種話？不對，您不善良，不然您不會有時以折磨別人為樂！」

「我聽不懂您說的謎語，朋友。」

她嚴厲的眼神比她所說的話更加令腓德烈克心驚，但他決心豁出去了。湊巧五斗櫃上放著本繆塞⑭的詩集，他拿起來翻了幾頁，然後開始談論愛情的話題，談論自己的憧憬與狂喜。

阿爾努太太表示，他談到的這些所謂的愛情，若不是一種犯罪便是一種做作。

這種態度刺傷了腓德烈克。為了證明愛情高於一切，他提到報紙上每天都看得到的殉情自殺新聞，又頌揚那些文學上的偉大典型，如費德爾、迪東、羅密歐和戴格里歐⑮。看他論述這些癡情男子的態度，儼然是把自己也包括在內。

壁爐裡的火焰已經熄滅，雨水拍打著窗戶。阿爾努太太毫無動靜地坐著，雙手搭在單人沙發的兩個扶手。她的帽帶低垂，猶如人面獅身像的頭帶，在一片陰暗之中，她白皙的側臉顯得更加輪廓分明。

腓德烈克恨不得撲倒在她跟前，可是走廊裡這時傳來喀嚓一聲，讓他退縮了。

另外，他也受制於一種宗教般的敬畏之情。她身上那件長裙與四周的昏暗融為一體，彷彿變得異常的巨大無邊，不容被碰觸。但也正因如此，他的情欲更趨白熱化了。他一方面生怕自己做得太過頭，一方面卻又生怕做得不夠，在這種左右為難裡，他完全亂了方寸。

「如果她不喜歡我，她自然會趕我走；如果她喜歡我，那她自然會鼓勵我。」

於是，他嘆了一口氣說道：「這麼說，您是不相信一個男人會愛上……一個女人？」

「如果她仍待字閨中，他就有權求婚；如果她已名花有主，他就應該死掉這條心。」

「所以幸福是不可得的囉？」

「不是！但幸福永遠不可能在謊言、焦慮和內疚中找到。」

「若是有無比的銷魂作為補償，那又有什麼要緊的？」

「這銷魂的代價太昂貴了。」

他設法挖苦她幾句。

「守德會不會只是一種膽怯？」

「倒不如說是一種明智。即便對於那些不把職責或宗教當一回事的女人來說，光是常識便足以讓她們卻步。智慧的一個堅固基礎也許就是自愛。」

「您這些格言還真夠生意人妻子論調的！」

「我從沒自詡為貴婦人。」

小歐仁這時跑了進來。

「媽咪，妳要來吃飯了嗎？」

「好，馬上來。」

腓德烈克站起身。同一時間，瑪爾特也出現了。

他無法下定決心告辭，便以懇求的語氣說：「您說的這些女人難道都是些冷血動物？」

「不是，但她們在有必要時會變成聾子。」

她繼續站在房間門口，兩個兒女分別站於兩側。腓德烈克向她鞠個躬，安靜不語，她默然地朝他回禮。

走出房子之後，他首先感受到一股難以言喻的震驚，破滅的處境烙印在他的心裡。失落感就有如墜入萬丈深淵之後，又深知沒有人會前來營救，只覺得一切都完了。他沒有看路，胡亂地向前走，一再踢到石頭。他走錯了路，然後一陣木屐聲在他耳畔響起——來自一群剛從鑄造廠下班的女工。他這才知道自己走到了哪裡。

鐵路的路燈在地平線形成一條長長的火線。當他到達火車站時，火車正要開出。他被推進一節車廂，一坐下就睡著了。

一小時後，巴黎林蔭大道的歡樂夜間氣氛，讓他的克雷伊之行就像發生在遙遠的過去。他決心要保持堅強，又用難聽的字眼咒罵著阿爾努太太，發洩內心的愁緒：「她是個白癡、十足的蠢女人、冷血動物，再也別想她了！」

回到家之後，他在書房裡看到一封長達八頁的來信。信是用藍色的蠟光紙所寫，信末署有羅莎妮的姓名縮寫。

信一開頭是些嬌嗔的責備。

「您死到哪去啦，親愛的？我好無聊。」

羅莎妮的筆跡歪七扭八，令人厭惡。腓德烈克正想把整疊信扔掉，卻看見信末的附言寫著：「我指望您明天帶我去看賽馬。」

這邀請的用意何在？女元帥又在耍什麼花樣嗎？但一個女人總不會無緣無故地玩弄同一個男人兩次吧？受到好奇心的驅使，他專心把信從頭讀起。

腓德烈克勉強辨認出一些字眼，例如：「誤解讓我們誤入歧途……幻滅……我們是兩個可憐的小孩！……就像兩條交會的河流！」

他把信拿在手裡，沉吟了許久。信紙散發出鳶尾花的香氣。歪斜的字跡和不規則的字間間距讓腓德烈克聯想起女元帥衣衫不整的樣子，不禁怦然心動。

「去一下又會怎麼樣？」他心想，「但阿爾努太太知道了的話怎麼辦？嗤！知道就讓她知道，那更好！就讓她吃醋！這樣方可解我心頭之恨！」

①．大仲馬悲劇《安東尼》的男主角。
②．路易十四（一六三八—一七一五）：法國國王，在法國建立了君主集權王國。
③．查理一世（一六〇〇—一六四九）：這位英國國王在一六四九年被人民送上斷頭臺。
④．菲力普二世（一五二七—一五九八）：西班牙國王，自命為天主教領袖，推行宗教懲罰。
⑤．布魯圖（約西元前八五—西元前四二）：古羅馬帝國元老院議員；聖凡桑．保羅（一五七六—一六六〇）：亨利四世時期的牧師，創辦不少慈善機構。
⑥．在德洛里耶心目中，余索內屬於這一類人。
⑦．多明尼克會：聖．多明尼克（一一七〇—一二二一）在法國南部創立的教派，以苦行著稱。
⑧．神聖同盟，是指一八一五年由戰勝拿破崙的俄、奧、普三國所組成的同盟。
⑨．傳說中古希臘城邦的立法者，他在周遊列國後為斯巴達制定了一套嶄新的法律。
⑩．龍斯基（一七七八—一八五三）：波蘭數學家。
⑪．昂方丹（一七六九—一八六四）：聖西門主義的信徒之一。
⑫．哈布斯堡王朝於一二七八到一九一八年統治奧地利的政權，也曾統治過波希米亞、比利時、義大利等地。
⑬．馬克．安東尼（一四七五—一五三〇）：文藝復興時代義大利著名雕塑家。
⑭．繆塞（一八一〇—一八五七）：法國詩人、小說家。
⑮．費德爾：古希臘神話裡的一個婦人，愛上丈夫前妻的兒子，害他被投入海裡，最後她也羞憤自殺；迪東：迦太基創始女王，愛上逃亡者，求愛不成故而引火自焚；羅密歐：莎士比亞悲劇裡的主角；戴格里歐：盧梭小說《朱麗》裡的男主角，與自己學生朱麗相愛，卻因貧富差距而無法結合。

Chapter X

AT THE RACES

第十章

賽馬場

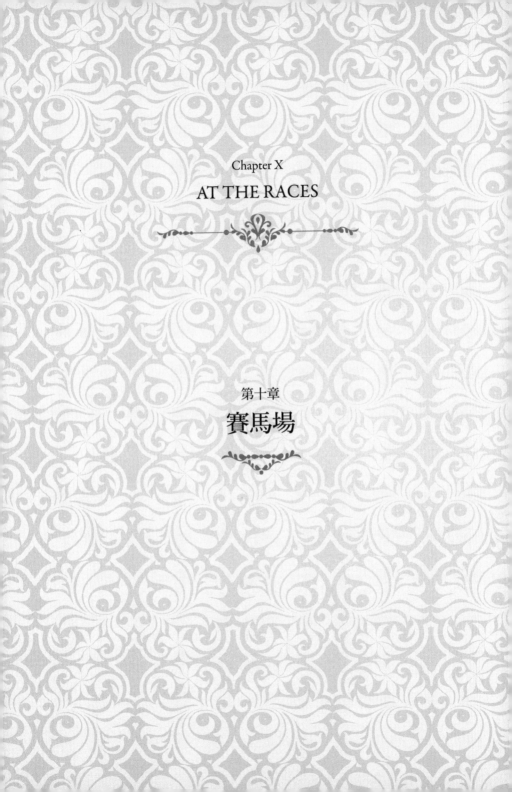

腓德烈克抵達的時候，女元帥已經著裝完畢，等了他一段時間。

「您人真好！」她說，一雙漂亮的眼睛注視他看，眼神溫柔而愉悅。

不過，繫上帽帶之後，她卻在長沙發坐下，沒有動靜。

「可以走了嗎？」腓德烈克問。她望向壁爐架上的座鐘。

「還不行，一點半之前不行。」她回答說。彷彿在為自己游移不定的內心，下一個最後期限。

最後，當座鐘敲響一點，她說：「行了！親愛的，咱們走吧。」說完整理一下包頭帶，又交代了苔爾斐娜一些事情。

「小姐會回來吃晚飯嗎？」

「幹麼要回來吃呢？我們在外頭吃，去英吉利咖啡廳之類的。反正妳喜歡去哪吃就去哪吃。」

「好吧，聽您的！」

兩隻小狗圍著她打轉，吠個不停。

「我們把牠們也帶去，好嗎？」

腓德烈克親自把牠們抱上馬車。這是一輛有篷四輪馬車，由一個左馬馭者趕著兩匹驛馬。他讓男僕坐在後座。女元帥對他的殷勤倍感滿意。她一坐定，就問腓德烈克最近有沒有去過阿爾努家。

「一個月沒去了。」他答道。

「我前天才碰到過他。他本來也打算去看賽馬，卻因為各種麻煩去不成。好像是惹上了另一樁官司——我不知道是怎麼回事，真是個怪人！」

腓德烈克裝做漫不經心地問她：「對了，您還經常看見那個男的嗎？就是從前唱歌的那個……他叫什麼名字來著……啊！是戴勒馬。」

她冷冷地回答：「沒有。」

這麼說，兩人是分手了。這種變化讓腓德烈克燃起了一些希望。

馬車以從容步伐行駛過布列達區。因為是星期天，街道空空蕩蕩，一些市民把臉映現在自家的窗戶上。馬車的速度加快，車輪的急轉聲引得路人轉身觀望，收摺起來的皮革車篷在陽光底下一閃一閃。男僕直挺著腰，兩隻捲毛狗緊挨在一起，像極了一對放在坐墊上的鼬皮手筒。腓德烈克任憑自己隨著馬車皮帶的上下起伏搖曳，女元帥左顧右盼，笑容可掬。

她頭上的珍珠母色草帽鑲著一圈黑蕾絲，呢絨斗篷上的風帽隨風飄盪。為了遮避太陽，她打起一把傘尖像小寶塔的紫傘。

「多可愛的纖纖玉指啊！」腓德烈克說，輕輕地抓住她的左手。這隻手上戴著一只像勒馬鏈的金手鐲。

「嘩！好漂亮！誰送的？」

「很久以前買的。」女元帥說。

腓德烈克沒有拆穿這個謊言。他寧願好好利用當前的機會。他繼續抓住她的手腕，把唇貼到手套與袖口之間的肌膚上。

「別這樣！別人會看見的。」

「看見又怎樣？」

經過協和廣場後，馬車沿著國民大會碼頭和比利碼頭向前走，途中看見一棵黎巴嫩柏樹。羅莎妮原以為黎巴嫩位於中國，經腓德烈克糾正後不禁對自己的無知失笑，又要求他給她上幾堂地理課。接著，馬車從特羅卡代羅宮①右邊開過，從耶拿橋穿過塞納河，最後終於抵達戰神廣場。賽馬場旁邊已經停著好幾輛馬車。

草丘上站滿了一般民眾，軍事學院的陽臺上有不少看熱鬧的師生。坐在賽馬場外圈的觀眾穿著都較為講究，比較不那麼庸俗。鞋套帶、絨披肩和白手套是當時的時尚。婦女們穿著緊身長禮服，色澤顯目，坐在階梯式看臺上，像是一叢叢的鮮花。男人們的深色服裝點綴其中，有如萬花叢中的黑斑。不過，萬眾矚目的焦點是那個叫布・馬扎②的著名阿爾及利亞人，他面無表情地坐在一個私人看臺，由兩名軍官看守著。賽馬俱樂部專屬包廂裡坐的清一色是表情嚴肅的紳士。

更熱情的觀眾都是坐在下面，靠近跑道。跑道兩旁各有一道繩子和木竿構成的柵欄。在由跑道圍起的巨大橢圓形內圈裡，有些小販搖著木鈴在販賣熱可可，有些在兜售比賽程序單，有些高聲叫賣雪茄。四方八面都是巨大的交頭接耳聲，市保安警察來回巡邏。一根掛有數字號碼牌的柱子上懸吊著一口鐘，鐘聲敲響後，五匹馬便出現了，看臺上的觀眾紛紛回到座位就座。

這時，大片大片的烏雲出現在遠方榆樹林的上空。羅莎妮擔心會下雨。

「我帶了大雨傘。」腓德烈克說，「其他解悶的東西也一應俱全。」說完打開車廂的置物櫃，只見裡頭有一個盛滿點心的籃子。

「萬歲！我們真了解彼此！」

「我們還可以更了解彼此，對不對？」

「也許吧。」她說，臉一下子紅了起來。

穿不同顏色夾克的騎師用雙手拉住馬轡，努力讓馬匹排好。一面紅旗往下一揮，五匹馬隨即一湧而出，每位騎師都緊伏在馬鬃上。起初幾匹馬靠得很近，擠成一團，但不多久便拉開距離，分出了前後。第一圈跑到一半，穿黃夾克的騎師差點墮馬。有很長一段時間，「菲利」和「蒂比」鬥得難分難解，互有領先，然後才被「湯姆・浦斯」追過。然而，一直吊車尾的「呂克布斯蒂克」奮起直追，終於迎頭趕上，率先通過終點，以兩個馬位的距離打敗第二名的「夏爾爵士」。這大出眾人意料之外。觀眾大聲喝采，連連跺腳，讓看臺的木板為之震動。

「好好看啊！謝謝您帶我來。」女元帥說，「我愛您，寶貝！」

聽到此語，腓德烈克不再懷疑幸福已是囊中之物。

這時，離他一百步距離遠，有個女人從一輛四輪篷式馬車探出頭，又馬上縮回去。同樣動作重複了好幾次。腓德烈克看不清楚她的臉，卻強烈懷疑她就是阿爾努太太。但這是不可能的！她有什麼理由要來這地方？

腓德烈克藉口要到馬匹過磅室看看，走下馬車。

「您太沒紳士風度了吧！」羅莎妮說。

他並沒理會她，只顧著往前走。但那輛四輪篷式馬車忽而調轉車頭，迅速開走。

就在這時，他的衣襟被西齊一把抓住。「老朋友，午安！最近好嗎？余索內也來了，就在那邊。您有在聽我說話嗎？」

腓德烈克想要擺脫他，去追趕那輛四輪篷式馬車，女元帥在後面喊他。一看見她，西齊堅持要腓德烈克帶他過去打聲招呼。

自從祖母喪期一過，西齊便實現了讓自己變得「獨樹一格」的心願。此時，他身穿蘇格蘭格子花呢西裝背心、一件短禮服，腳上一雙打著蝴蝶結的薄底皮鞋，帽帶上插著賽馬場的入場券，時髦得像個十足的英國火槍手。他先是對腓德烈克抱怨戰神廣場場地簡陋，接著談起尚蒂利的賽馬和那裡發生的趣事，信誓旦旦表示自己酒量好得可以喝下一打香檳，說女元帥若是不信可以來打個賭。他輕輕撫摸女元帥的兩隻捲毛狗，一條手臂靠在車馬上，繼續廢話連篇。嘴巴叼著手杖的托手，兩條腿打開挺直腰桿。腓德烈克站在他旁邊抽菸，心裡老想著那輛四輪篷式馬車究竟去了哪裡。

西齊在賽馬鐘聲敲響後告辭。羅莎妮大為高興，說自己快要被他煩死了。

第二場賽事沒有很精彩，第三場也差不多，唯一值得一提的是有個騎師被擔架抬走。第四場精彩多了，共有八匹馬競逐「巴黎市大獎」。

看臺上的觀眾都站到了座位上。其他人則是站在馬車裡，用看歌劇的小望遠鏡追蹤八匹馬的動靜。只見那些騎師有如不同顏色的斑點，紅的、黃的、白的、藍的等等，在由人群包圍的巨大環形跑道裡你追我逐。遠遠看去，他們的速度並不快，尤其是去到戰神廣場的最遠端時，馬匹甚至像是放慢了速度：每匹馬與其說是在跑，不如說是在滑行，肚皮快貼到地上，但腿卻伸得筆直，並未彎曲。不過，當牠們迴轉回來之後，速度卻愈來愈快，身影也愈來愈大，挾帶著颯颯風聲和滾滾煙塵。騎師的夾克灌滿了風，像是鼓起的船帆。每個騎師都往胯下猛抽鞭子，想要搶先抵達終點。勝負揭曉後，得勝的馬匹在一片掌聲中拖著腳步往過磅室走去，只見牠滿身大汗，膝蓋僵硬，頸部和肩膀都垂得低低的。

牠的騎師則是癱軟在馬鞍上，一副就快斷氣的樣子，兩手緊緊抱住坐騎的側腹。

最後一場賽事因為一些紛爭而延後，等得不耐煩的群眾開始散去。每個看臺下方都有三三兩兩的男人交頭接耳，談些不正經的話題。穿著入時的女士對於有些放蕩女人走進她們的範圍，感到反感，因而相繼離座而去。

這裡也看得見一些公共舞會的舞女和街頭女演員，不過，她們之中並不是長得最好看的才最引人注目。更搶眼的是這幾位：老太太喬治娜．奧貝爾（一個滑稽劇作家稱呼她為「老本行的路易十一」），她的妝濃得嚇人，半躺在一輛四輪輕馬車，身處深冬似的，頭頸縮在貂皮領子裡，不時會發出像豬叫般的笑聲；再來是列梭穆太太，她因為捲入一樁臭名遠播的官司而名噪一時，此時在幾個美國人的陪伴下，神氣活現地坐在一輛四輪大馬車上；再來是泰瑞絲．巴希呂，她把自己打扮得像個哥德式處女，鑲了十二條俗麗花邊的大裙子塞滿整個馬車廂，在該放護腿的地方不放護腿，倒是放了把種滿玫瑰的花盤架。這些女人的招搖引起了女元帥的嫉妒。為了吸引注意，她開始誇張地比手畫腳，大聲說話。

有些紳士認出她來，向她鞠躬致意。腓德烈克一一說出他們的名字，她也一一回禮。他們都是些子爵、伯爵、侯爵和公爵，眼神裡流露出對腓德烈克豔福匪淺的幾分羨慕，讓他為之得意了起來。西齊被一群中年男人圍住，看樣子快活兮兮。這些中年男人的臉上都掛著挖苦的笑容，像是在取笑他。最後，他拍了年紀最大那位紳士一下手心，往女元帥這邊走過來。

女元帥正在吃一片鵝肝醬，吃相狼吞虎嚥。為了討她歡心，腓德烈克有樣學樣。他兩條大腿之間夾著一瓶葡萄酒。

那輛四輪篷式大馬車又出現了，裡面坐的果真是阿爾努太太！她的臉色顯得異樣蒼白。

「幫我倒些香檳。」羅莎妮說。

她舉起杯子，讓腓德烈克把酒斟滿到杯沿，突然大喊一聲：「看看那邊！我保護人的老婆來了，就是那個良家婦女！」

她周圍響起一片笑聲，四輪篷式馬車隨即消失。腓德烈克不滿地使勁拉了拉羅莎妮的裙子，差點要發火。但因為西齊就在旁邊，讓他不好發作。西齊還是像先前一樣膩著女元帥，只是這一次顯得更有自信，甚至表示要邀她共進晚餐。

「沒辦法。」她回答說，「我倆說好要到英吉利咖啡廳吃飯。」

腓德烈克就像什麼都沒聽見似的，一聲不響。西齊只好告辭，失望的心情寫在臉上。

當他在馬車右手邊跟她說話時，余索內來到了馬車的左側，並聽見了「英吉利咖啡廳」這幾個字。

「那是個好地方，我們一起去吃一頓如何？」

「隨您喜歡。」腓德烈克說。他頹然坐在馬車角落，凝視著四輪篷式馬車消失的方向，感到某件無法彌補的事情已然發生。沒錯，另一位女人陪伴在身旁，快樂與愛情都如此唾手可得，但疲憊的他充滿了各種矛盾的欲望，甚至不知道自己想要的是什麼。他被一種無限憂愁的心情籠罩，真想死掉。

接著，一陣吵雜的腳步聲與說話聲引得他抬起頭來。一群頑童爬過圍繞跑道的繩索，向看臺走去。看臺上的觀眾則是紛紛站起來，要打道回府。幾滴雨水開始落下，大量的馬車互相擁擠。余索內不知到哪裡去了。

「走了更好！」腓德烈克說。

「我們喜歡獨處，對不對？」女元帥接著說，將一隻手按在他手背上。

這時，一輛富麗堂皇的雙篷馬車從他們旁邊快速經過。拉車的四匹馬成雙排前進，車子披銅鑲鐵，熠熠生輝，由兩個穿絨馬甲，胸佩金穗子的車伕駕駛。馬車上，丹布羅斯夫人坐在丈夫身邊，馬蒂農坐在他們對面座位。三個人看到腓德烈克時都一臉錯愕。

「他們認出我了。」他自忖。

羅莎妮想讓馬車停下來，好看看無數馬車同時發動的盛大場面。但腓德烈克心想或許能追上阿爾努太太，便吩咐左馬馭者：「走吧！走吧！前進！」

往香榭麗舍大道奔馳的路上，馬車兩旁出現各式各樣的其他馬車：敞篷四輪馬車、俄式輕馬車、英式輕馬車、無篷雙馬馬車、雙輪敞篷馬車、狗拉馬車、有皮門簾的家具運送馬車（裡面有工人歡快地唱著歌），和由一家之主駕駛的單馬雙輪馬車。在幾輛擠滿人的敞篷四輪輕馬車裡，幾個年輕人坐在別人腿上，又把自己的腳懸在馬車外面。還有一些布魯厄姆馬車，座椅上鋪著綢緞，載著正在打瞌睡的貴族遺孀。偶爾會有一輛駿馬拉乘的單座位馬車開過，樣子既簡單又帥氣，就像是時髦公子的黑西裝。

雨變大了。車中人紛紛撐起大雨傘、陽傘，或穿上雨衣。一些人隔著老遠互打招呼：「你好！」、「最近好嗎？」、「好！」、「不好！」、「拜拜！」一張張臉孔像跑馬燈一樣匆匆掠過。

腓德烈克和羅莎妮沒有交談，兩個人都被不斷從旁邊滾過的車輪，弄得有點頭暈眼花。

有時，並排而行的馬車會因為過於密集地擠在一起，不得不同時停下來，調整位置。這時，相鄰的乘客會互瞄幾眼。從鑲有貴族家徽的馬車門上方，幾道冷淡的目光掃向人群；出租馬車裡的人則流露出嫉妒眼神。一些人以譏諷的微笑回應另一些人趾高氣揚的姿態。有些人愚蠢地張大嘴巴，對別人所搭乘的華麗馬車羨慕不已。在馬路中間的這裡或那裡，過馬路的人會突然被迫向後一閃，讓路給在馬車縫隙之間策馬疾奔的人通過。然後，所有馬車會重新一起動起來。馬伕鬆開韁繩，抽動長鞭；馬兒受到刺激，抖動著馬勒，向四周噴出唾液。濕漉漉的馬臀和鞍轡冒著水氣，與夕陽的光線攪動在一起。一道微紅的陽光在一人高的高度射過凱旋門，把馬車輪軸、車門把手、轅木尖端和馬鞍的蹬環，照得流光溢彩。由於雨過天青，大道兩旁的樹木水珠晶瑩，像是兩幅綠色高牆，而大道本身則猶似是由車馬、衣衫和人頭所匯成的滾滾長河。頭頂天空一些部分恢復湛藍，質地有如錦緞般柔軟。

腓德烈克回想起，他多年前是何等羨慕別人可以坐在一輛華麗的馬車裡，身旁有個美女作伴，認定這樣的事情一定可以讓人快樂得無以復加。今天，他終於願望成真了，卻沒有變得更快樂一點。

雨停了。在皇家家具庫柱子之間躲雨的路人紛紛離開。原先走在皇家街上的人也再次朝林蔭大道走去。在外交部大樓外面，一群傻瓜站在石階上看熱鬧。

中國浴場附近的路面坑坑洞洞，馬車不得不放慢速度。途中，車輪滾過一個水窪時，把泥水濺灑在一個走在人行道邊緣，穿淡褐色寬外套的男人背上。那人轉過身，怒目而視。腓德烈克臉色頓時慘白，認出對方就是德洛里耶。

抵達英吉利咖啡廳門口，羅莎妮不等正在付錢給車伕的腓德烈克，逕自往裡頭走去。

隨後他發現她站在樓梯上與一個紳士聊天。腓德烈克挽起她的手臂，把她拉走，但走到走廊時，她又被另一名紳士攔住。

「您先進去。」她說，「我馬上就來。」

腓德烈克只好一個人先進包廂。透過兩扇敞開的窗戶，他可以看見站在對街房屋窗扉前的一些人。在開始曬乾的人行道上，有大片大片閃爍著光澤的波紋在顫動。一盆種在陽臺邊上的玉蘭送來陣陣清香，花香味和清新的空氣讓腓德烈克精神為之放鬆。他在一張背面牆上鑲有鏡子的紅色長沙發坐下來。

女元帥進包廂後在他額頭上親了一下。

「可憐的小乖乖，看來有事情讓您不高興！」

「大概吧。」他回答說。

「但別忘了，您不是孤單一個人！」這句話的意思相當於：「讓我們忘掉各自的煩惱，享受在一起的歡愉吧。」

接著，她把一片花瓣先放在雙唇之間，再遞到他嘴巴，逗他去吻。這動作優雅又充滿挑逗性，讓腓德烈克心蕩神搖。

「您為什麼要折磨我呢？」他說，心裡想著的卻是阿爾努太太。

「我折磨您？這話怎麼說？」

她站在他前面，兩手搭在他雙肩上，瞇著長睫毛凝視他。

因為意志軟弱，因為積怨，他的所有美德統統不翼而飛。

他繼續說：「因為您不願意愛我。」說著拉她坐到大腿上。

她任他擺布。他的兩手在她腰間按壓，絲綢衣料發出的窸窣聲燃起他的情欲。

但走廊外忽然傳來了余索內的聲音：「他們在哪裡？」

女元帥急急站起來，走到包廂另一頭，背對門坐下。

她叫來一盤生蠔，三個人吃將起來。

余索內毫不風趣。因為每天撰寫五花八門的文章、讀一大堆報紙、聽各種辯論和用一堆詭辯糊弄別人，他到頭來也被自己所放的疲弱煙火蒙蔽了雙眼。他以往輕浮度日，如今又衣食維艱，這種窘境讓他陷入一種持續的煩躁狀態。他因為無能卻又不願意承認，遂變得憤世嫉俗，尖酸刻薄。提到那齣新上檔的芭蕾舞劇《奧薩伊》時，他不遺餘力地將舞蹈詆毀了一番，然後又開始攻擊歌劇，把一個正在走紅的西班牙劇團臭罵了一頓：「就像大家還沒有吃夠卡斯蒂利亞人③的苦頭似的！」這話讓腓德烈克感到震驚，因為他對西班牙人一直懷有浪漫的情懷。為了轉移的話題，腓德烈克便打聽法蘭西學院最近有什麼新聞，其實他早已知道基內和米茨凱維奇④最近剛當選院士。但余索內接著又說，他現在是美斯德⑤的仰慕者，所以也改為擁護朝廷與教會。他對一切最無可置疑的事情都表示懷疑，一度甚至說：「幾何學根本是一派胡言！」他說話時總是模仿演員的口吻，特別是喜歡效法聖維爾⑥的語調。

他那些喋喋不休的廢話，令腓德烈克感到十分厭煩。一個不耐煩，他在桌底踹出一腳，不巧踹中其中一隻小狗。

兩隻小狗驚天動地吠叫起來。

「您應該找人把牠們先送回家的。」他突兀地說。

但羅莎妮不知道有誰可以託付。

腓德烈克轉身面向波希米亞人：「我說啊！余索內，您就犧牲一下吧。」

「好的好的，沒問題，樂意之至！」

余索內不等別人再多求他兩句，便爽快地出發了。

他們要怎樣報答他？朓德烈克壓根兒沒想過要報答他。正當他準備要好好享受二人世界時，侍者卻走了進來。

「夫人，有人想請您過去一下！」

「什麼？又來了？」

「但我總得看看是什麼人。」羅莎妮說。

他渴望她、需要她。她的離去對他而言簡直是一種侮辱。她到底存的是什麼心？難道老天還嫌他被阿爾努太太羞辱得不夠嗎？連現在這個也是一樣。因為他的愛情被人糟蹋，而情欲又落了空，便開始憎恨所有的女人。他感到眼泛淚水，喉頭哽咽。

女元帥回來了，旁邊跟著西齊。

「我邀這位先生與我們一同用餐。您不會介意的，對不對？」

「介意？怎麼會！當然好！」

腓德烈克露出一個即將被處決的死刑犯的微笑，比手勢示意西齊就坐。

女元帥開始瀏覽菜單，碰到任何奇特的菜名都會流連一會兒。

「我們來一客黎賽留兔肉捲和奧爾良布丁怎麼樣？」

「拜託，不要奧爾良！」西齊喊道。他是個正統主義者⑦，對自己說的這句雙關語很是得意。

羅莎妮再問：「那您會想吃尚博⑧大比目魚囉？」

腓德烈克厭惡她這種慇懃的態度。

女元帥好不容易下定決心，點了菲力牛排、螯蝦、松露、鳳梨沙拉和香草冰淇淋。

「我們先這樣吃，不夠再點。啊！我差點忘了。再要一盤香腸，不加蒜的！」

她喊侍者作「小伙子」。為了打發無聊，她用刀子敲擊玻璃杯，又把一些麵包屑拋向天花板。過了一下子，她表示想馬上喝杯勃根地。

「那不是餐前該喝的酒。」腓德烈克說。

子爵先生指出，有人會那樣喝。

「不，不可能！」

「真的，我向您保證！」

「哈，您看吧！」女元帥對腓德烈克說，一面使了個眼色，表示：「人家是闊少爺，懂的比您多！」

包廂門不停開開關關，侍者的呼喊聲此起彼落，隔壁房間裡一部吵死人的鋼琴亂彈著華爾滋舞曲。三人的話題先是今天的賽馬，然後談到了兩種互相競爭的馬術。西齊支持鮑謝提倡的馬術，腓德烈克表示支持奧爾伯爵。羅莎妮聳了聳肩，說道：「您省省吧，這種事情人家比您在行！」

她反覆啃一顆石榴，一根手臂擱在桌子上。枝狀燭臺的燭焰在她的面前迎風顫動。燭光滲透到她珍珠母色澤的皮膚裡，在她眼皮抹上一抹粉紅色，又使她的雙眸閃閃發亮。石榴的紅色和她嘴唇的紫紅色互相摻和，她小巧的鼻孔微微開闔，全身上下都流露出一種倨傲、微醺與肆無忌憚的氣息，看得腓德烈克既生氣，又讓他內心充滿了狂野的情欲。

接著，她用一種平靜的聲音打聽，先前那輛由穿栗色號衣僕人所駕馭的雙篷大馬車是誰家的？西齊回答說「是丹布羅斯伯爵夫人的」。

「他們很有錢，對不對？」

「唔，有錢極了！不過丹布羅斯夫人本來只是一位省長的千金，娘家姓布特隆，家境滿普通的。」相反的，她丈夫卻繼承了好多筆地產。西齊如數家珍地一一列舉這些地產：因為到過丹布羅斯府作客，所以他對丹布羅斯先生的家產知之甚詳。

腓德烈克為了使他不快，故意反駁說，據他所知，丹布羅斯夫人娘家的姓氏是「德・布特隆」，這顯示她娘家也是個貴族人家。

「管她叫什麼名字！我只想有輛像她一樣豪華的馬車！」女元帥說，向後伸了個懶腰。她的袖子滑下來了一點點，露出左手手腕上鑲有三顆蛋白石的鐲子。

腓德烈克看在眼裡。

「怪了！您手上怎麼多了……」

三個人你看看我，我看看你，臉都紅了。

這時，有人把包廂門小心翼翼地推開一半。看到了一頂帽子的帽緣，隨後是余索內的側臉。

「對不起，打擾你們兩位戀人了！」

但他隨即看到西齊坐在他原來的位子，為之怔住。

侍者送上另一份餐具。余索內餓得要命，隨便從盤子裡夾起一塊肉，從籃子裡拿起一顆水果便往嘴裡送，邊吃飯邊喝酒，還不忘報告執行任務的情況。兩隻小狗已經送達，羅莎妮家裡沒什麼特殊的情況，不過他看見廚娘和一個士兵你儂我儂——這純粹是余索內虛構出來的，目的是製造聳動的效果。

女元帥從掛鉤上取下她的斗篷。腓德烈克趕忙上前拉鈴，隔著老遠大聲吩咐侍者：「叫一輛馬車來！」

「我有馬車！」子爵說。

「可是……」

「沒有可是！」

兩個人互相瞪視，臉色變得蒼白，手也微微顫抖。

最後，女元帥挽起西齊手臂，又指著余索內說：「幫我照顧好他！他快要噎著。我不想他為了服務我的小狗丟了性命。」

包廂門在腓德烈克面前關上。

「那麼……」余索內說。

「那麼什麼？」

「我還以為……」

「以為什麼？」

「你倆是……」

他用一個手勢把想要說的話比出來。

「才不是，從來都不是！」

余索內沒有追問下去。

他這次不請自來是有目的的。他的雜誌已從《藝術》更名為《爆破手》，封面上有一行題辭：「砲手們，各就各位！」然而雜誌的銷路一點都不好，所以他想將雜誌轉型為週刊，而且獨自主持，不再需要德洛里耶的協助。他大談自己的新計畫。

腓德烈克大概聽不懂他在說些什麼，便用些模稜兩可的話作為敷衍。余索內從桌上抓起幾根雪茄，說了句「再見，老友」，便消失不見了。

腓德烈克喊買單。帳單的明細列了一長串，侍者腋下夾著條抹布，等待他付帳。這時，走過來另一個長得像馬蒂農的侍者，對他說：「不好意思，櫃臺忘了把馬車費算進去了。」

「什麼馬車？」

「方才那位先生送小狗回家坐的馬車。」

侍者的臉色變得凝重，彷彿是對眼前年輕人將要大破財深表同情。腓德烈克恨不得賞他兩巴掌。他把找下的二十法郎給他當小費。

「謝謝，老爺。」侍者說，深深鞠了個躬。

①．特羅卡代羅宮：法國為了一八七八年世界博覽會所建的場地，宮殿乃摩爾式建築，又帶些拜占庭風格。
②．布．馬扎：一八二〇生，是阿爾及利亞宗教領袖，一八四五年率領該國人民反對法國遠征，戰敗後被軟禁在巴黎，最後為拿破崙三世所赦。
③．卡斯蒂利亞：位於西班牙中部。
④．艾德嘉．基內（一八〇三—一八七五）：法國詩人、哲學家與史學家。一八四二年在法蘭西學院主講，抨擊基督教和天主教，一八四六年被政府禁止他在該處講學；米茨凱維奇（一七九八—一八五五）：波蘭著名詩人，一八四〇年在法蘭西學院擔任斯拉夫講座，一八四六年因政治因素被解聘。
⑤．聖．美斯德（一七五三—一八三一）：法國著名宗教主義者，反對唯物主義與革命。
⑥．聖維爾（一八〇〇—一八五四）：王宮劇院的喜劇演員。
⑦．正統主義者：指主張法國國王應由波旁王朝嫡系子孫繼承的人。當時的國王路易－菲力普屬於奧爾良家族，只是波旁王朝的旁系。
⑧．暗喻尚博伯爵：為前一任國王查理十世的孫子，在所有波旁王朝嫡系子孫中最有王位繼承權。

CHAPTER XI

A DINNER AND A DUEL

第十一章

晚宴和決鬥

腓德烈克翌日一整天都在咀嚼自己的怒氣和恥辱。他後悔沒給西齊一記耳光，又發誓不要再見到女元帥。要找個一樣好看的女人有什麼難的？因為包養女人需要不少錢，他打算拿賣掉田產換來的錢投資股票。他將會變得非常富有，用奢華的排場和行頭，讓女元帥與其他女人都急忙向他巴結奉承。因為一直想著這些，到了晚上，他發現自己竟然一整天都沒想到阿爾努太太。

「這更好，想她又有何用？」

兩天後的早上八點，佩爾蘭登門造訪。他一來到就讚美家具漂亮，說了一堆恭維話，然後突然問道：「您星期天去看賽馬了嗎？」

「去了，怎麼樣？」

畫家開始從解剖學的角度痛批英國畫家筆下的馬，又大讚熱里科和巴特農神殿①的馬好看。接著話鋒一轉：「羅莎妮和您一起去的？」

他用巧妙的措詞把她讚揚了一番。但腓德烈克反應冷淡，讓畫家有點不知所措，不知道該怎樣將話題帶到那幅肖像畫。

剛開始畫這幅畫，他起先想採用提香的風格。但漸漸地，發現他的模特兒色彩變化多端，使他為之著迷。於是，便開始大膽在畫面中加入愈來愈多不同的色彩和光線。羅莎妮起初熱烈配合，後來因為要跟戴勒馬幽會，便把繪畫的日期一再延後，於是佩爾蘭有了許多時間可以欣賞已經畫好的部分，並為之自我陶醉。等自我佩服的心情消退後，他開始懷疑這畫的大小是否適中。他回頭去看提香的作品，發現有許多細節為自己當初所忽略，也看出其中的缺點何在。於是他開始修修改改，務使輪廓更單純化，色澤更一貫化，畫面更渾然一體。不過，等女元帥終於回來，看到肖像畫的新風貌，卻相當地不以為然，不客氣地提了一些修改意見。畫家當然不願意讓步。他臉紅脖子粗地責難她的愚蠢，但私下又心想她的意見大概是對的。於是他進入了自我懷疑的階段，不斷痛苦的反省，並因此導致了胃痛、失眠、發燒、自我憎惡等種種症狀。他一度決心要把整幅畫重畫，可又提不起勁來，愈來愈覺得自己的作品差勁。

接下來，畫家又向腓德烈克抱怨自己一直見拒於沙龍藝展，然後又怪他不來看看女元帥畫像。

「女元帥的事關我什麼事？」

這種漠不關心的態度壯大了佩爾蘭的膽量。

「您是不是認為那蠢貨對畫肖像的事已經失去了興趣？」

佩爾蘭沒提，他曾要求女元帥付他一萬法郎。其實女元帥根本不關心畫要誰來買單，一心只想從阿爾努那裡弄些錢來應付更緊急的需要，甚至從未向他提過肖像畫的事。

「那阿爾努又是什麼態度？」

「他堅稱那畫是羅莎妮要的。」

「說得沒錯，畫是她要的。」

「怎麼會？是她叫我來找您的。」

其實，佩爾蘭若是認為自己畫了幅傑作，便不會那麼想拿它來賣錢。但現在，除非畫可以賣得出去，而且是賣一筆大錢，否則他便無法恢復自信，也無法有力地堵住所有批評者的嘴。最後，腓德烈克不想被他苦苦糾纏，禮貌性的詢問他價格。

佩爾蘭說出來的數目誇張得讓腓德烈克屏息，直說：「不，不可能！」

「您終究是她的情人，而且畫是您委託我畫的！」

「抱歉，請您搞清楚，我只是介紹人。」

「但我總不能一直把畫留著！」

腓德烈克失去了耐性：「我沒想到您會這麼貪心！」

「我也沒想您會這麼吝嗇！再見！」

佩爾蘭前腳才剛離開，塞內卡後腳便進來。

他在腓德烈克面前坐立不安地踱來踱去，情緒看來極為波動。

「怎麼回事？」

塞內卡告訴他：「星期天早上九點，阿爾努太太接到一封信，叫她回巴黎去。湊巧她身邊沒有人可以幫她到克雷伊去叫車，便打發我跑一趟。我拒絕了，說那不在我職務範圍之內。她便自己走了，當天晚上便回來。第二天早上，阿爾努來到工廠。那個波爾多女工向他抱怨。我不知道他們私底下談了些什麼，總之阿爾努稍後當著所有人面前取消了她的罰金。我們之間吵了幾句。最後，他把我的工資結清，我就來到這裡。」

接著，他一個字一個字地說：「我並不後悔。我只是盡我的職責。不管怎樣，事情都是因您而起。」

「怎麼會？」腓德烈克喊道，擔心塞內卡是不是已經猜到他的祕密。

事實上，塞內卡什麼都沒猜到，因為他這樣回答：「就是說，要不是您，我也許已經找到了更好的工作。」

腓德烈克感到後悔。

「那現在有什麼是我可以效勞的嗎？」

塞內卡表示想要找份工作：「這對您來說沒什麼難的。您認識很多有頭有臉的人，其中之一是丹布羅斯先生。至少德洛里耶是這樣說的。」

聽到德洛里耶的名字只讓腓德烈克感到不快。況且，自從在賽馬場被丹布羅斯夫婦撞見後，他便不敢再上他們家。

「我跟他們不夠熟，無法引薦任何人。」

塞內卡坦然接受這個拒絕，沉默了一分鐘以後說：「我很肯定，我會被開除，是那個波爾多女工和您那位阿爾努太太搞的鬼。」

「您那位」三個字讓腓德烈克僅存一點點想幫助塞內卡的心化為灰燼。不過，為了表示風度，他還是伸手去拉寫字桌的抽屜。

塞內卡知道他想幹什麼，攔住他說：「謝謝，不用！」

然後，他忘了自己的困頓，大談當日街談巷議的各種醜聞，包括「國王節」上的濫發十字榮譽勳章、德魯瓦爾案件和貝尼埃案件[2]等。接著又痛批中產階級，預言工人革命終將會來臨。

他的目光被掛在牆上的一把日本短刀吸引。他拿下來，然後又一臉不屑地把刀扔到沙發。

「好吧，再見！我得到洛雷特聖母院去了。」

「等等！您去那裡要幹麼？」

「今天是卡芬瓦克[3]的週／年追思彌撒。他是為革命而死的！但革命不會因為他的死而結束。等著瞧吧！」

他向腓德烈克伸出一隻手，臉上流露出剛毅神情。

「我們大概後會無期了，再見！」

塞內卡把「再見」重複說了幾遍，皺著眉頭凝視短刀。他聽天由命和莊嚴肅穆的態度都讓腓德烈克陷入沉思，但過不久便不再想他。

同一星期，勒阿弗爾的公證人給他寄來賣地所得的款項，一共是十七萬四千法郎。他把錢分作兩份，一半拿來買公債，另一半交給一個股票經紀人，想要在證券交易所撈一票。

他盡量讓自己過得愜意：吃飯都是上高級餐館、又頻繁地出入劇院。然後有一天，余索內給他捎來一封信，信中喜孜孜地告訴他，女元帥在賽馬的次日便把西齊給甩掉。腓德烈克對這個消息感到高興，但懶得去猜波希米亞人向他通風報信的用意。

他在三天之後與西齊不期而遇。這位貴族年輕紳士不失禮貌，甚至邀請腓德烈克星期三一同共進晚餐。

星期三早上，腓德烈克收到一份通知書，告訴他根據法院判決，如果他願意付出二十二萬三千法郎，就有權購下雅克．阿爾努先生位於貝爾維爾的地皮。但同一份通知書又指出，原不動產的抵押額已超過了售價，所以腓德烈克的債權已全部喪失。

會發生這種失誤，是因為沒有在時限內重新登記抵押。阿爾努承認過會負責這件事，但後來還是忘記了。腓德烈克為此感到憤怒，但怒氣過後又想：「如果這樣能救他一命，那也罷了！反正我不會因此餓死，別去想它了！」

翻動桌上文件的時候，他重新瞄到余索內寄來的信件，發現有一段他當初漏讀的附註。波希米亞人想向他借五千法郎，給雜誌打一記強心針。

「這傢伙真是煩死人！」

他回了一封短柬，毫不客氣地拒絕他的請求。然後著裝完畢，去「金屋」餐廳赴宴。

西齊將他介紹給在座的賓客，第一位是一名白髮胖紳士。「這是奧勒內侯爵，我的教父。這是福爾香波先生（已經禿頭的金髮瘦弱年輕人）。」然後指著一個穿著樸素的年輕人說：「這是我表弟約瑟夫．鮑弗勒，這位是我從前的家庭教師維蘇先生。」維蘇先生的樣子一半像農夫，一半像是神學院學生，留著大頰鬚，穿一件長長的雙排扣常禮服，禮服只扣了最下面一顆鈕扣，所以像在胸前披了一條披巾。

西齊還在等一個人：谷曼男爵。「他或許會來，但也不一定。」每隔幾分鐘，西齊都會離開房間一下，一副心神不寧的樣子。然後，到八點的時候，大家往一個裝飾得金碧輝煌又極為寬敞的廳間走去。五六個人吃飯根本用不著這麼大的空間：這是西齊為了裝闊氣而特意挑選的。

一個盛裝花果的朱紅色飾盤擺在桌子中央。餐桌上以傳統的法國侍菜方式放滿一個個銀盤，盛裝滷肉和香料的小碟子圍繞在四周。一瓶瓶冰鎮的紅葡萄酒相隔著固定的距離佇立著。每個人餐盤前放了高低不一的五種酒杯，還有許許多多用途不明的餐具。「第一道菜」就讓人目不暇給，包括了蘑菇汁鱘魚頭、托考伊葡萄酒燴約克火腿、燻畫眉、烤鵪鶉、貝夏美醬汁雞肉酥和油炸紅腳鷓鴣。這些菜的兩側各有一盤馬鈴薯絲拌松露。一盞吊燈和幾座枝狀燭臺照亮了房間，牆壁上懸掛錦緞帷幔。

四個穿黑禮服的男侍者站在山羊皮單人沙發後面。看到這種排場，客人都讚嘆不已，那位家庭教師尤其激動：「憑良心講，主人家的派頭真夠大的。這裡太美了！」

西齊子爵淡然地回答：「這算得了什麼！」

吃下第一勺東西後，他問：「我的老奧勒內，你上王宮廣場看過《父親和門房》[4]這齣戲了嗎？」

「你明知我沒這種閒工夫！」侯爵回答。

他每天早上都要去講授一堂樹木栽培學的課，每天下午都待在農具製造廠作研究，每天晚上都在農業俱樂部度過。由於一年有四分之三時間住在聖東熱，所以每次回來首都，他都會捉緊時間吸收新知。他的大草帽放在一張邊几上，上頭堆著好幾本小冊子。

西齊留意到福爾香波先生不讓侍者為他斟酒，便說：「喝吧，別那麼彆扭！人生最後一頓單身飯不是這種吃法的！」

大家聽到這些話，紛紛向福爾香波先生致賀。

「新娘子想必相當迷人。」家庭教師說。

「當然漂亮！」西齊說，「但不管怎樣，他仍然是個糊塗蛋。結婚是樁蠢事！」

「你這話說得太輕率了，我的朋友！」奧勒內先生反駁說，同時因為憶起亡妻而眼眶泛淚。

福爾香波先生反覆說道：「你也會有這一天的，你也會有這一天的！」

西齊不以為然，說自己寧可逍遙自在，過著「攝政時代那種風流自在的生活」。又說自己想要學習拳術，以便像《巴黎的祕密》[5]裡的羅道爾夫親王那樣，肆意出入巴黎的下流酒家。說完，他從口袋裡掏出一根骯髒的陶菸斗，吞雲吐霧了起來。他對待侍者的態度很粗魯，又不斷地為自己灌酒。然後，為了顯示自己的好品味，他對每道菜都挑剔了一番，甚至要侍者把那兩盤松露給撤掉。那位家庭教師雖然對松露萬般不捨，仍奴相十足地說：「論味道，還比不上令祖母燒的雪花蛋呢！」

接著他與坐在鄰座的農業專家聊了起來。後者認為鄉居生活大有好處，最起碼是可以讓幾個女兒養成簡樸的習慣。家庭教師表示贊成，還說了許多拍馬屁的話。他一直巴望當西齊家的總管，又以為奧勒內侯爵對西齊有影響力。

腓德烈克帶著一肚子火前來赴宴，但西齊表現的蠢相讓他消氣不少。不過，西齊的手勢、表情跟整個人，都逐漸勾起他在英吉利咖啡廳的全部回憶，讓他不禁愈來愈惱怒。他側著身體聆聽西齊表弟約瑟夫低聲對他說的恭維話。這位表弟是個一貧如洗的好小子，熱愛打獵，又是個公費生。西齊為了開他玩笑，好幾次喊他作「捕鳥者⑥」，然後突然喊道：「啊，男爵來了！」

走進來的是個年約三十的愉快男子，他的五官粗糙但手腳靈敏，帽子斜戴在頭上，鈕扣孔裡插著一朵花。西齊將他奉為偶像，對於能夠邀請到他感到不勝高興。因為心情大好，他在侍者端來一盤松雞時，又想出一句相關語：「這是拉布呂耶筆下的最佳性格⑦！」

接著他問了谷曼男爵一堆問題，包括一些他素昧生平的上流社會人士的狀況。然後，他突然想起一個念頭：「求求您告訴我，您有考慮過我嗎？」

對方聳了聳肩，說道：「您還不到年紀，小老弟。不可能的！」

但西齊繼續求男爵讓他加入他的俱樂部。為了不傷他的自尊心，男爵顧左右而言他：「啊！我忘了恭賀您，老弟！您贏了打賭，千萬個恭喜！」

「什麼打賭？」

「就是那天在賽馬場的打賭：您說您一定進得了那位小姐的閨房。」

腓德烈克彷彿挨了一記鞭子。但西齊流露出的困窘表情，讓他的心情立刻平靜下來。事實上，女元帥第二天早上便後悔了。阿爾努一出現，兩人便讓子爵明白他是多餘的，毫不客氣地把他趕走。

腓德烈克假裝什麼都沒聽見。

男爵繼續問：「羅莎妮這朵玫瑰花現在變得怎樣了？她的胴體還是一樣漂亮嗎？」言下之意兩人曾經過從甚密。

腓德烈克為這個發現感到不悅。

「沒什麼好害臊的。」男爵繼續說，「這是件美事！」

西齊砸了砸舌頭。

「唉，不見得是美事！」

「怎麼說？」

「首先，我不覺得她有什麼特別的。其次，像這樣的女人，想釣幾個就可以釣到幾個。事實上，她是出來賣的！」

「也不是什麼人都賣！」腓德烈克酸溜溜地說。

「他以為自己與眾不同吶。」西齊說，「真好笑。」

一桌子的客人都笑了起來。

腓德烈克覺得胸口快要爆炸，便給自己連灌了兩杯開水。

可是男爵對羅莎妮念念不忘。

「她還跟那個叫阿爾努的傢伙在一起嗎？」

「我一點都不知道。」西齊說，「我沒聽過您說的這位先生。」又說就他所知，阿爾努是個騙子。

「等一下！」腓德烈克喊道。

「但這是千真萬確的事！他被人告上了法庭。」

「沒這回事！」

腓德烈克開始為阿爾努辯護，編造各種證據來證明阿爾努為人老實，最後弄得自己都信以為真。子爵滿腹怨恨，加上又多喝了幾杯，堅稱自己說的是事實。最後，腓德烈克神情凝重地問：「先生，您是有意要侮辱我嗎？」

他盯著西齊看，眼睛就像燒紅的雪茄菸。

「才沒有！我甚至同意您所說的，他這個人很棒——最棒的是擁有一個漂亮的太太。」

「您認識她？」

「當然！蘇菲．阿爾努，誰都認識她。」

「您再說一遍！」

西齊搖搖晃晃站了起來，一面打嗝一面說：「誰——呃——都認識——呃——她。」

「住嘴，她不是會跟您來往的那種女人！」

「我慶幸自己沒有跟這樣的女人來往。」

腓德烈克拿起一只碟子朝西齊的臉扔過去。碟子閃電般飛過桌子，撞翻兩瓶酒，打碎一個果碟後碎成三片，其中一片在花果飾盤反彈後打中了子爵的肚子。

其他客人站起來拉住腓德烈克。他不斷掙扎和尖叫，像是著了魔。

奧勒內先生反覆勸說：「親愛的孩子，冷靜！冷靜！」

「老天，好可怕！」家庭教師大喊。

福爾香波臉色慘白，不住顫抖。約瑟夫忍俊不禁，捧腹大笑。侍者用布抹去桌面上的酒漬，收拾起地板上的碎片。谷曼男爵走去關上窗戶，因為外頭雖然馬車聲鼎沸，但室內的吵鬧聲仍然有可能傳到馬路去。

碟子甩出的那一刻，大家正在各自交談，所以無從得知事件的肇因，故而無法確知腓德烈克此舉到底是為了維護阿爾努先生、阿爾努太太、羅莎妮又還是其他人。只有一點可以肯定：腓德烈克的行為粗暴得難以形容。然而，他本人堅決不肯表示絲毫的悔意。

奧勒內先生設法讓他息怒，約瑟夫、家庭教師和福爾香波也加入勸解。男爵則在盡力安慰西齊：這位貴公子禁不起驚嚇，竟然哭了出來。

腓德烈克則正好相反，只覺得愈來愈生氣。這種僵持的局面本來大概會維持到日出，但谷曼男爵想要讓事情有個了結，便對腓德烈克說：「先生，子爵明天會派他的『副手⑧』到府上去。」

「幾點？」

「十二點，如果你覺得妥當的話。」

「很好，先生。」

一走到街上，腓德烈克深呼吸了一口氣。他把自己的怒氣抑制了太久，現在終於滿足了它們的要求。他為自己所表現的男子氣概感到驕傲，一種全身流淌能量的感覺使他飄飄然。他需要兩個副手。他第一個想到的人選是列冉巴，所以馬上朝聖德尼街的方向走去。

店鋪已經打烊，但店門上的玻璃透出燈光。他推開門，低低地彎下腰，從橫檔下面鑽了進去。只見吧臺邊上點著一根蠟燭，全部板凳都四腳朝天地擱在桌上。店老闆夫妻和一位侍者坐在屋子一角吃宵夜。頭上戴著一頂帽子的列冉巴也在吃，他吃得很快，桌子又很小，逼得侍者要不斷地側過身體，好讓他夾菜。腓德烈克扼要說明事情的經過，央請列冉巴協助。「公民」起初沒有回答。他在屋子裡踱了好幾圈，眼珠子骨溜溜打轉，似乎陷入了沉思。

「好，我做！」他最後說。得知決鬥的對手是個貴族，列冉巴頓時容光煥發，流露出殺氣騰騰的笑容。

「放輕鬆，我們一定可以把他打得落花流水！首先是比劍……」

腓德烈克打斷他的話：「但用什麼武器大概不是我有權……」

「聽我的，一定要比劍！您會使劍嗎？」

「會一點兒。」

「這年頭每個人都是只懂一點，但又拚死拚活要鬥劍。學校的擊劍課都是上假的！聽著，比劍時要與對手保持一段距離，不急著攻擊，不斷左右轉圈，他刺過來您就往後退。這方法可以讓對方累死。然後瞄準機會，毫不客氣地劈他一下。不過千萬別存壞心眼，不要學拉福熱爾的打法。光是進一步退兩步就好！看見了嗎？要像開鎖一樣轉動手腕，明白了嗎？伏蒂埃老爹，把枴杖借給我。現在看仔細。」

他抓起那根用來點煤氣燈的棒子，拱起左臂，曲起右臂，朝壁板刺了幾下。他把棒子舞得虎虎生風，又不時跺跺腳，假裝碰到什麼敵人似的，大聲喊道：「是您嗎？是您嗎？」他龐大的側影投在牆上，帽子彷彿要碰到天花板。店老闆不時喝采：「好！」他太太雖然有一點點害怕，一樣讚嘆不已。當過兵的侍者更是看得入迷，直把列冉巴當成偶像。

第二天一早，腓德烈克匆匆去了迪薩爾迪耶上班的地方。穿過一連串賣各種布料的專賣部之後，他看見迪薩爾迪耶站在一個鐵籠般的空間裡，正在記帳，四周都是帳冊。聽到腓德烈克的來意後，忠厚老實的小伙子馬上撇下手邊的工作，跟著他離去。

西齊的兩個代表十二點前，便抵達腓德烈克家中。為了顯示風度，腓德烈克沒有參與雙方代表的協商。

谷曼男爵和約瑟夫先生表示，只要腓德烈克簡單道個歉，他們就會覺得滿意，願意取消決鬥。但列冉巴堅持不願退讓，指出阿爾努的名譽應該受到捍衛（腓德烈克沒告訴他事情的真正原委），所以該道歉的人是西齊子爵。谷曼先生為此感到憤怒，但列冉巴寸步不讓，和解的希望因而落空，只剩下決鬥一途。

但緊接著又來了一項難題。西齊是受辱的一方，按理說應該由他決定決鬥使用什麼武器，但列冉巴卻堅稱，既然是西齊派人上門挑戰，那受辱的一方應該算是腓德烈克。西齊的代表大聲抗議，指出腓德烈克扔碟子的行為已構成最粗魯的羞辱。「公民」鑽文字的漏洞，指出「扔碟子」不等於「掌摑」，不能算是侮辱。雙方相持不下，最後決定找些軍人來請教，判定誰是誰非。

他們一路來到奧爾賽碼頭附近的軍營，向碰到的兩個上尉徵求意見。「公民」的說明顛三倒四，兩個上尉聽得一頭霧水，便建議他們寫一份書面說明，待看過之後再作定奪。四個代表去了一家咖啡廳寫這份說明。為了慎重起見，說明上頭隱去決鬥雙方的姓名，分別以「H先生」和「K先生」稱呼西齊和腓德烈克。

看到書面說明之後，兩個上尉回到營房商量了一下，然後出來宣布：武器的選擇權屬於H先生。大夥一起前往西齊的住處。列冉巴和迪薩爾迪耶留在外面的人行道等待消息。

西齊得知決鬥按原定方案舉行後，心裡慌亂到了極點。聽說列冉巴要求他道歉，他嘴裡咕嚕了一句「可是」，心裡幾乎就要答應了。頹然跌坐在一張單人沙發裡，表示他不想打鬥。

「啊？那您想怎樣？」男爵問。接下來西齊一陣胡言亂語，先是說他希望用槍決鬥：雙方在近距離互放一槍。

「要不就把砒霜摻到一杯水裡，抽籤看由誰喝下。有人是這樣做的，我在小說裡讀過！」

男爵不用說變得相當不耐煩，用嚴厲的聲音催促說：「兩位先生在外頭等著您決定。簡單的說，這樣磨磨蹭蹭相當失禮。您到底打算採取什麼武器？快說吧！是不是用劍？」

子爵只點了點頭，沒有說話。於是，四個副手商量決定，決鬥訂在隔日早上七點整於馬約門進行。

迪薩爾迪耶必須回去上班，便由列冉巴獨自把消息帶給腓德烈克。腓德烈克等消息等了一整天，耐性已經快到盡頭。

得知安排後，他喊了一聲：「太好了！」

「公民」對他這種態度倍感滿意。

「您相信嗎，他們竟然要求我們道歉。道歉是沒什麼大不了，不過是說句話。可是我還是把他們頂了回去。這是個正確做法，對不對？」

「毫無疑問。」腓德烈克回答說，但心裡開始懷疑自己選錯了副手。

剩下一個人之後，他以非常大的聲音重複說了幾遍：「我要去決鬥了！呵呵，我要去決鬥了！真是滑稽！」

他在房間裡踱來踱去。經過鏡子前面時，他注意到自己臉色慘白。

「我是害怕了嗎？」

他對於自己臨陣膽怯的心理深感厭惡。

「但萬一我被殺了呢？我父親就是這樣死的。對，我一定會是同樣的死法！」

突然，他看見母親穿上喪服的樣子，各種雜亂無章的想像跟著浮現心頭。他痛恨自己的懦弱，卻又由恨生勇，讓他突然陷入一股嗜血的欲望裡。現在，即便迎面而來是一個師的兵力，都無法讓他退卻。為了避免東想西想，他去劇院看了一齣芭蕾舞劇。他聆聽音樂，用望遠鏡仔細打量著女舞者，又在幕間時間喝了一杯潘趣酒。不過，回到家之後，看到書房裡的陳設，一想到這有可能是最後一次看到這一切，不禁有種隨時會昏過去的感覺。

於是他跑到花園裡去。天上星光閃爍，他凝視著星星。一想到自己是為一個女人而戰，他便勇氣陡增，覺得自己從未如此了不起過。接著，他帶著平靜的心情就寢。

西齊可不一樣。谷曼男爵離開之後，他的心情一直鬱鬱不樂，不管表弟約瑟夫如何地開解都無濟於事。

「這樣吧，老哥，如果你寧願待在家裡，我就幫你去說一聲。」

西齊不敢回答說「好」，但心裡巴望這個親戚會察言觀色，主動幫這個忙。

在無計可施的情況下，他只能指望腓德烈克當天晚上突然中風，或是爆發暴動，以致第二天早上到處都是街壘，堵住通往布隆森林的所有道路。要不就是其中一個副手出了意外，無法到場，讓決鬥不符規定，無法進行。他還想過要搭乘一列特快車逃之夭夭，不管到哪裡都可以。他懊惱自己不懂藥物，不然他就可以找些讓人暫時停止呼吸心跳的藥物來吃，假裝死掉。最後，他甚至希望自己突然染上重症，病入膏肓。

他想找個人商量與幫忙，便派人去把奧勒內先生請來。不巧這位老先生因為一個女兒生病，已經回聖東熱去了。西齊認為這是個不祥之兆。幸好他從前的家庭教師維蘇先生適時地來訪，讓他有人可以傾訴。

「天啊！我該怎麼辦？我該怎麼辦？」

「先生，我要是你，就會到市場僱個壯漢，差他去把那個腓德烈克狠狠揍一頓。」

「他會知道是我主使的。」西齊說。

他不時唉聲嘆氣，又問：「決鬥之約真是非赴不可的嗎？」

「那是野蠻時代的遺風，有什麼辦法啊？」

為了獻慇懃，家庭教師主動表示要留下來陪西齊吃晚飯。西齊什麼都吃不下，飯後說想要散散步。經過一家教堂時，他說：「我們進去看一下好嗎？」

維蘇先生求之不得，甚至還為子爵獻上聖水。

因為時值聖母月⑨，祭臺上布滿鮮花，唱詩歌的聲音綿綿不絕，管風琴琴音在整座教堂裡迴響。西齊無法靜下心來禱告，因為正在進行的隆重宗教儀式讓他聯想到喪禮。他甚至彷彿聽到喃喃念誦哀祭禱文的聲音。

「離開這裡吧。我覺得不舒服。」

兩人打了一整夜紙牌。子爵設法輸牌，想用這方法驅除晦氣，維蘇先生因此撈了不少。最後，在黎明第一線曙光亮起時，西齊再也支撐不住，直接躺到綠色地毯上沉沉睡去，睡眠中惡夢連連。

不過，若說勇敢是意謂一個人能夠駕馭自己的恐懼心理，那子爵便算是勇敢的了，因為，一看到兩位副手出現，他就用盡全部力氣來奮起精神。虛榮心讓他明白，他只要表現出一點點畏縮的模樣，便會名聲掃地。谷曼先生對他的鎮定神情讚賞有加。

不過，在路上，馬車的顛簸和朝陽的炎熱又讓他委靡不振。他的精力再次消逝了，甚至辨別不出來馬車已經走了多遠。更讓他害怕的是，男爵打趣似地談到了「屍體」，以及該如何把屍體祕密地運回城裡。約瑟夫不以為然。其實，兩人都認為這次決鬥荒謬至極，一定會以和解收場。

西齊的頭一直低垂在他的胸前。而後緩慢地抬起頭，指出他們此行遺忘了一件事：他們沒有帶個醫生。

「沒這必要。」男爵說。

「您的意思是不會有傷亡？」

約瑟夫凝重地說：「但願如此！」

接下來，馬車裡三個人沒有再說過話。

他們在七點十分抵達馬約門。腓德烈克和他的兩位副手已經先到，三人都一身黑衣服。列冉巴沒有打領帶，樣子像個騎兵，手上提著個專為這種場合所準備的狹長小提琴盒。雙方人馬交換了一個冷冰冰的招呼。接著，一行六人走進布隆森林，沿著馬德里路找一個適合決鬥的地點。

列冉巴對走在他和迪薩爾迪耶中間的腓德烈克說：「怎麼樣，會害怕嗎？別擔心，害怕乃是人之常情！」然後又低聲說：「別抽菸了，這種時候抽菸會讓人變軟弱。」

腓德烈克丟掉香菸，以堅定的步伐邁進。子爵走在他們後面，需要靠兩位副手攙扶。偶爾會有路人從他們前面走過。天空一片蔚藍，不時會聽到兔子跳躍的聲音。

西齊回憶起以往的快樂日子，益發覺得難受。一股難忍的口渴燒灼著他的喉嚨。蒼蠅的嗡嗡聲和他血管的搏動聲混成一片。他的腳陷入沙土裡，只覺得正在走的這段路既沒有開始也不會終結。

幾個副手一面走一面以銳利目光搜索道路兩旁，有沒有適合決鬥的地點。他們一度停下來，商討是不是要走到卡特朗十字架或是巴加太爾牆垛下面去。最後，他們向右轉，來到一片按「梅花五」格局栽種的松樹林中間。

標示好決鬥雙方的站立位置之後，列冉巴打開他的盒子。盒子以紅色羊皮襯裡，放著四把漂亮的劍，劍身中央鏤空，劍柄上鑲著金銀細線。一道陽光穿過樹葉間隙，灑落在劍上。看在西齊眼裡，四把劍宛如在血泊裡閃閃發光的銀色毒蛇。

「公民」把四把劍並攏整齊，表明它們是一樣長短。他自己拿去一把，以便在有必要時分隔開決鬥雙方。谷曼先生舉起一根手杖，接下來一陣鴉雀無聲。大家你看看我，我看看你，每張臉都流露出兇暴或殘忍的神情。

腓德烈克脫下長禮服和西裝背心，約瑟夫幫忙西齊做同樣的事。領帶一解開，只見西齊脖子上掛著道護身符。列冉巴看了露出不屑的笑容。

谷曼先生為了拖延時間，好讓腓德烈克再多考慮一會，故意製造一些小問題。他指出，決鬥雙方有權戴上一隻手套，容許用左手抓住對方的劍。列冉巴急於讓決鬥開打，沒有表示反對。最後，男爵對腓德烈克說：「現在一切就看您怎麼決定了，先生！承認自己犯錯並不可恥。」

迪薩爾迪耶點頭附和，但列冉巴卻大為光火，喊道：「媽的，您以為我們來這裡是玩假的！兩位，各就各位吧！」

要決鬥的兩個人面對面，副手分別站在兩旁。

「開始！」

西齊的臉色頓時白得嚇人，劍尖像馬鞭般抖個不停。然後，他頭向後仰，手不由自主地往下垂，整個人倒在地上，昏了過去。約瑟夫扶起他的上半身，把一瓶香水湊到他的鼻孔，再猛力搖晃他。

子爵重新張開眼睛，突然發狂似地把劍抓起。腓德烈克眼神凝定，手中的劍向上斜起，等著西齊進攻。

「住手！住手！」有個喊叫聲從道路那邊傳來，同時還聽到一匹馬全速奔馳和馬車篷頂擦斷樹枝的聲音。一個男人從車窗裡伸出頭，手上揮舞一條手帕，不停喊道：「住手！住手！」谷曼先生以為是警察前來干涉，便舉起手杖說：「決鬥終止，子爵流血了！」

「我流血？」西齊說。

事實上，他倒地時擦破左手拇指的皮。

「那只是摔傷的。」「公民」說。

男爵假裝沒聽見。

這時阿爾努從馬車跳了下來。

「我來晚了嗎？啊，是及時趕到！感謝上帝！」

他一把摟住腓德烈克，然後又吻遍他整張臉。

「都是因我而起的。您想要捍衛我的名譽。您真好，我的好朋友！我永遠不會忘記！」

他凝視著腓德烈克的臉，眼眶泛淚，另一方面又高興得咯咯笑。男爵見狀，轉身對約瑟夫說：「我看我們是妨礙了別人的家庭聚會。事情結束了，對不對？子爵，包紮傷口吧！這是我的絲手帕。」

兩位決鬥者冷漠地握了握手。子爵一行三人朝一個方向離去，腓德烈克一行四人朝另一個方向走。

馬德里餐廳就在不遠處，阿爾努建議大家去喝杯啤酒。

「我們不妨順道吃個午飯。」列冉巴說。

不過，由於迪薩爾迪耶還要趕回去上班，大家只好僅止於在餐廳的花園裡喝點東西。除了列冉巴以外，其他三人都對決鬥以這種方式落幕感到滿意，但他卻抱怨阿爾努不該在那種關鍵時刻中止決鬥。

阿爾努是從列冉巴的朋友貢班那裡得知決鬥的消息。他以為事情是因自己而起的，所以壓制不住感情衝動，趕來制止。他求腓德烈克把前因後果說得詳細點。腓德烈克固然被他這種真情流露感動，但又怕說出真相會對自己不利。

「看在老天份上，我們別再談論這件事了！」

阿爾努覺得這種不邀功的態度非常高尚。接著，出於一貫的無定性個性，他轉到了別的話題。

「有什麼最新消息嗎？公民。」

然後兩人聊到了一些到期的銀行期票。為了不受打擾，他們坐到另一張桌子竊竊私語。

腓德烈克聽到這些對話：「您得用簽名幫我背書。」、「得了，得了。」、「我已經把價錢殺低了三百法郎！」、「好買賣！」

顯而易見，阿爾努和「公民」一起做了許多投機生意。

腓德烈克想要提醒他那筆一萬五千法郎的借款。不過，阿爾努方才的表現讓腓德烈克不便責難他。再者，他也感到累了，目前的地點並不適合討債。他決定改日再提。

阿爾努坐在一棵冬青樹的樹蔭下，抽著菸，一臉快樂無憂的樣子。他抬眼望向那些窗戶開向花園的餐廳包廂，提到自己從前經常到這裡光顧。

「您八成不是獨自來這裡的吧？」公民回應說。

「答對了！」

「虧您還是有家室的，真是個放蕩鬼！」

「您自己好到哪去？」阿爾努帶著一個沾沾自喜的笑容還嘴說，「我敢說，您這無賴在什麼地方一定也有個專門招待小妞的包廂。」

列冉巴聳聳肩，算是直接承認。接著兩人談論到各自對於女人的偏好，現在阿爾努喜歡年輕的工廠女工；列冉巴討厭矯揉造作的女人，把個性真誠看得比什麼都還重要。陶瓷商最後做出結論：對女人只能逢場作戲，絕不可以認真。

「由此看來，他還是愛著他太太的。」腓德烈克心想，接著又覺得這個粗鄙的男人不值得為他拚命，開始有一種錯覺，以為自己真是為了維護阿爾努的名譽而戰鬥。

不過他十分感激迪薩爾迪耶的忠誠。過不了多久，「會計」便應腓德烈克的邀請，每天都到他家裡坐坐。腓德烈克借許多書給他看，包括梯也爾寫的、杜洛爾寫的、巴朗特寫的，還有拉馬丁的《吉倫特派史》[10]。每次聽腓德烈克說話，迪薩爾迪耶總是全神貫注，把他的意見奉若神明。

有一天傍晚，他神色慌張地來到。原來，當天早上，他在林蔭大道被一個奔跑的人撞上，對方認出他是塞內卡的朋友，便告訴他：「塞內卡剛被抓走！我在逃亡！」

迪薩爾迪耶花了一整天到處打聽，最後得知塞內卡被關在牢裡。

塞內卡出生在里昂，父親是一名工頭，年少時曾拜夏里埃[11]的一名弟子為師。他一到巴黎之後就加入了「家庭社[12]」。因為名聲響亮，所以一直被警方監視著。他參加過一八三九年五月的鬥爭，事敗後深居簡出以躲避鋒頭。不過後來又轉趨活躍，並成了阿利包[13]的熱烈仰慕者。他把自己對社會的怨恨，和人民對君主政體的不滿混為一談，每天一醒來就盼望爆發革命，指望社會在兩週或一個月內就上下顛倒過來。不過，他的同志遲遲無所作為，這讓他感到憤怒，加上對國家失望，他便藉著自己的化學知識參加了一項製造、投放燃燒彈的陰謀，要以此為手段，促進共和國的成立。有一次，他帶著一包炸藥要前往蒙馬特試爆，不料途中被人查獲，因此遭到逮捕。

迪薩爾迪耶一樣受到共和理念的吸引，認為那將可以帶來普遍的選舉權和普遍的幸福。這種憧憬可以回溯到他十五歲那一年：有一天，在特朗斯諾南街⑭一家雜貨店的前面，他遇見一群剛鎮壓完群眾起義的士兵，看見他們的刺刀被鮮血染紅，槍托上還黏著頭髮。自此，在他的眼中，政府就成了不義的化身，認定憲兵和密探罪大惡極得不下殺人兇手與弒父者。他把人間的一切罪惡天真地歸咎於當今政權，內心對它懷有一股根深柢固的不共戴天之仇，塞內卡的滔滔雄辯蠱惑了他。他不在乎塞內卡使用的手段可取不可取，既然塞內卡成了當今政權的受害者，迪薩爾迪耶就覺得自己有義務去營救他。

「那些貴族不會讓他有活路的，這是一定的！他們會定他的罪，用囚車把他押送到聖米歇爾山監獄——政府想要誰死就會送到那裡去。奧斯登不就是在那裡發瘋，斯特本不就是在那裡自殺的嗎！他們拉住巴爾貝的頭髮和兩條腿拖到地牢去。他們踐踏他的身體，讓他的頭在樓梯上一級一級的顛。多麼可惡啊！這些王八蛋！」

怒氣與啜泣令他說不出話來。他在房間裡來回踱步，情緒極為激動。

「總得想個辦法！但我不知道要怎麼辦！您看劫囚車行不行得通？比方說趁他被押送到盧森堡宮途中時，撲向那些兵丁！只要有十多個夠勇敢的人就可以辦到！」

迪薩爾迪耶的眼睛直冒怒火，看得腓德烈克微微戰慄。他回憶起塞內卡吃過的種種苦難和所過的清苦生活。他對塞內卡是沒有多少熱情，但仍然敬重任何甘為理念拋頭顱、灑熱血的人。他心裡想，若是當初他有幫塞內卡找工作，這個人也許就不會落得這種地步。於是，兩個朋友苦思對策，想要營救塞內卡。

但他們一直不知道塞內卡的下落。

有三星期的時間，腓德烈克每天都跑閱覽室，想要從報上找出一些端倪。

有一天，他順手拿起幾本《爆破手》來看。這雜誌的重點文章一律都是詆毀某個社會名人，然後是一些上流社會的八卦與醜聞。再來就是無意義地觀察奧德翁劇院、卡龐特拉鎮、養魚法和偶爾遇到的死刑犯，一艘商船消失不見，足以提供一整年的笑料。第三欄的一則藝術通訊，以軼事或建議的形式發表，談論了裁縫公告、晚宴清單、拍賣廣告、藝術作品分析，並以一脈相承的筆調探討一本詩集或一雙靴子。整本雜誌唯一嚴肅的部分是關於小劇院的評論（內容通常是針對兩三個劇院經理展開猛烈攻訐）。當提到富南布勒劇院的布景或「遊藝場」某個女伶的報導時，就會津津樂道的援引「藝術」。

匆匆掃過這些內容時，腓德烈克的目光被一篇題為〈周旋於三女間的一男〉的文章給吸引住。這篇是關於他的決鬥故事，用一種熱鬧輕鬆的筆法敘述，他毫不費力就認出男主角是影射自己，因為文章一再出現這句相關語：「一個桑斯中學畢業卻毫無理智[15]的青年。」文章把他形容為一個來自外省的可憐蟲，一心想要往上爬，不惜攀附權貴。反觀西齊的形象顯得光彩熠熠，文章首先說他是被迫進入英吉利咖啡廳的包廂，離開時是被在場那位女士主動帶走，然後又說他在決鬥場上表現出十足的紳士風度。

文章沒有一筆抹煞腓德烈克的勇敢，不過又暗示，要不是他的「保護人」適時趕到，他可能會性命不保。整篇文章以這番不懷好意的話作結：「兩人的情誼究竟從何而來？這問題真難回答！借巴齊勒⑯的話來說：這兩人中間到底誰是受騙的倒楣鬼，只有天知道！」

毫無疑問，這篇文章是余索內因為腓德烈克不肯借他五千法郎，挾怨報復。

他該怎麼辦呢？如果去質問余索內，對方一定會抵死不承認。最好的方法就是默默承受，反正又有誰會去讀《爆破手》呢？

走出閱覽室的時候，他發現一群人圍在一家畫商的櫥窗前。他們正在看一幅女人的肖像畫，畫下方寫著一行細細的黑字：「羅莎妮小姐的肖像，畫主為諾冉人士腓德烈克・莫羅先生。」

畫中人確實是羅莎妮——或者，至少像她。她臉朝前方，酥胸半露，頭髮鬆散垂下，手裡拿著一個紅色天鵝絨的錢包。一隻孔雀在她背後把鳥喙伸到她的脖子上，打開的尾羽像把扇子那樣蓋住整面牆壁。

佩爾蘭把這幅畫擺出來，顯然是要逼腓德烈克付錢。他自信已經是名人，全巴黎的人都會對他這幅蹩腳作品感到興趣，為他打報不平。

為什麼佩爾蘭和余索內會在同一時間發難？這當中難不成有什麼陰謀？他們是串通好一起攻擊他的嗎？

這麼說，他的決鬥並沒有讓事情告一段落，他成了人人嘲笑的笑柄。

三天之後，當時已是六月底，北方鐵路的股票漲了十五法郎，這樣算下來，他一個月便賺了三萬法郎。這筆小小的財富讓他重拾自信。他告訴自己，他不需要仰仗任何人，而他一切的尷尬都是因為靦腆和猶豫不決所引起的。他應該從一開始就對女元帥來硬的，從一開始就回絕余索內，他當初也不應該向佩爾蘭妥協。為了顯示自己無所畏懼，在一個平凡的夜晚，他前去參加丹布羅斯府的例行晚會。

在前廳，他遇到跟他同一時間抵達的馬蒂農。對方問他：「怎麼您也來了？」一臉的驚訝，猶如不高興看見他。

「我為什麼不能來？」

腓德烈克一面走進客廳，一面琢磨馬蒂農何以會向自己表示敵意。

雖然四個屋角都點著油燈，但客廳仍然顯得昏暗，這是因為三扇敞開的窗戶把三個互相平行的正方形陰影投進了客廳。在畫幅下方擺放著一些花盤架，每個都是一人高，占據著牆壁之間的空間。客廳遠方一面鏡子上看見一個銀製茶壺的倒影。人語聲像是一片沉靜的呢喃，時而會聽見薄底皮鞋踩過地毯的聲音。腓德烈克辨認出一些穿著黑色長禮服的身影，還有一張被大燈罩照亮的圓桌，再來是七八個穿夏天服裝的貴婦人。丹布羅斯夫人坐在稍微遠一點的一把搖椅上，身穿紫丁香細綢禮服，反袖裡露出輕羅縐褶，柔和的服裝色澤與髮色非常協調。她微微向後仰著，足尖擱在腳墊上，神情閒適，有如一件玲瓏剔透的藝術品，或是一朵悉心栽培的鮮花。

丹布羅斯先生跟一個頭髮斑白的老紳士在客廳裡踱來踱去。其他人有些三五成群地聊天，有些則在客廳中央圍成一圈。

大家談論到了選舉、修憲、反修憲、葛朗丹先生的演講和伯努瓦[17]先生的回應，第三黨[18]顯然做得太過分了，中左派為何不想想他們的出身？總之，目前的局勢和一八三四年[19]的時候一樣混亂。

這些事讓腓德烈克感到無聊，便朝向女士們走去。馬蒂農站在她們旁邊，帽子夾在腋下，側著身體，露出四分之三張臉龐，好看得像是「塞夫勒」陶器[20]。稍後，他從圓桌上拿起一本《兩世界評論》

雜誌，開始以不屑的語氣談論一名著名的詩人，又抱怨起自己喉嚨疼，不時需要吞顆潤喉糖。接下來又聊起音樂，以顯示自己也有優雅和不務正業的一面。丹布羅斯先生的姪女賽西勒小姐正在繡一對套袖，偶爾用淺藍色的眼睛向馬蒂農送去秋波。長了個塌鼻子的家庭女教師約翰小姐也在旁邊繡東西。兩個女人望向馬蒂農的眼神都極為陶醉，彷彿正在心裡大聲讚嘆：「他多英俊啊！」

丹布羅斯夫人轉過身朝馬蒂農說：「麻煩您把那邊几上的扇子拿給我。不！錯了，是另一把！」

她站起來，當馬蒂農走回來時，當兩人在客廳中央面對面相遇。她對他說了一些尖銳的話，從她臉上高傲的神情看來，無疑是在責備他。馬蒂農強顏歡笑，接著加入那群嚴肅男人的討論。丹布羅斯夫人回到椅子坐下，把腰彎過椅子扶手，問腓德烈克：「前天西齊先生才在我面前提起過您，您認識他的，對不對？」

「稍微認識。」

丹布羅斯夫人突然發出一聲驚呼：「啊！公爵夫人，看到您真是榮幸！」說完趕緊站起來，迎向一位老太太。老太太身穿一件淡褐色的絲綢禮服，頭戴長絲帶的鏤空花邊帽。她是阿爾托爾伯爵㉑流亡期間一個同伴的千金，也是拿破崙麾下一名元帥的遺孀，無論在前朝或本朝都很吃得開，在許多事情上具有很大的影響。那些站著談話的男人紛紛為她讓路，待她走過後才恢復交談。

話題轉到了貧窮。根據這些先生們的看法，所有對貧窮的報導都是誇大其詞。

「不過。」馬蒂農說，「我們得承認，貧窮是存在的！但救治之道既不在於科學，也不能依靠政府，而是取決於個人。只要下層階級願意擺脫他們的壞習慣，自然會衣食無缺，只要人們更道德一些，自然就不會那麼貧窮！」

依照丹布羅斯先生的看法，若沒有極其雄厚的資本，斷難辦得成任何好事。「所以，唯一符合實際的做法，就是像聖西門主義者的主張，把進步的事業委託給那些能增加公共財富的人去操辦。」接下來，話題不知不覺轉向了如鐵路和採煤之類的大型事業。丹布羅斯先生轉身對腓德烈克低聲說：「你上次沒有來談我們的正事？」

腓德烈克推說自己生病，但又覺得這個藉口太荒謬了，便補充說：「另外，那時我手頭的錢另有用途。」

「是為了買一輛馬車嗎？」丹布羅斯夫人問，手裡拿著一杯茶靠近他，頭微傾向肩膀，端詳他足足一分鐘之久。

她的話顯然是暗示，她相信羅莎妮是他的情人。腓德烈克只感到整個客廳的女人都從遠處盯著他看，又彼此竊竊私語。

為了想知道她們是怎樣看待他的，腓德烈克再一次往女士們走去。在圓桌的另一端，馬蒂農坐在賽西勒小姐附近，正在翻一本畫冊。畫冊包含一批以西班牙服飾為主題的石版畫，他一面翻一面高聲念出標題：「塞維利亞女人」、「華倫西亞園丁」、「安達魯西亞鬥牛士」。翻到最後一頁又一口氣念道：「『出版者：雅克·阿爾努』。他是你的朋友，對吧？」

「沒錯。」腓德烈克說，被馬蒂農不懷好意的語氣弄得很不舒服。

丹布羅斯夫人再次插嘴：「我記起來了。有一天早上，您來這裡時提過一棟房子。如果沒記錯，那房子是他太太的。」（言下之意是：「她是您的情婦。」）

腓德烈克一下子臉紅到耳根子。丹布羅斯先生這時候走過來，也加入談話：「看樣子您很關心他們。」

這些話讓腓德烈克幾乎亂了方寸。他覺得自己的緊張完全寫在臉上，足以證實他們的猜測。丹布羅斯先生更湊近一些，語氣凝重地問他：「我想你們沒有合夥做生意吧？」

腓德烈克拚命搖頭，不曉得丹布羅斯先生的用意是提醒他小心。

他巴不得馬上離開，又唯恐此舉會顯得心虛。一個僕人把所有茶杯收走，丹布羅斯夫人正在跟一個穿藍色長禮服的外交官聊天。兩名女孩把頭靠得很近，互相欣賞對方的戒指。其他女人坐在圍成半圈的單人沙發裡，不斷輕輕搖晃她們頂著黑髮或金髮的白嫩臉蛋。事實上，沒有人在注意腓德烈克。他轉過身，採取之字形曲折路線往外走。幾乎要走到門邊時，看見一個托架上有本對折的雜誌，插在中國花瓶與牆壁之間。他把雜誌抽出來一點點，看到封面上這幾個字：《爆破手》。

是誰把它帶來的？除了西齊還會是誰！他為什麼要這麼惡毒？丹布羅斯夫妻想必相信那篇文章所寫的——不只，大概人人都相信文章所寫的？他感覺自己像個在沙漠裡迷路的人。不過，突然間，他聽到馬蒂農問他：「談到阿爾努，我在報紙上曾經讀到：幾名被指控製造燃燒彈的被告中，有一名就是他的員工，名叫塞內卡。是我們認識的那個塞內卡嗎？」

「同一個人！」

「真的？唉，塞內卡啊、塞內卡！」馬蒂農大聲地重複幾次。

然後大家紛紛向他打聽這件案件的陰謀。因為認定馬蒂農既然與檢察廳相熟，必然會掌握到不少情報。

但馬蒂農表示對於案情一無所知，不過，就他和塞內卡有過的兩三次接觸，看得出來這個人心術不正。聽到這話，腓德烈克憤怒地大聲反駁：「才不是！他為人很忠厚。」

「先生。」一個地主表示，「沒有那個陰謀家是忠厚的。」

在場的大部分男人都至少效力過四個政權，而且會願意為了保有財產而不惜出賣法國或全人類。另外，為了避免自己有任何不舒服或尷尬，抑或是出於卑賤人格或膜拜權力的心理，他們一樣會願意這樣做。他們一致主張，迫於貧困鋌而走險的人還可以原諒，但密謀推翻政府的罪行絕不能寬恕。

一位在政府部門任職的先生甚至拉高嗓子表示：「如果是我，先生，若是我知道我兄弟圖謀不軌，一樣會告發他！」

腓德烈克反駁說人民有反抗的權利。他運用德洛里耶以前在談話時用過的一些語句，又引用《英國權利法案》和一七九一年憲法的第二條條文作為理據。從前正是根據這種權利廢黜拿破崙的。這權利也在一八三〇年得到承認，記載在憲章的一開頭。「再說，推翻不能履行約法的君主乃是一種正義。」

「那是大逆不道！」一位省長夫人嚷道。

其他人保持沉默，內心充滿隱隱約約的恐懼，彷彿是聽到子彈聲呼嘯而過。丹布羅斯夫人搖晃著搖椅，面帶微笑地聆聽腓德烈克說話。

一個曾經是燒炭黨人[22]的實業家極力為奧爾良家族[23]辯護，指出他們雖然有些缺失，但仍然具有美好的品質。

「說說看是什麼樣的缺失。」

「這個不是我們該討論的，先生！但願您知道反對黨的吵吵鬧鬧對做生意的人有多麼不利！」

「做生意關我什麼事！」腓德烈克說。

這批老頭子思想腐朽得讓他生氣。就像最膽怯的人有時也會因為憤怒而變得無所顧忌，腓德烈克開始批評金融家、議員、政府、國王。有幾個人不懷好意地慫恿他繼續說下去：「說啊，繼續說啊！」其他人則喃喃地說：「見鬼，真是狂熱份子！」最後，腓德烈克覺得多言無益，轉頭就要離開。見他要走，丹布羅斯先生提醒他：「那件事情不能拖太久，您得快馬加鞭！」暗示祕書長的職位無法閒置太久。

丹布羅斯夫人則說：「您很快會再來坐的，對不對？」

腓德烈克認定他們的告別話語是最後的挖苦。他決定永遠不再踏進這棟房子，絕不再拜會這一類人。他認為自己已經冒犯到他們，真沒想到這個社會竟然如此的冷漠。那些女賓特別讓他生氣，她們沒有一個願意替他說話，甚至只有流露出一絲同情的眼神也好，他也生氣她們竟然沒有被他的發言所感動。對於丹布羅斯夫人，他覺得她既無精打采又冷漠，讓人對她的內心世界摸不著頭緒。她有情人嗎？有的話又是誰？是那個外交官還是別人？難道是馬蒂農？不可能！不過，腓德烈克隱隱感受到自己吃馬蒂農的醋，又對丹布羅斯夫人懷有莫名的怨恨。

那天晚上，迪薩爾迪耶像往常一樣在他家裡等他。腓德烈克一肚子怨氣，看到他便全部傾吐出來。雖然不是聽得十分明白，迪薩爾迪耶仍然心有戚戚。猶豫片刻之後，他建議腓德烈克不妨找德洛里耶見一面。

一聽到律師的名字，腓德烈克馬上有一種想見他的衝動，便請迪薩爾迪耶代為安排。這段日子腓德烈克生活在一種深沉的空虛情緒，光有迪薩爾迪耶一人的陪伴並不足夠。

德洛里耶也是一樣，自從跟腓德烈克鬧翻後便覺得悵然若失，所以毫不猶豫地接受言歸於好的提議。兩個昔日好友一見面便擁抱，接著談些無關緊要的事情，沒有提及腓德烈克先前食言的事。

德洛里耶表現的節制令腓德烈克感動，作為回報，他第二天告訴德洛里耶，自己損失了一萬五千法郎，但沒提到這筆錢原是要給德洛里耶的那一筆。但精明的律師先生自己猜到，並因此認為這件事情可以證明他對阿爾努的反感有理。但不管怎樣，他對腓德烈克的怨恨至此完全消除，自此也沒再提過好朋友從前所提出的承諾。

見德洛里耶絕口不提此事，腓德烈克誤以為他早已把事情淡忘。幾天後，他問德洛里耶，是不是有方法可以把錢要回來。

後者建議，可以考慮利用沒有兌現抵押承諾的名義，對阿爾努太太提出訴訟。

「不，不可以！不可以告她！」腓德烈克驚聲說。德洛里耶追問原委，他不得不說出真相。但前者仍然深信他並未將真相全盤托出，理由無疑是想要保護阿爾努太太的名譽[24]，好朋友這種不肯推心置腹的態度讓德洛里耶頗感受傷。

然而，兩人還是恢復了往日的親密情誼，很喜歡待在一起，甚至對迪薩爾迪耶的在場感到礙事，讓他們無法暢所欲言。慢慢地，他們以要赴約為藉口，將迪薩爾迪耶甩開。世上有些人在朋友之間只能扮演中間角色，別人把他們當成橋梁，過橋之後便會揚長而去。

腓德烈克對老朋友毫無隱瞞，告訴他關於丹布羅斯先生慫恿他入股煤礦公司和擔任祕書長的建議。律師聽了以後陷入沉思。

「這是樁怪事！當祕書長的人必須精通法律！」

「但你可以協助我。」

「啊，沒問題！一言為定！」

過了幾天，腓德烈克把母親寄來的信拿給德洛里耶看。信中莫羅太太自責自己以往誤會了羅克先生，他已經為自己的行為提出了令人滿意的解釋。接著她談到羅克先生的家財有多豐厚，建議兒子不妨考慮娶露薏絲為妻。

「這是門不錯的婚事。」德洛里耶說。

腓德烈克表示這是不可能的事，況且羅克老爹賺的錢不乾不淨。但律師先生認為，這個問題絲毫沒有影響。

七月底，北方鐵路公司的股價因為不明原因大跌，腓德烈克一天之內就損失了六萬法郎。他的財務狀況變得捉襟見肘。面對這種局面，他只有三個辦法：要麼縮減開銷，要麼找份工作，要麼娶個有錢的老婆。

於是德洛里耶跟他重提羅克家的親事，說是何妨先去看看她再作打算。腓德烈克已經厭倦了都市生活，心想回老家走走或許可以轉換心情，便照做了。

月色下的諾冉街頭勾起腓德烈克許多回憶。他感到心頭一陣酸苦，就像一個歷經漫長旅途歸來的遊子。

在他母親家裡，所有的熟人齊聚一堂，包括了岡布蘭先生、海德拉先生、尚布里翁先生、勒布倫一家、奧熱家三姊妹，此外還有羅克老爹。露薏絲坐在莫羅太太對面，對著一張牌桌玩紙牌，小女孩現已出落成一位成熟女子。一見到腓德烈克，她便突然站了起來，高興得驚呼一聲。人人都騷動起來，唯有她一個站著不動，四座銀燭臺的燭光把她的臉映照得更加蒼白。

過了一會，她重新坐下來玩紙牌，但手顫抖個不停。她流露的這種激動情緒讓近日自尊飽受踐踏的腓德烈克大感欣慰。「至少還有您愛我！」他心想。就像是為了報復他在首都所遭受到的屈辱，他開始擺出巴黎花花公子的架勢，大談劇院界的八卦，從小報上讀來的上流社會軼事，聽得他的鄉親目眩神迷。

第二天早上，莫羅太太給兒子講了露薏絲的種種好處，又一一枚舉她將來會繼承哪些山林和田產。羅克老爹的財富相當可觀，他是靠為丹布羅斯先生放貸而發財的。他專門放款給那些有良好抵押品的人，而且會要求額外的佣金。由於管理得宜，借貸出去的金錢萬無一失。碰到有人還不出錢，他會毫不猶豫地申請拍賣抵押品，然後用低價買入抵押的地產。所以，羅克老爹總是能讓丹布羅斯先生把借出去的錢連本帶利地收回，覺得他辦事非常得力。

不過，這種生意嚴格來說並不合法，所以丹布羅斯先生便等於有把柄握在羅克老爹手上。不管後者有何要求，他都無法拒絕。事實上，正是因為羅克老爹的推薦，他才會對腓德烈克極其客氣。

其實，羅克老爹內心深藏著一種野心。他希望女兒可以成為伯爵夫人。正是出於這個目的，加上不願損害女兒的幸福，他才會在年輕人當中只相中了腓德烈克。

他相信，透過丹布羅斯先生的影響力，腓德烈克將可望繼承他外公的貴族頭銜，因為莫羅太太除了是福旺伯爵的千金之外，還跟香檳地區最古老的世家大族——拉韋爾納德家族和戴特里尼家族有著親戚關係。莫羅家族本身也有一點點來歷：在維爾納夫總主教區磨坊的哥德式石碑上，提及一個叫雅各布的人，磨坊就是他在一五九六年出資重建的，而他的兒子皮埃爾．莫羅也是路易十四的侍衛長。

腓德烈克這麼顯赫的家世讓羅克老爹感到目眩。他本身只是一個僕役之子，若是女兒可以當上伯爵夫人，這將會是家族多大的殊榮啊！退一步說，即使伯爵的桂冠無法得手，他還有別的指望：一旦丹布羅斯先生晉升為貴族院議員，就可望把腓德烈克提拔為參議員，有機會替自己弄些特權與專賣權。再說，他本人也滿喜歡這個年輕人的。總而言之，他想要腓德烈克當他的女婿。他的這種念頭已經存在許久，如今更是有增無減。現在他固定會去教堂，也爭取到莫羅太太的支持。

於是，腓德烈克回到家的八天後，未經任何正式的訂婚，他就被當成羅克小姐的「未婚夫」看待，而羅克老爹也不忌諱，經常讓兩人單獨在一起。

①．熱里科（一七九一—一八二四）：法國畫家；巴特農神殿為希臘古蹟。
②．德魯瓦爾是當時行賄被判刑的銀行家；貝尼埃是一名軍需官，因貪污被告發。
③．卡芬瓦克（一八〇一—一八四五）：當日的左翼革命領袖之一。
④．《父親與門房》：安斯洛與布爾熱在一八三三年所寫成的喜劇。
⑤．《巴黎的祕密》：歐仁．蘇（一八〇四—一八五七）的小說，羅道爾夫親王是裡頭的英雄，懲奸除惡、來去自如。
⑥．這個字又有「扒手」的意思。
⑦．拉布呂耶（一六四五—一六九六）：十七世紀法國著名作家，著有《性格集》。「拉布呂耶」這名字法文與「松雞」音近。
⑧．指決鬥的「副手」。決鬥雙方各需要兩名「副手」安排決鬥細節和充當見證人。
⑨．五月，是基督教徒紀念聖母瑪麗亞的月份。
⑩．杜洛爾（一七五五—一八三五）：法國大革命時期國會議員；巴朗特（一七八二—一八六六）：法國歷史學家；拉馬丁（一七九〇—一八六九）：法國詩人、歷史學家、政治家。
⑪．夏里埃（一七四七—七九三）：法國大革命的領袖之一。
⑫．家庭社：一個社會主義色彩濃厚的祕密會社。
⑬．阿利包（一八一〇—一八三六），為激進份子，企圖行刺路易－菲力普失敗，被處死刑。
⑭．特朗斯諾南街事件：發生於一八三四年，是一場極為殘忍的流血暴動。由於一名軍官被起義者殺死，進而引發當局血腥屠殺。
⑮．「桑斯」和「理智」兩個法文單字的拼法相同。
⑯．法國喜劇家博舍馬（一七三二—一七九九）《塞維勒的理髮師》劇中一個角色。
⑰．葛朗丹（一七九七—一八四九）：路易－菲力普時期的政治家；伯努瓦（一七九六—一八八〇）：正統派議員。
⑱．第三黨是當時議會選舉後的一個派別，人數約百位以上，沒有一定的主張，卻有相當的決定權。
⑲．一八三四年四月一日，國務總理克羅伊辭職，第三黨操控政治，路易－菲力普欲親政，因此進入了一段內閣空窗期。
⑳．塞夫勒：位處巴黎近郊，是法國著名的陶瓷重鎮，也是國立陶瓷工藝城所在。
㉑．路易十六的弟弟，後來的查理十世，在一八三〇年的七月革命被推翻，由路易－菲力普取代。
㉒．燒炭黨：是十九世紀初義大利祕密政治組織，之後發展到了法國。
㉓．指當時的王室。
㉔．指德洛里耶以為腓德烈克是因為阿爾努太太是他情婦才不願控告他。

Chapter XII

LITTLE LOUISE GROWS UP

第十二章

小露薏絲長大了

德洛里耶從腓德烈克家裡帶回來一份債權代位證書的副本，還有一份授權訴訟委託狀的正本，讓他能全權代理腓德烈克提出訴訟。不過，當他爬上五層樓梯，回到陰暗的斗室，獨自坐在羊皮沙發時，看到那份貼有印花的文件只覺得反感。

他已經厭倦了這些東西，厭倦了三十二個蘇一頓的飯菜，厭倦了坐公共馬車代步，厭倦了要忍受匱乏和一事無成。他重新拿起那兩份文件，然後注意到旁邊還有一疊紙張。那是煤礦公司的招股說明書，上面列舉出公司擁有哪些煤礦和每個礦坑的藏煤量。腓德烈克把這些東西留給他，是想聽聽他的意見。

他突然想到，何不到丹布羅斯先生家去毛遂自薦，謀個祕書的職位？不過，不購買一定數量的股票，人家又怎麼會用他？想到這裡，他不得不承認自己是癡心妄想：「唉！不行，行不通的。」

於是，他改為把腦筋花在怎樣弄回那一萬五千法郎。這筆錢對腓德烈克只是區區之數，但若是換成在他德洛里耶手裡，將會起多大的槓桿作用啊！一想到死黨的生活有多麼優渥，律師先生便為之忿忿不平。

「他把錢白白糟蹋掉，真是個自私鬼。唉，我何苦要為他的一萬五千法郎操心嘛！」

但腓德烈克為什麼會願意把錢借出去？一定是因為阿爾努太太一雙迷人的眼睛！她肯定是他的情婦！德洛里耶對此深信不疑。「那筆錢本來有更好的用途。」

接著，他起了邪念。

德洛里耶一直覺得，腓德烈克的儀容擁有一種近乎女性的美，不禁讚嘆起來，自己確實望塵莫及。

「不過，堅強的意志難道不是任何成功事業的主要因素嗎？既然依仗意志就能戰勝一切……」

「唉，或許那是可笑的！」

他為自己出現背叛朋友的念頭感到汗顏，但接著又想：「嗤！我害怕了嗎？」

由於時常聽到腓德烈克提及阿爾努太太，使得這個女人在德洛里耶的想像裡變得非同凡響。腓德烈克對她的迷戀，就像一個難解之謎那樣使他生氣。她的樸素也讓他覺得有點誇張，惹人惱怒。另外，在德洛里耶的眼裡，這位名媛（至少他是將她這樣歸類）儼然像是他未曾有機會享受過的千百種歡樂的縮影。儘管他窮歸窮，卻對閃閃發亮的奢侈享受一心嚮往。

「管他的，他要生氣就隨便他生氣！是他先對不起我的，我何必要畏畏縮縮？況且，他從不承認她是他的情婦？所以，我大可以自由行動！」

他再也無法拋棄占有她的欲望。他想考驗一下自己的能耐，所以，有一天，他擦亮靴子，戴上白手套，代表腓德烈克登門拜訪。出於一種奇特的思想跳躍，他甚至覺得自己就是腓德烈克本人。

他要僕人通報說「德洛里耶博士」來訪。

阿爾努太太感到訝異，因為她並未派人去請醫生①。

「讓您誤會真是抱歉！我是法學博士，不是什麼醫生，是專程為了維護莫羅先生的權益而來。」

聽到這個名字，她顯得忐忑不安。

「這樣更好！」律師先生心想。「她既然喜歡他，必然也會喜歡我！」德洛里耶相信一個世俗的觀念，並受到那個觀念的鼓舞：要取代一個女人的情人比取代她的丈夫容易。

作為開場白，他首先指出，自己曾榮幸在王宮廣場與她見過面，甚至還說得出日期。他的好記性讓阿爾努太太驚訝。

接著他東拉西扯起來，談到她的房子、她的工廠。然後他注意到，鏡子兩邊放著些小畫像。

「這些畫像不用說都是您的家人囉？」

他一面端詳一個老太太的畫像，畫中人物是阿爾努太太的母親，一面說：「一看就知道她是個南部人，而且還是位傑出的女性。」

得知阿爾努夫人的娘家其實是在沙爾特時，他又說：「沙爾特？好個漂亮的城市！」

他讚美了沙爾特的大教堂和公共建築，然後又回到老太太的畫像，指出畫中人與阿爾努太太有諸多相似之處，間接把她恭維了一番。看她沒有不高興的樣子，德洛里耶信心大增，表示自己認識阿爾努已有很長一段時間了。

「他是個正人君子，但做事卻太不小心。就以抵押品的事情來說好了，很難想像還有更漫不經心的行為……」

「是的，我知道。」阿爾努太太說，聳了聳肩。

看到她這種下意識藐視自己丈夫的表示，德洛里耶放膽繼續說：「您也許不知道，他的陶土生意幾乎一敗塗地，甚至損害了他的名譽……」

看見她眉頭皺起，德洛里耶暫停了半晌，接著又表示自己對「那些家產被丈夫揮霍掉的婦女」寄予同情。

「不過，先生，在我們家裡，家產是屬於我丈夫的，我自己什麼家產都沒有！」

德洛里耶指出，沒有家產的女人一樣會被揮霍的丈夫拖累，這時就需要一個懂得法律知識的人幫忙。接著他表示願效犬馬之勞，又誇耀自己的優點。說完他炯炯有神地凝視著她的臉。

阿爾努太太被一陣隱隱約約的麻痺感攫獲，突然說：「我求您，有話就直說吧！」

德洛里耶攤開一包案卷。

「這裡包含一份授權訴訟委託狀。委託狀若是送到了執行員手裡，只要他一聲令下，事情再簡單不過：二十四小時之內，您就會……」說到這裡，德洛里耶見阿爾努太太不為所動，決定改變策略。「不過，我真不明白他為什麼要追討這筆錢。他一點也不缺錢嘛。」

「怎麼會這樣？莫羅先生一向都很體貼別人的。」

「是這樣沒錯！」德洛里耶說，又把腓德烈克讚揚了一番，但緊接著便語出詆毀，指出他這個人又健忘又愛錢。

「我猜您是他朋友吧，先生？」

「這並不妨礙我看出他的弱點。他這個人顯得……該怎麼說呢……非常缺乏同情心。」

這時阿爾努太太正在翻動案卷。她打斷他的話，請他解釋一個字的意思。

他把頭湊向她的肩膀，貼近到摩擦過她的臉龐。她雙頰緋紅起來。這種嬌羞反應燃起德洛里耶的色欲，他吻了她一下。

「您這是在幹什麼？先生。」她退到牆邊，用滿是怒火的藍色大眼睛逼視德洛里耶，嚇得他不敢動彈。

「聽我說！我愛您！」

阿爾努太太開始縱聲大笑，笑聲刺耳尖銳，又令人沮喪。德洛里耶覺得自己被一股怒火掐住。但他克制住自己的情緒，用求饒的語氣說：「您放心，我不會做出像他那樣的事。」

「您說的到底是誰？」

「腓德烈克。」

「哈，笑話，莫羅先生從不會對我無禮！」

「啊，對不起！對不起！」

然後，他用一種挖苦的語氣慢條斯理地說：「我深信您必然會樂於知道，他即將要得到幸福……」

聽到這個，阿爾努太太的臉色變得異常蒼白。

「他快要結婚了。」德洛里耶說道。

「他要結婚！」

「最遲一個月內就會成婚，娶的是羅克小姐，她爸爸是丹布羅斯先生的生意代理人。事實上，為了籌備婚事，他已經回到諾冉去了。」

她一隻手放在心口上，看似受到了極大的震撼，但隨即拉鈴。德洛里耶沒等主人下令逐客，當她轉過身來的時候，他已消失無蹤。

阿爾努太太微微喘著氣，她因為情緒太過激動，需要走到窗口呼吸新鮮空氣。

在對面人行道上，一個身穿短袖襯衫的包裝工人在釘一口箱子，幾輛出租馬車往來經過。她關上十字窗，轉身重新坐下。由於附近高樓阻斷了大部分的陽光，室內冷颼颼的。她的一雙兒女都出門去了，四周沒有任何會驚動她的人事物。她感覺自己徹底遭到遺棄。

「他要結婚了！這有可能嗎？」

然後她神經質地全身哆嗦起來。

「我是怎麼回事？難道這表示我愛他嗎？」

然後她突然恍然大悟：「對！我愛他！我愛他！」

她感覺正在墮入無底深淵。時鐘敲響三點，她聆聽著鐘聲的迴響逐漸消逝。她一直坐在單人沙發邊緣，眼睛瞪得大大的，臉上掛著僵硬的微笑。

同一個下午的同一時刻，腓德烈克和露薏絲小姐在小島盡頭屬於羅克先生的花園裡散步。年老的女僕卡特琳遠遠監視著他們。他們肩併肩走著，腓德烈克問道：

「記得我曾經帶您到郊外去玩嗎？」

「您那時候對我好好！」她回答說，「您陪我堆泥巴，又幫我推鞦韆！」

「您那些取了皇后或侯爵夫人名字的娃娃都到哪裡去啦？」

「我不知道。」

「您的哈巴狗莫利哥呢？」

「溺死了，可憐的小東西！」

「您那本《唐吉訶德》呢？我們曾經一起給書裡的木刻畫著色。」

「還在。」

他提起她第一次領聖餐的樣子，那時她戴著白面紗，端著大蠟燭，與其他女孩在詩歌班座席四周排成一列，模樣好可愛。

但羅克小姐顯然不認為這些往事值得回味，所以沒有接話，過了一分鐘之後才說：「您好差勁！

連一封信都不寫給我！」

腓德烈克推託說是因為有太多工作要忙。

「您都在忙些什麼？」

這個問題難倒了腓德烈克，想了一下才說自己都在鑽研政治學。

「啊！」她不再問下去，卻說，「原來是這件事情讓您忙碌，可是我……」

接著她談到自己的生活有多麼枯燥乏味。她沒有朋友可以拜訪，也沒有好玩的事可做。她很想騎馬，卻無法如願。

「神父認為女孩子不適合騎馬！這些禮俗真是愚蠢頂透！沒多久前我愛做什麼都可以，但現在卻什麼都不准！」

「但您父親很愛您呢！」

「沒錯，可是……」

她嘆了口氣，意思是：「光是這個不足以讓我快樂。」

接下來是一陣沉默，除了他們鞋子踩過泥土的聲音，唯一聽到的是瀑布的嘩啦聲；塞納河流到諾冉後分岔成兩道水流，其中一道在此處碰到水磨而浪花四濺，稍後會再跟自然流匯合。您若過了橋，往右邊的河堤望去，會看見一片青草坡，上面佇立著一棟白屋。在左邊的草地上，白楊樹綿延不斷。正前方的天際線有一圈河面圍繞，河水平靜如鏡。大群的昆蟲無聲地在水面上滑來滑去。一叢叢蘆葦和燈心草參差不齊地長在河邊，還有各色各樣的植物：毛茛開著花，吐出一串串的黃果；紡錘狀的雞冠花挺立著，向上噴吐著綠色焰火。在一片水灘裡，白色的睡蓮浮在水面。一排老柳樹遮住了捕狼的陷阱，構成島那一邊花園的唯一屏障。

在這一邊的花園裡，四堵青石覆頂的泥牆圍著菜圃，新翻的一方方土畦看上去有如褐色的金屬板，成排的瓜罩在狹窄的苗床裡閃耀。朝鮮薊、扁豆、菠菜、胡蘿蔔、番茄彼此交錯相間，最後是一圃蘆筍，樣子像一片羽毛小森林。

在督政府②時代，這裡原本有一座「遊樂園」，但後來荒廢，任憑樹木自由生長得出奇巨大。鐵線蓮纏繞著角樹，小徑覆蓋著苔蘚，到處荊棘叢生。亂草下面散落著石膏像碎片，走路的人很容易會被鐵絲絆著。原有的樓閣只剩下一樓的兩間房子。房子前面橫著一道義大利風格的葡萄架。

他兩人走到葡萄架下，陽光從綠色枝葉大大小小的縫隙中灑落。腓德烈克一面陪露薏絲說話，一面打量著她臉上的枝葉陰影。

她一頭紅髮，髻上插著根髮針，針端鑲著一顆仿祖母綠的玻璃球。儘管穿著喪服③（她這種拙劣的品味是如此天真），可是卻穿著一雙粉紅色緞面滾邊的草拖鞋，大概是從什麼市集買回來的便宜貨。腓德烈克注意到這個，半開玩笑地稱讚拖鞋好看。

「別取笑我！」她說。

接著，她從頭到腳，從頭上的灰色氈帽到腳上的絲襪，仔細地打量了他一遍。

「您打扮得好俊俏！」

她請他推薦幾本讀物，他便說了幾個書名。

「哇，您真博學！」她說。

從很小的時候開始，她便懷抱著一種童蒙的激情，這激情既如宗教般純潔，又如動物本能一樣兇暴。腓德烈克曾經是她的同伴、她的哥哥、她的師長，曾經讓她的寂寞生活獲得慰藉，使她的心跳加快。在腓德烈克自己意識不到的情況下，他在她內心深處灌注了一服潛伏而持續的迷藥。然後，又在她母親剛剛過世，歷經人生危機的時刻離去，這兩種不同的「分離」融合為一體。由於相隔兩地，她在回憶中將他理想化了。腓德烈克回來時頭上猶如頂著一圈光環，因此她便直率地投入到重逢的幸福裡。

對腓德烈克而言，這是他人生第一次感受到為異性所愛。這是一種新鮮的歡樂，讓他胸口漲滿了興奮情緒，不由得兩臂張開，頭向上仰。

一大朵白雲這時在天空飄過。

「它是要往巴黎的方向飄。」露薏絲說，「您想追隨它去，對不對？」

「我？為什麼？」

「天曉得！」

然後她以銳利的目光掃視他的臉。

「說不定您在那邊……（她琢磨怎麼樣的措詞才是恰當的）……有著什麼情感牽掛。」

「胡說，我才沒有情感牽掛。」

「您確定？」

「哎喲，我的小姐，百分之百確定！」

不到一年的時間，這位年輕女孩已經發生了超乎尋常的變化，腓德烈克不禁感到驚愕。經過一分鐘的沉默之後，他補充說：「我們像從前一樣用『你』來稱呼彼此，好嗎？」

「不好。」

「為什麼不好？」

「因為……」

他堅持要知道理由。她不好意思地低下頭，回答說：「我不敢！」

這時，兩人已經到達了花園盡頭，站在溢洪道口的沙灘上。腓德烈克一時孩子氣發作，撿起一顆鵝卵石打水漂。她吩咐他坐下，他照辦了，然後望著瀉下的水流說：「真像尼加拉大瀑布！」接著談起一些遙遠異國風光，與自己有多嚮往長途旅行。露薏絲聽得著迷，覺得自己也喜歡上旅行，不在乎會碰到暴風雨或獅子。

兩人貼得很近，一面聊天一面抓起地上的沙粒，再任由沙粒從指縫流走。熱風從平原上吹來，帶來陣陣薰衣草的芬芳，同時混雜著從水閘後面一艘小船散發的柏油氣味。陽光灑落瀑布上；水流從矮牆邊流過，像一塊不斷舒展的銀紗，後面掩映著嫩綠的青苔。一長條泡沫在牆腳下淙淙蹦跳，形成種種形狀的漩渦和錯綜的激流，最後匯合成一片清澈的流水，宛如透明的布帛。

露薏絲喃喃自語地表示羨慕魚兒的生活：「能夠隨意游來游去，全身上下都感覺受到撫摸，這種生活一定很快活。」

她顫抖著，散發出肉欲的嫵媚，充滿挑逗性。但這時卻傳來一個呼喊聲：「你們在哪裡？」

「女傭在叫您。」

「我知道！我知道！」露薏絲說，卻沒有站起來的意思。

「她會生氣的。」

「對我沒差！何況……」她沒有把話說完，但流露出的表情明白暗示，她願意接受他任何擺布。

然而，她最終還是站了起來，隨即抱怨頭疼。稍後，走過一個堆放柴薪的大棚屋時，露薏絲說：「我們到裡頭去『閉』起來，好嗎？」

他假裝聽不懂她用的方言字眼，又取笑她的口音。她的嘴角慢慢向下沉，一咬嘴唇，走到一旁去生悶氣。

腓德烈克追上去，發誓不是故意惹她生氣，又表示非常喜歡她。

「真的嗎？」她喊說，露出一個笑容，讓帶點雀斑的整張臉都明亮了起來。

面對她煥發的青春，腓德烈克抑制不住獻殷懃的衝動，這樣回答說：「我何必要對妳撒謊？妳不相信嗎，嗯？」邊說邊用左手摟住她的腰。

她喉頭發出一聲類似鴿子的尖叫，頭往後仰，一副就快昏厥的模樣。腓德烈克趕忙把她扶住。看來他一路下來的謹言慎行全是白費心機。一個處女積極向他獻身的態度讓他感到惶恐。他攙扶著她緩慢地往前走，不再訴說甜言蜜語，改為談論一些瑣碎無意義的話題，聊著諾冉社交圈一些重要人物

她突然推開他，用一種苦澀的語氣說：「您不會有勇氣帶我一起走！」

他一動不動地呆在那裡，流露出不勝驚訝的神情。她放聲哭泣，將臉埋在他胸膛。

「沒有了您我要怎麼活下去？」

腓德烈克努力安撫她的情緒。她的雙手搭在他的肩膀上，以便可以好好端詳他的臉。

「您願意娶我嗎？」

「可是……」腓德烈克說，一面往自己內心搜尋答案。「當然願意，我求之不得。」

就在這時，羅克先生的鴨舌帽從一株紫丁香後面露了出來。

他帶領這位小朋友到處去參觀他的家業，一去就是兩天。回來後，腓德烈克發現家裡有三封信等著他拆閱。

第一封是丹布羅斯先生所寫，邀請他上星期二到他家用晚餐。他們為什麼會這樣客氣？由此看來，丹布羅斯夫婦已經原諒了他的胡鬧。

第二封是羅莎妮寄來的。信中先是感謝腓德烈克願意為了她拚命，他一開始並不明白她的用意，最後繞了許多圈子才說出真正意圖：基於他的友誼，以及他的體貼，所以斗膽開口向他借五百法郎，以解燃眉之急。腓德烈克馬上決定借她錢。

第三封是來自德洛里耶，談到那份授權訴訟委託狀，內容又長又晦澀。律師表示自己還沒有採取任何明確的行動，又讓人費解地一再強調腓德烈克不必急著回巴黎：「你回來也是無濟於事。」

腓德烈克一頭霧水，左思右想都不得要領，只覺得更想返回巴黎。德洛里耶那種企圖控制他行動的態度，令他相當反感。

事實上，他已經開始想念巴黎的生活。他的母親一直催促他決定，羅克先生整天圍著他團團轉，露薏絲也太纏人，若是繼續待在諾冉，他無法遲遲不表態。

但他需要思考斟酌，也唯有拉開一定距離，才能正確地評估利害得失。

於是，他捏造了一個非得趕回巴黎不可的理由，又告訴每個人他不久便會回來，就連他自己也是這般相信。

①．法文中的「博士」與「醫生」是同一字。
②．督政府，法國大革命時期裡一七九五到一七九九年之間，掌握法國最高政權的政府。
③．按照西方習慣，黑色是喪服的顏色，平常很少穿黑服。露薏絲家裡並沒有人過世，可是卻穿著黑服，所以顯得有點怪異。

Chapter XIII

ROSANETTE AS A LOVELY TURK

第十三章

可愛的土耳其女人[1]羅莎妮

回到巴黎並沒有使他感覺愉快。這是八月底的一個傍晚，各條林蔭大道看來空空蕩蕩，往來的行人個個愁眉苦臉。不時會看到煮瀝青的鍋子在冒煙，許多人家都把百葉窗板關得牢牢的。回到家裡之後，他發現帷幔蒙上了一層灰塵。獨自吃晚飯的時候，他奇怪地有種孤苦伶仃的感覺，思緒也不期然掛念起羅克小姐來。他感到結婚的主意或許不再那麼荒誕不經。他們可以一起去旅行：到義大利去，到東方去。他依稀看見她站在一個小丘上眺望風景，或是依偎著他的臂膀，在佛羅倫斯一家畫廊裡觀賞畫作。能看到這個善良的少女被大自然與藝術的光輝照耀，會是何等的快樂啊！只要把她從窒悶的環境裡釋放，過不了多久，她肯定會成為一個嫵媚的伴侶。另外，羅克先生的家財也讓腓德烈克感到心動。然而，他又非常不願意踏出這一步，覺得那是軟弱和人格低落的表現。

但他下定決心要改變生活方式，不要再把心思寄託在徒勞的激情上。他甚至拖延不去辦理露薏絲交代的事：露薏絲委託他到阿爾努的店鋪，買兩尊大型的黑人雕像。她在特魯瓦省省長家裡看過這種雕像，甚至知道店家的地址，別家的產品一概不要。腓德烈克擔心，如果再上阿爾努家去，自己會重新被舊日的激情攫住，無法自拔。

整個晚上他都被這些思緒縈繞著。就在準備就寢時，一個女人登門造訪。

「是我。」華娜絲小姐說，笑了一聲，「我是代表羅莎妮來的。」

這麼說，她們已經言歸於好囉？

「可不是！」她回答說，「您知道的，我這個人心眼不壞。況且，她是個可憐的女孩……唉！……這件事說來話長。」

華娜絲小姐此行是要轉達一個訊息：女元帥想要看看腓德烈克，她在等待寄去諾冉那封信的回覆。華娜絲小姐對信的內容一無所知。

腓德烈克問她女元帥最近好嗎？

羅莎妮現在跟一個非常有錢的人在一起，對方是俄國的柴爾努柯夫親王，他在賽馬場見過女元帥之後念念不忘。

「他有三輛馬車、一匹鞍馬、一批穿號衣的僕人、一個穿英式制服的侍從官、一間鄉村別墅、一個義大利劇院②裡的包廂，還有其他一大堆好東西。」

華娜絲似乎也自羅莎妮這種時來運轉中撈到了什麼好處，顯得比以前更加快活幸福。她脫下手套，細細打量房子裡的家具、古董，每樣東西的價格都說得出來，簡直像個二手商人。要是腓德烈克當初買這些東西前有請教她，肯定可以買得便宜些。接著她稱讚他的好品味：「這些東西都好別致，只有您才會這麼有眼光。」

隨後她看到床頭有一扇門，便說：「您都是從那扇門把女孩們打發走的，嗯？」

說著，她顯得過分親暱地伸出食指，托起腓德烈克下巴。被她又瘦又軟的手觸及，他一陣顫抖。她的手腕上圍著一圈蕾絲，綠色連衣裙上滾著金線，活像是輕騎兵。她的黑絲綢帽簷往下垂，略微遮住她的前額，一雙眼睛在下面炯炯發光，薄荷香料的氣味從她的包頭帶裡散發出來。擺放在小圓桌上的一盞卡索油燈，像劇院腳燈一般，從下方映照著她，使她的顎骨格外突出。

接著，她從錢包裡掏出三張紙片，嗲聲嗲氣地說：「可以請您買下它們嗎？」那是戴勒馬正在上演的一齣戲戲票。

「什麼！您要我捧他的場？」

「當然！」

華娜絲沒有多加解釋，只表示自己比從前更加崇拜戴勒馬。如果她的話信得過，那這位喜劇演員如今已然躋身「當代最傑出名人」之列。與其說他扮演的是某個角色，不如說是法蘭西精神的化身、法蘭西人民的化身。他擁有「人道主義的情懷，深諳藝術的神聖真諦。」因為不想再聽到這些歌頌，腓德烈克把買票錢塞給了她。

「您到那邊的時候不用提到這件事。老天，很晚了，我得走了！哎喲，我竟忘了告訴您羅莎妮的新地址。是格朗熱－巴特利埃爾街十四號。」

到了門口，她又說：「再見囉，被愛著的男人。」

「被誰愛著？」腓德烈克心想，「好古怪的女人！」

他想起，某次迪薩爾迪耶談到她的時候曾經說過：「唉，這個女人不太可信！」似乎是暗示她做過一些不正當的勾當。

次日，他到了女元帥家裡。她住在一棟新房子裡，每個樓梯間都懸掛了一面鏡子，每扇窗戶前面都放著個花盆架。所有階梯都鋪著油毯，從街外進入時，樓梯的冷涼空氣讓人精神為之一振。

開門的是個穿紅背心的男僕。前廳一條板凳上坐著一男一女，不用說都是商人，樣子就像是在等待部長接見。左手邊飯廳的門微微開啟，看得見一些放在料理臺上的空酒瓶、搭掛在椅背的餐巾。一條走廊與飯廳平行，走廊兩邊牆上各裝飾著一列玫瑰。樓下的院子裡，兩個僕人打著赤膊在刷洗一輛雙篷四輪馬車。他們的說話聲一直傳到樓上，夾雜著馬刷碰在石頭上的聲音。

男僕通報之後回來說：「夫人請先生進去。」他領著腓德烈克穿過第二間前廳，走到一間大客廳。客廳牆壁上張掛著黃色錦緞，角落裡的飾帶一直向上盤旋，連接到天花板，看似與枝形吊燈的垂飾相連在一起。這間客廳前一晚肯定擺過酒席，一些茶几上還殘留著雪茄的菸灰。

最後，他走進了一個類似閨廳的空間，彩繪玻璃窗投入模模糊糊的光線。各扇門上方裝飾著三葉形木雕；在一排欄杆後面，三床紫紅的床墊鋪成一張長沙發，沙發上擱著一具白金水菸筒。壁爐架上沒有放鏡子，但放著一個金字塔形的古董架，格子裡陳列著一批精品，包括古董銀錶、波希米亞號角、寶石鉤子、玉墜子、器皿、奇形怪狀的小瓷人和一小尊拜占庭聖母塑像。四個屋角各有一個基座，上面擺放著青銅花瓶，每個都插滿了花，讓整間閨廳的空氣極為濃烈。

羅莎妮嬝嬝婷婷地走出來，穿了一件粉紅色緞面背心，一條白色喀什米爾長褲，脖子上掛著一條用小銀元串成的項鍊，頭戴茉莉枝幹飾邊的紅帽子。

腓德烈克被她的明豔嚇了一跳，表示已經把她要的東西帶來了，接著把支票遞過去。女元帥凝視著他，沒有動靜。

腓德烈克支票仍然拿在手裡，不知該往哪裡放：

「拿去吧！」

她一把抓過支票，隨即往長沙發一丟：

「您人真好。」

她表示，自己急需這筆錢，是因為在貝勒維租了一塊地，每年要付一次租金。她把支票亂扔的態度讓腓德烈克感到難堪。不過也好，就當作是他曾經對她無禮的一種懲罰吧！

「坐。」她說。「不，坐這裡，可以靠近些。」然後又用嚴肅的語氣說：「親愛的朋友，我首先得感謝您甘願為了維護別人而拚上性命。」

「那不算什麼！」

「不，不，那是很高尚的舉動！」

女元帥的感激讓腓德烈克啼笑皆非。她一定是以為，他會不惜與人決鬥，完全是為了阿爾努的緣故。阿爾努自己也是這樣認為，而且忍不住告訴她。

「她大概是在取笑我。」腓德烈克心想。

多坐無益，他假裝與別人還有約會，站了起來。

「不，別走！」

他重新坐下，開始讚美她的穿著。

她用一種情緒低落的口氣回答：「親王喜歡我穿成這樣子！」又指著水菸筒說：「還規定我得吸這種玩意兒！我們一起抽抽好嗎？」

她弄來了火，卻怎樣也點不著菸草，開始不耐煩地跺腳。然後她感到一陣倦意，便在長沙發上躺下，腋下夾著個靠枕，一條腿屈膝，一條腿伸長，一動也不動。長長的水菸吸管在地板上繞了幾圈，一直盤旋到她的手臂上。她把琥珀菸嘴叼在唇間，一雙眼睛盯著腓德烈克，在瀰漫的煙霧裡不時眨眨眼。她每吸一口，水菸筒裡的水就會呼嚕呼嚕的響。而她不時會呢喃著說：「我可憐的小寶貝！可憐的小親親！」

腓德烈克在腦海裡努力尋找有趣的話題，終於想起了華娜絲小姐。

他說她看起來春風得意。

「可不是。她會這麼幸福，是因為有我的緣故。」女元帥說，但沒有加以說明。兩人的談話裡多所保留。

他們雙方都感到有一點拘謹，有東西妨礙著他們對彼此推心置腹。事實上，羅莎妮還以為那場決鬥是因她而起的，虛榮心獲得了極大的滿足。讓她狐疑的是，腓德烈克並沒有藉此邀功。她會寫信向他借五百法郎，其實是想逼他來找自己。但他為什麼沒有索討一點點愛情作為回報呢？腓德烈克的這種高尚情操讓她刮目相看。心血來潮之下，她詢問：「您要跟我們一起去海濱度假嗎？」

「『我們』是指誰？」

「我和我的飯票。我會學老派喜劇的劇情，把您說成是我的表哥。」

「敬謝不敏！」

「那麼您可以在我們附近租個地方住。」

要他在一個有錢男人面前扮演縮頭烏龜，腓德烈克覺得受到羞辱。

「不行，不可能！」

「隨您的便。」

羅莎妮把頭撇開，眼裡含著淚水。腓德烈克注意到這個，為了試探她對自己的心意，便說看到她終於找到一個好歸宿，心裡很高興。

她聳了聳肩。那麼，她又是為什麼傷心呢？是因為沒有人疼嗎？

「我總是有男人疼的！」然後又補充一句：「但還要看是怎麼疼的。」

她一面抱怨「快熱死了」一面脫下背心，身上只剩下一件絲綢襯裙。然後，她把頭貼在他的肩膀，想要挑起他的情意。

換成是一個不善思考的享樂主義者，大概不會考慮到西齊、谷曼先生或其他男人會在這一刻突然出現，但因腓德烈克之前受到了太多愚弄，所以不願意冒險，免得再一次受辱。

她想知道他有哪些交往對象和哪些消遣娛樂，甚至打聽他的經濟狀況，表示他如果缺錢，可以借他。腓德烈克再也受不了，便拿起帽子。

「我得走了，親愛的！希望您在海濱玩得開心。再見！」

女元帥眼睛睜得大大的，用冷淡的聲音說：「再見！」

他往回走，穿過黃色客廳再穿過第二間前廳。途中，他看見一張桌子上放著個鏤花的小銀匣。這不是阿爾努太太的東西嗎？他一方面感到一股柔情蜜意，另一方面又覺得它是一件受到褻瀆的聖物。他恨不得伸手去打開匣子，但又害怕被人看見，便打消主意，逕自往外走。

腓德烈克守住決心，沒有再去過阿爾努那裡。他差遣僕人把兩座黑人雕像買回來，事前把樣式交代得清清楚楚。當天晚上，兩個裝在箱子裡的雕像便運往諾冉。翌日早晨，腓德烈克去找德洛里耶，在維埃納街要轉入林蔭大道時，竟看見阿爾努太太迎面走來。

兩人一見到對方先各退後了一步，然後才在臉上掛出相同的笑容，走向彼此。整整有一分鐘，兩人沒說半句話。

陽光照亮了她的鵝蛋臉、長睫毛、鑲蕾絲的黑披巾、紫灰色絲綢禮服和帽角上的紫羅蘭花束，這一切在腓德烈克眼裡看來都異常地美豔動人。她美麗的眼眸流露出無限溫柔。腓德烈克結結巴巴說出他隨便想到的第一句話：「阿爾努好嗎？」

「很好，謝謝您的關心。」

「兩個小孩呢？」

「都很好！」

「啊，今天天氣真好，您說對不對？」

「真是風和日麗！」

「您是出來買東西的嗎？」

「對。」

然後，她慢慢低下頭，說道：「再見。」

她伸出手，但沒有說任何溫情話語，甚至沒有禮貌性地邀請他到家裡吃飯。這又有什麼關係？現在即便老天容許腓德烈克，拿這次偶遇去換取最有趣的際遇，他也不要。他一面往前走，一面回味方才的甜美滋味。

德洛里耶看到腓德烈克出現時大為吃驚。他對阿爾努太太還不死心，固執地以為還有一絲希望，所以才會寫信叫腓德烈克留在家鄉，以便行動無後顧之憂。

不過，他還是告訴腓德烈克，他已經去過她家，但佯稱此舉是為了打聽他們夫妻的財產是否協議共同擁有。真是那樣的話，就可以對這個女人提起訴訟。

「聽到我說你要結婚，她臉色大變。」

「你這是搞什麼？為什麼要捏造事實？」

「為了讓她知道你需要用錢，我必須這樣講！如果你們兩個真的沒有什麼，她不會一聽到消息就一副快要昏過去的樣子。」

「真的？」腓德烈克喊道。

「哈，老兄，露出馬腳了吧！從實招來！」

「沒有的事！我可以用名譽發誓！」

這種否認雖然軟弱無力，但德洛里耶還是相信了。他恭喜他的朋友，又向他追問細節。但腓德烈克絲毫都沒有透露，連捏造都懶得捏造。有關討債的事，他叫德洛里耶不要採取任何行動，先看看情形再說。律師對此非常不以為然，粗暴地數落了腓德烈克幾句。

德洛里耶從來沒有像現在這般沉鬱、怨恨和易怒。他已經決定好，要是一年內再不時來運轉，他就要搭船前往美洲，或是轟掉自己的腦袋。由於現在對一切都看不順眼，他的政治態度變得極端，讓腓德烈克忍不住說：「你愈來愈像塞內卡了！」

聽到這個，德洛里耶告訴他，塞內卡已從聖佩拉吉監獄③被釋放：當局一定是找不到足夠的證據，無法提出訴訟，才不得不釋放他。

迪薩爾迪耶對這消息欣喜異常，所以約齊了朋友，要為塞內卡慶祝慶祝。他拜託腓德烈克參加，不要介意會看到余索內。他之所以邀請余索內，是因為這位波希米亞人幫了塞內卡大忙。

原來，《爆破手》雜誌最近得到一家商業機構資助，這間機構的招股說明書上自稱經營「葡萄園代理、公關、收債和偵探社等等業務」。但余索內害怕和商界過從甚密會有損自己的文學清譽，便邀請數學家塞內卡來管帳。這份差事薪水寥寥無幾，但有了它，塞內卡至少不致餓死。因為不想讓忠厚的迪薩爾迪耶失望，腓德烈克接受了邀請。

聚會的三天前，迪薩爾迪耶給自己住的閣樓的紅木地板打了蠟、把單人沙發拍打了一番，又撣去壁爐上的灰塵（壁爐架正中央放著一個雪花石膏座鐘，兩旁各擺著一塊鐘乳石和一顆椰子）。屋子裡只有兩個燭臺和一個燭盤，迪薩爾迪耶為了怕不夠，又向門房借來兩個燭臺。這五個光源在五斗櫃上大放光明。為了讓馬卡龍、餅乾、一個昂貴蛋糕和一打啤酒擺設起來更雅致，他在五斗櫃上鋪了三條餐巾。五斗櫃正對面是一個貼牆的桃花心木小書架，裡面擱著《拉尚波笛寓言》、《巴黎的祕密》和諾爾文著的《拿破崙傳》[4]。床頭正上方，貝朗瑞[5]的臉孔在一個紅木相框裡微笑。

除了德洛里耶和塞內卡以外，客人還包括了一位考到執照，但還不夠本錢開店的藥劑師、一位住同一棟樓房的年輕人、一位葡萄酒推銷員、一位建築師和一位保險公司業務員。列冉巴有事不能來，讓迪薩爾迪耶大感失望。

由於迪薩爾迪耶的轉述，大家知道腓德烈克曾經在丹布羅斯府邸舌戰群醜，所以都用極為熱烈的態度歡迎他。只有塞內卡一個是用傲然的神情跟他握手。

塞內卡始終站在壁爐邊。其他人坐著，嘴裡叼著菸斗，專心聽他說話。他談到了普選[6]，指出普選是《福音書》揭櫫的原理的實際應用，又預言普選必然會隨著革命而來臨。「這一天已經不遠了。在外省，改革派的宴會[7]日益頻繁，而在皮埃蒙特、拿坡里和托斯卡尼……」

「沒錯。」德洛里耶打岔說，「現狀不可能再維持多久！」

他分析了法國當前面臨的形勢：「為了讓英國承認路易－菲力普，我們犧牲了荷蘭；但又因為西班牙聯婚一事[8]，我們與英國的珍貴聯盟已然破裂。在瑞士，基佐先生步上奧地利的後塵，支持一八一五年的條約。普魯士利用它的『德意志關稅同盟』，將會給我們添許多麻煩。東方問題[9]仍然懸而未決：君士坦丁大公爵雖然送禮物給奧馬勒先生[10]，並不代表我們就可以信任俄國。至於內政方面，法國也是從沒有過像如今那般亂七八糟。總之，法國就像一句名言所說的：『一無所有！一無所有！』」說到這裡，律師先生兩手叉腰，「面對那麼重大的公眾醜聞，政府卻還表示情況讓人滿意！」

這句影射某次選舉舞弊的話博得在座眾人喝采。迪薩爾迪耶打開一瓶啤酒，任由泡沫飛濺到窗簾上不以為意。他為眾人的菸斗添滿菸葉，把蛋糕切開，分給每人一塊，又好幾次下樓看看潘趣酒送到了沒有。不多久，大家就沉浸在一種亢奮狀態，對當今政權砲聲隆隆。他們的怒氣都極為兇猛，原因不外乎是憎恨不公不義。他們的各種指控有些有憑有據，有些則極為無厘頭。

那位藥劑師哀嘆法國海軍處境堪憐，那位保險業務員表示他無法忍受蘇爾元帥[11]的兩個衛兵。德洛里耶斥責耶穌會最近公然在里爾活動。塞內卡則痛罵庫贊先生，指他主張的那一套折衷主義，要人從理性中獲得確實性，將導致利己主義的滋長，破壞了團結。那位葡萄酒推銷員對這些事似懂非懂，但仍然大聲嚷嚷，說塞內卡還漏掉許多醜聞：「北方鐵路的王室專車[12]要八萬法郎來維護，試問這筆錢要誰付啊？」

「對啊，要誰付？」保險業務員接腔說，憤怒得就像這筆開支是從他腰包掏出來的。

接著大家又對貪婪的財閥和貪腐的官吏罵聲連連。塞內卡指出，歸根究柢，該怪罪的是那些王公貴族，因為是他們復活了攝政時代的歪風。

「不久前，蒙邦西埃公爵和一票朋友從樊尚回來，一定是喝醉了酒，大聲地唱著歌，到聖安東尼鎮區的工人中間惹是生非。你們有聽說了嗎？」

「有人甚至高喊：『打倒竊賊！』」藥劑師說，「我當時在場，也加入了吶喊。」

「好極了！自從泰斯特、古比埃爾[13]的貪瀆案爆發後，人民終於覺醒了。」

「說到這案子，我倍感心痛。」迪薩爾迪耶說，「因為它污辱了一個老兵[14]的榮譽。」

「你們知道嗎？」塞內卡接著說，「有人在帕拉蘭公爵[15]夫人家裡發現了……」

語話未落，有人一腳把門踹開。余索內走了進來。

「嗨，各位先生。」他打招呼說，走到床邊坐下。

沒有人提及他寫的那篇文章[16]。他自己也後悔莫及，因為女元帥把他狠狠地罵了一頓。

他剛在仲馬劇院看完《紅屋騎士》[17]，便趁機大罵這是齣爛戲。

這個批評讓在場幾位民主派人士感到震驚，因為這戲的政治傾向，或者至少說它的舞臺布景，很合他們的胃口。他們向余索內提出抗議。為了快點結束這個話題，塞內卡便問余索內，是否認為這齣戲對於民主政治有貢獻。

「大概有，但它的風格未免……」

「這就行了，風格有什麼要緊的？思想才是一切！所以總結一句，那是齣好戲。」

腓德烈克想要加以反駁，但塞內卡不讓他有機會開口：「現在，我要指出，在帕拉蘭公爵夫人的事件裡……」

余索內打斷他：「您來來去去都是同一套廢話，我煩死了！」

「您不愛聽不代表別人不愛聽。」德洛里耶反駁說，「由於這個事件，有五家報社被查封。聽我念這一段報導。」

他從口袋裡掏出筆記本，念道：「『自史上最好的共和國[18]建立以來，共有一千兩百二十九宗針對報刊提出的訴訟，因此而被判刑的記者刑期加起來是三千一百四十一年，罰款加起來共七千五百法郎。』有意思吧？」

眾人悻悻然冷笑。腓德烈克的憤怒情緒不下於其他人，指出：「《和平民主報》的副刊只因為連載了一部名為《女權》的小說，結果吃上官司。」

「哈，真是夠了！」余索內說，「天曉得他們禁止我們提倡女權！」

「現在又有什麼是不被禁止的？」德洛里耶高聲說，「在盧森堡宮吸菸要禁，為教皇庇護九世[19]唱讚歌也要禁。」

「還禁止印刷工人舉行宴會！」一個低沉的聲音喊道。

說話者是那位建築師，他坐在床頭凹龕的陰影裡，先前一直沒有發言。他又補充，一星期前一個叫魯熱的人因為侮辱國王而被定罪。

「魴魚下鍋了[20]。」余索內說。

塞內卡覺得拿這種事情開玩笑不恰當，又指責余索內不應該支持「市政府裡變戲法的人」，也即「賣國賊杜穆里埃的朋友」[21]。

「我支持他？才怪！」

余索內認為路易－菲力普庸庸碌碌，是「國民自衛軍」一類的角色，只適合當雜貨店賣棉睡帽的員工。然後，波希米亞人把一隻手貼在心口，學著路易－菲力普的語調講話：「嶄新的樂趣總是層出不窮……波蘭民族將不會滅亡……我們的大業將會繼續下去……給我一點錢贍養我的小家庭吧……」

大家笑翻了，誇讚他是個活寶，妙語如珠。後來咖啡廳的老闆送來一大盅潘趣酒，大家的快樂情緒益發增加。

酒精、蠟燭的燭光不一會就讓房子變得溫暖。閣樓的光芒照亮了對面帶煙囪的屋簷，讓這屋簷的輪廓在黑夜裡隱約可見。一路下來大家高談闊論，他們脫掉長禮服，用拳頭捶打著家具，又互相碰撞酒杯。

余索內喊道：「喊幾位貴婦上來吧！那樣的話，這裡就更有尼斯勒塔[22]的風情，也會更有林布蘭畫作的味道！」

那位藥劑師不停攪動那一大盅潘趣酒，又拉開嗓門唱起歌來：

兩頭大牛在我的畜棚裡，
兩頭大白牛……

塞內卡用手掩住藥劑師的嘴巴，他不喜歡吵雜喧鬧。鄰居聽到迪薩爾迪耶屋子裡超乎尋常的喧囂聲，都把臉貼在窗上，想看個究竟。

老實人迪薩爾迪耶很快樂，說此情此景使他回憶起從前在拿破崙碼頭的小聚會，只可惜有幾個舊人這次沒來。「佩爾蘭就是其中之一。」

「少了他沒有差別。」腓德烈克說。

德洛里耶問起馬蒂農的情況：「那位有趣的先生最近怎樣？」

腓德烈克趁機宣洩他對馬蒂農的怨氣，把這個人他的智商、他的人品、他的假風雅，甚至他的整個人，都統統數落了一遍：這正是十足鄉下暴發戶的典型！這些新興貴族、商人階級，並沒有比舊有貴族好上多少。在場一票民主派人士都贊成這個主張，把他當成自己人看待，藥劑師甚至拿他與阿爾東謝先生相提並論。大家都知道，阿爾東謝先生雖然身為貴族院議員，卻願意挺身捍衛人民的利益。

聚會結束時，大家極其熱烈地互相握手道別。基於熱心，迪薩爾迪耶堅持要陪腓德烈克與德洛里耶走路回家。走到街上之後，律師先生一副若有所思的樣子，然後問腓德烈克：「你還恨著佩爾蘭？」

腓德烈克沒有隱瞞自己的怨氣。

德洛里耶指出，畫家已經從展示櫥窗撤回那幅惡名昭彰的肖像畫。所以，不應該為區區小事傷了和氣。何苦要樹立一個敵人呢？

「他只是一時鬧脾氣，就一個身無分文的人來說，這是可以原諒的。當然，窮人的心情你是不會懂的！」

將德洛里耶送回家之後，迪薩爾迪耶繼續陪伴腓德烈克。他甚至慫恿腓德烈克買下那幅肖像畫。事實上，佩爾蘭早已知道自己那一招不管用，所以轉而籠絡迪薩爾迪耶和德洛里耶，希望他們能代為求情。

後來，德洛里耶又重提此事，指出畫家要求的價錢很合理。

「我敢說，只要給他五百法郎，他就會……」

「好吧好吧！這裡是五百法郎，你拿去給他吧！」

畫像在當晚便送來。重看之下，腓德烈克只覺得比頭一回看到的，還要更不堪入目。由於補筆太多次，中間色和陰影的部分變得很灰暗，明亮的部分東一塊西一塊地顯得很刺眼，導致整個畫面很不和諧。

對於被迫買畫，腓德烈克心有不甘，在德洛里耶面前把畫批評了一番，一吐心中的怨氣。德洛里耶相信他的話，認同他的行為，因為他野心勃勃地想要組織一個祕密社團，由他來領導。有些人尋開心的方式，便是強迫他們的朋友做不樂意做的事。

這段期間，腓德烈克沒有再到過丹布羅斯先生府邸。他缺乏資金，買不起煤礦公司的股份；另一方面，他又不知要如何向丹布羅斯先生解釋，所以始終猶豫不決。不入股的決定或許是對的，這年頭沒有什麼生意是穩賺不賠的，而煤礦生意並不見得比其他生意穩妥。腓德烈克甚至打算不再出入上流社會。最終，因為德洛里耶也勸他不要入股，這事情便有了最後的結論。是恨的力量讓德洛里耶這麼為死黨著想：他樂於見到腓德烈克碌碌無為，因為這樣，兩人才能平起平坐，關係也會更為親密。

腓德烈克替羅克小姐辦的事也很糟糕。她父親來信告知，兩個黑人雕像的款式不對，又極詳細列舉了該注意的事項。信末寫了句玩笑話：「讓您爲兩個黑鬼費盡心思，眞是千萬個抱歉。」

腓德烈克迫不得已，只好親自跑一趟。阿爾努的店裡空無人影。這店快倒閉了，所以員工都學習老闆的模樣，做事馬馬虎虎。

快走到店鋪末端的帳房時，他故意加重腳步聲，好讓別人聽見。

帳房的門簾掀開，阿爾努太太就在眼前。

「啊，是您！您在這裡！」

「對。」她回答說，因為情緒激動因而顯得結結巴巴：「我在找……」

他看到她的手帕放在書桌附近，猜想她來店裡是要了解店鋪的帳目，消除她的焦慮。

「您或許是要來買東西的吧？」她問。

「只是微不足道的東西，夫人。」

「這些店員老是不見人影，真不像話！」

他不打算責怪他們。相反地，他慶幸現在這樣的情況。

她用諷刺的目光盯著他：「唔，婚事辦得怎麼樣啦？」

「什麼婚事？」

「您的婚事！」

「我？我此生絕不會結婚！」

她做了一個表情，像是表示不相信這種鬼話。

「您說這種事怎麼可能會發生在我身上？難道您以為，在美好的夢想絕望以後，我會自甘苟活於平庸之中嗎？」

「但您對您的夢想並不是那麼的……認真！」

「妳這話什麼意思？」

「您那天不是帶了一個女人去看賽馬！」

腓德烈克在心裡詛咒羅莎妮，繼而回憶起什麼來。

「不是您自己要求我不時去找她，以了解阿爾努的情況嗎？」

她搖搖頭回答說：「所以您就及時行樂了？」

「老天！讓我們忘掉這些愚蠢的想法吧！」

「您馬上便要結婚了，當然應該忘掉。」

她咬著嘴唇，憋住一聲嘆息。

腓德烈克放聲大喊：「我說過了，我沒有要結婚！難道您相信，憑我對知性的需要，以我的生活習慣，我會甘心窩在外省，靠打打牌、管理水泥匠、穿著木屐散步度日嗎？我這樣做的目的何在？有人跟您說過，那女孩家裡很有錢，對不對？但我哪會在乎那些錢！我長久以來嚮往的，是人間最美、最溫柔、最富有魅力的事物，一個體現於人形的天堂。後來，當我終於找到了這個理想事物，眼裡便再也容納不下其他的一切……」

他雙手捧住她的臉，開始吻她的眼瞼，反覆說道：「我永遠不會結婚！永遠不會！永遠不會！」

她順服地接受他的親吻，心中又驚又喜，完全失去動彈的力量。

樓梯上方突然傳來開門聲。她嚇了一跳，但站著不動，雙手舉在胸前，示意腓德烈克不要作聲。下樓梯的腳步聲愈來愈近，然後有人在門後面問道：「夫人在嗎？」

「進來！」

會計掀起門簾時，阿爾努夫人一條手臂擱在櫃臺上，神情平靜地五根手指轉動著一枝筆。

腓德烈克站立起來，裝成本來正要準備離去的姿態。「夫人，我告辭了。我要的東西不久就會備妥，對不對？」

她沒有回答，但這種無言等於是給了腓德烈克肯定的回答。她的臉燒得通紅。

第二天他又上她家去。為了打鐵趁熱，他一開口便為賽馬場的事提出辯解。他說，上次他會跟那個女人在一起純屬偶然。即便承認她漂亮（其實不算漂亮），但既然他愛的是另一個女人，她又怎麼可能占據他的心思，哪怕一分鐘也不可能？

「您很清楚我的心意如何……我已經表白過了！」

阿爾努太太低著頭。

「我很遺憾您說過那樣的話。」

「為什麼？」

「因為即便依照最平常的禮節來看，我也不應該再見您了！」

他表示抗議，指出自己的愛屬於最純潔無邪的那一種。他過去的舉止足以證明他的未來。他一定會謹守分寸，絕不會打擾她的生活，不會唉聲嘆氣地麻煩她。

「我昨天只是情感滿溢了才會那樣。」

「我們不應該再去回想那個時刻，我的朋友！」

然而，兩個人既然同病相憐，又為什麼不可以相濡以沫呢？

「我了解您，知道您並沒有比我更快樂！您渴求感情、忠誠，卻得不到回應。您想要我怎樣我都會聽從。我絕不會冒犯您！我可以發誓！」沉重的心情讓他支持不住，不由自主地跪了下來。

「起來。」她說，「我要您快起來！」

她用命令的口氣要他起來，說是如果他不依從，將永遠不再見他。

「啊，我不信妳會那麼狠心！」腓德烈克回說，「我在這個世界又有何所求？其他男人求的是財富、名譽和權力！但這些東西都不是我要的，您是我唯一的執著、全部的財富和生命的中心。沒有了您，我如同沒有了空氣，絕對存活不下去！難道妳感覺不到我的靈魂正在飄向您，感覺不到這兩個靈魂若是不能融合為一，我就會枯竭而死？」

阿爾努太太全身顫抖了起來。

「您走吧，求求您了！」

她臉上絕對的表情讓他停止。然後他上前一步。但她卻退後一步。

「看在老天的份上，求求您離開吧！」

腓德烈克因為是那麼地愛她，不想讓她為難，便離開了。

他對自己非常生氣，罵自己是白癡。不過，二十四小時之後，他又重新登門拜訪。僕人告訴他太太不在家。他佇立在樓梯間，既憤怒又怨恨，恍恍惚惚地不知所措。但阿爾努卻在此時走出來，告訴他妻子當天早晨已動身前往奧特伊。他們已經把聖克盧的鄉間別墅賣掉，改在奧特伊租了一間小別墅，她會住在那裡一陣子。

「這又是她的突發奇想。既然她覺得這樣稱心，就隨她去吧，我也落得清靜。今晚就一起用餐吧，如何？」

腓德烈克藉故有急事要辦，推辭了邀請，接著即刻趕赴奧特伊。

看到他，阿爾努太太忍不住發出一聲歡樂的驚呼，腓德烈克的全部怨氣為之煙消雲散。

他沒有再傾吐愛意。為了取得她的信任，他甚至表現得過分拘謹。臨走前他問她，是否可以再來？得到這樣的回答：「當然，還用說！」說著，她向他伸出一隻手，但隨即把手縮回來。

自此以後，腓德烈克的拜訪日趨頻繁。為了讓馬車伕快馬加鞭，他答應給額外的小費。但他常常還是受不了馬兒慢吞吞的步伐，乾脆下車，追趕一輛公共馬車，氣喘吁吁地攀上去。打量其他乘客的臉孔時，他心裡會有一種瞧不起的感覺：他們都不是去看她的！

遠遠的，他就可以辨認出她的房子。那是一棟瑞士木屋樣式的小別墅，漆成紅色，正面有一個陽臺。花園裡有三棵老栗樹，中央有一個小土丘，插著一根樹幹，樹幹頂有一個用茅草搭建而成的傘蓋。圍牆的披簷上垂掛著一棵葡萄樹的藤蔓，它們歪七扭八的就像是腐爛的纜繩。柵欄門上的拉鈴拉起來很費勁，鈴聲很遲鈍，而且總是經過很長一段時間才會有人應門。每當這種時候，他都會因為懸著一顆心而擔驚受怕。

隨後，他會聽見女僕趿著拖鞋快步走過礫石的聲音，有時則是阿爾努太太親自出來。有一天，他到的時候，看見她正彎腰在草坪裡採摘紫羅蘭。

阿爾努太太因為女兒脾氣太壞，不得不把她送到女修道院寄宿。她的兒子每天下午都在學校。阿爾努現在養成習慣，每天都會跟列冉巴，還有他們的朋友貢班一起在王宮廣場吃午餐，一吃就是大半天。所以，腓德烈克和阿爾努太太完全不用擔心有誰會來打擾兩人的獨處時光。

他們清楚地知道，他們不應該屬於彼此。基於這種默契，使他們不至於招來災禍，也使得彼此更容易傾訴衷情。

她告訴他從前她住在沙爾特時的生活：她直到十二歲還是個虔誠教徒，後來迷上音樂，常常在小房間裡一直唱歌唱到夜幕低垂。從她房間的窗口，可以眺望到城牆。

他則向她傾吐自己念中學時是如何多愁善感，又常會在想像裡看見一張女人的臉從雲霧後面向他發出光芒。正因為這樣，當他後來初次見到她的時候，只覺得非常眼熟。

這些談話遵守著一條規則，那就是只涉及他們彼此認識以來的時光。他常會回憶起關於她的瑣事，比方說某個時期她衣服的顏色、他們倆在某一天遇見過的某個女人，或是她在某個場合說過些什麼話。聽到這些，她都會很驚訝地回答：「對，我記起來了！」

他們有著相同的品味、相同的見解。所以，聽到對方說話時，他們常常會喊說：「我也是這樣。」

然後他們沒完沒了地埋怨上天：

「為什麼老天爺不成人之美，讓我們早點遇見……」

「唉，要是我年輕點就好了。」她感嘆說。

「不，要是我年長些就好。」

他們想像著一種只有愛情的生活，這愛情無比豐盛，可以填滿無邊的孤獨，凌駕於一切的喜悅歡樂之上，睥睨著所有的不幸與痛苦。在這樣的生活裡，戀人無視時光荏苒流逝，只顧不斷地互訴衷情，最終孵育出一種璀璨而光榮的物事，有如天上閃耀的繁星。

兩人常常在陽臺露天樓梯上佇足遠望，凝視連綿到灰白天際的參差樹林，樹梢已隨著秋天的到來逐漸轉黃。要不然就散步到道路盡頭的一間夏天度假屋。屋內唯一的家具是一張灰色的帆布躺椅。玻璃窗上沾著許多污漬，牆壁散發一股霉味。他們快快樂樂地坐著聊天，想到什麼便聊什麼。有時，陽光會穿過威尼斯式百葉窗，像一根根琴弦似的從天花板一直延伸至花地磚。塵埃在這些光柱中形成漩渦。出於玩心，她用手把光線遮斷。腓德烈克輕輕抓住這隻手，端詳它的脈管、肌理和手指的形狀。在他的眼中，她的每根手指都不只是手指，而是各自擁有自己的生命。

她把自己的手套送給他，一星期後又把手帕送給他。她喊他「腓德烈克」，他則喊她「瑪麗」。他喜歡這個名字，說它像是為了供人在心醉神迷時輕輕呼喚而創造，彷彿包含著裊裊的香燭和叢叢的玫瑰。

不久，兩人會先約好見面的日子，每次他來，她就會偽裝成偶然出門的模樣，到路上與他會合。

她沒有刻意刺激他的愛意，懶洋洋的姿態表現出她正身處於強烈幸福感之中。一整個秋天，她都是穿著同一件褐色絲便袍，這件寬鬆的衣服鑲著褐色呢絨邊，正好襯托她慵懶的舉止、嚴肅的面容。再說，她剛到達女性的熟齡階段，這是一個思維與情意結合的時期，這時期的女人臻於成熟，愛情的力量交織著人生的經驗，眼眸裡閃爍著更為熾烈的火焰，胸中噴發著更為火熱的激情。在青春將逝的前夕，她全身所顯示出來的華貴與她那美麗的迷人面容，異常和諧地揉為一體。她從來沒有像現在那樣情意綿綿，那樣的豁達大度。她相信自己不會失控，因此放任自己沉浸在一段感情裡，認定這是她經歷許多哀愁換得的一種權利。何況，這段感情多純真、多新鮮啊！阿爾努的粗俗和腓德烈克的深情，是如此地天差地遠！

腓德烈克生怕說錯一句話就會失去到手的一切，一再告誡自己不可輕舉妄動。機會可以失而復得，可是一句蠢話卻難以追回。他希望是她主動相許而不是由他強取。他深信她愛著他，這種感覺讓他像是預嘗了占有她的滋味，令他不勝愉悅。然後，她個人的魅力對他心靈的騷亂，甚至高於感官的騷亂。那是一種無法名狀的蒙受幸福之感，一種深深的沉醉，讓他相信世上難有更高的幸福。一離開了她，他就會朝思暮想，不能自已。

不過，沒過多久，他們的談話便經常會突然中斷，陷入一陣沉默。有時，突然興起的欲念會使他們為之臉紅。他們愈是小心隱藏欲望，這欲望就會變得愈發強烈，而兩人的舉止便愈發地拘謹。這種自欺欺人的後果之一，是讓他們的感官變得異常敏感。他們會因為聞到潮濕葉子的味道而高興，會因為東風吹起而不快，會沒由來地惱怒，會產生憂鬱的不祥預感。不管是一陣腳步聲或是護牆板吱嘎作響，他們都會驚懼起來，彷彿犯了什麼罪惡。他們感覺自己被推向深淵，四周環繞著狂風暴雨。每逢腓德烈克忍不住嘆氣，她便會自我責怪：「對，都是我不好！我的行為像個賣弄風情的女人！您不要再來了！」

然後，腓德烈克都會重複他說過許多次的誓言，而每次她聽了之後便會重新喜上眉梢。

後來，她返回巴黎，加上新年諸事繁雜，兩人的約會中止了一段時間。再度登門造訪時，他顯得更有自信。阿爾努太太總是出面打點一切，又不顧腓德烈克的苦苦哀求，接待每一位來訪的賓客。

一打開話匣子，大家不免談論萊奧塔德事件、基佐先生、教皇、巴勒摩起義和令人不安的第十二區宴會㉓。腓德烈克藉由痛罵當今政權來宣洩心中的苦悶；因為懷抱一股怨懟，他變得像德洛里耶那樣渴望看到世界天翻地覆。至於阿爾努太太，則是變得鬱鬱寡歡。

她的丈夫盡做一些荒唐的事，還包養了工廠裡的一個女工，被人稱呼為「來自波爾多的女孩」。這件事是腓德烈克告訴她的，用意是說她的丈夫既然不忠，她也不必顧慮那麼多。

「我才懶得理他。」她說。

這句話似乎顯示他們的感情愈加親密。但阿爾努會不會對他們的關係起疑呢？

「不會！目前還不會！」

她告訴他，有一晚阿爾努假裝外出，出門後又偷偷回來，躲在門後面偷聽他們的對話。因為兩人談得都是些無關痛癢的事情，阿爾努便放了心，自此不疑有他。

「他有很好理由這樣認為，不是嗎？」腓德烈克悻悻然地說。

「對，毫無疑問！」

看來，他不發這個難對他還比較好。

有一天，他按照平常拜訪的時間上她家，她卻出去了。他覺得自己形同遭受到背叛。

接著，看到她總是把他送她的花插在水杯裡，他又感到不高興。

「那您究竟想我把它們放在哪裡？」

「哪裡都好！不過放在水杯總比放在您心裡好，水杯不那麼冷！」

隔幾天之後，他又怪她前晚沒有知會一聲，便跑去義大利劇院看戲，又說戲院裡的男人大概都對她感到驚艷，甚至愛上她。腓德烈克這樣一味狐疑，無非是想找架吵，無非是想折磨她。因為他開始恨她：恨她一點也不幫他分擔內心的苦惱！

快二月中的一天中午，腓德烈克看見她一臉驚惶失措的樣子。小歐仁一直喊喉嚨痛。醫生來看過，說是並無大礙，只是患了重感冒，得了流感。看見小孩昏昏沉沉的樣子，腓德烈克也很擔心。不過他還是安慰他媽媽，他見過幾個同年齡小孩患過相同的病症，都是很快就痊癒了。

「真的？」

「當然！」

「啊，謝謝您告訴我這個！您真好！」

她抓住他的手，他反過來把她的手握得緊緊。

「啊，放開！」

「這算什麼？我不過安慰您幾句，您便握住我的手，可無論我說我有多麼愛您，您卻總是不信。」

「我毫不懷疑您的真誠，我可憐的朋友。」

「為什麼不相信我，就像我是個壞蛋，專門玩弄……」

「我沒有，沒有……」

「那您給我一個證明！」

「什麼樣的證明？」

「一個女人會給脫穎而出者的證明，一件您以前就給過我的事情。」

他指出，從前有一個冬日黃昏，當時起著大霧，兩人曾經一起走在大街上。感覺上，那已經是許久以前的事了。他別無所求，只希望她能昂首挺胸，在大庭廣眾之下挽住他的臂膀一起走路。難道這麼小的事都讓她為難嗎？

「好吧！」她毅然地說，讓腓德烈克吃了一驚。

「我在特倫榭街和農場街的十字路口等妳，好嗎？」

「啊，老天！」阿爾努太太結結巴巴地說。

不讓她有時間考慮，他補充說：「星期二，就是明天，行嗎？」

「星期二？」

「對，兩點到三點之間。」

「我一定去！」她說，說完因為害臊轉過臉去。腓德烈克在她頸背上吻了一吻。

「啊，別這樣。」她說，「您害我需要懺悔。」

因為害怕阿爾努太太就像一般女人那般反覆無常，突然改變主意，他趕緊離開，走到門口時又溫柔地說了一句：「星期二見！」

她低頭不語，

腓德烈克心裡有個計畫：約會當日以躲雨或遮蔭作為藉口，把她帶到一棟樓房的門口。只要到了門口，要說服她進屋裡便不難，難就難在物色一棟適合的房子。

他四處搜尋，在特倫榭街中央遠遠看見一個廣告招牌：「附家具的套房出租」。侍者看出他的心思，馬上帶他到二樓看一間附有浴室的房間。腓德烈克表示要租一個月，又預付了租金。然後他去了三家店鋪，買了一些最稀有的香料、一塊仿鏤空蕾絲和一雙藍緞面拖鞋。他本來想買更多東西，因為害怕顯得粗俗才作罷。回到套房之後，他帶著比布置祭壇的人還要虔誠的心態，開始挪動家具的位置，張掛窗幔，在壁爐裡放入木柴，在五斗櫃上擺上一束紫羅蘭。他恨不得給整間房子都鋪上金子！「就是明天了。」他喃喃自語地說，「就是明天了！對，我不是在做夢！」他的心臟因為激動而劇烈跳動。

一切布置妥當以後，腓德烈克把房間鑰匙小心翼翼地放進口袋，就像這鑰匙寄託著他的所有幸福，絕不能弄丟。

回到住處後，他看到桌上擱著一封母親的來信。

「爲什麼你去了那麼久？你的行爲開始變得荒謬了。我知道你對那門親事多少有些猶豫，但應該要往好處想。」

然後她把「好處」說得明明白白：娶了露薏絲，腓德烈克就會有四萬五千法郎的年收入。事情不能再拖，因為人們都在議論紛紛，羅克先生在等一個確切的回答。至於那小女孩，目前的處境真是尷尬得不得了。

「她深深愛戀著你。」

腓德烈克沒把信看完就丟到一邊，拆開另一封德洛里耶寫來的信。

「老同學，『梨子』[24]成熟了。因爲你說過要參加，我們也算你一份。明日破曉大家會在先賢祠廣場集合，我們先在蘇弗洛咖啡廳等候。遊行示威前我有事要先跟你談一談。」

「唉，早不來遲不來！敬謝不敏！我有更宜人的約會。」

腓德烈克次日十一點便出門。他想要最後一次檢查自己的準備工作是否充分。而且，天曉得她不會比預定的時間早到？走出特倫榭街之後，他聽見瑪德蘭教堂後方傳來巨大的吵雜聲。他加快腳步，看見廣場最遠處的左側集合了一大群人，有些人穿著工人裝，有些人則衣冠楚楚。

原來，報紙上發表了一份宣言，呼籲所有簽名支持改革派宴會的人，都到這裡集合，內閣幾乎在同一時間發布禁止集會的命令。前天晚上，議會裡的反對派已經放棄了集會計畫㉕，但愛國人士不知道他們領袖的決定，都按照原定計畫到達集合地點，又吸引來一大堆看熱鬧的群眾。各學校的代表不久前去過反對派領袖巴羅㉖的家裡，現在又去了外交部。沒人知道宴會能不能舉行、政府會不會實施鎮壓、國民自衛軍會不會出動。大家痛恨議會議員的心情不下於痛恨政府。人群愈聚愈多，然後突然間有人高聲唱起《馬賽曲》。

大學生的隊伍也開始抵達。他們排成雙行，以平常的步伐邁進，人人都面有慍色，不時高喊：「改革萬歲！打倒基佐！」

腓德烈克幾個朋友當然也在示威人群之中。因為怕被他們看見，硬把他拉去參加示威遊行，他趕緊躲進了阿爾卡德街。

大學生在瑪德蘭教堂繞行了兩圈，再向協和廣場的方向挺進。廣場上人山人海，遠遠望去，擠在一起的群眾彷彿一片黑壓壓蕩漾起伏的玉米田。

與此同時，一些常備軍開始在教堂的左邊排成了方陣。

但廣場上的人群並未因為常備軍的出現而散去。為了結束這場面，有些便衣警探以粗暴的方式拘捕了一些最桀驁不馴的滋事份子，帶到哨所去。腓德烈克看到這情景雖然生氣，仍然保持沉默。因為如果有所行動，他說不定也會被抓，那麼將會錯過與阿爾努太太的約會。

沒多久，帶鋼盔的市保安警察出現了。他們以馬刀的鈍邊敲打示威者。見一匹馬摔倒，群眾趕忙上前營救騎者，但一待騎者回到馬上，救他的人又馬上四散奔逃。

接下來一片沉重的寂靜。毛毛雨不下了，但柏油路已經沾濕。在西風的吹送下，雲緩緩地飄走。

腓德烈克在特倫榭街上跑了起來，一會兒看著前面，一會兒看看後面。時鐘終於敲響兩點。

「啊，時間到了！」他喃喃自語地說，「她正在離開家裡，正在往這邊走來。」一分鐘之後又想：「她走到這裡需要一點時間。」

等到三點的時候，他試圖保持鎮定。「不，她不會遲到的，要有點耐心！」為了找點事情做，他打量了街上最有趣的幾家店鋪：一家書店、一家鞍具店和一家喪服店。不一會工夫，他就知道了所有新書的書名、各種鞍具和各種布料的名稱。這些商家看見他不斷徘徊走動，先是覺得奇怪，繼而感到害怕，紛紛把店鋪關上。

她毫無疑問是碰到了什麼阻礙，也必定正在為此焦急如焚。不過，這一切將在不久之後獲得補償！到時又會是多麼快樂！她一定會來的，這毫無疑問。「她對我承諾過的！」與此同時，腓德烈克又逐漸陷入一種難以忍受的焦慮感。受到一個荒謬念頭的驅使，他回到了他的旅館，像是預想會在這裡看到她。看不見她，他又猜想說不定這時她已到達約定地點，便立刻跑回原處，卻一個人也沒看見，於是重新在人行道上來回踱步。

他打量石板路的縫隙、每個排水溝的洞口、門上的掛燈，以及門牌上的號碼。最微不足道的事物此時都成了他的夥伴，更精確地說是成了嘲笑他的觀眾。每棟樓房的方正屋面此時都顯得冷酷無情，他的手腳冷冰。覺得自己隨時會被沮喪感所壓碎，他腳步聲的迴響在他的腦袋裡振動著。

當鍊錶的指針告訴他四點已到，他感覺到了一陣暈眩，一種蕭瑟感。他設法背誦一些詩句，計算一條算式，或是構思一個故事，以此分散心思，但怎麼可能做得到？阿爾努太太的倩影已把他重重包園。他很想要跑去與她會合，但要挑哪一條路才不至於彼此錯過呢？

腓德烈克喊住一個信差，塞給對方五法郎，請他跑一趟天堂街的阿爾努公館，打聽「太太是不是在家裡」。然後，他走到農場街和特倫榭街交界的一根燈柱旁邊守候，以便可以把兩條街的情況盡收眼底。在眼力所能及的林蔭大道盡頭，有一群模糊的人影正在快速移動。他不時可以辨識出一個龍騎兵的羽翎或一頂婦女的帽子，這時，他會瞇起眼睛想辦法看清楚帽子底下的人臉。一個衣衫襤褸的小孩給他看一個玩偶盒，微笑著向他乞討金錢。

那個穿絲絨上衣的信差回來了。「門房說沒看到她出門。」那麼，她是因為什麼事情滯留呢？是因為生病了嗎？但她生病的話應該會找人來通知他。還是說她有訪客？但若真是有客人來訪，她假裝不在家不就得了嗎？然後，腓德烈克像是恍然大悟似的用拳頭鎚自己的前額：「唉，我真是個大蠢才！她當然是因為爆發了示威而來不了！」

這個看似自然不過的解釋讓他寬心不少。但他突然又想起：「但她住的那一帶是風平浪靜的啊！」於是，一個可怕的疑竇又向他襲來：「會不會她根本沒想要來，當初答應只是為了敷衍我？不，不可能！」看來，妨礙她前來的一定是一些她始料不及的突發狀況。如果是那樣，她理當會寫信告訴他。

於是，他打發旅館的僕人到他家看看有沒有來信。

答案是沒有，這個消息讓他恢復了希望。

他繼續等待，用種種方法來占卜她會不會來：包括隨手從口袋抓出一把錢幣猜是單數、複數，或從往來路人的面相和馬匹的顏色判斷。當兆象不利時，他就逼自己不去相信。然後，出於怒氣勃發，他開始低聲咒罵阿爾努太太。他幾度虛弱得快要昏厥，但又會突然被各種跡象重新燃起希望。她來了，就在他背後！他猛然轉過身，卻一個人都沒看見！有一度，他看到有個身高、穿著與阿爾努太太相同的女人走在三十步之外。他跑上前去，卻發現對方不是她。時間分分秒秒流逝：五點、五點半、六點。街燈亮了，阿爾努太太還是沒來。

前一晚，她夢見自己在特倫榭街的人行道站了好一陣子。她不太知道自己在等待什麼，但又知道這個約會非同小可。不曉得為什麼，她害怕被別人撞見。一隻討厭的小狗老是朝著她猛吠，又咬她裙子的下襬。每次將牠甩開，牠都會再跑回來，吠叫得更為兇猛。就在這時，阿爾努太太醒了過來，狗吠聲還在持續。她凝神聆聽，聲音是從兒子的房間傳來的。她立即光著腳跑過去。原來小歐仁一直在咳。他雙手發燙，面孔通紅，聲音嘶啞無比，呼吸愈來愈困難。她守在兒子床邊，直至破曉。

早上八點，阿爾努聽到國民自衛軍敲響的鼓聲，得知自己獲得徵召。他馬上穿上制服出門去，一面答應太太會先去柯洛醫生家請他過來。

醫生直到十點都還沒到，阿爾努太太便打發女僕去找他。女僕回報：柯洛醫生下鄉去了，而代理他的那位年輕醫生也出門辦事了。

歐仁頭枕在長枕的一邊，眉頭緊蹙，鼻孔張得大大的。他蒼白的小臉蛋變得比床單還要白。每吸一口氣，他的喉頭就會發出一陣嘶嘶聲。這呼吸變得愈來愈短，愈來愈乾，愈來愈沙啞。他的咳聲則像是玩具狗的機械吠叫聲。

阿爾努太太驚恐萬分。她猛烈地拉鈴，呼叫喊道：「快找個醫生！快找個醫生！」

十分鐘後，來了一位打白領帶的老先生。他問了關於小病人的各種問題，生活習慣、年紀、體魄等，然後仰起頭思索病情，最後開了一道藥方。

老先生若無其事的模樣讓阿爾努太太難以忍受。她恨不得揍他一頓。老先生表示晚上會再過來。

他才一走，小男孩又開始猛咳。他有時會突然坐直。抽搐動作震撼著他的胸前肌肉。為了吸氣，他的小腹會凹進去，就像是跑步跑得太急喘不過氣。然後他會頹然躺下，頭向後仰，嘴巴張得開開。阿爾努太太設法讓兒子吞下從小玻璃瓶倒出的藥，吐根糖漿和一種三硫化銻的藥水。但他推開湯匙，有氣無力地呻吟著，他的聲音簡直像是從嘴巴裡吹出來的。

阿爾努太太不時會拿起藥方重讀，處方的內容和調配出來的藥似乎有所出入。莫非是藥劑師配錯了藥？她為自己的無能為力感到絕望。這時，柯洛醫生的學生到了。

這年輕人舉止謙遜，行醫方面初出茅廬，有什麼就說什麼，毫不隱諱內心的想法。他起初猶豫不決，怕壞了自己的名聲，最後才吩咐用冰塊為小孩退燒。冰塊過了好久才送到家裡來。不但這樣，裝冰塊的袋囊又在敷到小孩頭上時破裂，弄得小歐仁一身濕，必須更換衣服。受到這麼一番折騰，小孩又猛咳起來，激烈程度更勝之前。

歐仁開始用手去扯脖子上的衣領，像是要拉掉妨礙他呼吸的東西，接著又伸手去抓牆壁和床幔，設法要找到可以幫助他呼吸的支撐點。

他的臉孔現在有點發藍，全身浸透著冷汗，顯得愈來愈消瘦。他憔悴的眼睛死盯住媽媽，眼神充滿恐懼，接著伸出雙手，摟住媽媽的脖子，絕望的懸掛在那裡。阿爾努太太強忍住嗚咽，用破碎的聲音安慰兒子：「會沒事的，我的小寶貝，我的小天使！對，會沒事的！」

接下來小歐仁平靜了一陣子。

她找來一些玩具，攤在床上，逗兒子開心。她甚至試著唱歌給他聽。她開始唱一首小調。多年前，坐在同一張椅子為襁褓中的兒子餵奶時，她都是唱這首歌。然後，小歐仁卻忽然渾身發抖，像是被風吹皺的海浪。他的眼珠子向外突出，她認為兒子即將要斷氣了，便撇過頭去不忍觀看。

下一刻，當她鼓起勇氣再度望向兒子時，發現他還活著。時間一小時一小時地過去，每小時都是一樣的沉重、淒慘、絕望和無了止盡。她失去了時間觀念，但內心的痛苦仍在不斷累積。忽然間，小孩的胸部劇烈抖動，身體向前抛去，就像即將要四分五裂一般。最後，他吐出了某種奇怪的東西，樣子像是一條羊皮紙管。這是什麼？她懷疑兒子吐出了一段腸子。不過，他的呼吸卻恢復了規律順暢。她恐懼這是迴光返照的現象，比原來更加害怕。就在這時，柯洛醫生突然來到。照他判斷，小孩的情況已經好轉。

她起初聽不懂醫生的話，請他複述一遍。這會不會只是醫生慣用的那種安慰話語？柯洛醫生神情從容地走了。這時，她才感到那條一直緊縛她心臟的繩索鬆開了。

「得救了？這是真的嗎？」

接著，腓德烈克的影像清晰而嚴峻地在她的腦海浮現。她忽然意會到，兒子的病乃是蒼天的一個警告。這一次天主固然是大發慈悲，沒有將她懲罰到底，但天曉得若是她繼續不知悔改，會有什麼大禍降臨？毫無疑問，她的罪將會是由兒子代為受罰。這時，阿爾努太太彷彿看到兒子已成長為年輕人，看到他因為別人用他媽媽的醜事來取笑他，不堪受辱地挑起決鬥，在決鬥中受傷，被擔架抬走，然後死掉。一想到這裡，她猛然跪在一張矮凳上，讓自己的靈魂投向蒼天。她向天主發誓，她將要像獻燔祭一般，把自己人生的第一段真正激情與作為女人的唯一弱點，焚燒殆盡，獻給上主。

腓德烈克已經回到家裡，呆若木雞地坐在單人沙發裡，疲累得沒有力氣詛咒阿爾努太太。他沉沉地睡去，在夢中聽到雨聲，彷彿看見自己仍然站在人行道上等待。

翌日早晨，由於抗拒不了弄懂原委的渴望，他再次差遣一位信差上阿爾努太太家。

也許是那個信差根本沒辦事，又也許是她無法以三言兩語把事情交代清楚，腓德烈克得到的回覆和上次一樣。她也太傲慢了吧！一股因自尊受損生起的怒火衝上心頭。他發誓自此再也不會去珍愛這份深情。就這樣，他的愛像是被颶風捲走的落葉，消散無蹤。他有一種如釋重負之感、一種認命的快感，然後又有一種蠢蠢欲動的需求，所以便到街上閒逛。

有許多來自各鎮區的男人列隊走在街上，手持著槍枝和老舊刀劍，頭戴紅帽，全都唱著《馬賽曲》或《吉倫特黨人歌》。不時看得見一個國民自衛軍步履匆匆地趕赴區公所歸隊。鼓聲在遠處雷鳴。聖馬丁門那邊正在交火，空氣中隱隱漂浮著煙硝味。腓德烈克繼續往前走，沒有駐足停留。這大城市的騷亂氣氛讓他興奮。

在弗拉斯加蒂山崗上，他瞥見了女元帥家的窗戶，心裡頓時湧現一個不羈的念頭、一股青春的衝動。於是，他穿過了林蔭大道。

馬車進出的門剛關上。苔爾斐娜正用木炭在門上寫字：「**武器已經繳出**」。見到腓德烈克，她趕忙說：「唉，小姐真夠倒楣的！她今天早上才把一個侮辱她的男僕開除掉。她以為快要到處都是搶劫，害怕得要死。更糟糕的是老爺又走了！」

「哪個老爺？」

「親王大人啊！」

腓德烈克走進閨廳。女元帥出來時身穿短裙，頭髮凌亂地垂在背後。

「啊，謝天謝地，您來救我了！這是您第二次救我！您從不要求回報！」

「這次可不同！千萬個抱歉了！」腓德烈克說，一面兩手抱住她的腰。

「怎麼回事？您是想幹麼？」女元帥結結巴巴地說，對他的舉動覺得又驚又喜。

腓德烈克回答說：「我在趕時髦！我也要自我改革一下！」

女元帥任憑自己倒在長沙發上，在他的親吻下不斷發出笑聲。

兩人一整個下午都待在窗前，觀看街上的動靜。然後他把她帶到「普羅旺斯三兄弟」吃晚餐，這頓飯既漫長又有滋味。因為街上看不到馬車，他們只好步行回家。

更換內閣的消息一傳來，巴黎馬上變了個樣子。所有人都歡天喜地。街上人來人往，家家戶戶燈火通明，照耀得如同白晝。常備軍列隊走回營房，顯得一臉疲態又情緒低落。路人向他們致敬說：「常備軍萬歲！」但他們懶得搭理。但國民自衛軍的情況卻恰好相反，軍官們熱情洋溢，揮舞著軍刀高喊：「改革萬歲！」每次聽到這番話，一對情人都會發出會心微笑。腓德烈克講一些趣事逗羅莎妮笑，自己也顯得非常快活。

他們穿過杜弗街，去到林蔭大道，看到家家戶戶張掛著威尼斯燈籠，構成一個個火環。火環下方萬頭攢動。在一片隱隱約約之中，不時可以看到刺刀的閃爍白光。這時響起了一陣巨大的喧譁聲，人們擠得水洩不通。眼見不可能循著最短的路線回家，他們便拐進了戈馬丁街，卻突然聽見一陣像是撕裂巨大布帛發出的劈哩啪啦聲。這是從修女大道傳來的槍響。

「哈，又有幾個市民腦袋開花了！」腓德烈克若無其事地說。這種態度並不奇怪：即使是最不殘忍的人，有時因為受到刺激，即使看到整個人類毀滅，一樣會無動於衷。

女元帥抓緊他的胳膊，害怕得牙齒咯咯打顫，又說自己連二十步也沒辦法走了。聽到這個，腓德烈克對阿爾努太太的恨意驀地湧出，決心要對她報復一番。於是，他把女元帥帶去特倫榭街的旅館，帶到他原本為另一個女人準備的房間。

鮮花還沒有凋謝。那塊鏤空蕾絲鋪在床上。他從小櫃裡拿出那雙緞面小拖鞋。羅莎妮看他準備得這麼周到，認定他這個人心思極為細膩。

一點鐘的時候，羅莎妮被遠處的轆轆聲驚醒，卻看見腓德烈克把頭埋在枕頭裡啜泣。

「甜心，你是怎麼啦？」

「是因為太過幸福，喜極而泣。」腓德烈克說，「我對妳已經渴慕已久！」

①．在此，「土耳其女人」有「不正經女人」的含意。
②．十七世紀，義大利劇團常會到巴黎演出，這裡的義大利劇院指的是他們駐留的戲院。
③．聖佩拉吉監獄：巴黎以關政治犯、作家聞名的監獄。
④．拉尚波笛（一八〇六－一八七二）：法國聖西門派作家，《拉尚波笛寓言》是他在一八三九年的作品；諾爾文（一七六九－一八五四）：原是拿破崙的部下，一八一五年後開始著書，《拿破崙傳》是他的作品。
⑤．貝朗瑞（一七八〇－一八五七）：著名法國民歌作家。
⑥．實施普選是共和黨於一八三〇年後的政治主張之一。
⑦．「宴會」是共和主義者一種串連手段。
⑧．指西班牙女王下嫁法國波旁王族弗朗西斯科和女王妹妹下嫁路易－菲力普幼子兩樁婚事。它們導致了法國對西班牙的靠攏和法國對英國的疏遠。
⑨．東方問題指法國和俄國在黑海的爭逐。
⑩．君士坦丁大公（一八二七－一八九二）：為俄皇尼古拉一世次子；奧馬勒（一八二二－一八九七）：為法王路易－菲力普四子。
⑪．蘇爾（一七六九－一八五一）元帥：曾任國防部長與外交部。
⑫．政府對巴黎到里爾的鐵路線不聞不問，每年卻投注不少資金在王室專車上。
⑬．泰斯特（一七八〇－一八五二）：為當時的司法大臣，收賄十萬法郎後被告發；古比埃爾（一七八六－一八五三）：時任議員，在泰斯特收賄事件中為中間人。
⑭．古比埃爾曾當過軍人。
⑮．帕拉蘭公爵（一八〇五－一八四七）：時任參議員。因為與家中保母有染，為其夫人所逼，最後殺死自己的妻子。
⑯．指〈周旋於三女間的一男〉。
⑰．《紅屋騎士》是大仲馬的小說，內容敘述紅屋騎士欲營救被軟禁在神廟的路易十六皇后，最終失敗的事件，之後被改編為戲劇。
⑱．指路易－菲力普的政權。
⑲．庇護九世（一七九二－一八七八）：一度是個開明派，贊成革新，主張寬恕政治犯，放寬報刊檢查制度。
⑳．法語的「魯熱」與「魴魚」音近，這裡是指「魯熱慘了」。
㉑．「市政府裡變戲法的人」：指的是國王路易－菲力普。在當時流傳一幅政治漫畫，將他畫成魔術師，他把標有「七月」、「自由」、「革命」（暗示一八三〇年七月革命）的三顆肉荳蔻變不見；「賣國賊杜穆里埃的朋友」：指的也是路易－菲力普。杜穆里埃（一七三九－一八二三）是法國大革命時期的政治家、軍人。一七九三年，路易－菲力普曾於他的軍隊服役，因為通緝令上有他們的名字，遂一起逃亡到奧地利。
㉒．尼斯勒塔：為巴黎十三世紀著名建築，位在塞納河畔，它也是大仲馬一齣戲劇的劇名。
㉓．萊奧塔德：是一名教徒，涉嫌謀殺一名少女被判無期徒刑，然而許多人認為他是無辜的；巴勒摩：是義大利西西里島的主要城市，國王專制，爆發暴動；十二區宴會：巴黎十二區那些改革者的宴會，該時遭受禁止。
㉔．「梨子」是「革命」的暗號。
㉕．由於前述第十二區宴會沒有辦成，反對派決定集結起來，在二月二十二日於瑪德蘭廣場舉行一場盛大的宴會。廣發通知後，領導人卻退縮了，認為過多的群眾將會不可控制，反而求助警方干預，遂爆發一八四八年二月革命。
㉖．奧狄隆．巴羅（一七九一－一八七三）：路易－菲力普時期的反對派首領。

Chapter XIV

THE BARRICADE

第十四章

街壘

一陣槍聲把他從睡夢驚醒。不顧羅莎妮的攔阻，腓德烈克決定要去探個究竟。他快步向香榭麗舍大道走去，因為槍聲是從那邊傳來的。在聖奧諾雷街的街角，幾個穿著工人裝的男人從他身邊跑過，邊跑邊對他喊：「不，別往那邊走！到『王宮[①]』去！」

腓德烈克尾隨他們。聖母升天教堂的圍欄已經被拔掉，更過去的馬路中間堆著三堆路石，他知道那一定是一個街壘的起點。隨後是遍地的玻璃碎片和好幾捆的鐵絲網，分明是用來妨礙騎兵前進。就在這時，一條巷子裡突然跑出個膚色蒼白的高個子年輕人。他的黑髮披散在兩肩，手握一支士兵用的長槍，神情像是夢遊者，踮著穿拖鞋的腳尖疾跑，輕快得像隻老虎。不時都會聽到一聲槍響。

話說，前一天晚上，當民眾看到車子從嘉布遣大道運來的五具屍體（正規軍在那裡槍殺了數十人），便再也按捺不住，怒氣大舉爆發。就在副官陸續抵達杜樂麗宮，莫萊[②]和梯也爾仍在組織一個新內閣，國王猶在指責群臣，猶豫不決之際，人民已經以驚人的速度自行組織起來。國王最後任命布約[③]擔任平亂總司令，但為時已晚。起義民眾的行動如火如荼、有條不紊，猶如是有最高決策者在指揮。

有些人主動站在十字路口鼓動群眾，有些人主動到教堂拚命敲鐘。有些人鑄鉛彈，有些人包彈藥。大道兩邊的路樹、公共便池、長凳、圍欄和煤氣燈全被拔起，扔在一塊，以至於到了早上，巴黎便布滿街壘。起義群眾遇到的抵抗並沒有為時多久，到了八點，他們便已占領了五個軍營、大部分的政府建築物和最有利的戰略位置，有些是被武力攻占，有些則是自動投降。就這樣，不費吹灰之力，君主政體迅速面臨瓦解。目前，起義者集中於攻打「水塔」哨所，想要營救五十個囚犯（但事實上他們並不是關在那裡）。

腓德烈克不得不停在「王宮」廣場的入口，因為裡面擠滿了持槍的男人。好幾隊正規軍占領了聖多馬斯街和弗羅斯托街。一座高大的街壘堵住了瓦盧瓦街，上面飄著兩股硝煙。不斷有人跑到街壘上頭，在上面猛比手勢；他們不見了，槍聲再度響起。哨所用火力回敬，但裡面卻看不到人。用來保護哨所窗戶的櫟木窗板被打得千瘡百孔。這棟兩層樓建築的主體、它的兩面側翼、二樓的噴泉和中間的一扇小門，也開始綴上點點白色的彈痕。哨所的三級前臺階仍然未被占領。

在腓德烈克身邊，有一男一女正在爭執。男的戴著希臘小帽，穿著針織背心，掛著一個彈藥筒；女的肩上披著馬德拉斯布巾。她對那個男人說：「回來！快回來！」

「別管我！」她丈夫回答說，「門房妳一個人便管理得來。我請問妳，我這樣做不對嗎？不管是三〇年、三二年、三四年還是三九年，我都沒有缺席，克盡義務。現在戰鬥再起，我必須參加。妳回去吧！」

最終，門房太太聽從丈夫和一個國民自衛軍④的勸告，掉頭走掉。那名國民自衛軍年約四十，質樸的臉上鑲著一圈棕色鬍鬚。他一面和腓德烈克交談，一面填裝步槍子彈和發射，神態自若得就像在自家花園裡從事園藝。一個穿粗布衣的小伙子向他說好話，想要討幾顆子彈：小伙子手上拿著一支漂亮獵槍，說是某位紳士「送」的禮物。

「快躲到我的背後去。」好心的國民自衛軍先生說，「您不要命了！」

戰鼓敲奏進攻的信號。四處響起了尖叫聲和勝利的歡呼聲。群眾不斷搖擺起伏，就像一道急流。腓德烈克被夾在兩股稠密的人群中間，完全無法動彈。四周發生的戰鬥讓他看得目眩神迷，津津有味。不管是那些受傷倒下的，或是死在他腳邊的人，他都不覺得他們是真實的傷者或死者。這一切彷彿是一齣戲。

在一片萬頭攢動中出現了一個騎白馬的老人。老人身穿黑色大衣，跨坐在一個天鵝絨鞍座。只見他一手拿著綠色樹枝，另一手不斷搖晃一張紙。不過，始終沒有人理會他說什麼，只好離開。

正規軍已經撤走，只剩市保安警察在保護哨所。一波大無畏的起義者衝向前臺階；他們被射倒之後，另一波前仆後繼。哨所鐵門被鐵條撬得吱吱作響。市保安警察不肯投降。不過，起事者把一輛裝滿乾草的輪車點燃，讓它燒得像個火球，再把車拉到哨所外牆旁邊。接著又快速搬來柴薪、麥稈和一桶烈酒，放置在哨所四周。火舌沿著磚石往上竄燒，沒多久，整棟建築開始像個火山口一樣到處冒煙，哨所樓頂的欄杆之間也冒出熊熊火焰，發出劈劈啪啪的聲音。「王宮」的二樓已經被國民自衛軍占據，子彈從廣場的所有窗口射出；噴泉被打裂，裡面的水流出來，和地上的人血摻混在一起，形成一個個小水窪。群眾走在滑溜溜的泥濘上，不時會踩到衣服、軍帽和武器。腓德烈克感覺自己踩到什麼軟軟的東西，低頭一看，發現那是一隻手。這手是一個穿灰色軍大衣的中士所有，他臉朝下趴在流過馬路的水流之中。不斷湧來更多的生力軍，讓進攻哨所的戰力源源不斷。槍聲愈來愈緊密。酒館照常營業，起義者不時會走進去抽根菸斗和喝杯啤酒，再回過頭來作戰。一頭迷路的狗汪汪叫了起來，逗得大家哈哈笑。

這時，腓德烈克一陣搖晃。有個人背部中彈，倒在他的肩上，喉頭發出一聲死前的喘息。一想到這一槍本來是瞄準自己發射，腓德烈克頓時大怒，想要衝上前廝殺。一個國民自衛軍將他攔住。

「沒必要了！國王已經跑了！不信的話您不妨自己去看看！」

這番話讓腓德烈克平靜下來。卡魯索廣場一片靜謐。南特飯店屹立如昔。不管是它後面的房屋、正前方的羅浮宮圓頂、右手邊的木造式長廊，還是一直延伸到攤販小店的荒蕪地帶，彷彿都沉浸在一片灰色氛圍裡，模糊不清的人聲看似跟霧靄融合在一起。走到卡魯索廣場另一頭，他看到一道強光從雲隙射出，落在杜樂麗宮的正面牆壁，將許多窗戶照得無比閃耀，切割成一個個白格子。凱旋門⑤附近躺著匹死馬。在圍欄後面，人們三五成群地聊天。宮殿大門敞開，宮役站在門邊，任人進去參觀。

在樓梯底下一個類似休息室的地方，幾杯拿鐵咖啡在互相傳遞。有些人坐在桌子四周，說說笑笑；其餘人站著，其中一人是名出租馬車車伕。他雙手抓住一個裝滿砂糖的玻璃罐；緊張地瞄了左右一眼之後，他把鼻子伸進罐子，狼吞虎嚥起來。

在大樓梯的下方，有個人在登記本寫下自己的名字。

腓德烈克看見他的背影便認出是誰。

「喂，余索內！」

「正是在下。」波希米亞人回答說，「我簽了名，等待召見。很好玩的玩笑⑥，對不對？」

兩人一起走到元帥廳。那些顯赫將軍的畫像完好無缺，唯有布約那一幅被人在肚子上戳了個洞。畫中的將軍人人都是手按馬刀，背後放著一尊砲架，威風凜凜的神情與當前的環境很不相稱。一座大鐘顯示時間是一點二十分。

突然傳來了《馬賽曲》的洪亮歌聲。余索內和腓德烈克從樓梯扶手俯身望向下面。是人民來了。他們急忙奔上樓梯，令人目眩地晃動著光頭、鋼盔、紅色鴨舌帽、刺刀或肩膀。他們動作是那麼地迅猛，以致不時都會有人被洶湧的人潮所淹沒。人潮不斷向上移動，挾著浩蕩的歌聲，像是春潮倒灌的大江。不過，人群達到樓上之後便散開了，歌聲也停歇了。

這時只聽得見千百雙鞋底的踩踏聲和鼎沸的人聲。這群人原本沒有不良居心，來這裡只是為了開開眼界。不過，他們因為動作太大，不時會有一片窗玻璃被手肘頂碎，或是花瓶、石像從托架被打翻，跌落到地上。在人們的推擠中，護牆板吱嘎作響。每個人都是滿臉通紅，大滴大滴的汗珠從他們五官滾滾流淌。

「英雄的氣味並不好聞。」余索內評論說。

「您是在討罵。」腓德烈克回他說。

兩人身不由己被人潮推進一間大廳，廳內有個高達天花板的紅絲絨華蓋。華蓋下面的御座上，坐著一位留著黑色絡腮鬍的無產階級，他的襯衫半敞，一副樂不可支的模樣，樣子蠢得像一頭狒狒。其他人紛紛爬上平臺，欲取代他的位子。

「真神奇！」余索內喊道，「這是『主權在民』的活生生體現！」

有幾個人把御座抬了起來，搖搖晃晃地抬過大廳。

「真他媽的像艘船啊！這艘《國家號》遇到暴風雨要翻了！我們來跳康康舞吧！我們來跳康康舞吧！」

人們把御座一直抬到窗前，在一片歡呼聲中扔出窗外。

「可憐的老古董！」余索內說。

御座跌落到花園後又迅速被人抬起，要送到巴士底廣場焚燒掉。

此刻，群眾爆發出狂熱的歡呼，就像把御座弄掉之後，幸福無邊的未來已然降臨。接著，群眾開始大肆破壞，與其說是出於報復心理，不如說是為了顯示他們的所有權。他們砸爛、撕毀各種鏡子、帷幔、枝形吊燈、燭盤、桌子、椅子，連畫冊、版畫和懸掛掛毯的托架也不放過。既然取得勝利，他們能不好好取樂一番嗎？許多尋常百姓把蕾絲和羊毛織物裹在身上。金穗子被捲在工人裝的袖口，插著鴕鳥羽毛的帽子戴到了鐵匠的頭上，騎士勳章的緞帶成了妓女的腰帶。每個人都為所欲為；有些人在跳舞，有些人在喝酒。在王后寢室裡，有個女人拿起潤髮油幫自己擦亮頭髮。在一扇摺疊式屏風後面，有對戀人正在打牌。余索內指給腓德烈克看，有個人手肘靠在陽臺欄杆，抽著一根髒兮兮的菸斗。狂熱氣氛愈演愈烈，瓷器和水晶器皿的摔碎聲不絕於耳；這些東西從地上反彈時，又會發出口琴簧片吹奏般的聲音。

怒火逐漸平息，取而代之的是一種淫邪的好奇心。人們開始搜索所有的更衣室，所有的凹龕。一些剛恢復自由的罪犯把手伸進公主們睡過的被鋪，又在床上滾來滾去，聊以彌補未能姦淫她們的遺憾。另一些人沉著臉孔，不聲不響地來回走動，想尋找可偷竊的物品——但人太多了，讓他們不好動手。從櫛比鱗次的房間門口望進去，都可以看到大批群眾黑壓壓地擠在鍍金牆壁之間，頭上漂浮著一層雲氣。每個胸口都在起伏，喘著大氣。室內空氣愈來愈悶熱。這一對朋友怕會窒息，趕緊往外走去。

在前廳，一個妓女站在一堆衣服上面，擺出自由神像的姿勢。她一動不動，兩隻灰眼睛瞪得大大的，樣子十分嚇人。

走出宮殿三步之後，一群穿軍大衣的國民自衛軍朝他們走來，脫下軍帽，不約而同露出微禿的腦袋瓜，向人民深深鞠躬致敬。受到這種尊敬，一票衣衫襤褸的戰勝者不禁抬頭挺胸起來。余索內和腓德烈克也未嘗不感到心情愉快。

他們的熱情更為高漲，便再次往「王宮」走去。在弗羅曼托街的路口，一些士兵的屍體堆在一堆麥稈上。他們無動於衷地從旁邊走過，甚至對自己的從容感到若干的自豪。

「王宮」裡人潮洶湧。有七堆柴火在內院燃燒。鋼琴、五斗櫃和座鐘全部扔出了窗外，消防車把水注射上屋頂，有些流氓試圖用馬刀切斷水管。腓德烈克敦促一個理工學校的學生出面干涉，但對方聽不懂他的話，似乎是個白癡。在周圍的兩條長廊上，民眾拿著從酒窖裡劫奪出來的酒，拚命狂飲。酒流成了小溪，沾濕每個人的腳。一群痞子剛仰頭乾掉酒瓶裡最後一滴酒，此時腳步踉踉蹌蹌，邊走邊罵人。

「走吧。」余索內說，「我看夠了人民的嘴臉。」

沿著奧爾良長廊躺著許多睡在墊子上的傷患，身上蓋著紫色帷幔充當被子。本區一些小生意人的妻女為他們帶來了肉湯和衣物。

「不論如何。」腓德烈克說，「我都覺得人民很偉大。」

寬大的門廳裡擠滿憤怒的人群。有些人想衝到樓上，將一切來個更徹底的破壞。站在石階上的國民自衛軍拚命阻擋。他們中間最勇敢無畏的是個輕步兵，他沒戴帽子，頭髮直豎，槍套子被扯裂，襯衫皺巴巴的，正在跟同袍一起奮力抵抗群眾。余索內眼尖，老遠就認出此人是阿爾努。

為了可以更自由地呼吸，他們走進杜樂麗宮的花園，坐在一張長凳上閉目養神幾分鐘。先前看到的一切讓他們頭昏眼花，暫時沒有力氣說話。然後，一些路過的人走過來，告訴他們，奧爾良公爵夫人已經被任命為攝政⑦。換言之，起義已圓滿落幕了。事情的迅速解決讓大家如釋重負。宮內的僕役紛紛走到窗前，脫下身上的號衣，撕成幾片扔到花園，以示和前政權一刀兩斷。看見人們向他們喝采，他們又縮了回去。

一個在樹林裡快步行走的高個子引起了腓德烈克和余索內的注意。那人肩上扛著一桿槍，胸前綁了個彈藥筒，頭戴鴨舌帽，額頭上綁一條裹傷口的手帕。他轉過頭來，原來是迪薩爾迪耶，他撲向他們的懷抱。

「啊，我的兩位好朋友，我們多幸福啊！」他上氣不接下氣地說，疲倦得無法再說其他話。

他已經忙了整整二十四個小時：先是在拉丁區幫忙搭築街壘，之後參加了朗布托街的戰鬥，救了三個龍騎兵，繼而隨杜魯阿耶上校進入杜樂麗宮，最後又去了議院和市政廳。

「我就是從市政廳過來的！一切都很順利！人民得勝了！工人和資本家都高興得互相擁抱。要是你們知道我目睹過什麼就好了！跟我並肩作戰的人都好英勇！真是一片動人的景象！」

他沒注意到兩個朋友手上沒有武器，繼續說：「我就知道你們一定也有參與戰鬥！情況有時是有一點危險，但又有什麼關係？」

一滴血滴落在他的臉頰。兩個朋友詢問他的傷勢，他回答說道：「哦，不要緊！只是給刺刀輕輕畫過！」

「千萬不可掉以輕心。」

「行啦，我身體硬朗得很！小小一點傷死不了人！共和國已經宣布成立！從此所有人都會得到幸福。剛剛有幾個走在我前面的記者才聊到，我們就要去解放波蘭和義大利了⑧。今後再不會有什麼國王了！你們明白嗎？全部都解放了！全部都解放了！」

他掃視了地平線一眼，張開雙手，擺出一種勝利的姿態。不過，他隨即看到一大隊人馬跑向河邊的平臺去。

「媽的，我忘了！我也得趕到那裡去。再見！」走了幾步之後，他轉過身，揮舞手上的槍，喊了一聲：「共和國萬歲！」

宮殿各個煙囪冒出挾帶著火花的滾滾黑煙。全城的鐘樓同時敲響，鐘聲響徹雲霄。從左至右的每一個方向，都有起義者放槍慶祝勝利。

雖然並未參與戰鬥，腓德烈克仍然感到高盧人的血液在血管裡洶湧澎湃。群眾的歡欣鼓舞讓他倍受感染。他痛快地吸入充滿彈藥味暴風雨氛圍的空氣，與此同時感受到一股無邊大愛通過全身，禁不住開始顫抖，就像全人類的心臟正在他胸膛裡跳動。

余索內打著哈欠說：「現在大概是教育人民的時候了。」

腓德烈克尾隨他來到位於交易所廣場的報社，動手為《特魯瓦日報》寫了一篇有關這次事件的報導，是一篇以抒情風格寫成的短小傑作，最後署名。之後兩人去了一家小酒館吃晚飯。余索內一直鬱鬱不樂，因為這次革命的怪誕程度已超越了他的古怪。

用完餐後，兩人到市政廳打探消息。余索內那孩子似的好奇心又重新占了上風。他像一隻羚羊般跳過沿途碰到的街壘，又用帶有愛國人士味道的笑話回答哨兵的問話。

在火炬的照耀下，他們聽見臨時政府宣布成立。最後，到了午夜，腓德烈克因為太過疲憊，便回家去了。

在男僕為他寬衣時，他問：「怎樣，您高興嗎？」

「當然高興，老爺！但我不喜歡民眾瘋瘋癲癲的樣子。」

第二天醒來後，腓德烈克想到了德洛里耶，便趕忙跑去找這位好友。門房告訴他，律師已被任命為一個外省的行政長官，剛剛離開巴黎。原來，德洛里耶昨天晚上設法見到了勒德呂－羅林[9]，用兩人在法學院的交情糾纏對方，謀得了一個職位。門房告訴腓德烈克，德洛里耶下星期會來信給他新的住址。

腓德烈克接著去看女元帥。她生氣他撇下她不管，擺出冷冰冰的態度，直至腓德烈克向她再三保證外面已然恢復太平，她才轉怒為喜。

他吻了她，而她向他宣布自己擁護共和國。包括巴黎大主教在內，現在人人都宣稱擁護共和國。另外，國務院、法蘭西學院、全體法官、各個元帥、所有波拿巴派[10]、正統主義者和相當比例的奧爾良派，也是紛紛以驚人的速度和巨大的熱情，向共和國輸誠效忠。

君主政體倒得太過迅速，以致最初的麻木狀態消退後，中產階級開始驚訝於自己竟然還活著。只有一些人因為偷竊，未經審訊便草草處決，而大家都覺得這樣合乎正義。有整整一個月，人們都在討論拉馬丁有關紅旗的那番話：「紅旗只能靠人民的血泊在戰神廣場繞行一圈，反觀三色旗卻能靠『祖國』、『光榮』和『自由』的名義，繞行全世界。[11]」最後，人人都站到了三色旗的影子下，不過，每個黨派眼中都只有代表自己黨派的那一色，並且打定主意，一旦勢力夠龐大，就要把另外兩種顏色撕毀。

由於生意停歇，焦慮和愛看熱鬧的心理驅使不少人走出家門東張西望。因為人們對服裝不再那麼講究了，階級的差別看來就縮小了。每個人都隱藏起恨意（但內心卻更加縱容它），表現出溫良恭儉讓的模樣。不少人因為爭取到應有的權利，臉上流露出自豪的神色。市面上洋溢著嘉年華會的歡樂氣息，沒有什麼能比革命之後初期的巴黎景象更加有趣。

腓德烈克挽著女元帥，漫步在街道。她很喜歡看別人別在鈕扣孔上的玫瑰章、懸掛在家家戶戶窗口的軍旗，和牆壁張貼的各種花花綠綠的告示。人行道上經常可見一些為幫助傷者所設的募捐箱，女元帥看到就會往裡面扔些錢。然後，她在幾幅漫畫前佇足：這些漫畫把路易－菲力普畫成糕餅師傅、江湖郎中、狗、水蛭等等。不過，看到科西迪埃[12]的人馬都佩著馬刀、披著肩帶，她不禁有點害怕。有幾次，他們看到栽種「自由樹[13]」的儀式。教士都爭先恐後來為「自由樹」祈福，民眾覺得這是樁美事。最常見的景觀是陣容浩大的代表團穿越街頭：那段期間，各行各業都會派出代表，到市政廳去請求點什麼，指望政府可以幫他們解決經營上的困難。

三月中旬的某一天，當兩人穿過阿爾科勒橋，要到拉丁區去辦事時，有一列隊伍朝他們迎面而來。隊伍中每個人都戴著奇形怪狀的帽子，留著長鬍子。領頭的黑人敲著鼓，腓德烈克認得他是從前畫室的模特兒。還有個人舉著一面迎風招展的旗幟，上面寫著：「藝術家——畫家代表團」。此人不是別人，就是佩爾蘭。

見到腓德烈克，他比手勢示意對方站在原地等他一下。他在五分鐘後回來，說自己還有一些空閒時間，因為政府此刻正在接見石匠代表團。他和一些同行此行是想要求政府成立一個藝術論壇，讓藝術工作者可以交換觀念。透過這種集思廣益，肯定可以產生偉大的作品。佩爾蘭相信，過不多久，巴黎就會遍布巨大的紀念碑。他將會主導此事設計。事實上，他已經開始構思一個象徵共和國的巨大人像。他的同志過來叫他，因為排他們後面的家禽業代表團催促他們趕快。

「真蠢。」圍觀的人群有個聲音嘀咕，「盡是些無足輕重的建議！沒有一個有大格局的！」

說話者是列冉巴。他沒跟腓德烈克打招呼，只是藉機宣洩不滿。

這位「公民」鎮日在街上遊蕩，捋著鬍子，眼睛溜溜轉，以便隨時接收一些旁人告訴他的壞消息並加以散播。開口閉口都是那兩句口頭禪：「當心，我們快要倒楣了！」或是：「該死，他們打著共和國的名義胡搞瞎搞！」他不滿一切事情，又特別不滿法國政府沒去收復天然邊界⑭。

一聽到拉馬丁的名字他就會聳肩以示不屑。他不認為勒德呂－羅林「有能力解決問題」，又罵杜邦⑮是個老飯桶。在他的眼中，阿爾貝是個白癡，路易．布朗⑯是烏托邦主義者，布朗基⑰是極端危險的人物。聽到腓德烈克問他目前最該做的是什麼，他死命捏住對方手臂，回答說：「占領萊茵河！占領萊茵河！就他媽的這麼簡單！」

然後他開始大罵反動派。

反動派已拿掉面具：納伊別墅和敘雷納別墅的洗劫案、巴蒂諾爾區的縱火案、里昂的騷亂⑱，全都是這些人所唆使。

接著他又攻擊勒德呂－羅林的巡迴信⑲、強迫使用新貨幣、國債利率降為六厘和徵收四十五生丁附加稅的政策⑳。

更要命的是政府又來實行社會主義這一套㉑！雖然社會主義已經老掉牙，各種有關它的討論已經討論了四十年，內容可以塞滿幾十間圖書館，但卻嚇壞了富有的公民，彷彿那是一陣隕石雨。大家怒髮衝冠，對它懷有對任何逐漸得勢的觀念都會有的仇恨，而理由無他，就只因為它是個「觀念」。然而，它卻因為他人的憎恨而得到光輝，不管它如何地平庸無奇，仍然可以把它的敵人比下去。

為了對抗它，中產階級把「私有財產」提升到「宗教」的高度，跟「上帝」混為一談。只要是攻擊「私有財產」的言論，都被視為冒瀆神靈，幾乎可以與吃人肉相提並論。目前的法制雖是歷來最合乎人道的一種，但九三年的幽靈㉒還是再次出現，而「共和國」這個字的每一個音節都迴響著斷頭臺鍘刀的颯颯聲。儘管如此，中產階級仍然嫌政府軟弱，因而心生鄙夷。總之，法蘭西已不再是能掌控自己命運的女主人，開始驚惶失措地尖叫，猶如失去枴杖的盲人或失去保母的嬰兒。

在所有法國人之中，最心驚膽顫的應該是丹布羅斯先生了。局勢的發展威脅著他的財產，但更重要的是，他感到迷惑不解。那麼好的制度怎麼會垮臺？那麼賢明的國王怎麼會被嫌棄？革命次日早上他便辭退了三名僕人，又把馬匹賣掉，買來一頂軟帽，甚至考慮過要把鬍子留長，方便他到街上走走，看看狀況。但他始終提不起勁出門，終日垂頭喪氣待在家裡，一遍又一遍閱讀那些政見與他相左的報紙，愈來愈鬱悶，甚至連那個有關弗洛孔的菸斗笑話㉓也無法讓他開懷。

因為是前朝的支持者，他害怕人民會報復，毀掉他在香檳地區擁有的產業。就在這時，他讀到腓德烈克使出渾身解數寫出的那篇報導。這讓他誤以為，自己這位小友現在變得大有影響力，即便不能給他好處，至少能提供保護。所以，有一天早晨，他便在馬蒂農的陪同下，前往腓德烈克的住處造訪。

他說此行別無目的，純粹是多日未見，想找腓德烈克聊聊天。近日發生的一連串事件讓他滿心歡喜，也全心擁護「我們偉大的座右銘：自由、平等、博愛」，因為他的內心深處一直是個共和主義者。他固然在前政府擔任參議員，但目的只是為了加促它不可避免的滅亡。他甚至猛烈抨擊基佐先生：「我們得承認，是他害法蘭西陷入進退兩難的局面。」他又熱情推崇拉馬丁，說是「從他那番有關紅旗的談話，便知道此人卓有見識」。

「我知道那談話。」腓德烈克回答說，但表示自己比較同情工人階級的立場。

「其實，我們每個人或多或少都是工人。」丹布羅斯先生說。為了表示自己不偏不倚，他甚至承認浦魯東㉔的主張有一定的合理之處。隨後，他又以高超的智慧談起畫展的事，說他看過佩爾蘭畫的那幅肖像畫，讚揚該畫有原創性又畫得好。

丹布羅斯先生說什麼，馬蒂農都點頭稱是。他也同意人人都應該集結在共和國的大旗下，繼而又提到他的農夫老爸，儼然自己也是農人，是人民的一份子。大家很快談到國民大會選舉的話題和福爾泰勒區的幾名候選人，反對黨的候選人毫無勝算。

「您應該取而代之的！」丹布羅斯先生說。

腓德烈克表示萬萬不可。

「有何不可？」丹布羅斯先生說，指出腓德烈克的政治立場可以贏得激進派的選票，而他的家世背景則可能爭取保守人士的選票。又微笑著補充：「何況我也可以略盡棉力。」

腓德烈克表示行不通，因為自己根本不懂選舉。

這有什麼困難的？需要的只是爭取到首都某個會社的支持，把他推薦給奧布省的選舉委員會。想要爭取到這種支持，腓德烈克不必像人們每天都會看到那樣宣誓效忠，只需要發表一則嚴肅的立場聲明即可。

「演講稿寫好之後先給我看看，我知道人們覺得什麼中聽。容我重複一遍，不管是對這個國家、對所有人或對我本人，您都能帶來相當大的幫忙。」

在這個時候，人與人應該彼此幫忙。所以，倘若腓德烈克有什麼需要，他與他的朋友都一定會鼎力相助。

「感激不盡，尊敬的先生！」

「不就是魚幫水、水幫魚嘛！」

丹布羅斯先生無疑是個好人。腓德烈克不禁再三思考他的建議，而且開始有點飄飄然。

國民公會㉕那些偉大人物一一掠過他的眼前。在他看來，一個璀璨的黎明即將要升起。羅馬、維也納和柏林目前都有起義發生，而奧地利人已經被趕出了威尼斯。整個歐洲都躁動不安。所以，是時候該投入這個運動了，甚至去促成這個運動。此外，據說議員會穿的那種新服裝也讓他怦然心動。腓德烈克已然看見自己穿上翻領背心和三色腰帶的樣子。他心癢難耐，幻想愈來愈強烈，忍不住對迪薩爾迪耶吐露心跡。

這位忠誠老實的小伙子熱情不減。

「去啊，去選啊！當然好！」

腓德烈克少不了也要徵求德洛里耶的意見。這位新上任的專員在外省遭到了反對派的愚蠢抵制，自由主義傾向也因此更為強烈。他馬上回信給腓德烈克，極力慫恿死黨務必參選。不過，腓德烈克還需要更多人加油打氣才敢放手一搏，所以有一天，他把這參選的念頭告訴女元帥。當時華娜絲小姐也在場。

她是巴黎的老小姐之一。每天晚上，當這些老小姐教完課、試圖販賣小小的素描或者處理完一些不佳的稿件之後，就會穿著沾了泥巴的裙子回到家裡，獨自做飯，再單獨吃飯。飯後，她們會坐在一盞骯髒的油燈旁，兩隻腳丫烤著火爐，夢想各種她們欠缺的事物：愛情、家庭、壁爐和財富。所以，華娜絲小姐就像許多老小姐一樣，熱烈歡迎革命，視之為一個報仇的大好機會，並狂熱地投身社會主義宣傳。

依她之見，唯有婦女解放了，無產階級的解放才可能實現。她希望各行各業都能接納女性，重新考慮父權的問題。廢除婚姻制度，或者另立一種更睿智的婚姻制度。屆時，每個法國男人都只能娶一個法國女人為妻，而且必須收養一個老人。保母和產婆都應該升格為拿國家薪俸的公務員。必須設立一個評委會來審查婦女的工作條件。需要有專門針對女性需求出書的出版社，有專供女性就讀的理工學院，有由女性組成的國民自衛軍，總之，一切都不能少了女人的參與！由於政府一直忽視女人的權利，女人應該以暴制暴。只要有一萬個女性公民挺身而出，拿起武器，便足以讓政府不寒而慄。

她相信，腓德烈克的參選會有助於推廣她的思想觀念。她鼓勵他，指出當了議員之後，他將會大發光芒，照亮地平線。羅莎妮也樂見議會裡有男人為女人發聲。

「再說，政府大概也會給您一個好職位。」

既然是個集各種弱點之大成的人，腓德烈克自然會受到這種一致贊成意見的感染。於是他寫了一篇演講稿，拿去給丹布羅斯先生過目。

大門在他背後關上發出聲響，他看見一扇落地窗的窗幔拉開了一點點，露出一張女人的臉。他來不及辨認對方是誰，窗幔便重新合起。不過，前廳裡的一幅畫卻引起腓德烈克的注意。那畫出自佩爾蘭手筆，毫無疑問只是暫時擱在一把椅子上。

畫中畫了一個火車頭，由耶穌基督駕駛，正在穿越原始森林。火車頭所象徵的大概是共和國、進步或文明。看了一分鐘之後，腓德烈克脫口而出：「有夠爛的！」

丹布羅斯先生剛好在此時出現。「可不是！」他說。他不知道腓德烈克是指畫畫得爛，還以為他在批評這幅畫所傳達的理念。馬蒂農也在，三人一起走進了書房。腓德烈克從口袋裡拿出幾張紙，正要開始朗誦，塞西勒小姐卻突然闖了進來，故作天真地問道：「嬸嬸在這裡嗎？」

「妳明知故問。」銀行家回答說，「沒關係！妳就把這裡當成家裡，小姐。」

「那就謝囉！我走啦！」

她剛走，馬蒂農便假裝在身上找手帕。

「我把手帕忘在大衣口袋裡，恕我失陪一下！」

「沒關係！」丹布羅斯先生說。

他顯然沒有被馬蒂農的伎倆所矇騙，但看來不以為意，甚至顯得樂觀其成。為什麼呢？不管怎樣，馬蒂農很快便回來，於是腓德烈克開始念演講稿。

第二頁提到，偏重金錢利益是種可恥的表現，聽到這個，銀行家做了個鬼臉。接著，腓德烈克論及改革的問題，呼籲採取自由貿易政策。

「什麼！請容我插句話！」

腓德烈克沒有聽見這句話，繼續往下念。他要求按年收入採取累進制課徵所得稅，組織一個歐洲聯盟，實施普及教育，並提高對文學藝術的獎勵。

「試問國家提供德拉克魯瓦㉖或雨果每年十萬法郎的年金，又有什麼壞處呢？」

全文以勸戒上層階級收斂作結：「富人們啊，不要吝嗇。多施多捨吧！」

念完後，腓德烈克站在原地不動，兩位聽眾不發一語。馬蒂農睜大眼睛，丹布羅斯先生臉色蒼白。最後，他以一個苦澀的微笑來掩飾自己的情緒。

「好一篇無懈可擊的演說！」他說，又大大讚美腓德烈克文筆好，藉此避談演講稿的內容。眼前這個看似不足為害的年輕人竟然如此狠毒，讓丹布羅斯先生大吃一驚，懷疑這是時代趨向的徵兆。

馬蒂農竭力安慰他，指出用不著多久，保守黨肯定會反撲。目前，在許多的大城市，臨時政府的專員已經被趕走。大選到四月二十三日才會舉行，他們有足夠的時間部署。但丹布羅斯先生有必要親自跑一趟奧布省。屆時，馬蒂農將會形影不離地跟著他，充當他的祕書，像兒子一樣盡心為他辦事。

腓德烈克躊躇滿志地到了羅莎妮家裡。戴勒馬也在，告訴他自己打算出馬競選塞納區的議員席位。在一份「致人民書」中，他用「你」來稱呼人民，吹噓自己了解百姓。為了拯救他們的精神，他表示「願意為藝術被釘上十字架」。他深信自己具有巨大群眾影響力，不久將會入閣，並有能力擺平任何的動亂。被問及他會用什麼方法解決動亂時，他回答說：「不要怕，就憑我的一張臉！」

為了殺殺戴勒馬的氣燄，腓德烈克告訴他，自己也是候選人。得知腓德烈克相中的是外省的席位，演員馬上表示願效犬馬之勞，把腓德烈克介紹給各個會社認識。

他們把所有會社都去了一遍，不管是紅的還是藍的、憤怒的還是平靜的、嚴肅的還是散漫的、神祕主義的還是放縱感官的。還有那些曾經投票要處死國王的會社和揭發食品雜貨店賣假貨的會社，不一而足。到處都可以聽到房客詛咒房東，穿工人裝的抱怨穿禮服的，聽到富人密謀對付窮人。很多人以自己曾受警察迫害為由要求賠償，也有些人希望獲得資助，以進行某種發明計畫。不然就是要求建設社會公共住宅、公有市場或實施社會福利政策。發言者大多不知所云，意見愚蠢不堪，但偶爾也會有智慧之光閃現；聽眾的詰問則是像泥污迸濺般急遽，一句咒罵就制定了法律。一個不穿內衣，赤裸胸膛掛著一條皮帶的士兵男孩，嘴唇上綻開了辯論之花；有時會出現一位老先生，帶著謙遜的貴族風範，以庶民的口吻說話。刻意不洗手，以製造雙手粗糙刻苦的假象。一個愛國人士出面指認，於是一群德高望重的人開始圍攻他，逼得他忿然離去。在這些會社，想要假裝自己有見識，就應該多罵罵律師，而且要盡可能多使用這些語句字眼：「為大廈添上你的一磚一瓦」、「社會問題」、「工作坊」等等。

戴勒馬不放過任何可以發言的機會。每次講到無話可講，他便都會一手叉腰，另一隻手插在西裝背心裡，然後忽然側過身，讓線條漂亮的側臉呈現在大眾面前。每次他這樣做，總會引起熱烈掌聲，聲音來自房間最後方的華娜絲小姐。

雖然這些演講者都講得不怎麼樣，但腓德烈克卻沒有勇氣發表演說。他覺得這些會社的成員不是太粗魯，便是敵意太濃。

不過迪薩爾迪耶經過打聽，告訴他聖雅克路有一個叫「思想」的會社。這個名稱讓人有理由寄予厚望，另外，迪薩爾迪耶也會帶幾個朋友去捧場。

他把所有能找的人都找來了，包括那個藥劑師、葡萄酒推銷員和那個建築師。連佩爾蘭都來了，余索內八成會在參加完一個派對之後趕來。「思想會社」門外的人行道上，站著列冉巴和另外兩個人，一個是他的忠實朋友貢班，身材頗為粗壯，臉上長著麻子，眼睛布滿血絲；另一位是個像人猿的黑人，毛髮異常濃密，列冉巴對他的背景一無所知，只知道他是「來自巴塞隆納的愛國志士」。

他們走過一條走廊，被帶進一個大房間。這裡顯然是木匠工作的地方，新刷的牆壁還散發著石灰的氣味。四盞煤油燈並排懸掛，發出讓人不愉快的光線。房間正前方有一個高起的平臺，放置了一張擺放了搖鈴的書桌。平臺下面有張桌子權充講壇，其兩邊各有一張更矮的桌子，供祕書使用。聽眾一排排坐在板凳上，主要是些老畫匠、大學禮賓員和未發表過著作的文人。那一排排領口滿是油污的大衣中間，可以看到東一頂西一頂的女人便帽或一件工人的粗布罩衫。大房間後方擠滿了站立的工人，他們要麼是無事可做，來此是為了打發一小時的無聊時光；要麼是被某些演講者帶來，充當鼓掌部隊。

腓德烈克小心翼翼，讓自己坐在迪薩爾迪耶和列冉巴的中間。列冉巴一坐下就把雙手疊在枴杖上頭，下巴貼著手背，闔起眼皮。戴勒馬站在大房間的另一頭，俯視整個會場。

今晚充當主席的人原來是塞內卡。

忠厚老實的迪薩爾迪耶以為腓德烈克會為之感到驚喜，不知道他其實很不是滋味。

塞內卡受到在場所有人的極大尊敬。他是那些在二月二十五日參加示威，要求政府馬上成立勞工組織的人之一。然後在第二天，他又在普拉多主張攻打市政廳。由於那時期每個人都會找個模仿對象，如聖鞠斯特、丹東、馬拉[27]之類，所以塞內卡便設法模仿布朗基，而布朗基又去仿效羅伯斯庇爾[28]。塞內卡戴著一副黑手套，頭髮往後梳，顯得極端嚴峻不苟。

他宣讀《人權和公民權宣言》揭開集會序幕，一種慣性的忠誠宣誓。接著，一個雄渾有力的聲音高唱出貝朗瑞那首《人民的回憶》[29]。

但另一些聲音嚷了起來：「不，不要！別唱這首！」

「唱《鴨舌帽》[30]！」大房間後頭的愛國志士喊道。

接著，他們齊聲合唱這首當時十分流行的歌謠。

要是看見鴨舌帽，您快脫禮帽！
要是遇見了工人，您快快跪倒！

接著，大家在主席一聲令下後，肅靜下來。

一個祕書開始念信。

「有幾位青年來信說，他們每天傍晚都會在先賢祠前焚燒一疊《國民公報》[31]，又呼籲所有愛國志士仿效。」

「好極了！贊成！」聽眾回應說。

「住在太妃街的排字工人朗葛列納建議，為熱月政變[32]的死難者建立一座紀念碑。」

「退休教授內波繆塞納來信表示，希望歐洲的民主國家能夠採用統一的語言。一種已死的語言也許最堪擔任這種大任，比方說改良過的拉丁語。」

「不，不要拉丁語！」建築師高喊。

「為什麼呢？」一位大學禮賓員問他。

於是這兩位先生展開了一場討論，另一些人也參與進去，你一言我一語地表達自我的看法。這場辯論很快便變得無聊乏味，許多人紛紛走掉。但有一個小老頭表示有緊急事情要報告，要求發言。他的前額高得出奇，額頭頂端架著一副綠框眼鏡。

他念出一份攤派賦稅的報表。一長串數字像溪水般從他嘴巴源源流出，彷彿沒完沒了。聽眾因為不耐煩，開始交頭接耳。他沒有理會，最後，大家發出一陣噓聲，要噓他下臺。塞內卡斥責那些擾亂秩序的人。小老頭像機器一樣繼續念下去。最後，得要推他一把肩膀，他才停住。這時，小老頭如夢初醒，從容不迫地把眼鏡推到額頭上，說道：「對不起，諸位公民！我告退了，千萬個抱歉！」

看到老人被噓下臺讓腓德烈克心情忐忑。他口袋裡有一篇演講詞，但即席發言也許會比較受歡迎。最後，主席宣布將要進入重要議題，也就是有關議會選舉事宜。他們不打算討論共和黨推出的那張冗長的候選人名單，但「思想會社」就像其他會社一樣，完全有權推出自己的候選人名單，即便「市政廳那班大老爺不樂意也沒辦法」。因此，有意參選者現在不妨發表自己的政綱。

「那就開始吧！」迪薩爾迪耶喊說。

一個男人已經舉起了手。他穿著黑衣服，一頭捲髮，表情顯得很急躁。他結結巴巴地說自己名叫杜克列托，是個教士和農業專家，也是《肥料》一書的作者。大家把他轟下臺，說他應該去找一個農業會社發言。

接著一位穿工人裝的愛國志士走到講壇後面。他是個平民，寬肩大臉，神情柔和，留著一頭長黑髮。他用一種近乎貪婪的目光掃視了整個會場一眼，然後頭一昂，舉起雙臂，說道：「弟兄們，你們剛才趕走了杜克列托！你們做得對。但你們並不是不信教，因為我們全都是有信仰的人。」

很多人都聽得張大了嘴，專心聆聽，沉浸在慕道與欣喜的氣氛裡。

「那也不是因為他是教士，我們才那樣做。因為我們全都是教士！工人們都是教士，一如社會主義的創始者——也就是耶穌基督，也是位教士！」

他提到上帝的國即將來臨。法國大革命就是《福音書》的結果。在奴隸制度廢除以後，無產階級也要跟著獲得解放。恨的世紀行將過去，愛的時代即將來臨。

「基督教是新大樓的拱頂石和地基……」

「您是尋我們開心嗎？」那位葡萄酒推銷員喊說，「幹麼扣我一頂教士的大帽子！」

這個打岔引起了嚴重公憤。幾乎所有聽眾都從板凳站起來，揮舞拳頭咆哮說：「無神論者！貴族！無賴！」塞內卡不斷搖鈴，連連喊道：「保持秩序！保持秩序！」卻毫無作用。但是那位葡萄酒推銷員毫無懼色，加上先前喝過三杯咖啡，渾身是勁，便罵說：「什麼，我是貴族？放屁！」

最後，他獲得一個解釋的機會，便說他永遠不會與教士相安無事。方才大家在談節約措施，最好的節約方法莫過於取消所有的教堂、聖體盒和一切教條。

有人抗議說這話扯太遠。

「對，我是扯太遠！可是，當一條船突然遭遇到風暴……」

沒等他說完這個比喻，另一個人反駁說：「同意！但一次摧毀掉一切，便等於一個搞不清楚狀況的水泥匠……」

「好啊，你敢侮辱水泥匠！」一個渾身黏著一層灰泥的公民大叫起來。他堅稱對方在向他挑釁，抓起板凳要打架。花了三個人的力氣還不足以將他推出去。

那個工人還站在講壇上，兩個祕書示意他下來。他認為這對他不公道：「你們不能阻止我呼喊『我永遠愛法蘭西！永遠愛我們的共和國！』」

「諸位公民，聽我說一句話！」貢班說。

由於他再三重複喊道：「諸位公民！」會場終於安靜了一些。他的兩隻紅手像兩根斷肢那樣擱在講壇上，連眨眼睛，說道：「我相信我們有必要把小牛頭㉝再擴大一些。」

會場頓時鴉雀無聲，人人都以為自己耳朵有問題。

「是的，我是說小牛頭！」

三百個笑聲同時爆發，天花板為之撼動。面對一大堆笑得扭曲的臉孔，貢班向後退縮了一下，繼而用憤怒的聲音說：「什麼？你們連何謂小牛頭都不曉得！」

會場簡直像重病發作，一片狂亂。人人笑得捧住肚皮。有些人因為笑得太過激動，甚至從板凳摔到地上。貢班再也撐不下去，便躲到列冉巴身邊，想拉他一起走。

「不，我要等整個聚會結束才走。」列冉巴說。

這個回答讓腓德烈克下定決心。正當他左右張望，想看看幾位朋友是否準備好支持他時，佩爾蘭已經站到了講壇後面。

「我想了解一下，你們之中誰是代表藝術參選的候選人。我本人畫了一幅油畫。」

「我們用不著什麼油畫！」一個瘦巴巴，雙顴有紅斑的男人粗暴地說。

佩爾蘭對有人打岔表示抗議。

對方用悲哀的語氣表示：「難道政府不是應該頒布一些法令，去取締娼妓和消滅貧窮嗎？」

這個意見馬上引起熱烈共鳴，於是他轉而抨擊大城市的墮落。

「可恥，下流！我們應當在那些有錢人一走出『金屋』餐廳時逮住他們，朝他們臉上吐口水！至少政府不應該縱容荒淫！可稅關的人卻經常對我的姊妹和女兒不規矩……」

一個聲音在較遠處喊說：「您姊妹漂亮嗎？」

「下流！攆他出去！」眾人齊聲說。

「他們抽我們的稅來維持自己荒淫無恥的生活！所以，演員的高薪……」

「等一下！」戴勒馬喊道。

他跳到講臺上，把眾人推開，宣稱這種愚昧的指控讓他覺得作嘔，接著談到演員的傳播文化使命。劇院既然是國民教育的核心，他投票贊成改革劇院。這改革首先要做的是取消經理，取消特權！

「對，任何特權都該打倒！」

這位演員的演講讓聽眾激動起來，於是，破壞性的提案紛紛出爐。

「打倒科學院！打倒法蘭西學院！」

「打倒教會！」

「不要什麼學士！取消大學學位！」

塞內卡接口說：「學位就保留吧，但必須要經過公投，由人民來決定誰有資格得到學位。因為只有人民是唯一真正的法官！」

此外，最有效的做法還不是這樣。首先必須把那些過分富有的人給扯下來。塞內卡形容，富人都是在家裡的鍍金天花板底下無惡不作，反觀窮人培養了多少的美德，卻只能在茅屋裡餓得死去活來。掌聲如此熱烈，以至於打斷了他的講話。有幾分鐘的時間，他都昂著頭，閉上眼睛，如同任由自己在他一手掀起的憤怒波濤上徜徉。

接著他開始用一種專橫的態度說話，字字句句如同法律般不容置疑。他說，所有銀行和保險公司都應該由政府來接管，遺產繼承制度應該廢除，應該為工人成立一筆社會基金。就目前而言，能夠做到這些便已足夠了。緊接著他把話題拉回到選舉：「我們需要的候選人是純潔的公民，一些完全清新的人！有誰自告奮勇出馬角逐？」

腓德烈克站了起來。他的幾個朋友發出讚嘆聲，營造有利氣氛。但塞內卡卻擺出一副福吉耶－坦維爾[34]的表情，要求他報上姓名、履歷、生活經歷和品行紀錄。

腓德烈克扼要回答，然後咬起嘴唇。塞內卡問有沒有人對這個人的候選人資格有異議。

「沒有！沒有！」

可是塞內卡自己卻有異議。大家都弓起身體，凝神傾聽。塞內卡指出，這位尋求支持的候選人本來答應捐款給一家鼓吹民主的雜誌，後來卻食言而肥。其次，在二月二十二日當天，雖然再三通知他，他卻沒有到先賢祠廣場赴約，參加遊行示威。

「我發誓那天我在杜樂麗宮看到他！」迪薩爾迪耶大聲說。

「那您可以發誓您在先賢祠廣場見到他嗎？」

迪薩爾迪耶低下頭，腓德烈克默默無言。他的幾個朋友感到難堪，都焦慮地望著他。

「不管怎樣。」塞內卡繼續說，「您有認識的愛國志士可以為您的人格作擔保的嗎？」

「我可以！」迪薩爾迪耶說。

「不夠，還要再一個！」

腓德烈克轉身看著佩爾蘭。畫家對他頻頻比手勢，表示：「啊！老弟，我剛剛才被他們趕下臺。真見鬼！你還有什麼辦法？」

腓德烈克用手肘頂了頂列冉巴。

「啊，你倒提醒了我。我該上去了。」列冉巴說，接著踏上平臺，指著那個尾隨他身邊的西班牙人說：「諸位公民，容我介紹一位來自巴塞隆納的愛國志士！」

那西班牙人畢恭畢敬地鞠個躬，轉動著他閃閃發光的眼睛，一隻手放在心口（此人以下發言都是使用西班牙話）：「諸位公民，感謝你們給了我這個榮幸。你們都有一顆善良的心，對我的關懷無微不至！」

「我要求歸還我的發言權！」腓德烈克嚷說。

「從『卡迪斯憲法[35]』公布直至最近一次革命為止，我國出現過無數英勇的烈士。」

腓德烈克再次提高嗓門，想要別人聽他說話：「諸位公民……」

但西班牙人繼續說：「下星期二，在瑪德萊娜教堂將會有一個悼念儀式。」

「可笑極了，根本沒人聽懂他說些什麼！」腓德烈克說。

這話惹惱了聽眾。

「攆他出去！攆他出去！」

「攆誰？我嗎？」腓德烈克問。

「正是。」塞內卡威風凜凜地說，「滾出去！」

腓德烈克站起來往外走，那西班牙人的聲音尾隨在後：「全體西班牙人都盼望能夠看到各會社和國民自衛軍的代表在那兒集會。屆時，一篇紀念西班牙和全世界自由的悼文，將由巴黎神父在『佳音廳』宣讀。我雖然是另一個國家的公民，卻甘願承認法蘭西人民是世界第一流的人民。光榮歸於法蘭西人民！」

「滾吧，貴族！」一個流氓向腓德烈克叫囂，並揮舞著拳頭。腓德烈克滿肚子火，三步併作兩步往院子走去。

他責怪自己太過熱心，沒去反省別人對他的指控完全合理。參加選舉的念頭是多麼愚蠢！這群人全是白癡，全是笨驢！他拿自己與他們相比，覺得這些人愚蠢無知，受傷的自尊也撫平了不少。

接著他想念起羅莎妮。聽過了許多夸夸其談和出盡洋相之後，纖巧的她會是一個很好的慰藉。她知道他要去會社演講，但見到他時，甚至沒有問他演講得怎樣。她坐在壁爐邊，正在拆著一件洋裝的襯裡。看見她竟會做這種針線活，腓德烈克頗為驚訝。

「喂，妳在做什麼？」

「你不是看見了嘛！」她沒好氣地回答，「我在修補衣服！全因為你那個共和國害的！」

「為什麼妳說共和國是我的？」

「不是你的，難不成是我的？」

接著，她把法國過去兩個月所發生的一切都怪罪到他的頭上，怪他把革命帶來法國，人民因為他而破產，富人紛紛出走，她遲早會死在醫院裡。

「你每年都有進帳，自然可以大談革命！不過，事情若繼續鬧下去，只怕你的進帳也無法長久。」

「也許是這樣。」腓德烈克說，「最熱心的人總會遭受誤解。所以，如果一個人沒有本著良知做事，跟那些草包攪和在一起真會失去自信。」

羅莎妮瞪著他看，緊皺著眉頭。

「哈，什麼？失去自信？這麼說，先生的演講是沒有成功囉？那更好，看你以後還捐不捐錢給愛國事業。別否認，我知道你捐了三百法郎。你的這個共和國畢竟是要靠人養的。老好人，你就繼續和她要好下去吧！」

聽到這番雪崩似的奚落，腓德烈克的心情從先前的失意變成更痛苦的幻滅。

他退到房間的最後面，她走到他面前。

「想想看！國家就像一個家庭，必須有一個主人，不然大家就會來揩油。但看看我們的主人都是什麼模樣！首先，誰不知道勒德呂－羅林背了一身債。至於拉馬丁，你怎麼能指望一個詩人懂政治？哈，你搖頭！對，你總認定你的頭腦比別人好。但你搖頭也沒用，我說的是事實！但你總是無端找碴，人家就不能跟你分辯一句。再說那個富尼埃．封登來說好了，他在聖羅希開了一些店，但你知道他欠了多少帳嗎？八十萬法郎！對街那個包裝工高梅也是個民主主義者，但你知道他是什麼德性？他用火鉗砸他老婆，又喝那麼多苦艾酒，眼看就要被送進療養院。這些共和主義者都是一個德性！好一個打二五折的共和國。啊！不說了，你吹牛去吧！」

腓德烈克拂袖而去。這個女人所說的蠢話讓他厭惡，明明白白暴露出她是個低等人。他感到自己變得更愛國了。

羅莎妮的壞脾氣此後有增無減，華娜絲小姐的政治狂熱惹她惱怒。因為相信自己身負使命，華娜絲小姐拚命向她演講，找她爭論。因為這方面華娜絲比她拿手，提出許多論據將她駁倒。

有一天，華娜絲來到罵了余索內一頓，因為他在婦女會社放肆地說了一些混帳話。但羅莎妮贊成余索內的意見，還宣稱準備穿上男裝去教訓她們什麼叫女人本分，再鞭打她們一頓。

緋德烈克這時剛好來到。

「你會陪我去的，對不對？」

不顧緋德烈克在場，兩個女人開始唇槍舌劍起來，一個扮演公民妻子的角色，一個扮演女性主義哲學家。

照羅莎妮的看法，女人完全是為愛而生，也有天職生養小孩，操持家務。

華娜絲小姐卻認為，女人有權參與政府事務。在以前，高盧女人和盎格魯－薩克遜女人都參與立法，胡龍人[36]的女性在議會裡也有一席之位。開拓文明事業應該不分男女貢獻一己之力。以博愛主義取代利己主義，以集體合作取代個人主義，用大面積的種植來取代農田的割據。

「行了，行了，妳現在還真懂文化！」

「為什麼不能懂！再說，這關係到人類與我們的未來！」

「先管理好妳自己的事吧！」

「人類的事就是我的事！」

兩人都動了氣，緋德烈克出面調停。華娜絲小姐爭論得臉紅脖子粗，甚至進而擁護共產主義。

「別鬧了。」羅莎妮說，「共產主義怎麼可能會實現嘛！」

於是，華娜絲小姐舉出了一些實例，如愛賽教派、摩拉維亞兄弟會、巴拉圭耶穌會等，以證明共產主義可行。她一邊說一邊比手畫腳，一不小心讓手飾纏住了胸前的金項鍊。手飾中間有一隻黃金小綿羊。

羅莎妮的臉色頓時變得極為蒼白。

華娜絲顧著解開兩件飾品。

「不用費事了。」她說，「我已經明白了妳的政治立場。」

「什麼！」華娜絲說，臉紅得像個處女。

「妳明白我的意思。」

腓德烈克感到莫名其妙。她們之間發生了一件顯然比社會主義更加切身、重要的事情。

「就算是，那又怎樣？」華娜絲回嘴說，毫不示弱地挺起腰桿。「東西是我借錢買的。反正有別人欠我錢，彼債可抵此債。」

「真的，我不否認我欠人債，不過就是幾千法郎嘛。至少我是借來的，不是偷來的！」羅莎妮酸溜溜地說。

華娜絲小姐強作笑容：「喔！我可以把手放在火裡起誓。」

「小心！妳的手那麼乾燥，會燒起來的。」

老小姐向羅莎妮伸出右手，舉到她的面前：「但妳有些朋友覺得我的手還滿愜意的。」

「我猜是哪個唱歌像鴨子的野男人吧？」

「賤貨！」

女元帥向她深深一鞠躬：「沒有人比您更懂得賣弄風騷！」

華娜絲小姐沒有回答。她眼睛盯著地毯，喘著氣，鬢角冒出大顆大顆汗珠。最後她走到門邊，說了一句：「晚安！我們走著瞧！」然後用力把門甩上。

「我好怕啊！」羅莎妮說。

一直努力克制怒氣，令她神經緊繃到極點。這時再也支持不住，癱軟在長沙發上，渾身發抖，嘴巴罵個不停，眼淚縱橫。她會這麼激動，是因為華娜絲出言恐嚇嗎？不，不是，她才不在乎。真正讓她激動是那隻黃金小綿羊，一件別人送給華娜絲的禮物。她哭著哭著，戴勒馬的名字從她嘴裡溜了出來。原來她還愛著那名演員啊！

「那麼，她何苦跟我在一起？」腓德烈克問自己，「戴勒馬怎麼又來了？是誰強迫她待在我身邊的？這整件事情的意義何在？」

羅莎妮猶在抽抽咽咽。她始終側身躺在長沙發邊緣，右頰枕在雙手上。她是那麼的嬌媚、那麼的不造作、那麼的傷心，腓德烈克不由得走近她，輕吻她的額頭。

受這個安慰感動，女元帥對他作出感情承諾：親王已經離開，他倆自由了。但她目前手頭有點拮据：「那天你自己看到的，我得要自己補衣服，把舊衣服拿來穿。」如今車馬也沒有了！這還不算，家具商威脅要搬走臥室和大客廳裡的家具，讓她不知該如何才好。

腓德烈克心裡想要回答：「不用擔心，我會付的。」但他知道眼前這位女士太會說謊。以前吃過的虧讓他學乖，他就僅止於安慰她幾句。

但這一次，羅莎妮的擔心不是假的。她必須歸還家具，搬出德魯奧街的這棟漂亮住宅。她已經在漁婦大道租下了一戶四樓的公寓。

光憑從舊居搬來的精品，她便足以把新居的三個廳間布置得富麗堂皇。新居裡還有中國式窗簾、陽臺天幔；閨廳裡鋪著幾乎全新的二手地毯，還有幾張粉紅色絲面的鄂圖曼長軟椅。這些東西大多是腓德烈克解囊貢獻。他滿心歡喜，覺得自己像個有房子、有太太的新婚男人。因為頗喜歡這個新環境，他幾乎每晚都到這來過夜。

一天早上，腓德烈克剛走出前廳，便看見有個戴國民自衛軍帽子的人正從三樓的樓梯間往上走。這個人究竟是要上哪裡去呢？

腓德烈克站著。那人繼續拾級而上，頭微微低垂，然後他抬眼往上看。老天，是阿爾努！情況是再明顯不過了。兩人同時臉都紅起來，籠罩在一種相同的尷尬之中。

阿爾努率先想辦法打破窘境。

「她好多了，對不對？」他說，就像是羅莎妮生了病，特地來問候。

腓德烈克順著這句話，開口說：「對，好多了。起碼女傭是這樣對我說的。」用意是暗示自己並未見到羅莎妮。

接著，兩人面對面站著，互相看著彼此，不知該如何是好。現在的問題演變成：兩人中該由誰留下來？這回仍舊是由阿爾努來打破僵局。

「算了，我改天再來好了。您要去哪裡？我陪您去！」

去到街上之後，阿爾努回復老樣子，神態自若地閒聊。他毫無疑問不是那種會吃醋的男人，不然，他就是生性善良得不會生氣。這段時間他都在為國盡忠，出門都是穿著軍服。他在三月二十九日保衛過《新聞報》的報館，後來又在暴徒想衝入議會時奮力阻擋，因為表現英勇而應邀參加在亞眠省舉行的國民自衛軍宴會。

余索內和他一起服役，比任何人都更會向他要酒喝、討菸抽。不過，出於玩世不恭的天性，他喜歡反駁阿爾努，諷刺語意不清的法令，挖苦盧森堡宮的會議㊲，取笑那些稱為「維蘇威女人」和「提羅爾人」㊳的政治團體。他對什麼都看不順眼，甚至連「農業車輛」亦不例外：他批評這些車不用牛拉而用馬拉，而且都由一些長得抱歉的女孩來牽馬。阿爾努則正好相反：他是當今政權的支持者，又夢想把分歧的政黨統合起來。不過，他的生意始終沒有起色，讓他多少有些擔心。

他不太把腓德烈克和女元帥的關係放在心上，因為這正好讓他問心無愧地終止羅莎妮的生活津貼（這津貼是親王離開之後恢復的）。他以生意差當作藉口，在她面前唉聲嘆氣了一番。羅莎妮很大方，沒有計較。於是，阿爾努便以為，她的一顆心完全向著自己。他的自我評價因此提高不少，感覺自己變年輕。他相信腓德烈克會支付生活費給女元帥，自認為「玩了一手好把戲」。他設法錯開他與腓德烈克去找女元帥的時間，好讓對方蒙在鼓裡。若是不巧碰上，他會主動退讓。

這種三角關係令腓德烈克感到不高興，情敵的彬彬有禮在他眼中儼然是一種精心設計的嘲諷。不過，一旦跟他翻臉，等於是斷絕了一切重新接近阿爾努太太的機會。更何況，跟阿爾努維持來往是唯一得知她動靜的方法。也許是出於習慣，又也許是出於精心盤算，陶土商人談話時動輒會提起太太，又問腓德烈克為何這麼久沒去看她。

在一切推託的藉口都用盡之後，腓德烈克就說他已經拜訪過她好幾次，但每次都撲了空。阿爾努對此深信不疑，因為他每次向太太納悶好友怎麼都不來坐時，她都會說腓德烈克來時，她都不巧外出去了。就這樣，兩個謊言不但沒有牴觸，反而不謀而合。

這個年輕人個性溫和，加上愚弄他可以獲得不少樂趣，阿爾努更喜歡他了。他對腓德烈克親熱的程度到了無以復加的地步，這並非是出於輕蔑，而是源自於對他的信任。有一天，他寫信拜託腓德烈克代替他去站崗，說自己有件非常緊急的事情需要處理，得離城二十四個小時。腓德烈克不敢拒絕，便到卡魯索廣場的哨所去報到。

就這樣，腓德烈克不得不跟一群國民自衛軍打交道。這些人之中，除了一名嗜酒的製糖商幽默風趣以外，其餘人全都比他們的彈藥筒還要愚蠢。他們的談話主題不外乎是否應該用肩帶來代替皮帶。另一些人則批評國家工場[39]。

其中一個人說：「我們要何去何從？[40]」

被詢問的那個人，好像站在深淵邊緣似的睜開眼睛：「對啊，我們要何去何從？」

另一個膽子較大的人高聲說：「這種局面不可能維持下去！總有結束的一天！」

類似的談話一直持續到晚上，腓德烈克聽得快煩死了。

讓他非常驚訝的是，阿爾努在十一點時突然現身。陶土商人解釋說，他是特地趕回來，好讓腓德烈克可以早點恢復自由之身。

其實，阿爾努根本沒事。整件事情都是他所捏造，以便可以與羅莎妮單獨相處二十四小時。他對自己的男性雄風太有信心，結果落得疲倦無比，也開始懊悔起來。他向腓德烈克道謝，又說要請他吃宵夜。

「不客氣！我不餓，現在只想睡覺。」

「那就更應該一起吃飯了。看看您多麼地無精打采！這個時間不應該回家，太晚了，路上會有危險！」

腓德烈克又一次讓步。阿爾努頗受部隊弟兄的愛戴，特別是受到那個製糖商的關心。大家都喜歡他，因為阿爾努是那麼好的一個夥伴，連余索內這時不在隊伍他也會覺得遺憾。他說吃宵夜前想先小睡片刻：時間不用長，一分鐘就夠了。

「您在我旁邊休息一下吧。」他對腓德烈克說，沒解下腰帶便在行軍床上躺下。因為怕有突發狀況，他不顧規定帶著槍枝睡覺。接著喃喃說了幾句：「我的甜心！我的小天使！」兩三下子便睡著了。說話的人都變得安靜下來，哨所逐漸籠罩在一種深沉的寂靜裡。腓德烈克被跳蚤咬得難受，反覆地東張西望。哨所的牆壁漆成黃色，半牆上釘著一塊長木板，木板上放著一個個背包，像是一連串的小駝峰。木板底下，鉛灰色的槍桿子一支接一支地豎立著。國民自衛軍發出此起彼落的鼾聲，他們的肚子在幽暗中模糊晃動。爐子上擺著一個空酒瓶和幾個盤子。三把草椅圍繞著一張桌子，桌上散落一副紙牌。一條板凳中央放著個銅鼓，鼓帶往下低垂。

從門口進來一陣熱風吹得煤油燈直冒煙。阿爾努睡得香甜，兩條手臂慢慢分開垂到兩旁。他那支槍的槍托朝下，微微傾斜，槍口朝著他右手的腋窩。腓德烈克注意到這一點，大為緊張。但接著又想：「不，我錯了，沒什麼好怕的！他死了豈不是更好！」

緊接著，一幅幅畫面馬上在他腦海無窮無盡地展開。

他先是看見自己與她同坐在一輛晚間馬車裡，然後一起於夜晚的河畔散步，最後回到兩人共築的愛巢，坐在光亮的油燈底下。他甚至思考起家庭開支、家務安排的事宜，感受到幸福已經到手。為了讓這些畫面成真，他只需要扣下扳機。他可以用腳趾尖去頂一下，子彈便會出膛。別人會以為是槍枝走火，不疑有他！

腓德烈克不斷思考這個念頭，如同一個劇作家在苦苦構思。一度，他覺得自己馬上就要將計畫付諸實行，一心渴望著行動，但緊接著又感到無比恐懼。他在自己的瘋狂計畫裡經驗到快感，並愈來愈深陷在這種快感裡，另一方面又惶恐地意識到，自己的顧忌心理正在一點一滴地消失，隨時會豁出去。在這種翻來覆去的思緒中，世界上其他一切不復存在，讓他唯一意識到自己還活著的，是胸中那股讓人無法忍受的壓抑。

「來喝點白酒吧！」製糖商人醒來後說。

阿爾努一躍而起，喝了一杯白酒，接著便帶腓德烈克去辦理哨兵職務的解除手續。

然後他帶好朋友到沙爾特街的帕爾利餐廳吃早餐。為了幫朋友恢復元氣，他點了兩客肉、一客龍蝦、一份蘭姆酒煎歐姆蛋、一客沙拉等等。佐餐喝的是一八一九年份的索甸白酒和一八四二年份的羅馬奈紅酒。吃甜點時喝的，不用說是搭香檳和利口酒。

腓德烈克不敢有意見。他心情極為惶恐，深怕阿爾努會從他的表情猜到他早前的心思。阿爾努兩手擱在桌上，頭往前傾，目不轉睛地看著腓德烈克，讓他覺得有點不自在，然後阿爾努向他透露了一些心事。

他正考慮要承租北方鐵路線兩旁的坡地，用來種馬鈴薯，或者是在林蔭大道上組織個馬戲團，找些人來扮演「當代名人」，供人參觀，每位參觀者收費三法郎。簡言之，他夢想靠著獨門生意，發一大筆財富。接著，他又擺出一副道貌岸然的樣子，批評時人的揮霍敗德，再談起他「可憐的先父」。他還說，每晚向天主禱告前，他都會先檢討自己是否問心有愧。

「我們來喝一點庫拉索酒，好嗎？」

「悉聽尊便。」

對於共和國目前的情況，阿爾努認為，假以時日，一切自然會步上正軌。他又說自己是世界上最幸福的人；因為得意忘形，他誇讚起羅莎妮的種種優點，甚至拿她跟自己太太比較，說這個女人的妙趣，人間難得！

「這杯祝你健康！」

兩人碰了杯。因為不敢違逆阿爾努的心意，腓德烈克多喝了兩杯。餐廳外的太陽很大，照得他微微頭暈。一起走到維維耶納街之後，兩人像兄弟般親密的碰撞肩膀。

腓德烈克回家之後一直睡到晚上七點。接著去找女元帥。她跟別人出去了，大概是阿爾努！因為不知道該做什麼，他便繼續沿著林蔭大道散步，但走到聖馬丁門便無法再向前走了，因為無數的人群把道路擠得水洩不通。

貧窮讓數之不盡的工人走投無路。他們每天晚上都會來這裡，目的無非是想碰碰面和等待一個行動的訊號。法律禁止聚眾[41]，但這些「絕望者會社」卻以驚人的速度增加。許多普通市民也喜歡晚上來這裡，因為這是時尚。

腓德烈克突然瞥見丹布羅斯先生就站在三步之外，身邊跟著馬蒂農。他因為丹布羅斯先生自己跑去競選議員而心有怨懟，故而急忙轉過身，但銀行家把他叫住。

「請留步聽我說句話，尊敬的先生！我有事需要向您解釋。」

「我沒有要求任何解釋。」

「務必請您聽一聽。」

會參選議員並非是他自己願意。是在別人苦苦哀求之下，他才勉為其難答應，可說是被逼的。馬蒂農馬上幫腔：「有些諾冉鄉親組成代表團去過他家。」

「其實，我本來盼望自己能自由……」

這時，有一行人湧過人行道，把丹布羅斯先生擠到了老遠。他一分鐘後走回來，私下對馬蒂農說：「您幫我解圍，我會記住……」

為了讓交談容易些，三個人背靠在一家店的外牆。

不時都可以聽到有人呼喊：「拿破崙[42]萬歲！巴爾貝萬歲！打倒馬利[43]！」數之不清的群眾在高聲交談。所有聲音從房屋迴響回來，像是港口裡連續不斷的波浪聲。每隔一陣子都會有《馬賽曲》的歌聲響起，人聲就會靜歇下來。

在一些供馬車出入的門口，有些模樣神祕的人向路過的人提供劍形杖。有時，會有兩個人一前一後走過，彼此使使眼色，再迅速離開。人行道上擠滿了看熱鬧的閒人，馬路上人山人海，萬頭攢動。一隊隊警察從各條橫街走出來，但沒走幾步就被群眾所淹沒，極少能到達群眾的中央。小紅旗在四處像火焰般飄揚。馬車伕坐在高高的座位上，大比手勢，然後就掉頭離開。這是一幅動蕩的畫面，是你所能設想到最古怪的景象。

「賽西勒小姐若是在這裡，一定會看得很開心。」馬蒂農說。

「您知道的，太太不喜歡姪女跟著我們出來。」丹布羅斯先生微笑著回答。

大家簡直認不出丹布羅斯先生。三個月以來，他天天喊著「共和國萬歲」，甚至投票贊成放逐奧爾良黨人，可是讓步總是有極限。為了顯示自己的憤怒，他甚至在口袋裡放了一根短棍。

馬蒂農身上也帶著一根短棍。因為法官不再是終身職，他辭掉了官職，現在仇恨共和國的心理不下於丹布羅斯先生。

這位銀行家特別痛恨拉馬丁（因為拉馬丁支持勒德呂－羅林），除此以外還仇恨皮埃爾・勒魯、浦魯東、孔西臺朗和拉姆奈[44]──總之是恨透了所有頭腦發熱的人，所有的社會主義者。

「這班人還想怎樣？肉食稅和欠債不還者得坐牢的法令都廢除了。現在預算案中撥給工人的金額高達五百萬法郎！多虧法魯先生出面反對，預算才沒有通過！向他們[45]說再見吧！讓他們滾蛋吧！」

原來，因為政府不知道要如何養活「國家工場」的十三萬人，公共工程部長在當天簽署了一項法令，要求所有年齡介於十八歲至二十歲的公民要麼選擇當兵，否則就送到外省拓荒。

這個方案讓「國家工場」的工人感到氣憤，深信其目的是在破壞共和國。遠離首都而生活，無異於放逐，這使他們心情沉重。他們彷彿看見自己在榛莽地帶發高燒，瀕臨死亡。他們許多人已習慣做較細巧的工作，務農相當於一種降格。總之，這政策是對共和國的一個嘲笑，是共和國對工人做出諸多承諾的決定性食言。他們毫不懷疑，如果反抗，政府一定會出兵鎮壓，而他們也已經準備好迎戰。

快到九點的時候，集結在巴士底廣場和夏特萊廣場的群眾，湧向了香榭麗舍大道。從聖德尼門到聖馬丁門，唯一可見的只有一片龐大深藍到近乎烏黑的騷動。那些依稀可辨的人個個眼睛熾熱，面有菜色，臉龐飢瘦消瘦，為不公不義所激怒。

這時，天空聚集了一些烏雲。暴風雨的天空在群眾之中激起了電流，他們在那裡團團轉動，按自己的節奏搖晃，像是逐漸膨脹的大海。你可以感受到，在這群巨大群眾的深處，蘊含著一股無窮無盡的力量，就像是某種宇宙元素的能量。全部的人開始激動高喊：「點燈！點燈！」很多窗戶沒照吩咐點燈，便招來石塊攻擊。丹布羅斯先生認為，趕快離開才是明智之舉，於是兩個年輕人一起送他回家。他預言將有大禍發生，群眾可能會再次衝進議會；又談到，在五月十五號那一天，若不是有個國民自衛軍盡忠職守，他說不定已經一命嗚呼了。

「我忘了這件事！他是您的朋友，就是那位叫雅克．阿爾努的陶器商人。」那時，其中幾個衝進議會的暴徒掐住丹布羅斯先生的脖子，幸虧阿爾努拉他一把，把他拉到安全地方。從那天起，兩人便建立起交情。

「我找一天一定要請他吃頓飯。既然您常見到他，請代為轉告，我非常欣賞他。依我之見，他為人卓越，一直以來都是受到誹謗。請再次代我向他致意。今晚真是愉快，晚安！」

離開丹布羅斯公館後，腓德烈克帶著非常憂鬱的心情去找女元帥，要求她在他和阿爾努之間做出抉擇。女元帥說聽不懂他的「胡言亂語」，她根本不在乎阿爾努，不想跟他好。腓德烈克表示渴望遠離巴黎，女元帥對他這種一時衝動沒有反對。兩人第二天早上便動身前往楓丹白露[46]。

他們住的旅館與眾不同，院子中央有個漣漪起伏的噴泉。就像修道院一樣，各間套房的門都是開向一條長走廊。他們住的套房很寬敞，擺放了高檔家具，鋪著印花布，因為旅客稀少故而相當清靜，旅館外面常有無所事事的市民往來經過。每天夕陽西下，從套房的窗戶望出去，會看到小孩在街上嬉戲。因為才剛經歷過巴黎的動盪不安，這種靜謐氣氛讓他們感到驚奇和得到寬慰。

隔天一大清早，他們便去參觀楓丹白露。走進大鐵柵門之後，整座宮殿的正面，五棟尖頂樓閣、大門前的馬蹄形樓梯和主建築的兩個側翼便赫然在目。通往大門的石子路長滿東一塊西一塊的青苔，與茶褐的磚石融合為一體。整座宮殿都是紅褐色，就像是老舊生鏽盔甲的顏色，顯示出鎮定自若的王家風範與飽歷風霜的莊嚴氣派。

走進宮殿之後，一個僕人拿著一大串鑰匙，首先帶他們參觀了王后寢室、教皇禱告室、弗郎索瓦一世[47]長廊和拿破崙簽字遜位的那張桃花心木桌子。從前的牡鹿長廊如今被分割成幾間廳間，其中一間正是克利絲蒂娜派人殺死希莫納爾岱斯基[48]的所在。羅莎妮專心聆聽這個典故，然後轉頭對腓德烈克說：「她這樣做無疑是出於嫉妒！所以你可得小心點！」

隨後，他們又參觀了國務會議廳、警衛室、御座寶殿、路易十三的客廳，沒裝窗幔的窗戶透進了強烈的白光。窗門的把手和靠牆矮几的銅腳都蒙著薄薄一層的灰塵，四周的沙發椅都覆蓋著粗布布罩，每扇門的上方都裝飾著路易十四獵得的獸頭。隨處可見各種掛毯，上面繡的是奧林匹克山諸神或亞歷山大大帝作戰的場景。

每走過一面鏡子，羅莎妮都會停頓整理一下包頭帶。

穿過主堡庭院、聖薩杜爾南小教堂之後，他們去了節日廳。那金碧輝煌的天花板與豐富多彩的油畫看得他們眼花撩亂。這個天花板由一個個八角形格子構成，每個格子都鑲金嵌銀，雕琢得比首飾還要精細。大壁爐上鑲有法蘭西的國徽，四周環繞著箭筒形和新月形的徽章。從這大壁爐至大廳另一頭的音樂臺之間，牆上全掛滿了油畫，數量龐大。十扇拱形窗敞開著，陽光照得油畫閃閃發亮。遠眺窗外，蔚藍蒼穹銜接到綿延不盡的群青色拱門，高大翠綠的樹木布滿天際線。從這些樹林的深處，彷彿傳來罷獵時象牙號角的迴聲，還有神話芭蕾舞劇的音樂，那些舊時的王公貴族也似乎仍在森林玩著扮演水仙和牧神[49]的遊戲。那是一個科學初生、熱情奔放、藝術豪奢的時代：那時候，最高的理想是把世界帶進海絲佩麗德三姊妹[50]的國度；那時候，國王情婦的光輝猶可媲美於星辰。在這些著名的情婦中，最漂亮的一位讓人把她的形象畫成狩獵女神戴安娜，甚至畫成地獄女神戴安娜[51]，而此舉無疑是要表明她所擁有的力量足以超越生死。這些所有的形象都見證了她的光榮，她在畫中留下了一點什麼，似乎是一個模糊的聲音，又彷彿是一道久久不滅的亮光。腓德烈克看得入神，沉浸在一種神祕的幽思悸動裡。

為了宣洩這份激情，他情意綿綿地凝視羅莎妮，問她願不願意當畫中的這名女人。

「她是誰？」

「戴安娜．德．普瓦捷[52]。」

他把話重複一遍：「戴安娜．德．普瓦捷，亨利二世的情婦。」

她只輕輕說了一聲「呃」便沒有下文。

她的沉默表明她不知道這個歷史典故，也不了解他的用意。為了讓她有下臺階，他問她：「妳大概看膩了吧？」

「才沒有，正好相反。」她抬起下巴，目光迷濛地環視四周，脫口說道：「這裡讓我回憶起許多往事！」

這時，可以輕易地從她肅穆的面容察覺一種敬畏的心情。這種嚴肅神情讓她更添嫵媚。腓德烈克原諒了她的無知。

鯉魚池讓她開心起來。為了看魚浮出水面，她不停把麵包屑拋到水裡，足足玩了一刻鐘。

腓德烈克坐在一旁菩提樹樹叢下。腦海浮現所有曾經出入這些殿宇的風雲人物：查理五世、瓦盧瓦王朝諸王、亨利四世、彼得大帝、盧梭、「頭等包廂裡的哭泣美人」、伏爾泰、拿破崙、庇護七世[53]和路易－菲力普。他感到自己被這些作古的名人喧鬧地包圍著、推擠著。儘管這些風雲人物魅力不少，但他們你推我擠的模樣仍然讓腓德烈克茫然失措。

最後，他們走到了樓下的花園。

那是一個正方形的巨大花園，可以一覽無遺地望見寬大的黃色步道、一方方草坪、一壟壟黃楊、金字塔形的水松、低矮的綠茵、狹窄的花壇和點綴在灰褐泥地上的稀疏花朵。花園的盡頭依稀是一座公園，其中有一條運河縱穿而過。

這座王家府邸把一種特殊的憂鬱印在他們心上。這無疑是由於它面積太大而遊客卻寥寥無幾；無疑是因為它在歷盡繁華之後，如今竟是如此出人意表的寂寥。宮內的裝潢奢華如昔，但已物換星移，人事全非，見證著歷史的興亡無常。就像木乃伊屍體上塗抹的防腐香料，這座王宮所散發的惆悵氣息就連最天真的頭腦也感覺得到，從而覺得倦怠與悲涼。羅莎妮開始不斷打哈欠，兩人決定返回旅館。

午飯後，一輛敞篷馬車來接他們。馬車從一座幾條道路交會的圓環地帶離開楓丹白露，然後用徒步的速度攀爬一條碎石小徑，朝向一座小松林。兩旁的樹木愈來愈高大，馬車伕不時會告訴他們：「這裡是暹羅兄弟」、「這裡是法拉蒙」、「這裡是帝王花環」，連一處名勝也沒遺漏。有時還會停下車來，讓他們好好欣賞風景。

最後，馬車開進了弗朗夏爾森林。車子像雪橇一樣在草地上滑行，鴿子在看不見的地方咕咕鳴叫。突然，一個咖啡廳的侍者出現眼前，他們高興地在一座花園的欄杆前面下車，花園裡放置著十幾張圓桌子。走過左邊一家荒廢修道院的垣牆，他們在一堆巨礫之間覓路而行，很快就來到峽谷底部。

山谷的一邊覆蓋著砂石與糾結在一起的刺柏樹叢，另一邊則近乎光禿禿，朝谷底傾斜而下。一條小徑自谷底褐色的荒地穿過，像是一根灰色的細線。若是抬頭望去，可以看見遠方有一座平頂的圓錐形山峰，其背後佇立著一座電報塔。

半小時後，為了登臨阿斯普勒蒙山的峰頂，他們再度下車。

曲折蜿蜒的登山小路，兩旁粗矮的松樹和嶙峋的岩石糾結在一處。森林的這個角落彷彿被什麼堵住了氣，顯得非常原始和寂靜。這裡的氛圍不禁讓人聯想起隱士：那些與大雄鹿為伴，帶著慈父般微笑在他們山洞前跪迎法蘭西賢君的隱士。暖和的空氣瀰漫著樹脂的氣味，貼在地面上的樹根盤纏交錯。羅莎妮被樹根絆得跌跌撞撞，愈走愈氣餒，有種想哭的衝動。

不過，一來到山頂，她便破涕為笑，因為她看見，在一片枝椏的下面，開著一爿小酒館，裡面還販賣木雕品。她喝了一瓶檸檬水，買了一根冬青木枴杖。她看也不看山頂下的風光一眼，便隨一個手執火把的侍者，鑽進了一個叫「土匪穴」的山洞。

之後，他們返回等在下布列奧的馬車。

櫟樹樹腳下一名畫家正在作畫，他身穿藍布工裝，顏料盒擱在大腿上。馬車經過時，他抬起頭端詳他們。

抵達沙伊山的半山腰時，一朵雲突然灑下毛毛雨。他們趕緊把斗篷的兜帽戴上，但幾乎同一時間，雨又停了。回到鎮上時，看見街上的石板路面在陽光下閃閃發光。

一回到旅館，有些新來的旅客告訴他們，巴黎爆發了一場血流成河的戰爭。對於這個消息，羅莎妮和她的情人並不感到意外。等大家都離開後，旅館恢復平靜，煤氣燈也熄滅了。他們在噴泉淙淙水聲的催眠下進入夢鄉。

翌日，他們遊歷了「狼谷」、「仙女潭」、「長岩」和「瑪爾洛特」。兩天後，他們開始漫無目的地遊覽，不問馬車伕去處，任憑他的安排，也因此常常錯過一些著名的景點。

他們所乘坐的那輛老舊四輪馬車，像沙發一樣低矮，蓋著褪色的條紋布篷，讓他們坐得十分愜意。荊棘叢生的溝壑從他們眼皮底下不斷徐徐經過，一道道白光穿過高大的蕨類植物，像箭似的向他們射來。有時，一條不再使用的小路會一直線地出現在眼前，這裡那裡長著有氣無力的野草。在一個十字路口中央，一個十字架張開著四根指臂。其他地方，路標柱則像枯樹一樣歪斜。遇到一些被樹葉遮蔽的羊腸小徑，他們會禁不起誘惑，要進去尋幽探勝一番，但馬車才一拐彎便陷在泥濘裡。只見整條小徑都印著深深的車轍，車轍兩旁長著苔蘚。

常常，當他們以為到了個遺世獨立的所在時，會突然走來一個荷槍的護林員，或是一群衣衫襤褸的女人背著柴枝，從他們身邊經過。

每當馬車停下來，天地就會一片寂然，唯一聽到的是馬匹的喘氣聲和鳥兒重複的微弱低鳴。

陽光照亮了森林的邊緣，但森林深處仍然是一片黑影，另一些時候則是近處朦朧，遠處紫氣氤氳，發著一片白光。正午陽光直接灑落廣大綠野，一片碧綠，枝椏末端的水珠閃閃發光，落葉的積層閃耀斑斑金點。若是抬頭仰望，可以從樹冠的縫隙瞥見碧空。有些樹冠高聳入雲，大有主教和帝王風範；有些彼此枝椏相接，形成凱旋門的形狀；還有些大樹是斜著生長，像是即將傾倒的圓柱。

連綿不絕的參天大樹打開了一個缺口。一出缺口，一片一望無際的森林便展現眼前。這片森林像是一道又一道的綠色波浪，高低參差不齊，一直延伸到下面山谷的表面。山谷兩側還有許許多多的山丘，它們朝著白色的平原俯首，最後消失在一片濛濛的灰白中。

他們互相緊挨著，站在高地上眺望，為自己自由自在的生活深深感到驕傲，覺得精力無窮，以及一種說不出原由的喜樂。

各式各樣的樹木構成了一幅最眼花撩亂的畫面。山毛櫸光滑的白色樹皮和它們的樹冠扭結在一起。白蠟樹軟綿綿地彎著海青色的枝椏。榆樹叢中豎立著古銅似的冬青；接著是一排纖細的樺樹，像是默哀似的傾斜著身體。松樹像管風琴管一般整齊劃一，不斷地搖頭晃腦，彷彿在唱歌。還有虯根盤結的大橡樹，它們顫巍巍地從泥土裡拔起，彼此互相推擠，堅實的樹幹猶似身軀，又向天空伸出裸露的臂膀，發出絕望的呼喊和憤怒的恫嚇，猶如一群勃然大怒的泰坦神[54]。沼澤上方漂浮著重濁委靡的氣息，一叢叢荊棘把水面畫成各種花紋。狼群經常會到這裡喝水，堤岸上的苔蘚呈現硫磺色，像是被女巫的腳印燒灼過。青蛙無休止地呱呱叫，回應著天空盤旋的烏鴉叫喚聲。隨後，穿過單調的林間空地時，他們看見修剪過的小樹東一棵、西一棵地栽種在那裡。一陣叮叮噹噹的鐵錘聲響個不停，那是半山腰的一隊採石工在雕鑿石塊。石塊愈來愈多，最後擋住了所有風景；它們像房屋一樣方正，像石板一樣平整，互相支撐、重疊、混雜著，如同湮滅古城裡一個難以辨認的廢墟。然而，它們那種混亂不堪的樣子，會讓人聯想起火山爆發、大洪水和某個未為人知的大災難。腓德烈克開玩笑說，這堆亂石一定是打從開天闢地便在這裡，並且會一直維持原樣直至世界末日。羅莎妮轉過頭說：「這會讓我瘋掉。」說完便去採石楠花。石楠的淡紫色小花長得密密層層，形成大小不一的圓盤。

有一次，他們去到一處布滿砂礫的半山腰。泥土上毫無足跡，紋理像是均勻的波浪。到處都像岬角自乾涸海床露出那樣，凸起一些大岩石，許多的形狀都與動物有幾分相似：有些像伸出頭的烏龜，有些像爬行的海豹，有些像河馬或熊。四周渺無人影，萬籟俱寂。陽光在砂礫上迤邐一片，讓人目眩。忽然，在顫抖的陽光下，那些獸形岩石彷彿動了起來，他們嚇得趕緊離開，只覺得快要昏厥。

受森林的凝重氣氛感染，他們會一連好幾個小時沉默不語，任由車子彈簧將自己顛上顛下，就像陷入微醺的麻木狀態。或者，腓德烈克會摟住羅莎妮的細腰，一邊聽鳥聲鳴囀，一面聽她說話。一瞥之中，他同時將她帽子上的黑葡萄、檜樹上的漿果、面紗的縐褶、螺旋形的浮雲都盡收眼底。每當向她俯身，他會嗅聞到她皮膚的清新氣息與樹林的濃郁香氣。看到什麼都讓他們覺得好玩，互相指給對方看：掛在灌木叢之間的蜘蛛網、岩石上頭的水坑、枝椏上的松鼠或跟隨馬車飛舞的蝴蝶。有一次，離他們二十步遠的樹林下，一頭牡鹿安閒自在地散步，身邊跟著一隻小鹿，神態高貴而溫馴。羅莎妮真想跑過去抱抱牠。

不過有一次，冷不防出現了一個男人，給她看裝在盒子裡的三條毒蛇。她嚇壞了，趕忙撲在腓德烈克懷裡。看到她那麼脆弱，自己又強壯得足以保護她，腓德烈克只覺得無比幸福。

當晚他們在塞納河畔一家飯館用餐。餐桌緊臨窗邊，羅莎妮坐他對面。腓德烈克端詳她那優美小巧的鼻子、外翹的雙唇、明亮的雙眼和漂亮的鵝蛋臉。生絲綢禮服貼伏她那微微下垂的雙肩，兩隻玉手從袖口伸出併攏在一起，或是切食物，或是斟酒喝。他們面前放著一隻攤開的雞、一盤燉煮鰻魚、走味的葡萄酒、硬邦邦的麵包和幾把有缺口的餐刀，這一切只倍添他們的興致和幻想。他們想像自己正在義大利旅行，正在度蜜月。重新踏上旅途前，他們沿著河岸散步。

天空淡藍，像個圓屋頂般枕倚在地平線上的鋸齒狀樹林。河的正對面是一片草坡，草坡盡頭聳立著一座鄉村鐘樓。左邊更遠處有一棟房子，它的屋頂宛如鑲在河面的一顆紅斑點。河水蜿蜒曲折，但看不出來正在流動。不過，岸邊有些燈心草不住向著河面彎腰，而一些張魚網用的竿子也被流水帶動得輕輕搖晃。有個柳條魚簍擱在地上，兩三艘老舊漁船停泊在岸邊。飯館附近有一個戴草帽的女孩往水井裡打水。每當拉起一桶水，聽著鐵鍊發出的吱嘎聲，腓德烈克都會感到一陣難以言喻的快樂。

他深信這種自然的幸福會持續到人生盡頭，是自己人生的一部分，與那個女人的存在有著密不可分的關係，忍不住要一再地向她傾吐愛意。作為回應，她會回答些娓娓動聽的話，拍拍他的肩膀，或是表現在柔媚神態之中，令他陶醉不已。他在她身上發現了一種頗為新穎的美，這美也許只是四周事物的反映，否則便是被四周事物隱藏的力量所觸動而萌發出來。

在田野裡休息時，他會躺在她的小陽傘下面，頭枕在她的大腿。不然就是兩人一起側躺在草地上，臉朝著臉，不斷眉目傳情，看夠了便心滿意足地肩併肩躺著，半閉雙眼，不發一語。

不時會有咚咚鼓聲傳到他們耳裡。那是不同村莊敲響的鼓號，意圖召集村民前去保衛巴黎。

「唉，又來了！又是起義！」腓德烈克說，語氣中又是瞧不起，又是憐憫。在他看來，與他們的愛情和永恆的大自然相比，這些騷動顯得可憐兮兮。

他們天南地北，想到什麼就聊什麼。既談些他們無比熟悉的事情，也談些他們不感興趣的人物和千百件小事。她談到了她的女僕和理髮師。有一天，一個不留神，她說出了自己的年齡：二十九歲。光陰似箭，她已經老大不小了。

好幾次，她不知不覺透露出自己一些身世背景。她當過「女店員」，去英國旅行過一次，學過演戲。但她沒有解釋這些事情的前後因果，所以腓德烈克始終無法拼湊出她完整的歷史。

然後有一天，兩人肩併肩坐在一片草坡後方的梧桐樹底下時，因為機緣巧合，她透露了更多自己的過去。當時，路旁有個光著腳的小女孩在牽牛吃草，一看到他們，便過來乞討。小女孩一手撩起破衣裙，另一隻手搔著頭上的黑髮：她的頭髮像是路易十四時代的假髮，團團圍住她黝黑的臉龐，一雙大眼睛閃閃發亮。

「她以後會長得很好看。」腓德烈克說。

「只希望她沒有媽媽，這樣她的命會好一些。」

「嗯，這話怎講？」

「如果我不是因為我媽媽……」

接著，她嘆了口氣，開始提起自己的童年。她父母是里昂郊區的編織工人。她跟著爸爸當學徒。這個可憐的男人雖然埋頭苦幹，但總是被老婆罵得狗血淋頭，這女人變賣家裡的一切東西買酒喝。說到這裡，羅莎妮歷歷在目地看到了兒時的家：沿著窗口排列的織布機，爐灶上正在沸騰的鐵鍋，漆成桃紅色的床，對面有一口衣櫥，還有她一直睡到十五歲的灰濛濛閣樓。有一天，她家來了一位先生，他是個胖子，有一張黃楊木色的臉，舉止像個信徒，穿著全套黑衣服。這人和她媽媽談了一陣子。接著，三天後——說到這裡，羅莎妮停了半晌，然後用帶著辛酸與羞慚的神情說道：「買賣完成了！」

然後，為了回答腓德烈克的手勢，她說：「由於他已婚，不方便帶我到他家，便把我帶到一家餐廳的包廂，又說我將會很快樂，將會得到一件很棒的禮物。」

「一進包廂，我注意到的第一件事，是桌子上擺了朱紅色的枝狀大燭臺和兩副餐具。天花板上一面鏡子把它們照映出來，牆上掛著藍綢帷幔讓整個房間看來像張大床。這些東西讓我看得很吃驚。你要知道，我是個沒見過世面的可憐蟲。我眼花撩亂，感到害怕。我想要跑掉，卻沒有那樣做。」

「包廂中唯一的座位是靠近桌子的一張沙發。它很軟，坐上去後會軟綿綿的凹陷。地毯上放著一個火爐，管口對我直吹暖氣。我坐著，什麼都沒吃。站在我旁邊的侍者催我快吃。他馬上倒給我一大杯葡萄酒。我喝了之後頭暈腦脹，想要開窗。他卻說：『不行，小姐，這裡禁止開窗！』稍後，那名先生離開了包廂。」

她又說：「桌子上堆著一堆我不認得的東西，我覺得沒有一樣是好的。後來我看中了一罐蜜餞，吃了起來，一邊耐心等候。我不知道那位先生因為什麼耽擱了。當時已經很晚，至少是午夜，我累得沒辦法支撐，便推開一個枕頭，想好好躺一下，這時我的手碰到一本畫冊之類的本子。裡面是些石版畫，都是些春宮圖。他回到包廂時，我已壓著那本畫冊睡著了。」

她低下頭，陷入憂鬱的愁思。

圍繞他倆四周的葉子沙沙作響。一棵高大的毛地黃在一堆乾草之間搖曳，陽光像波濤般在草坡上滾轉。母牛不見了，但牠的嚼草聲不時傳來，打破四周的寂靜。

羅莎妮凝望三步距離之外地上的一個點，鼻孔開開闔闔，陷入沉思。腓德烈克抓起她的手說：「妳吃苦了，親愛的！」

「對。」她說，「多得超乎你能想像，多得讓我想一死了之！是別人把我救回來。」

「怎麼救的？」

「唉，別談這個了！我愛你，我現在很快樂！來親我！」

她把鉤在禮服下襬的薊草細枝一根根拔掉。

腓德烈克思考著那些她沒告訴他的事。她是靠什麼方法逐漸擺脫悲慘的？是她的哪個情人讓她得到教育的？在他第一次去她家以前，她人生裡發生過哪些事？可是她最後的這句話表明了不讓他提問，他只得問問她是如何認識阿爾努的。

「是華娜絲牽的線。」

「有一天我在『王宮』廣場看到有個人跟他們在一起，那個人不會就是妳吧？」

腓德烈克說出確切的日期，羅莎妮苦苦思索說：「對，就是那一天！那時我很不快樂！」

腓德烈克承認，阿爾努是個好人。不過這個人怪僻多多又滿身缺點。他不厭其煩地一一指出他做過哪些丟臉的事，她完全同意。

「沒差！反正就是有人喜歡他。」

「現在還愛著嗎？」腓德烈克問。

她紅起臉，半笑半嗔。

「才沒有，過去了。我什麼也沒瞞你。再說，我覺得你對你的女受害者也不那麼好。」

「我的女受害者？」

羅莎妮捧住他的下巴：「就是啊！」然後又學奶媽哄小嬰兒的聲音說：「要繼續乖乖啊！可別去找他老婆睡覺啊！」

「哪有這回事！從來沒有！」

羅莎妮微笑起來。這個微笑讓腓德烈克覺得受傷，認為這證明了她不在乎他。

「你這話當真？」羅莎妮又問。

「當然真！」

他以自己的名譽發誓，對阿爾努太太從未起過任何歪念，因為他一直死心塌地愛著另一個女人。

「你說的女人是誰呀？」

「可不就是妳，我的美人兒！」

「哼，別拿我尋開心！小心我生氣！」

為求審慎，他決定捏造一個故事，假裝一直被羅莎妮迷得團團轉，並加油添醋了某些細節。不過，他的確曾經因為這個女人而非常不快樂。

「你的桃花運從來不好。」羅莎妮說。

「不，不，不是從來不好！」他說，暗示自己也交過幾次桃花運，好讓羅莎妮刮目相看。人就是這個樣子，即使是在最親密的關係裡，一樣會因為拘謹、虛榮、顧慮與體貼，因而有所保留。你會在自己或對方身上發現一些深谷或泥淖，阻礙你更加深入探究，況且要確切的表達又是如此的艱難，使你相信自己將不會受到了解。這就是何以世間的佳偶為何如此稀少。

可憐的女元帥從來沒有遇過像腓德烈克這麼好的男人。所以，當她凝視他的時候，眼淚常會奪眶而出。之後，她會抬起頭或眺望遠處，就像看到光明的晨曦，看到無限幸福的遠景。終於，有一天，她表示想去望一次彌撒，說是「這樣做也許會為我倆的愛情帶來祝福」。

那麼，她以前為什麼長期拒絕他的愛意呢？她自己也說不上來。腓德烈克一而再、再而三問她這個問題，她才把他擁在懷裡，回答說：「因為我害怕愛你愛過了頭，親愛的。」

週日上午，腓德烈克在報紙公布的傷員名單上，看到迪薩爾迪耶的名字。他大叫一聲，把報紙拿給羅莎妮看，說馬上要去巴黎一趟。

「你去幹麼？」

「看看他，照料他！」

「我想你不會要留下我一個人吧？」

「跟我一起去！」

「你要我捲入那種吵吵鬧鬧的事情裡去？不，謝了！」

「但我不能置之……」

「夠了，夠了，你還以為醫院會缺少護士嗎？再說那個傢伙跟你有什麼關係？哪個人不是只為了自己？」

她的自私心態令腓德烈克感到憤怒。他責怪自己沒有留在首都跟大家併肩作戰，對國難事不關己的態度有點卑劣、小資產階級的味道。這時，他突然覺得自己和羅莎妮的關係讓他心中有愧，宛如犯了什麼罪孽。有好幾個小時，兩人陷入冷戰。

然後羅莎妮率先軟化，懇求腓德烈克先觀望一陣子，不要冒不必要的險。

「萬一你被殺呢？」

「那不過是盡了我應盡的責任！」

羅莎妮跳了起來。他首要的責任應該是愛她，現在看來，他是不再愛她了。他準備要做的事毫無常識可言。老天，多愚蠢啊！

腓德烈克拉鈴喚店家來結帳。但要回巴黎並不那麼容易。勒盧瓦運輸公司的驛馬車剛剛開走；勒貢特公司的四輪馬車不打算開出；來自布爾包奈的公共馬車要到夜裡才會出發，或許還客滿，沒有座位。他打聽了半天，各種可能的交通方式，最後想到也許可以騎乘驛馬。但驛站站長因為腓德烈克沒有通行證，拒絕提供馬匹。最後，他租了一輛敞篷馬車（就是載他們遊山玩水那輛的同一款）。大約五點鐘左右，他們抵達了默倫的貿易旅館。

菜市場放滿了一堆堆武器。省長禁止國民自衛軍開往巴黎，那些不是本省的國民自衛軍希望離開。大家鬧哄哄的，旅館裡擠滿了喧囂的人群。

羅莎妮因為害怕，說她不願意再往前走，再一次哀求腓德烈克留下。旅館老闆夫婦一起幫腔。但一個正在吃飯的紳士插嘴說，戰鬥大概即將結束，況且，每個人都應該盡自己的義務。這樣一來，羅莎妮更加哭哭啼啼。腓德烈克被激怒，把錢包交給她，匆匆親吻過她便上路去了。

來到科爾倫車站時，他被告知起義者每隔一段距離便會把鐵路切斷，所以火車無法通行。但馬車伕拒絕把他載到更遠，藉口是馬「跑不動了」。

不過，透過這位馬車伕的幫助，腓德烈克租到一輛破馬車，小費不算的話，車資要六十法郎，會把他送到義大利車站的關卡。然而，距離關卡一百步遠，車伕便叫腓德烈克下車，自己掉頭離開。腓德烈克走著走著，突然被一個哨兵拿刺刀攔住。接著四個男子抓住他，呼喊：「又是一個！當心！搜他的身！土匪！無賴！」

他徹底嚇傻了，任人把他拽到哨所去。這間哨所位在戈伯林大道、醫院大道、戈德弗魯瓦街和穆弗達爾街的交會處。四條街的盡頭各有一座巨大的街壘，帶有斜坡道的街壘由路石築成，火炬在四處熠熠生輝。雖然塵土飛揚，腓德烈克仍然能看見步兵和國民自衛軍在街壘上巡邏，個個臉容烏黑、衣衫不整、神情亢奮。他們先前占領了這一區，槍斃了許多人，但餘怒未消。腓德烈克表示自己是從楓丹白露回來，要去看顧一個住在貝勒豐街的負傷同志。起初沒人相信他的話。他們檢查他的雙手有無彈藥的痕跡，甚至聞聞耳朵有沒有火藥味。

經過反覆解釋，腓德烈克終於說服了一名上尉。上尉命兩個槍手把腓德烈克押解至植物園的哨所。他們沿著醫院大道前進，陣陣強風吹得腓德烈克恢復了精神。

接著，三人拐進了馬市街。右側的植物園黑壓壓，像是一大片陰影，反觀左側的慈善醫院卻是燈火通明，像個火球似的，每扇窗戶前都有人影匆匆來去。

押送腓德烈克的兩名槍手走掉了，由另一人護送他到理工學校。聖維多克街相當黑，沿途沒有一盞煤氣燈，也沒有一戶有亮光。每隔十分鐘就會聽到同一句話：「哨兵們，自己當心！」

在一片寂靜中，這喊聲像是投入深淵裡的一塊石頭，餘音久久不散。

不時會聽到沉重的踏步聲由遠而近傳來。那是一支約莫一百人的巡邏隊。從這群混雜的人群中會傳出口哨聲、鐵器的枯燥碰撞聲。隊伍以一種有節奏的旋律擺動著，最後消融於黑暗中。

在幾條街交會的那個圓環，有一個龍騎兵騎在馬上，靜止不動。不時會有一個公文驛使疾馳而過，隨後又是寂靜一片。一輛輛拖著加農砲的車子在遠處的石板路上駛過，發出沉重而嚇人的隆隆聲。這聲音截然不同於一般的聲音，聽了會讓人心往下沉。有時，會有兩三名穿工人裝的男人找士兵搭訕，說了一兩句話之後便像鬼影般消失無蹤。

理工學校的哨所人山人海。有許多婦女擠在哨所的門上，要求見丈夫或兒子一面。士兵叫她們到已經被權充停屍場的先賢祠去找，又把腓德烈克晾在那裡。他不肯罷休，再三發誓他的朋友迪薩爾迪耶正在等他，生命垂危。他們派了一個下士帶他到聖雅克街坡頂的第十二區區公所去。

先賢祠廣場滿是躺在麥稈堆睡覺的士兵。天空剛破曉，營火已經熄滅。

起義在這一區留下了可怕的痕跡。每條街都被人挖過，到處都是大大小小的泥土堆。被摧毀的街壘上堆疊著公共馬車、煤氣管和車輪。地上有時會有一窪深色的液體，想必是血跡。房屋給子彈打得千瘡百孔，石灰剝落，露出屋樑的椽頭。窗簾像破布一樣掛在釘子上。有些木樓梯垮掉，很多門洞開著，室內的裝潢和撕破的壁紙依稀可見。有時一些精緻小巧的器物得以完好倖存，腓德烈克瞄到一個座鐘、一根的鸚鵡杖和幾幅的版畫。

區公所裡的國民自衛軍喋喋不休在談一些死掉的大人物，例如勃列阿、內格里埃、議員夏爾博內爾和巴黎大主教[55]等。腓德烈克還聽到這些消息：奧馬勒公爵在布洛涅靠岸；巴爾貝從樊尚跑了；砲兵從布爾日開來了；外省的援兵正從四面八方向巴黎匯集。約莫三點鐘，一些人帶來了好消息，說是叛亂者的議和代表已經到了國民議會議長的府邸。

這消息讓每個人都高興起來。腓德烈克身上還有十幾法郎，便找人買來一打葡萄酒，希望這可以幫助他趕快獲釋。然而，突然響起一陣槍聲。一票國民自衛軍放下手中的酒杯，用不信任的眼睛打量眼前的陌生人，懷疑他會不會就是亨利五世[56]。

因為不想承擔責任，他們把腓德烈克送到第十一區的區公所。直到第二天早上的九點，他才獲准離開。

一釋放出來，他便一口氣跑到了伏爾泰碼頭。有個穿汗衫的老頭站在一扇敞開的窗戶旁仰頭哭泣。塞納河靜靜地流動，天空一片蔚藍，杜樂麗宮四周樹木的鳥兒鳴唱。

穿過卡魯索廣場時，腓德烈克看見一副擔架抬過來。哨所的士兵立刻舉槍致敬，值勤的軍官把手揮到帽簷，說道：「光榮屬於英勇的犧牲者！」說這句話幾乎已經成了一種義務。每一次，說這句話的人總是顯得充滿深情。一群尾隨擔架的人無比激動地說：「我們一定會為您報仇！我們一定會為您報仇！」

林蔭大道上車來車往，一些婦女在自家門前拆舊衣服製作繃帶。暴動已經被鎮壓住，至少是快要鎮壓下來。一張剛才貼出，由卡芬雅克[57]將軍所署名的告示可以為證。看見一隊國民別動隊從維維耶納街的高處走過來，市民紛紛發出熱烈的歡呼聲，揮舞帽子、鼓掌、想擁抱他們，或請他們喝酒。婦女們自陽臺上拋下鮮花。

最後，到了十點鐘，砲聲隆隆在攻打聖安東尼鎮區的時候，腓德烈克終於到達迪薩爾迪耶的住處，會計正在閣樓仰天睡覺。一個女人從隔壁房間躡手躡腳走過來——是華娜絲小姐。

她把腓德烈克帶到一旁，告訴他迪薩爾迪耶的受傷經過。

上個星期六，在拉法葉街的街壘高處，一個身裹三色旗的小伙子向國民自衛軍喊說：「難道你們要對弟兄開槍嗎？」迪薩爾迪耶聞言，便丟下手上的長槍，推開其他人，一個人躍上街壘，一腳踢倒那個叛亂者，扯下他身上的三色旗。事後，他被發現躺在一堆瓦礫裡，大腿上嵌著一顆銅彈。為了取出子彈，醫生把傷口切開再縫合。華娜絲當晚就來到這裡，此後寸步不離守在迪薩爾迪耶旁邊。

她聰明地準備好包紮所需要用到的一切物品，又餵迪薩爾迪耶吃藥與流體食物，留意到他各種最微小的需求。她以輕如蒼蠅的步伐走路，凝視他的眼神總是充滿柔情蜜意。

整整兩個星期，腓德烈克每天早上都會前去探望。某天，當他讚美華娜絲小姐有多麼盡心盡力時，迪薩爾迪耶聳聳肩說：「哼！她是別有用心。」

「你真的這麼認為？」

「我很肯定！」迪薩爾迪耶回答，但不願多作解釋。

她的體貼無微不至，甚至周到地帶來各種讚揚他的報紙。這些讚美讓他厭煩。他甚至向腓德烈克表白，說自己感到良心不安。

他或許應該站在工人那一邊戰鬥的。因為，當局對工人作過的許多承諾無一實現。鎮壓起事的那群人事實上憎恨共和國，況且，他們對戰敗者也太過殘酷了。起事的工人固然有錯，卻不完全錯。想到自己可能曾經與正義的事業為敵，這個老實人內心備受煎熬。反觀塞內卡卻沒有這種精神上的困擾——他這刻正被囚禁在杜樂麗宮河畔的地牢裡。

一共九百人被關在那裡，亂七八糟地躺在髒穢之中，每個人的臉都被火藥與凝結的血塊弄得漆黑，發著高燒，打著寒顫，或憤怒地喊叫著。也有些人已經死掉，但屍體並沒有搬走。有時，聽到一陣突如其來的槍聲，他們便以為馬上會被拉到外面槍斃。他們跑到牆邊傾聽動靜，見沒事發生，便又回到原來的位置頹然躺下。身心的痛苦使他們變得遲鈍，猶如生活在一個惡夢裡，生活在可悲的幻象裡。掛在拱形天花板上的那盞油燈看來就像血斑，從地窖裡散發出的污穢氣體如同綠色和黃色的小火焰，到處飛舞。因為害怕發生傳染病，當局成立了一個委員會。委員會的主席剛走了頭幾級樓梯，就給糞便和屍體的臭氣嚇得連忙往後縮。

為了阻止囚犯湊近通風口，搖晃鐵欄杆，站崗的國民自衛軍二話不說便用刺刀往人堆裡刺。

這些人一律都沒有同情心，這些沒打過仗的人總喜歡表現自己的英勇，這是一種恐慌的大氾濫。他們要同時來一次總清算，對報紙、各種會社、各種集會、學說，總之是這三個月以來一切令他們惱火的事，全都加以報復。儘管已經取得勝利，「平等」的口號（彷彿是懲罰它的捍衛者，嘲弄它的仇敵）又得意洋洋地喊出來了。但那是一種畜生般的平等，一種跟血腥污行沒有兩樣的齊頭。貴族是荒淫無恥的，但棉帽的醜惡並不下於紅帽。就像自然界曾經發生過什麼大混亂，公眾的心靈變得歪七扭八，就連一些有識之士都寧願變成癡呆，了此殘生。

羅克老爹變得非常勇敢，近乎蠻勇。他在二十六日那天和許多諾冉人來到巴黎，但並沒有跟隨他們一道回去，而是參加了紮營在杜樂麗宮的國民自衛軍。他很高興自己被派到水邊的地牢去站崗。那些匪徒終於要看他臉色了！他樂於看到他們身受重傷和可憐兮兮的樣子，也忍不住要臭罵他們。

有個留金色長髮的小伙子把臉湊到鐵欄杆之間，乞求麵包。羅克老爹叫他閉嘴。但那小伙子用哀求的聲音反覆說：「麵包！」

「我哪來的麵包！」

這時，其他囚犯也紛紛湊近鐵欄杆，挺著蓬亂的鬍子、燒灼的眼球，一起喊道：「麵包！」

看到自己的權威竟遭受藐視，羅克老爹怒火中燒。為了嚇唬他們，他拔出手槍瞄準他們。那個小伙子被人群擠到幾乎窒息，隨人群推擠到拱頂。他的頭向後仰著，又喊了一聲：「麵包！」

「好，這就給您！」說完扣下扳機。只聽見一聲淒厲的慘叫，接下來便鴉雀無聲。在一個小木桶旁邊躺著一堆白色的東西。

之後，羅克先生返回住處。他在聖馬丁街有一棟房子，專供來巴黎時住宿。這房子的正牆在暴亂時受到破壞，讓他怒氣加倍。這時重看正牆，他覺得自己誇大了它的損害。方才開的那一槍讓他消氣不少，就像得到了一筆賠償似的。

為他開門的是他的千金。她馬上表示，他出門這麼久，讓她很不安穩。她害怕父親碰到什麼意外，或是受傷。

這種孝心讓羅克老爹頗為感動。他很驚訝，她居然沒有卡特琳陪同，就一個人來巴黎找他。

「我打發她去送個消息。」露薏絲回答。

她詢問了父親的健康狀況與其他事情，接著若無其事地問他有沒有湊巧碰到腓德烈克。

「沒有，連個影兒都沒見過！」

原來她完全是因為腓德烈克才到巴黎來的，這時走廊傳來腳步聲。

「啊，我離開一下！」她說，說完就不見了。

卡特琳沒有找到腓德烈克。他離開家已經好幾天，而他的好朋友德洛里耶先生如今住在外省。

再到父親面前時，她渾身顫抖，一句話也說不出來，緊靠著家具。羅克先生嚇壞了，叫道：「妳怎麼啦?告訴我是怎麼回事！」

她甩甩手，表示自己沒事，又花了極大力氣讓自己恢復鎮定。

對街飯館的老闆送來了湯食。羅克老爹一面吃一面喃喃自語：「他應該死不了。」先前的事帶給他極大的刺激，情緒始終未能平伏。等到用水果的時候，他一陣暈眩，家人連忙把醫生找來。醫生開了藥方，又在羅克先生上床後交代，要盡可能給他多蓋被子，讓他出汗。

他躺在床上，喘著氣說：「謝謝妳，我的好卡特琳！吻吻妳可憐的父親吧，乖女兒！唉，這些革命啊！」

露薏絲責怪他不應該為了她而折磨自己，弄出病來。他回答說：「妳說得對，但我身不由己！沒辦法，我太敏感了！」

①．這王宮雖名「王宮」，但不是國王的住處。路易－菲力普住的是杜樂麗宮。
②．莫萊（一七八一－一八五五）：法國政治家，於路易－菲力普時期擔任總理。
③．布約（一七八四－一八四九）：法國元帥，曾率兵攻打阿爾及利亞，之後被封為公爵。
④．國民自衛軍在歷次民眾起義中立場不定，這一次是站在起義民眾這一邊。
⑤．指卡魯索凱旋門，為杜樂麗宮的入口。
⑥．指他在登記本上簽名一事，這登記本是供國王召見的人簽名。
⑦．奧爾良公爵夫人：即路易－菲力普的王后瑪麗·阿瑪麗（一七八二－一八六六）。路易－菲力普出逃前讓位於孫子，任命王后為攝政。但起義群眾拒絕接受。
⑧．當時的波蘭由俄國占領，義大利由奧地利占領。
⑨．勒德呂－羅林：（一八〇七－一八七四），新成立的臨時政府要員。
⑩．波拿巴派：波拿巴是拿破崙的姓，此為緬懷拿破崙和支持他侄兒路易－拿破崙的一派。
⑪．拉馬丁這番講話意在支持國旗採取紅白藍三色（社會主義者則主張採取純紅色）。
⑫．科西迪埃（一八〇八－一八六一），臨時政府的巴黎警察總監。
⑬．「自由樹」：通常是一棵白楊樹，象徵博愛。栽種以前會先由國民自衛軍之類的人員護送，巡遊一番，才隆重下土。神父或主教之類的神職人員通常會應邀出席，為「自由樹」行祝福禮。

⑭．指割讓給德意志的萊茵河一帶。

⑮．杜邦（一七六七—一八五五）：臨時政府總統。

⑯．阿爾貝（一八一五—一八九五）：原本是一名機械工人，他與路易．布朗皆為臨時政府中代表勞工的政府委員。

⑰．布朗基（一八〇五—一八八一）：法國早期工人運動活動家、巴黎公社委員。

⑱．納伊別墅、敘雷納別墅分別是路易－菲力普、財閥特希爾德的住宅；巴蒂諾爾區是巴黎街區；里昂的騷亂指工人為了對抗廠主，毀壞儀器，拆毀鐵路橋樑。

⑲．勒德呂－羅林在該信中讚揚共和黨人功勞，意圖使他們在制憲議會選舉上獲勝。

⑳．臨時政府組成後，國庫如洗，因此在幣制、稅制等方面有所因應。

㉑．臨時政府中有一批人是社會主義者，推動有利於工人階級的政策。

㉒．「九三年的幽靈」：指一七九三年大革命時期的專政手段。

㉓．弗洛孔（一八〇〇—一八六六）：臨時政府的商業部長，那個菸斗和他寸步不離。

㉔．浦魯東（一八〇九—一八六五）：法國無政府主義和共產主義理論家。

㉕．法國大革命時期統治法國的制憲會議。

㉖．德拉克魯瓦（一七九八—一八六三）：法國浪漫主義畫家，代表作為《領導民眾的自由女神》。

㉗．聖鞠斯特（一七六七—一七九四）、丹東（一七五九—一七九四）、馬拉（一七四三—一七九三）：以上皆為革命時期的領袖或政治家。

㉘．羅伯斯庇爾（一七五八—一七九四）：為法國大革命後的革命政府首腦，厲行恐怖統治，讓很多人命喪斷頭臺。

㉙．歌中所「回憶」的是拿破崙。

㉚．鴨舌帽是工人階級的表徵。

㉛．這是前朝遺老辦的一份報紙，專門反對臨時政府。

㉜．「熱月」：指一七九四年七月（法國大革命之後，革命政府取消了「西元」的紀年法，各月份另取名稱）。熱月政變是法國大革命中，反對雅各賓極權政治所發起的政變。

㉝．「小牛頭」的典故請詳見下文，貢班這裡是主張加強對貴族和反動份子的整肅。

㉞．福吉耶－坦維爾（一七四六—一七九五）：一名反動派律師。法國大革命爆發後，被任命為革命法庭檢查官，結果把他的恩人戴穆南、羅伯斯庇爾等送上斷頭臺，毫不手軟。

㉟．卡迪斯憲法：西班牙一八一二年所頒布的憲法，為西班牙自由的基石。

㊱．高盧人為法國人祖先，而盎格魯－薩克遜則為日耳曼民族的祖先，相傳他們的婦女賢良卻善戰。胡龍人為印地安人的一支，傳聞女性也參與政治。

㊲．盧森堡宮：指總部設在盧森堡宮的「政府勞動委員會」。它是臨時政府設立來處理工人問題，開過的會議不少，但都是淪為紙上談兵。

㊳．「維蘇威女人」：是一群出身下層、行為失檢女性所組成的團體，要求女權；「提羅爾人」：是二月革命之後所成立的政治團體。

㊴．「國家工場」：是臨時政府一項以工代賑的政策，目的是消滅失業。所有失業的工人都會受「國家工場」僱用，從事修橋鋪路、掃街種樹的工作。工場內部採取半軍事化的管理方式。

㊵．國民自衛軍主要是由中產階級構成，而中產階級對臨時政府許多照顧工人階級的政策感到不滿。

㊶．法國六月革命前夕，由於巴黎街區聚集了不少工人與革命份子，故臨時政府出示公告禁止聚眾，並制法逮捕滋事者。

㊷．指拿破崙的侄兒路易－拿破崙（一八〇八—一八七三），他在路易－菲力普遭推翻後將當選共和國總統，然後發動政變，解散國會，大權獨攬，爾後又稱帝。

㊸・馬利（一七九五—一八七〇）：為臨時政府的公共工程部長，因為負責執行解散國家工場的政策，成為工人忿恨的對象。這事情下文即將提及。

㊹・皮埃爾・勒魯（一七九七—一八七一）：十九世紀法國哲學家，空想社會主義者；孔西臺朗（一八〇八—一八九三）：法國哲學家、經濟學家，傅立葉繼承者；拉姆奈（一七八二—一八五四）：法國十九世紀知名宗教改革者。

㊺・指「國家工場」的工人。

㊻・楓丹白露是法國君王的出遊勝地，風景宜人，宮殿雄偉。

㊼・弗郎索瓦一世（一四九四—一五四七）：法國歷史上最受人民愛戴的君主之一，統治期間法國愈趨繁榮。

㊽・克利絲蒂娜（一六二六—一六八九）：瑞典女王，讓位後曾旅居楓丹白露。希莫納爾岱斯基是她的侍臣，因出賣她而被殺。

㊾・水仙和牧神都是古希臘神話的人物。

㊿・古希臘神話中的人物，負責看守一個金蘋果果園。

(51)・戴安娜是羅馬神話中的月神、狩獵神。由於其形象與地獄女神赫卡忒有所重複，後來便為人混為一談。

(52)・戴安娜・德・普瓦捷（一四九九—一五六六）：十三歲結婚，三十歲守寡，於亨利二世還是太子時便受到寵愛，待他即位，被封為公爵夫人。

(53)・查理五世（一五〇〇—一五五八）：西班牙國王與日耳曼帝國皇帝；瓦盧瓦王朝：始於一三二八年登基的菲力普六世，終於亨利三世（一五八九年）；彼得大帝（一六七二—一七二五）：俄羅斯帝國羅曼諾夫王朝沙皇，後為俄國皇帝；「頭等包廂裡的哭泣美人」：語出盧梭《懺悔錄》，他提到楓丹白露的劇場曾上演他的《鄉村巫士》，包廂裡有美女們落淚；庇護七世（一七四二—一八二三）：曾被迫為拿破崙加冕，又為其軟禁。

(54)・泰坦：是希臘神話中的巨神族。

(55)・勃列阿（一七九〇—一八四八）、內格里埃（一七八八—一八四八）皆為法國將軍；夏爾博內爾：國會議員，在巴士底廣場被起義者擊斃；巴黎大主教：名為阿弗爾（一七九三—一八四八），企圖在起義者與士兵之間調停，結果荒亂中被擊斃。

(56)・即查理十世的孫子尚博伯爵（一八二〇—一八八三），他被心繫波旁王朝的貴族尊為亨利五世。

(57)・卡芬雅克（一八〇二—一八五七）：法國將軍，六月革命爆發被推為行政首領，指揮政府軍鎮壓工人運動。

Chapter XV

HOW HAPPY COULD I BE WITH EITHER

第十五章

能與她倆其中之一在一起將會何等快樂

丹布羅斯夫人坐在閨廳，兩旁是她姪女與約翰小姐，聽著羅克先生講述站崗的任務有多辛苦。她邊聽邊咬著嘴唇，似乎很替他難受。

「唉，沒什麼，反正馬上就要結束了！」她說，然後又以親切的語氣說道：「晚餐的賓客中有一位是你們的熟人，就是莫羅先生。」

露薏絲嚇了一跳。

「另外還有幾位好朋友，其中之一是阿爾弗雷・德・西齊先生。」

接著把西齊的舉止、儀表，特別是品德大大地誇讚了一番。

丹布羅斯夫人是有點溢美，但不認為自己溢美太多。西齊想要娶賽西勒小姐，先前曾經向馬蒂農透露過這份心思，又表示賽西勒小姐肯定會喜歡自己，而她父母一定也會接受他。

其實，馬蒂農自己也有同樣打算，但一直想要打聽清楚賽西勒小姐有多少嫁妝再行動。後來，他開始懷疑賽西勒是丹布羅斯先生的私生女，更不敢貿然示愛，怕會弄巧成拙，惹惱銀行家。為免招人閒話，加上不知道要怎樣擺脫丹布羅斯夫人的監視，馬蒂農行事都相當謹慎。不過，西齊的傾誠以告反而讓他下定決心，要快刀斬亂麻。他正式向銀行家提出過。銀行家不認為有什麼問題，又把此事告訴太太。

西齊走進來時，她站起來說：「您把我們忘了……。賽西勒，過來握握手！」

腓德烈克緊接著抵達。

「哈，終於找到您了！」羅克先生喊道，「我和露薏絲這星期去過您府上三次！」

這段期間，腓德烈克一直小心翼翼，避免讓羅克父女找到。他推託說常常不在家是因為忙於照顧一位受傷的戰友，另外還有許多煩事纏身。多虧其他客人陸續來到，讓他不必再苦思藉口。首先是格雷蒙維爾先生，就是上次舞會見過的那位外交官。接著是富米福，這位實業家那個夜晚所表現出對保守黨的忠誠，讓腓德烈克大為光火。之後是年邁的南杜亞公爵夫人。

此時，前廳有兩個響亮的聲音傳到了他的耳朵。

「一定是的！錯不了！」

「親愛、美麗的夫人，請您冷靜！請您冷靜！」

他們一位是拉爾西盧瓦夫人，另一位是諾南古爾先生。前者是路易－菲力普時代的省長夫人，後者是個老色鬼，樣子像用冷霜防腐的木乃伊。剛剛，拉爾西盧瓦夫人因為突然聽到管風琴奏起波卡舞曲，以為是起義者的發難信號，嚇得花容失色，所有達官貴人如今都像她一樣疑神疑鬼。他們以為起義者的餘黨還躲在墳墓裡，只待一聽到信號，便會紛紛爬出來，炸掉聖爵曼鎮區①。所以，只要地窖裡發出什麼小聲音，或是窗前閃過什麼影子，這些人都會嚇出一身冷汗。

在場所有人紛紛安慰拉爾西盧瓦夫人，指出秩序已經恢復，沒有什麼好害怕的。

「卡芬雅克將軍救了我們！」

大家接著談起這次暴動。彷彿暴動帶來的恐怖還不夠多似的，大家紛紛加油添醋：被捕捉囚禁的社會主義份子一共是兩萬三千人，一個也不少！

大家也毫不懷疑，暴亂份子曾在食物裡下毒，有些國民別動隊隊員夾在兩塊木板之間被活活鋸死，或是許多旗幟寫有鼓勵搶劫、縱火的口號。

「哼，還不只是鼓勵縱火搶劫呢！」前省長夫人說。

「啊，親愛的，別說了。」丹布羅斯夫人花容失色地說，又向前省長夫人使個眼神，表示在座有三位年輕女孩。

丹布羅斯先生這時從書房走過來，身邊陪伴著馬蒂農。丹布羅斯夫人轉過頭，向對她點頭致意的佩爾蘭回禮。這位畫家打量各面牆壁，心情看來很不踏實。銀行家把他拉到一邊，告訴他因為考慮到目前的時局，沒有把他那幅歌頌革命的油畫掛出來。

「說的是！」佩爾蘭說。自從上次在「思想會社」吃了癟，他對共和國的觀感有了改變。

丹布羅斯先生以彬彬有禮的態度轉移話題，說以後會請他畫別的畫。

「啊！好朋友，在這裡看到您多高興啊！」

說這話的是阿爾努，他和太太一起走到腓德烈克的面前。

腓德烈克頓時一陣頭暈。先前，羅莎妮一整個下午都在讚揚國民別動隊，聽得他十分惱怒。這時看到阿爾努太太，他的舊情又復熾了起來。

管家進來宣布，晚餐已經準備就緒。丹布羅斯夫人用眼神示意子爵挽起賽西勒的手臂，又低聲對馬蒂農說：「您王八蛋！」大家一起走進了飯廳。

餐桌正中央，一顆鳳梨的綠葉底下，躺著一尾劍魚。魚頭對著一盤獐肉，魚尾連著一盤螯蝦。無花果、大草莓、梨子、葡萄在一個個撒克斯瓷籃裡疊成金字塔形狀。每隔一段距離就擺放著一束花，與銀閃閃的餐盤互相輝映。窗戶都拉上了白綢窗紗，飯廳裡的光線一片柔和。兩個放著冰塊的噴泉讓空氣涼爽不少。一整列男僕穿著短褲在一旁伺候。經過過去幾日的騷亂之後，這種奢華排場更顯珍貴。能夠重新享受原本擔心會失去的東西，大家感到一種清新的快樂。諾南古爾道出在座各位的願望：

「唉，但願共和黨先生們會允許我們繼續參加晚宴！」

「虧他們還開口閉口博愛！」羅克老爹賣弄聰明的接話。

這兩位先生分別坐在丹布羅斯夫人的左右兩側。她的丈夫坐她的正對面，兩邊分別是拉爾西盧瓦夫人（她另一邊是外交官）和老公爵夫人（她另一邊是富米福）。接著是畫家、陶器商和露薏絲小姐。多虧馬蒂農把阿爾努太太的椅子挪到露薏絲旁邊，讓腓德烈克正好可以坐她隔壁。

她身穿一襲黑色細呢晚禮服，手腕上戴了只金手鐲。另外，就像腓德烈克第一次在她家吃晚飯那次，她頭髮裡有某種紅色的東西，一根海棠枝幹盤在她的髮髻裡。他情不自禁地說：「好久不見了！」

「嗯！」她冷冷地回答。

他低聲問：「您偶爾會想我嗎？」

「我為什麼會想到您？」

這句話讓腓德烈克為之受傷。

「對，您有道理。」

他很快便後悔說出這樣的話，他發誓自己沒有一天，不因為想念她而飽受折磨。

「我一點都不相信，先生。」

「您知道我是愛您的！」

阿爾努太太沒有回答。

「您知道，我愛您！」

她繼續保持緘默。

腓德烈克心裡想：「唉，我一頭撞死算了！」

抬起頭的時候，他看見坐在阿爾努太太另一邊的羅克小姐。她以為穿全身綠色衣服會顯得嫵媚，不曉得這種裝扮和她一頭紅髮極不協調。她的腰帶扣環太大了，她的花領圈則讓脖子顯得太短。她這身有欠雅致的裝扮，無疑就是腓德烈克從一開始便態度冷淡的原因。她好奇地隔著一段距離端詳他，坐她鄰座的阿爾努對她大獻殷懃，卻白費心機，從頭到尾得不到三句回應。最後，他乾脆放棄所有取悅她的念頭，改為聽大家聊天。因為百無聊賴，露薏絲開始翻動豆子湯裡的一片盧森堡鳳梨。

根據富米福的說法，路易．布朗在聖多尼克街擁有一棟大房子，卻不肯租給工人住。

「我覺得更可笑的是。」諾南古爾說，「勒德呂－羅林竟然在皇家獵場打獵。」

西齊插嘴說：「他欠了一個金匠兩萬法郎，卻還維持……」

丹布羅斯夫人打斷他的話：「唉，別老是談政治了，令人厭煩！年輕人不應該太熱中政治！您不如多關心坐您旁邊的美女吧！」

接著，那些守舊派開始攻擊起報紙，阿爾努挺身為報紙辯護。腓德烈克加入這場論戰，說報紙並沒有比其他事業高雅，不過也是一門在商言商的生意；又擺出一副很了解記者的樣子，說這些人不是蠢才便是吹牛大王——如此這般對阿爾努的高尚感情冷嘲熱諷了一番。阿爾努太太沒有看出，他說這些話的用意是為了要向她報復。

與此同時，子爵先生正煞費苦心想要征服賽西勒小姐。首先，為了顯示自己具有藝術家品味，他出言批評細頸酒瓶的形狀、餐刀上的鏤刻。然後他談到自己的馬廄、裁縫和襯衫師傅。最後又談到宗教的話題，設法要讓賽西勒小姐相信，他是個虔誠的教徒。

馬蒂農的手腕比他高明。他持續凝視著賽西勒小姐，用一種單調的措詞誇讚她像鳥一般的側臉、她那頭平庸的金髮和她那雙短得出奇的手，這位相貌平凡的年輕女孩被一番甜言蜜語逗得心花怒放。

由於每個人都同時高聲說話，所以要聽清楚誰說些什麼是不可能的。羅克先生主張，以「鐵腕」手段統治法國。諾南古爾對於廢除處決政治犯的斷頭臺感到遺憾：早該把那些壞蛋統統處死。

富米福接著說：「這些人全是膽小鬼，不然為何要躲在街壘後面作戰！」

聽到這個，丹布羅斯先生轉頭對腓德烈克說：「對了，可否請您談談迪薩爾迪耶？」

這位好店員目前是一名英雄了，地位儼如薩萊斯、約翰遜兄弟和貝基耶太太②。

腓德烈克不等別人再問，便把他朋友的事蹟娓娓道來，只覺得自己的顏面增加不少。

大家自然而然談起各種勇敢的表現。外交官先生指出，勇敢面對死亡其實並不困難，從有那麼多人決鬥便可見一斑。

「這件事我們可以向子爵先生討教。」馬蒂農說。

西齊的臉色突然漲紅。

大家一起看著他，露薏絲比其他人更感到好奇，嘴裡喃喃說：「奇怪了，是怎麼回事啊？」

「他碰過腓德烈克的『釘子』。」阿爾努壓低聲音說。

「您知道這件事嗎，小姐？」諾南古爾立即問，又主動把事情的經過向女主人重複一遍。丹布羅斯夫人微微側過身，注視著腓德烈克。

馬蒂農不等賽西勒小姐發問，便告訴她整件事情是由一個不正經的女人所引起。聽到這個，年輕女孩微微退縮回她的椅子，猶如怕被這麼一個壞女人的氣息所沾染。

話題再度轉換。喝過一輪波爾多的名釀後，大家變得更加興高采烈。佩爾蘭表示他不喜歡革命，因為西班牙美術館就是因為革命才付諸一炬。身為畫家，這事情令他痛心疾首。

聽了這些話，羅克先生問他：「您是不是畫過一幅很知名的油畫？」

「或許是！是哪一幅？」

「畫的是一位夫人，她手上拿著錢包，背後站著隻孔雀，穿的衣服……有點兒太薄。」

這一次輪到腓德烈克臉紅起來，佩爾蘭假裝沒聽見。

「那確實是您畫的啊！您的名字就簽在下面，還有一行字說這幅畫是莫羅先生所有。」原來，有一天羅克父女在腓德烈克家裡等他時，看見了女元帥的肖像畫。當時老先生還把它當成一幅「哥德式油畫」。

「不是。」佩爾蘭粗暴地說，「那是一位女士的肖像。」

馬蒂農接著說：「還是一個活生生的女士！西齊，我有沒有說錯？」

「喔！我一無所知。」

「我還以為您跟她熟識呢，讓您不舒服，我賠不是！」

西齊低頭不語——這種狼狽模樣正好證實他跟畫中人關係匪淺。至於腓德烈克，大家都認定那個模特兒一定是他的情婦。這是每個人馬上得出的結論，也明明白白寫在臉上。

「他向我撒謊！」阿爾努太太心裡想。

「原來他是為了那個女人而撇下我不管。」露薏絲心裡想。

腓德烈克擔心這兩件事會使自己名譽受損。當他們走到花園的時候，他責備馬蒂農不應該讓他在大家面前出醜。但這位賽西勒小姐的追求者卻大笑著說：「怎麼會呢？那只會對你有好處！放手去做吧！」

這話是什麼意思？另外，馬蒂農為什麼會一反常態，出言鼓勵他？馬蒂農沒有多加解釋，逕自往花園底端女士們坐著的地方走去。男士們圍在她們四周，佩爾蘭站在他們中間，正在發表高見。他說，對藝術最有利的政體是開明專制政體；他厭惡當代，「光是國民自衛軍就足夠讓他產生這種厭惡」；他緬懷中世紀和路易十四的時代。羅克先生大表贊同，還說這席話徹底扭轉了他原先對藝術家的成見。不過，他馬上又被富米福的聲音給吸引過去。

阿爾努設法想證明，社會主義分為兩種：好的社會主義和壞的社會主義。但實業家不認為這兩者有何差別，只要聽到有誰批評「私有財產」，他就會大動肝火。

「這是銘刻在天地之間的律法！哪個小孩不認為玩具是自己的？我敢說，全人類和所有的動物都會同意我的見解。要是獅子會說話，一樣會認為牠也擁有物產！諸位，我是靠一萬五千法郎起家的。你們知道嗎？過去三十年來，我每天都是清晨四點便起床。我是付出了九牛二虎之力才發財致富的！可現在居然有人告訴我，我不是自己財富的主人，我的錢不是我的錢。這豈不是說，我的家產是偷來的！」

「但是，浦魯東說過……」

「請讓我靜一靜，別提您的什麼浦魯東！如果他人在這裡，我會把他掐死！」

他真的是恨不得掐死浦魯東。更何況他已經喝得醉醺醺的，失去了理智。他的臉中風似的扭曲著，像顆瀕臨爆炸的炸彈。

「您好，阿爾努！」余索內從草地那邊輕快地走來，這般說。

他為丹布羅斯先生帶來了一本小冊子，小冊子的標題為《九頭蛇怪》。波希米亞人維護著某些反動會社的利益，銀行家就這樣將他介紹給他的賓客們。

為了取悅大家，余索內說了一個笑話：有個牛羊脂肪商人僱了三百九十二個街童每天傍晚大喊：「點燈！」然後，他又開始挖苦一七八九年的原則、黑奴解放和左派的演說家。大概是因為對眼前幾位老爺酒醉飯飽感到嫉妒，余索內演了一段《街壘上的普魯多姆》[3]。這種諷刺當然不討喜，人人都拉長了臉。

「然而，現在不是個開玩笑的時候。」諾南古爾指出，因為阿弗爾大主教和勃列阿將軍才剛過世[4]。這兩人的死一直被世人掛在嘴邊，並且借題發揮、大做文章。羅克先生主張大主教的殉難是「世界上最崇高的事」，但富米福卻將榮耀歸給了將軍。兩人為此爭論了起來。接著又出現第二場辯論：到底是拉莫利西埃爾將軍[5]還是卡芬雅克將軍比較會打仗？丹布羅斯先生把票投給卡芬雅克，諾南古爾投給拉莫利西埃爾。

除了阿爾努之外，在場沒有人看過拉莫利西埃爾或卡芬雅克指揮部署的表現。然而，一談起他們的作為，每個人都不甘示弱，各自提出言之鑿鑿的論據。唯有腓德烈克有所保留，表示自己沒當過兵，無法置喙，外交官先生和丹布羅斯先生都點頭表示嘉許。因為，參加過鎮壓暴動等於是捍衛過共和國。暴動被鎮壓是他們所樂見，共和國得到鞏固卻不是他們希望。現在，既然戰敗者已經被清除，他們也希望把戰勝者給剷除。

丹布羅斯夫人一走進花園，就拉住西齊，數落他的笨拙。看到馬蒂農之後，她把西齊打發走，想要了解這位未來姪婿為什麼要消遣子爵先生。

「沒有這回事。」馬蒂農回答說。

「您好像是要突顯莫羅先生的英雄氣概，您有什麼用意？」

「沒其他用意，腓德烈克是個有魅力的傢伙，我很喜歡他。」

「我也是，去幫我找他過來。」丹布羅斯夫人說。

在腓德烈克面前，說完兩三句平常的應酬話後，她便開始輕輕貶低其他男賓，無形中把腓德烈克捧到他們之上。他很識趣，也稍微貶損了其他女客，間接恭維了女主人。不過，她不時都會離開一下：因為今晚是接待之夜，陸續會有女士們來到。然後她會回到腓德烈克身，重新坐下。椅子的安排十分疏落，他們的談話不容易被別人聽見。

她顯得頑皮，卻又凝重、憂鬱和相當理智。她說日常事務讓她厭煩，人自然處於一種少有變化的情緒。她指責詩人將生活描寫得那麼美好，是歪曲事實。然後她抬頭望向天幕，問腓德烈克某顆星星是什麼名字。

每棵樹都懸掛著兩三個中國燈籠。風兒把燈籠吹得搖搖晃晃，彩色的光線在她白色的洋裝上顫抖。如往常一般，她有點後仰地坐在單人沙發裡，腳翹在一張小凳上，黑色緞面鞋尖隱隱突出於裙子下襬。她任由自己的嗓門比平常大，有時甚至會毫不在乎地發出一聲大笑。

這些萬種風情並沒有影響到馬蒂農，因為他正忙於討好賽西勒小姐。不過，丹布羅斯夫人和腓德烈克的親密交談，卻勢必引起了羅克小姐的注目。她此時正在與阿爾努太太聊天。露薏絲覺得，在場所有女人當中，只有阿爾努太太一個沒有流露輕蔑她的神情。她忍不住向對方抒發情感。

「您跟他熟嗎？我是說腓德烈克．莫羅。」

「您認識他？」

「啊，很熟啊！我們是鄰居，我的小時候他常帶我去玩。」

阿爾努太太斜視著她，意思是問：「您該不會愛上他了吧？」

少女以毫不慌亂的目光回答：「對。」

「您常會看到他？」

「唉，沒有！只有當他回他媽媽家才會看到。上一次是十個月前的事，不過他承諾過以後會更定時回家。」

「男人的承諾通常是信不過的，孩子。」

「但他從來沒欺騙過我啊！」

「他和其他男人沒有兩樣！」

露薏絲微微顫抖，心裡想：「難道他曾承諾過她什麼嗎？」臉孔開始因為猜疑、憎恨變得扭曲。

阿爾努太太幾乎被嚇壞，很想收回剛剛說過的話。兩人陷於沉默。

腓德烈克坐在她們對面的一張摺疊椅。兩人一直看著他，一個維持端莊，用眼角看，另一位則是勇敢直視，嘴巴張開。丹布羅斯夫人看見了，便說：「我說啊，您就轉過身去，讓她仔細看看吧！」

「請問您說的是哪一位？」

「還有誰？羅克先生的千金呀！」

接著，她恭喜他贏得了這位外省女孩的芳心。腓德烈克否認有這回事，努力裝出一個笑容：

「這麼醜的丫頭，我可能會追求她嗎？用膝蓋想也知道！」

這話滿足了他的虛榮心，讓他覺得無比快意。他回憶起上一次的晚會，當他離去時內心充滿苦澀與屈辱。他深深吸了一口氣，只覺得現在的環境讓他如魚得水，彷彿連丹布羅斯家的這座府邸都是他所擁有。女士們圍成半圈，聽他講話。為了製造聳動效果，他表示贊成恢復離婚制度，讓離婚變得輕而易舉，只要一對夫妻高興，離離合合多少次都可以。這番話引起一陣譁然，幾個貴婦開始竊竊私語。在攀滿馬兜鈴的牆壁的陰影裡，傳出細碎的聲響，大家快活得像一群咯咯叫的母雞，腓德烈克對自己提出的理論沾沾自滿。一個男僕把一托盤的冰淇淋端到涼亭棚架來，各位男客往這裡聚集，開始談起最近的逮捕事件。

為報復西齊，腓德烈克指出，他因為是正統主義者，有可能會遭到迫害。子爵反駁說，他一向謹言慎行，從不會在外頭亂說話，腓德烈克列舉出一堆他足以被入罪的言行。丹布羅斯先生和格雷蒙維爾先生都覺得這段討論有趣，他們恭維腓德烈克，說他實在應該把這項才幹運用於維護秩序的事業。他們極為熱情的跟他握手，表示一定會幫他留意適合的職位，大家紛紛告退時，子爵對賽西勒小姐深深鞠躬：「小姐，我很榮幸有今晚共聚的機會，在此祝您晚安。」

她冷冰冰回答說：「晚安。」與此同時卻給了馬蒂農嫣然一笑。

為了可以跟阿爾努繼續聊天，羅克老爹主動說要陪他們夫妻走一段——反正順路嘛！腓德烈克和露薏絲走在他們前面。她緊緊抓住他的手臂，當兩人離其他人有些距離之後，她說：「唉，終於結束了！我今晚受夠了！那些女人好討厭，神情好高傲！」

腓德烈克為她們作出辯解。

「你應該一來到便跟我說說話，我們已經一年沒見了！」

「沒有一年。」腓德烈克說，慶幸有這個漏洞可以轉移焦點，不用解釋何以會冷落她。

「就算這樣好了，時間已經長得讓我受不了。可是，吃那頓討厭的晚餐時，看你的神情，真叫人以為你嫌我丟臉！唉，我知道，我不像她們，沒有可以討你歡心的地方。」

「妳誤會了。」腓德烈克說。

「真的？那你發誓，這些女人你誰都不愛！」

腓德烈克發了誓。

「你只愛我一個嗎？」

「可不是。」

這個保證讓她充滿喜悅。她真希望迷失在街頭，兩人可以散步一整晚。

「我在家鄉有多麼痛苦！人們開口閉口都是談論街壘。我在腦海裡看見你倒臥在街上，全身是血！你媽媽因為關節炎，整天臥病在床，不知道巴黎發生什麼事。我必須忍住不說。後來再也受不了，便逼著卡特琳把我帶到這裡來。」

她講了如何動身、一路上的情況和她如何對父親撒謊。

「他兩天後要帶我回去。你明天晚上過來，假裝是偶爾路過，然後趁機提親。」

腓德烈克從來沒有像現在這樣不想結婚。另外，羅克小姐如今在他眼中是個彆扭的村姑，與丹布羅斯夫人那樣的女性相比，簡直天差地遠！今晚所發生的事讓他有理由相信，一個錦繡般的未來正為他保留著，所以，絕不能因為一時心軟，貿然決定終身大事，他必須要果斷。何況他又看見了阿爾努太太。不過，露薏絲的直率讓他難以啟齒，便反問她：「妳有好好考慮過嗎？」

「你怎麼這樣問？」她喊道，整個人僵住，又是震驚又是生氣。

他指出，在這個時候結婚非常不明智。

「所以你是不想要我囉？」

「不是，妳有所不知！」

於是他開始胡扯瞎扯，想要讓她相信，自己被一些重大事情所羈絆住，需要很長的時間處理，甚至說自己的遺產岌岌可危（露薏絲用一句話就把這理由推翻）。最後，目前的政治局勢並不適合結婚。所以，最合理的做法是再忍耐些日子。事情一定會有圓滿結局的——至少他是這樣希望。由於再也想不出其他的理由，他便假裝突然想起，約了迪薩爾迪耶，已經晚了兩小時。

他向其他人鞠了個躬，一溜煙去了奧德維爾街，在體育宮劇院繞了一圈，再回到林蔭大道，接著跑上羅莎妮的五樓公寓。

阿爾努夫妻在聖德尼街街口與羅克父女分手。兩人在歸途中沒說半句話，阿爾努已經累了，沒辦法再喋喋不休。她甚至靠在丈夫的肩膀上。今天的晚會上，他是唯一展現高尚感情的男人。她覺得自己對丈夫滿懷寬恕，與此同時卻對腓德烈克懷有幾分的怨恨。

「妳有留意別人談論那幅肖像畫的時候，他是什麼臉色嗎？我告訴過妳，那女人是他情婦，妳卻偏偏不信。」

「對，我看錯他了！」

阿爾努為自己的勝利感到得意，繼續說：「我甚至敢打賭，他離開我們沒多久就去找那個女的。他此時此刻一定就在她那裡！他們會共度春宵！」

阿爾努太太把風帽壓得低低。

「怎麼回事？妳怎麼渾身發抖！」

「我覺得冷！」

露薏絲一等父親入睡，就跑去卡特琳的房間，抓住她的兩個肩膀把她搖醒。

「快起來，快點！幫我叫一輛出租馬車！」

卡特琳回答，深夜這個時候不會有出租馬車。

「那妳可以陪我一起去嗎？」

「可以請問妳要去哪裡嗎？」

「去腓德烈克家裡！」

「不可能！妳去那裡是想幹什麼？」

她要跟他談談。她等不了，必須現在就見到他。

「想想看妳是要幹什麼？半夜三更到一個男人家裡去！何況他已經睡了！」

「我會叫醒他！」

「這不是年輕女孩該做的事！」

「我不是女孩，我是他的太太！我愛他！快點，披上披巾！」

卡特琳站在床邊，努力思考該怎樣反應，最後說：「不，我不去！」

「那好，妳留著。我一個人去！」

露薏絲像條蝰蛇似的溜下樓梯。卡特琳從後面拚命追趕，終於在屋外人行道趕上她。百般勸阻無效之後，她只得跟小姐一起走，一面急忙跟在後面，一面把貼身內衣的鈕扣扣上。她感覺這趟路程像是沒完沒了，她抱怨自己老了，兩條腿不中用了。

「我會跟著妳走，但推著妳走的那股勁兒沒來推我！」

接著，她又心軟了。

「可憐的心肝！妳看，只有妳的卡朵⑥會對妳這麼盡心！」

她一路上都惶恐不安。

「唉，妳會讓我吃不完兜著走的！想想看，如果妳爸爸醒來發現妳不見了，會有什麼反應！唉，老天爺，但願路上不會碰到什麼倒楣事！」

在大千劇院⑦前面，一隊巡邏的國民自衛軍把兩人攔住。露薏絲解釋說，她帶著女僕是要到倫佛街請醫生，巡邏隊讓她們過去。

到了瑪德蘭教堂轉彎處，她們碰到了第二支巡邏隊，露薏絲提出同樣的解釋。一個國民自衛軍反問她：「您是得了九月病⑧嗎，小可愛？」

「該死。」隊長罵道，「值勤時不准講下流話！女士們，過去吧！」

雖然有隊長的命令，但幾個國民自衛軍照樣不斷開著玩笑。

「祝妳玩得開心！」

「替我向醫生致敬！」

「小心被狼叼走！」

「毛頭小伙子就是愛開玩笑。」卡特琳高聲說。

最後，兩人到了腓德烈克的住所，露薏絲狠狠拉了幾次鈴。門打開了一點點。聽了露薏絲的要求後，門房回答說：「不在！」

「他一定是在睡覺！」

「我說過了，他不在家。他已經快三個月沒回家睡覺了！」

門房的窗戶砰一聲地關上，像是斷頭臺的鍘刀落下。

兩個女人繼續待在幽暗的拱形門洞裡，一個憤怒的聲音吼道：「快回去吧！」

門又打開，她們走了出來。

露薏絲支撐不住，坐在一塊界石上。她雙手掩臉，痛哭失聲。天開始破曉，一輛輛牛車正要進城。

卡特琳扶住她往回走，想盡辦法安慰她，告訴她各種自己從人生經驗領悟來的真諦。天下男人多的是，用不著為一個男人這樣自苦。

①．聖爵曼鎮區：王公貴族的聚居區。
②．薩萊斯、約翰遜兄弟和貝基耶太太：三人皆為法國一八四八年內戰時期的英雄代表，受到民眾讚揚。
③．普魯多姆：為莫尼哀（一八〇五－一八七七）戲劇所塑造的人物，性格庸俗無知，喜歡說些莊嚴的話，卻毫無邏輯、空洞無物。
④．兩人都是在推翻路易－菲力普的起義中被殺，前文曾提及。
⑤．拉莫利西埃爾（一八〇六－一八六五）：和卡芬雅克一樣都是將軍。六月革命爆發，幫助卡芬雅克鎮壓革命。
⑥．「卡朵」是卡特琳的暱稱。
⑦．大千劇院：建於一七九〇年，位在巴黎蒙馬特街，上演各式小戲劇，深受巴黎仕女歡迎。
⑧．九月病：指懷孕。

Chapter XVI

UNPLEASANT NEWS FROM ROSANETTE

第十六章

羅莎妮帶來的壞消息

羅莎妮對國民別動隊的熱情一冷卻，便變得比從前還要迷人，而腓德烈克也在不知不覺中養成住她家的習慣。

一天中最好的時光是兩人在陽臺度過的早晨。羅莎妮穿著細麻布緊身衣，腳丫子套著拖鞋，在他身邊來來回回打轉：有時跑去清理金絲雀鳥籠，有時給金魚缸添水，或者用火鏟撥撥花盆裡的土，花盆裡長著一叢金線蓮，點綴了牆壁。然後，他們會一起手肘靠在陽臺欄杆，眺望車輛和路人，曬著溫暖的陽光，計畫要如何度過夜晚。他若是外出，頂多兩小時便會回來，然後一起去看戲，坐前排的座位。羅莎妮手裡捧著一大束花，聽著音樂，腓德烈克則貼近她的耳朵，說些幽默或情色的故事。有幾次，他們坐著敞篷馬車到布隆森林遊玩，一直散步到午夜才回家。最後當馬車穿過凱旋門和香榭麗舍大道時，深深吸進一口氣，抬頭撒滿了星星。兩排煤氣燈像兩串閃閃發亮的珍珠那樣，一直延伸到視野的最遠處。

兩人每次一起出門，腓德烈克都得等她老半天。羅莎妮總是把帽子的蝴蝶結綁來綁去，沒完沒了，又要在鏡子面前端詳一番，然後拉著腓德烈克的手臂，讓他站在自己身旁一起照鏡子：

「看看，我們這樣肩併肩站著，多登對！我真想把你吃掉！」

他已經變成了她的物品、她的私有財產。她的面容如今會泛出連續不斷的光澤，人卻變得更加慵懶，體態也愈來愈形圓潤。腓德烈克說不出原因，只覺得她起了什麼變化。

有一天，像宣布什麼重大消息似的，她告訴他，阿爾努最近出資幫從前陶器工廠裡的一個女工開了家布料織品店。阿爾努每晚都會到那間店去。「他在她身上花了好多錢，就在上星期，他甚至送了她一套紅木家具。」

「妳怎麼知道的？」腓德烈克問。

「我就是有辦法。」

原來是苔爾斐娜奉命令打聽來的。羅莎妮這麼關心阿爾努的情況，分明對他還有眷戀。但腓德烈克沒多說什麼，僅僅問她：「這事情對妳意味著什麼？」

羅莎妮嚇了一跳。

「那無賴欠著我的錢卻去養老乞婆，你說可惡不可惡？」

然後，臉上帶著恨意，她得意洋洋地說：「他不知那個女人在他背後偷笑。她另外還有三個奸夫。也好，就讓她把他最後一塊錢也吃掉！」

事情確實如此。阿爾努因為老了，更加離不開女人，所以任憑那個波爾多女人把他榨光。他的陶器工廠已經關門，經濟情況每況愈下。為了重振事業，他首先想開一家只准唱愛國歌曲的咖啡歌廳。有個部長答應給他補助金，讓他把歌廳弄成一個政府的宣傳中心和利潤的來源。但後來部長換人了，事情不了了之。他下一個夢想是開一間大型軍帽廠，卻缺乏資金。

他在家裡也沒有多好過。阿爾努太太對他不像從前那般和顏悅色，有時還會有一點點粗暴。瑪爾特總是站在父親這邊，家庭因此更加不和諧，這間房子變得讓他難以忍受。他時常一大早就出門，整天到處瞎逛，以便排遣他的鬱悶。然後在一家鄉間小酒館用餐，沉湎在胡思亂想之中。

長時間沒跟腓德烈克來往讓他生活裡好像缺少了什麼。於是，有一天下午，他登門造訪，懇請腓德烈克像以前一樣常來找他，腓德烈克應允了。

但腓德烈克沒有足夠的勇氣，再去見阿爾努太太，他覺得自己背叛了她。但這樣逃避的行為顯得太懦弱，去見她嘛，又不知道要如何解釋。總得結束這種局面嘛！於是，有一天傍晚，他動身上她家去。

半路上突然下起雨來，他便轉入茹弗魯瓦拱廊街。在一個商店櫥窗外面，有個矮胖的男人把他叫住。他毫不困難就認出對方是貢班，也就是在「思想會社」曾引起哄堂大笑的那位演說家。貢班靠在另一個人的手臂上，這人戴一頂輕步兵的紅色鴨舌帽，上唇很長，臉色橙黃，下顎一撮鬍子，用一種欣賞的目光凝視腓德烈克。

很顯然貢班以這樣的一個朋友自豪，因為他說：「容我介紹這位快活鬼。他是個靴匠，我把他當作朋友看待。我們一起去吃點東西吧！」

腓德烈克謝絕他的好意。但貢班馬上對眾議員拉托的提案①開罵，指出這是貴族的陰謀。不想再發生這種事情的話，就必須讓九三年的歷史重演！接著，腓德烈克向貢班打聽列冉巴與一些人的狀況。都是些貢班熟悉的人，包括馬斯林、桑松、勒戈努和馬雷夏仲等。貢班回答時提到，最近當局在特魯瓦截獲一批卡賓槍，涉案者包括一個叫德洛里耶的人。

這一切都是腓德烈克先前所不曉得的，但貢班知道的也就這麼多。臨別前，他問年輕人：「您很快會來參加的，對不對？因為您是它的一份子。」

「參加什麼？」

「小牛頭！」

「什麼小牛頭？」

「別裝蒜了，行嗎？」貢班說，拍了一下腓德烈克的肚子。

兩個恐怖份子②隨即鑽進了一家咖啡廳。

十分鐘之後，腓德烈克沒再去想德洛里耶的事。他站在天堂路一棟樓房前面的人行道上，仰頭凝視三樓窗簾後面透出的燈光。

過了好一會，他終於踏上樓梯。

「阿爾努在嗎？」

女傭回答說：「不在，但還是請進。」

這時，室內一扇門陡然打開。

「太太，是莫羅先生來了！」

她站起來，臉色比她的花領圈還要蒼白。

「是什麼貴事讓您來得這麼突然？」

「沒什麼，只是想再見見兩位老朋友。」

他一邊坐下一邊問：「阿爾努好嗎？」

「很好，他出去了。」

「哦，原來還是老樣子，喜歡晚上出去逛逛，散散心。」

「有何不可?思考了一整天，總該讓大腦休息休息。」

她甚至誇讚丈夫是個勤奮的人，腓德烈克對這種稱頌感到惱怒。

他指著她大腿上一塊鑲藍穗子的黑布，問道：「您在忙什麼？」

「給女兒做件外套。」

「哦，對了，怎麼沒看到她？她去哪裡了？」

「待在寄宿學校。」

她的眼眶泛出淚水。她強忍著不哭，趕緊縫針線。為了降低侷促的氣氛，腓德烈克到她附近的桌子拿起一本《畫報》翻閱。

「卡姆[3]畫的漫畫真的很滑稽，您說是不是？」

「對。」

接著兩人再次陷入沉默。

忽然一陣狂風拍打著窗戶。

「什麼鬼天氣啊！」腓德烈克說。

「下那麼大雨您還過來看我們，真的很感謝。」

「我哪在乎它下不下雨！我不像有些人，碰到雨天就不赴約！」

「赴什麼約？」她天真無邪地問。

「您不記得啦？」

她打了個寒顫，低下頭來。

腓德烈克把手輕輕搭在她的手臂上。

「我向您保證，那次您讓我痛苦萬分。」

「我被我的小孩嚇死了。」她回答，聲音裡帶著幾許哀痛。她細訴了歐仁生病的事，以及她那天忍受了多巨大的煎熬。

「謝謝您告訴我，謝謝您！我不再疑心了，我還是一樣地愛您。」

「哼，這不是真話！」

「怎麼這麼說？」

她冷冷看著他。

「您忘了另一位了？就是你上次帶去看賽馬的那一位！那個您找人幫她畫肖像畫的那個女人！您的情婦！」

「好吧，好吧！」腓德烈克喊道：「我不否認！我是個混蛋！但您先聽我說！」接著，他解釋自己那樣做是出於絕望，就像別人出於絕望而自殺那樣。另外，因為他只是把那女人作為自我報復的工具，也導致她很不快樂。

「那是一種多麼大的心靈折磨！難道您不明白嗎？」

阿爾努太太轉過她漂亮的臉龐，一面將手伸向他。他們都閉上眼睛，陶醉在甜蜜的心情裡，就像是睡在一個不斷搖晃的搖籃。然後他們面對面站著，端詳彼此。

「您能想像我會不再愛您嗎？」

她低聲回答，語氣充滿使人銷魂的柔情：「不能！儘管發生過許多事，我在心底深處仍然覺得那是不可能的，並相信有朝一日我們之間的障礙會消失！」

「我也一樣，我一直苦苦想要再見到您。」

「有一次我在『王宮』廣場看見您，離您很近。」

「真的？」

接著他告訴她，那天在丹布羅斯家看到她，有多麼的幸福快樂。

「但離開那地方的時候，我卻開始恨您！」

「可憐的孩子！」

「我的人生如此淒涼！」

「我又何嘗不是！作為妻子與母親，我有許多的苦惱、焦慮和委屈要承受，但我不抱怨，因為人總會一死，死了便一了百了。但這種生活最可怕的部分是孤獨，沒有任何人……」

「可是有我在啊！」

「喔，是啊！」

情緒激動所引起的嗚咽讓她的胸部鼓脹起來。她伸出雙臂，兩人擁抱在一起，兩唇相交，陷入深深的熱吻。

一陣啪噠啪噠的腳步聲傳到他們耳裡。有個女人站在離他們不遠處：是羅莎妮。她眼睛瞪得像銅鈴，上下打量阿爾努太太，又驚訝又憤怒。最後，羅莎妮對她說：「我是來找阿爾努先生談事情的。」

「您看見了，他不在家。」

「是啊。」女元帥說：「您的女僕說的是真的，真是對不起！」

然後她轉向腓德烈克：「啊，你也在這裡啊！」

她當著阿爾努太太面前用親密的「你」字來稱呼腓德烈克，讓阿爾努太太無地自容，猶如挨了一記耳光。

「我再說一遍，他現在不在家。」

羅莎妮東張西望了一下，靜靜地說：「我們一起回去吧！我有馬車在樓下等著。」

腓德烈克假裝沒聽見。

「來啊，我們走吧！」

「對啊，這正好！一起去吧，去吧！」阿爾努太太說。

兩人一起走了。阿爾努太太走到樓梯間，彎著腰，看著他們離開的身影，突然發出一陣淒厲又心碎的笑聲。腓德烈克把羅莎妮推入馬車，坐到她對面的座位，一路上不發一語。

他因為在阿爾努太太面前再次名譽掃地而感到憤怒。這是他自作自受！他一方面因為蒙受巨大的羞辱而慚愧，一方面痛心於幸福得而復失。這幸福好不容易到手，卻轉眼又變成了泡影。全都要怪面前這個壞女人，這個婊子。他恨不得掐死她。他被怒氣哽住了咽喉。進屋後他把帽子往家具上一扔，扯下領帶。

「哼，你做了什麼好事？承認吧！」

她無畏地站在他面前。

「哈，我做了什麼嗎？我不能去那裡嗎？」腓德烈克說，接著像想到什麼似的問：「說說看，妳是不是在跟蹤我？」

「難道是我的錯嗎？你好端端地幹麼要到正經女人的家裡尋開心？」

「妳管得著嗎？我希望妳不要侮辱正經女人。」

「我有侮辱她們嗎？」

他反駁不了，便用一種更怨毒的口氣說：「上次，在賽馬場那一次……」

「哈，你別老拿陳年舊事來煩我了！」

「賤貨！」他舉起拳頭。

「別揍我！我懷孕了！」

腓德烈克踉踉蹌蹌退後了幾步。

「妳胡扯！」

「不信你就仔細瞧瞧！」

她拿起一根蠟燭，照住自己的臉說：「你看得出來吧？」

她臉上皮膚奇怪的浮腫，還長了一些黃色的小斑點。這些證據讓腓德烈克無法否認。他走到窗前，打開窗戶，又在房間裡來回踱步，最後頹然坐在一張單人沙發裡。

這事情是個災難：首先，是讓他無法馬上把她甩掉；其次，是會打亂了他的一切計畫。他快要當父親了，「當父親」三個字讓他覺得無比怪異，也難以接受。但他為什麼會有這種感覺呢？如果懷孕的人不是女元帥而是……想到這個，他陷入了深深的幻想，眼前出現了一種幻象。他看見，在地毯上，在壁爐前面，坐著一個小女孩。她長得很像阿爾努太太，又有一點像他：棕色的頭髮、白色的皮膚、烏溜溜的眼睛，一雙濃眉，捲曲的頭髮上綁著個紅色蝴蝶結。他好愛她，彷彿聽到她在喊道：「爸爸！爸爸！」

剛寬過衣的羅莎妮走近他身旁。見他眼角含著一滴淚，於是神情嚴肅地吻了吻他。

他站起來，說道：「我們不能傷害這個小傢伙。」

她快活起來，開始吱吱喳喳地說些傻話。她說肚裡的小孩一定是個男孩，要給他取名為腓德烈克，有必要馬上就給他做童衣。看見她這麼快樂，腓德烈克的憐憫之心油然而生。怒氣消退後，他開始想要知道，她先前行為的理由。她解釋說，她到阿爾努家是要去索討一些錢，因為她開給華娜絲小姐的一張期票已經到期一段時間，對方今天早上寫信來催討。

「妳早點講，我不就給妳了嗎？」

「跑一趟要回我的錢也簡單不過，然後我就可以把一千法郎還給她。」

「妳欠她的就這些嗎？」

她回答說：「當然囉！」

第二天晚上九點（門房指定的時間），腓德烈克去了華娜絲小姐的寓所。因為前廳堆著許多家具，他必須側著身體走路。聽見有音樂聲，他便順著音樂的方向走去。他打開一扇門，隨即陷入了一個混亂的聚會中。一位戴眼鏡的小姐在彈鋼琴。戴勒馬也在場，他神情嚴肅得像教皇，正在朗誦一首關於賣淫議題的人道主義詩歌，重濁的嗓音伴隨著暗沉的和弦。一排婦女靠牆而坐，大多穿著沒有領子也沒有袖子的深色衣服。在場的五、六個男人全是文化人，分坐各處。一張單人沙發裡坐著一個從前寫寓言故事，現在則形同廢人的作家。兩盞油燈散發出刺鼻的氣味，與巧克力的香氣混雜在一起。這些巧克力盛滿在牌桌上幾個大碗裡。

華娜絲小姐披著東方式披巾，坐在壁爐的一邊。迪薩爾迪耶坐在另一邊，與她面對面，似乎為自己的位置感到侷促不安。看來，這種充滿藝術氣息的環境也讓他惶恐。然則，華娜絲和戴勒馬分手了嗎？大概還沒有。不過，她看來很喜歡忠厚老實的會計。腓德烈克表示要找她說兩句話，她便把他帶來自己的房間。一千法郎交到她手上的時候，她表示還要收利息。

「利息就免了吧。」迪薩爾迪耶說。

「住嘴！」

看見這麼勇敢的一個男人在一個女人面前怯如羔羊，腓德烈克不禁莞爾，彷彿是為自己的怯懦找到藉口一樣。他帶走期票，此後在羅莎妮面前沒再提起那天在阿爾努家的事。可是，自此以後，女元帥個性的所有缺點在他眼中都變得明明白白。

她的品味差得無可救藥，懶惰得莫名其妙，無知得像個原始人。她無知到把羅吉醫生當成名人，還自鳴得意地以「家庭主婦」身分接待醫生夫妻。她以一副知多識廣的神氣教伊爾瑪小姐各種生活常識。伊爾瑪嬌聲嬌氣，個頭小得可憐，包養她的是一位「非常富有」的先生：以前是稅關局的職員，打起牌來很有一手，羅莎妮管他叫「我的大長毛狗」。還有一點讓腓德烈克受不了的是，她習慣重複講一些蠢話：「你以為你是奶油蛋糕」、「夏樂宮有什麼了不起的」、「你永遠說不準」諸如此類。他特別厭惡她對待女傭的態度，經常拖拖拉拉不肯準時支付工資，還會反過來要女傭借她錢。到了要結算帳目的那天，她們倆會像兩個潑婦那樣鬥嘴，但最後總會言歸於好，還會互相擁抱。他和羅莎妮漸漸變得話不投機。幸好丹布羅斯家的晚會又重新開始了，讓腓德烈克有地方可以透透氣。

最起碼，丹布羅斯夫人能夠讓他開心。她熟知上流社會的通姦醜事、大使的調遣與所有女裁縫師的個性。老生常談的話語，從她的嘴裡流出都十分符合時宜，可以視為禮貌的恭維或是嘲弄。即便同時跟二十個客人談話，她照樣都有辦法不怠慢任何一個，而且有本領讓別人說出她想聽的話，不說她不想聽到的。最普通的事情從她嘴巴裡說出來，都有一種推心置腹的味道。她最淺的微笑都會讓人飄飄然。總之，她的魅力就像她常擦的那種香水氣味那樣，既複雜又難以言詮。

每一次跟她在一起，腓德烈克都會發現新的樂趣。她總是那麼平靜安詳，就像倒映在清澈水面的天光。但為什麼她對姪女的態度會那麼冷淡？有時候，她甚至會向姪女投以一個奇怪的白眼。

每次丈夫一提起姪女的婚姻問題，她就會以各種理由反對，又以這個「親愛的孩子」健康不好為由，馬上帶她去巴拉魯克溫泉泡湯。回來時，她又會想出新的藉口：馬蒂農沒有很高的地位、這場戀愛似乎有點兒戲、再等等沒有壞處等等。聽到丹布羅斯先生告訴他這個，馬蒂農表示他會等下去的。他為人高尚，常常教腓德烈克一些事情，甚至更多。包括用什麼方法才能討得丹布羅斯夫人的歡心，又隱約透露他從賽西勒小姐那裡得知，她嬸嬸春心蕩漾。

至於丹布羅斯先生，不但完全沒有表示吃醋，反而對這位年輕的朋友投以最大的關注，在各種事情上請教他，甚至表示為他的前途感到焦慮。有一天，當兩人談到羅克老爹的時候，丹布羅斯先生在他耳邊以一種狡猾的口氣低聲說：「您做得很棒。」

不管是賽西勒小姐、約翰小姐、僕人或是門房，全府上上下下無不對腓德烈克另眼相看。他丟下羅莎妮不管，每晚都來拜訪。可能因為即將成為人母，體質的改變讓她變得嚴肅，甚至有一點點憂鬱，就像是受到焦慮的折磨。不管怎麼問她，她一律回答：「你弄錯了，我心情很好。」

事實上，她以前簽給華娜絲五張期票，當腓德烈克支付完第一張之後，她便沒有勇氣再向他坦白。她後來再去找過阿爾努，他立下字據，答應把投資在朗格多克煤氣燈公司的三分之一獲利分給她，但要求她在股東大會召開前不可用那張字據。可股東大會卻一星期一星期地往後延。

女元帥缺錢花用，但她寧死也不願向腓德烈克開口，深怕那會有損兩人的愛情。腓德烈克貼補了家裡不少開銷，但由於要維持一輛月租小馬車，加上其他參加丹布羅斯府不可缺少的開支，讓他無法為情婦做更多。有兩三次，當腓德烈克不是在平常時間回到羅莎妮住處，都恍惚看見有個男人的背影從門口閃過。羅莎妮出門時也常常不願說是上哪裡。腓德烈克不想深究，他等著有一天下定決心。他夢想過另一種生活，一種更有趣也更高尚的生活。由於有這種想法，他便縱容自己老是往丹布羅斯府邸跑。

丹布羅斯先生在布瓦蒂埃街有另一個祕密基地。腓德烈克在這裡認識了偉大的A先生、大名鼎鼎的B先生、城府極深的C先生、口若懸河的Z先生、知識淵博的Y先生。除此以外還有「中左派」的老男高音、右派的勇士、中庸派的貴族和喜劇裡不朽的大善人。他們談吐之粗鄙、心胸之狹窄、積怨深厚與居心之叵測都讓腓德烈克感到震驚。這幫人以前投票贊成憲法，如今卻處心積慮要摧毀它。他們蠢蠢欲動，出版各種宣言、小冊子和傳記（余索內寫的《富米福傳》堪稱傑作）。諾南古爾負責煽動農民，格雷蒙維爾負責煽動神職人員，馬蒂農則負責串聯富家公子。包括西齊在內，每個人都各盡其力，各司其職。現在，西齊也老成持重起來，鎮日思考嚴肅的事情，每天坐著馬車到處來去，風塵僕僕為黨的利益奔波。

丹布羅斯就像一具晴雨表，時刻反映著政局的最新變動。每次談到拉馬丁，他總不忘引用一個老百姓說過的名言：「夠了！那樣的詩。④」卡芬雅克將軍如今在他眼裡不過是個賣國賊。臨時政府主席曾經獲得他三個月的讚賞，但如今在他心目中評價下滑（因為這位主席欠缺「必要的魄力」）。由於他總是盼望會有救世主出現，因而自音樂學院事件⑤以來，他就把希望寄託在尚加尼埃將軍身上：「感謝天主賜給我們尚加尼埃……讓我們把信賴交給尚加尼埃……只要有尚加尼埃在，就沒什麼好擔心的……」

梯也爾先生受到這幫人的讚揚，因為他那本批判社會主義的小冊子⑥顯示，他除了是一名文學家，還是思想家。他們大大取笑皮埃爾．勒魯，因為他在議會裡引用了幾段哲學家的話。他們為那齣諷刺共和派的戲劇《觀念市場》⑦喝采，把它的作者比擬為阿里斯托芬⑧。腓德烈克也去看過這齣戲。

政治空談和佳餚盛宴麻痺了他的正義感。雖然覺得丹布羅斯先生身邊這些人的能力平庸，但他仍然以認識他們為榮，巴望著得到其中哪個大富豪的賞識。要是能得到一個像丹布羅斯夫人那樣的情婦，他相信自己一定能夠平步青雲。

為此，他開始採取必要的步驟。

他在她散步必經的小路等候，從不錯過到她劇院包廂向她問好的機會，又會算好她上教堂的時間，站在一根柱子後面擺出憂鬱的神態。他們頻頻互通短柬，告訴對方哪裡有有趣的活動值得參加，打聽音樂會，或是向對方借圖書與雜誌。除了每晚的拜訪，他有時候還會在黃昏去一趟。依次走過大門、院子、前廳和兩個客廳時，他的興奮心情會逐漸升溫。她的閨廳安靜得像個墳墓，溫暖得像個凹龕，人來人往難免會推擠到家具上的絨毯。到處擺著各式各樣的東西：梳妝臺、屏風、缽、托盤，有漆器的、有貝殼的、有象牙的、有孔雀石的，還有各種昂貴的小玩意不斷時時更新。東西雖多，閨廳的擺設卻讓人有一種和諧的感覺。整個地方還給人一種高貴感，而這無疑是因為它有著高敞的天花板、色彩豐富的門簾，以及鍍金凳腳上飄拂著長長的絲流蘇。

她幾乎每次都是坐在一張雙人小沙發，旁邊是一個裝飾窗龕的花盆架。他則是坐在一張帶輪子的長軟椅邊沿，絞盡腦汁說一些最適切的恭維話。丹布羅斯夫人微側著臉凝視他，嘴角帶著微笑。

他朗讀詩句給她聽，把整個靈魂貫注其中，想藉此打動她，贏得她的傾慕。她時不時會打斷他的朗誦，挑剔某句詩句不好或談論她的實際觀察。最後，話題總是落到了同一件事情：愛情。兩人討論了什麼樣的環境會產生愛情，是不是女人會愛得比男人深，以及愛情對男人和女人來說有何不同。腓德烈克努力發表見解，盡量避免流於俗套或平淡乏味。兩人常常會為一個問題爭論不休，這情況有時讓腓德烈克覺得愉快，有時覺得厭煩。

在她身邊，腓德烈克感受不到阿爾努太太給他的那種心醉神迷，也沒有羅莎妮最初帶給他的那種情欲悸動。但他仍然對她充滿激情，就像是一件不易到手的東西會更加讓人渴望。她的貴族身分、她的財富、她的守婦德在在吸引著他。他想像她的情感就像她穿戴的蕾絲一樣細緻，想像她皮膚上印有護身符，想像她失節時仍然含羞帶怯的模樣。

他把自己對阿爾努太太的激情運用在她身上。他向她訴說阿爾努太太往日讓他感受到的一切，他的憂鬱、他的憂慮、他的夢想，假裝這一切都是被丹布羅斯夫人所勾起。但面對這種攻勢，她就像個精於此道的老手一樣，既沒有正式拒絕，也沒有絲毫心軟的跡象。所以，他勾引她的計畫並沒有比馬蒂農的婚事更有進展。為了終止她姪女的婚事，丹布羅斯夫人指控馬蒂農只是貪圖錢財，又謂丈夫若是不信，不妨考驗他一下。於是，銀行家告訴馬蒂農，賽西勒其實是個孤兒，父母都是窮人，所以既不會有嫁妝，也不會有「前景」。

馬蒂農不相信這是事實，也許是事到臨頭不好改口，又或者是出於一種愚昧的執拗，馬蒂農回答說憑著祖產，他每年有一萬五千法郎的年金，這錢足夠他和賽西勒生活。這種意想不到的無私態度讓銀行家大受感動，承諾幫他謀一個收稅官的官職，並在一八五〇年五月讓姪女與他完婚。婚禮沒有舉行舞會慶祝，因為一對新人當晚就動身到義大利度蜜月去了。腓德烈克登門造訪時，看見丹布羅斯夫人臉色比平日蒼白。她在兩三件無意義的事情上反駁他，又無端說了一句：「男人都是自私鬼。」

腓德烈克回答說，總還有些一往情深的男人，至少她眼前就是一個。

「呸！您跟別的男人還不是一樣！」

她的眼皮紅腫，看來是剛哭過。

然後，她強作笑容：「請原諒我，我是亂說的，有些事情讓我心煩意亂。」

他不明白她為什麼心煩。

「管他的！」他自忖，「照情形看來，她不像我以為的那麼難到手。」

丹布羅斯夫人拉鈴叫人送來一杯水，喝了一口之後就讓人拿走，開始向腓德烈克抱怨家裡的僕人伺候不周。為了逗她開心，他表示願意當她的僕人，自詡懂得怎樣端盤子、擦拭家具和通報客人姓名。總之，他有能力當一名貼身男僕或外勤僕人——哪怕後者已經不流行了。如果可能，他真想戴一頂雞毛帽子，跟在她馬車後面服侍。

「想想看，手上抱著您的小狗，一步一步跟著您走，那會是多麼神氣！」

「您真逗趣。」丹布羅斯夫人說。

他回答說：「把凡事都看得太認真，不是太傻了嗎？世界的苦難已經夠多了，沒必要再自尋煩惱。

沒有事情值得讓人為它受苦。」

丹布羅斯夫人聳起眉毛，模模糊糊表示贊同。

受這種認同慫恿，腓德烈克決定跨出更大膽的一步。往日的失算給了他今日的洞見，他接著說：「我們的祖先活得比我們好，為什麼我們不光順從衝動的驅使就好？畢竟，婚姻本身並不是那麼了不起的事。」

「這種說法是不道德的！」

她再次在雙人小沙發坐下。腓德烈克在她旁邊坐下，挨得很近。

「難道您看不出來我是在撒謊？因為如果真的要追求女人，我一定會裝得像小丑一樣搞笑，或是學悲劇裡的角色那樣慷慨陳詞。因為，如果你只是簡簡單單對她們說你愛她們，她們就會笑你，瞧不起你。不過，我認為那種可以滿足想像的虛誇語句乃是對真情的一種褻瀆。它們叫我說不出口，特別是對那些有過人聰慧的女性。」

她半掩眼皮地凝視腓德烈克。他壓低聲音，把頭湊向她的臉。

「啊，您叫我害怕！或許我冒犯了您？請原諒我！我原本不打算說這些的！這並非我的過錯！您太美了！」

丹布羅斯夫人閉上眼睛。這個勝利得來全不費工夫，讓腓德烈克大感意外。花園裡的大樹已不再晃動，天空上的雲也是寂然靜止，像是一條條紅色絲帶，萬物似乎都在一剎那間停格了。腓德烈克模模糊糊回想起幾個景色相同的黃昏，那是什麼時候的事？他當時人又是在哪裡？

他跪下來，握住她的手，發誓會永遠愛著她。然後，他往外走的時候，她招手要他回來，低聲說：

「來吃晚飯！到時候只有你我兩人！」

走下樓梯的時候，腓德烈克感覺自己已然脫胎換骨，成了一個不同的人，彷彿被溫室裡的芬芳溫暖氣息團團包圍。他毫不懷疑，只要得到像丹布羅斯夫人這樣身分地位的女人，自己便足以在貴族奸淫、充滿權謀的上流社會穩坐第一把交椅。當初，她肯定是因為貪圖權勢和財富，才會嫁給這個庸俗的男人，忍氣吞聲地伺候他。所以，她一定也渴望有個堅強的男人讓她依靠。腓德烈克覺得，再也沒有什麼自己辦不到的事。他可以一口氣在馬背上馳騁千里，能夠連續幾個晚上通宵不睡而不會感到疲倦，他的內心滿溢著驕傲。

人行道上，一個身穿舊大衣的男人在他前面低頭走著，意態消沉，背影似曾相識。腓德烈克趕上前，轉過身望去。對方抬起頭，原來是德洛里耶。他猶豫了一下。腓德烈克跳過去，摟住他的脖子。

「啊，我可憐的朋友！唉，看到你真好！」

他把德洛里耶拉去他家，途中問了一大堆問題。

前專員先生大吐苦水，描述自己怎樣受盡折騰。他在外省向保守黨人宣講博愛，勸喻社會主義者尊重法律，但前者向他開槍，後者要拿繩子吊死他。六月之後，他被粗暴地革職了。旋即投入一項密謀活動，偷運軍火，結果在特魯瓦被人截獲。由於證據不足，因而釋放。接著，行動委員會派他到倫敦。在一次宴會上，他和同志鬧翻，挨了幾記耳光，無奈地返回巴黎……。

「為什麼回來後不來找我？」

「你一天到晚不在家！你的門房一副神祕兮兮的模樣，我不知道該怎麼辦才好。再說，我不想以一個失敗者的身分出現在你面前。」

他曾經去敲過「民主[9]」的門，想用自己的筆桿、嘴巴和所有精力為它服務，然而到處碰壁。沒有人信任他，害他走投無路，被迫賣掉手錶、書籍，甚至衣服。

「早知如此，我倒不如同塞內卡一起，死在往美麗島[10]的囚船上。」

腓德烈克正在繫領帶，聽到這個消息並不怎樣難過。

「哈，原來好傢伙塞內卡被流放了？」

德洛里耶嫉妒地掃視了四周的擺設一眼，回答說：「不是人人都像你這般好命！」

腓德烈克沒聽出來這話所隱含的譏諷，只說：「不好意思，我約了人吃晚飯。你喜歡什麼菜隨便點，你還可以睡我的床！」

「你的床？這會讓你不方便吧！」

「不，不會！我有別的地方睡！」

「那好吧！」德洛里耶回答，「那麼你是要到哪裡吃晚飯？」

「丹布羅斯夫人家裡。」

「你們不會已經……。」

「你也太好奇了。」腓德烈克說，笑了一笑。這一笑印證了德洛里耶的猜測。瞧了一眼座鐘後，他重新在椅子坐下。

「人生總是起起落落，你這位人民的捍衛者用不著垂頭喪氣的！」

「饒了我吧，人民的事以後就讓別人來操心吧！」

德洛里耶痛恨工人階級，因為他在外省的煤礦區吃了他們許多苦頭。每一個礦坑都組織一個臨時政府，向他發號施令。

「另外，這些人的行為很荒謬，不管是在里昂、里爾、勒阿弗爾或巴黎都如此！他們學那些排斥外國貨的製造商的模樣，要求我們驅逐英國、德意志、比利時和薩瓦的工人。說到他們的智商，你只要看看他們的同業公會在復辟時期搞過什麼便知道。他們在一八三〇年加入國民自衛軍，卻又在一八四八年暴動的第二天舉著旗幟出現街頭。他們甚至要求有自己的人民代表，又規定這些代表只能代表他們的利益說話——這不就像是甜菜根的代表只管甜菜根的死活，不管別人的死活嗎？唉，我受夠這幫傢伙了！他們一下俯伏在羅伯斯庇爾的斷頭臺前面，一下俯伏在皇帝的靴子前，一下又俯伏在路易－菲力普的雨傘前，總之是誰向他們嘴巴扔麵包就效忠誰。他們老是吵吵鬧鬧，指責塔萊朗⑪和米拉波賣國，但如果一個信使跑腿一次的收費三法郎，那只需要給這幫人五十生丁，他們就願意出賣國家。現在的局面真是爛透了！我們真應該在歐洲的四個角落各放一把火！」

腓德烈克回答說：「但是你缺乏火花。你們只不過是一些小資產者，你們當中最優秀的也只是一些一文不值的學生。至於工人，他們有很好理由抱怨，除了在預算當中撥給他們一百萬，除了用最卑下的獻媚話去討好他們，你們什麼也沒為他們做，只有說一些場面話！如今，工人的證照仍然掌握在雇主手中，甚至在法律面前，受薪者仍是低於發薪者一截，因為他們說的話不被人採信。總之，這個共和國在我看來已經生鏽老舊。或許，社會進步只能來自貴族政治或一人獨裁？開創精神總是自上而下，人民不管有多麼自命不凡，終究只是螻蟻！」

「也許真的是這樣。」

緋德烈克認為（他在丹布羅斯府受到不少教導），絕大多數公民求的只是安穩過日子，而唯一能實現這願望的只有保守黨，可惜這個黨缺乏新血。

「如果你肯加入，我敢說……」緋德烈克說。

他沒有把話說完，德洛里耶明白他的意思。他雙手抱頭，思考了一下，突然說：「那你自己呢？有什麼妨礙著你嗎？你為何不出來競選議員呢？」

因為雙重選舉⑫的關係，奧布省最近有一個議員席位空缺，需要重新競選。丹布羅斯先生已經重新當選立法議會議員，但他屬於奧布省另一個選區。

「你希望我幫你忙嗎？」德洛里耶問。他認識很多酒館老闆、小學教員、醫生、公證人事務所職員和他們老闆。「另外，他們很好騙，你想要他們信什麼他們便會信什麼！」

緋德烈克感到自己的野心又萌動了。

德洛里耶補充說：「我想你幫我在巴黎找份工作應該不難。」

「透過丹布羅斯先生的話，應該不難。」

「方才我們談到煤礦，他的公司現在怎麼樣？在這種公司做事正適合我。我可以一面幫他們的忙，一面保持獨立性。」

緋德烈克答應，三天內一定會幫他引薦。

他與丹布羅斯夫人單獨共進的那頓晚餐非常甜美。她坐在餐桌的另一頭，隔著一籃花，在吊燈的照耀下，不時朝著他微笑。敞開的窗戶，看得見天空的星星。兩人很少交談，顯然是怕洩漏口風。不過，一等到僕人走開，他們便以唇尖互送飛吻。他提到自己想出來參選，而她表示支持，又答應會敦促丈夫盡全力助選。

稍後，一些朋友來向她賀喜，又表示了解她因為姪女不在身邊，心裡一定會很難過。其實，新婚夫妻出去旅行很適合，因為以後等孩子一個一個生出來，便再也抽不出時間。可是，義大利並沒有人們想像地那麼美好。幸而，一對新人還年輕，充滿想像力，而蜜月也會讓一切添上一層浪漫的色彩。

留到最後的兩個客人是格雷蒙維爾和腓德烈克。外交官先生賴著不想走，到午夜才站起來告辭。丹布羅斯夫人示意腓德烈克和他一起離開。為了感謝他聽話，她在握他手時微微施力，讓他感受到前所未有的高興。

女元帥看見他回來，高興得叫了起來。她等他等了五小時，他推說是為了德洛里耶的事情忙碌。他的臉煥發著得意神彩，渾身像是有一圈光暈環繞，看得羅莎妮目眩神迷。

「一定是因為你這身黑禮服的關係，它好適合你。我從來沒看過你這麼英俊！真的好帥！」受到愛意的激盪，她暗暗發誓，這輩子跟定腓德烈克，不會再找其他男人，就是窮得要命也心甘情願。

她漂亮的雙眸飽含情欲，讓腓德烈克不由得拉她坐到自己大腿上。他在心裡罵自己：「我真是個大壞蛋！」另一方面又佩服自己的手段高明。

①・拉托（一八〇〇—一八八七）：為當時一名議員，提議解散制憲議會，改選立法議會，這個提案於一八四九年通過。

②・指貢班和他朋友是主張實行恐怖統治的人。前文裡，貢班向腓德烈克指出，想要貴族不再搞陰謀破壞，有必要讓九三年歷史重演，九三年（一七九三年）正是羅伯斯庇爾領導的雅各賓黨開始實施恐怖統治，大殺貴族和反對者的一年。

③・卡姆：真實姓名為阿美岱・德・諾埃（一八一九—一八七九），為法國知名漫畫家。

④・一八四八年五月十五日，革命群眾衝入議會，拉馬丁本想說服群眾，卻被其中的人反駁：「夠了！那樣的詩。」諷刺他話語的虛幻不實。

⑤・指在音樂學院周圍發生的群眾起義，最後被尚加尼埃鎮壓下來。

⑥・可能指梯也爾於一八四八年發表的《論所有制》。

⑦・《觀念市場》：為當時流行的一齣諷刺喜劇，於巴黎沃德維爾劇場上演。

⑧・阿里斯托芬（西元前四五〇—西元前三八六）：古希臘著名喜劇詩人。

⑨・「民主」，指報界。

⑩・美麗島：位於法國西部的大西洋上，該島在六月革命成為關政治犯的地方。

⑪・塔萊朗（一七五四—一八三八）：法國外交官。曾在拿破崙戰敗後，使用外交手腕，讓國家免於被列強瓜分，唯此人缺乏操守。

⑫・指制憲議會和立法議會的選舉。制憲議會在制定憲法後便解散，由立法議會取而代之。

Chapter XVII

STRANGE BETROTHAL

第十七章

奇怪的妓院

接見德洛里耶時，丹布羅斯先生表示正考慮恢復他偉大的煤礦投資。可是，把幾家公司合併為一的做法引發了誤解，大家罵他壟斷行業，彷彿這種大規模的經營不需要鉅額資本似的。

德洛里耶事先做過功課，讀了戈貝的著作和夏普先生[1]在《礦業日報》發表的文章，所以對這個問題充分了解。他指出，根據一八一〇年的法令規定，被授與特許權的人，其利益不可以轉移。另外，不妨把煤礦合併之舉染上一層民主的色彩：誰干涉聯合煤礦公司的成立，就是侵犯了結社的原則。

丹布羅斯先生交給他一些文件和清單，請他起草一份公司章程。報酬多少沒說得很清楚，只表示一定不會虧待他。

德洛里耶回到腓德烈克住處，向他報告了見面的經過。又提到他要離開府邸的時候，在樓梯底下瞥見了丹布羅斯夫人。

「我要恭喜你，好傢伙！真有眼光！」

兩人然後談到選舉。真要參選的話，有些事必須從長計議。

三天後，德洛里耶又來了，帶著一篇準備要在報紙發表的稿子，其內容是丹布羅斯先生表示熱烈贊成腓德烈克參選的信函。既然得到一個保守黨黨人的支持，又獲得一位紅黨黨人的幫助，腓德烈克必勝無疑。他詢問德洛里耶是如何說服銀行家在信函上簽名的？原來，德洛里耶寫好稿子之後，毫不害臊的直接拿去給丹布羅斯夫人過目，後者覺得寫得不錯，答應包辦其餘的事情。

腓德烈克對這種做法感到驚訝，但也不好多說什麼。然後，聽說德洛里耶去到諾冉之後，會與羅克先生見面，便託他轉達自己對於露薏絲的態度。

「你隨便找個理由幫我搪塞過去。就說我手頭上的事情亂糟糟，需要時間一一處理。她還年輕，可以等！」

德洛里耶走後，腓德烈克只覺得自己異常能幹。他躊躇滿志，有一種深深的滿足感。他占有了一個富有的貴夫人，政治前途又一片光明，可謂情場、仕途兩得意。如今，他的人生在各種意義下都充滿了快樂。

最快樂的事情，莫過於觀賞丹布羅斯夫人接待女賓的樣子。她端莊大方的舉止會讓他聯想起她的其他姿態。她用冷冰冰的口氣聊天時，他會聯想到她在他耳邊呢喃情話的嫵媚。每逢別人讚美她的美德，他都會有種愉悅的快感，就像是自己也受到了讚美，有時會直想高喊：「我比妳們更了解她！她是我的！」

兩人的關係沒多久便成為社交界公認的事實。一整個冬天，丹布羅斯夫人都帶著腓德烈克出入上流社會場合。

他幾乎總是都比她早到。他看著她進來，穿著露肩裝，手上拿了一把扇子，頭髮閃耀著珠寶光澤。每次，她都會先在門框裡暫時猶豫一下（門框像畫框一般圍繞著她），瞇著眼睛，尋找他的所在位置。

聚會結束後，兩人會搭乘她的馬車送他回家。雨水拍打著車窗窗格，路人像影子般在泥濘裡晃動。他倆緊靠在一起，用一種平靜的蔑視，望著窗外模糊的事物。他總是想出各種藉口，以便在她的閨廳裡多待一小時。

丹布羅斯夫人會退讓，主要是因為生活無聊。另外也是因為不想浪費這段最新的戀情。她想轟轟烈烈地愛一場，於是，她開始用各種諂媚的方式百般討好腓德烈克。

她送他花，送他一把漂亮椅子，送他菸盒、筆架和千百種日常生活會用得到的小東西，好讓他做任何事時都會想起她。這種殷勤的舉動最初讓腓德烈克很著迷，但不久之後便覺得平凡無奇。

每次找他，丹布羅斯夫人總是在一個巷口下馬車，從另一邊巷口走出巷子。然後，她會貼著牆壁快步走，臉上蒙著雙層紗，來到腓德烈克住的那條街。腓德烈克老早就在等著，一看到她便抓住她的手臂，迅速把她帶回自己房子。兩個男僕都去散步了，門房奉命去外面跑腿。她掃視四周一眼，發出一聲深深地嘆息，如同一名被流放的犯人重新回到了祖國。事情每次都順順利利、神不知鬼不覺，這種好運氣讓他們膽子變得更大，幽會的次數更為頻繁。有一天傍晚，她突然穿著全套舞會裝扮，出現在腓德烈克面前。他不喜歡這種驚喜，責備她太過鹵莽。不過，真正讓他不高興的是她的那身打扮：低胸舞衣使她乾癟的胸部太過於顯目。

他這才發現，他的眼睛一直受到什麼東西蒙蔽。他的五官醒覺了。不過，他仍然裝得非常熱情。為了要喚起這種熱情，他得在腦子裡喚起羅莎妮或阿爾努太太的影像。

激情的萎縮讓他的大腦完全鬆綁，他也變得前所未有的野心勃勃，一心想要獲得更高的社會地位。既然有丹布羅斯夫人這把好階梯，他起碼也要好好利用一下吧！

一月中的某一天早晨，塞內卡走進了他的書房，對不勝訝異的腓德烈克宣布，他現在是德洛里耶的祕書。他還給腓德烈克帶來了一封信。信中，德洛里耶告訴腓德烈克一些好消息，但又責怪他太過輕忽，遲遲不回家鄉拜票。腓德烈克答應大後天啟程。

塞內卡沒有對腓德烈克參選一事發表任何意見，只談論自己和國家大事。

國家目前的情況雖然悲慘，但讓他欣慰的是，共產主義正逐漸受到青睞。不說別的，國家機關自己就自動自發往這個方向調整，因為收歸國有的事業一天比一天多。一八四八年的憲法雖有缺點，但它至少沒有縱容私有財產；它規定，只要是出於公共利益考量，國家可以徵收任何私有財產。塞內卡表明自己是站在政府這一邊的。腓德烈克注意到，他說話的誇大口氣跟自己日前與德洛里耶說過的一番話頗為相似。這位共和主義者甚至大肆批評民眾愚昧無知：

「例如，羅伯斯庇爾原是為了少數人的利益才會逼路易十六承認國民公會，但此舉也拯救了人民。所以說，事情的結果可以讓手段變得有正當性。獨裁有時是有必要的。只要獨裁者可以帶給民眾福祉，我們就應該高呼：獨裁者萬歲！」

兩人討論了很久，塞內卡直到臨走時才透露（這大概才是他的真正來意），德洛里耶對於丹布羅斯先生的毫無回音，感到愈來愈不耐煩。

但事實上，丹布羅斯先生目前正臥病在床，腓德烈克每天都會去探望他；因為被認定是這家人的密友，他獲准接近病床。

這位銀行家會病倒，跟尚加尼埃將軍遭罷黜大有關係。事情發生的當晚，他的胸口突然感到一陣燒灼，像是有什麼東西壓著胸口，無法躺下。醫生用水蛭幫他吸血，症狀馬上獲得舒緩。乾咳消失了，呼吸變得平順。八天之後，他一面喝著肉湯，一面說：「唉，現在好多了！我差一點就要到陰間去報到了！」

「要去一起去！」丹布羅斯夫人驚叫著說，意思是沒有了丈夫，她也不想獨活。

他沒有回答，只帶著一個奇怪的微笑瞧了她和她的情夫一眼。這笑容既是無奈，又是縱容，也是諷刺，甚至帶有一絲促狹的味道，像是開了個不為人知的玩笑而獲得極大的滿足感。

腓德烈克想要回到諾冉去，但丹布羅斯夫人表示反對。病人的病情時好時壞，他的行李打包又解開，如此好幾次。

突然有一天，丹布羅斯先生大量吐血。幾位「醫界天王」來診治過，都拿不出什麼新辦法。他的腿浮腫起來，身體愈來愈虛弱。他好幾次表示想見見賽西勒。她目前和丈夫住在法國另一頭，馬蒂農一個月前被派到那裡去當收稅官。丹布羅斯夫人寫了三封書信，每封都經過丈夫過目。

現在她連修女都信不過，一分鐘都不離開丈夫的病榻，也不睡覺。探病的客人聽說她這麼盡心盡力，都十分敬佩（探病的人很多，但大多都不得其門而入，只能在門房留下姓名）。路上行人看到臨街的窗戶下面堆著大量麥稈②，無不肅然起敬。

二月十二日五點，丹布羅斯先生再次大量咯血，情況嚇人。守護的醫生宣布病人情況危急，一個僕人被派去趕快把神父找來。

丹布羅斯先生在懺悔的時候，他太太站在一個距離之外好奇地看著。之後，年輕的醫生給他貼了一片發泡膏藥，等著病情的變化。

油燈的光線在有些地方被家具擋住，造成房間裡明暗不均。腓德烈克和丹布羅斯夫人站在床尾，凝視彌留中的病人。神父和醫生在一個窗戶凹龕裡低聲交談，那個善良的修女跪在地上喃喃禱告。

最後，病人的喉頭發出死前的鳴喘。他的手變得冰冷，臉孔逐漸灰白，不時會猛然深呼吸一下，但次數愈來愈少。只聽見他嘴巴裡吐出兩三句模模糊糊的話。他雙眼轉上翻白，呼吸也變得非常微弱，幾乎難以察覺。最後，他的頭頹然倒在枕頭一邊。

有整整一分鐘，在場所有人都靜止不動。

丹布羅斯夫人走向屍體，毫不為難地幫丈夫闔上眼皮，鎮定得像個執行職務的人。

然後她伸開雙臂，一副要努力撐住，避免癱軟在地的樣子。醫生和修女趕忙上前攙扶，把她帶離開房間。

一刻鐘之後，腓德烈克上樓到她的臥室。

房間裡有一種難以形容的氣味，是由充滿這房間的一些精細擺設所發出。床中央鋪著一件黑色洋裝，與粉紅色的被鋪形成鮮明對比。

丹布羅斯夫人站在壁爐一角。他不相信她會有強烈的悲痛，但覺得她有點愁容，便用慰問的口氣問道：「妳痛苦嗎？」

「我？沒有，一點兒都沒有。」

她轉過身，眼神落在那件洋裝上，審視了一會兒。隨後，她叫他不必拘束。

「想抽菸就抽吧！把這裡當成自己家裡就好！」

接著，她大大舒了口氣：「唉，感謝聖母，真是一大解脫！」

這個感嘆讓腓德烈克感到驚訝。他親了親她的手，說道：「妳不是一直都是自由的嗎？」

這話暗示她對兩人的關係一向無所顧忌，讓丹布羅斯夫人聽了很受傷。

「唉，你不知道我是怎樣服侍他的，不知道我過得有多麼可憐！」

「真的？」

「當然真的！身邊老是有個野種轉來轉去，我難道會安寧嗎？說來可惡，過了五年夫妻生活後，他居然把一個私生女帶進家裡來。要不是有我在，那女孩不知會給他添多少麻煩事！」

她接著解釋何以要忍辱負重。他和丈夫是根據夫妻財產分離原則結婚的。她從自己父母繼承的遺產是三十萬法郎，而丹布羅斯先生在婚約上保證，如果自己先死，會留給妻子每年一萬五千法郎的年金，整座府邸也是由她繼承。可是，婚後不久，他另立了一份遺囑，要把全部的財產留給妻子。據她目前粗略估計，這筆財產的總數超過三百萬法郎。

腓德烈克聽得目瞪口呆。

「所以，我這樣做是值得的，對不對？再說，他能累積出這麼一筆財產，我也有功勞。所以，我只是在保護我自己的財產。要不是我處處提防著，財產有可能會給賽西勒搶走。」

「為什麼她沒回來探望父親？」

聽到這麼一問，丹布羅斯夫人端詳了腓德烈克一下，然後用生硬的語氣回答：「我不知道！大概是沒有那份心吧！哼，這個人我看透了！她別想從我這裡拿走一毛錢！」

腓德烈克指出，賽西勒小姐照理說不會礙事，她畢竟已經嫁人了。

「哼，嫁了人還是得要小心！」丹布羅斯夫人冷笑著說。因為這蠢貨又嫉妒、又貪婪、又虛偽，不可不防。「她老子身上的毛病她都有！」接著又開始數落丈夫的種種不是，愈罵愈兇：沒有人要比他更加城府深沉、口是心非，再來是鐵石心腸，毫無惻隱之心……，「總而言之是壞透了、壞透了！」

即使最聰明的人也難免會偶爾犯錯，而丹布羅斯夫人此時痛罵丈夫洩憤正是一個錯誤。腓德烈克坐在她對面的一張搖椅裡，陷入沉思，對她所說的話感到反感。

她站起來，走到他椅子旁邊跪下。

「只有和你在一起我才會感受到快樂！你是我唯一愛的人！」

她凝視著腓德烈克，心酥軟下來，眼眶湧出淚水，喃喃說道：「你願意娶我嗎？」

起初他以為自己聽錯了，然後又想到她將會有多富有，驚訝到楞住。

她提高聲音又問了一遍：「你願意娶我嗎？」

最後，他掛著一個微笑回答：「妳還需要懷疑嗎？」

然後，他的腦子逼他想到，他現在的行為是可恥的。為了給死者某種補償，他主動表示要去守靈。但因為怕丹布羅斯夫人取笑他這種尊敬死者之心，他故作輕佻地補充說：「總要演演戲嘛！」

「對，也好。」她說，「在一群僕人面前比較說得過去。」

丹布羅斯的床已從床頭凹龕裡整張拉了出來。修女站在床尾，床頭坐著神父，但不是先前那位。現在這一位身材高瘦，樣子像有宗教狂熱的西班牙人。覆蓋白布的床頭櫃上燃燒著三根蠟燭。

腓德烈克拉了一把椅子坐下，凝視死者。

丹布羅斯的臉黃得像麥稈，口角處黏著帶血的泡沫。一條絲手帕綁在他頭顱上，交疊的雙手上擱著個銀十字架。

這個一生充滿焦慮的生命結束了！有多少旅程是他來不及去的？有多少數字是他來不及加總的？有多少投機事業是他來不及投資的？有多少報告是他來不及讀的？有多少謊話、笑臉、鞠躬哈腰是他來不及表現的？生前，他既為拿破崙歡呼過，也為哥薩克騎兵[3]歡呼過；既為路易十八歡呼過，也為一八三〇年的革命歡呼過。總之，他對權位是那麼的眷戀，以致從不錯過每個可以出賣自己的機會。

但他現在不得不留下福爾泰勒的產業、皮卡迪的三家工廠、榮納省的克朗塞森林、奧爾良附近的一座農場，還有大筆的票據、文件，以及各種形式的個人財產，腓德烈克粗估了一下他的資產，不久之後就會全屬於他！他首先想到別人會怎樣閒言閒語，然後思考要買什麼禮物送給母親，接著想想自己未來的馬車有多氣派，再想到把家裡的老車伕找來當門房。當然，號衣的樣式得要改一改。他將會把大客廳改為書房，他還要在三樓拆掉三面牆，弄一個畫廊。也許還可以在一樓設法蓋一間土耳其浴室。至於丹布羅斯先生那個死氣沉沉的辦公室，他該拿來做什麼用途呢？

他的這些幻想不時會被神父粗魯的擤鼻涕聲打斷，或是被善良修女撥弄火爐聲打斷。但不容置疑的事實證明他的幻想是有根據的——這事實就是眼前的屍體。死者的眼皮又張開了，他的瞳孔雖然是黏糊糊而灰沉沉，卻包含著一種謎樣、叫人無法忍受的神情。

這對瞳孔讓腓德烈克覺得自己正在接受審判，感受到一種幾乎是懊悔的心情，因為他從未埋怨過這個人，甚至正好相反……。

「唉，算了吧，他不過是個老混蛋！」

於是，他更仔細地打量死者，以證明自己理直氣壯，又在心裡對死者說：「喂，您對我有什麼好不滿的！難道您是我殺的嗎？」

神父開始念經。修女一動不動地坐著，正在打瞌睡。三根蠟燭的燭焰拉長了，連續兩小時都聽得見牛車向市場移動的沉重車輪聲。窗玻璃開始透入朦朧白光，一輛輕便馬車經過，然後是一群驢子的碎步聲。接著是鐵錘敲打聲、流動攤販的叫賣聲與號角的轟鳴。最後，所有的聲響融入巨大喧囂之中，巴黎甦醒了。

腓德烈克開始為死者的身後事忙碌。他先到區公所申報死亡，然後，等法醫開出死亡證明後，他第二次去區公所，告知死者家屬指定哪座公墓，接著去殯儀館。

殯儀館職員拿出一張圖樣和一張程序單。圖樣上包含各種等級的葬禮，程序單上列名出殯過程的每項重要細節。要一輛帶廊篷的柩車嗎？還是要蓋羽飾的？馬要梳辮子嗎？隨行的雜差要戴翎冠嗎？要喪燈嗎？要僱一個人拿功勳牌嗎？需要幾輛喪車？

因為丹布羅斯夫人說過不必節省，腓德烈克便大張旗鼓地操辦，什麼都用最好的。

之後他去了教堂。

司理喪禮的副神父一開始就批評現在的喪禮鋪張浪費。例如，功勳牌是不必要的，倒不如多插幾根蠟燭來得好。兩人最後商定，喪禮採取搭配音樂的小彌撒。腓德烈克簽字同意契約內容，聲明會支付一切開銷費用。

接著，他前去市政廳購買墓地。敲定一塊兩公尺長、一公尺寬的地，價格是五百法郎。要租五十年還是永久租用呢？

「永久！」腓德烈克說。

他認認真真辦理每件事，投入極大的心力。回到丹布羅斯府的時候，他看見一些石匠正在等著他，要讓他看希臘、埃及和摩爾風格墳塚的造價和樣式。可是家裡的建築師已經與丹布羅斯夫人談妥。門廳的桌子上放著各種說明書，教人怎樣清洗床褥、消毒房間和噴灑香料的各種程序。

吃完晚飯後，他到裁縫店訂做供僕人穿的喪服。但他仍然有一件事還沒做：他先前訂了一批海狸皮手套，後來才知道，葬禮上應該戴生絲手套。

隔天早上十點他抵達府邸，大廳裡已擠滿了人。幾乎每個人在遇見其他人的時候，都會以憂鬱的語調說：「我一個月前才見過他！唉，人人都難免有這一天！」

「話是沒錯，但我們應該能拖就拖！」

但也有些人臉上帶著滿足的淺笑，甚至聊起一些完全不適合在這種場合聊的話題。最後，司儀來了，身穿法國式黑禮服，腰間佩著長劍，腋下夾著三角帽。向大家一鞠躬後，他說出那句一貫的開場白：「各位先生，方便就出發吧。」

這一天是瑪德蘭廣場的花市日。天氣晴朗，陽光普照。微風輕輕吹拂帆布帳篷，把掛在教堂門口的寬大黑幅吹得鼓鼓的。丹布羅斯先生的族徽在黑幅上重複三遍，每個都是以一個方塊天鵝絨墊底，底色為暗紫色，圖案是一根戴銀手套和握拳的左臂，上方是伯爵冠冕，並寫著這句箴言：「路路皆通」。

挑夫把沉甸甸的棺木抬上前臺階頂端，大家尾隨著步入教堂。六個小聖堂、半圓形的後殿和所有椅子都罩上了黑紗。位於唱詩區末端的靈柩臺點著一支支大蠟燭，散發黃光，形成一個視覺的焦點。在牆角兩個枝狀大燭臺上，燃燒著酒精火焰。

重要人物坐在內殿，其餘人都坐在正廳。大家坐定後，吟唱「亡者禱文」的歌聲隨即升起。

除了小部分人以外，大家對宗教儀式異常陌生，司儀得時常比手勢，示意他們站起來、跪下來或坐下。管風琴、兩把低音提琴與吟唱聲互相交替，每當它們同時停歇下來，便只會聽見神父在祭壇上的喃喃誦經聲。接著，音樂和誦經聲便再次響起。

昏暗的天光穿越三個穹頂灑落下來，敞開的大門流淌進來一片白光，把所有沒戴帽子的頭顱照得纖毫畢現。教堂的半空浮動著一片暗影，閃爍著穹隅凸角和柱頭花葉上的金箔反光。

腓德烈克為了解悶，就一面聽著《發怒之日》④的吟唱聲，一面端詳他周圍的人。又伸長著脖子，想要看清楚畫在牆壁高處描寫瑪德蘭一生的系列壁畫。幸虧，佩爾蘭過來坐到他旁邊，開始就壁畫的問題高談闊論。鐘樓鐘聲響起後，大家紛紛走出教堂。

裝飾著掛幅和高高羽翎的柩車開始朝拉雪茲神父墓園前進。拉車的四匹黑馬都梳了辮子，頭上戴著羽冠，身穿繡了銀白色花紋的寬大馬衣，直蓋到馬蹄。車伕穿著馬靴，頭戴三角帽，帽子上垂著一片長黑紗。執紼的是四位人物：一位是參議員，一位是奧布省省議員，一位是煤礦業代表，第四位是死者好友富米福。死者生前坐的馬車和十二輛喪車跟在後面，來賓走在最後頭，占滿整條林蔭大道的馬路中央。

行人佇足觀看這一切。婦女們手上抱著小孩，站到椅子上面看。咖啡廳裡喝啤酒的人也探頭到窗外，手裡拿著一根撞球桿。

路程很漫長。就像正式飲宴常見的那樣，大家起初有點拘謹，但隨後便放鬆下來，開始談笑風生。大家來來去去談著議會拒絕付給總統⑤年金的事。不然就是批評某個異黨的議員：皮斯卡托利先生太刻薄了；蒙塔朗貝爾還是「像往常一樣慷慨」；而尚博爾先生、皮杜先生、克勒東先生，總之整個委員會，也許早該採取康丹－包夏爾先生與杜負⑥先生的建議才是。

到了羅凱特街，談話還繼續著。街道兩邊都是殯葬用品店，裡面陳列的盡是彩色玻璃念珠或刻著金字的繪花黑圓盤，這使得這些店鋪更像是鐘乳石山洞或陶瓷商店。一到達公墓大門前面，整支出殯隊伍剎那間靜默下來。

一個個墳塚錯落在樹木之間，造型各式各樣：折斷的圓柱、金字塔形、寺廟形、史前巨石墓、方尖碑、帶青銅門的伊特魯斯坎墓穴[7]。有些墓塚設有休息室，放著幾把簡單的扶手椅和摺凳。蜘蛛網像破布似的張掛在骨灰瓶的小鏈上；綁著緞帶的花束和十字架布滿灰塵。在墓碑兩旁的扶手欄杆之間，常常可看到四季不凋的花環、燭臺、花瓶、花束、凸著金字的黑圓盤和石膏小人像（童男童女或是用銅絲懸吊著的小天使）。黑色、白色、天藍色玻璃絲做成的大索從墓碑上方一直盤到石板末端，彎彎曲曲，像是一條條大蟒蛇。太陽照射在上面，使得玻璃索在黑木十字架之間閃閃發光。柩車行走在寬闊得猶如城市街道的大路，車軸不時會發出吱嘎吱嘎的聲響。一些墓碑前有女人跪著，禮服拖在草地上，對亡者低聲訴說。灰白色的煙霧從水松的枝葉間冒出，那是來自丟棄祭品燃燒後的餘燼。

丹布羅斯先生的墓穴位於馬努埃爾和康士坦[8]的墳墓附近。地面從這裡開始向下傾斜，形成一個陡坡。站在坡前遠眺，可看到一些蒸汽泵的煙囪，再望過去，整座宏偉的城市盡收眼底。

腓德烈克利用別人宣讀悼文的機會，欣賞這片風景。

第一篇悼文以參議院的名義發表，第二篇以奧布省省議會的名義，第三篇以索恩－盧瓦爾煤礦公司的名義，第四篇以榮納省農業協會的名義。最後，輪到一位名不見經傳的先生以亞眠省古物協會的名義宣讀悼文時，大家紛紛散去。

所有人都趁機大肆譴責社會主義，說丹布羅斯先生就是被社會主義害死的。他為政治亂象憂心忡忡，加上為了維護社會秩序而嘔心瀝血，凡此種種皆折損了他的年壽。人們稱頌他的智慧、正直和慷慨，甚至讚揚他代表人民卻很少在議會發言。因為，「假使他不是個演說家，但他所擁有的那些堅定素質比演講有益千百倍。」人人的嘴巴都掛著這些必要的詞句：「天不假年」、「永恆的遺憾」、「他去了樂土」、「永別了」或是「到天國見」！

混著石子的泥土被剷到墓穴裡。自此以後，丹布羅斯先生將不再是社交界的話題。

不過，送殯的人自墓園下山時，還是有幾個人談論了他幾句。余索內必需要為報紙寫篇關於這場喪禮的報導，他對每篇悼文都取笑了一番。因為說坦白的，德高望重的丹布羅斯先生是前朝最能幹的「撈錢家」之一。隨後，各個老實公民坐上喪車，去各自需要去的地方，大家都慶幸出殯的時間沒有拖得太長。

因為疲憊至極，腓德烈克便直接回家去。

第二天，到達丹布羅斯公館時，僕人告訴他夫人在樓下丹布羅斯先生的辦公室裡。只見文件架上的紙匣和所有抽屜全都被打開翻過，亂糟糟一片，帳本東一本、西一本地攤開。一捲紙張差點把腓德烈克絆倒，他將它撿起，看到上頭寫著「呆帳」兩個字。丹布羅斯夫人深深陷在一張單人沙發裡，所以腓德烈克沒看見她。

「喂，妳在哪裡？怎麼回事？」

她整個人跳了起來。

「怎麼回事？我破產了！我破產了！你明白嗎？」

公證人阿道夫・朗格盧瓦先生請她過去事務所一趟，告訴她丹布羅斯先生婚前曾立下一份遺囑，要將所有財產都留給賽西勒，至於另一份指明把一切都留給太太的遺囑卻不見了。腓德烈克頓時臉色慘白，她肯定沒有好好找。

「你自己看嘛！」她指著亂糟糟的房間說。

兩口保險箱已經被切肉刀撬開，書桌被翻了過來。她搜索過每個櫃子，抖過每一張踏墊。一度突然瞥見牆角放著一個帶有銅鎖的小箱子，她驚呼一聲之後跑過去，打開箱子：裡面什麼都沒有。

「混帳東西！枉我那麼忠心耿耿地伺候他！」

接著，她嗚咽了起來。

「會不會是放在別的地方？」

「不，一直是在這裡，放在保險箱裡。我最近才見過。他一定是把它燒了！我敢肯定是這樣！」

她回憶起，丈夫在生病初期曾下來過辦公室一次，說是要簽署一些文件。

「他一定是那時候搞的鬼！」

她跌坐在一把椅子，整張臉皺在一起。她望著那兩口保險箱，悲慟之情不下於一個喪子母親看著空空的搖籃。看見她如此痛苦，即便是動機有些卑鄙、陰沉，腓德烈克仍試圖安慰她說，她畢竟衣食無缺，不用過於介意。

「如果不能獻給你一筆巨大財富，那我跟窮光蛋有什麼差別。」

府邸不算在內的話，她只剩下每年三萬法郎的收入，這府邸也許值一萬到兩萬法郎。

雖然這對腓德烈克來說已經算是一大筆財富，他仍然感到相當失望。他夢想中的豪華生活落空了！但騎士精神逼迫他去娶丹布羅斯夫人。他想了一分鐘之後，用溫柔的聲音說：「我永遠是妳的！」

她投進他的懷抱，他把她緊壓抱住，顯得充滿感情，這其中帶有幾分自我佩服的味道。

丹布羅斯夫人停止哭泣，抬起頭，臉上散發著幸福的神采。她抓住他一隻手說：「我從未懷疑過你！我就知道你值得信任！」

他不喜歡她把他現在的行為說得理所當然，因為那會貶低他下決心的難度，有損他的高尚偉大。

然後她將他帶到臥室，兩人開始一同為未來計畫。腓德烈克應該開始為前途作打算了，她甚至為他的競選活動提出了一些絕佳的建議。

第一點是學會幾句政治經濟學的話語。另外必須掌握一門專門學問，例如飼養種馬之類的。最好要寫幾篇有關地方公益的文章。再來是施予選民小恩小惠，例如提供免費郵遞服務或免費菸草。在這些方面，丹布羅斯先生堪為楷模。比方說有一回在鄉下，他用一輛四輪遊覽馬車帶一批鄉親出遊，途中在一家鞋鋪停下，給每個鄉親買了一雙好皮鞋，給自己買的卻是一雙平價又難看的皮鞋，甚至還逞英雄地足足穿了半個月。講到這件軼事時，兩人都笑了。她還描述了他的其他故事，言談間，她再次恢復優雅、年輕與機智。

她贊成他立刻到諾冉去一趟。他們情意綿綿地道別，然後，走到門檻的時候，她又把他叫住。

「你愛我的，對不對？」

「永遠愛妳。」

一個信差在家裡等著他，交給他一張字條，上頭只有用鉛筆寫的一句話。羅莎妮即將要分娩了。

幾天來他不勝忙碌，竟然忘掉這件事。她已經搬進夏樂宮附近的一家產房。

腓德烈克招了一輛輕便馬車。

在馬爾伯夫的街角，他看到一塊木板，上面用大字寫著：「私人產所，開業人亞歷山德里夫人，一等助產士，產科學校畢業，著有多種著作」等等。然後，在街道中段，一扇側門上方又有一面招牌，寫著「亞歷山德里夫人的私人產所」，上頭還附有她的全部頭銜。

腓德烈克叩了一下門環。一個體態像喜劇中貼身丫嬛的女傭把他帶進接待室，那裡有一張桃花心木桌子和幾張石榴紅絨面的單人沙發，還有一個上頭頂著個地球儀的座鐘。

亞歷山德里夫人幾乎立刻就出現。她是一位黑髮的高個子女人，年約四十，腰身纖細，眼睛秀麗，表現出上流社會的儀態舉止。她告訴腓德烈克，產婦母子均安，然後帶領他到羅莎妮的房間。

看到他來，羅莎妮綻放出一個無比幸福的微笑。宛如被愛的激流淹沒而透不過氣似的，她低聲說：「是個男孩。看，在那兒！」邊說邊指向離床頭不遠處的一個搖籃。

他掀開紗帳，看見布包中間有一團紅裡帶黃的東西，滿臉皺紋，散發一股異味，一看到他便哇啦哇啦地啼哭。

「抱抱他！」

為了掩飾自己的厭惡感，他說：「我怕會弄痛他。」

「不會的！不會的！」

不得已，他用唇尖親吻了兒子。

「他長得好像你！」

她用兩條軟弱無力的手臂勾住他的脖子，洋溢著他從未見她流露過的深情。他想起了丹布羅斯夫人，不禁責備自己是個魔鬼，一直都在欺騙這個以赤子之心愛著自己的可憐女人。他一連好幾天都陪伴她到黃昏。

羅莎妮很高興能待在這個寧靜的地方，臨街的百葉窗板總是緊關著。她的房間張掛著鮮豔的印花棉布，可以眺望一座大花園。亞歷山德里夫人總是無微不至地照顧她，夫人唯一缺點是開口閉口都是談論她與一些名醫的情誼。她的助手清一色是外省女孩，生活極其無聊，因為從來沒有人去拜訪過她們。羅莎妮覺得她們都以嫉妒的眼光看她，很自豪地告訴腓德烈克這個情況。不過，說話最好是輕聲細語，因為這裡的隔間牆很薄，儘管鋼琴聲不斷迴響，但每個人都豎起耳朵偷聽別人說話。

最後，當腓德烈克準備要出發前往諾冉時，德洛里耶寄來了一封信，告訴他已經有兩組候選人出馬角逐，一個屬於保守黨，一個屬於紅黨。他們已瓜分掉全部的選票，第三個候選人無論是誰，將不會再有任何機會。這全是腓德烈克的錯，他自己讓時機白白溜走。他應該早點來諾冉到處拜票。「大家甚至在農業促進大會都看不見你！」德洛里耶又舊事重提：「唉，誰叫你當初沒有聽我的意見！要是我們有份自己的報紙，情況將會截然不同！」很多人本來會因為丹布羅斯先生的關係而投腓德烈克，現在都拋棄他了。其實德洛里耶自己也在這群人的行列，因為不可能再從銀行家那裡撈到好處，他便把銀行家的「門生」棄如敝屣。

腓德烈克把信拿去給丹布羅斯夫人看。

「那麼，你沒去過諾冉？」她問。

「為什麼會這樣問？」

「因為我三天前見過德洛里耶。」

得知她丈夫的死訊後，律師先生帶著關於煤礦公司的文件來過府邸，毛遂自薦可以幫她管理生意。

腓德烈克對此感到很奇怪，不曉得他的朋友在玩什麼把戲。

丹布羅斯夫人想知道這幾天他都做些什麼。

「我生病了。」

「那應該至少告訴我一聲。」

「啊，我沒病得那麼嚴重啦！」再說，他也有一大堆事情要處理，譬如赴約啦、拜訪啦。

自此以後，他過著雙重生活：每晚都乖乖到女元帥那裡睡覺，每天都會在丹布羅斯夫人家待一整個下午。結果就是，他每天僅有一個小時的自由時間。

小嬰兒寄養在鄉間——一個叫昂迪尼的村子，他們每星期都會去看他一次。

奶媽的房子坐落在村子後頭的高坡上。屋前面有一個黑漆漆的小院子，地上到處是麥稈，母雞東一隻、西一隻，農具棚裡放著一輛載運蔬菜的拉車。

一看到小寶寶，羅莎妮都會發瘋似地親吻他，接著像得了燥熱病般走來走去，時而試著幫母山羊擠奶，時而吃一片粗麵包，時而聞聞糞肥的味道，甚至想要用手帕包一點點糞肥帶回家。

隨後，他們會信步漫遊。途中她會走進苗圃看看、摘幾枝掛在牆外的紫丁香，或是朝著拉車的毛驢打招呼：「嗨，驢子。」又或是停在一戶人家前面，透過柵門打量裡面的漂亮花園。有時，奶媽會抱著孩子一起散步，到了某個地方再把小孩放在一棵胡桃樹的樹蔭下，然後兩個女人開始吱吱喳喳，盡談一些無聊蠢事，一談就是兩三個小時。

腓德烈克坐在離她們不遠處，凝視山坡上一畦畦葡萄園與東一叢、西一叢的樹木。那些滿是塵土的小徑猶似灰色的緞帶，點綴在一片綠茵中的幾棟房屋就像萬綠叢中的一點紅色斑點或白色斑點。有的時候，鋪滿樹葉的丘陵山腳下，會有一列火車吐著煙霧駛過，彷彿巨大的鴕鳥羽毛，尾端逐漸淡去消失。

最後，他的視線總會再一次落在兒子身上。他想像兒子長大成人的模樣，想像兒子與自己作伴的情景。不過，他長大後可能是個傻瓜，而且不管怎樣說都一定是個可憐蟲，因為，私生子身分將會讓他受人歧視，永無翻身之日。這麼說，他倒不如不要來到這個世上比較好！這時候，腓德烈克開始喃喃自語：「可憐的孩子！」心裡充滿難以言喻的惆悵。

他們常常會錯過末班火車。丹布羅斯夫人每次都會責怪他不守時，讓他需要編個故事搪塞過去。同樣地，他也需要編織一套謊言說服羅莎妮。她搞不懂他每天白天都去了哪裡。每次她差遣信差上他家找他，他都不在！有一天，當他難得人在家裡的時候，兩個女人幾乎同時找上門來。他佯稱母親忽然來到巴黎，要丹布羅斯夫人趕快躲起來，再轉身想辦法把女元帥打發走。

沒多久，他發現這種謊話連篇的生活很有趣。他會對她們其中一個發完誓之後再對另一個發同樣的誓，會送她們一樣的花，同時寫信給兩人，又常常在心裡把她們兩個拿來比較，但總有第三個女人的影子縈繞在他的腦海裡。不可能得到阿爾努太太的事實，似乎給了他一個背信棄義的理由。另一方面，當他愈是把另外兩個人耍得團團轉，她們就愈愛他，就好像她們在相互競爭，努力讓腓德烈克忘掉另一名女人。

有一天，丹布羅斯夫人忽然對他說：「枉我那麼信任你！」說完在他面前攤開一封信。寫信的人向丹布羅斯夫人通風報信，說莫羅先生和一個叫羅莎·布隆的女人，像夫妻一樣住在一起。

「她想必就是賽馬場見過的那位小姐？」

「荒謬！」他回答說。「給我看看！」

信是用羅馬字體書寫，沒有署名。丹布羅斯夫人收到這封信已有好一段時間。起先，她還能容忍另一位情婦的存在，覺得這事正好掩飾自己和腓德烈克的姦情。但現在，她的愛火更為熾熱，所以要求腓德烈克跟那個女人斷絕關係，他佯稱早就一刀兩斷了。聽他申辯完畢，她瞇起眼睛，目光犀利得像藏在輕紗裡的匕首，問道：「那另一個呢？」

「什麼另一個？」

「陶器商的老婆！」

他不屑地聳聳肩，她沒有追問下去。

一個月後，兩人聊到了榮譽與忠誠的話題。為了以防萬一，他故作輕鬆地吹噓自己一向光明磊落。

「你真的是光明磊落？你沒再去過那邊了嗎？」

腓德烈克這時想到了女元帥，結結巴巴地說：「哪邊啊？」

「阿爾努太太那邊。」

他懇求她說出消息來源，是她的第二號裁縫列冉巴太太告訴她的。

這麼說，她對他的事了如指掌，反觀他對她的事卻一無所知！

他前不久才在她的梳妝室發現一張小人像，一個蓄有長長八字鬍的紳士。她從前隱隱約約提過，自己差點為了一個男人自殺，難道像中人就是那個男人？他不知道，也不可能知道！再說，知道了又如何？女人的心就像藏祕密用的小櫃子，裡頭全是抽屜，一個抽屜裡面又是另一個抽屜，沒完沒了。打開這些抽屜很費事，而且會傷到指甲。況且，打開之後也許會發現裡面只裝著枯萎的花朵，或是只有一撮灰塵，又或者空無一物！不過，腓德烈克之所以不去追根究柢，也許只是害怕知道得更多。

因為害怕會失去腓德烈克，她不准他接受任何她不適合陪同的邀約，又老是黏著他。不過，隨著兩人每天待在一起的時間愈多，兩人之間的巨大差距也愈發明顯，而且往往是從一些微不足道的事情，例如對某個人或某件藝術作品的評價所反映出來。

她彈琴時總是一板一眼，把曲子彈得死板板。她相信唯靈論（丹布羅斯夫人相信人死後靈魂會移居到星星去），但這並不妨礙她緊緊守護錢箱。她對僕人很高傲，對衣衫襤褸的人不屑一顧。她的口頭禪把她的自我主義心態暴露無遺：「別人的死活跟我有什麼關係？我又不是慈善家！」她千百種令人費解的小動作同樣透露出她的壞個性。例如，她喜歡站在門後面偷聽別人說話，向神父告解時又習慣說謊。出於一種愛駕馭別人的心理，她要腓德烈克每個星期天都得陪她望彌撒。他依從了，幫她拖著禱告書。

預期會繼承遺產的願望落空，使她的個性起了很大的變化。別人都把她的各種悲苦痕跡歸因於喪夫之痛。她還是堅持像從前那樣，定期接待許多賓客。自從腓德烈克競選議員落敗，她便野心勃勃，想幫他謀得一個駐德大使的職位，到德意志雙宿雙棲。要達到這個目的，第一件事情就是順應社會的主導思潮。

有些人喜歡帝國，有些人喜歡奧爾良家族，有些人喜歡尚博爾伯爵。但這些人卻有志一同認為，政府的當務之急是去中央化⑨。有幾個方案已經提了出來：例如把巴黎一些地區騰出來建立鄉村、把政府遷到凡爾賽、把所有學校搬到布日爾、取消圖書館、把軍權下放給各師團的將軍。這些人都讚美農村生活，認定不識字的人會更為明理。恨意不斷增長！恨小學教師、恨酒商、恨哲學科、恨歷史課、恨小說、恨紅背心、恨長鬍子、恨一切獨立自主、恨一切個體性的表現。因為，這一切都妨礙了「恢復權威原則」。目前的法國極端威權統治，不管這威權是奉誰的名義所行使，也不管它是如何建立！保守黨人現在的說話語調儼然像是塞內卡。腓德烈克搞不懂這是怎麼回事，而當他回到情婦家之後，發現又看到同一批人在說一樣的話。

未婚女性沙龍因為政治色彩中立，所以常常是不同反動派聚會的地點（「沙龍政治」就是從這個時期開始重要起來）。有鑑於此，熱中中傷名流的余索內便慫恿羅莎妮，也在家裡舉辦一些晚間聚會，打算寫些有關的報導。他先是帶來了富米福，然後是諾南古爾、格雷蒙維爾、前省長拉爾西盧瓦和西齊。西齊現在於下布列塔尼省⑩經營農業，比從前任何時間都更為篤信天主教。

此外還來了女元帥的舊情人，包括谷曼男爵、朱密亞克伯爵等等。看到他們的輕浮舉止，令腓德烈克大為惱怒。

為了以主人自居，他增加了對情婦家裡的開銷。他聘僱了一個年輕侍從，幫羅莎妮搬家，添置了一批新家具。為了使他的婚姻顯現得與他的財產相稱，這種炫富有其必要。不過，他卻因此荷包大失血，財產大為減少——羅莎妮對此一無所知。

雖然是個遭人白眼的下層中產階級，但羅莎妮卻嚮往家庭生活，嚮往一個安靜的小港灣。提到那些與她同一階層的女子時，她會喊她們作「那些女人」。她渴望當個仕女，也相信自己是個仕女。於是，她求腓德烈克不要再在客廳裡抽菸，又為了保持身材苗條而節食。

她終究沒有扮演好她的角色，因為她變得日益嚴肅，甚至在睡前都會流露出一絲憂露，就像是咖啡廳門口種植了幾棵柏樹⑪。

他終於發現到她憂鬱的原因：她想結婚。她竟然也想結婚！腓德烈克對此大為光火。然後，他想起她上次唐突出現在阿爾努太太家裡的事，也恨她從前長期拒絕自己。

不過他還是不斷詢問她以前有過哪些情人，她否認他提到的每個名字。一種嫉妒的心理困住了腓德烈克，看到她從前、現在收到的禮物就會直冒肝火。她身上的祕密愈是苦惱著他，他就愈是有一種強烈的獸性欲望想要找她宣洩，而瞬間的幻象過後，又會有一種恨意湧上心頭。

她說的話、她的聲音和她的笑容，全都讓他覺得討厭，又尤其討厭她的眼神——這眼神總是清澈而愚蠢。有時，他覺得自己對她是那麼的心灰意冷，真會看著她死去而無動於衷。但要對她大發雷霆卻是不可能的，如今她是那麼的溫馴，完全找不到挑釁滋事的機會。

德洛里耶又出現了，解釋自己之所以一直待在諾冉，是為了洽購一家律師事務所。腓德烈克很高興再看到他，德洛里耶畢竟是個人物！更何況，家裡多一個人，也有助於打破單調沉悶。

律師不時會到他們家吃飯。每逢小倆口有什麼齟齬，他都會站在羅莎妮這一邊。對此，腓德烈克消遣他說：「你這麼喜歡她，乾脆跟她睡算了。」事實上，他還真希望這種事情發生，讓他可以名正言順地擺脫掉她。

六月中旬，羅莎妮收到由執達吏哥特羅送達的法院催付通知，說她要是再不償還積欠華娜絲小姐的四千法郎，財產便會被查封。

她一共簽給華娜絲五張期票，只有一張兌現。她手頭本來就緊，即便偶爾有些錢也派到其他用途去了。

她馬上跑去找阿爾努求援。門房說阿爾努已經搬家，只知道搬到了聖爵曼鎮區，確切的地址不得而知。她又找了幾個朋友，但全找不到人，只得失望而歸。

她不想讓腓德烈克知道此事，生怕那會讓兩人的婚事更加渺茫。

執達吏哥特羅第二天便登門造訪，身邊帶著兩位跟班。一個臉色蒼白，獐頭鼠目，顯露出貪婪的神情；另一位脖子圍著硬領，鞋底繫著一條綁帶，食指套著一只黑塔夫綢指套。兩個傢伙都髒得不堪入目，脖子上油膩膩，長禮服的袖子過短。

不過，他們的上司卻很英俊，而且一開始就為自己不得不執行這個讓人不愉快的任務表示歉意。他一面說話一面打量房間裡的擺設。「說實話，您這裡的好東西還真多！那些我們不能查封的更不用說了！」接著比了一個手勢，屏退兩個跟班。

而後，他表現得比原先還要有禮貌。他說誰又能相信，這位如此動人的小姐，竟然沒有真正的朋友。法院下令拍賣她的家當，是一種天大不幸，碰到這種事任誰都無法翻身。他竭力嚇唬她，等看見她開始慌張之後，又換上一副慈悲的腔調，說自己見過許多世面，曾經跟許多與她類似的名媛打交道。他一一提到她們的名字，又一邊打量掛在牆上的畫。這些畫都是老好人阿爾努所贈予，全都是精品，包括宋巴斯的素描、布里歐的水彩畫和狄特梅的三幅風景畫。羅莎妮對這些畫的價值顯然一無所知，於是哥特羅便轉過身對她說：「這麼辦吧，為了表示我真的有心幫忙，您將這幾幅狄特梅的畫讓給我，我來幫您償還債務。怎麼樣？」

就在這時，腓德烈克怒氣沖沖地走了進來，頭上還戴著帽子。他在前廳從苔爾斐娜口中得知此事，也已經看到執達吏的兩個跟班。哥特羅重新擺出儼然的神態，朝著打開的門口說：「唔，兩位先生，記錄下來吧！第二個房間裡有一張櫟木桌子——附有兩塊活動桌面板的，再來是兩張邊几……。」

腓德烈克打斷他的話，問他有沒有辦法可以取消查封。

「啊，當然有！買這些家具是誰付的錢？」

「我。」

「那麼，只要寫一份追還所有權的呈文就可以了。您還剩一些時間。」

哥特羅沒花多少時間便把待拍賣的項目點清，又告訴女元帥，她得準備好在調查家具所有權的法庭上作證。接著便離開了。

腓德烈克沒有說一句責備的話，只是沉默看著查封官留下的腳印，自言自語說：「我必須馬上去弄錢！」

「啊。」女元帥忽然喊道，「我竟然忘了，我好笨！」

她在抽屜裡四處翻找，找出一封信，然後立即前往朗格多克煤氣燈公司，想要辦理股票過戶。

她在一個鐘頭之後回來。阿爾努的股權已經轉賣給別人，職員看過阿爾努寫的字據後又說：「這字據不能證明您是那些股票的所有人，公司不承認這個。」毫不客氣地打發她走，讓她憤怒地說不出話來。腓德烈克心想得馬上前往阿爾努家，必須將事情弄個清楚。

不過，他擔心阿爾努會以為他是間接追討先前欠他那一萬五千法郎。更何況，為自己的情婦出面向她的前情夫交涉，這種事很丟人。

後來他想出一個折衷的辦法。他先到丹布羅斯府邸，拿到列冉巴太太的地址，接著派信差到她家裡，打聽她丈夫目前都在哪些咖啡廳出沒。

那是一家位於巴士底廣場的小店。列冉巴經常會在這裡待上一整天，坐在最後頭的右邊角落，一動也不動，就像是建築物的一部分。

他總是順著次序喝半杯咖啡、一杯滲水烈酒、一杯「主教」，一杯熱葡萄酒、一杯加水的紅葡萄酒，最後又去喝啤酒，周而復始。每過半小時就說一句：「博克[12]！」務求把要說的話減到最少程度。

腓德烈克問他有沒有見過阿爾努。

「沒有！」

「為什麼沒有？」

「找這白癡幹麼？」

政治立場的分歧讓兩人產生了隔閡。聽到這個，腓德烈克問他有關貢班的事。

「別提那畜生！」

「怎麼回事？」

「去他的『小牛頭』！」

「告訴我『小牛頭』是什麼意思？」

列冉巴面帶鄙夷地說：「胡搞瞎搞的意思！」

腓德烈克沉默了好一陣再追問：「他搬家了嗎？」

「誰？」

「阿爾努！」

「對，搬到了弗勒律街！」

「幾號？」

「難不成我與耶穌會教士來往？」

「您在說什麼！什麼耶穌會教士！」

公民憤怒回答說：「那豬玀最近開了一家念珠店！錢是從我介紹給他認識的，一個愛國志士那裡弄來的！」

「不可能吧！」

「不信您自己去看看！」

事情是真的。因為一場大病，阿爾努身體衰弱許多，也皈依了宗教。此外，「他一直以來都有宗教的本質」。所以融合生意的頭腦與他純樸的天性，為了可以上天堂和發財，他開始買賣宗教用品。

腓德烈克毫不費力就找到了他的店，外面的招牌寫著：「哥德式藝術品百貨——儀式用品修復——教堂擺設——彩色雕像——三博士⑬乳香等等」。

商店櫥窗的兩旁各放著一尊木頭雕像，塗成金色、朱紅色和天青色，一個是披著羊皮的施洗約翰，一個是圍裙裡兜著玫瑰的聖熱娜維耶華。兩者中間是一組組的石膏像：有刻劃一個修女在教導小女孩的、有刻劃一個媽媽跪在小床邊的、有刻劃三個中學生站在聖桌前的。最漂亮的一件東西是一間代表馬槽的小屋子，裡面有驢、牛和躺在麥稈上的聖嬰。店裡的陳列架從上到下擺滿一打打的聖牌、各種各樣的念珠、貝殼形狀的聖水盤，還有教會名人的肖像，包括已故巴黎大主教阿弗爾和現任教皇的肖像，兩人都笑容可掬。

阿爾努垂著頭坐在櫃臺裡打瞌睡，老態龍鍾得嚇人，太陽穴上甚至長出一圈紫紅色的痣——照在金十字架上的陽光剛好反射在那上頭。

看見他這副老朽的模樣，腓德烈克內心滿懷惆悵。但為了向女元帥交代，他只好勉為其難地往前走。這時，阿爾努太太突然出現在店的最裡面，一看見她，腓德烈克馬上轉身。

他對羅莎妮推說沒找到阿爾努，又答應馬上寫信向勒阿弗爾的公證人要些錢。但羅莎妮仍然勃然大怒，說從未見過比阿爾努更不要臉的男人，只顧自己大魚大肉，不顧別人挨飢受餓。

腓德烈克想著可憐的阿爾努太太，想像她在家裡過著多麼不堪的生活，不禁淒然。但羅莎妮的抱怨聲不斷，讓他不勝其煩：

「看在老天的份上，請妳閉嘴吧！」

「難不成你還要袒護他們？」

「就是！我倒想問問妳哪來的這股火氣？」

「但你幹麼不要他們還錢呢？難道不是害怕你的舊情人生氣——承認吧！」

他真想拿座鐘砸她的頭。氣到說不出話，乾脆保持沉默。

羅莎妮在房子裡走來走去，繼續說：「我要去控告你的阿爾努！用不著你幫忙，我自己會去找法律顧問。」

三天後，荅爾斐娜匆匆忙忙跑進女主人房間：「夫人！夫人！外面有個人拿著一罐漿糊，真叫我害怕！」

羅莎妮走到廚房，看到有個滿臉麻子的無賴。他一隻手是癱的，喝得八分醉，每次開口說話前都會打嗝。

是哥特羅老爺派他來貼告示的。申請取消查封的呈文已經被駁回，財產拍賣已經成為定局。為補償他爬上幾層樓梯所花的力氣，他要求先來半杯白蘭地。然後，請求再給他一點賞賜，換言之是送他幾張戲票，他以為房子的女主人是個演員。最後又表示，只要給他四十個蘇，就會撕下貼在樓下大門那張查封告示的一角。去看那張告示時，羅莎妮發現告示角落寫著自己的名字：這是一種超乎尋常的刻薄做法，足以表明華娜絲對她有多麼深惡痛絕。

從前，華娜絲是一個感情豐富的人，有一次甚至因為心情極為低落，寫信給貝朗瑞⑭尋求指引。但在生活的狂風暴雨之下，她開始變得尖酸刻薄。為了生計，她先後教過鋼琴、主持過宴會、當過時裝雜誌記者助理，也當過二房東。她亦販賣過蕾絲花邊，從而認識了許多交際花——這一點讓她對許多人（包括阿爾努）變得有益處。她的上一份工作是在一家公司行號上班。

她在公司裡負責發放女工工資。她們每個人都有兩本帳簿，一本總是握在她的手裡。有一天，迪薩爾迪耶出於好心，答應幫一個叫奧爾旦絲的女工領工資。當他來到出納室，湊巧看到出納交給華娜絲的總數是一千六百八十二法郎。這可怪了，因為他前一天才在奧爾旦絲的帳簿裡看到，總數應該是一千零八十二法郎。⑮事後，他找了個藉口把奧爾旦絲的帳簿借走，又把帳簿燒了，佯稱自己弄丟了帳簿。奧爾旦絲不疑有他，將這事告訴華娜絲小姐。為了查清楚狀況，她去找迪薩爾迪耶，裝出若無其事的樣子問他帳簿的事。他坦白回答：「我把它燒了！」但沒多說什麼。華娜絲不動聲色地離開，但心裡不相信帳簿真的燒了，認定他一定是把它藏在哪裡。

後來，一聽到他受傷的消息，她就趕赴他的住處，目的是要把帳簿找回來。經過仔細搜索不到之後，她才相信迪薩爾迪耶真是把帳簿燒了，不禁肅然起敬，然後又看到他那麼忠誠、溫文、勇敢和強壯，在她那樣的年紀，能遇上這樣好運的事情，真是意想不到。於是她就像餓虎撲羊那般向他投懷送抱，甘心為了他放棄文學和社會主義，不再講授「婦女解放」的課程，甚至連戴勒馬都甩了。最後，她主動表示願意跟他結婚。

雖然她是他的情婦，可是他一點都不愛她。另外，他也無法忘記她當過賊的事實，所以拒絕了結婚的提議。華娜絲眼眶含著淚水，告訴他自己的夢想：開一家屬於二人的糕餅店。她目前就有開店所需要的資金，到了下個星期還會再增加四千法郎。被問到何以會有這四千法郎，她解釋說已經對女元帥採取了法律程序。

迪薩爾迪耶為腓德烈克感到難過。他回憶起這位朋友在哨所裡送他的雪茄盒、在拿破崙碼頭的聚會、許多次愉快的談話、腓德烈克借他的書，還有腓德烈克對他曾有的千百種恩情。於是，他要求華娜絲撤回控訴。

她嘲笑迪薩爾迪耶太過老實，又對羅莎妮表現出一種讓他百思不解的怨恨。事實上，她會那麼渴望發財，唯一原因是想要買一輛四輪馬車，讓羅莎妮在她面前抬不起頭。

這種深仇大恨把迪薩爾迪耶嚇壞了。問清楚哪天舉行拍賣之後，他便急匆忙離開。第二天一大早，他走進腓德烈克寓所，一臉侷促不安的表情。

「我欠您一個道歉。」

「道什麼歉啊？」

迪薩爾迪耶結結巴巴地說：「因為那個女人的緣故，您一定會以為我是個忘恩負義小人。哼，我不會再見她了，我不要成為她的同謀！」

看見腓德烈克一臉錯愕的樣子，他繼續說：「您情婦的家具三天內便會被拍賣，對不對？」

「誰告訴您的？」

「就是華娜絲本人！我怕您會以為我……。」

「不會的，親愛的朋友！」

「我相信，您是大好人！」迪薩爾迪耶說，說完之後伸出手，小心翼翼遞出一個羊皮的小錢袋。裡面有四千法郎——他的全部積蓄。

「啊，不行！不能這樣！」

「我早知道這樣做一定會傷害您的自尊。」迪薩爾迪耶說，淚水在眼角打轉。

腓德烈克緊緊抓住他的手，忠厚老實的小伙子繼續以悲涼的聲音說：「請收下這筆錢！那會帶給我很大的快樂！我現在好絕望。一切都快完了！我原以為，革命之後人人都會過得快快樂樂。您還記得當時的情景有多美，我們的呼吸有多自由嗎？但現在一切都往回倒退，變得比原來更糟。如今，他們正準備殺死我們的共和國[16]，就像殺死羅馬那樣[17]。就像可憐的威尼斯、可憐的波蘭、可憐的匈牙利那樣！多麼可憎的行為啊！他們先是砍掉『自由樹』，然後是限縮投票權、取締所有會社、恢復書報審查制度，又把教學權交還給教會。只怕過不久，宗教裁判所[18]便會重新開張。為什麼不可能呢？保守黨人想要我們嘗嘗藤鞭的滋味。報紙就算只是表示主張廢除死刑，一樣會受到罰款。巴黎現在到處布滿刺刀，十六個省份全面實施戒嚴，特赦令又再一次被駁回！」

他雙手抱頭，然後又雙手一攤，一副心煩意亂的樣子。

「要是我們有努力過就好！要是我們當初夠真誠，也許就能互相體諒[19]。但這樣的事卻沒有發生！工人並沒有比資本家善良！您瞧，最近在埃爾伯夫，工人們拒絕幫忙救火。有些窮鬼把巴爾貝當成貴族看待！為了取笑人民，他們把那個叫納多[20]的泥水匠提名為議會主席。這是可以想像的嗎？毫無出路、毫無解救辦法！每個人都在反對我們！我沒做過任何傷天害理的事，卻彷彿有千斤重壓在我胸口。局勢繼續朝這種方向演變下去，我準會發瘋。聽好，我並不缺錢！拿去，就當是我借您的，以後再還我就是了！拿去吧，求您了！」

腓德烈克由於急需用錢，終於收下他的四千法郎。有了這筆錢，來自華娜絲的壓力便解除了。

羅莎妮對阿爾努的控告不久便敗訴了。純粹是出於倔強，她還想要上訴。

德洛里耶費盡力氣向她解釋，阿爾努的許諾既不是一種贈與，也不是一種合法的讓渡。她完全聽不進去，只認為法律不公道。法律是男人制訂用來包庇男人的，她會敗訴，純粹就因為自己是女人。

不過，她最終還是聽從他的勸告。

現在，德洛里耶不只更常到他們家，有幾次甚至把塞內卡也帶去吃飯。腓德烈克一直在接濟德洛里耶，甚至讓自己的裁縫幫他做衣服，卻不太喜歡這種擅作主張。律師先生沒有理會，又把自己的舊衣服送給塞內卡——這位社會主義者的生活愈來愈難以為繼。

有一天，羅莎妮把阿爾努從前送她的十二張瓷土公司股票拿給德洛里耶過目。看了之後，他對她說：「您這下子可以給他好看了！」

德洛里耶指出，因為阿爾努對公司的債務具有連帶賠償責任，所以她可以向他求償。另外，阿爾努擅自送他公司的股票，也等於是盜用。

「他觸犯了商業法第五百八十六條和第五百八十七條的規定。小寶貝，您儘管放心，這一次我們鐵定可以將他繩之以法。」

羅莎妮高興得跳起來，摟住他的脖子。第二天，德洛里耶把她的案子委託給自己的前東家辦理，這是因為他在諾冉尚有要事在身，無暇兼顧。萬一有什麼緊急情況，塞內卡會寫信知會他。

他正在洽購一家律師事務所的事宜，純屬虛構。每一次回到諾冉，他都是住在羅克先生家裡。德洛里耶不僅經常在羅克父女面前讚揚腓德烈克，也盡可能模仿這位死黨的言談舉止，因此贏得了露薏絲的信任。大肆抨擊勒德呂－羅林，也同時讓他贏得了她父親的信任。

他解釋說，腓德烈克之所以遲遲未歸，是因為有太多上流社會的交際應酬。不過，他又慢慢透露，腓德烈克已經有了一個小孩，還養著一個名聲不佳的女人

露薏絲陷入深深的絕望。莫羅太太怒不可遏，彷彿看見兒子墜入了茫茫深淵，觸犯了她所信奉的

禮教，令她感到名譽蒙羞。就這樣，她的臉容一下子蒼老了很多。每逢有人詢問起腓德烈克的近況，她都會帶著自嘲的口氣回答：「他很好，太好了！」

她後來得知，兒子即將要娶丹布羅斯夫人。

婚期已經確定下來，而腓德烈克甚至已經開始想辦法要讓羅莎妮摸摸鼻子接受這個事實。

約莫在秋天中旬，她打贏了瓷土公司的官司。腓德烈克是在自家門口碰到塞內卡時得知這項消息，對方剛從法庭回來。

大家都認定阿爾努是詐欺案的共犯。塞內卡口沫橫飛，一副興高采烈的樣子，但腓德烈克沒讓他說下去，只保證自己一定會把消息轉達。出現在羅莎妮面前時，他滿臉怒容：

「哼，這下妳稱心如意了吧！」

但她沒注意他說的話，只說：「你瞧！」

她指著放在壁爐邊的搖籃，裡面躺著他們的小孩。今天早上，她在奶媽家發現孩子病得很厲害，便把他帶回巴黎。

小嬰兒瘦骨伶仃，嘴唇上和口腔裡滿是白斑點，像是沾黏上許多凝結的牛奶。

「醫生怎麼說？」

「啊，醫生！他說帶小孩跑這一趟加重了他的病情。他說這個叫……鵝什麼瘡。你知道那是什麼病嗎？」

腓德烈克毫不猶豫回答：「當然知道。」又說這種病不要緊。

可是，到了晚上，他開始感到慌張。小嬰兒看來奄奄一息，像發霉一樣的白斑點開始擴展，彷彿生命已經脫離可憐的小軀體，只剩下一個提供某種植物快速生長的空殼。他的手冷冰冰，完全無法進食。門房臨時隨便請來的保母反來覆去地說：「快不行了！我看他快不行了！」

羅莎妮通宵達旦地照護小嬰兒。

第二天早上，她去找腓德烈克。

「你快來看，他動也不動了。」

事實上，小孩已經死去。羅莎妮抱起他、搖晃他、摟緊他，用最甜蜜的名字呼喚他，吻遍他全身，然後開始啜泣，狂亂地走來走去，不時拉扯自己頭髮，發出幾聲尖叫，再仆倒於長沙發邊緣。她張大了嘴巴，淚水如泉湧般從她呆滯的眼睛涔涔流下。

隨後，她昏了過去，整棟房子變得鴉雀無聲。家具東翻西倒，兩三塊餐巾攤在地上。座鐘敲響六點，街燈已經熄滅。

看著這一切，腓德烈克疑幻疑真。陣陣悲痛壓迫他的胸口。他隱隱感覺，孩子的死只是一個序幕，往後將會有更糟的災難接踵而來。

突然，羅莎妮用懇求的口氣問他：「我們把屍體保存起來，好不好？」

她希望對屍體進行防腐處理。但腓德烈克指出，這種做法有許多不妥，首先是小孩子肌膚太嫩，防腐香料起不了作用。倒不如給他畫幅畫像，留作紀念。她同意了。腓德烈克給佩爾蘭寫了張條子，派苔爾斐娜馬上送去。

佩爾蘭火速趕到，想用這種熱心表現讓人家忘掉他以前的行為。他一看到小嬰兒便說：「可憐的小天使！天啊，多麼不幸啊！」

可是，慢慢地，藝術家身段在他身上重新占了上風。他宣稱，小孩那雙微黃的眼睛、那張青灰色的臉孔任誰也無法描摹：那是一幅道道地地的靜物畫，非得要極具天才的畫家才能勝任。他喃喃自語地說：「唔，不好辦，不好辦！」

「不用管那麼多，畫得像就行了。」羅莎妮說。

「嗤，我才不在乎像不像！打倒寫實主義！畫家必須追求的是神韻！讓我靜一靜！我要想想該怎麼做！」

他埋頭思考，左手托著額頭，右手支撐左手手肘，過了一會兒之後突然大聲地說：「有了，我想到了！來一幅粉彩畫！所有的顏色都用中間色，只要把色彩平平地抹過去，就可以勾勒出一個漂亮的形象！」

他吩咐女僕幫他取來畫盒。然後，他一隻腳踩在一把椅子上，身邊擺著另一把椅子，開始一大筆一大筆的畫，眉飛色舞，就像是面前放著一個半身像供他臨摹。他一邊畫一邊讚揚柯雷吉歐所畫的小聖約翰[21]、委拉斯蓋茲的玫瑰公主[22]、雷諾茲[23]的乳色肌膚和盧倫斯[24]的出類拔萃（他筆下那個坐在葛勞夫人大腿上的小孩尤其了不起）。

「再說，難道可以找到比這些小傢伙更迷人的題材嗎？正如拉斐爾[25]用他的聖母像所證明的，『崇高』的典型大概就是母子二人組。」

羅莎妮感到快要窒息，便走開了。佩爾蘭馬上說：「您知道阿爾努發生什麼事了嗎？」

「不知道！什麼事？」

「其實，那傢伙活該是這種下場！」

「我可以請問您他怎麼了嗎？」

「他這一次只怕……不好意思！」

為了把小嬰兒的頭抬高一點，畫家站了起來。

「您是說……」腓德烈克追問。

佩爾蘭瞇起眼睛，估量屍體的尺寸。

「我是說，我們的朋友阿爾努只怕會被關起來！」

然後用一種滿意的口氣問腓德烈克：「您看看，畫得像不像？」

「像，很像。但阿爾努為什麼會被關？」

佩爾蘭放下鉛筆。

「就我所知，他被一個叫密涅奧的人一狀告到法庭。此人是列冉巴的死黨，列冉巴還真是個白癡！記得有一天……」

「我問的不是列冉巴！」

「啊，對對對。阿爾努必須在昨天晚上歸還一萬二千法郎，否則就完了。」

「您會不會有點誇大其辭？」腓德烈克說。

「一點都沒誇大。情況真的是很嚴重、很嚴重！」

羅莎妮這時又出現了，眼皮紅腫，像是抹了脂粉一般發亮。她走到畫前坐下，默默凝視著它。佩爾蘭向腓德烈克使了個眼色，示意他別再談方才的話題。但腓德烈克把羅莎妮當成不存在：「但我還是無法相信……」

「您不得不信。」畫家回答，「我昨晚七點才在雅各布街碰到他。為了預防萬一，他還把護照帶在身邊。他準備帶著全家大小，從勒阿弗爾出港。」

「什麼，他要帶太太一起跑路！」

「毫無疑問。他過習慣了家庭生活，無法獨居。」

「您確定嗎？」

「當然！您以為他要到哪裡弄來一萬兩千法郎？」

腓德烈克在房間裡來回繞了兩三圈。喘著氣，咬著嘴唇，然後一把抓起帽子往外跑。

「你要去哪裡？」羅莎妮問。

他沒回答，轉眼就不見了。

①．戈貝（一七三七—一七八一）：法國史學家和礦學家；夏普（一七六三—一八〇五）：電報發明人，法國工程師、物理學家。
②．給馬吃的飼料。乘馬車到丹布羅斯公館探病的人很多，需要準備大量飼料。
③．哥薩克騎兵：為對付拿破崙而攻入巴黎的俄國部隊。
④．《發怒之日》：追悼死者的禱文之一。
⑤．指路易-拿破崙。他當選總統後一直與議會爭奪權力。
⑥．皮斯卡托利（一七九九—一八七〇）：路易-菲力普時期參議員，反對派領袖之一；蒙塔朗貝爾（一七九九—一八七一）：天主教自由派議員；尚博爾、皮杜都是反對拿破崙的議員；康丹・包夏爾、杜負則為當時擁護拿破崙的議員。
⑦．伊特魯斯坎：為古義大利地名，當地建築別具一格，在此指仿效這種建築風格所建的墓穴。
⑧．馬努埃爾（一七七五—一八二七）：路易十八復辟時期議員；本杰明・康士坦（一七六七—一八三〇）：法國作家、政治家。
⑨．去中央化的背後動機是減低立法議會的權力，換言之是反共和、反民主集團的陰謀。
⑩．下布列塔尼省：在法國西部，即今日莫比爾比昂省。
⑪．在法國，柏樹時常被種植在墳墓附近，故被視為悲傷的意象。
⑫．博克（bock）：為德語「再來一杯酒」之意。
⑬．三博士：又稱為三賢士、三智者，藝術作品或基督教刊物常出現的人物。
⑭．前面提過，貝朗瑞是著名法國民歌作家，代表作有《人民的回憶》等。
⑮．此處應該是指華娜絲跟女工本人少報薪資，藉此從中賺取了六百法郎的價差。
⑯．當時的共和國總統路易-拿破崙一步步走向專制獨裁，當皇帝的野心愈來愈昭彰。
⑰．一八四九年二月，羅馬的起義人民推翻了教皇國，成立共和。幾個月後，路易-拿破崙以保護教皇的名義出兵，消滅了羅馬共和國。
⑱．宗教裁判所：中世紀天主教會設立來審判宗教異端的法庭，常用酷刑逼供，對不肯改教者施以火刑。
⑲．指工人階級與資本家的互相體諒。
⑳．納多（一八一五—一八九八）：來自克羅司省的一個水泥匠，一八三〇年到巴黎加入社會運動，當選立法議會議員。
㉑．柯雷吉歐（一四八九—一五三四）：義大利畫家。他畫過兩幅著名的小約翰畫像，一幅在西班牙馬德里博物館，另一幅則保存在義大利巴勒莫的聖約翰教堂。
㉒．委拉斯蓋茲（一五九九—一六六〇）：西班牙畫家。玫瑰公主是西班牙公主的畫像。
㉓．雷諾茲（一七二三—一七九二）：英國畫家，英國皇家藝術學院創始人。
㉔．盧倫斯（一七六九—一八三〇）：英國畫家，畫了不少母子畫。
㉕．拉斐爾（一四八三—一五二〇）：義大利文藝復興時期作家，畫面端莊祥和。

Chapter XVIII

AN AUCTION

第十八章

法拍會場

非得想辦法籌到一萬二千法郎不可，否則他就再也見不到阿爾努太太了。迄今為止，她還是他無法割捨的憧憬。難道她不是他的心頭肉嗎？不是他生命的泉源嗎？有幾分鐘，他在人行道上走得踉踉蹌蹌，內心飽受焦慮煎熬。不過，一想到不必再陪在羅莎妮身邊，他的心情便又開朗起來。

怎麼樣才能籌措到那筆錢呢？從過去的經驗，腓德烈克深知，不管他願意花費多大的代價，要馬上借到這筆錢都極為困難。唯一能指望的只有丹布羅斯夫人，她總是在寫字檯的抽屜裡放著大把鈔票。於是，他到了她家，大著膽子開口：「妳有一萬二千法郎可以借我嗎？」

「你要做什麼？」

他回答說事關另一個人的祕密，不方便透露。她堅持要知道那個人是誰，兩人相持不下。最後她表示，如果不知道錢要拿去做什麼用途，就連一毛錢都不肯借。

腓德烈克滿臉通紅，說是有個死黨盜用了公款，今天之內必須拿錢償還。

「讓我知道他的名字，他叫什麼名字？說嘛！名字是什麼？」

「迪薩爾迪耶！」

然後他跪下來，懇求她不要將事情傳出去。

「你把我當成什麼人啦？」丹布羅斯夫人回答說，「看你那副可憐相，別人還以為是你盜用了公款呢！喏，錢在這裡！但願能救得了他！」

腓德烈克急忙跑去找阿爾努。這位宗教用品商人不在店裡。不過他仍然住在天堂街公寓裡，因為他有兩個住家。

天堂街的門房表示，阿爾努先生自前一晚出去之後，便再也沒有回來。至於他太太的事，門房不敢透露。腓德烈克箭也似地奔上樓梯，把耳朵貼在鎖孔上。門終於開了。老爺和夫人一道出去了，女傭不知道他們何時會回來。她的工資已經結清，現在正準備離去。

突然，他聽到室內有一扇門吱嘎作響。

「裡面不是還有人嗎？」

「不是，先生！是風吹的。」

腓德烈克退了出來。他們夫妻走得這樣倉促，讓人覺得有些不解。

列冉巴既然是阿爾努債主密涅奧的知心好友，想必略知一二。於是，腓德烈克叫了一輛車，直趨他位於蒙馬特區皇帝街的寓所。

屋子旁邊有一座小花園，花園的柵欄門用一些鐵皮關著。三級前臺階使白色的正牆顯得比原來高聳些。從屋前走道往大門走去時，可以看到一樓有兩個廳間，第一間是客廳，椅子上擱滿了女性洋裝，第二間是工作室，列冉巴太太的女工就在那裡工作。

所有女工都認定老爺有許多要事要忙，認識不少顯赫人物，他是個出類拔萃的人才。每次列冉巴戴著他那頂翹邊帽穿過走廊時，他那張嚴肅的長臉和綠色的雙排扣常禮服總會吸引女工們的注意，使她們停下手邊的工作。他也習慣為她們說幾句嘉勉的話，表現得殷勤有禮。因為已經把列冉巴奉為偶像，當這些女工回家後看到丈夫，兩相對照之下都會覺得自己不幸。

不過，若論愛他的程度，則誰也比不上他太太。這位聰明矮小的女人，憑藉著她的手藝一手養活列冉巴。

一聽到是莫羅先生到訪，她忙不迭出來接待。她從丹布羅斯府的僕人那裡得知，這位先生與丹布羅斯夫人的關係非比尋常，她說丈夫等一下就會回來。腓德烈克被帶到一間類似辦公室的房間等了幾分鐘，這裡是公民平日習慣隱身，獨自沉思的地方。

看到腓德烈克時，公民的態度不像平常那麼陰陽怪氣。

他把阿爾努捅了什麼簍子細細道來。話說愛國人士密涅奧在《世界報》擁有一百份的股權，前陶器商利用他的虛榮心，哄騙他為了把報紙的立場推向民主，必須把報社的管理階層和編輯部整個撤換掉。他向密涅奧要了五十份股份，告訴他會轉讓給一些可信任的朋友，讓他們在股東大會上投票支持自己的意見。事情保證會成功。這樣子，密涅奧就不用擔負任何責任，或產生什麼麻煩。事成之後，他會被委以一個行政的職務，每年至少會有五、六千法郎的收入。沒想到，阿爾努才拿到密涅奧的股票，轉手便賣掉，把錢拿來跟一個賣宗教物品的商人合夥做生意。密涅奧好幾次上門索錢，阿爾努都推三推四。最後，密涅奧威脅說，要是再不歸還相同數量的股票或等值的現金（五萬法郎），就會控告他詐欺。

腓德烈克聽了之後一臉沮喪。

「這還不是事情的全部。」列冉巴繼續說，「密涅奧是個老實人，他只要求阿爾努歸還四分之一欠款。阿爾努又答應了，但當然只是虛與委蛇。密涅奧忍無可忍，前天早上給他下了最後通牒，限二十四小時內歸還一萬二千法郎，餘款以後再補。」

「我有這筆錢！」腓德烈克說。

列冉巴慢慢轉過身，看著他：「騙人！」

「真的，錢就在我口袋裡，我把它帶來了。」

「您真行啊！您這小子是個大好人！但太遲了。訴訟狀已經遞了上去，而阿爾努也已經跑路了。」

「一個人跑的？」

「不，帶著他老婆，有人在勒阿弗爾的車站看到他們。」

腓德烈克的臉色變得極其蒼白，列冉巴太太擔心他隨時會昏過去。不過，他強打起精神，甚至還騰得出力氣問了兩三個問題。列冉巴對阿爾努的行徑感到憤慨，覺得這是對民主事業的一種損害。阿爾努老是這種德性：品行不端、生活脫序。

「一個豬腦袋！他讓自己蠟燭兩頭燒！好色毀了他！我不同情他，只遺憾於他可憐的太太受累！」列冉巴一向欣賞賢慧的女人，對阿爾努太太抱持高度的敬意，「這次她一定受了不少苦！」

腓德烈克內心感激他的這種同情心。就像受了列冉巴什麼恩惠似的，他告別時以極大熱情地握住對方的手。

看見腓德烈克回家，羅莎妮問他：「你周轉到了吧？」

腓德烈克回答說他沒能鼓起勇氣向人借錢，所以只在街上閒逛，以此轉移心思。

八點的時候，兩人走入飯廳用餐，但他們仍然面對著面沉默著。偶爾長長地嘆口氣，最後乾脆把盤子推開。

腓德烈克喝了點白蘭地，他感到自己全然衰弱了、粉碎了、徹底毀滅了！除了感到極度疲憊以外，不再有任何知覺。羅莎妮走去看兒子的肖像畫。畫像紅、黃、藍、綠東一塊、西一塊，突兀刺眼，成為一種面目可憎、近乎是可笑的事物。

那具小屍體已經面目全非。紫色的嘴唇讓他的膚色更顯灰白。鼻孔縮得更小，眼睛更為凹陷，小腦袋枕在一個藍色薄綢枕頭上，四周撒落著山茶花、秋玫瑰和紫羅蘭的花瓣。撒上這些花瓣是女僕提出的主意，她和羅莎妮都以虔誠的態度布置屍體四周的環境。現在，壁爐頂上鋪著一塊有網眼花紋的布，左右各有一支鍍銀燭臺，中間放著幾束聖柳間隔開，兩個牆角的花瓶上點著盤香。這一切，加上那個搖籃的存在，散發出一種祭壇的氛圍，讓腓德烈克不由得回想起為丹布羅斯先生守靈的那個夜晚。

每隔十多分鐘，羅莎妮就會掀開紗帳，再看兒子一眼。她在腦海裡看見他幾個月後開始學步的樣子；她看見他上了中學，在校園的操場裡打壘球；然後又看見他已長大成為二十歲的青年。這些想像讓她好像多了好多兒子，換言之又好像失去了好多兒子，從而感受到更熾烈的悲痛。

腓德烈克動也不動地坐在另一張單人沙發裡，心裡想著阿爾努太太。

她此刻一定是坐在火車上，臉貼著車窗，凝視往巴黎方向滾滾後退的原野。不然，她就是坐在一艘蒸汽輪船的甲板，就像他們初次邂逅那般。但這一次，輪船要載她去的卻是一個遙遠的國度，她不會再回來了。然後，他又看到她身在一間小旅館裡，行李箱擱滿一地，牆壁上的壁紙剝落，房門被風吹得顫動。在這之後，她將會被迫朝哪個方向走？她會變成小學老師、貴婦的女伴，還是女僕？她將不得不聽任貧窮的役使。不知道她的命運將會如何，怎能不叫他愁腸寸斷！他本該阻止她離開，或跟著她一起走。難道他不是她真正的丈夫嗎？一想到自己再也無法看到她，已經無可挽回地失去她，他便五內俱裂，自早上起就在他心裡積累的淚水不禁滿溢而出。

羅莎妮注意到他眼眶中的淚水。

「啊，你跟我一樣哭了！你也像我一樣悲痛，對不對？」

「對，對！我……」

他把她緊緊抱在懷裡，一起啜泣。

丹布羅斯夫人也在哭。她面朝下躺在床上，雙手抱頭。

原來，列冉巴太太早上來過，給她試穿守喪後的第一件花禮服。聊天之間，女裁縫提到腓德烈克去過她家，甚至提到他帶著一萬二千法郎要幫阿爾努先生還債。

丹布羅斯夫人知道，那一萬二千法郎一定就是她借他的那一筆錢。這麼說，他向她借錢，是為了要保全另一個女人，是為了挽留住一個情婦！

起初，她怒不可遏，決定要像攆走一個奴才那樣把腓德烈克永遠掃地出門。但大哭一場讓她冷靜下來，知道最合乎自己利益的做法是把事情藏在心裡，什麼也不要說。

翌日，腓德烈克把一萬二千法郎拿來還她。

她請求他把這筆錢留下，以防他朋友突然又有需要。然後又問了一些關於這朋友的事情，到底是誰害他起意盜用公款的？毫無疑問一定是個女人！女人總是會害男人犯下各種罪惡。

這種嘲弄的口吻讓腓德烈克十分狼狽，他對自己所編織的謊話懊悔不已。不過，他又深信，丹布羅斯夫人不可能知道實情，因此稍感寬慰。兩天之後，她又問起那個朋友的事，然後又問起德洛里耶。

「這個人夠聰明可靠嗎？」

腓德烈克把死黨誇獎了一番。

「你請他這幾天找個早上過來一趟，我有些生意上的事情要請教他。」

原來，她發現了一捆舊紙，裡面有一些跳票的期票，簽字人是阿爾努太太。當初，腓德烈克為了這些期票來找過丹布羅斯先生，請求寬限。後來銀行家雖然無意追回欠款，但還是向商業法庭取得判定阿爾努和太太違法的判決。

發現這個，丹布羅斯夫人確信自己掌握了一件武器。不過，她知道自己的法律顧問一定懶得處理這種小案子。所以，倒不如找個沒沒無聞的人來處置。於是，她想起了那個寒酸的律師先生——他長得一副恬不知恥的相貌，曾主動找上門表示願意為她效勞。

腓德烈克天真地把話轉達。

得知能和這個貴婦攀上關係，德洛里耶心花怒放，急忙去拜謁。

丹布羅斯夫人告訴他，丈夫的遺產是屬於姪女所有，因而更有必要把所有舊帳清算好，好為姪女討回屬於她的錢。這樣馬蒂農夫妻一定會感激她的盡心盡力。

德洛里耶猜測，事情一定另有蹊蹺。檢查那些票據時，他看到了阿爾努太太簽名的期票。看著阿爾努太太的筆跡，她的整個人，還有她對他曾經有過的羞辱，全部浮現眼前。既然有個報仇機會自動送上門，他何樂而不為？

於是，他建議丹布羅斯夫人，可以把這些繼承權裡的呆帳拿去公開拍賣，讓一個第三者把票據買下，再由該人採取討債的法律行動。德洛里耶願意提供這樣一位人選。

快十一月底的時候，腓德烈克湊巧經過阿爾努太太住的那條街。抬頭望向她公寓的窗戶，他無意間瞥見大樓大門上有一張告示，上面用大字體寫著：

拍賣貴重家具，包含廚房用具全套，還有內衣、桌布、襯衫、蕾絲、短裙、長褲、法國和印度喀什米爾披巾，「艾拉爾」鋼琴一台，文藝復興時代的櫟木大箱兩個，威尼斯式鏡子幾面，以及中國與日本陶器。

「這些不是他們家的家具嗎？」腓德烈克心想。他的懷疑獲得了門房證實。

至於提出法拍的人是誰，他問不出個所以然。不過，拍賣官貝爾泰勒莫先生可能會知道一二。拍賣官起初不肯說出提出法拍要求的債權人是誰。最後，抵不過腓德烈克的糾纏，才指出那人名叫塞內卡，是個代理人。貝爾泰勒莫先生甚至好心地把自己的報紙《小廣告》借給腓德烈克。

回到羅莎妮的公寓之後，腓德烈克把報紙攤開，扔在桌上。

「看看妳幹的好事！」

「什麼事啊？」羅莎妮一臉平靜地回答說，讓他更加反感。

「哼，還裝蒜！」

「我不懂你在說什麼。」

「是妳申請法拍阿爾努太太東西的吧！」

她把報上的公告讀了一遍。

「沒提到她的名字啊！」

「少來！法拍的就是她的家具，妳和我一樣明白。」

「這關我什麼事？」羅莎妮說，聳了聳肩。

「關妳什麼事？妳是要藉此報復，就這麼回事。這是妳逼債的結果！妳呀，妳是十足的煙花女，分文不值！可她卻是世界上最聖潔、最迷人、最好的女人！為什麼妳非得毀了她不可呢？」

「我保證，你弄錯了！」

「少來！不是妳指使塞內卡做這件事的嗎？」

「胡說！」

怒火讓腓德烈克失去理智。

「撒謊！撒謊！混蛋！妳嫉妒她，塞內卡先前就幫妳告過她丈夫！他恨阿爾努，所以你們一拍即合，聯手對付他！妳打贏那場瓷土公司股票的官司時，我看見塞內卡有多樂啊。難道妳想否認嗎！」

「我向你發誓……」

「哈，發誓！妳的發誓能值幾毛錢！」

接著，腓德烈克把她每個情夫的名字都說了一遍，還說了一些她和他們交往的細節。羅莎妮後退兩步，臉上全無血色。

「妳慌了吧？因為我睜一隻眼閉一隻眼，妳就以為我是個瞎子，我受夠了。我們不會因為這一類爛女人的胡搞瞎搞而活不下去，要是她們太肆無忌憚，我們大可以把她們一甩了之，為此懲罰她們反而會讓自己降格。」

她的兩根手臂絞在一起。

「老天，是什麼把你變成這個樣子的？」

「除了妳本人還會是誰？」

「這一切都是因為阿爾努太太！」羅莎妮尖聲說，大哭了起來。

他冷冷地回答：「我從頭到尾只有愛過她！」

聽到這個羞辱，她的眼淚反而不流了。

「你品味真好啊！一個徐娘半老的女人，有著甘草似的膚色、粗肥的腰身，一雙眼睛就像地窖的通風口，又大又空！你既然這麼喜歡她，那就去找她呀！」

「正有此意，謝了！」

羅莎妮一動不動，被他這個出人意表的反應嚇得呆若木雞。

她甚至任憑腓德烈克把廳間門甩上。但緊接著，她如夢初醒般往外衝，在前廳趕上腓德烈克，用雙手從後方將他抱住。

「你瘋了不成！你瘋了不成！我愛你！」然後改用乞求的聲音說道：「不要走！看在老天的份上，看在我們死去兒子的份上！」

「除非妳先承認這一切是妳搞的鬼！」

但她還是堅持自己的清白。

「妳不肯承認？」

「真的不是我！」

「好，那就再見吧！永別了！」

「聽我說！」

腓德烈克轉過身來：「如果妳夠了解我，就應該知道我一旦做了決定，便絕不更改！」

「哦！哦！你會回來的！」

「到死都不會！」

然後他把門從背後猛力甩上。

羅莎妮寫信給德洛里耶，表示需要馬上見見他。

大約五天之後的傍晚，德洛里耶來了。知道兩人分手後，他說：「原來只是這麼回事！這是不幸中的大幸！」

羅莎妮原本指望德洛里耶會把腓德烈克勸回來，可是如今一切都已成為泡影。她從門房那裡得知，腓德烈克即將要娶丹布羅斯夫人。

德洛里耶訓斥了她一頓，表現出一副莫名其妙的快活、滑稽模樣。由於天色太晚，他要求允許他在單人沙發上睡一晚。

翌日早晨，他再次動身前往諾冉，又表示此行不知何日才會歸來，因為沒有多久，他的人生大概會有重大的轉變。

他回到諾冉才兩個小時，整個小城便沸沸揚揚起來。腓德烈克即將娶丹布羅斯夫人的消息傳遍全城。最後，奧熱家三姐妹忍不住了，跑到莫羅太太家去打聽。後者裝出非常自豪的模樣，證實了消息無誤。羅克老爹為之病倒，露薏絲把自己鎖在房間裡足不出戶，甚至有謠言說，她發瘋了。

腓德烈克無法隱藏自己的沮喪。丹布羅斯夫人為了排解他的鬱悶，對他加倍關注。每天下午，她都會帶他坐馬車兜風。有一次，當兩人經過交易所廣場時，丹布羅斯夫人臨時起意，要去法拍所湊湊熱鬧。

那天是十二月十一日，正是公開法拍阿爾努太太家具的日子。腓德烈克沒忘記這個日期，所以對法拍所心生厭惡，藉口說裡面人多吵雜，不願意進去。但丹布羅斯夫人表示只是要看個兩眼，吩咐馬車停住。他別無選擇，只好陪著她走。

院子裡堆著各種破爛：沒有臉盆的臉盆架、單人沙發的木框、舊籃子、陶器碎片、空瓶子、舊床褥。人們三五成群交頭接耳，或是彼此大聲打招呼。這些人不是穿著工人裝，便是穿著髒兮兮的雙排扣常禮服，長相粗鄙不堪，有些肩膀上扛了個帆布袋。

腓德烈克不方便再走下去了，丹布羅斯夫人沒有多加理會。

兩人登上了樓梯。在第一個廳間裡，有些仕紳手裡拿著目錄，細細端詳懸掛在牆上的畫；在另一個廳間裡，一批中國劍正在拍賣。丹布羅斯夫人想要往更裡頭走，她打量一扇扇門上的號碼，把他帶到走廊盡頭的一個廳間，那裡擠滿人。

「算了吧！」他說。

腓德烈克馬上認出眼前兩個古董架原本是放置在工藝美術社，接著他看到阿爾努夫人的工作桌，以及她的全部家具。東西按照高矮堆疊在一起，從地板一直堆到窗口，形成一個長長的斜坡狀。在廳間的另一頭，一幅幅地毯和窗簾懸掛在牆上，下方的階梯凳子上坐著幾個打瞌睡的老頭兒。左手邊有一個墊高的櫃臺，打著白領帶的拍賣官在那兒輕敲著錘子。他身邊有個年輕人負責記錄，年輕人下方一位粗壯的男人大聲喊道：「拍賣家具！」三個夥計把一件家具抬到桌上。桌子前坐著一排古董商與買賣二手衣服的女人，一大群人在他們後面走來走去。

腓德烈克走進去時，裙子、頭巾、手帕，甚至是內衣正在一雙雙手之間來回傳遞。有時，人們會把這些東西丟來丟去，在半空中劃出一道道白光。接著是拍賣阿爾努太太的禮服，然後是一頂帽子，折斷的羽毛向下低垂，而後是毛皮和三雙靴子。從這些東一件、西一件的衣物，腓德烈克隱隱約約看到阿爾努太太她婷婷嬝嬝的身影。眾人搶著瓜分這些拍賣品的醜態，讓他覺得莫名殘忍，彷彿看見一群烏鴉正在啄食她的屍體。廳間裡空氣十分混濁沉重，讓他生起一股噁心感。丹布羅斯夫人把嗅鹽瓶遞給他，表示自己看得很開心。

臥室的家具被擺出來了，拍賣官貝爾泰勒莫先生宣布了底價。喊價員把底價大聲重複一遍，三個助手靜靜等待他落錘，再把拍出的物件搬到隔壁廳間。就這樣，東西一件接一件地消失，包括了：繡著一朵朵山茶花的藍色大地毯（從前她的玲瓏小腳常常輕踩著這地毯，向他走來）、絨面的搖椅（從前兩個人單獨相處時，他常坐在這張椅子與她聊天）、壁爐的兩片隔熱屏風（由於她的手時常在上面撫摸，屏風的象牙變得更加圓潤），以及一個還插滿了針的呢絨針墊。隨著這些東西一一被搬走，他的回憶也似乎一一被拆毀。拍賣場裡千篇一律的聲音手勢把腓德烈克轟炸得疲乏、麻木、蒼涼，有一種瀕臨死亡的感覺。

然後，一陣窸窸窣窣的絲綢聲在他耳邊響起，原來是羅莎妮靠近他。

先前腓德烈克自己透露給她有這個法拍會。當最初的傷心、憤怒心情平靜下來以後，她便想起這場法拍會，想要來撿些便宜。她穿了一件珍珠鈕扣的素緞背心，背心裡是一件滾邊禮服，戴著一雙緊手套，儼然一副勝利者的姿態。

他氣得臉色發白，她盯住陪在他身邊的女人。

丹布羅斯夫人已經認出她。有一分鐘時間，兩個女人都從頭到腳把對方細細端詳了一番，想要找出對方有哪些瑕疵。她們都嫉妒對方，一個大概是嫉妒另一方的年輕，而另一位則是嫉妒情敵的風韻不凡和雍容華貴。

最後，丹布羅斯夫人帶著一個難以形容的傲慢笑容，轉過身去。

這時，喊價員打開一台鋼琴的琴鍵蓋——她的鋼琴！他佇立在那裡，用右手試了一遍音階，然後宣布底價是一千二百法郎。看見乏人問津，他把價格降至一千法郎，再降至八百法郎，最後降至七百法郎。

丹布羅斯夫人用一種戲謔的口吻，取笑這鋼琴是個蹩腳貨。

下一件拍賣品是一個小匣子。小匣子四角包銀，帶有銀鉤扣，匣身上有圓形浮雕。這是腓德烈克第一次受邀到舒瓦澤街吃晚飯時看見的那個匣子，其後一度為羅莎妮所有，後來又回到阿爾努太太手中。從前兩人聊天時，他的視線老是會與這小匣子相遇。可以說，它包含著他最珍愛的回憶，看著它，他的靈魂不禁在綿綿情意中融化。但突然，他聽到丹布羅斯夫人的聲音：「我要把它買下來！」

「但那不是什麼稀有東西。」他趕緊說。

但她不以為然，認為小匣子非常漂亮。拍賣官也正在誇耀它的精緻：「這是件文藝復興時代的寶貝！八百法郎，諸位！幾乎是全銀的，只需要用點滑石粉，就可以擦得雪亮！」

看見丹布羅斯夫人往人群裡擠，腓德烈克喊道：「您這念頭真古怪！」

「會讓您不高興嗎？」

「不會！但那東西買來有什麼用？」

「誰知道？也許可以用來放情書吧！」

她看了他一眼，把話中的暗示表露無遺。

「那您就更有理由不買，因為挖掘死者的祕密是不對的。」

「我不認為她死了。」

然後她用高聲喊價：「八百八十法郎！」

「您這樣做是不對的。」腓德烈克嘀咕著說。

她笑了起來。

「親愛的，算是我第一次求您好嗎？」

「不行，您這樣要求顯示您不是個太體貼的丈夫。」

這時有人喊了更高價：「九百法郎！」

「九百法郎！」貝爾泰勒莫把他的話重複一遍。

「九百一十法郎！九百一十五！九百二十！九百三十！」喊價員連連喊道，頭急速在競標者之間轉來轉去。

「向我證明我將會有個通情達理的太太吧。」腓德烈克說，然後輕輕把她往門口方向拉去。

拍賣官說：「來吧，諸位。啊，九百三十法郎！有沒有比九百三十法郎更高的？」

就在到達門邊之際，丹布羅斯夫人突然停住，以高分貝喊道：「一千法郎！」

人群中起了一片騷動，隨之而來是一片死寂。

「一千法郎，諸位，一千法郎！還有人要喊價嗎？沒有？那好，就一千法郎成交！」

象牙拍賣錘隨之敲下。她遞過名片，東西交到她的手上，她把它塞進手筒裡。

腓德烈克感到有一股冷冽的寒意穿透了他的心臟。

丹布羅斯夫人一直沒鬆開他的胳膊，一直到了街上都不敢正眼望他。

她像個小偷一樣，很快地鑽進馬車。

「你不上車嗎？」

「不用，夫人！」

他冷冰冰鞠了個躬，從外面把馬車門關上，再做了一個手勢，叫車伕出發。

首先感覺到的，是一種回復自由之身的喜悅，接著又為自己甘願捨棄一筆財富為阿爾努太太報仇感到自豪。不過，他隨後又驚訝於自己的決定，只感到極度地倦怠。

第二天早晨，僕人告訴他種種壞消息：戒嚴令又頒布了、議會遭到解散、一批人民代表被關到馬扎斯監獄[1]。腓德烈克聽了之後無動於衷，他自己的事情都管不過來，哪來心情多管國家大事。

他寫信給多家供應商，退掉準備用於婚禮的許多訂單。如今，他只覺得這婚事是樁不光彩的投機行為。他痛恨丹布羅斯夫人差點把他拉進一件卑鄙的勾當。他先前把女元帥忘得一乾二淨，甚至沒去牽掛阿爾努太太，一心只掛念自己的榮華富貴。因為美夢破滅與自責，他內心充滿了悲苦和失望，開始討厭四周令他受盡磨難的人工環境，油然懷念起清新的綠野、外省的閒適生活，還有伴隨天真同伴一同在鄉野消磨時光的沉醉生活。他把自己關在家裡幾天，直到星期三傍晚才外出走走。

大街上聚集著成群結隊的民眾。不時會有巡邏隊將他們驅散，但等巡邏隊一過，人群又會聚攏起來。他們高聲暢談，對軍隊喊著玩笑嬉鬧的話，但並沒進一步行動的打算。

「怎麼搞的？」腓德烈克問一個工人。「他們不準備要戰鬥嗎？」

「他們才不會那麼傻，為有錢人送死！有錢人的煩惱就讓他們自己傷腦筋吧！」

一個紳士掃視這些來自各個鎮區的居民，口中念念有詞：「全是社會主義的流氓！這一回啊，要是能把他們徹底剷除就好！」

腓德烈克搞不懂世界上怎會有那麼多的仇恨和謾罵。這些所見所聞增加了他對巴黎的厭惡。所以，兩天之後，他坐上通往諾冉的頭班火車。

一棟棟房子飛快地掠過，沒過多久，開闊的鄉間便在他的眼前展開。車廂裡只有他一個，他雙腳擱在對面的座位，沉思過去幾天以來發生的事情，然後又沉思自己的整個過去，與露薏絲在一起的回憶從他腦海浮現。

「她真的很愛我！我真傻，沒有把握這個幸福的機會。罷了！事已至此，後悔又有何用？」五分鐘之後，他又想：「可是誰又知道呢？事情說不定還可以補救！」

他的思緒就像他的視線一樣，始終徘徊在模糊遙遠的天邊。

「她樸拙、像個村姑，幾乎像是個原始人，可又是多麼的善良啊！」

火車愈接近諾冉，露薏絲在他腦海裡的影像便愈顯得清晰。當火車開過蘇爾頓牧場時，他恍惚看見她就像往日那樣，於白楊樹下的池塘邊割著燈心草。

下火車後，腓德烈克兩隻手臂靠在橋頭，凝視上一次兩人在天氣晴朗的日子，一起散步的那座小島和花園。舟車勞頓所帶來的微微暈眩，還有近日來情緒波動所造成的渾身乏力，在他胸口引起某種亢奮。他心想：「她或許已經出門了，說不定我會遇見她。」

聖洛朗教堂的鐘聲忽然敲響，然後，在教堂前方的廣場上，只見一大群人圍繞著一輛四輪敞篷馬車——是本地區僅此一輛、專門租給人結婚使用的四輪敞篷馬車。然後，從教堂的大門口，突然走出來一對新婚夫妻，兩旁是一群衣冠楚楚的親朋。

腓德烈克以為自己一時眼花。但他不是眼花：那新娘子真的是露薏絲！她披著一塊白紗，從她的紅頭髮一直延伸到腳踝。她身邊的新郎毫無疑問就是德里洛耶，他穿的是繡著銀白色花紋的藍色禮服——那是省長的服飾。

究竟是怎麼回事？

腓德烈克躲在一棟房子的角落，看著婚禮隊伍走過。

他滿懷羞愧、情緒波動，又感到萬念俱灰。別無選擇之下，他只能順著方才走過的路回到火車站，返回巴黎。

為他驅車的車伕告訴他，從「水塔」到體育宮劇院的路上，全都築滿了街壘，所以必須繞道聖馬丁鎮區。他在普羅旺斯街的街角下車，想要到林蔭大道看看。

當時是下午五點，天空下著濛濛細雨。一些市民堵滿了巴黎歌劇院附近的人行道，對街的房屋全部關上門扉，沒有一扇窗口站了人。一隊龍騎兵跟在一列四輪馬車後面疾馳而過，人人伏在馬背上，手裡拿著出鞘的軍刀。他們軍盔上的穗子、白色軍大衣向後飛舞飄揚，從煤氣燈的光線中掠過。薄霧中，風把煤氣燈吹得搖搖晃晃。群眾看著他們飛奔，因為害怕而不敢作聲。

在騎兵隊馳過之間的間歇，會出現一小隊一小隊的警察，把市民約束在人行道上。

但在托爾托尼咖啡廳的石階上，卻有個男人宛如石像柱，凝然不動地站著。因為身材高大，從遠處便可看得出來他是迪薩爾迪耶。

一個警察走在隊伍前面，三角帽壓得低低，用劍威脅他退後。

但迪薩爾迪耶不但不退縮，反而向前走出一步，大喊：「共和國萬歲！」

緊接著，他便雙手捂腹，向後倒下。

群眾發出一陣驚恐的叫聲。那警察環視四周，目露兇光。腓德烈克又驚又怒——那警察不是別人，就是塞內卡。

①．路易－拿破崙在一八五一年十二月二日政變成功，下令解散議會。路易－拿破崙將議員們拘禁，解送到馬扎斯監獄。

Chapter XIX

A BITTER-SWEET REUNION

第十九章

悲喜交雜的重逢

他旅行去了。

郵船之旅的憂鬱、睡帳篷醒來時的寒冷、名勝古蹟的炫目與孤單寂寞的辛酸——這些，他全都領略到了。

他旅行回來了。

他出入社交場合，跟不同的女人談情說愛。但揮之不去的初戀回憶讓其他愛情都流於淡泊乏味。他不只消失了熾烈的欲求與旺盛的感情，連抱負也愈來愈渺小。年華似水，十幾年過去了，他的精神總是那麼懶散，情感總是那麼乏力。

一八六七年快三月底的一天傍晚，正當他獨自坐在書房，天即將要暗下來的時候，一個女人突然走了進來。

「阿爾努太太！」

「腓德烈克！」

她緊緊握住他的雙手，緩緩把他拉向窗口，一邊端詳他的臉，一邊反覆說：「真的是您！對，真的是您！」

她的臉蒙著一片鑲蕾絲的黑紗，在薄暮的幽暗中，他只依稀看到她的眼睛。

她把一個石榴紅色的天鵝絨小荷包放在壁爐頂，然後在他對面坐下。兩人激動得無法言語，只能相視微笑。

最後，他問了她和她丈夫這些年的情況。

為了節省開支，存錢還債，他們搬到布列塔尼的一個偏遠地區。阿爾努幾乎長年臥病，如今儼然是一個老頭。他們女兒嫁了人，現在住在波爾多，兒子在阿爾及利亞當兵。

然後她再次抬頭望向他：「我終於可以再看到您了！我好快樂！」

他不忘告訴她，上次一聽到他們出事，便趕赴她家去。

「我知道得一清二楚！」

「怎麼知道的？」

當時她在屋外的街上看到他，但躲了起來，沒讓他看見。

「為什麼要躲起來呢？」

她以顫抖的聲音回答，每說一個字都會頓一頓。

「我害怕！對，我害怕會控制不住！」

這個表白讓腓德烈克一陣狂喜，心開始撲通亂跳。她繼續說：「請原諒我沒有早點來。」然後指了指那個繡有金色棕櫚枝的小荷包。「是我特地為您繡的，裡面裝著以貝爾維爾一塊地皮作為抵押品的那筆錢。」

腓德烈克感謝她記得這件事，但又責怪她多為這事跑一趟。

「不，我不是為這個而來的！我決心要見您一面，然後再回到那邊去。」

然後，她開始提到她現在的住處。

那是一棟低矮的房子，只有一層樓，有一個種滿大黃楊樹的花園，一條有栗樹夾道的林蔭道可以走到山丘頂端，眺望大海。

「我時常去那裡，坐在一張長凳上：我喊它作『腓德烈克長凳』。」

之後，她欣切地端詳四周的家具、小擺設和掛畫，要把它們牢牢記在腦海裡帶走。女元帥的肖像畫半藏在一片帷幔後面，但畫面中的金色和白色在幽暗中份外醒目，引起她的注意。

「我好像認識這個女人。」

「不可能！」腓德烈克說，「那是一幅古老的義大利畫像。」

她說她想挽住他的手臂，在街上兜一圈。於是兩人便出去了。

她的側臉不時會被商店櫥窗的燈光照亮，接著重新又被黑暗包圍。四周人車喧囂中，他們什麼也看不見，什麼也聽不見，像兩個在遍地落葉的鄉間田野並肩而行的人。

他們談論了一些過往的歲月，包括工藝美術社時期的晚餐聚會、阿爾努的怪僻、他拉假領尖和把女用化妝品塗在髭鬚的習慣，還有其他種種更私密、更知心的往事。他頭一次聽她唱歌時，有多麼地驚為天人！在聖克盧慶祝她生日的那一次，她的樣子有多美！他提起奧特伊爾的小花園、一起看戲的晚上、兩個人在大道上的偶遇，以及一些她從前的僕人（包括那個黑人保母）。

他的驚人記憶力讓她嘖嘖稱奇。

「有時，您從前說過的話會忽然在我耳邊響起，猶似聽到從遠處傳來的迴聲，又似風中傳來的鐘聲。每次在書上讀到有關愛情的描寫，我都會覺得是在描寫你我。凡是人們指責為誇大的小說筆觸，我全可以在您身上感受到。例如，是您讓我明白，何以維特①那麼喜歡看夏綠蒂吃牛油麵包的樣子。」

「我可憐的好朋友！」

她嘆了口氣，沉默了好一會兒，然後又說：「不管怎樣，我們依然可以繼續愛著對方！」

「但，仍然不曾擁有彼此！」

「這樣也許更好。」她回答說。

「不，不是的。如果我們當初擁有對方，將會多麼的幸福快樂！」

「唔，我相信。能被您那樣的愛著，一定會很幸福！」

他的愛能在別離那麼久還維持著，它的強烈程度可想而知。

腓德烈克想要知道，她最初是怎樣發現他暗戀著她。

「當您第一次親吻我手套和袖口間手腕的時候。那時我想：『啊，他暗戀我！他暗戀我！』不過我不敢求證。您當時的拘謹態度好迷人，我一直把它當成一種不由自主的敬意來享受。」

他已無遺憾。他所吃過的一切苦、受過的一切罪至此都獲得了補償。

回到屋子之後，阿爾努太太脫下帽子。托架上的油燈把光灑在她的一頭白髮。腓德烈克猶如胸口挨了一拳。

為了掩飾幻滅感，他跪倒在她跟前，執住她的雙手，呢喃一些綿綿情話：「您的整個人，您最細微的動作，在我眼中都不是凡塵事物。我的心就像您腳下的塵土。您對我起的作用猶如夏夜的月光，讓我四周的一切變得芬芳馥郁、花影柔柔、銀白潔淨、飄渺無際。對我而言，您的名字體現著靈魂與肉體的全部歡樂。單獨一個人的時候，我常常反覆呼喚著這個名字，想用雙唇去親吻它。除此之外我別無癡心妄想。我心目中的阿爾努太太就是那個帶著兩個小孩的阿爾努太太：她溫柔、嚴肅、美得讓人炫目，又無比善良！這個倩影擦拭掉所有其他倩影。我豈能還有別的想念？在我靈魂深處總是妳那美如音樂的聲音和妳雙眸的光輝！」

她不勝欣喜地接受了這番恭維，儘管她不再是恭維裡所描述的那名女子。腓德烈克也為自己的話語所陶醉，乃至於相信自己所言。阿爾努太太背對著燈光，向他俯下身來。他感到她的呼吸撫拂他的額頭，她的身體隔著衣服和他的身體模模糊糊地相觸。兩人十指相扣。她的鞋尖在禮服底下略微向前伸出。他感到快要昏厥過去。

「看到您的腳使我失去鎮靜。」

她不好意思，趕緊站起來。然後，她靜止不動，用一種如夢遊者般的奇怪語氣說道：「以我這把年紀……唉！不過，從沒有女人被愛得比我還深。沒有！所以年輕又有什麼用？我何必在乎她們？我鄙夷所有來過這裡的其他女人！」

「啊，難得會有女人在這裡。」腓德烈克回答說，想要討她歡喜。

她的臉頓時明亮起來，然後問他今後有沒有打算結婚。

他發誓沒有這種念頭。

「您確定嗎？為什麼會這樣想？」

「因為您的緣故！」腓德烈克說，將她緊緊摟在懷裡。

她緊偎在他懷抱，頭向後仰，雙唇微啟，抬起眼睛。接著，她又突然推開他，一臉絕望的表情。當腓德烈克哀求她回答時，她低下頭低聲回答：「我還真希望您幸福！」

腓德烈克懷疑，這話是表示她願意主動獻身，於是，占有她的渴望再次被激起，而且比從前任何一次都要更強烈、更兇猛、更不計代價。然而，接下來，他又對這樣的念頭產生莫名的反感，彷彿是擔心自己觸犯亂倫的罪惡感。另一種恐懼隨之而來，他害怕事後會覺得噁心。此外，做那種事情會多麼尷尬啊！部分是出於審慎，部分是不想讓他理想中的女人形象褪色，他轉過身，動手捲一根香菸。

她看著他，充滿敬佩。

「您真是個正人君子！沒有哪個男人像您一樣！沒有！」

座鐘敲響十一點。

「啊，十一點了！」她驚呼著說。「我只能再待一刻鐘。」

她重新坐下，反覆望向座鐘。腓德烈克在房間裡踱來踱去，不時吐出一口煙霧，兩人都想不出可以說的話。有時，面臨分別之際，我們和我們所愛之人已然不在一起了。

最後，當長針過了二十五分，她抓住帽帶，把帽子慢慢拾起。

「再見了，我的朋友，我最親愛的朋友！我永遠不會再來找您。這是我作為一個女人的人生終頁。雖然不會再見，但我的靈魂永遠與您同在。願上天把所有福分都賜予您！」

於是，她就像母親對兒子那樣，親吻他的額頭。

接著，她左右張望，像是找尋什麼東西，然後向他要了一把剪刀。

解下梳子，她的一頭白髮隨之披散下來。

她驀地把一束長髮齊根剪下。

「請保存著它！再見！」

她走出門後，腓德烈克跑到窗戶，急推開窗。他看到，阿爾努太太站在人行道上，向一輛經過的馬車招手。她上了車。馬車消失在遠處。

兩人的情緣就此了結。

①・維特：歌德小說《少年維特的煩惱》裡的主角。

Chapter XX

WAIT TILL YOU COME TO FORTY YEAR

第二十章

等到你四十歲那天

那年快入冬時，腓德烈克和德洛里耶湊在壁爐邊聊天。他們已經言歸於好，兩人的天性注定他們總是會再次結為朋友。

腓德烈克簡單說了說他和丹布羅斯夫人何以會決裂。她已經再嫁，第二任丈夫是個英國人。

德洛里耶絕口不提他是怎樣娶到羅克小姐，只告訴腓德烈克，有一天，她太太和一名歌手私奔去了。為了洗刷恥辱，他熱中於政治權力，不料弄巧成拙，丟了省長的職位。後來，他在阿爾及利亞殖民地當過仲介，作過一位土耳其高官的祕書，當過報紙編輯和廣告招攬，目前的職業是在一家製造公司擔任法律專員。

腓德烈克呢？他坐吃山空，花掉了三分之一的財產，現在只能過著比較簡樸的生活。

然後他們問了彼此朋友的情況。

馬蒂農如今是參議員。

余索內位居高位，戲劇界和報界現在都歸他掌管。

西齊篤信宗教，現在是八個孩子的爸爸，住在祖先留下的宅第。

佩爾蘭先後投身過傅立葉主義、順勢療法①、販賣活動桌、哥德式藝術和人道主義繪畫，最後當了攝影師。如今，巴黎每片牆上都可以看得見他的尊容：照片中的他穿著黑色長禮服，小小的身軀，碩大的頭。

「你那個密友塞內卡怎樣了？」腓德烈克問。

「不見了，我不知道他的下落！你呢，那個你愛得死去活來的女人現在怎麼樣？我是說阿爾努太太。」

「多半是在羅馬，跟他那個當騎兵中尉的兒子住在一起。」

「他丈夫呢？」

「去年過世了。」

「不會吧！」德洛里耶驚嘆說，然後敲了敲自己額頭。「我記起來了，有一天，我在一家店裡碰到女元帥過。她牽著一個小孩的手，說那是她的養子。她現在的身分是某個烏德里先生的遺孀。她變得胖得要命，讓人慘不忍睹！想當初，她的腰身是何等纖細！」

德洛里耶不否認，他會知道她腰身纖細，是因為曾經乘人之危，在她情緒低落時占過她的便宜。「不過，是你批准我這樣做的。」德洛里耶會這麼坦白，為的是彌補他對死黨的一個虧欠：他始終沒告訴腓德烈克，自己對阿爾努太太有過不軌的企圖。其實，他的不軌企圖既然沒有得逞，腓德烈克自然是會原諒他的。

聽到這個，腓德烈克雖然有點惱怒，但只是笑了兩聲。談到女元帥讓他想起了華娜絲。

德洛里耶後來再沒見過華娜絲，一如再沒見過以前常出入阿爾努家的人。不過，他對列冉巴倒是記憶猶新。

「他還活著嗎？」

「算是還沒死吧。每天傍晚，他都會固定從格拉蒙街去蒙馬特大道的咖啡廳，走到的時候，已經上氣不接下氣，得要彎下腰猛喘大氣。他現在骨瘦如柴，活像個幽靈！」

「那貢班呢？」

腓德烈克噗嗤一聲笑出來，接著請當過臨時政府外省專員的德洛里耶給他解釋何謂「小牛頭」。

「那是英國來的進口貨。有些英國獨立黨人為了嘲笑保王黨人每年一月三十號所舉行的追念儀式，搞了個一年一度的宴會，宴會上吃小牛頭的肉，用小牛的頭蓋骨喝酒，舉杯慶祝斯圖加特王朝壽終正寢[2]。在熱月之後，恐怖份子[3]組織了一個性質類似的兄弟會。由此可見，胡鬧的事情總是後繼有人。」

「你看來不太熱中政治了？」

「年齡大了的關係吧。」德洛里耶說。

然後兩人對自己的人生做出了總結。他們一個追求的是愛情，一個追求的是權力，可是都幻滅了。為什麼會這樣呢？

「大概是因為沒有走正路的關係吧。」腓德烈克說。

「你的情況或許是如此，但我卻相反。我錯在為人過分正直，遇事沒多加考慮千百件次要的事情，但這些事情卻往往比什麼都重要。我失諸太過講究邏輯，你老兄則失諸太感情用事。」

然後兩人又歸咎於運氣、環境，還有他們所出生的年代。

腓德烈克繼續說：「我們一直沒有把念中學時想要做的事付諸實行：當時你說想寫一部批判性的哲學史，我想寫一部以中世紀諾冉為背景的偉大言情小說。我的靈感得自於弗瓦薩爾的著作。你還記得嗎？」

他們開始回憶自己的青春往事，每想起一件，就會問對方一下：「你還記得嗎？」

他們眼前再次浮現了學校的操場、小禮拜堂、會客室、樓梯底下的擊劍場，還有學監和同學們的臉孔。有個叫昂熱爾馬爾的同學是個凡爾賽人，喜歡把舊靴子的皮革剪下來，裁成褲吊帶；密爾巴先生是個紅鬍美髯公；羅瓦和蘇里這兩位分別教繪圖與繪畫的老師總是爭論不休；有個波蘭人，哥白尼的同鄉，用黏貼在紙板上的星系圖給他們上過一堂天文課，講課的報酬是飯堂裡的一頓飯。兩人又回憶起某次遠足時的大吃大喝、第一次抽菸斗的情景、獎學金的分配、放假時同住在腓德烈克家的種種樂趣。

他們是在一八三七年的那年暑假，跑到那名土耳其女人家裡去的。

她本名叫左拉漪德．土耳克。因為這個姓氏，許多人都以為她是土耳其人和穆斯林，也讓她平添了幾分神祕色彩。她的房子位於城牆後面的河邊，即便是仲夏盛暑，這房子一樣籠罩在陰影之中，窗臺上放著一盆木犀花和一缸金魚。房子裡的年輕女人們穿著白短衫，擦了脂粉，戴著長耳環，每逢有中學生經過都會拍拍窗戶。到了傍晚，她們習慣佇立在門廊上，用沙啞的嗓音輕輕哼歌。

這個墮落的地方，向全區散發出神奇的吸引力。人們都會拐彎抹角地提起這個地方：「您知道那個地方吧……就是橋底下那裡。」它讓地區內的農婦提心吊膽，讓貴婦人為他們男僕的操守惴惴不安（副縣長的廚師就被人目睹曾在那裡出沒）。不用說，它也讓整個地區年輕人私下著迷不已。

話說有一天，在晚禱的時間，預先燙過頭髮的腓德烈克和德洛里耶從羅克太太的花園摘了一些花，從通向田野的邊門離開家裡，在葡萄園裡繞了一大圈，走到了漁場，再從那裡偷偷溜進土耳其女人的房子，手裡始終捧著大把的鮮花。

腓德烈克彷彿向未婚妻獻花那樣獻上鮮花。然而，酷熱的天氣、對未知事物的恐懼，甚至眼見有那麼多女人可供挑選，都使他異常激動，臉色變得極其蒼白。他呆呆地站在那裡，說不出一句話，女人們被他那副窘態逗得哄堂大笑。腓德烈克以為她們是在嘲笑他，拔腿便跑。德洛里耶因為自己身上沒錢，不得不跟著他跑走。

有人看見他們從屋裡跑出來，消息不脛而走，成為人人茶餘飯後的八卦話題，直到兩三年之後猶有人提起。

回憶這件往事時，他們互相補充對方遺漏的部分，說個沒完。最終，腓德烈克表示：「那是我們人生最美好的時光！」

「對，或許是！那是我們人生最美好的時光！」德洛里耶附和說。

全文終

THE END

①・順勢療法：德國人哈內曼（一七五五—一八四三）所提出的一種替代療法，原理為「以病治病，以毒攻毒。」有人認為這近似心理學的「安慰劑心理暗示」。

②・英國國王查理一世在一六四九年一月三十日被送上斷頭臺，他代表的斯圖加特王朝也自此終結。

③・「恐怖份子」：指羅伯斯庇爾和他的雅各賓黨。

導讀

《情感教育》之問世間，情是何物

／阮若缺

一、故事源起

《情感教育》被一些文學批評學者認為可歸類為自傳體小說，女主角阿爾努太太就是福婁拜十五歲左右在諾曼地海灘邂逅的艾麗莎，她比作者年長，後來嫁給了史雷辛格先生。福婁拜他的《瘋子回憶錄》（Mémoires d'un fou）（一八三八），其中的瑪麗亞，即是愛麗莎・史雷辛格的化身；《十一月》（Novembre）（一八四二）當中和一個風塵女子有一段情，在描寫她的外表和長髮那段，令人聯想到瑪麗・阿爾努。又如首部《情感教育》（La première《Education sentimentale》）（一八四五），其中也有兩個年輕人——朱爾（Jules）和亨利（Henry），前者在藝術界嶄露頭角，後者則於商場得意，結局美好[1]；然而《情感教育》（一八六九）裡的腓德烈克與德洛里耶，就沒那麼幸運；這些也讓人聯想到福婁拜和他的好友杜康（Maxime Du Camp）。而亨利的情婦艾蜜莉，則又有愛麗莎・史雷辛格的影子；腓德烈克的心上人瑪麗・阿爾努亦同。

不論這些影射的真實性到底有多少，小說家作品中部分反應其周遭生活的情形，加以潤飾修改亦不為過。

二、小說架構

《情感教育》（一八六九）是部長篇的成長小說，全書分為三部分：第一部分是由一八四〇年至一八四五年，共六章；第二部分是一八四五年至一八四八年，共六章；第三部分則從一八四八年至一八六九年，但一八六七至一八六九年之間並未交代發生事件，總共七章。第一部分有如戲劇中的鋪陳，重要人物在第一部分幾乎都已出現：男女主角腓德烈克和阿爾努太太在第一章就已經相遇了，接著是鄰家女孩露薏絲的出現，再來是好友德洛里耶、丹布羅斯貴族夫婦。唯有交際花羅莎妮要到第二部分才現身，不過賣個小關子更具有戲劇張力。再者，這部分發生時間雖僅僅三年，卻是劇情發展最為緊湊之處。

小說以腓德烈克與阿爾努太太在回家的船上相遇，一見鍾情為起點。後來得知阿爾努先生是位畫商，腓德烈克甚至想成為畫家，藉著賣畫試圖接近阿爾努太太；二次受邀家庭聚餐，令腓德烈克更為神魂顛倒了，家鄉的老母親、摯友與小露薏絲早就拋到九霄雲外。這位在巴黎修習法律的大學生，只有在學業不順、情場失利、囊空如洗之際，才會回到家鄉諾冉(Nogent)。後來他意外獲得叔父的大筆遺產，心中又重燃希望，立刻前往巴黎，再試身手。

喜好追求名利的腓德烈克周旋在三個女人之間：首先阿爾努先生將人盡可夫的老相好羅莎妮介紹給他，不久成為了他的情婦；美麗的丹布羅斯夫人擁有貴族頭銜，和她出雙入對，才更能滿足腓德烈克的虛榮心；而後來經商失敗的阿爾努先生，巧妙地利用妻子與腓德烈克若有似無的曖昧情愫，借錢不還，遠走他方。

腓德烈克功成名就的野心大夢未果，又陸續發現兩個情婦的愚蠢與貪婪，摯愛又隨著他丈夫遠離巴黎避債，他可以說是一無所有。十五年之後，阿爾努太太前來造訪，腓德烈克和德洛里耶哥倆好，圍爐話當年，不禁想起少年時期二人差點兒入窯子，遭煙花女嘲笑的一幕，慨然感嘆：「那是我們人生最美好的時光！」

三、人物對比

德洛里耶（Deslauriers）

十九世紀末出現兩位朋友或兩個兄弟的故事，屢見不鮮，如巴爾札克《幻滅》（Illusions perdues）裡的大衛和呂西安，莫泊桑的《彼耶和讓》（Pierre et Jean）。而福婁拜《情感教育》中的腓德烈克及德洛里耶，無論外表和道德觀都相去甚遠，竟然是好朋友，反倒增添了不少喜感，然而作者的另一部作品《布伐和貝居歇》（Bouvard et Pécuchet），也是兩個截然不同的人，卻形影不離。

若說腓德烈克最大的敗筆是感情問題，那麼德洛里耶最失敗的，則是他的野心：他一心想靠著好友飛黃騰達，儼然如恬不知恥的寄生蟲，賴著他吃喝玩樂。他崇拜腓德烈克，就如腓德烈克欽羨雅克・阿爾努一般。德洛里耶嫉妒腓德烈克的家境、體面，甚至希望有朝一日能取代好友。他竟敢向阿爾努太太表達愛意，又和羅莎妮上床，後來還娶了腓德烈克拋棄的露薏絲・羅克。這個損友絲毫不忌諱「收拾廚餘」！不過，至少他比腓德烈克更勇於嘗試、冒險。

腓德烈克 (Frédéric)

腓德烈克就和巴爾札克《高老頭》(Père Goriot) 中的拉斯帝涅 (Rastignac)、史丹達爾《紅與黑》(Le rouge et le noir) 裡的索黑 (Sorel) 一樣，都是從外省赴巴黎尋求淘金夢的年輕人，結局卻是一場空。若小說命名為《幻滅》也不為過；而福婁拜則替它取了個副標題——《一個年輕人的故事》(L'histoire d'un jeune homme)。

其實福婁拜筆下的腓德烈克，就是當代典型失落的一代，對自己的前途茫然，卻很想闖蕩出個名堂，然而他是個徹底的失敗者：

1. 職場上的失敗：十八歲的腓德烈克從家鄉諾冉，帶了一些家產投入巴黎這個花花世界修習法律，想藉著人際關係（阿爾努夫婦、丹布羅斯夫婦）打入上流社會。老天似乎給予他些許眷顧，讓他獲得一筆叔叔遺留下來的財產，孰料他並沒有善加利用，反而揮霍殆盡。

2. 藝術上的失敗：腓德烈克以為靠自己的小聰明，隨便畫上兩筆，就可藉由畫商阿爾努的吹捧，一夕成名；同時又可以近水樓臺，獲得阿爾努太太的芳心。他的天真和一廂情願注定了他的失敗，因為藝術不是自戀與勾引女性的工具，而是孤寂、不一定有物質報償的工作。

3. 政治上的失敗：事實上他並沒有明顯的政治立場，只是隨波逐流，唯有在第一共和時期，腓德烈克的情敵戴勒馬要參政競選，他不甘示弱為了扳回顏面，搶奪羅莎妮，才投身選戰。這裡再度突顯他意志薄弱、舉棋不定的個性，因此一事無成。

4. 情場上的失敗：這是腓德烈克一生最大的挫敗，因為他原先爭取物質或藝術方面成就的目的，就是希望得到愛情，然而他的兩個情婦（羅莎妮和丹布羅斯夫人）皆非所愛，唯有瑪麗・阿爾努才是他的真命天女。不過腓德烈克太過理想化他的夢中情人，下意識認為不會成功，又唯恐褻瀆了她；此外，游移不定、優柔寡斷的個性，也讓他錯過了擦身而過的幸福。此外我們也發現腓德烈克能做到性、愛分家，靈、肉分離。

四、小結

這部小說一開始就充滿了浪漫情懷，男女主角初次相遇之處就在塞納河上的小船，那種飄浮不定的感覺很不踏實；而兩人由於陰錯陽差（如羅莎妮和腓德烈克一起去看塞納河賽馬，卻被阿爾努太太撞見；腓德烈克約瑪麗・阿爾努在旅館見面，由於兒子突然生病，不克前往……），又無法在一起；最後還是女方多年後前來造訪，才得以冰釋誤會，然而腓德烈克懦弱缺乏擔當的個性，往往就讓身旁的一些機會，如塞納河水般緩緩流經巴黎，又朝未知的方向消逝。

作者簡介／阮若缺
國立政治大學歐洲語文學系教授

①・編註：《情感教育》存在兩個版本，第一個版本寫作於一八四三年至一八四五年間，第二個版本寫於一八六七年，兩者情節、結構完全不同。在文壇上備受諸位文豪矚目者，乃本書所採用的第二個版本，敘述了一個青年的故事。

Golden Age 007

情感教育（二版）

【福婁拜夢幻逸作，超越《包法利夫人》，繁體中文版首度面世】

作　　者　古斯塔夫．福婁拜
譯　　者　梁永安

野人文化股份有限公司
社　　長　張瑩瑩
總 編 輯　蔡麗真
主　　編　鄭淑慧
責　　編　徐子涵
校　　對　魏秋綢
行銷企劃　林麗紅
封面設計　井十二設計研究室
版型設計　綠貝殼資訊有限公司
選書顧問　辜振豐

讀書共和國出版集團
社　　長　郭重興
發行人兼出版總監　曾大福
業務平臺總經理　李雪麗
業務平臺副總經理　李復民
實體通路協理　林詩富
網路暨海外通路協理　張鑫峰
特販通路協理　陳綺瑩
印務主任　黃禮賢

出　　版　野人文化股份有限公司
發　　行　遠足文化事業股份有限公司
地址：231新北市新店區民權路108-2號9樓
電話：（02）2218-1417　傳真：（02）8667-1065
電子信箱：service@bookrep.com.tw
網址：www.bookrep.com.tw
郵撥帳號：19504465遠足文化事業股份有限公司
客服專線：0800-221-029
法律顧問　華洋法律事務所　蘇文生律師
印　　製　成陽印刷股份有限公司
初版首刷　2013年8月
二版首刷　2020年7月

國家圖書館出版品預行編目資料

情感教育 / 古斯塔夫 . 福婁拜著 ; 梁永安譯 . --
二版 . -- 新北市 : 野人文化出版 : 遠足文化發行,
2020.07
　面 ;　公分 . -- (Golden age ; 7)
譯自 : L'Éducation sentimentale
ISBN 978-986-384-441-9(平裝)

876.57　　109009243

野人文化
官方網頁

野人文化
讀者回函

情感教育

線上讀者回函專用 QR CODE，你的寶貴意見，將是我們進步的最大動力。

廣 告 回 函
板橋郵政管理局登記證
板 橋 廣 字 第 143 號

郵資已付 免貼郵票

野人

231
新北市新店區民權路108-2號9樓
野人文化股份有限公司 收

請沿線撕下對折寄回

野人

書名：情感教育經典全譯本　書號：0NGA1007

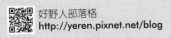

姓　名　　　　　　　　□女　□男　生日

地　址

電　話 公　　　　　宅　　　　　手機

Email

學　歷　□國中（含以下）□高中職　□大專　□研究所以上
職　業　□生產／製造　□金融／商業　□傳播／廣告　□軍警／公務員
□教育／文化　□旅遊／運輸　□醫療／保健　□仲介／服務
□學生　□自由／家管　□其他

◆你從何處知道此書？
□書店　□書訊　□書評　□報紙　□廣播　□電視　□網路
□廣告DM　□親友介紹　□其他

◆你通常以何種方式購書？
□逛書店　□網路　□郵購　□劃撥　□信用卡傳真　□其他

◆你的閱讀習慣：
□百科　□生態　□文學　□藝術　□社會科學　□地理地圖
□民俗采風　□休閒生活　□圖鑑　□歷史　□建築　□傳記
□自然科學　□戲劇舞蹈　□宗教哲學　□其他

◆你對本書的評價：（請填代號，1. 非常滿意　2. 滿意　3. 尚可　4. 待改進）
書名_____封面設計_____版面編排_____印刷_____內容_____
整體評價_____

◆你對本書的建議：